作家榜经典名著

读经典名著，认准作家榜

本书译自

美国利特尔－布朗出版公司 1946 年版《小妇人》

小妇人 Ⅰ
LITTLE WOMEN

[美] 路易莎·梅·奥尔科特 著

冯倩珠 译

四川少年儿童出版社

目 录

第一部

002　第一章　扮演"朝圣者"
019　第二章　快乐圣诞节
035　第三章　劳伦斯家的男孩
052　第四章　重担
068　第五章　睦邻
085　第六章　贝丝得见美丽宫
094　第七章　埃米的屈辱谷
106　第八章　乔遭逢魔王
121　第九章　梅格涉足浮华市
143　第十章　匹社与邮局
161　第十一章　试验

177	第 十 二 章	劳伦斯营
206	第 十 三 章	空中楼阁
220	第 十 四 章	秘密
236	第 十 五 章	一封电报
247	第 十 六 章	信
259	第 十 七 章	小信徒
270	第 十 八 章	黯淡时日
280	第 十 九 章	埃米的遗嘱
291	第 二 十 章	悄悄话
301	第二十一章	劳里无事生非，乔平息纠纷
319	第二十二章	可爱的草地
329	第二十三章	马奇叔婆解决难题

第二部

348	第二十四章	闲谈
366	第二十五章	第一场婚礼
378	第二十六章	艺术探索
392	第二十七章	文学课
403	第二十八章	持家经验
425	第二十九章	出访
442	第 三十 章	后果
459	第三十一章	海外来鸿
477	第三十二章	柔情的烦恼
492	第三十三章	乔的日记
514	第三十四章	一位朋友
534	第三十五章	心伤
548	第三十六章	贝丝的秘密

555	第三十七章	新的印象
572	第三十八章	束之高阁
589	第三十九章	懒惰的劳伦斯
609	第四十章	死荫的幽谷
620	第四十一章	学着遗忘
636	第四十二章	形单影只
647	第四十三章	惊喜连连
670	第四十四章	夫君与夫人
678	第四十五章	黛西和德米
687	第四十六章	伞下
708	第四十七章	收获时节

723　译后记　壁炉边的小书，纸页上的梦想

730　路易莎·梅·奥尔科特年表

第一部

第一章
扮演"朝圣者"

"没有礼物，圣诞节就算不上圣诞节了。"乔①躺在地毯上嘟囔。

"当穷人真可怜！"梅格②叹着气，低头望着身上的旧衣裳。

"有的女孩有很多漂亮东西，有的女孩什么也没有，这不公平。"小埃米委屈地吸了吸鼻子，也跟着说。

"我们有爸爸妈妈，还有彼此。"贝丝③在一角悠然说道。

听到这句令人开心的话，四张稚嫩的脸庞在炉火映照下明亮了一些，随即又黯淡下来，只因乔难过地说："我们现在没有爸爸，好一阵子都不会有的。"她没说"可能永远没有了"，但每个人都在心里添上了这一句，想着在远方的爸爸，在那正在打仗的地方。

一时无人再讲话。梅格于是改了语气："你们也知道妈妈提议今年圣

---

① 乔："约瑟芬"的爱称。
② 梅格："玛格丽特"的爱称。
③ 贝丝："伊丽莎白"的爱称。

诞节不送礼物,因为这个冬天大家都不好过。她觉得,军人在受苦受难,我们不该花钱享受。我们做不了太多,但是总能做些小小的牺牲,也本该做得心甘情愿。可惜我恐怕做不到。"梅格摇了摇头,遗憾地惦记着她想要的所有漂亮东西。

"可是我觉得,我们省那一点点钱也没用呀。就算我们每人把自己的那一块钱,全都省下来捐给军队,也帮不上多少忙。我可以不指望你们和妈妈的礼物,可我很想给自己买一本《水妖及辛特拉姆》①,我已经想要它很久很久了。"乔说。她是个小书虫。

"我原打算拿这钱买新乐谱。"贝丝说着,轻轻地叹了一口气,只有壁炉刷和水壶垫听见了这声叹息。

"我也想买一盒好看的辉柏嘉画图铅笔。我真的很缺画笔。"埃米脱口而出。

"妈妈没提过我们的钱要怎么用,她不会希望我们都捐出去的。我们各自买各自想要的,也能高兴高兴。我们可是辛辛苦苦才赚到这些钱的。"乔大声说道,绅士一般打量着自己的鞋跟。

"我知道我赚的是辛苦钱——一天到晚教那些讨人厌的小孩,我多么想自个儿待在家啊。"梅格一开口,又是抱怨的语气了。

"你还不及我一半辛苦。"乔说,"你愿不愿意好几个钟头和一个神经兮兮、吹毛求疵的老太太关在一起?一直被她呼来喝去,不得安宁,怎么都没法让她满意,到最后你恨不得从窗口跳出去,甚至忍不住想哭出来。"

"总叫苦是不好,可我真觉得洗碗和收拾屋子是世上最糟的活儿。干这些活儿叫我生气……我的手都僵了,根本练不好琴。"贝丝看着自己粗

---

①《水妖及辛特拉姆》:德国浪漫主义作家弗里德里希·德·拉·莫特·富凯(1777—1843)的作品。

糙的双手，长叹一声，这一回大家都听到了。

"我才不信你们有谁跟我一样苦呢。"埃米嚷道，"你们不用和没礼貌的女孩一起上学，要是你上课听不懂，她们就欺负你。她们还会嘲笑你穿的衣服。要是你爸爸没有钱，她们会折烂①他。要是你鼻子不好看，她们也会借机侮辱你。"

"我猜，你想说的不是什么'折烂'，而是'责难'吧，你把爸爸说得像个纸盒子。"乔大笑着指正。

"我知道自己想说什么，你用不着业余（揶揄 yé yú）我。用词考究，懂得修饰迟早（辞藻），讲话才得体。"埃米义正词严地回敬道。

"不要互相找碴儿了，孩子们。乔，你难道不希望能重新拥有那些爸爸在我们小时候散掉的钱财？天啊！假如我们没有这些烦恼，该是多幸福快乐！"梅格说。她还记得以前的好光景。

"前些天你才说，感觉我们比金家的孩子幸福多了，他们虽然有钱，却成天大吵大闹。"

"贝丝，我是说过。嗯，我确实感觉我们更幸福——我们虽得出门工作，不过也会自己找乐子，像乔说的那样，我们几个是'快活帮'。"

"乔就爱用这种粗俗的字眼！"埃米批评道，眼带责备地瞧着舒展身子躺在地毯上那一位。乔立刻坐起身来，双手插进衣兜，吹起了口哨。

"乔，别吹了，简直一副男孩样。"

"就是这样我才要吹。"

"我很看不惯不文雅、没有淑女样的姑娘家！"

"我很讨厌矫揉造作、忸怩（niǔ ní）作态的黄毛丫头！"

---

① 折烂：此处埃米想说的是"责难"，但发音不准，说成了"折烂"。

"同巢之鸟心儿齐。"和事佬贝丝扮起鬼脸唱起歌来,刚才那两个尖厉的嗓音融化成一团笑声,"找碴儿"告一段落。

"说真的,妹妹们,你俩各有不对。"梅格开始她长姐式的说教,"约瑟芬,你不小了,是时候收敛那些男孩子气的花头了,端庄一点儿。小时候还不怎么要紧,现在你长这么高,头发都绾(wǎn)起来了,要记得自己是个小淑女。"

"我才不是!要是绾起头发就得当淑女,那我要扎两条小辫子扎到二十岁。"乔边喊边伸手扯掉发网,甩头让栗色长发披散而下。"我不乐意非得让自己长大，非得变成马奇小姐，穿上长礼裙，呆板得像朵翠菊！说起来，当女孩已经够讨厌的了，我喜欢男孩子玩的游戏、男孩子干的活儿和男孩子派头！当不了男孩，我简直失望透顶！现在更糟了，我巴不得跑去和爸爸一起战斗，却只能留在家里织东西，活像个不利索的老太婆！"乔抖了抖织到一半的蓝色军袜，插在里头的线针响板似的嗒嗒打着战，线球也滚落开去。

"可怜的乔，这可真糟糕！但也没法子呀。不过，你的名字像男孩子，而你又好像我们的哥哥一样，就尽量知足吧。"贝丝说，一手抚摸着耷拉在她膝上的小脑袋，世上所有洗碗和打扫的活儿都磨不去她手里的温柔。

"埃米，至于你呢，"梅格接着说，"你也太一本正经了。你的架势现在看看挺有趣，可要是不留意啊，以后没准会变成一个做作的小傻瓜。只要你不装模作样，我是喜欢你彬彬有礼、谈吐优雅的，但是你那些怪词也比乔的粗词好不到哪儿去。"

"如果说乔是假小子，埃米是小傻瓜，那请问我是什么呀？"贝丝也想听听说教。

"你是小宝贝，没别的。"梅格热情地回答。没有人反对，全家都疼这个腼腆（miǎn tiǎn）的小可爱。

年轻的读者总好奇"书里的人长什么样"，我们暂且为他们简单描绘一下这四姐妹。她们四人坐在暮色中编织衣物，腊雪在屋外静静飘落，屋内的炉火欢快地毕剥作响。这是一间舒适的旧屋子，尽管地毯已褪了色，家具也很朴素，但墙上挂着一两幅精致的画，壁龛（kān）里摆满了书，菊花和圣诞玫瑰在窗台上绽放，屋里洋溢着其乐融融的气氛。

玛格丽特是四姐妹中的老大，刚满十六岁，生得十分水灵，丰腴又标致，一对大眼睛，如云的棕色柔发，双唇玲珑，双手白皙，为此她也颇为自得。十五岁的乔高高瘦瘦，肤色较深，在他人眼里犹如一匹马驹，她似乎从来不懂得如何安放修长的四肢，手忙脚乱得很。她长着棱角分明的嘴唇和滑稽的鼻子，锐利的灰色眼眸仿佛能洞穿一切，目光时而炽烈，时而逗趣，时而又若有所思。一头浓密的长发原本将她衬得秀丽，平日里却被绾进发网，以免碍事。乔肩膀圆润，手宽脚阔，衣着松垮，正值小姑娘突然蹿成大人的时候，一副不甘又不安的模样。伊丽莎白——大家都叫她贝丝——是个肤色红润、头发柔顺、双眼明亮的十三岁女孩，举止羞答答，讲话怯生生，神情平和，鲜少动气。父亲管她叫"小静"，这名字着实与她相配；她似乎活在一片属于自己的祥和天地里，只敢出来见那几个她信任与喜爱的人。埃米虽是最年幼的一个，却至关重要，至少她自己如此认为。她恰似传说中的雪姑娘，蓝眼睛，及肩的金黄鬈(quán)发，白净纤细，举手投足都像一位注重仪态的小淑女。四姐妹的性格如何，就留待读者诸君发现吧。

　　钟敲了六下。贝丝已扫过壁炉，又将一双船鞋搁在炉边烘暖。见了这双旧鞋，姑娘们的心情不禁好了起来——妈妈快回家了，大家都欢欢喜喜地准备迎接她。梅格不再训话，点起了灯。埃米不经人提醒便从安乐椅上起身。乔忘了疲累，坐起来把那双鞋朝炉火挪近了些。

　　"这鞋已经破破旧旧的了，妈妈得换一双新的。"

　　"我很想用我那一块钱给她买鞋。"贝丝说。

　　"不行，我来买！"埃米喊道。

　　"我是大姐——"梅格才刚开口，就被乔毅然决然地打断了话头。

　　"爸爸不在，我就是家里的顶梁柱，应该由我来置备新鞋。爸爸说他离开后，我要好好照顾妈妈。"

　　"我告诉大家该怎么办吧。"贝丝说，"让我们每个人都为她买点儿圣

诞礼物吧，自己就什么都别买了。"

"亲爱的，真不愧是你！我们买什么好呢？"乔高声说。

大家沉思片刻后，梅格像是因为看到了自己那双玉手而想出了主意，宣布说："我要送她一副好手套。"

"我要送军鞋，那是最好的礼物。"乔大叫。

"我要送几条手帕，全要镶边的。"贝丝说。

"我要买一小瓶古龙水。她喜欢这个，也不贵，那样我还能剩些钱给自己买铅笔。"埃米接着说。

"我们怎么送这些东西呢？"梅格问。

"把东西放在桌子上，领她进来，请她打开这堆礼物。你不记得我们怎么过生日了吗？"乔答道。

"每回轮到我戴上生日皇冠，坐上大椅子，看你们围拢过来送礼物，再挨个儿亲我一下，我都怕得不得了。我喜欢那些东西，也喜欢你们亲我，可是你们坐在旁边盯着我拆礼物，那很吓人。"贝丝说。她正烤着配茶吃的面包，也烤暖了她的脸蛋。

"让妈妈以为我们是给自个儿买的，再让她惊喜惊喜。梅格，我们明天下午就得去买东西。圣诞夜的戏还有好多事要忙呢。"乔边说边来回踱步，背着手，鼻子都要仰到天上去了。

"演完这次，我以后可不想再演戏了。我年纪大了，玩这些不合适了。"话虽这么说，但玩起化装游戏来，梅格一如既往地像个小孩子。

"你不会不演的，我知道，只要能披下长发，戴上纸折的金首饰，穿着白色长裙晃悠，你就会演下去。你是我们当中最好的演员，要是你退出舞台，就什么都完了。"乔说，"我们今晚应该排练排练。埃米，来，演一下晕倒的那场戏，你演起来死板得像根木头。"

"我也没法子呀，我从没见过别人晕倒，而且我不愿意像你那样重重摔倒在地，弄得浑身青一块紫一块的。如果我能跌得轻松点儿，我就照做；如果不行，我就要优优雅雅地倒进椅子里。我才不管乌戈是不是真的带枪朝我冲过来呢。"埃米回嘴道。她没有戏剧天赋，被选中演这个角色是因为她个子小，可以尖叫着被戏里的坏蛋拖走。

"这么演吧，像这样十指相扣，踉(liàng)踉跄(qiàng)跄地穿过屋子，疯狂大喊'罗德里戈！救命！救命！'"乔边走边夸张地叫喊，那叫声真是惊心动魄。

埃米跟着演，然而她伸出的双手十分生硬，一颠一颠往前走，好似踩着舞台装置；她发出那一声"哎哟"也不像出于恐惧和痛苦，倒像被针扎了。乔无奈地哼了一声，梅格不禁哈哈大笑，贝丝也在一旁饶有兴味地看着这派欢乐景象，把面包都烤焦了。

"拿你没办法！到时尽力演吧，要是观众笑出来可别怪我。梅格，该你了。"

之后排练顺利地进行。唐佩德罗流畅地背完两页对抗世界的台词；女巫阿加尔对着一整锅炖蛤蟆诵念一段可怖的咒语，产生了诡异的魔力；罗德里戈英勇地挣断镣铐；而乌戈饱受悔恨煎熬，吞了砒霜，狂呼着"哈！哈！"死去。

"这是我们演过的最好的一出戏了。"梅格说。戏里死掉的坏蛋坐起身来，揉了揉手肘。

"乔，我不明白你怎么能写出这么精彩的东西来，还能演得这么出色。你真是莎士比亚①再世！"贝丝感叹道。她深信姐妹们在方方面面都

---

① 威廉·莎士比亚（1564—1616）：英国剧作家、诗人，被誉为"人类文学奥林匹斯山上的宙斯"。后文提到的《麦克白》为其代表作之一。

有绝佳的天分。

"还不算好。"乔谦虚地答道。"我认为《女巫的诅咒》这出歌剧式悲剧的确不错,可是我更想试试《麦克白》,要是我们能有一扇给班柯用的地板门①就好了。我一直想演行刺那场戏——'在我面前摇晃着的,不是一把刀子吗?'"乔喃喃自语,学着她看过的一位著名悲剧演员,转悠着眼珠,举手向空中抓去。

"不,烤叉上叉的是妈妈的鞋,不是面包!贝丝看戏看入迷了。"梅格大叫起来,于是排练在哄堂大笑中结束了。

"孩子们,看到你们这么欢乐,我可真高兴。"门口传来一个愉快的声音。"演员"和"观众"都转过身来,迎接一位体态丰满、和蔼可亲的女士,她脸上写着"要我帮忙吗",那神情实在令人心生欢喜。她衣着并不讲究,却气质高贵。在女孩们心里,那件灰色斗篷和那顶老式软帽披覆着的,是天底下最了不起的母亲。

"嘿,宝贝们,今天过得怎么样?要做的事太多了,我忙着准备明天要寄的盒子,没能回来吃午饭。贝丝,有没有客人来过家里?梅格,你感冒好点儿没?乔啊,你看起来累坏了。小宝贝,来亲我一下。"

马奇太太一边慈爱地询问着,一边脱下淋湿的衣物,换上暖烘烘的鞋,在安乐椅上坐下,然后把埃米拉到跟前,预备享受这繁忙日子里最幸福的时光。女孩们忙得团团转,做着各自力所能及的事,想把一切安顿得更舒适些。梅格布置茶几;乔抱来柴火,摆放椅子,所到之处碰着的每件东西掉的掉、倒的倒,一路丁零当啷;贝丝在客厅和厨房之间穿梭,安静而匆忙;埃米则双手交叠,坐着指挥姐姐们。

---

① 地板门:指《麦克白》中班柯的鬼魂上场时所用的地板门。

待她们都聚到桌边，马奇太太喜气洋洋地说："吃完晚饭，我要给你们一样好东西。"

刹那间，明媚的笑容如缕缕阳光，遍洒在每个人脸上。贝丝鼓起掌来，全然忘了自己的手里还握着饼干，乔把餐巾抛向空中，喊着："信！是信！爸爸万岁！"

"是的，一封很棒的长信。爸爸很好，他觉得自己能平安过冬，要我们不必太担心。他寄来许许多多甜蜜的圣诞祝福，还特别写了一段话给你们几个。"马奇太太说着拍了拍口袋，仿佛那里头藏着宝藏。

"赶紧，快吃完！埃米，别停下来扳你的小指头，别拿盘子当镜子照。"乔大叫起来，被茶呛了一口，手里的面包也掉了，抹着黄油的那一面朝下落到了地毯上，她迫不及待地想得到妈妈口袋里的宝物。

贝丝不再吃了，她悄悄离席，坐进幽暗角落，思忖着即将来临的喜悦，等其他人用完餐。

"爸爸超过了应征入伍的岁数，要当兵打仗也不够强壮，但他仍选择去做随军牧师，我觉得很了不起。"梅格热切地说。

"我多想去当军队的旅行小贩，当卖东西的①——那叫什么来着？或者当护士，这样就能在他身边帮他了。"乔哼了一声，高喊道。

"睡帐篷，吃各种难吃的东西，用马口铁杯子喝水，一定很不舒服。"埃米叹着气说。

"妈妈，爸爸什么时候回家呀？"贝丝的嗓音带着些颤抖。

"宝贝，还得过个一年半载吧，除非他生了病。他会竭尽所能待在军队，尽忠职守，我们也不会要求他提前回来的。好了，来听我读信吧。"

---

① 卖东西的：此处乔本想说"随军女商贩"。

她们都凑近了炉火，妈妈坐在大椅子上，贝丝倚在她的脚边，梅格和埃米各坐在椅子一边的扶手上，乔则趴在椅背上，这样的话，假如这封信很感人，也没有人会看到她的任何表情。

在那艰难岁月写的信，少有不感人的，尤其是父亲的家书。在这封信中，父亲经受的困苦、面临的危险和难挨的乡愁被一笔带过。这是一封振奋人心、充满希望的信，描述的都是生动的军营生活、行军情况和军中新闻，只有信末才满溢对几个女儿的爱和切切思念——

代我向她们致以亲吻以及我所有的深情。告诉她们，我白天惦念她们，夜晚为她们祈祷，无论何时，我都在她们的爱里觅得莫大慰藉。看来还要等上一年才能见到她们，时间漫长，但请提醒她们，我们边等待边努力，这些艰难的日子才不算虚掷。我知道她们会记住我所有的话，会做体贴你的孩子，善尽本分，勇敢对抗心中的敌人，出色地战胜自我。等我回到她们身边时，我对这几位小妇人的疼爱与骄傲将更胜以往。

信读到此处，所有人都啜(chuò)泣起来。一大颗泪珠从乔的鼻尖滑落，她也不觉羞愧。埃米全然不顾已凌乱了的一头鬈发，把脸埋进妈妈的肩窝，抽抽搭搭地说："我真的是个自私鬼！我一定尽力变得更好，过些日子就不会再让爸爸失望了。"

"我们都会的！"梅格大声说，"我太注重外表，又不爱工作，以后尽可能不这样了。"

"我会尽力做一位'小妇人'，就像爸爸喜欢的那个称呼，不粗鲁不野蛮；也会尽力在这里做好分内事，不想着去别处。"乔说。她心想，在家按捺(àn nà)性子这件事，比南下面对一两个叛军可要难得多。

贝丝不发一语，用那只蓝色军袜拭去眼泪，便一刻也不耽搁地拾起手头的职责，拼命织起袜子来。她在小小的心灵里暗自下定决心，等这一年光阴带来幸福的团聚，她要完全成为爸爸所希望的样子。

马奇太太打破乔说完话后的这片沉默，用愉悦的声调说："记得你们还是小家伙的时候，演《天路历程》①的情形吗？让你们顶顶高兴的事情，就是要我把零布包绑在你们背上当作重担，再给你们配上帽子、拐杖和卷轴，让你们从地下室这个'毁灭城'出发，向上走啊走，一直爬到屋顶，在那里用收集起来的可爱东西造起'天堂'。"

"那时候多好玩呀，特别是在'狮子'旁边走过，和'魔王'格斗，穿过有'小鬼'的山谷！"乔说。

"我喜欢包袱掉下来滚落楼梯的那一段。"梅格说。

"我最喜欢的那场戏，是我们走到天台上，那里有我们的花花草草和

---

① 《天路历程》：英国作家约翰·班扬（1628—1688）创作的寓言小说，分为第一部和第二部，都刻画了主人公历经艰难险阻获得拯救的故事。

其他漂亮东西，大家站在阳光下齐声欢唱。"贝丝说着面露微笑，仿佛那快乐时刻重现了一般。

"我不怎么记得了，只记得我害怕地下室和黑漆漆的门廊，不过在屋顶吃蛋糕、喝牛奶的那段我每次都很喜欢。要不是年纪太大，不该玩这些了，我挺想再演一次呢。"埃米说。在十二岁这么成熟的年纪，她已经开始谈论放弃幼稚的游戏了。

"亲爱的，在这件事上我们绝不会年纪太大的，因为我们永远用这样或那样的方式演着这出戏。我们的重担在身上，我们的道路在前方，善良和幸福是领路人，指引我们穿越困境与错误，抵达平安之地。来吧，小朝圣者们，假设你们再一次启程，不是演着玩，而是认真做，看看在爸爸回家前，你们能走多远。"

"真的吗，妈妈？我们的包袱在哪儿呢？"小淑女埃米只听懂了字面意思。

"你们每个人刚才都说了自己的重担是什么呀，只有贝丝没讲；我倒是觉得她没有重担。"妈妈说。

"不，我有。我的担子是碗盘和抹布，而且我嫉妒有好钢琴的女孩子，还害怕见人。"

贝丝的包袱如此有趣，大家听得直想笑。不过谁都没有笑，因为那样会深深伤了她的心。

"我们就这么做吧。"梅格若有所思地说，"这就是努力向善的另一种说法，这个故事能帮上我们的忙。我们虽然一心向善，做起来却不容易，我们又常常忽视，没有尽力。"

"我们今天晚上掉进了'灰心沼'，妈妈像书里的'援助'那样拉我们出来。我们应该看些能为自己指明方向的书卷，可该去哪儿找这些书呢？"乔问。她很高兴这种想象为她的枯燥职责平添了几分浪漫。

"圣诞节早上翻翻枕头底下，你们会找到指南书的。"马奇太太答道。

她们商量着新计划，老汉娜在一旁收拾好了桌子。然后四个小针线篮被摆上桌面，姑娘们开始穿针引线，为马奇叔婆缝制被单。缝纫活儿很乏味，可是今晚没有一个人抱怨。她们听乔的建议，将长长的缝口一分为四，每一边分别叫作欧洲、亚洲、非洲和美洲，就这样分工合作，一面聊着这四大洲的各个国家，一面用针线穿过这些地方，便缝得更精细了。

到了九点，她们停下手上的活儿，和平常一样在睡前唱唱歌。家中唯有贝丝能流畅地在那架老钢琴上弹出许多乐曲来，她有办法轻触泛黄的琴键，为大家演唱的简单歌曲配上动听的伴奏。梅格唱起歌来如笛声般悠扬，她和妈妈在这个小小合唱团中领唱。埃米像蟋蟀般啾唧鸣唱，乔则是随心所欲，荒腔走板，东冒一个低音，西冒一个颤音，纵使最深沉的曲调也给打乱了。她们总在睡前歌唱，打从咿咿呀呀地唱《小星星》那时起就是如此。

一闪一闪亮晶晶。

这早已成了家里的习惯，因为妈妈天生一副好嗓子。清晨最早传来的是妈妈的声音，她在屋里走动时像百灵鸟一样唱着歌；夜晚最后传来的也是她欢愉的歌声，女孩们无论长到几岁，都听不腻这熟悉的摇篮曲。

第二章
快乐圣诞节

在圣诞节的灰暗晨曦中，乔第一个醒来。壁炉前没有挂圣诞袜，她一时感觉沮丧。很久以前她也这样沮丧过一回，但当时只是因为她的小袜子塞满了好东西而掉在地上。然后她想起妈妈的许诺，便把手伸到枕头底下，果然摸出一本绛红色封面的小书来。她一分了解这本书，这是一个美丽而古老的故事，讲述了最好的人生。乔觉得，对踏上漫漫旅途的所有朝圣者而言，这是一本真正的指南。她道一声"圣诞快乐"唤醒了梅格，请她看看她的枕头下面有什么。那里躺着一本绿色封面的书，里头有一幅同样的图画。还有妈妈写的几句话，让这件礼物在她们眼里显得非常宝贵。很快贝丝和埃米也醒了，掀开枕头找到了她们的小书——一本紫灰色，一本蓝色。大家坐着看书讨论，东方的天空渐渐染红，新的一天来到了。

玛格丽特虽有些许虚荣，但本性亲切又虔诚，对妹妹们有潜移默化的作用，尤其是乔。乔对姐姐充满柔情，也听她的话，因为她规劝的口吻一向很和婉。

"妹妹们,"梅格看看身边头发蓬乱的脑袋,又望向房间另一边戴着睡帽的两个小脑袋,郑重地说,"妈妈希望我们读这些书,喜爱它们,牢记内容,我们得马上开始读。我们以前读书很踏实,可自从爸爸离开,这场战乱又叫人心烦,我们就忽略了好多事情。你们随你们的心意读吧,我可要把这本书放在这儿的桌上,每天早上醒来就读一点儿,我知道它对我有好处,能陪我度过每一天。"

于是她翻开新书,开始阅读。乔一手搂住姐姐,脸贴着脸,一同读了起来,她心神不定的面庞上浮现出难得的沉静。

"梅格真棒!来,埃米,我们也照她们这样看书。有生字我来教你,碰上看不懂的地方,她们也会解释给我们听的。"贝丝小声说道。精美的书本和两个姐姐的榜样令她大受鼓舞。

"我很高兴我的书是蓝色的。"埃米说。接着,房间变得静悄悄的,只剩书页轻轻翻动的声音。冬日的阳光钻进屋子,轻触她们亮丽的秀发和认真的面孔,致以它的圣诞问候。

"妈妈去哪儿了?"梅格问。她和乔看了半小时书后,跑下楼想谢谢妈妈的礼物。

"天晓得。有个可怜人来讨东西,你妈妈立马出去看那人缺什么。从没见过有哪个人像她这样,吃的、喝的、穿的、生火的都给了出去。"汉娜回答。她打从梅格出生就住在这个家里了,全家人都当她是朋友,而不是仆人。

"我想她快要回来了。你去煎饼,做好准备吧。"梅格说着,查看了一下收在篮子里、藏进沙发底下的礼物,等待时机拿出来给妈妈。"咦,埃米那瓶古龙水呢?"她问了一声,发现那个小瓶子不见了。

"她刚才抽出来,拿去在上面系一条丝带什么的。"乔答道。她正满屋子跳来跳去,想把全新的军用便鞋穿软和一些。

"我的手帕多好看啊,对吧?汉娜帮我洗好烫过,我还给每一条都绣了字。"贝丝得意地看着手帕上有些参差不齐的字母,那费了她不少工夫。

"老天保佑这孩子!她没绣'马奇太太',居然绣了'妈妈'。真滑稽!"乔拿起一条手帕嚷嚷道。

"不好吗?我还以为绣这个比较好呢,因为梅格名字的首字母也是'M. M.①',我不想让妈妈以外的人用这几条手帕。"贝丝一脸苦恼地说。

"很好,亲爱的,这主意很不错,也很有道理,这样就没人会弄混了。妈妈见了一定会很开心的。"梅格说完,对乔皱了下眉头,又朝贝丝笑了笑。

"妈妈来了。把篮子藏起来,快!"乔喊道,只听见房门砰的一声关上,门厅里响起脚步声。

埃米匆匆走进来,看到姐姐们都在等她,不禁面露惭色。

"你上哪儿去了,背后藏了什么?"梅格问。见埃米身披斗篷,头戴风帽,她很是惊讶,平时懒洋洋的埃米竟这么早就出过门了。

"乔,别笑我。我本来打算没到时间不让人知道的。我只是想把小瓶换成大的,贴上我所有的钱去换,我真的不想再自私了。"

说着,埃米掏出替换廉价品的那瓶华丽香水。她看起来如此诚挚,如此谦逊,只为作出无私的小小努力,梅格不由得一把抱住了她,乔直

---

① M. M.:"马奇太太"和"梅格·马奇"的首字母皆为"M. M."。

夸她是"楷模",贝丝则跑到窗前,摘下她最美的玫瑰来装点这个雅致的瓶子。

"你们瞧,早上读了书,又聊了努力向善的事情,我觉得不好意思送原来的礼物了,所以一起床就跑去附近那家店换了它。我太高兴啦,这下我的礼物是最美丽的了。"

面街的大门又传来砰的一声,姑娘们赶忙将篮子塞回沙发底下,围到桌边,迫不及待要吃早餐。

"妈妈,圣诞快乐!永远快乐!谢谢你送我们的书!我们读了一点儿,打算每天都要读。"她们异口同声地喊道。

"圣诞快乐,女儿们!真高兴你们立刻就开始看书了,希望能保持下去。坐下之前,我想多说一句。离家不远的地方,躺着一个可怜的女人和她刚出生的小婴儿。六个孩子挤在一张床上御寒,因为没有火炉。他们也没有吃的东西,最大的男孩子跑来跟我说,他们正挨着饿、受着冻。我的小姑娘们,你们愿意把自己的早饭送给他们当圣诞礼物吗?"

她们四个等这早餐等了将近一小时,早已饥肠辘辘,一时间谁也没吭声。但不出一分钟,乔便激动地大叫起来:"你在我们吃饭之前就回来了,真是太好了!"

"我可以帮忙把东西带给那些可怜的小孩吗?"贝丝急切地问。

"那我要拿奶油和松糕去。"埃米接着说,果决地让出自己最爱吃的东西。

梅格已经把荞麦松饼盖好,又把面包堆进一个大盘子里。

"我就晓得你们会愿意的。"马奇太太看似心满意足地笑了,"你们一起来帮忙,回家后我们早饭就吃面包、喝牛奶,午饭再吃点儿好的。"

她们一行人很快便打点妥当出发了。所幸天色尚早,她们又是抄的

小路,因此很少人见着她们,也就没有谁来笑话这伙人行径古怪了。

那是一间家徒四壁的陋室,窗玻璃碎了,没有火炉,被褥破破烂烂,母亲卧病,婴儿啼哭,一条旧被子里几个苍白、饥饿的孩子互相依偎着取暖。

姑娘们走进屋里,那些大眼睛紧盯着她们,那些青紫的嘴唇绽开了微笑。

"我的天哪①!是好心的天使来看我们了!"那个可怜的女人说着,喜极而泣。

---

① 我的天哪:原文为德文。

"戴着帽子和手套的滑稽天使。"乔的话把他们逗笑了。

过了一会儿,屋里便仿佛真有善良的神灵在做工。汉娜抱来木柴生火,再用几顶旧帽子和她自己的斗篷堵住了窗户的破洞。马奇太太协助那母亲喝茶吃粥,安慰说一定会帮她,一面替小婴儿穿好衣服,手脚轻柔得如同对待自己的孩子。与此同时,四个姑娘摆好了餐桌,领孩子们在火炉边坐下,给这一窝嗷嗷待哺的小鸟喂食。她们谈笑风生,努力揣摩孩子们口中蹩脚而有趣的英语。

"真好①!""这些小天使②!"可怜的小家伙们边吃边嚷,在惬意的火光里暖着他们冻得发紫的双手。四个姑娘从不曾听过别人称呼自己"小天使",听得心花怒放,尤其是乔,她生来就被当成"桑丘③"。那是

---

① 真好:原文为德文。
② 这些小天使:原文为德文。
③ 桑丘·潘沙:西班牙小说家、剧作家、诗人塞万提斯·萨维德拉(1547—1616)的小说《堂吉诃德》中堂吉诃德的侍从,性格忠实而逗趣。

一顿十分愉快的早餐，虽然她们自己一口都没吃到；她们离开后，留给那家人的是安慰，想必整座城里再没有谁比这四个饿肚子的小姑娘更快乐了，在圣诞节清晨，她们让出了自己的早餐，只以面包和牛奶果腹。

"这就是爱人胜于爱己，我喜欢这样。"梅格说。她们把礼物摆放出来，妈妈正在楼上翻找衣物，预备拿去给那可怜的赫梅尔一家。

陈列的礼物虽不奢华，几个小包裹里却蕴含浓厚的情意。一个长颈花瓶立在桌子中央，插满了红玫瑰、白菊花和藤蔓，增添了不少典雅气氛。

"妈妈来了！贝丝，弹琴！埃米，开门！为妈妈欢呼！"乔蹦蹦跳跳地大叫。梅格前去将妈妈引到上座。

贝丝奏起最欢快的进行曲，埃米拉开房门，梅格毕恭毕敬地护送妈妈入座。马奇太太又惊讶又感动，热泪盈眶地微笑着打开这些礼物，阅读附上的每一张短笺。她立即换上了那双便鞋，将一条新手帕塞进衣兜，手帕上已洒遍埃米送的古龙水，又把那朵玫瑰系在胸口，称赞那副漂亮的手套"十分合手"。

大家尽情欢笑，亲吻，互诉衷肠，这种简单却亲密的仪式使种种家庭节日在当下如此愉悦，很久以后回忆起来又是何等甜美。送完礼物之后，大家又忙活起来。

上午的善行和庆祝花费了不少时间，下午便用来筹备晚会。姑娘们年纪还小，不能常上戏院，也无力花大钱为自家演出置办行头，于是她们发挥才智，造出所需的一切——需要乃发明之母。她们有些手工非常灵巧，用纸板做吉他，老式船形黄油碟覆上锡纸充当古灯，拿旧棉布缝制华美长袍，袍子上亮晶晶的锡片是从一家腌菜厂要来的，制作腌菜罐铁皮盖子所剩的边角料也被要了来，她们将那些菱形碎片物尽其用地镶到盔甲上。家具总是被搬得横倒竖歪,大房间里上演了一场又一场天真的狂欢。

男士不得加入剧团,因比乔大可将各种男角演个尽兴。她对朋友送她的一双褐色皮靴相当满意,那朋友认识一位女士,那位女士又有相熟的演员。这双靴子、一把旧花剑以及一件曾被某位画家入画的开衩紧身马甲,都是乔重要的宝物,无论在什么戏里都会出现。这个剧团太小,使得两位主要演员须一人分饰多角,她们的用功值得嘉许,因为要学着扮三四个角色,迅速更换各式戏服,还得管理舞台。这对她们的记忆力是绝佳的训练,也是一种无害的娱乐,消磨了不少时间,要不然这些光阴将在闲散寂寞中度过,或浪费于无甚益处的交际。

圣诞夜,十多个女孩挤在一张床上,权当坐在戏院楼厅前座,她们在黄蓝相间的印花幕布前翘首以盼,令演员煞是欣喜。幕后传来好一阵窸窸窣窣和窃窃私语,散出一缕灯烟,偶尔还伴着埃米的一串咯咯笑声——她一兴奋就容易歇斯底里。不久后铃声响起,帷幕揭开,这出歌剧式悲剧开场了。

那张戏单上所写的"一座幽暗树林"的布景,是用几盆灌木、地板上的绿色粗呢毯和远处的一个"洞穴"构成的。这个"洞穴"以晾衣架作顶,衣柜作壁,洞里有个小炉子,正燃着熊熊的火,炉上搁着一口黑色锅子,女巫阿加尔佝偻着身子站在锅前。台上黑黢黢的,炉火的光芒营造出良好效果,阿加尔一掀开锅盖,升腾的热气更让人身临其境。幕启后大家激动了一会儿,待场面平静下来,坏蛋乌戈高视阔步地上台了。他腰佩当啷作响的宝剑,头戴宽边软帽,一脸黑色胡须,身披神秘兮兮的斗篷,脚蹬一双褐色皮靴。他焦躁不安地走来走去,而后一拍脑门儿,激昂地放声高歌,唱着他对罗德里戈的恨,对扎拉的爱,以及除杀前者、博得后者的志在必得的决心。乌戈音色粗哑，间或情绪泛滥，发出一声呐喊，表演令人拍案叫绝，观众不禁在他停顿喘息时鼓起掌来。他欠身致意，好似听惯了众人喝彩的演员一般架势十足，随后他悄悄走到山洞口，厉声命令阿加尔出来："喂！下人！我用得着你了！"

梅格饰演的女巫阿加尔走出洞来，拄一根手杖，脸旁披挂灰白马鬃(zōng)，身穿红黑相间的长袍，斗篷上缀着神秘符号。乌戈向她讨两剂药，一剂可使扎拉爱慕他，另一剂可置罗德里戈于死地。阿加尔唱起一支扣人心弦的优美歌曲，答应了这两件事，继而召唤精灵带来灵药：

来此，来此，离家来此，
缥缈精灵，命你来此！
生于玫瑰，饮以露水，
灵丹妙药，可会酿造？
小小精灵，听我号令，
速速予我，芬芳灵药，
其力迅猛，其味甜甘；
精灵精灵，应我召唤！

一段柔和的乐曲响起，山洞深处现出一个娇小身影，乳白色衣裳，双翼闪闪发光，头戴玫瑰花环，金发飘飘。她挥舞魔杖唱道：

我家在银月，
缥缈路遥遥。
特为来此地，

施咒奉灵药。
得药须善用,
莫使法力消!

　　精灵在女巫阿加尔脚边扔下一个镀金的小瓶子,随后不见了踪影。阿加尔又念了一段咒语,召来另一个灵体——这个就不可爱了,砰的一下,一个丑陋的黑色妖精现身,嘶哑地答了一句话,将一个黑黑的瓶子掷向乌戈,冷笑一声便消失了。乌戈用颤音唱了谢词,把两剂药塞进靴子,转身离去。阿加尔告诉观众,乌戈过去曾杀害她的几个朋友,因此她对乌戈下了诅咒,意图阻挠他的计划,向他复仇。帷幕降下,观众稍歇片刻,边吃糖边讨论这出戏的长处。

　　帷幕再次开启之前,台上敲敲打打了好一会儿。当精湛的舞台布景映入眼帘时,观众便对延迟揭幕再无怨言。这场的布景着实壮观!台上竖起一座直耸到天花板的高塔。塔腰处开了一扇窗,窗前点着一盏灯,白色窗帘背后出现的是扎拉。她身着蓝银二色相间的美丽连衣裙,等待着罗德里戈。罗德里戈上场了,他一袭华服,红色披风,头戴饰有羽毛的帽子,栗色长鬈发,身背一把吉他,脚上自然还少不了那双靴子。他跪在塔前,柔情似水地弹唱起一支小夜曲。扎拉回唱一曲之后,答应同他私奔。接下来是这出戏的精彩场面。罗德里戈拿出一副有五级梯蹬的绳梯,将一端抛给扎拉,请她缘梯而下。她小心翼翼地从格子窗爬出来,一手搭在罗德里戈肩头,正要优雅地往下跳,只听得"哎呀,扎拉,不好了!"她忘记提起裙裾——窗户勾住了裙子,塔楼摇晃着前倾,轰然坍塌,把这一对不幸的恋人埋在了废墟里。

　　全场惊叫声四起,那双褐色靴子在残垣断壁中拼命晃动,一个金发脑袋钻出来大叫："我早就告诉你了！我早就告诉你了！"剧中残酷的父亲唐佩德罗泰然自若地冲上场，揪出他的女儿，忙不迭耳语道："别笑！若无其事地演下去！"接着他命令罗德里戈起身，横眉冷目地要将他逐出领地。塔楼倒塌固然使罗德里戈受了惊吓，他却不从老先生的吩咐，拒绝离开。他无畏的模样激起了扎拉的勇气：她也奋起违抗父亲。于是唐佩德罗下令将他们两人都打入城堡最深的地牢。一个身材敦实的侍从带着镣铐走来，把两人押走，他看起来慌张失措，显然是忘了该讲的台词。

第三幕在城堡大厅，女巫阿加尔现身来解救这对恋人，了结乌戈的性命。她听到乌戈走近，便躲到暗处，看他把药剂分别倒入两杯酒中，并指示胆怯的仆人费迪南多说："把这拿去给牢里那两名囚犯，告诉他们我片刻就到。"仆人把乌戈带到一边说了些话，阿加尔趁机将两杯酒换下。仆人把酒端走后，阿加尔又摆上一只杯子，杯中盛的是原本要给罗德里戈喝的毒酒。乌戈高唱一大段之后口干舌燥，拿起酒杯一饮而尽，顿时神志不清，捶胸顿足了好一阵子，直挺挺倒地死去。阿加尔以一曲澎湃优美的唱段倾诉原委。

这实在是触目惊心的一场戏，虽然可能有人觉得，坏蛋死前意外披泻下来的那一大把长发破坏了戏剧效果。当他在观众的要求下走到台前谢幕时，还有礼有节地带上了阿加尔——大家认为所有表演加起来都不敌她唱腔的美妙。

第四幕演的是绝望的罗德里戈听闻扎拉将他抛弃，正欲自尽时窗下传来优美的歌声，告诉他扎拉对他忠贞不渝，只是身陷险境，只要他愿意，就可搭救她。一把钥匙抛了进来，牢门得以打开。罗德里戈一阵狂喜，扯断了镣铐，匆匆跑去寻找爱人，要去救她出来。

第五幕以扎拉和唐佩德罗的激烈争吵开场。唐佩德罗要求扎拉去修道院,她不愿听从,一番情真意切的恳求之后,她几乎快要昏厥过去了。此时罗德里戈冲上来,向她求婚。唐佩德罗嫌罗德里戈没有钱,不肯答应。他们两人比手画脚,大喊大叫,却吵不出个所以然来。正当罗德里戈要把筋疲力尽的扎拉抱走之时,那个胆怯的仆人带着阿加尔的一封信和一只袋子走了进来,而阿加尔已神秘地消失了。阿加尔写信告诉他们,她将予这对年轻的恋人数不清的财宝,倘若唐佩德罗胆敢阻碍他们的幸福,她便要他大难临头。他们打开袋子,将好几夸脱①的"铁皮钱"倾泻于舞台,金光闪闪,美不胜收。这完全软化了那位"严父"的硬心肠。他没有半句怨言,同意了他们的婚事,几个人欢乐地合唱起来。这对恋人十分浪漫优雅地跪地,接受唐佩德罗的祝福,帷幕降下。

    热烈的掌声随之响起,却又意外中断,因为充当"楼厅前座"的那张折叠床突然合拢,吞没了热情的观众。罗德里戈和唐佩德罗飞奔上前救援,大家都毫发无伤地脱身,只不过好些人笑得说不上话来。这股兴奋劲儿还没过去,汉娜出现了,她捎话说"马奇太太有请,请各位小姐下楼用餐"。

    大家喜出望外,见到餐桌后更是又惊又喜,面面相觑。看样子像是妈妈要设宴好好款待她们一番,然而桌上这般佳肴,打从家道中落后,就再未见过。竟有两盘冰激凌,一盘粉色,一盘白色,还有蛋糕、水果和引人注目的法式夹心糖,桌子中间甚至摆放着四大束温室栽培的鲜花!

    这景象看得她们目瞪口呆,她们先盯着桌子,转而又望向母亲,母亲一副乐在其中的神情。

---

① 夸脱:英、美计量液体或干量体积的单位。用作干量单位时,1美制夸脱约等于1.101升。

"是仙女做的吗?"埃米问。

"是圣诞老人。"贝丝说。

"是妈妈张罗的。"梅格露出最甜美的笑容,尽管灰白的鬓发和眉毛还挂在脸上。

"是马奇叔婆心血来潮送晚餐来了。"乔灵光乍现,大叫起来。

"都不对。是劳伦斯老先生送的。"马奇太太答道。

"是那个劳伦斯家男孩的爷爷!他怎么会想到这件事呢?我们不认识他呀!"梅格大吃一惊。

"汉娜把你们送早餐的事讲给了他们家的一个仆人听。劳伦斯老先生脾气古怪,不过知道这事之后很高兴。他同我父亲是旧识。今天下午他派人送来一张写得很客气的字条,说希望我容许他向我家孩子表示友谊,值此佳节,送些小东西给她们。我不好拒绝,所以你们晚上就有了这小小的筵席,弥补只有面包、牛奶的早餐。"

"是那个男孩让他想到这么做的,我知道一定是!他是个很棒的小伙子,真希望我们能成为朋友。他好像也想认识我们,但是他怕难为情,梅格又太古板,每次我们在路上遇到,她都不让我和他讲话。"乔说。大家满足地传递着餐盘,冰激凌融化在一张张赞声不绝的口中。

"你说的是住在隔壁大房子里的那家人,是吗?"一个女孩问道,"我妈妈认得劳伦斯老先生,可是她说他很是自傲,不爱跟邻居打交道。老先生除了让孙子跟着家庭教师骑马和散步,其他时候都把他关在家里,逼他用功读书,我们邀请他来聚会他都不来。妈妈说他人是很好的,不过他从不跟女孩子讲话。"

"我们家的猫有一回跑走,是他送回来的,我们隔着栅栏聊天,聊得很投机——都是关于板球之类的事——后来他见梅格过来,就走开了。我想要哪天和他正式认识一下，他需要乐趣，肯定的。"乔说得斩钉截铁。

"我喜欢他的风度，看起来像个小绅士，如果时机适当，我不反对你们认识他。这些花就是他捧过来的，那时我不清楚你们在楼上做什么，要不然该请他进屋的。他临走时听到楼上的欢声笑语，一脸向往，显然他一天玩闹的日子都没有。"

"妈妈，幸好你没请他进来！"乔看着自己的靴子大笑，"我们改天再另演一出可以请他看的戏。没准他还能帮忙一起演呢。那不是很快活吗？"

"我从没收到过这么精美的花束！多漂亮啊！"梅格兴高采烈地端详她的花。

"真的很漂亮！不过我觉得贝丝送我的玫瑰更香。"马奇太太说着，闻了闻衣带上那朵蔫巴巴的花。

贝丝依偎到她身边，轻柔地说："真希望可以把我那束花送给爸爸。我怕他的圣诞节不像我们的这么快乐。"

第三章
劳伦斯家的男孩

"乔！乔！你在哪儿？"梅格在阁楼楼梯底下大喊。

"这儿！"楼上一个沙哑的声音答道。梅格跑上去，只见妹妹一面啃着苹果，一面读着《雷德克利夫的继承人》[①]，读得直掉泪。洒满阳光的窗边，她裹着一条棉被，坐在老旧的三脚沙发上。这里是乔最爱的避风港，她喜欢带上五六个苹果和一本好书遁入此地，享受清幽和一只爱鼠的陪伴。这只小鼠"爪爪"原本住在近旁，一点儿也不怕她。梅格一来，爪爪便一溜烟窜回洞里去了。乔拭掉脸颊上的眼泪，等着听梅格带来的消息。

"太有意思了！快看！这是加德纳太太正式邀请我们明天晚上过去的请帖！"梅格边喊边挥舞那张珍贵的帖子，然后带着少女独有的喜悦念了起来。

[①]《雷德克利夫的继承人》：英国小说家夏洛特·玛丽·扬（1823—1901）的代表作，深得少年儿童喜爱。主人公盖伊·莫维尔性格正直、仁爱，不计前嫌，最终在照顾重病的反面人物菲利普时染病而亡，其善行也感化了菲利普。

"'恭请光临新年前夜的舞会,不胜荣幸,致马奇小姐①、约瑟芬小姐。加德纳太太敬。'妈妈赞成我们去,那我们穿什么好呢?"

"问这个做什么?你明知道我们要穿府绸裙子去,因为我们也没别的可穿。"乔嘴里塞满了苹果,回答道。

"要是我有条丝绸裙子就好了!"梅格叹息道,"妈妈说等我到了十八岁或许会给我添置一条,可是还要等上两年,实在太漫长了。"

"我相信我们的府绸裙子看起来和丝绸一个样,穿在身上够漂亮了。你那条裙子跟新的似的,我差点儿忘了我那条还有烧焦和撕破的地方。我该怎么办呀?烧痕很显眼,一点儿都去不掉。"

"你一定要尽量坐着不动,别给人看见背面,裙子正面挺好的。我要拿一条新丝带束头发,妈妈会借她的小珠簪(zān)给我,我的新船鞋很可爱,手套也还凑合,虽然不如理想的那么好。"

"我的手套被柠檬水给染色了,又没法买新的,只好不戴手套了。"乔从不为衣着伤脑筋。

"你一定得戴手套,要不我就不去了。"梅格坚决地说,"手套比任何东西都重要,不戴就不能跳舞,你要是不戴,我

---

① 马奇小姐:19世纪,姓加"小姐"是对家中长女的正式称呼。

可要无地自容了。"

"那我待着不动呗。我不怎么喜欢跳交谊舞。踏舞步转圈圈，一点儿意思都没有。我喜欢到处跑跑跳跳。"

"你可不能要妈妈买新手套，价钱太贵，你又这么粗心大意。妈妈说过，你如果把那一双弄脏，她今年冬天都不会再给你买新的了。你不能把那双洗得像样些吗？"梅格焦急地问。

"我可以把手套攥在手里，这样就没人知道它们有多脏了，只能这么办了。不对！我跟你讲我们怎么应付吧——一人戴一只干净的，握一只脏的。你明白我的意思吗？"

"你的手比我的大，会把我的手套撑坏的。"梅格把手套当成心肝宝贝。

"那我就不戴手套去了。我不在乎别人怎么说！"乔大声说着，又捧起书来。

"给你拿去戴，给你！但是不要把它弄脏了，举止规矩一点儿。别背着手，别盯着人看，也别说'老天爷啊'，行吗？"

"不用担心。我会尽量正正经经、不出洋相的——只要我管得住自己。回请帖去吧，让我把这本精彩的小说看完。"

于是梅格离开去写"感荷盛意"了，再打理打理她的裙子，欢快地唱着歌，将她唯一一条手工蕾丝花边镶上去。与此同时，乔读罢小说，吃完四个苹果，还跟爪爪嬉戏了一会儿。

当晚，客厅空无一人，两个姐姐正埋首于整装赴会这件头等大事中，两个妹妹则当起服侍更衣的女仆来。梳妆虽然简单，姐妹们却也有说有笑，跑上跑下好一番忙碌。有一阵子，屋里还弥漫起头发烫焦的刺鼻气味。原来是梅格想要几绺卷曲的刘海，乔便担下这活儿，拿一把烧烫的钳子夹住她上了纸卷的头发。

"该让头发这样冒烟吗?"坐在床沿的贝丝问。

"这是水汽。"乔答道。

"好奇怪的味道!像是羽毛烧焦了。"埃米说着,顺了顺自己漂亮的鬈发,神气活现。

"瞧着,现在我把纸卷拿开,你们会看到一丛小鬈发。"乔放下了钳子。

她取掉纸卷,却不见那丛鬈发,因为头发随着纸一起掉落下来,这位理发师自个儿也吓坏了,她在受害人面前的梳妆台上摆了一排烤焦的头发。

"啊,啊,啊!你干了什么好事呀?我完了!没法去了!我的头发,啊,我的头发!"梅格哀号起来,绝望地看着额前参差不齐的"卷毛"。

"真倒霉!你不该叫我来烫的。我总是把所有事情都搞砸。真对不起,钳子太烫了,我弄得一团糟。"可怜的乔叹道。她眼泪汪汪,懊悔地望着那一团团焦黑的头发。

"没有搞砸啊,把头发再卷一卷,绑上丝带,末梢遮住一点儿额头,看起来就是最时髦的发型了。我见过好多女孩这么打扮。"埃米安抚道。

"是我爱臭美,我活该。要是没折腾头发就好了。"梅格使起性子来。

"我也这么觉得,本来又顺又亮,不过很快就会重新长出来的。"贝丝走过来安慰道,又亲了亲这只被剪了毛的小羊。

历经各种小灾小难后,梅格终于装扮停当,全家人也齐心协力帮乔编好头发,穿戴齐整了。她们虽然衣着简朴,却也楚楚动人——梅格身穿绲(gǔn)了蕾丝花边的银灰色裙子,头戴蓝色丝绒发网和珠簪(jiān);乔则一身绛紫,仅有的装饰是一个男式亚麻硬领和几朵白菊。两人各戴一只素净的手套,另一只手握着脏手套,大家都夸这仪态"温文大方"。梅格的高跟鞋很紧,把脚顶得生疼,尽管她不肯承认。乔的十九根发夹仿佛都直刺入头皮,想想也知道极不舒服。但是天啊,不优雅,毋宁死!

"宝贝,玩得开心点儿!"姐妹俩轻盈地走下门阶时,马奇太太说,"晚饭别吃太多,十一点回家,我让汉娜去接你们。"大门在她们身后哐啷一声关上后,从窗口又飘来一声呼喊:"女儿,女儿!你们俩都带上像样的手帕了吗?"

"带了,带了,漂亮着呢,梅格还在她的手帕上洒了古龙水。"她们一面往前走,乔一面回喊,又笑着加了一句,"我保证就算我们在地震逃难时,妈妈也会问这个的。"

"这是妈妈的一种高雅品味,很得当,因为真正的淑女总是可以从整洁的靴子、手套和手帕看出来。"梅格答道。她自己也有不少小小的"高雅品味。"

"乔,别忘了,烧坏的地方不要给人看见。我的腰带端正吗?头发看起来一塌糊涂吗?"她们到了加德纳太太家的化妆间,梅格对镜理妆好一阵子后转头说道。

"我知道自己会失态的。要是你看到我有什么做得不对的地方,就使个眼色提醒我,好吗?"乔回答,又拉了一下衣领,再匆忙捋了捋头发。

"不要,使眼色不是淑女该做的事。如果你有错,我会抬一下眉毛,如果没什么不对,我就点点头。好了,背挺直,走碎步,把你介绍给谁认识时,不要主动去握手,那不得体。"

"你是怎么学会这么些规矩的?我老学不会。这音乐多欢快呀。"

她们走下楼,心中怯怯的,因为她们很少参加舞会。这次舞会虽然不大,也不十分正式,但对她们而言已是盛事一桩。加德纳太太是一位端庄的老夫人,她亲切地招呼她们,将她们交代给六个女儿中最年长的萨莉。梅格原就认识萨莉,所以很快就不再拘束了,而乔不大爱和女孩

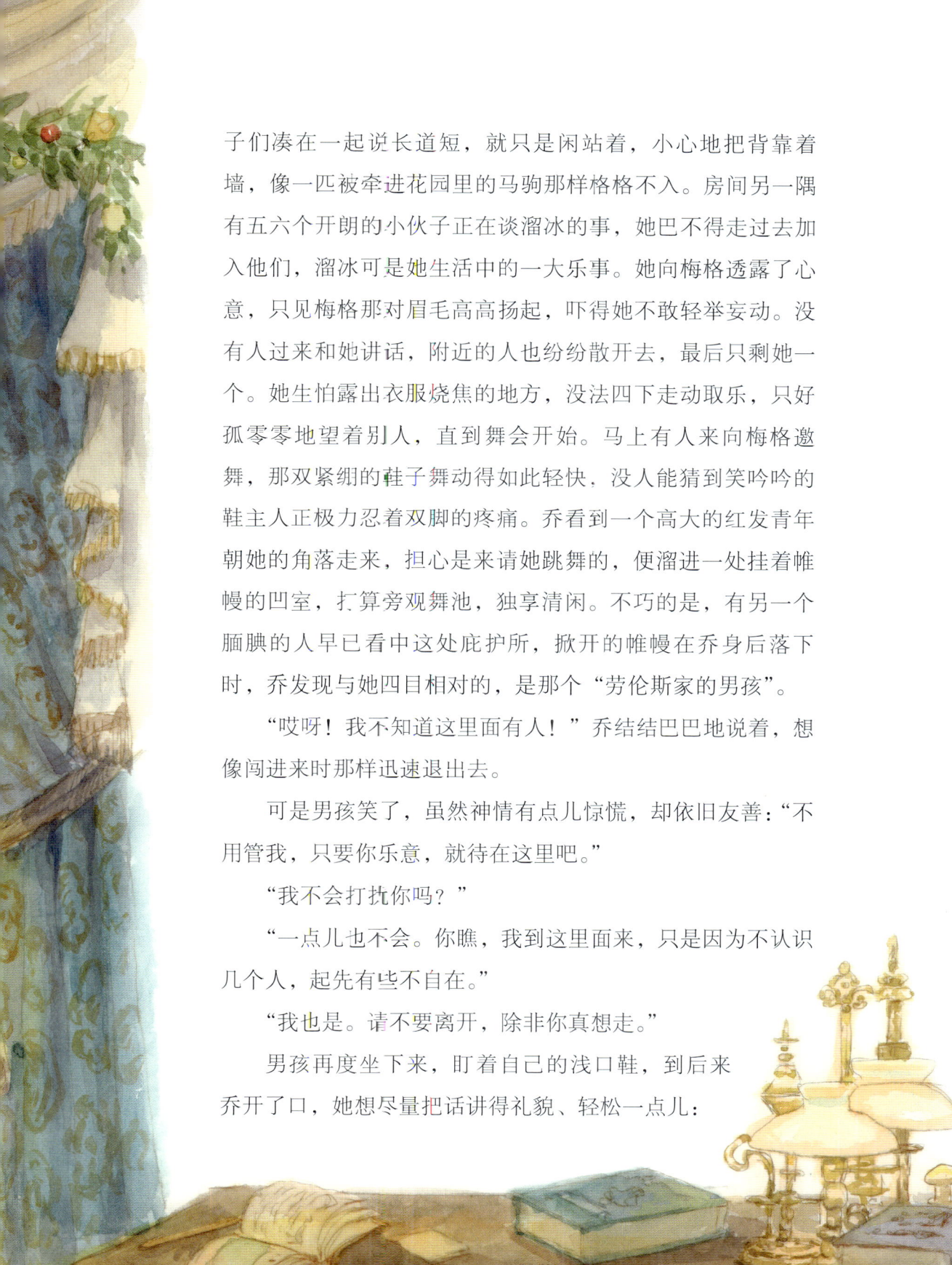

子们凑在一起说长道短,就只是闲站着,小心地把背靠着墙,像一匹被牵进花园里的马驹那样格格不入。房间另一隅有五六个开朗的小伙子正在谈溜冰的事,她巴不得走过去加入他们,溜冰可是她生活中的一大乐事。她向梅格透露了心意,只见梅格那对眉毛高高扬起,吓得她不敢轻举妄动。没有人过来和她讲话,附近的人也纷纷散开去,最后只剩她一个。她生怕露出衣服烧焦的地方,没法四下走动取乐,只好孤零零地望着别人,直到舞会开始。马上有人来向梅格邀舞,那双紧绷的鞋子舞动得如此轻快,没人能猜到笑吟吟的鞋主人正极力忍着双脚的疼痛。乔看到一个高大的红发青年朝她的角落走来,担心是来请她跳舞的,便溜进一处挂着帷幔的凹室,打算旁观舞池,独享清闲。不巧的是,有另一个腼腆的人早已看中这处庇护所,掀开的帷幔在乔身后落下时,乔发现与她四目相对的,是那个"劳伦斯家的男孩"。

"哎呀!我不知道这里面有人!"乔结结巴巴地说着,想像闯进来时那样迅速退出去。

可是男孩笑了,虽然神情有点儿惊慌,却依旧友善:"不用管我,只要你乐意,就待在这里吧。"

"我不会打扰你吗?"

"一点儿也不会。你瞧,我到这里面来,只是因为不认识几个人,起先有些不自在。"

"我也是。请不要离开,除非你真想走。"

男孩再度坐下来,盯着自己的浅口鞋,到后来乔开了口,她想尽量把话讲得礼貌、轻松一点儿:

"我想我以前有幸见过你。你住在我们家附近,是吗?"

"住隔壁。"他抬起头哈哈大笑,乔一本正经的样子很有趣,他明明记得那天把猫送回去时,他们俩还聊过板球。

乔见状轻松不少,也笑了起来,热诚地说:"你送来的圣诞厚礼,真的让我们很开心。"

"是我爷爷送的。"

"可那是你出的主意,不是吗?"

"马奇小姐,你们的猫好吗?"男孩问,试图摆出严肃的模样,一对黑眼睛却闪着快乐的光芒。

"很好,谢谢你,劳伦斯先生。不过我不是马奇小姐,我只是乔。"小淑女答道。

"我也不是劳伦斯先生,我只是劳里①。"

"劳里·劳伦斯——这名字真少见!"

"我名叫西奥多,可是我不喜欢这名字,因为同学们管我叫多拉②,所以我要他们改叫我劳里。"

"我也讨厌我的名字——太脂粉气了!我希望大家都叫我乔,别叫约瑟芬。你是怎么让那些男孩不再叫你多拉的?"

"我揍他们啊。"

"我又不能揍马奇叔婆,只能忍着了。"乔只得叹了口气作罢。

"你不喜欢跳舞吗,乔小姐?"劳里问道,看来他认为这个名字很适合她。

---

① 劳里:"劳伦斯"的爱称。
② 多拉:英文为"Dora",多为女名。

"如果地方够大,大家都很活泼,那我还挺喜欢的。像现在这种地方,我一定会打翻什么东西,踩到别人的脚,或者闯出别的祸来,所以我就不去胡闹了,让梅格好好地跳。你跳不跳舞?"

"有时候跳。要知道我在国外待了好多年,和这里的人交往不够多,还不熟悉你们的习惯。"

"国外!"乔叫起来,"噢,说给我听听吧!我可喜欢听人家讲旅行的事了。"

劳里一时不知从何讲起,不过乔热切的发问很快令他侃侃而谈,他告诉她在沃韦①上学的事,那里的男学生从来不戴帽子,他们有一排小船停在湖上,度假时会和老师们一起去瑞士各地远足。

"要是我也能去那儿就好了!"乔叫道,"你去过巴黎吗?"

"我们去年冬天就是在巴黎过的。"

"你会说法语吗?"

"我们在沃韦只说法语,不准说别的话。"

"说几句吧!我看得懂,但不会念。"

"Quel nom a cette jeune demoiselle en les pantoufles jolis?"劳里随和地说。

"你说得真好!我想想——你说的是,'那位穿着漂亮鞋子的年轻女士是谁',对吗?"

"是的,小姐②。"

"那是我姐姐玛格丽特,你认识她的!你觉得她漂亮吗?"

---

① 沃韦:瑞士沃州城市,位于莱芒湖东岸。
② 是的,小姐:原文为法文。

"漂亮，她让我想到德国女孩，看上去那么清丽、那么文静，跳起舞来有淑女风范。"

听这男孩子纯真地赞美姐姐，乔不觉喜形于色，就把这些话记在心里，准备回头转告梅格。他们两人一面旁观，一面评论、聊天，渐渐感觉彼此相识已久。劳里很快便不再羞涩，乔绅士般的举止把他逗乐了，他也就不再拘束。乔则恢复了欢快的本性，因为掩饰衣裙的事已抛在脑后，而且没有人朝她抬眉毛了。她比以前更喜欢这个"劳伦斯家的男孩"，又细细打量了他几眼，好回去向姐妹们形容他，她们没有兄弟，堂表兄弟也极少，男孩在她们眼中差不多是未知生物。

"黑色鬈发，肤色较深，大大的黑眼睛，鼻子高挺，牙齿整齐，手脚小巧，个子比我高，以一个男孩来说，算是很有礼貌，还十分开朗。不知道他几岁了？"

这个问题已溜到乔的嘴边，她又及时吞了回去，试图以她少有的圆通，拐弯抹角找出答案。

"我想你就快上大学了吧？我看你一直在啃书本——不，我是说，在用功读书。""啃书本"这糟糕的字眼脱口而出，乔不由得羞红了脸。

劳里微微一笑，神色并没有不快，他耸了耸肩答道："一两年内还不会，反正，十七岁之前我不会去上。"

"你才十五岁吗？"乔望着这个高高的小伙子，她本来猜测他已年届十七。

"下个月满十六岁。"

"我多希望能快点儿上大学啊！你看起来不喜欢。"

"我讨厌上大学！大学里成天不是苦读，就是嬉闹，没别的。我也不喜欢这个国家上学的方式。"

"你喜欢什么呢?"

"喜欢住在意大利,按我自己的方式快乐过活。"

乔非常想问他的方式是什么,但是看他蹙(cù)起两道乌黑的眉毛,阴沉沉的,她便一脚踏着乐曲的拍子,同时话锋一转:"这首波尔卡舞曲真好听!你为什么不去跳一跳呢?"

"要是你也去的话。"他答道,殷勤地微微一鞠躬。

"我不能去,我跟梅格说了我不跳,因为——"乔打住了,似乎在犹豫该以实相告还是哈哈一笑。

"因为什么?"劳里好奇地问道。

"你不会告诉别人吧?"

"决不会!"

"好吧,我有个坏习惯,就是喜欢站在火炉前面,所以烧坏了好多件裙子,身上这件也不例外,虽然已被细密地缝补过,可还是看得出来。梅格叫我待着别动,这样就不会有人发现了。你想笑就笑吧。很好笑,我知道。"

然而劳里没有笑,他低头寻思片刻,脸上的神情叫乔猜不透,然后很轻柔地说:"没关系的,我告诉你该怎么办:那里有一道长廊,我们可以去尽情地跳,没人会看到我们。请来吧。"

乔谢过他,欣然同往。看见舞伴戴的那一副精致的珠白色手套,她真希望自己能有两只洁净的手套。长廊上空无一人,他们欢畅地跳了一支波尔卡舞。劳里舞艺精湛,他还教乔跳充满摇摆与跳跃的德国方舞,乔高兴不已。曲毕,他们在楼梯上坐下歇息,劳里为乔讲述海德堡的一次学生庆典,正讲到一半,梅格找妹妹找到这里来。她招了招手,乔无奈地跟着她走进一间旁室。一进门,梅格就坐倒在沙发上,握住一只脚,

面色惨白。

"我脚踝扭伤了。那只破高跟鞋别了一下，害我猛地扭到。太痛了，我站都站不住，不知道到底该怎么回家了。"她痛苦得身子直摇晃。

"我就知道你那双傻乎乎的鞋会伤到脚的。真难过。可我不晓得有什么办法，你只能找一辆马车，要不就在这儿待一晚。"乔边回答，边轻轻揉着姐姐受伤的脚踝。

"不花一大笔钱可租不到马车。我看根本找都找不着一辆，大多数人是坐自家马车来的，可马车行离这里又远，没人可以帮忙去租。"

"我去。"

"不行，绝对不行！都过九点了，外头黑灯瞎火的。我不能在这里过夜，房间都住满了，萨莉留下了几个女孩。我休息休息，等汉娜来，再尽力走回去。"

"我去拜托劳里，他会去的。"乔想出这主意来，露出宽解的神气。

"哎呀，别！别去拜托，也别告诉任何人。把我的橡胶鞋拿过来，把这双舞鞋和我们的东西收在一起。我没法再跳舞了，等晚餐过后就候着汉娜，她一到就告诉我。"

"他们现在要去吃晚餐了。我陪你，我宁愿留在这儿。"

"不要，亲爱的，快去吧，帮我端些咖啡来。我好累，动弹不了！"

然后梅格斜倚在沙发上，把橡胶鞋严实地遮掩起来。乔慌慌张张地朝餐厅跑去，途中误闯一间瓷器储藏室，一推开门就见加德纳老先生在里面独自享用茶点，而后才找到餐厅。她一个箭步冲到餐桌前，刚倒了杯咖啡，转眼就打翻了，溅污了裙子正面，这下她衣服前后都一样糟了。

"啊，天哪，我真是个冒失鬼！"乔惊呼，忙用梅格的手套擦拭裙子，于是又毁了那只手套。

"我可以帮忙吗？"一个友善的声音问道。来者正是劳里，他一手拿着满满一杯咖啡，一手端了一碟冰激凌。

"我正要拿些东西去给梅格，她很累，谁知刚才有人撞了我一下，我就成这副德行了。"乔答道，黯然地看看脏污的裙子，又看看染成咖啡色的手套。

"可真不走运！我正好想把这些东西给谁送去。可以容许我端给你姐姐吗？"

"啊，谢谢！那我带你去戈她。我可不要自告奋勇端东西了，由我端去只会再惹祸的。"

乔在前领路，劳里似乎很习惯为女士效劳，他搬来一张小桌子，又为乔另送来一份咖啡和冰激凌，如此热心，就连爱挑剔的梅格也夸他是个"好孩子"。他们愉快地吃着夹心糖，读着糖纸上的格言，和两三个晃进来的年轻人一起玩安静的"拍七令"游戏。正玩到兴头上，汉娜来了。梅格忘了脚伤，猛然一起身，痛得大叫出声，连忙扶住乔。

"嘘！什么都别讲。"她悄声嘱咐，接着提高了嗓门儿说，"没事的。我的脚扭了一下而已。"说完，她跛着脚上楼去穿外套。

汉娜开口责备，梅格哭了起来。乔一时张皇失措，最后决定亲自解决此事。她溜出房间，跑下楼，找到一个仆人，问他能否为她租一辆马车。不巧那仆人是临时雇来的，对附近的情形一无所知，乔只得再四下找人帮忙。劳里听见她求助，便走上前来，说祖父派来接他的马车刚到，可以载她们同行。

"时间还早呢！你一定还不想走吧？"乔看起来心中一宽，却又不敢即刻接受这份美意。

"我一向走得早——真的！请让我送你们回家吧。你知道的，本来就顺路，况且听说外面在下雨。"

事情就这么解决了。乔将梅格的苦衷讲给他听，感激地接受了他的好意，随后跑上楼带她们下来。汉娜像猫儿一样厌烦下雨天，因此也没有多话。她们坐上那辆豪华的带篷马车扬长而去，自觉相当高雅，满心欢喜。劳里坐在前方的车夫座，腾出位置让梅格搁脚，两姐妹便无拘无束地谈起刚才的舞会来。

"我玩得很开心，你呢？"乔问，一面拨散了头发，放松下来。

"我也是，可惜后来扭伤了脚。萨莉的朋友安妮·莫法特跟我很合得来，她邀我之后跟着萨莉一起去她家住一个星期。明年春天歌剧团来的时候，萨莉就会去，到时一定会十分精彩的，希望妈妈能允许我去。"梅格回答，想到此处，她不禁雀跃起来。

"我看到你和那个红头发的人跳舞，我躲开了他。他人好吗？"

"噢，很好啊！他头发是褐色的，不是红色。他很有礼貌，我和他跳了一支优美的雷多瓦舞！"

"他跳新舞步时活像一只抽筋的蚱蜢。我和劳里都忍不住大笑。你听见我们笑了吗？"

"没有，那也太失礼了。你们躲在那儿那么久，到底在干吗？"

乔讲述起她的奇遇来，讲完时她们也到家了。她们向劳里连声道谢，又道过晚安，随后蹑手蹑脚地进屋，生怕惊扰家人。哪知房门嘎吱一响，两个顶着睡帽的小脑袋就冒了出来，两个困乏却急切的声音喊道："讲讲舞会的事！快讲讲舞会的事！"

尽管被梅格斥责"不成体统"，乔还是将省下的一些夹心糖带了回来给妹妹。两个妹妹听完这一晚跌宕起伏的经历，很快又安睡了。

"我得说，今晚真像当了一回名门闺秀，坐马车从舞会回家，穿睡袍坐着,旁边还有侍女服侍。"梅格说着,乔替她的脚敷上山金车酊,又为她梳顺了头发。

"虽然我们烫焦了头发,穿旧裙子,一人只戴一只手套,傻傻地踩着紧绷的鞋子扭伤了脚踝,我还是相信,名门闺秀的快乐也不会比我们更多了。"

第四章
重担

"唉,我们又要背起行囊上路了,感觉真不容易啊。"舞会次日早晨,梅格叹息道。节日已过,一周的欢庆更令她提不起劲回到向来就不喜欢的工作中。

"真希望天天都是圣诞节或新年。那该多开心啊!"乔失落地打着哈欠,附和道。

"我们本不该这样吃喝玩乐的。可是享用晚餐,收到鲜花,参加舞会,乘马车回家,看看书,休息休息,不用工作,真是太惬意了。你知道的,就跟别人一样这么过日子。我一直很羡慕那些姑娘,我确实喜欢奢华的生活。"梅格说,一面比较着手里两条破旧的裙子,想看看哪条体面一些。

"算了,我们没有这种福分,就别发牢骚了,扛起包袱来,学妈妈一样高高兴兴地向前走吧。要我说,马奇叔婆就是我掮(qián)在肩头的'海之老人①',可是我想,也许等我学会毫无怨言地背着她,她就会掉下来,或者变得很轻,我就不会再介意了。"

乔被这个想法勾起了兴致,精神也抖擞起来,而梅格仍旧闷闷不乐,她的负担是四个被宠坏的孩子,这担子似乎比以往更沉重了。她甚至无心装扮——无心像平常那样系上蓝色领结,梳起最得宜的发型。

"好看有什么用?除了那几个坏脾气的小东西,又没人看得见我,没人在乎我漂不漂亮。"她嘟囔着,使劲一推,关上了抽屉,"我这辈子就是劳碌命,偶尔才会有一点点乐趣,剩下就只有变老、变丑、变刻薄,因为我穷,没法像别的姑娘那样享受人生。太遗憾了!"

梅格说完,一脸委屈地走下楼去,吃早餐时也全无和顺的神情。大家看起来都心绪不佳,满腹牢骚。贝丝头痛,躺在沙发上逗玩大猫和三只小猫以排遣不适;埃米发愁功课没念好,橡皮又找不到了;乔吵吵闹闹的,正准备吹口哨;马奇太太在赶写一封马上要寄的信;汉娜也一肚子怨气,因为昨天睡得晚,她很不习惯。

"从没见过脾气这么坏的一家人!"乔打翻了墨水台,又扯断了靴子的一对鞋带,一屁股坐在自己的帽子上,终于忍不住发起火来。

"你就是脾气最坏的那一个!"埃米反唇相讥。她在写字板上做算术,因错误百出急得泪水直落,弄花了那些数字。

"贝丝,如果你不把这几只讨厌的猫关进地下室,我就淹死它们。"梅格怒吼道。正有一只小猫爬到了她的背上,像芒刺似的黏着不走,她想赶它下来,却够不着。

---

① 海之老人:《一千零一夜》中的《辛伯达航海旅行的故事》里,终日骑在辛伯达脖子上役使他的人物,出现在辛伯达的第五次航海旅行。

乔看得直笑，梅格责骂个不停，贝丝为猫苦苦哀求，而埃米则号啕大哭，因为她算不出来九乘十二等于多少。

"孩子们，孩子们，安静一下吧！我无论如何得赶着早班邮车寄出这封信，你们的烦心事让我没法专心写了。"马奇太太高声说道，划掉了信中第三次写错的句子。

屋内降下片刻的静默，而后又被汉娜打破，她大步走进来，把两个热腾腾的酥饼往桌上一搁，又转身冲了出去。这种酥饼是家里的传统点心，姑娘们称之为"暖手筒"，她们没别的东西可以暖手，在寒冷的早晨，用热酥饼焐焐手相当适意。汉娜不管家事多忙、心情多郁闷，也从不会忘记做这些酥饼，因为姑娘们出门要走一段荒凉的长路，午餐只有酥饼可吃，又很少能在下午两点前回家。

"贝丝，抱着你的猫，让头痛快点儿好吧。妈妈，再见。我们今天早上是一帮无赖，但是我们回家时会变回真正的天使的。梅格，走吧！"乔拖着脚步出发了，心想她们这几个"朝圣者"似乎未能照着应有的样子启程。

她们转过路口前，总要回头望望，因为妈妈总是在窗前点头微笑，向她们挥手。不经这一番送别，她们似乎怎么都过不好一天，无论心里是阴是晴，此时看一眼母亲的面容便如沐春晖。

"如果妈妈不朝我们飞吻，而是挥挥拳头，那也是我们罪有应得，因为再也找不着比我们更加不知感恩的浑蛋了。"寒风飞雪中，乔懊丧地高声忏悔。

"别说这种难听的字眼。"梅格的声音裹在层层头巾里，她这身装扮俨然一个厌世的修女。

"我喜欢意思准确又有力量的词。"乔回应道，一把抓住头顶被风吹动、险些飞走的帽子。

"你爱叫自己什么都行,但我可既不是无赖,也不是浑蛋。我不愿意人家这样叫我。"

"你是个失意的人儿。今天之所以这么暴躁,是因为你不能天天养尊处优。可怜的好姐姐,等我发了财,你就可以尽情坐马车、吃冰激凌、穿高跟鞋、收花束、和红头发男孩子跳舞啦。"

"乔,你真可笑!"梅格被乔的打趣话逗笑了,心情不由得也好了些。

"你得庆幸我可笑啊,假如我跟你一样愁眉苦脸、萎靡(wěi mǐ)不振,那我们可太好看了。谢天谢地,我总能找些有趣的事让自己打起精神。别再发牢骚了,回家时要高兴点儿,这才是好孩子。"

乔拍了一下姐姐的肩膀鼓励她,随后两人各行各路,分途而去,都揣着热乎乎的"暖手筒",都想要振作起来,尽管天寒地冻、工作劳苦,尽管年轻人爱享乐却求而不得。

当初,马奇先生为帮助一位不幸的朋友而散尽家财,两个年长的女儿便恳请出门做些活儿,至少自食其力。马奇夫妇认为培养孩子的毅力、勤奋和自立精神越早越好,就应允了。于是姐妹俩一腔热忱地投入工作,这股热忱必将排除万难,开花结果。

玛格丽特找了一份幼儿家教的工作,薪水微薄,她却已感觉富足。她常说自己"喜欢奢华的生活",最烦恼的便是贫穷。她比妹妹们更耐不住贫穷,因为她还记得家道兴盛的往日,生活安逸,丰衣足食。她很想知足,尽量不眼红别人,但是姑娘家渴望漂亮的东西、欢乐的伙伴、琴棋书画和幸福的生活,再自然不过了。在金家,她每天都能看到自己想要的一切,因为那几个孩子的姐姐们初登社交界,梅格时不时瞥见雅丽的舞会礼服和花束,听见她们热烈地谈论戏院、音乐会、雪橇出游等各种娱乐,眼看着她们挥金如土,金钱对她自身而言却是如此宝贵。可怜的梅格很少诉苦，但心中的不平有时会使她对什么人都心怀怨恨。她尚不知晓自己已活在丰美的祝福里，单是这祝福就足以令生活富足。

乔刚好适合陪护马奇叔婆，叔婆跛足，需要有个活泼的人随侍在侧。当年马奇夫妇一家落难，这位无儿无女的老太太曾提议收养他们的一个女儿，遭到婉拒后，她大为恼火。朋友们对马奇夫妇说，他们再无机会被这位有钱的老太太写入遗嘱了。淡泊名利的马奇夫妇却只说："纵使是金山银山，也无法让我们抛弃女儿。无论是贫是富，我们一家人都要在一起，和和乐乐过日子。"

老太太好一阵子都不愿和他们说话，后来在朋友家偶然遇到乔，乔滑稽可爱的表情和直率的举止十分合她的意，便提出要乔去做伴。乔根本不乐意，然而眼前没有更好的工作，便权且接受了。谁都想不到，乔竟和这位爱生气的亲戚相处得非常融洽。两人之间偶尔也会起风波，有一次乔气得跑回家，声称自己再也受不了了；不过马奇叔婆的脾气一向去得很快，不一会儿又派人请她回去，那份迫切令她推却不得，因为她心中其实相当喜欢这个急躁的老太太。

我猜想，真正吸引乔的，是那间藏满好书的大书房。马奇叔公过世后，书房已蛛网尘封。乔记得那位慈祥的老先生，他从前常允许她用大部头的字典搭铁路、筑桥梁，也常手捧拉丁文图书，为她讲里头那些奇异图画所描绘的故事，每次在街上遇见她，还会给她买几块姜饼。那个光线昏暗、灰尘满布的房间里，有几尊在书架上居高临下的半身雕像，几张舒适的椅子，几个地球仪，最好的自然是那一片卷帙(zhì)浩繁的原野，她可以随心所欲地徜(chángyáng)徉其间，书房成了她的一方福地。马奇叔婆打盹儿或招待客人时，乔就急忙躲进这个清静之处，蜷起身子坐上安乐椅，如饥似渴地阅读诗歌、传奇故事、历史、游记和图画，好像一只真正的书虫。但凡幸福之事，总不能长久：她每每读到故事的紧要关头、诗歌最美妙的句子或游记中最艰险的旅程，屋外必会传来一个尖锐的声音，唤着"约瑟——芬！约瑟——芬！"，每当这时，她就不得不离开她的乐园，去外面绕毛线，给贵宾犬洗澡，或者为老太太读上好几个小时贝尔沙姆①的《随笔集》。

乔梦想成就一番事业，至于是什么事业，她还没有头绪，只能留待时间为她揭晓，而她觉得现在最大的苦恼是无法尽兴地看书、跑跳和骑马。她脾气躁，刀子嘴，又有一颗不安分的心，因此常常惹上麻烦，她的生活波澜起伏，亦喜亦悲。在马奇叔婆家受的锻炼正是她所需要的，而且想到能自食其力，她就觉得高兴，也就乐于接受耳畔那没完没了的"约瑟——芬！"了。

贝丝太内向，无法上学；她尝试过，可是在学校如坐针毡(zhān)，最后只得作罢，留在家中由父亲教她功课。后来父亲远行，母亲也深受感召，将才能与精力奉献给军人援助会，即使如此，贝丝仍兢兢业业，全力以赴地自学。她是个精于持家的小姑娘，空闲时便帮助汉娜打理家务，让外出工作的家人得以回到整洁、舒适的屋子里，她从不求回报，只希望大家爱她。她度过一个个宁静悠长的日子，既不寂寞也不闲散，因为她的小小世界里住满了想象出来的朋友，而且她天生就是一只勤劳的小蜜蜂。贝丝毕竟还是个孩子，始终很爱她的玩偶，每天早晨她都要抱起六个洋娃娃，为它们穿衣打扮。这些娃娃没有一个是完整或精美的，全是贝丝收留的"弃儿"，两个姐姐长大了，不玩娃娃了，就把它们传给她，因为埃米是不会要老旧丑陋的东西的。正因如此，贝丝愈加温柔地疼惜它

---

① 威廉·贝尔沙姆（1752—1827）：英国政治作家、历史学家。

们,还为"病弱"的娃娃建了一间医院。她从不把针刺进它们的棉花肚子里,从不打骂它们,就连最不招人喜欢的娃娃,她都不会疏于照顾而伤了它的心。她给所有娃娃吃穿,照料它们,抚摸它们,对它们的宠爱经久不衰。有个残缺的洋娃娃是乔遗弃的,它命途多舛(chuǎn),最后病骨支离被丢在碎布袋里,贝丝将它从沉闷的"济贫院"救出,对它悉心呵护。娃娃头皮光秃秃的,贝丝就为它系上一顶小巧的帽子;娃娃四肢都不见了,贝丝就用一条毯子裹住它,掩盖这些缺陷,又把这位长期病患安置在最好的病床里。我想,要是有谁知道她倾注在这个娃娃身上的关爱如此之深,就算不免发笑,心中也一定很感动。她会送它几朵鲜花,读书给它听,会把它藏在外套里,带出门呼吸新鲜空气,还会为它唱摇篮曲,临睡总不忘亲亲它脏兮兮的脸蛋,温柔地耳语:"祝你一夜安眠,我的小可怜。"

贝丝和姐妹一样,有着自己的烦恼,她并非天使,只是凡间的一个小女孩,用乔的话来说,她常会"掉几滴泪",因为无法上音乐课,又无法拥有一架好钢琴。她挚爱音乐,如此努力地学习,始终在那架旧钢琴前叮叮咚咚地不懈练习,好像真该有人(并非暗指马奇叔婆)来帮助她。然而没人伸出援手,没人看到贝丝独自练琴时,把泪滴从泛黄又走音的琴键上拭去。她演奏时会像一只小百灵鸟那样唱歌,不知疲倦地弹琴给妈妈和姐妹们听,日复一日心怀期望地告诉自己:"我知道,只要我乖乖地练习,总有一天可以学好音乐。"

世上有许许多多个贝丝,羞涩娴静,安坐在角落,有人需要时才走上前来,欣欣然为他人而活,却无人察觉她的牺牲,直至炉边的小蟋蟀[①]

[①] 炉边的小蟋蟀:出自英国作家查尔斯·狄更斯(1812—1870)的小说《炉边蟋蟀》,象征为家庭带来好运的事物。

不再鸣唱，和煦的身影消失无踪，空留沉寂与阴暗。

如果有人问埃米她生活里最愁苦的是什么，她会立刻回答："我的鼻子。"她还是小婴儿的时候，有一次乔不小心把她摔进煤桶里，埃米认定是那一摔害得她的鼻子永远破相了。她的鼻子虽不像可怜的"彼得雷娅①"的鼻子那样又大又红，却有点儿塌，怎么捏都捏不出具有贵族气息的鼻尖来。除了她自个儿，没人在意这件事，而且她的鼻子已越长越挺，但是埃米深感自己缺少一个希腊人般的高鼻子，只能在纸上画下一个又一个高挺的鼻子聊以自慰。

因为她的绘画天才，姐姐们称她为"小拉斐尔②"，她最快乐的事莫过于临摹花卉，描绘仙女，或是用奇妙的艺术形象展现故事。学校老师们抱怨说她不拿写字板好好做算术，却常在上面画满动物，地图册的空白页也用来勾摹地图，各种课本中不凑巧就会闪现一幅幅好笑至极的漫画。但她尽力念好功课，在品行上也是模范，这足以使她免于受惩。她广受同学喜爱，因为为人和气，有本事轻而易举地取悦别人。她小小的傲气备受钦羡，更遑(huáng)论一身的才艺，除了画画，她还会弹十二支曲子，会钩织，念起法文来念错的字从不超过全篇的三分之二。她会述说"爸爸还有钱的时候，我们如此这般……"说得哀婉动人，女生们认为她用的那些冗长的词语"十分典雅"。

埃米快要被宠坏了，大家都疼她，她微小的私心和虚荣心便日渐膨胀。然而，有一件事压抑了她的虚荣心，那就是她必须穿表姐弗洛伦丝穿剩下的衣服。表姐的妈妈毫无品味，因此埃米没有心仪的蓝色软帽可

---

① 彼得雷娅：瑞典作家弗雷德丽卡·布雷默尔（1801—1865）小说《家》中的人物。
② 拉斐尔·桑西（1483—1520）：意大利画家，"文艺复兴后三杰"中最年轻者。

戴,只能苦不堪言地戴上一顶红色的,而连衣裙也与埃米极不相称,围裙又花里胡哨且不合身。表姐的衣物都不错,做工精良,也没穿过几次,却实在难容于埃米的艺术眼光。尤其在今年冬天,埃米上学穿的裙子竟是暗紫色缀黄点、没有饰边的。

"我唯一的安慰是,"埃米眼泪汪汪地对梅格说,"妈妈不会在我调皮的时候,把我的裙子折边改短,像玛丽亚·帕克的妈妈那样。天啊,那真可怕,有时候她太皮了,裙边被折到膝盖那么高,没法上学了。我想到这种曲路(屈辱),就觉得自己的塌鼻子和黄色烟火图案的紫色裙子都可以忍受了。"

梅格是埃米的知己与监督者,乔与文静的贝丝之间也是同样的关系,因为她俩性格互补,总是莫名地互相吸引。内向的贝丝只对乔一人倾诉心事;不知不觉中,比起其他家人,贝丝对这个莽莽撞撞的姐姐影响颇深。两个姐姐彼此也很亲,她们一人带一个妹妹,用各自的方法照看——她们称之为"扮妈妈"——妹妹取代了那些遭她们丢弃的娃娃,她们以小妇人的母性照顾着妹妹。

"有人说点儿什么吗?今天死气沉沉的,我实在想听些有趣的事。"那天晚上她们几个坐在一起做针线活儿,梅格说道。

"今天我和叔婆闹别扭,最后我占了上风,我给你们讲讲吧。"乔非常喜欢讲故事,"我和平时一样,念着那本永远念不完的贝尔沙姆,越念越含混,叔婆很快就打瞌睡了,于是我掏出一本更好看的书,一个劲地读,读到她醒过来。我其实自己也困了,没等她再睡着,我就打了个大哈欠,她问我为什么嘴张那么大,都可以把整本书一口吞下去了。

"'我倒是想一口吞下,了结了它。'我尽量不把话说得太冲。

"然后她对我好一番数落,叫我坐在一边反省罪过,她自己又眯了一会儿。她从来都不会很快回过神来,所以一等她的帽子像头重脚轻的大丽花那样一垂一垂的,我就又从口袋里抽出《威克菲尔德的牧师》①读了起来,一只眼睛看'牧师',一只眼睛留意叔婆。读到他们掉进水里那一幕,我开心忘形,笑出了声。叔婆被我吵醒了,她打盹儿之后脾气好了不少,就叫我念上一段,要看看比起贝尔沙姆富有教育意义的金玉良言,我更偏爱的这本是什么无聊的书。我有声有色地念给她听,她很喜欢,却只是说:'我不明白这讲的是什么。从头再念一遍吧,孩子。'

"我回头重念,尽量把普里姆罗斯一家的经历念得有趣些。念到一个精彩的地方,我使坏停了下来,假装恭顺地说:'夫人,怕您听厌了,我不念了吧?'

"她手里打着的毛线差点儿掉到地上,她一把捞起,透过眼镜瞪了我一眼,和平常一样直截了当地说:'念完这一章,不得无礼,小姐。'"

"她承认自己喜欢那本书了吗?"梅格问。

"噢,问得好,没有承认!但是她让老贝尔沙姆歇着了,下午我跑回去找手套的时候,见她正看'牧师'看得入迷,我知道好日子要来了,高兴得在门厅里跳起了吉格舞,边跳边笑,她光顾着看书,连我的笑声都没听到。只要她愿意,她的生活可以多快乐啊!虽然她有钱,我也不怎么羡慕她,我想,说到底,富人的烦恼和穷人一样多。"乔接着说。

"这倒让我想起来了,"梅格说,"我也有事要讲,虽然不像乔的事情那样有趣,可是我回家后一直惦记着。今天我到金家去,看见他们一家人都慌慌张张的,一个小孩说他们的大哥干了一件坏事,爸爸把他赶

---

① 《威克菲尔德的牧师》:英国剧作家奥利弗·哥尔德史密斯(约1730—1774)所著的长篇小说,在18世纪的英国流传甚广。小说描写主人公牧师普里姆罗斯一家破产后遭逢种种磨难,却仍不失纯真善良,最终化险为夷,得到回报。此处乔读至小说第三章牧师女儿索菲娅落水得救的场景。

出去了。我听到金太太在哭,金先生在大声嚷嚷,格雷丝和埃伦从我身边走过时把脸都别过去,不让我发现他们眼睛哭得红通通的。我自然什么也没问,可是心里为他们难受,也庆幸自己没有任性的兄弟调皮捣蛋,给家里人丢脸。"

"我觉得比起坏男孩犯错,女孩子在学校里丢脸可要栏杆(难堪)多了。"埃米摇了摇头说,仿佛已饱经沧桑,"苏茜·珀金斯今天戴着一枚漂亮的红玛瑙戒指来上学。我特别喜欢那枚戒指,简直恨不得自己变成她。后来,她画了一幅戴维斯先生的肖像,巨大的鼻子、驼背,还在他嘴边画了个泡泡,填上他说的话:'各位小姐,我注意着你们呢!'我们看着画直笑,突然间,他真的注意到我们了,他命令苏茜把写字板拿上讲台。苏茜吓得呆若母鸡(木鸡),她走上去,哎呀,你们猜戴维斯先生做了什么?他揪苏茜的耳朵——耳朵!想想那多恐怖啊!他把她拽到背书的台子前,罚她在那儿站了半个钟头,举着写字板给大家看。"

"姑娘们对着那幅画没笑吗?"乔问。她津津有味地想象着那幅窘况。

"笑?谁也不敢啊!她们像小老鼠一样,吓得纹丝不动。我知道苏茜一定哭成泪人儿了。所以我不羡慕她了,我觉得换作我遇到这事,就算有成千上万枚红玛瑙戒指,我也高兴不起来,永远永远都忘不掉这种苦不堪言的奇耻大辱。"埃米继续做起活儿来,暗暗得意自己非但品性纯良,还能一连吐出两个不简单的词。

"今天早上看到一件事情,让我很欢喜,本来打算吃午饭时告诉你们的,我给忘了。"贝丝一面说,一面拾掇乔乱七八糟的针线篮,"我早上替汉娜去买牡蛎(mǔ lì),劳伦斯老先生也在鱼铺。他没看见我,我站在一个大桶后头,而他忙着和卖鱼的卡特先生讲话。有个可怜的女人提着拖把和水桶走进铺子,问卡特先生可不可以让她帮忙拖洗,来换一点儿鱼,因

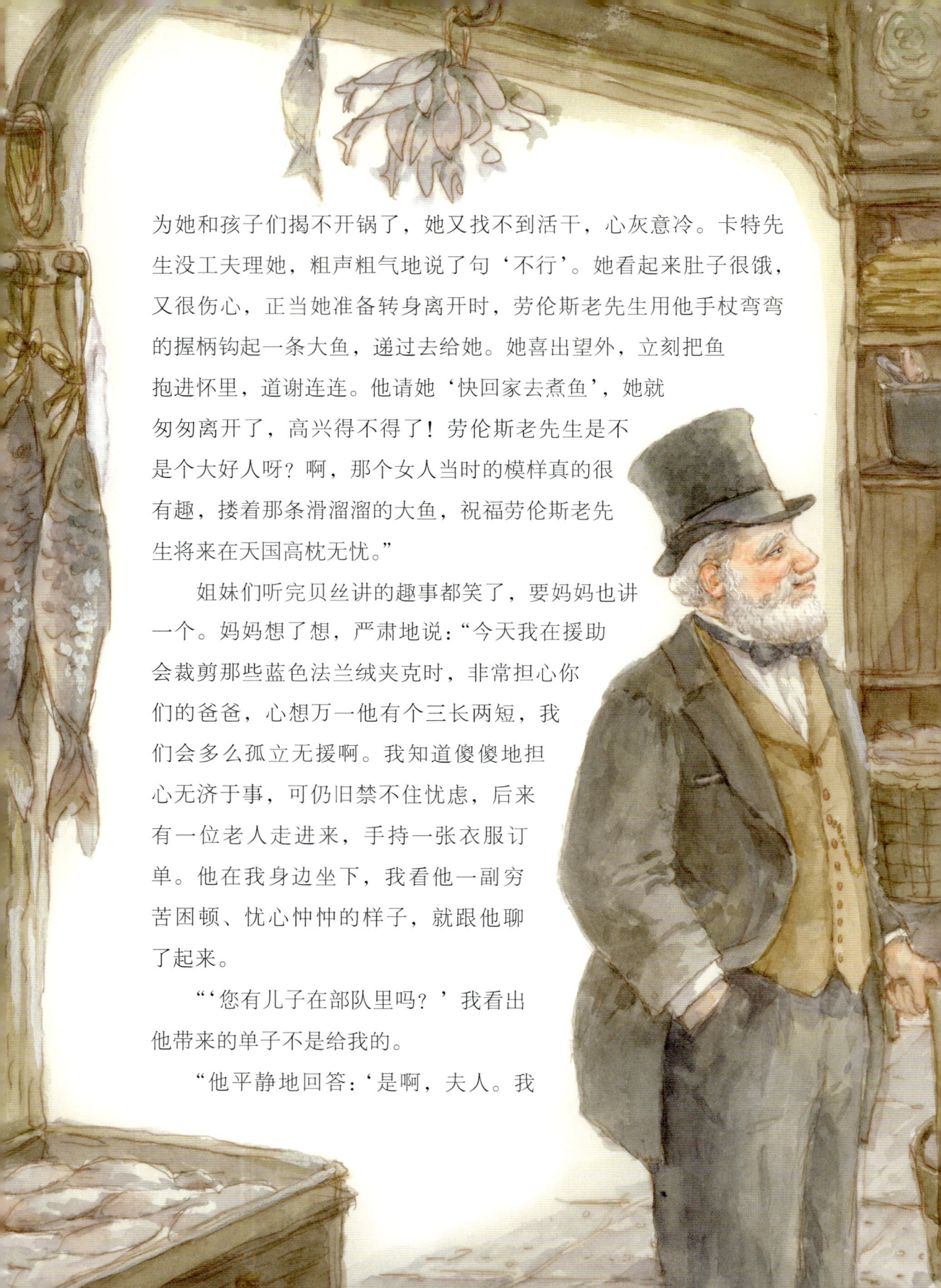

为她和孩子们揭不开锅了,她又找不到活干,心灰意冷。卡特先生没工夫理她,粗声粗气地说了句'不行'。她看起来肚子很饿,又很伤心,正当她准备转身离开时,劳伦斯老先生用他手杖弯弯的握柄钩起一条大鱼,递过去给她。她喜出望外,立刻把鱼抱进怀里,道谢连连。他请她'快回家去煮鱼',她就匆匆离开了,高兴得不得了!劳伦斯老先生是不是个大好人呀?啊,那个女人当时的模样真的很有趣,搂着那条滑溜溜的大鱼,祝福劳伦斯老先生将来在天国高枕无忧。"

　　姐妹们听完贝丝讲的趣事都笑了,要妈妈也讲一个。妈妈想了想,严肃地说:"今天我在援助会裁剪那些蓝色法兰绒夹克时,非常担心你们的爸爸,心想万一他有个三长两短,我们会多么孤立无援啊。我知道傻傻地担心无济于事,可仍旧禁不住忧虑,后来有一位老人走进来,手持一张衣服订单。他在我身边坐下,我看他一副穷苦困顿、忧心忡忡的样子,就跟他聊了起来。

　　"'您有儿子在部队里吗?'我看出他带来的单子不是给我的。

　　"他平静地回答:'是啊,夫人。我

有四个儿子，两个牺牲了，一个被俘了，我正要去看剩下那个，他病得厉害，住在华盛顿的一间医院里。'

"我说：'先生，您为国家贡献良多啊。'我不再怜悯他，而是对他肃然起敬。

"'全都是我该做的,夫人。要是我还能派上用场,我自己也会去打仗。可惜我不中用了,就只能送我的孩子们去,无条件地送去。'

"他说得心甘情愿,发自肺腑。他那样欣然奉献一切,叫我自觉愧疚。我只送一个人上战场就承受不住,而他献出四个却毫不吝惜。我所有的女儿还在家陪我,让我觉得安慰,他最后一个儿子尚远在几英里①以外,或许,正等待着和他说再见!想想自己的福气,我感到十分富足、十分幸福,于是我为他整理了一大包衣物,还塞给他一些钱,由衷感谢他给我上了宝贵的一课。"

"妈妈,再讲个故事吧——再讲个有意义的故事,像这个一样。如果故事真实又不太说教,我总喜欢过后再回味回味。"沉默片刻后,乔说道。

马奇太太笑了,立刻又讲起故事来,她为这几个小听众讲了多年的故事,懂得如何让她们高兴。

"从前有四个女孩,她们吃穿不愁,生活充满舒适与快乐,有深爱她们的好朋友和爸爸妈妈,但是她们还不满足。(话到此处,小听众们心照不宣地彼此偷瞄一眼,又埋头做起了活计。)

"这几个女孩渴望向善,一次次下定决心做好事,却没有好好地实践,她们总是说'要是我们有这个就好了''要是我们能做那个就好了',完全忘了她们已经拥有多少,忘了她们其实有多少快乐的事可做。所以她们请教一位老妇人,想知道什么样的魔法能使自己幸福。老妇人答:'当你们感到不满足时,仔细想想自己的福气,要为此感恩。'(此时乔唰地抬头看了看,似乎有话要说,想着故事还没讲完,便又转了念头。)

"她们都是懂事的女孩,决定照老妇人的忠告做做看,果然不久之

---

① 英里:英美制长度单位,1英里约等于1.61千米。

后，她们惊异地发现自己是多么富有。一个女孩发现，金钱也无法将羞愧与悲伤挡在富人家的门外。另一个女孩发现，自己虽然穷，但是年轻、健康、精力充沛，比起一个性情焦躁、身体虚弱、不能安享天年的老太太，总要幸福不少。第三个女孩发现，帮忙做饭虽不是什么开心事，但迫于无奈去讨饭却比做饭艰难得多。至于第四个女孩，她发现，红玛瑙戒指都不及端正的品行珍贵。于是她们都同意不再发怨言，要珍惜已有的福气，努力让自己配得上这些恩典，免得非但不能更有福，反而失去所有。我相信，她们若听取老妇人的忠告，绝不会失望，也不会遗憾。"

"哎，妈妈，你真狡猾，用我们自己说的事情夹治我们，不给我们讲故事，却讲起道理来了。"梅格喊道。

"这种道理我爱听。爸爸也常这样讲。"贝丝若有所思，把针扎进了乔的针插里。

"我不像她们那么爱抱怨，今后我会更加谨慎的，看苏茜下不来台，我已经得到警示了。"埃米规规矩矩地说。

"我们会记取这种教训，不会忘记的。假如我们忘了，你就学《汤姆叔叔的小屋》①里的克洛大婶那样对我们说：'想一想我们所得到的恩典吧，孩子们！想一想我们所得到的恩典！'"乔怎么也忍不住从这简短的说教中寻出些许乐趣来，不过她和姐妹们一样，已经把道理铭记在心。

---

① 《汤姆叔叔的小屋》：美国作家比彻·斯托夫人（1811—1896）所作的长篇小说。

第五章
睦邻

"你到底要去做什么呀,乔?"梅格问妹妹。这是一个雪天的下午,乔脚上套着一双橡胶靴,身披旧外套,头戴风帽,一手提着扫帚,一手拎着雪铲,咚咚地走过门厅。

"出去运动运动。"乔回答,双眼闪着调皮的光。

"早上你走了两趟长路,应该也足够了。外头又冷又阴,我劝你跟我一样留在火炉边,暖洋洋的。"梅格说着打了个寒战。

"我不听。我没法整天待着不动,也不爱守着火炉打盹,我又不是小猫咪。我喜欢冒险,我要去找些冒险的事做。"

梅格坐回火炉边烘脚,继续读《艾凡赫》①。乔已到了屋外,奋力铲雪开路。雪积得不深,她很快便用扫帚绕着花园清出一条小径,等太阳出来,贝丝就能带着那些伤病的娃娃出来走走,呼吸新鲜空气。马奇家和

---

① 《艾凡赫》:英国小说家、诗人沃尔特·司各特(1771—1832)所著的长篇历史小说。

劳伦斯老先生家的房子分立于这座花园左右。两户人家坐落在市郊，这里仍是一派乡村风光，四野有丛林、草地、开阔的花园与幽静的街道。两家的宅邸仅隔着一道低矮的树篱。这一边是一栋棕色的老房子，夏日里庇荫外墙的藤蔓和环绕四周的花朵早已凋零无存，因此更显简陋破落。另一边则是一座气派的石砌大宅，从宽敞的马车房、修葺（qì）齐整的庭院、温室花房到富丽的窗帷（wéi）间依稀可见的各种精美物什，无不昭示着舒适与奢华。然而这座大宅看起来冷冷清清、了无生气，草坪上不见孩童玩耍，窗前也没有母亲的笑脸，除了老先生和他的孙子，鲜少有人出入。

在乔丰富的想象里头，这座华宅像是施了魔法的宫殿，金碧辉煌，乐趣无穷，可惜无人消受。她早就想一窥隐藏其中的盛景，也想结识"劳伦斯家的男孩"。男孩似乎也想结交朋友，只是不知如何与人攀谈。那次舞会之后，她这种心意比以往更热切，谋划了种种和他做朋友的方法。近来没看到他，乔猜想他出远门了，有一天却望见隔壁楼上的窗边，倚着一张阴郁的面庞，正一脸惆怅地俯瞰她们家的花园，看贝丝和埃米在园中打雪仗。

"那个男孩没有伙伴，也没有娱乐，正难过着呢。"她自言自语道，"他爷爷不知道怎么做才是为他好，只把他一个人关在屋里。他需要和一群欢乐的男孩子一起玩，或是和哪个年轻活泼的人一起。我实在想去隔壁找那位老先生说说。"

想到这个主意，乔乐了起来，她喜欢做大胆的事，离经叛道的行径常令梅格颇为反感。"去隔壁"的计划一直盘旋在她心头。到了这个下雪的午后，乔决心试试自己能做什么。她看见劳伦斯老先生驱车外出，便奔出门去铲雪，一路铲到树篱边，在那里停下脚步向隔壁探看。四下一片寂静——楼下的窗帷都低垂着，没看到一个仆人，也不见其他人影，除了楼上窗边露出一只细瘦的手，支着一颗有着黑色鬈发的脑袋。

"他在那儿。"乔想，"可怜的男孩！这么阴沉的日子里，独自一人，病恹(yān)恹的。真不幸！我可以丢一颗雪球过去，引他朝外看，说句话安慰他。"

一颗雪球向上抛去，那脑袋立刻转了过来，原本百无聊赖的神色瞬间消失，大眼睛忽闪忽闪的，嘴角扬起微笑。乔点点头，也笑了，挥着手中的扫帚大喊："你好吗？是不是病了？"

劳里打开窗户，用乌鸦般沙哑的嗓音回喊："好点儿了，谢谢你。我得了重感冒，已经关在屋里一星期了。"

"真替你难过。你一个人做什么来打发时间呢？"

"什么也没得做。这儿闷得像坟墓一样。"

"你不看书吗？"

"不太看。他们不让我看。"

"不能让谁念给你听吗？"

"爷爷有时候会念，可是我的书他没兴趣，我又不愿意老是麻烦布鲁克先生。"

"那，有人去探望你吗？"

"我谁都不想见。那些男生闹哄哄的，我怕头疼。"

"没有乖巧的女孩来念念书，陪你打发时间吗？女孩比较文静，也更懂得照顾人。"

"可我一个也不认识。"

"你认识我们呀。"乔说着笑了起来,止住了话头。

"说得是啊!拜托,你愿意过来吗?"劳里大声说。

"我不文静也不乖巧,可是我愿意过去,只要妈妈允许。我去问问她。乖乖把窗子关上,等我过去。"

说完,乔扛起扫帚,大步走回屋里,思忖着不知家里人会对她说些什么。劳里想到即将有人做伴,兴奋不已,忙东忙西地做准备。马奇太太说过,他是个"小绅士",为向来客表示敬意,他将一头鬈发梳理整齐,戴上一个崭新的硬领,尽量把房间收拾得干净些,他们家虽有五六个仆人,他的房间还是凌乱不堪。没过多久,传来一阵响亮的门铃声,接着是一句语气坚定的"求见劳里先生",随后一个神色讶异的仆人跑上楼,通报说有位小姐来访。

"好的,把她请上来,是乔小姐。"劳里说着便到他那间小客厅的门口去迎接乔。乔走上楼来,满面春风,和颜悦色,看来十分自在,一手托着一个盖起来的碟子,另一手抱着贝丝的三只小猫。

"我来了,带着全部家当。"她说得很轻快,"妈妈要我代她致意,她很高兴我能为你做点儿事。梅格叫我带些她做的牛奶冻过来,她做得可好了。贝丝觉得她的猫能帮你排遣不舒服,我知道你见了会笑话的,可我不好拒绝,她那么热心地想尽一份力。"

贝丝出借猫咪虽然滑稽,谁知却恰到好处,劳里见了这几只猫不免开怀大笑,忘却了羞涩,一下子热络起来。

"这太漂亮了,叫人舍不得吃。"看着乔掀开碟盖,亮出牛奶冻,周围饰着一圈绿叶和埃米珍爱的绯(fēi)红色天竺葵花朵,他欣喜地笑了。

"这没什么,她们都关心你,聊表心意。你让女仆先把它收起来,之后当茶点。牛奶冻的成分很简单，软滑好吞咽，你可以吃的，不会伤到你发炎的喉咙。这个房间真舒适！"

"如果好好收拾，或许是会很舒适，可是女仆们总偷懒，我又不知道怎么让她们用心一些。这让我很烦恼。"

"我两分钟就可以整理好，只要把壁炉刷干净，像这样——再把壁炉架上的东西摆齐，像这样——然后把书放这儿，瓶子放那儿，沙发不要对着光，枕头拍松一点儿。好了，一切妥当。"

果真如此，乔在谈笑之间迅速将东西归置好，使房间焕然一新。劳里毕恭毕敬，默默望着她，她招呼他去沙发坐，他便坐下来，满意地舒了一口气，感激地说："你真好！对啊，房间就该这样。请坐那张大椅子，让我也做些什么，来逗我的客人开心吧。"

"不，我是来逗你开心的。我可以为你读书吗？"乔眼巴巴地盯着身旁那几本诱人的书。

"谢谢！那些我都读过了。如果你不介意的话，我更想聊天。"劳里回答。

"一点儿也不介意呀。我话匣子一打开，就可以聊上一整天。贝丝说我从来不知道什么时候该住口。"

"贝丝是不是脸蛋红扑扑，老待在家里，有时提个小篮子出门的那一位？"劳里好奇地问。

"对，那就是贝丝。她是我最疼爱的女孩，是个不折不扣的好女孩。"

"我猜，长得很漂亮的那一位是梅格，头发卷卷的那一位是埃米？"

"你怎么猜到的？"

劳里涨红了脸，坦白地答道："这个……你瞧，我常听到你们互喊名字，我一个人待在楼上的时候，总忍不住朝你们家看，你们好像永远都是快快乐乐的。请原谅我这么失礼，你们摆着花的那扇窗子，有时候忘了放下窗帘——灯亮以后，窗里仿佛一幅画，炉火熊熊，你们和妈妈一起围坐桌旁，她的脸正对着这边，在花朵掩映下看起来那么柔美，我情不自禁一直看。你知道吗，我已经没有妈妈了。"劳里拨了拨火，借以掩饰嘴唇止不住的微微颤抖。

他眼中孤寂而渴盼的神色径直沁入乔温暖的心里。乔从小受的教育极其单纯，头脑中没有半点儿虚伪，十五岁的她依旧天真直率得像个小孩子。劳里孤单单的，生着病；她感到自己身在亲情与幸福中是多么富有，很乐意同他分享这一切。她满面友善，嗓音变得异常轻柔："我们以后再也不把那幅窗帘合上了，由你尽情地看。不过，我希望你不要只是偷偷地看，大可以过来加入我们。妈妈和善极了，她会让你感觉宾至如归。只要我出马求贝丝，她会唱歌给你听，埃米也会来伴舞。我和梅格可以给你看我们滑稽的舞台道具，让你笑一笑。我们会玩得很快活的。但是，你爷爷肯不肯让你来？"

"要是你妈妈跟他说一声，我想他会答应的。他很慈祥，虽然表面上看不出来。基本上，我想做什么他就让我做什么，只是有时会担心我给陌生人添麻烦。"劳里越说越来劲。

"我们又不是陌生人，我们是邻居，你不用觉得自己会给人添麻烦。我们很想认识你，我老早就有这念头了。你知道，我们搬来这里不太久，但除了你们，我们和别的邻居都相熟了。"

"你瞧，爷爷活在他的书堆里，不太管外界的事。我的家庭教师布鲁克先生又不住在这儿，没人陪我到处走走，所以我只好闷在家里，穷极无聊地过日子。"

"这样不好。人家请你去的地方，你都应该尽量去看看，然后你会交上许多朋友,也有好玩的地方可去了。别怕难为情,多走动就不会不好意思了。"

劳里脸又红了,却并不因被说怕难为情而生气,因为乔一番好心,虽然直言不讳(huì),但她善良的本意叫人不能不接受。

乔乐滋滋地四下张望,男孩则凝视着炉火,停顿片刻后,他换了个话题问道:"你喜欢你的学校吗?"

"我没上学,我已经是个出社会的大丈夫了——我是说,出社会的大姑娘。我的工作是服侍叔婆,她也是个可爱又坏脾气的长辈。"乔回答。

劳里开口正要再问一个问题,忽然想起过多打探别人的私事很失礼,于是不再作声,显出些许尴尬。乔欣赏他的良好教养,她倒是不介意拿马奇叔婆的事说笑,于是绘声绘色地对他描述这位坐立难安的老太太,她胖胖的贵宾犬和会说西班牙语的鹦鹉,还有令自己沉醉的书房。劳里听得津津有味。她谈到有一位古板的老先生曾登门向马奇叔婆求爱,他正慷慨陈词之时,鹦鹉波利把他的假发衔(xián)了下来,令他懊恼不已。男孩听了,笑得前仰后合,眼泪都流了下来,引得一个女仆探头进来看发生了什么事。

"噢!真把我乐坏了。请继续讲吧。"他从沙发靠垫上抬起头来,开心得满面红光。

乔为自己讲话奏效而得意,便继续讲了下去,聊姐妹们的戏剧和计划,对父亲的期待与忧虑,以及她们生活的小天地中最有趣的事。接着他们谈起书来,乔很高兴,她发现劳里和她一样爱书,读过的书比她还多。

"你这么爱看书,下楼去看看我们家的书吧。爷爷不在,你不用害怕。"劳里起身说。

"我什么都不怕。"乔把头一扬答道。

"我相信你不怕！"男孩非常钦佩地望着乔高喊，虽然他暗自觉得，要是她遇上老先生心情不好的时候，总该有几分害怕的。

整座屋子的气氛温煦如夏，劳里带着乔走过一个又一个房间，若有什么东西吸引乔的目光，就任由她驻足端详。待他们来到书房时，乔不禁拍手雀跃，她特别高兴的时候总是这样。房内塞满了书籍，另有一些图画和雕像陈列其间。几个引人注目的小柜子里，钱币和珍玩琳琅满目。房内还摆放着几张软垫扶手椅、别致的桌子和几尊青铜像。最棒的是，还有一座周围贴有古雅瓷砖的大壁炉。

"真是富丽堂皇！"乔叹道，她坐进一张深深的丝绒椅子里，带着十分满足的神气四面环顾。"西奥多·劳伦斯，你应该是世界上最幸福的男孩了。"她语重心长地接了一句。

"人不能光靠书本过活呀。"劳里坐在对面的桌沿，摇了摇头。

不等他说下去，门铃响了。乔腾地跳起来，惊慌地大叫："完了！你爷爷回来了！"

"嗯，回来又怎么样？要知道你可是什么都不怕的。"男孩一脸调皮地回说。

"我想我还是有点儿怕他的，只是不知道为什么要怕。妈妈说我可以过来，我觉得来看看你，对你的病情也没什么坏处……"乔强作镇定，双眼却紧盯着房门。

"你来看我，我好多了呢，感激不尽。只怕你和我讲话累着了；我听得倒是非常愉快，简直不想停下来。"劳里表示谢意。

"少爷，大夫来看你了。"女仆示意道。

"容我失陪片刻，好吗？我想我必须去见他。"劳里说。

"不用管我。我在这儿快乐得像只小蟋蟀。"乔答道。

劳里走出门去，留客人在书房自得其乐。当乔在一幅老先生的精美肖像前站住欣赏时，房门再度打开。她没有回头看，只是肯定地说着："我现在确信自己不会怕他了，他有一双和蔼的眼睛，虽然嘴角很严肃，看起来相当固执已见。他不及我外公英俊，可我喜欢他。"

"谢谢你，小姐。"乔身后传来一个低沉的声音，她大惊失色，站在门口的正是劳伦斯老先生。

可怜的乔脸蛋涨得通红通红，回想刚才说的话，心快要跳到嗓子眼了。一时间她不能自已，一心只想逃走。但逃走是懦夫之举，会被姐妹们取笑的。于是她决定按兵不动，设法摆脱困境。她又看了他一眼，浓密的白眉毛底下，那双生气勃勃的眼睛比画像更加和蔼，流露着会心的目光，这令她的畏惧少了大半。这段窘迫的沉默过后，老先生突然发话，原本低沉的声音此时愈发低沉了："这么说来，你不怕我了，嗯？"

"不怎么怕了，先生。"

"你觉得我不及你外公英俊吗？"

"可以这么说，先生。"

"我相当固执，是吗？"

"我只是说我这么觉得。"

"尽管如此，你还是喜欢我？"

"是的，先生。"

这句回答深得老先生欢心。他笑了两声，同她握手，用手指抬起她的下巴，认真地打量她的脸，然后放下手，点了点头说："就算你长得不那么像你外公，性格也是随他的。亲爱的孩子，他是个好人，更可贵的是，他勇敢又正直。他生前与我是知交，我为此骄傲。"

"谢谢您，先生。"这番话很合乔的心意，她听了舒坦许多。

"你对我那个孙子做了些什么事，嗯？"这一个问题却是问得犀利。

"只是串串门，先生。"随后乔讲明了来意。

"你觉得他应该开心一点儿，是吗？"

"是啊，先生，他好像挺寂寞的，可能和年轻人做伴会对他有好处。我们只是几个女孩子，不过要是能帮上忙，我们都很乐意。我们可没忘记您丰盛的圣诞礼物。"乔恳切地说。

"啧啧,那是我孙子的主意。那位可怜的太太还好吗?"

"她很好,先生。"乔噼里啪啦道出赫梅尔一家的近况,她的母亲已鼓动一些富裕的朋友去关心那家人。

"和她父亲一样行善。我要择日拜会令堂,请知会她一声。茶点的铃声响了,为了我孙子,我们用茶时间比较早。下楼继续串门去吧。"

"如果您愿意让我加入的话,先生。"

"如果不愿意,我就不会邀请你啦。"劳伦斯老先生本着老派的礼节,伸出手臂给她挽。

"梅格知道了这件事,会怎么说呢?"乔边走边想,想象着回家后讲述这段经过,不由眉飞色舞。

这时劳里跑下楼来,惊见乔和他可畏的爷爷手挽着手,吓了一跳,收住了脚步。"嘿!哎呀,这孩子到底怎么了?"老先生说。

"我没想到您回来了,爷爷。"他开口道。乔得意地冲他使了个眼色。

"还用说吗,瞧你乒乒乓乓下楼就知道。来喝茶吧,先生,要有绅士的样子。"劳伦斯老先生慈爱地轻扯一下孙子的头发,往前走去,劳里跟在他们身后,扮了一连串滑稽的动作,逗得乔差点儿大笑出声。

老先生喝了四杯茶,话不多,只望着这对年轻人如故知般谈天说地,孙子的转变他看在眼里。男孩的脸上此刻有了神采与朝气,举手投足如此活泼,笑声也发自真正的喜悦。

"她说得没错,这孩子很寂寞。看看这几个小姑娘能怎么帮他吧。"劳伦斯老先生看着听着,心里暗忖道。他喜欢乔,她胆大又直率的作风很中他的意,而且她理解这个男孩,俨然自己也是个男孩。

假如劳伦斯家的人真像乔曾以为的那样拘谨又古板(jū jǐn),她绝无可能同他们合得来,因为那种人素来令她忸怩为难。如今发现这祖孙俩很平易近人,她也就相当自在,给他们留下了好印象。他们用完茶,乔告辞要走,劳里说他还有东西想请她看,而后将她带到温室花房,还特地点上了灯。乔在走道上来回漫步,欣赏着两旁墙上盛放的鲜花、柔和的灯光、缭绕于顶的奇藤异树,呼吸着湿润馥郁(fù yù)的空气,宛若置身仙境。她的新朋友剪下最美的花朵,一朵又一朵捧了满怀,然后把花扎成一束,带着乔乐见的欢愉神情说:"请把这些花送给你妈妈,告诉她,我非常喜欢她赐我的良药。"

他们两人来到大客厅,发现劳伦斯老先生站在炉火前,乔的目光却被一架开着盖的三角钢琴整个儿吸引过去。

"你会弹琴吗?"她转头问劳里,一脸敬佩。

"有时候弹弹。"他谦虚地回答。

"请现在弹一曲吧。我很想听,这样就能给贝丝说说了。"

"你先请吧?"

"我不懂怎么弹。我太笨了,学不会,但是我非常爱好音乐。"

于是劳里弹起琴来,乔在旁聆听,鼻子惬意地埋在手中的天芥菜花和香水月季里。他弹得行云流水,全无作态,她对这"劳伦斯家的男孩"增添了许多敬重。她真想让贝丝也来听他弹琴,但她没有说出口,只是不停夸他,夸得他脸都红了。最后还是他的祖父过来解围:"够了,够了,小姐。甜果子吃太多对他不好。他的琴艺不错,可我希望他更重要的事情也做得一样好。你要走了?好吧,多谢你了,希望你再来。代我向令堂问好。晚安,乔医生。"

他亲切地握手道别,却似乎有一丝不快。走进门厅后,乔问劳里她是否说错了什么话。他摇了摇头。

"没有,是因为我。他不喜欢听到我弹琴。"

"为什么呢?"

"改天我再告诉你。请原谅我不能陪你回家,约翰会送你。"

"用不着。我不是什么千金小姐,再说只有一步之遥。你保重,好吗?"

"好,你会再来的吧?"

"如果你答应病好了就来看我们的话。"

"我会的。"

"晚安,劳里!"

"晚安,乔,晚安!"

听完乔一下午的经历,全家人有意一同登门拜访,因为树篱那一侧的大宅子里,有着她们各自很感兴趣的事物。马奇太太想和老先生聊聊自己的父亲,感谢老先生未曾忘记他;梅格盼望去花房走走;贝丝渴慕那架三角钢琴;埃米则迫不及待想看看那些精美的图画和雕像。

"妈妈,劳伦斯老先生为什么不喜欢劳里弹琴?"生性好奇的乔问道。

"我不清楚,我想是因为他儿子——劳里的爸爸——娶了一位意大利女士,一个音乐家。老先生有些傲气,不满这门婚事。那位女士心地善良,才貌双全,但是老先生不喜欢她,儿子结婚后,他便再也不肯见儿子了。劳里还小的时候,双亲都过世了,爷爷才把他接回家。这个孩子出生在意大利,我猜他身子骨不算结实,老先生兰怕他有什么意外,一直把他捧在手心里。劳里天生喜爱音乐,随他妈妈,我看他爷爷是担心他也想当音乐家。不管怎样,他的才艺让老先生想起了那个不喜欢的女人,所以老先生才会像乔说的那样'怒目而视'。"

"天啊,真浪漫!"梅格大呼道。

"真糊涂!"乔说,"他想当音乐家,就让他当呗,不要送他去大学受折磨,他讨厌上大学。"

"难怪他有那么漂亮的黑眼睛,仪态又那么优雅。意大利人总是很亲和。"梅格说。她是个挺感性的人。

"你怎么了解他的眼睛和仪态了?你几乎没和他讲过话。"乔叫道。她可不感性。

"我在舞会上见过他,从你讲的事情也听得出他知书达礼。他说妈妈赐他良药那句话说得真妙。"

"我猜他说的是牛奶冻吧。"

"你真是个傻孩子!他说的当然是你啊。"

"是吗?"乔睁大了眼睛,似乎想都没想过是这么一回事。

"我从没见过这样的姑娘!别人恭维你,你还听不懂。"梅格摆出一副深谙世故的淑女神气。

"恭维话都是胡说八道的,拜托你别犯傻,扫我的兴。劳里是个好孩子,我喜欢他,那些恭维之类的废话,我是决不会感情用事把它们当真的。我们都要好好待他,因为他没有妈妈了。他可以过来看我们吧,妈妈?"

"可以啊,乔,非常欢迎你的小朋友。我也希望梅格记得,小孩应该尽量保有赤子之心。"

"我还没满十三岁,不过我不会说自己是小孩了。"埃米说道,"贝丝,你说呢?"

"我在想我们的'天路历程',"刚才的话,贝丝一个字也没听见,只回应道,"想我们怎么决心向善,脱离'泥沼',穿过'窄门',奋力爬上陡峭山坡;也许那边那座充满美好事物的宅子,会是我们的'美丽宫'。"

"我们得先从'狮子'旁边走过去。"乔似乎对此满怀憧憬。

第六章
贝丝得见美丽宫

隔壁的大宅子果真是一座"美丽宫",不过她们一家费了一些时间才走进去,贝丝更是觉得穿越"狮群"很困难。劳伦斯老先生便是最大的狮子,但他到家来访过,对姑娘们挨个儿说了些或逗趣或和善的话,又和她们的妈妈叙了旧,除了胆小的贝丝,大家都不太怕他了。另一头狮子,是她们和劳里贫富的悬殊,这使得她们羞于接受无以为报的恩惠。然而,她们不久后便发现劳里反把她们视作恩人,马奇太太慈母般的款待,一家人欢愉的陪伴,以及他在那间陋室中感受到的温馨,都让他感恩在心,酬谢不尽。因此她们很快就放下自持,投桃报李,不再去计较恩情孰轻孰重了。

那段时间里发生了种种美事,初萌的友谊如春草般欣欣向荣。大家都喜欢劳里,劳里也私下对家庭教师说"马奇家姐妹都是十足的好姑娘"。出于年轻人高昂的热忱,她们接纳了这个孤单的男孩,对他百般重视,他则觉得这几个纯朴女孩天真的友情十分宜人。他自幼既无母亲亦无姐妹,迅速感受到女孩们带来的影响,她们的生活充实而蓬勃,自己却过得如此懒散，不禁自惭形秽。如今他厌倦了书本，发觉与人交往是如此有趣，布鲁克先生只得向他的爷爷多次表达不满，因为劳里总是逃课跑去马奇家。

"没关系，让他放个假，之后再补课。"老先生说，"隔壁那位好心的女士说他学习太用功了，需要年轻人做伴，需要娱乐和运动。我想她说得没错，我太宝贝这小家伙了，就像他的奶奶一样。让他做自己喜欢的事吧，只要他快乐就好。他在那边那间'小修道院'里不会淘气的，马奇太太能为他做的，比我们还多。"

他们玩得不亦乐乎，排戏演戏、滑雪橇、溜冰嬉戏，在老旧的客厅度过一个个愉快夜晚，有时还会到大宅子里举行欢快的小聚会。梅格随时可以去温室散步，流连花海。乔在新发现的藏书之中手不释卷，她的评论常令老先生笑弯了腰。埃米尽情地临摹图画，欣赏艺术品。而劳里则扮演起"庄园领主"，颇尽地主之谊。

只有贝丝，虽然心心念念那架三角钢琴，却无法鼓起勇气走进那座被梅格称作"幸福宅第"的屋子。她跟着乔去过一回，可是老先生不晓得她心性柔弱，浓眉下的那双眼睛使劲盯着她看，打招呼的那一声"嘿"又说得太大声，把她吓得不轻，事后她告诉妈妈，当时自己"双脚在地板上嗒嗒地直哆嗦"。她落荒而逃，声称就算能见着那架珍贵的钢琴，她也不会再去了。任别人如何劝说怂恿，都消除不了她内心的恐惧，后来，这件事不知怎的传到劳伦斯老先生耳中，他便着手补救。有一次他短暂造访马奇家，言谈间巧妙地将话题引向音乐，大聊他见过的伟大歌唱家，听过的优美风琴演奏，还讲了不少精彩的逸事。远处角落里的贝丝听得待不住了，悄悄地越凑越近，像是着了迷。她在劳伦斯老先生椅子背后停住脚步，倾听这一番难得的讲话，兴奋不已，大眼睛睁得滚圆，双颊也泛红了。劳伦斯老先生把她当飞虫似的视若无睹,接着聊劳里的功课和老师;随后又好像一时兴起的模样,对马奇太太说:"我孙子近来忽略音乐了,我很高兴,他原先对音乐喜欢过头了。但是钢琴没人弹可不好。夫人,您的千金有谁愿意时不时过来练练琴吗?您也知道,为了琴不至于走调。"

贝丝上前一步,双手紧攥在一起,以免忍不住拍起手来,这是个难以抗拒的诱惑,想到能在那架精美的乐器上练琴,她激动得快透不过气了。不等马奇太太回应,劳伦斯老先生诡秘地轻点一下头,继续微笑道:"她们不必同任何人见面或讲话,可以随时光临;我总把自己关在屋子另一头的书房里,劳里时常不在家,仆人们九点以后从不去客厅附近。"

说到这里,他站起身来作势要走,贝丝下定决心要说出心里话,因为照着老先生刚才的意思,她已别无所求。"请将我的话转告几位小姐,如果她们不愿前来,也不要紧的。"此时一只小手伸到他的掌心,贝丝满脸感激,仰望着他,诚挚却依然羞怯地说道:"噢,先生,愿意的,非常非常愿意!"

"你就是爱好音乐的那个女孩吗?"他问,这回可没有惊人的一声"嘿"了,他十分和蔼地低头看她。

"我叫贝丝。我很喜爱音乐,我想去,如果您确定没有人会因为我弹琴——受打扰的话。"她接着说,唯恐失礼,又为自己冒昧发言而浑身颤抖。

"绝对没有人,亲爱的。屋子有半天都是空着的。来吧,想弹多久就弹多久,我会很感谢你的。"

"先生,你真好!"

贝丝在他友善的注视下,脸红得像一朵玫瑰。但是她现在不害怕了,感激地捏了那只大手一下——对他赠予的宝贵礼物,她的感谢无以言表。老先生拨开她额前的碎发,俯身亲吻她一下,用一种很少见的语调说:

"以前我也有过一个小女孩,眼睛就像这样。上天保佑你,亲爱的!再见,夫人。"说完,他三步并作两步离去了。

贝丝和妈妈一阵欢天喜地,姐妹们还没回家,她又跑上楼把这大好消息告诉那一家子伤病的娃娃。那天晚上她欢快地唱着歌,深夜睡梦中还把埃米的脸蛋当钢琴弹,弄醒了埃米,引得大家都笑她。第二天,贝丝眼见一老一少两位先生都出了门,几番却步,终于轻轻地从边门进了宅子,像小老鼠一样悄无声息,一路走到客厅,那里伫立着她思慕的宝物。出于巧合,钢琴上还摆放着几本旋律美妙轻柔的乐谱。贝丝终于抬起颤巍巍(wēi)的手指触碰这架大钢琴,不时收手四下观望,然而她旋即忘却了恐惧,忘却了自我和一切,沉浸在音乐赋予的难以名状的喜悦中,乐声宛如挚友倾诉衷肠。

她一直待到汉娜来接她回家吃饭。可在饭桌上,她毫无食欲,只是坐在那里满心幸福地冲着大家傻笑。

此后,一个戴着棕色小风帽的身影几乎每天都会越过树篱,那间宽敞的客厅里也总有一个来无影去无踪的音乐精灵出没。她从不知道劳伦斯老先生常打开书房的门,聆听他喜爱的古典旋律;她从没发现劳里在走廊站岗,告诫仆人们切勿走近;她从没怀疑过,碰巧放在谱架上那些练习曲本和新乐谱是特地为她准备的;劳伦斯老先生来家里和她聊音乐,她也只想到他真好心,所谈之事令她获益匪浅。她纵情陶醉于音乐中,感觉已得偿所愿,毕竟这等好事并不常有。或许正因为她对这件幸事如此感恩,更大的祝福才临到她。无论如何,此二者她都受之无愧。

"妈妈,我打算为劳伦斯老先生做一双便鞋。他对我那么好,一定得谢谢他,我也想不出别的法子谢他。我可以做吗?"劳伦斯老先生那次重要来访的几周后,贝丝问妈妈。

"可以啊，亲爱的。他会非常高兴的，这是答谢他的好办法。姐妹们会帮你一起做的，我来出料子的钱。"马奇太太特别欣喜地答应了贝丝的请求，因为这孩子极少为自己要求什么。

经过与梅格和乔多次认真的讨论，选定了鞋样，备齐了材料，贝丝便开工了。深紫色鞋面上计划绣一丛素雅又不失烂漫的三色堇，大家都夸这样式美观大方。贝丝起早贪黑地缝制，偶尔遇到难做的地方，姐妹们也会帮上一把。这个小姑娘做起针线活来心灵手巧，大家兴头还没过，鞋就做好了。随后她附上一张简短的字条，托劳里寻一清晨，趁老先生尚未起床，将鞋偷偷放到书房的桌上。

兴奋过后，贝丝等待着音讯。一整天过去了，第二天也过了一半，仍无任何答复传来。她开始担心自己冒犯了那位喜怒无常的朋友。下午，她出门跑腿，顺便带可怜的病娃娃乔安娜做做日常运动。回程走到家门前的那条街，她看到三个，不，是四个人在客厅窗口探头探脑，一瞧见她便纷纷挥起手来，喜滋滋的尖叫声此起彼落："老先生来信啦！快过来看信！"

"噢，贝丝，他送给你——"埃米顾不得矜持，用力比手画脚，话还没说下去，乔砰地关上窗户拦住了她。

贝丝提着一颗心赶回家。她一进门，姐妹们便迎上前，凯旋游行似的簇拥着她走进客厅，一齐指着前方，异口同声说："看那儿！看那儿！"贝丝一眼看去，惊喜交集，脸色唰地变白了。那里摆着的，是一架小巧的柜式钢琴，锃亮的琴盖上躺着一封信，好像一块招牌，明白地写着"致伊丽莎白·马奇小姐"。

"给我的？"贝丝倒吸一口气，紧紧抓住乔，感觉自己快要晕倒了，这一切实在是令她不知所措。

"是啊，就是给你的，宝贝妹妹！他是不是很棒？你不觉得他是世上最可爱的老先生吗？这是信里附的钥匙。我们没有打开信，但是我们可想知道他说什么了。"乔大叫着拥抱妹妹，把信递给她。

"你来念吧！我读不了信，头都昏了！啊，这真是太美好了！"贝丝收到这份礼物受宠若惊，把脸蒙进了乔的围裙里。

乔一展开信就笑了起来，因为她见到开头几个字：

马奇小姐：
　　尊敬的女士——

"听起来真不错！我希望有人也这样给我写信！"埃米说道。她认为传统的称谓十分文雅。

　　我生平有过许多便鞋，从没有一双像你做的这般称心。

乔继续念道。

　　三色堇乃是我钟爱的花卉，这双鞋将使我永远记得温柔的送礼人。我希望回敬，想必你会容许"老先生"送上薄礼，这原是已故小孙女的东西。聊表谢悃(kǔn)，即颂近佳。

　　　　　　　　　　　　　　永远心存感激的朋友与谦卑的仆人
　　　　　　　　　　　　　　　　　　　　詹姆斯·劳伦斯

"瞧,贝丝,这无疑是极大的荣幸!劳里和我说过劳伦斯老先生有多宠爱那个夭折的孩子,珍藏着她所有的小东西。想想看,他把她的钢琴给了你。全是因为你有大大的蓝眼睛并且又爱音乐呀。"乔试图让贝丝冷静下来,贝丝发着抖,从不曾见过她如此激动。

"看看这些小巧玲珑的烛台,折好的精致绿色丝绸琴罩,中间还点缀着一朵黄玫瑰,漂亮的谱架和琴凳,都齐备了。"梅格接过话来,一面掀开琴盖,一展其美。

"'谦卑的仆人詹姆斯·劳伦斯'——他竟为你这样写。我要去告诉同学们。她们会觉得很了不起的。"埃米被这封信深深打动。

"弹弹看,亲爱的。让咱们听听这宝贝钢琴的声音。"向来和这一家子悲欢与共的汉娜说。

于是贝丝坐下试弹,众人交口称赞这是她们听过的音色最悦耳的钢琴。这架琴显然最近才调过音,整顿一新。琴虽完美,而依我看真正迷人之处,是倚在琴边几张快乐脸庞中最快乐的那一张,贝丝轻敲美丽的黑白琴键,脚踩光亮的踏板,深情款款。

"你一定得过去谢谢他。"乔开玩笑说,她认定这孩子不会有胆量当面道谢的。

"对,我是要去的。我想现在就去好了,免得多想又害怕起来。"围拢在旁的家人大为惊奇,贝丝从容地穿过花园,越过树篱,走进劳伦斯家的大门。

"哎哟,我发誓我一辈子都没见过这么离奇的事!这钢琴让她冲昏头脑啦!她要是神志清醒,怎么都不会去的。"汉娜望着她的背影惊叹,而目睹这个奇迹的姐妹们已是哑口无言。

假使她们看到贝丝后来做的事情,一定会更加惊奇的。信不信由你,当时，贝丝未及细想，便敲响了书房的门。一个低沉的声音喊道："进来！"她应声进屋，挨到面露惊色的劳伦斯老先生跟前，伸出一只手来，声音带着些微颤抖："我来向您道谢，先生，谢谢您的——"话没说完，看着他如此友善的面容，她忘了要说什么，只记得他失去了心爱的小孙女，于是她展开双臂环住他的脖子，吻了他一下。

纵使这时屋顶突然塌下，也不会让老先生更讶异了。不过他喜欢这个举动——天啊，真的，喜欢得不得了！这真情流露的轻轻一吻，令他感动至深，高兴至极，所有的执拗消散殆尽。他把她抱到膝上，布满皱纹的面颊贴着她红扑扑的脸，仿佛自己的小孙女失而复得。自那一刻起，贝丝不再怕他，就这样坐着与他惬意交谈，感觉像是从小就认识他——爱会驱散恐惧，感恩能战胜矜持。她离开时，他陪她走到家门口，真挚地同她握手，触帽行礼后便大步往回走了，他的身影庄严挺拔，全然是英姿飒爽的绅士风范，他也正是一位老绅士。

见到这一幕，乔又乐不可支地跳起了吉格舞，埃米惊讶得差点儿跌出窗外，梅格举起双手高呼："啊，这下我真信世界末日要到了！"

第七章
埃米的屈辱谷

"那个男孩像极了库克罗普斯①,对吧?"这一天,埃米说道,只见劳里正骑马嘚嘚地经过,在马背上挥舞鞭子致意。

"你怎么能这么说话?他两只眼睛好好的,还漂亮得很呢。"乔大叫,容不得别人对她的朋友有半点儿轻慢。

"我又没说他眼睛怎么了。我欣赏他骑马呢,不明白你为什么要突然动气。"

"噢,我的天!这小傻瓜想说的是半人马神,却把他叫成了库克罗普斯。"乔爆发出一阵笑声。

"你用不着这么没礼貌,我只是像戴维斯先生说的'口乌(口误)②'罢了。"埃米反驳道,想用拉丁语镇住乔。"劳里花在那匹马身上的钱,

---

① 库克罗普斯:希腊神话中的独眼巨人。
② 口乌(口误):原文为拉丁文。

要是能让我也拥有一小部分就好了。"她接着说,像是自言自语,却又希望姐姐们能听见。

"为什么?"梅格关切地问。乔听埃米第二次说错话,又顾自大笑起来。

"我非常需要钱。我欠了一身债,但还要再过一个月才轮到我领卖废品的钱呢。"

"欠债?埃米,怎么回事?"梅格神情严肃。

"唉,我至少欠别人一打腌青柠了,你也知道,要等有钱了才能还上,妈妈不准我在商店赊(shē)账的。"

"好好给我讲讲。现在时兴买青柠啦?我们以前流行在橡胶块上戳洞做球玩。"梅格尽量板着面孔不笑,埃米却是一派凝重之色。

"唉,你瞧,同学们成天在买青柠,那就非得跟着买啊,除非你想让人觉得你小气。现在没别的,只流行这个,大家上课时都躲在课桌底下嗦(suō)青柠,休息时拿青柠换铅笔、珠串戒指、纸娃娃和别的东西。如果哪个女生喜欢另一个女生,就给她一颗青柠;如果生她的气,就在她面前吸光一整颗,决不分她一口。她们轮流请客,我收了好多都没还礼。这是得还的,都是人情债,你知道。"

"要多少钱才能还清,恢复你的信誉呢?"梅格掏出钱包问。

"两毛五绰绰有余了,剩下几分钱买给你吃吧。你喜欢青柠吗?"

"不怎么喜欢,你可以把我那份吃了。给你钱。能省则省,钱可不多,你也晓得的。"

"啊,谢谢!有零花钱该有多好啊!我要大吃一顿,这星期还一颗青柠都没尝过呢。总吃别人的,让我觉得很伤脑筋,因为没法回请。实际上我可馋坏了。"

第二天埃米很晚才到学校,可还是按捺不住炫耀之心,带着一股情有可原的得意劲,给同学们看过手上那个湿漉漉的牛皮纸袋,而后才把它塞进课桌抽屉最深处。不出几分钟,这事便在她的小圈子里传开了,说埃米·马奇带了二十四颗美味的青柠(她在上学路上吃掉一颗),打算请客。

朋友们争先恐后地向她献起了殷勤。凯蒂·布朗当场邀请她参加下一次的舞会;玛丽·金斯利执意把自己的手表借她戴到下课;珍妮·斯诺是个尖酸的小姐,之前因为埃米没带青柠来,还恶劣地挖苦过她,此刻也尽弃前嫌,主动贡献出一些算术难题的答案。但是埃米可没忘记斯诺小姐尖嘴薄舌的话:"有的人鼻子塌归塌,倒还嗅得出别人青柠的味道;有的人自命不凡,跟别人要青柠的时候傲气就不见了。"埃米当即粉碎了斯诺小姐的期望,抛出话来泼她冷水:"你用不着一下子变这么礼貌,没有你的份。"

那天早上恰巧有一位大人物莅临学校,埃米画的精美地图受到这位贵宾的夸奖。仇敌获誉,斯诺小姐怒火中烧。马奇小姐则活像一只小孔雀，刻意摆出趾高气扬的架势。但是，可惜啊，可惜啊，骄兵必败！怀恨在心的斯诺小姐扭转乾坤，大获全胜。贵宾说完陈腐的溢美之词，刚刚躬身出门，珍妮·斯诺便假借有重要问题的名义，向他们的老师戴维斯先生打小报告说，埃米·马奇在课桌里藏了腌青柠。

戴维斯先生早已申明青柠是违禁品，并郑重发誓，第一个被发现不守规矩的人要当众打手心。这位坚忍不拔的先生，曾为杜绝口香糖打赢一场激烈的持久战，曾将没收来的小说和报纸付之一炬，曾查封一个地下邮局，曾禁止扮鬼脸、取绰号、画讽刺画，尽一己所能收服五十名叛逆的女孩。

谁都知道，男孩已足够消磨人的耐心了，而女孩更甚，尤其对于某些神经质且脾气暴戾、教学天赋又比不上"布林伯博士①"的老师而言。戴维斯先生熟谙希腊文、拉丁文、代数及各类学问，所以被称作好教师，至于言行、品德、情感和教学方式这一类，没人会特别放在心上。挑这个时候告发埃米，她可要倒大霉了，斯诺明白得很。戴维斯先生早上喝的咖啡显然过浓，东风来袭，又吹得他神经痛，他认为学生们的表现也未能给他增多少光。因此，用一个女学生贴切甚至传神的话来说："他像个巫婆似的紧张兮兮，像头狗熊似的乱发脾气。""青柠"二字好似火上浇油，他一听就脸色涨红，大拍讲台，那力道吓得斯诺飞也似的窜回座位。

"各位小姐，请注意！"

在这厉声命令之下，台下的窃窃私语平息了，五十双蓝、黑、灰、棕的各色眼睛顺从地盯住先生可怖的面孔。

---

① 布林伯博士：查尔斯·狄更斯小说《董贝父子》中严苛的男校校长。

"马奇小姐,到讲台前来。"

埃米从命起身,外表镇静,恐惧却压在心头,那袋青柠令她良心不安。

"把你课桌里的青柠拿上来。"没等她离座,这一道突如其来的命令攫(jué)住了她。

"不要全拿去。"邻座那位临危不乱的小姐悄声说。

埃米慌忙从袋中抖掉了五六颗,把其余的放到戴维斯先生面前,暗想任谁一闻到青柠芬芳的香气,那颗肉做的心总要发发慈悲的。不幸的是,戴维斯先生偏偏讨厌这时髦腌渍物的气味,一嫌恶便火气更增。

"都在这儿了吗?"

"差不多。"埃米嗫嚅(niè rú)地说。

"马上把剩下的拿过来。"

她只得照做,绝望地扫了一眼小圈子的同伴。

"确定没有了吗?"

"我从不说谎,先生。"

"我知道。来,把这些恶心的东西,两颗两颗拿,扔到窗外去。"

台下一片吁叹,掀起了小小一阵风,最后的希望飞了,美味到了垂涎欲滴的嘴边,却又被夺走。埃米又羞又恼,脸涨得通红,来回走了十二趟之多,随着每一对该死的青柠——哎,看起来多么丰满多汁啊——从她不情不愿的手中摔落,街上都传来一声叫喊,喊得姑娘们心痛到了极点,因为这告诉她们,她们的大餐落到了那群爱尔兰小孩手里,那些死对头正为此欢呼呢。这——这太过分了!众人或愤慨或恳求的目光投向无情的戴维斯先生,一个嗜柠成癖的同学甚至潸(shān)然泪下。

埃米走完最后一趟回来,戴维斯先生令人不安地哼了一声,郑重其事地说:"各位小姐,记住我一星期前说过的话。发生这件事我很遗

憾，但我定下的规矩决不允许破坏，我绝对说话算话。马奇小姐，手伸出来。"

埃米一激灵，双手背到身后，用苦苦哀求的神情看他，比起说不出口的话，这可怜样更能为她说情。她本是"老戴"（当然，这是大家私下对他的称呼）的得意门生，要不是有一位小姐压不住怒气而用嘘声发泄，我以为戴维斯先生是会收回成命的。那嘘声虽然微弱，仍惹恼了这个易怒的先生，也决定了罪人的命运。

"马奇小姐，手！"她缄默的求情只等来这个回答。埃米的骄傲不容她哭泣或讨饶，她咬紧牙关，不服气地别过头去，但没有缩回小手，手心挨了几下刺痛的笞打。这几下打得不多也不重，对她而言却与痛打无异。她生平头一次挨打，在她眼中，这种耻辱深刻得有如被击倒在地。

"去背书台前，罚站到下课。"戴维斯先生一不做，二不休。

这实在可怕。回座看着朋友们怜悯的表情和一两个敌人快意的脸色已经够她受的了，如今却要背负着新受的羞耻面对所有同学，简直难堪。有一瞬间她恨不得从台前跌落，哭到心碎。抱屈衔冤，加上想到珍妮·斯诺，这让她决意忍耐，丢脸地站到台前，双眼注视上方的火炉烟囱，烟囱下仿佛只剩一片面孔的汪洋。她站在那里，一动也不动，面色煞白，女生们见如此可悲的身影在前，已无心听讲。

之后的十五分钟里，这个骄傲又敏感的小姑娘遭受了永生难忘的羞耻与痛苦。或许在别人看来，这只是件蠢事、小事，但对她却是艰难的经历，她十二年的人生只受到爱的熏陶，这样的打击前所未有。手上的疼和心里的痛一时忘却，只有一个念头啃咬着她："我不得不告诉家里人啊，她们会对我失望透顶的！"

这十五分钟像一小时那样漫长，但也终于熬过去了，她从不曾如此期盼听到那一声"下课"。

"你可以走了，马奇小姐。"戴维斯先生难掩内心的不安。

他无法轻易忘记埃米那责怨的一瞥，埃米没有对任何人说一句话，径直走进前厅，抓起自己的东西，"永远"离开了这个地方——她刚才狠狠地如此自誓。回到家，她仍伤心不已。稍后姐姐们也回来了，她们立刻愤愤不平地开起会来。马奇太太没说多少话，只是面露忧烦，她极尽温柔地安慰着受了苦的小女儿。梅格用甘油和泪水洗刷那只小手的委屈。贝丝觉得哪怕奉上她心爱的猫咪，也难解这种悲伤了。乔愤怒地提出，应该逮捕戴维斯先生，刻不容缓。汉娜挥了挥拳头想打"坏蛋"，一面用力捣着土豆做饭，仿佛那个"坏蛋"正躺在杵子底下。

除了几个好友，没人注意到埃米逃学。但是眼尖的少女们发现，戴维斯先生那天下午相当宽厚，同时又格外紧张。临近放学，乔出现在教室，她板着脸冲到讲台，递上妈妈写的一封信，随后收拾好埃米的物品便转身离去，她在门垫上仔细蹭掉了靴底的泥，仿佛要用脚甩去这个地方的脏污。

"好，你可以暂时休学，但是我希望你每天和贝丝一起学一点儿功课。"当晚，马奇太太说，"我不赞成体罚，特别是体罚女孩。我不喜欢戴维斯先生的教学方式，而且我认为，和你来往的那些女生也并非益友，我先问问你爸爸的意见，再送你去别处上学。"

"太好了！希望所有女生都走掉，让他那间破学校关门。想起那些水灵灵的青柠，真叫人气得发疯。"埃米叹息道，一副殉道者的神情。

"我不为你丢掉青柠而惋惜，因为你违反了规定，违规而受罚是应该的。"这严厉的答话让小姑娘好生失望，她原本一心期待得到同情。

"你是说你很高兴我在全体同学面前出丑吗？"埃米嚷道。

"我不会选择这种方法来纠正错误。"妈妈回答,"可我也不确定,比起更温和的办法,这种方法是不是对你更好。你已经变得有些自负了,亲爱的,是时候改改了。你有许多小小的天赋和美德,但是无须招摇,自负会毁掉最高明的天才。真本事和真品德不太可能长久被埋没,即使被埋没了,只要清楚自己具备这些才德并加以善用,就能自得其乐,谦虚是巨大而万能的魅力。"

"的确如此!"劳里喊道,他正和乔在角落下棋,"我以前认识一个女孩,音乐天分极高却不自知,她从来没想过自己私下作的小曲子有多美妙,就算有人告诉她,她也不会信的。"

"真想认识那个好女孩,我这么笨,没准她可以帮助我。"贝丝正站在他身旁用心聆听。

"你本来就认识她,她对你的帮助比谁都大。"劳里答道,那对快乐的黑眼睛饱含戏谑(xuè)之意。被他这么一望,贝丝霎时羞得双颊绯红,把脸埋进了沙发靠垫,恍然大悟的她不知如何是好。

乔让劳里赢了这一局,以答谢他赞美她的贝丝。经这么一夸,贝丝不好意思为大家弹琴了,谁都说不动她。于是劳里一展琴艺,还欢快地唱起歌来,心情分外爽朗,他极少对马奇一家人表露性格中阴郁的一面。他走后,整晚心事重重的埃米突然开了口,好像正琢磨着什么新想法:"劳里是个很有才华的男孩吗?"

"是的,他受的教育极好,天资又高,将来会成为一个杰出人才的,只要不被宠坏。"妈妈回答。

"他也不自负,对吧?"埃米问。

"一点儿也不。所以他才这么有魅力,我们都这么喜欢他。"

"我明白了。多才多艺、温文尔雅,这很好,但是不要炫耀,不要拿乔①。"埃米若有所思地说。

"深藏若虚,这些优点在一个人的言谈举止间看得到、感受得到,没必要夸示。"马奇太太说。

"就像把你所有的帽子、裙子和丝带穿戴在身上,好让人们知道你有这些东西,这很不妥,一样的道理。"乔补上一句。这番叮咛便在欢笑声中结束了。

---

① 拿乔:装模作样或故意表示为难,以抬高自己的身价。

第八章
乔遭逢魔王

"姐姐们,你们上哪儿去?"埃米问。这是一个星期六下午,她走进房间,发现梅格和乔正神秘兮兮地准备出门,不禁好奇心起。

"你别管。小女孩不该问这么多。"乔厉声回道。

如果说人在童年真有什么伤感情的事,正是听到这句话了,"亲爱的,走开"这种命令听来更是恼人。埃米一听这句狠话便动了怒,决心哪怕要耗上一个钟头,也非挖出秘密不可。她转而向梅格探问——梅格素来不怎么迟疑,对她有求必应——她嗲声嗲气地说:"告诉我嘛!我想你们可能会让我跟去的,贝丝忙着抱她那些娃娃,我没事可做,好寂寞呀。"

"我不能讲,亲爱的,因为你没受到邀请。"梅格说。乔不耐烦地插话:"行了,梅格,别说了,要不你会坏了好事的。你不能去,埃米,别像个小孩子似的胡闹。"

"你们要和劳里一起出去玩吧,我知道。昨天晚上,你们三个坐在沙发上交头接耳,有说有笑的,我一进屋,你们就打住了。你们是不是要和他出去?"

"是,没错。好了,安静,别再找麻烦了。"

埃米闭上了嘴,眼睛却没闲着,看见梅格将一把扇子收进了衣袋。

"我知道了!我知道了!你们要去戏院看《钻石湖的七城堡》!"她嚷嚷起来,接着又坚决地说,"我一定要去,妈妈说过我可以看的,而且我领了卖废品的钱了。你们没早点儿告诉我,真坏。"

"乖乖的,听我说一句。"梅格安抚道,"妈妈不想你这星期去,因为你的眼睛还没好透,受不了这出童话剧的灯光。下星期你可以跟贝丝和汉娜一起去,看个高兴。"

"这哪比得上跟你们和劳里去呀。拜托让我去吧。我感冒病了这么久,关在家里,可想找些乐子了。梅格,让我去吧!我会很乖很乖的。"埃米恳求着,极力摆出可怜相。

"假如我们带上她,只要把她裹得严严实实的,我想妈妈不会反对的。"梅格说。

"她去我就不去了,我不去的话,劳里会不高兴。再说他只邀请了我们,我们硬拉上埃米是很失礼的。我想,在别人不欢迎她的地方,她也不愿去凑热闹吧。"乔没好气地说。她想尽兴地看戏,不乐意分心看顾一个闹腾的小孩。

这语调和态度激怒了埃米,她一面把靴子往脚上套,一面用最刺耳的口气说:"我偏要去,梅格说了我可以去。只要我自己掏钱买票,和劳里一点儿也不相干。"

"你不能坐在我们旁边,我们的座位预订了,而且你又不能一个人坐①，所以劳里得把他的位子让给你，这就败了大伙的兴致；或者让他为你另找一个座位，而你本来没受邀，这样很不妥。你还是不要踏出家门，待着别动吧。"乔训斥道，一急又扎破了手指，气得不得了。

穿着一只靴子的埃米坐在地板上哭了起来，梅格连忙劝她。听到劳里在楼下呼唤，两个姑娘匆匆下楼，留下号啕大哭的妹妹，这个妹妹有时会忘记她小大人的模样，言行还是像个被宠坏了的孩子。楼下三人准备动身，埃米倚着楼梯栏杆，语带威胁地高喊："你会后悔的，乔·马奇，等着瞧！"

"胡说八道！"乔回道，砰地关上了门。

她们看得很高兴，《钻石湖的七城堡》精彩绝伦。虽然戏里有滑稽的红色小恶魔、闪闪发光的小精灵和俊美的王子公主，乔心中的愉悦仍掺杂了一丝苦涩：仙后那一头黄色鬈发叫她想到埃米。幕间休息时，她消磨时间，思索着妹妹会做什么事来让她"后悔"。她和埃米十多年来有过许多激烈的口角，两人都是躁脾气，激不得，容易光火。埃米缠扰乔，乔惹恼埃米，不时爆发冲突，事后两人又都很愧疚。乔虽年纪较长，却毫无自制力，她的火爆性格屡屡使自己惹祸上身，想收住脾气又很难办到。她的气倒是一向生不久，过后还会虚心认错，诚恳反省，努力悔改。姐妹们常说，她们挺喜欢惹乔发怒的，因为事后她会变得像天使一般。可怜的乔拼命向善，奈何心中的敌人时刻准备发作，屡屡将她击败。想制服这个敌人，非得要持之以恒地努力几年不可。

梅格和乔回到家，只见埃米在客厅看书。她们进屋的时候，埃米露出一副委屈的神气，目光没从书上挪开，也没开口问一句话。要不是身

---

① 不能一个人坐：在19世纪，女士不宜单独出入戏院。

旁的贝丝发问，听她们把这出戏盛赞了一番，或许埃米的好奇心会压过怨恨。乔上楼收好自己最漂亮的帽子，先扫了梳妆台一眼，因为上次吵架时，埃米为发泄情绪，把顶层抽屉底朝天扣到地板上。幸好，今天所有家什还在原位。迅速检视了大大小小的橱柜、袋子和箱子之后，乔断定埃米已原谅且放下了她的过失。

然而乔想错了。第二天她发现一件事，一场轩然大波已然酿成。那天傍晚，梅格、贝丝和埃米正坐在一起，乔闯进房间，神情激动，气喘吁吁地问："有人拿了我的书吗？"

梅格和贝丝满脸讶异，马上说："没有。"埃米拨着火，一言不发。乔见她面色转红，立刻冲她发火。

"埃米，是你拿了！"

"没有，我没拿。"

"那你知道放在哪儿！"

"不，我不知道。"

"撒谎！"乔大叫，双手提起埃米的肩膀，那凶狠样，就算比埃米胆大得多的孩子看了也会害怕的。

"没撒谎。我没拿，不知道在哪儿，也不关心。"

"你一定知道些什么，最好马上讲出来，别等我逼你。"乔轻轻晃了她一下。

"你爱骂就尽管骂吧，你再也见不到那本无聊的破书了。"埃米叫道，也跟着激动起来。

"为什么？"

"我把它烧了。"

"什么！我心爱的小书，写了好久，打算在爸爸回家前完成的！你真的烧了？"乔一张脸煞白，两眼冒火，紧张地抓着埃米不松手。

"对，我烧了！你昨天那么粗暴，我说过要让你付出代价的，我说到做到，所以——"

埃米没说下去，乔的怒气慑(shè)住了她，她被乔摇撼着，牙齿咯咯作响。乔悲愤交加地呼吼："你这个恶毒的姑娘！我再也写不出来了，我这辈子都不会原谅你的。"

梅格奔过来解救埃米，贝丝也上前劝慰乔，但是乔已不能自制，她掴(guāi)了妹妹一记耳光，便转身冲出房间，扑进阁楼的旧沙发，一个人和自己过不去。

楼下倒是雨过天晴了，因为马奇太太回了家，她听完事情经过，很快使埃米觉悟自己对姐姐做了错事。乔的书是她心中的骄傲，也被家人视为前途无量的文学萌芽。虽然只是五六个短小的童话故事，但乔耐着性子反复推敲，全心投入创作，希望写出能够发表的优秀作品。她才刚仔仔细细地誊写一遍，毁掉了旧稿，如今埃米一把火将她数年的心血化为灰烬。对别人来说，这似乎只是小损失，而对乔却是天大的灾难，她觉得永远无法补救了。贝丝哀恸得好像失去了一只猫咪，梅格也不愿护着她宠爱的小妹妹了，马奇太太面色凝重哀戚，埃米感到没人爱她了，除非她能为自己的所作所为求得宽恕，而她现在比谁都要悔恨。

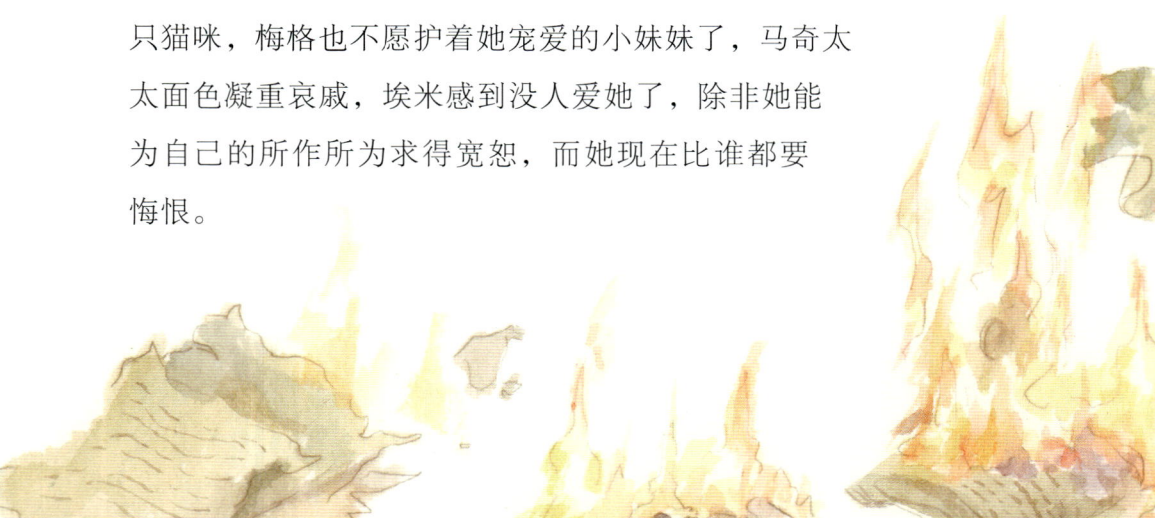

茶点的铃声响起,乔下楼来,板着一张拒人千里的脸。埃米壮足了胆,才低声下气地说道:"请原谅我,乔。我非常非常抱歉。"

"我永远不会原谅你。"乔断然回答,之后便视埃米为无物。

没有谁再谈及这场大祸——连马奇太太也不例外——大家凭经验都晓得,乔在这种心情底下,无论她说什么都是徒劳,最明智的做法,是静待什么小插曲或者乔宽容的天性来消解愤恨,弥合裂痕。那天晚上过得

很不快乐，她们一如往常做着针线活儿，妈妈也照常朗读布雷默、司各特和埃奇沃思①，可是总觉得缺少了什么，家中甜蜜和乐的气氛被打乱了。到了唱歌时间，她们更觉难受，贝丝只弹琴、唱不出声，乔像块石头似的呆立不动，埃米痛哭流涕，只剩梅格和妈妈在唱。她们已尽力唱得像百灵鸟那样轻快，但平日悠扬如笛的嗓音不复和谐，感觉一切都走了调。

乔迎接妈妈的晚安吻时，马奇太太轻柔地耳语："亲爱的，不可含怒到日落。彼此饶恕，彼此帮助，明天重新开始吧。"

乔想要把头伏在母亲的胸口，让悲伤和愤怒随眼泪流尽，但是哭哭啼啼非大丈夫所为，况且她感到深受伤害，实在无法一下子饶恕。见埃米在一旁侧耳听着，她眨着眼睛强忍泪水，摇了摇头，粗声粗气地说："这件事很恶劣，她不配得到饶恕。"

说完，她快步回房去睡了。那一夜再没有谈笑声和悄悄话。

埃米求和遭拒，一肚子不高兴，悔恨自己不该放下身段，觉得无比委屈，同时又为自己的雅量得意扬扬，那副模样叫人看了特别恼火。乔的脸上依然阴云密布，一整天做什么都不顺遂。早上天气严寒，她失手把宝贝酥饼掉进了阴沟，马奇叔婆烦躁不安，梅格忧心忡忡，贝丝回家时一定也是愁眉苦脸。埃米一张嘴还念叨个不停，说有些人大谈向善，却不肯努力，哪怕别人已高风亮节做了表率。

"一个个都这么讨厌，我找劳里去溜冰好了。他一向和气又快乐，我知道，他能让我好受些的。"乔对自己说着，便出发了。

埃米听见溜冰鞋的碰撞声，朝窗外一望，忍不住叹道："看！她答应过下次我也可以去的，这是最后的结冰天了。不过要这个臭脾气带我去，

---

① 玛利亚·埃奇沃思（1768—1849）：爱尔兰作家，擅长创作儿童文学作品。

也是白费口舌。"

"别这么说。你是真的很不乖。她珍贵的小书没了,没法轻易原谅你。不过我想现在没准可以了,你挑合适的时间再去试试,我猜她会原谅的。"梅格说,"去跟在他们后头,什么也别说,等乔和劳里在一起,心情平和了,瞅准哪个安静的时机,亲她一下,或者做一件体贴的事,我想她一定会真心真意地跟你和好的。"

"我试试。"埃米说。这个建议很合她的意。她忙乱了一阵,打点妥当,就去追赶那两个正翻过山头的朋友了。

去河畔的路不远,在埃米抵达前,两人已经准备下河去了。乔见她跑来,忙背转身去。劳里没看到埃米,他正小心地沿着河岸溜冰,试探冰结得牢不牢,因为在这股寒流之前有过一段回暖的日子。

"我滑到前面第一个转弯处,看看行不行,我们俩再开始比赛。"埃米听他这么说,只见他嗖地一下滑向前去,镶毛边的大衣和帽子让他看起来像个俄国青年。

埃米跑来后直喘息,为了穿上溜冰鞋,朝手呵气,跺脚取暖。乔听着,头也不回,沿河慢慢地走"之"字形滑开去,妹妹遇上小困难给了她一种怫(fú)然不悦的满足感。她怀恨在心,怒火愈燃愈旺,将她吞噬。歹意和恶感皆多如此,除非尽早排解。劳里转弯时朝后大喊:"靠着岸边滑,中间不安全。"

乔听在耳里,但是埃米正挣扎着站起来,一个字也没听见。乔回望了一眼,心头的小魔鬼附在她耳畔说:"别管她有没有听见,让她自己留心自己吧。"

劳里已滑过弯不见了人影,乔来到转角,埃米还远远落在后面,正朝河中央较平滑的冰面溜过去。乔立定片刻,心中涌起一种异样的感觉。

随后她决定继续前行,却仿佛被什么东西拖住,扭转身子,恰好看到埃米高举双手往下沉去,薄冰突然哗啦一声碎裂,水花四溅,呼喊声把乔的心脏都吓得停住了。她想要叫劳里来,喉咙却发不出声音;她想要冲上前去,双脚却似乎绵软无力。那一瞬间,她只能怔怔地站在原地,一脸惊惶,盯着那顶蓝色小风帽浮沉在漆黑的水面。一个影子从她身边疾驰而过,只听得劳里的声音大喊:"拿根杆子来。快,快!"

她是怎样去拿杆子来的,自己也不知道了。接下来的几分钟里,她着了魔似的,茫然听从劳里吩咐,劳里却是相当镇定,俯卧在冰上,先用胳膊和冰球棒揽住埃米,乔拖来一根栅栏上的横杆,两人合力把埃米救了上来,这孩子没怎么受伤,可是受了不小的惊吓。

"来,我们得尽快送她回家。把我们的衣物都披到她身上,我把这碍事的溜冰鞋给脱了。"劳里边喊边脱下大衣裹住埃米,使劲扯着鞋带,鞋带从来没有这么难解过。

他们浑身滴水,打着哆嗦流着眼泪,把埃米送到家里。慌乱一通后,埃米周身包着毛毯,在烧旺的火炉前睡着了。这一段忙碌之中,乔几乎没说过话,只顾着东奔西走,她脸色苍白而惊恐,衣衫不整,裙子撕破了,两只手被碎冰、木杆和坚固的带扣割破、擦伤了。埃米安然熟睡,屋里静悄悄的,马奇太太坐在床边,把乔唤到跟前,帮她包扎受伤的双手。

"你肯定她没事了吗?"乔小声说。她满心懊悔望着那个金发的小脑袋,在凶险的冰层下,它差点儿被卷走,永远消失在她眼前。

"没事的,亲爱的。她没有受伤,我看都没有着凉呢。你们俩很聪明,把她裹紧了,立即送回家。"母亲欣慰地答道。

"都是劳里的功劳。我当时只是想着随她去。妈妈,如果她有任何

不测，那全是我的错啊。"乔卧倒在床边，眼里翻涌忏悔的热泪，她述说刚才发生的一切，痛斥自己的铁石心肠，抽噎着感恩那沉重的惩罚没有降临。

"都怪我的坏脾气！我想法儿改正，我以为我改了，结果爆发起来比从前更糟。妈妈啊，我该怎么办？我该怎么办啊！"可怜的乔灰心丧气，禁不住喊道。

"总要警醒祷告，亲爱的，决不要厌倦尝试，不要以为克服不了自身的缺点。"马奇太太说着，把那头发蓬乱的脑袋拢到自己肩上，十分温柔地亲吻泪湿的脸颊，于是乔哭得更厉害了。

"你不知道，你想象不到我脾气有多坏！一旦动起肝火，好像什么事都做得出来——我变得那么野蛮，肆意伤害别人，还以此为快。我怕哪天真的干出什么伤天害理的事来，毁了自己的人生，让所有人都恨我。妈妈啊，救我，救救我吧！"

"会的，孩子，我会的。别哭得这么伤心，你要记住今天，铁了心永不重蹈覆辙。乔，亲爱的，我们都有各自的迷惑，有些比你的还严重得多，往往要用尽毕生去克服。你以为你的脾气是天底下最坏的，但其实我的脾气以前和你一个样。"

"妈妈，你的脾气？咦，你从不生气呀！"乔一时惊讶得忘了悔恨。

"我已经努力改了四十年，才刚刚能收敛。这么些年来我几乎每天都生气，但我已经学会了脾气不外露。我还希望学会不动怒，恐怕要再花上四十年才做得到。"

这张脸上的耐心和谦逊是乔所深爱的，带给她的训诫胜过最高深的说教、最严厉的责备。她得到同情与信任，顷刻间感觉安慰；知道母亲有和自己一样的缺点并设法纠正，使她更容易忍受自己的缺点，也坚定了她改过的决心,虽然对一个十五岁少女而言,四十年的警醒与努力看来相当漫长。

"妈妈,有时候马奇叔婆骂人,或者有人烦扰你,你会抿紧嘴唇走出房间,是不是在生气呀?"乔问道。她感到与母亲前所未有地亲近。

"是啊,我学会了把涌到嘴边的气话咽下去,当我觉得那些话要违背本意脱口而出的时候,我就走开一会儿,轻轻摇醒那个软弱凶恶的自己。"马奇太太叹着气回答,又微微一笑,把乔凌乱的头发理顺。

"你怎么学会保持静默的?这个问题让我很烦恼——每次我还来不及反应,那些刻薄话就冲出口了,越说越狠,非要伤了别人的感情、说出难以挽回的话才甘休。给我讲讲你是怎么做的吧,亲爱的妈妈。"

"我的好妈妈以前常帮助我——"

"就像你帮我们一样——"乔插话,送上感激的一吻。

"可是我比你稍大一点儿的时候就没了妈妈,只好独自奋斗了多年,因为我自尊心太强,不愿对其他人坦白弱点。乔,我有过一段艰难时期,为自己的失败洒了不少伤心泪,虽然付出努力,似乎总不见长进。后来你爸爸出现了,我非常幸福,发现要学好也不难。不久后有了四个小女儿环绕膝下,家里却没钱,于是老毛病又犯了,因为我天生没什么耐性,看着小孩缺东少西的,苦恼得很。"

"可怜的妈妈!那时又是谁帮了你呢?"

"你爸爸呀,乔。他从不失去耐心——不怀疑也不抱怨——凡事欣然盼望,一边工作,一边等待。我要是不像他那样行事,在他面前都抬不起头来。他帮助我,安慰我,告诉我如果想让小女儿们拥有美德,自己必须身体力行,因为我是她们的榜样。为你们而践行,比起为我自己,要来得容易。当我说了狠话,你们哪一个投来惊吓或诧异的目光,那比任何言语的谴责更加有力。我努力做一个值得学习的榜样,孩子们给予的敬爱与信任是最甜蜜的回报。"

"噢,妈妈,要是能有你的一半好,我就满足了。"乔深受感动,大声说道。

"我希望你还要更好,亲爱的,不过你一定得时时提防爸爸所说的'心中的敌人',否则这敌人会让你生活于悲苦之中,甚至毁掉你的一生。你已经得了一次教训,要把它记住,尽心尽力控制这躁脾气,免得它带来比今天更大的悲伤和遗憾。"

"我会努力的,妈妈,我真的会。但请你一定要帮助我,提醒我,使我不再口出恶言。我有时看到爸爸把手指放在嘴唇上,和气又严肃地望着你,然后你不是抿紧嘴唇,就是走开了。这是他在提醒你吗?"乔柔声问。

"是的。我请他这样帮我，他从没忘记，用那简单的手势与神情，阻止我说出许多刻薄话。"

乔见妈妈说话时热泪盈眶、双唇颤抖，担心自己多话了，急忙轻轻问道："我留意你的举动，现在还告诉你，是不是做错了？我不是故意这么没礼貌的，只是很想把心里话一股脑儿告诉你，这感觉特别舒坦，现在的我很安心也很快乐。"

"我的乔啊，对妈妈什么话都可以讲。女儿们跟我说心事，了解我有多么爱她们，这是我最大的幸福和骄傲。"

"我以为我让你难过了。"

"没有，亲爱的。不过说到爸爸，倒是让我想起我有多想念他、感激他，为了他，我要兢兢业业照顾好他的小女儿，确保她们健康平安。"

"可是你让他去了战场，妈妈，而且他走的时候你没有哭，到现在也没有半句怨言，也看不出需要什么帮助。"乔不解地说。

"我把最宝贵的一切献给我爱的国家，他离开前我一直忍着眼泪。我们两人各尽其责，最后一定会因此而更幸福，还有什么好抱怨的呢？你看不出我需要帮助，是因为我有一位更好的朋友——比你们的爸爸还好——一直安慰、支持着我。孩子，你人生的困难和迷惑才刚开始，或许还会有很多，但你终能战胜它们，超越它们，只要你学会像感受亲友之爱那样，感受自己内心的力量。这力量无坚不摧，永不枯竭，永远不会被夺走，也许会成为你一生平安幸福的源泉。坚守这个信念，带着你那小小的忧烦、盼望、罪过和悲伤叩问本心，就像尔来到妈妈身边一样自在而坦诚。"

乔唯一的回答是把妈妈抱紧，在之后的沉默中，她作了有生以来最深刻的自省；在这悲喜交加的时刻，她不仅咀嚼了悔恨失望的苦涩，也品尝了克己自制的甜美。

埃米在睡梦中动了一下,叹了口气,乔似乎急于补过,带着一种未曾有过的表情抬起头来。

"先前我含怒到日落,不肯原谅她。今天要不是劳里,可能一切为时已晚!我怎么会这样恶毒呢?"乔低声自语。她俯身望着妹妹,轻抚披散在枕头上那湿漉漉的头发。

埃米像是听见似的,睁开了眼睛,伸展双臂,露出一个直抵乔心坎的微笑。两人不发一语,隔着毛毯紧拥彼此,在真心的一吻中,一切得以宽恕和忘怀。

第九章
梅格涉足浮华市

"那几个孩子在这时候出麻疹,我真觉得是世上最幸运的事了。"梅格说。这是四月里的一天,她在房中整理那只"出远门大皮箱",妹妹们围绕在她身旁。

"安妮·莫法特真好,没忘记她答应的事。能玩乐整整两个星期实在开心极了。"乔应着话,一面用两条长胳膊帮忙折着裙子,远看好似一架风车。

"天气又这么晴朗,太替你高兴了。"贝丝接着说。她把领巾和发带齐整地归置在自己最好的衣盒里,要借给姐姐去赴这一趟盛会。

"真希望我也能这样玩乐,穿戴这些漂亮的服饰。"埃米嘴里叨着针,一根根灵巧地扎进姐姐的针插里。

"我也想你们都去,但既然不行,就让我记下经历的事情,回来再讲给你们听。我起码是能做到这一点的,你们都这么好,借东西给我,又帮我打点行装。"梅格环顾四周,这些简朴的行头在她们眼中已近完美。

"妈妈从百宝箱里拿什么给你了?"埃米问。那只香柏木箱打开时,她不在场。马奇太太在箱子里保存着一些旧日留下的珍宝,预备在适当的时候分赠给几个女儿。

"一双长筒丝袜,那把漂亮的雕花扇,还有一条可爱的蓝色腰带。我本来想要那件紫罗兰色的丝绸衣,不过没时间翻改,就穿这旧薄纱衣得了。"

"配我那条新的细洋纱裙子一定很好看,腰带一束,更是锦上添花。可惜我把珊瑚手镯摔碎了,要不你就能戴上了。"乔说。她一向乐于把东西赠予或出借给别人,可是她的东西大多残破不全,没有多少用处。

"百宝箱里有一副可爱的老式珍珠首饰,不过妈妈说,女孩子最漂亮的饰物非鲜花莫属。劳里答应过,我想要什么花都会送来。"梅格答道,"好了,我想想,新的灰色散步装——贝丝,帮我把帽子上的羽毛卷起来——还有星期天和小宴会穿的府绸裙子,春天穿太厚重了,对吧?还是那件紫罗兰丝绸衣服好啊,唉!"

"不要紧,你那件薄纱衣大宴会可以穿,再说你穿白色总是美得像天使下凡。"埃米郁郁地看着这零星几件令她心驰神往的华服。

"那件不是低领的,也不够长,但是只好凑合了。我的蓝色便服看上去倒很合适,改过了,刚镶了花边,感觉像得了一件新衣服。那件丝绸外套一点儿都不时兴，软帽也不如萨莉的。本来不想提的，可是这把伞实在让我失望。我告诉过妈妈要黑面白柄的，可她忘了，买了一把绿面浅黄柄的。伞很结实素雅，我不该抱怨的，但是我知道，在安妮那把顶上镀金的丝绸伞旁边撑起来，我会难为情的。"梅格叹息着，十分不喜欢地打量那把小伞。

"换一把吧。"乔劝道。

"我不会那么傻，让这点儿小事伤了妈妈的感情，她为了给我置备东西煞费苦心。这只是我无谓的想法，我不会受这个想法支配的。丝袜和两副新手套已经让我得到宽慰了。乔，你真好，肯把手套借给我。我觉得很富足，也挺优雅了。有了两副新的，旧的可以洗干净了给大家备用。"梅格神采奕奕地瞄了手套盒一眼。

"安妮·莫法特的睡帽上有蓝色和粉色的蝴蝶结，你能帮我系几个在睡帽上吗？"她问。这时贝丝刚从汉娜手里接过一堆雪白的细洋纱衣服。

"不，不要，时髦的帽子和没有花边的朴素睡袍不相配。穷人不该花枝招展。"乔断然回绝。

"不知道我会不会有那么快乐的一天——衣服上镶着手工蕾丝花边，帽子上系着蝴蝶结。"梅格不耐烦地说。

"那天你说，如果能去安妮·莫法特家，你就十分快乐了。"贝丝以一贯的恬静语气说道。

"我是说过！好吧，我现在很快乐，不再苦恼了。可是一个人得到的越多，似乎想要的也越多，对不对？隔底匣摆好了，一切齐备，只差舞会礼服，这就留给妈妈来装吧。"梅格说着又雀跃起来，视线从半满的皮箱挪到熨烫缝补过多次的薄纱白衫上，她郑重地称其为"舞会礼服"。

翌日天晴，梅格打扮入时地出了家门，准备体验新奇愉悦的两星期。马奇太太当初很勉强地同意了这趟拜访，她唯恐梅格去了回来之后，对生活更觉不满。但禁不住梅格苦苦哀求，萨莉也答应会好好照顾她，而且辛劳了一个冬天，一点儿小小的乐趣似乎会令她高兴不已，于是妈妈妥协了，放女儿去初尝上流生活的滋味。

莫法特一家确有大家风范，宅邸富丽堂皇，一家人举止高雅，质朴的梅格刚到那里，不免惶惶不安。他们的生活虽然奢华，可都是些亲和的人，很快便让客人自在起来。也或许是梅格不知为何感觉到，他们并非才高八斗、学富五车，所有的虚饰仍无法完全掩藏凡俗本质。

终日享用珍馐(xiū)美馔(zhuàn)、香车宝马、锦衣华服，除了游乐无所事事，这自然很惬意。这样的生活正合梅格的心意，不久她便开始仿效身边这些人的言谈举止，端一点儿架子，摆弄几句法语，把头发烫卷，把衣服改小，尽她所能谈论时尚。她看到越多安妮·莫法特的漂亮东西，心里就越羡慕，越怨叹自己不够富有。如今想起家里，显得尤为清贫黯淡，工作也更显艰辛了。尽管有新手套和丝袜，她仍觉得自己是个穷困潦倒、百般委屈的女孩。

然而她没有多少时间哀怨，三个小姑娘结伴游玩，忙得不亦乐乎。她们白天购物，散步，骑马，访友；晚上去看戏，看歌剧，或者在家嬉戏。安妮交游广阔，懂得如何款待朋友。她的几个姐姐都是很文雅的小姐，其中一个已经订了婚，在梅格看来这是极其有趣又浪漫的。莫法特先生是位胖乎乎、乐呵呵的绅士，他认识梅格的父亲。莫法特太太也是位胖乎乎、乐呵呵的夫人，和自己女儿一样很喜欢梅格。大家都宠着她，管她叫"黛西①"，她快要得意得晕头转向了。

"小宴会"之夜来临，她发现自己的府绸裙子根本凑合不了，别的姑娘都穿了单薄的衣裙，看起来十分秀气。她只好取出薄纱衣服换上，可是跟萨莉簇新的衣服一比，顿显破旧、软瘪(biě)。见姑娘们朝她身上瞥了一眼，又面面相觑(qù)，梅格不禁脸颊发烫，她虽然性情温婉，自尊心却很强。没有人对她的衣服说一句闲话，萨莉主动来帮她梳理头发，安妮为她束

---

① 黛西："玛格丽特"的爱称。

起腰带,那个订了婚的姐姐贝尔直夸赞她雪白的手臂。在这一番善意之中,梅格只看到她们对贫乏的怜悯,她独自站立,心沉甸甸的,旁人则谈笑穿梭,如蝴蝶翻飞。她的心情越来越酸涩憋屈,此时女仆端了一盒鲜花进来。未及女仆开口,安妮已掀开了盒盖,众人发出惊叹,只见里面满是绿蕨(jué)衬托的娇艳玫瑰和石楠。

"一定是给贝尔的,乔治常常送花给她,这盒花真是迷人极了。"安妮喊着,使劲嗅了一下鲜花。

"那位先生说,是送给马奇小姐的。这里有张便条。"女仆插话,一面将字条呈给梅格。

"真有趣!是谁送的?都不知道你还有个情人呀。"姑娘们叫了起来,万分惊奇地扑到梅格身边。

"便条是我妈妈写的,花是劳里送的。"梅格简单地说,心中却相当感激他没有忘记自己。

"噢,原来如此!"安妮露出一副滑稽的表情。梅格把便条塞进衣兜,把它当作一张驱除妒忌、自负和虚荣的护身符。那慈爱的寥寥数语给了她安慰,花儿的美丽也使她振作不少。

她几乎恢复了快乐,只为自己留下几枝蕨草和玫瑰,其余的很快分成精致的花束,点缀在朋友们的胸前、发际和裙子上。她如此风度翩翩,这家的长姐克拉拉直说她是"她所见过的最可爱的小家伙",大家似乎都很喜欢她体贴的小举动。不知怎的,这一善举也扫尽了她的颓丧。别的姑娘都跑去向莫法特太太展示衣装了。梅格在穿衣镜中见到一张目光明媚的快乐脸庞,她把蕨草插入波浪般的秀发,再把玫瑰系上衣襟,此刻这身衣服看起来也不那么寒酸了。

那天晚上她玩得很痛快,舞跳了个尽兴,人人都很亲切,她还受了三次恭维。安妮请她唱歌,有人说她生了一副美妙出众的嗓子。林肯少校在席间打听"那位眼睛水灵灵的清秀小姑娘"是谁。莫法特先生一定要和她跳舞,因为她"舞步不拖沓,弹性十足"——他和悦地称赞道。总之她度过一段很愉快的时光,可后来无意中听到些闲言碎语,令她十分不舒坦。当时她正坐在花房里,等舞伴带冰激凌过来,却听见花墙另一侧有个声音问道:"他多大岁数了?"

"十六七岁吧,我想。"另一个声音回答。

"这对她们其中一个女孩子可是件大好事呢,对吧?萨莉说她们现在和他走得很近,老先生也很宠爱她们。"

"我看马奇太太早有盘算,打得一手好牌,尽管现在言之尚早。那个姑娘显然还没想到这事。"莫法特太太说。

"她提到'妈妈'时撒了个小谎,表现得好像她妈妈是知道的,花送来的时候还红了脸,怪娇媚的。可怜的孩子!要是打扮得时髦些,一定俊俏得很。你觉得,如果我们去说借一件衣服给她星期四宴会穿,她会生气吗?"另一个声音问。

"她自尊心强,但我想她不会介意的,她总共也就那么一件土气的薄纱衣服。说不定今天晚上那件衣服就会给扯破了,那倒是个好借口,可以借她一件像样的了。"

"再看看吧。我要去邀请小劳伦斯,当作给她捧捧场,而后我们就有好戏看了。"

梅格的舞伴来了,发现她面红耳赤、神色激动。她自尊心确实很强,这会儿自尊心却派上了用场,帮她掩饰起刚才那些话带来的羞辱、愤怒和厌恶。她固然天真无邪,总也听得懂这两个朋友的闲话。这些话她想忘却忘不了,反复在脑中回荡——"马奇太太早有盘算""提到'妈妈'

时撒了个小谎""土气的薄纱衣服"。她恨不得立刻大哭着跑回家，向家人倾吐苦恼，请教办法。既然不可能这么做，她只得强颜欢笑。她受了不小的刺激，表面却装得十分自然，没有人能想象她费了多大的力气。就这么忍到宴会结束，她很欣慰，静静地倒在床上，左思右想，愤愤不平，一直想到脑袋生疼，热烘烘的双颊也被几滴潸落的眼泪浸凉了。那些并无恶意的谬论向她展现一个新世界，惊扰了旧世界的平静，此前她一直像孩子般快乐地生活着。她和劳里纯真的友情被无意中听到的蠢话所玷污；她对母亲的信任也有了一丝动摇，只因莫法特太太擅自评断他人，把世俗的心计归诿于她母亲；她很懂事，决定踏踏实实穿上朴素的行头，也与她穷人家女儿的身份相称，却被姑娘们多余的怜悯所打击，她们认为衣衫寒酸是天底下极大的灾难。

可怜的梅格一夜无眠，隔天起床耷拉着眼皮，闷闷不乐，心中对朋友们有些愠怼，又有些自惭，怨自己没能开诚布公，把事情说个明白。一早上大家都懒洋洋的，过了中午才稍微提振精神，拾起毛线活儿。梅格马上察觉出朋友们的态度有异，她感到，她们对她多了几分恭敬，细心聆听她说的话，看她的眼神洋溢着好奇。这一切令她受宠若惊，只是摸不着头绪，直到伏案写字的贝尔小姐抬起头来，带着煽情的神气说道："黛西，亲爱的，我寄了一封请帖给你的朋友劳伦斯先生，请他来星期四的宴会。我们很想认识他，也想向你表示我们的一点儿心意。"

梅格红了脸，却心生调皮的念头，想捉弄一下这几个姑娘，于是故作正经地回答："你们真客气，不过他恐怕不会来的。"

"为什么呢，亲爱的[①]？"贝尔小姐问。

[①] 亲爱的：原文为法文。

"他年纪太大了。"

"孩子，这是什么意思？请问他到底几岁！"克拉拉小姐叫道。

"我想，快七十了吧。"梅格数着毛线针数，以掩饰眼角的笑意。

"你这淘气鬼！我们说的当然是年轻的那位啦。"贝尔小姐笑着喊道。

"没有什么年轻人，劳里还是个小孩子。"听梅格如此形容那个所谓的情人，这姐妹俩互换了古怪的眼色，梅格见状也禁不住笑了起来。

"和你年纪差不多吧。"娜恩说。

"和我妹妹乔的年纪更近，我八月就十七岁了。"梅格把头一扬答道。

"他真好，还送花给你，对吧？"安妮说，装作一无所知的样子。

"是啊，他经常送的，送给我们大家，他们家里鲜花多的是，我们又喜欢花。你们也知道，我妈妈和劳伦斯老先生是朋友，所以我们几个孩子就很自然地玩到一起了。"梅格希望她们不要再多说什么了。

"显然黛西还没入社交界呢。"克拉拉小姐对贝尔小姐点点头说。

"好一派天真烂漫的气氛。"贝尔小姐耸了耸肩答道。

"我要出门给女儿们买点儿小东西，各位小姐，能为你们效劳吗？"莫法特太太问。她步履沉重地走进来，像一头身披绫罗绸缎的大象。

"不用了，谢谢您，夫人。"萨莉回答，"我有一条粉红色的新丝绸裙子星期四穿，不缺什么了。"

"我也不——"梅格刚开口又打住了，她忽然想到自己确实想要几样东西却不可得。

"你那天穿什么？"萨莉问。

"还是白色那件旧的，如果我能把它补到见得了人的话，昨天晚上不小心给撕破了。"梅格极力说得自在些，但是心中非常不安。

"你为什么不捎信向家里再要一件呢？"萨莉追问。她不是个懂得察言观色的姑娘。

"我没有别件了。"梅格颇费力气才吐出这一句。萨莉却没看出这一点,她亲昵地惊叫起来:"只有那一件?太好笑了——"话没说完,贝尔小姐朝她摇了摇头,善意地挡话说:"一点儿也不好笑,她没入社交界,要一堆衣裳有什么用?黛西,哪怕你有十多件,也用不着跟家里要,我有一条可爱的蓝色丝绸裙子,穿不下了搁在那儿,你赏光拿去穿吧,好吗,亲爱的?"

"你真好心,可要是你不介意的话,我就穿旧衣服没事的,我一个小姑娘穿那件够好了。"梅格说。

"请允许我自作主张,把你打扮得时髦些。我一向喜欢帮人打扮,只要这儿那儿稍加装点,你就是个不折不扣的小美人了。我要让你妆

饰齐整之后才给人看见，到时我们像灰姑娘和仙女参加舞会那样突然亮相。"贝尔小姐娓娓劝诱。

梅格拒绝不了如此友好的建议，她很想看看自己捯饬捯饬（dáo chi）会不会变成"小美人"，因而答应下来，忘却了先前对莫法特一家的不悦。

星期四晚上，贝尔小姐把自己和女仆关在房里，两人合力把梅格打扮成一位窈窕淑女。她们把她的头发烫了又卷，在她的脖颈和双臂扑上香粉，为她涂上珊瑚色的唇膏，使双唇更红润，要不是梅格反对，女仆霍滕斯还要给她抹"少许[1]"胭脂呢。她们把她塞进一条天蓝色的裙子里，勒紧裙带，紧得她透不过气来，领口又开得很低，保守的梅格对镜一照，不觉羞红了脸。接着上阵的是一套银丝首饰，手镯、项链、胸针、耳环，样样俱全，霍滕斯用一段不易发现的粉色丝线将耳环缚在她耳朵上。胸前一丛香水月季蓓蕾和一条饰带，使梅格甘愿袒露白皙的肩膀。一双蓝色高跟绸靴满足了她最后一个心愿。一条花边手帕，一把羽扇，银花插装的一捧花球，将她装点舒齐。贝尔小姐心满意足地端详她，像一个小女孩看着刚打扮好的洋娃娃。

"这位小姐真迷人，漂亮极了[2]，不是吗？"霍滕斯做作地紧握双手欢呼。

"来给大家看看吧。"贝尔小姐说着，领她去众人等候的房间。

梅格跟在后头，长裙曳（yè）地，裙摆沙沙，耳环丁零，鬈发飘逸。她的心怦怦直跳，隐约感到自己的"好戏"终于正式开场，那面穿衣镜明明白白地告诉她，她真是个"小美人"了。朋友们见了她，热烈地一再重

---

[1] 少许：原文为法文。
[2] 这位小姐真迷人，漂亮极了：原文为法文。

复这个令人欢喜的词,她站了好一会儿,仿佛寓言里的寒鸦①,为借来的羽毛沾沾自喜,听其他姑娘像一群喜鹊似的喋喋赞美。

"我也该换衣服去了,娜恩,你教教她怎么驾驭裙摆和那两只高跟鞋,要不她会绊跤的。克拉拉,拿你的银蝴蝶来别在她左边那绺长鬈发上。你们谁都不准破坏我迷人的杰作。"贝尔小姐说完便匆匆离去,看起来相当得意于自己的成果。

"我不敢下楼去,觉得浑身不自在,硬邦邦的,还袒胸露背。"梅格对萨莉说。此时铃声响起,莫法特太太差人来请小姐们赶紧下去。

"你一点儿也不像平日的尔,不过美得很。我远远比不上你了,贝尔品味极佳,我跟你保证,你现在颇具法国风情。由那些花挂着吧,别太关注它们,千万别绊倒了。"萨莉回答,尽量不去在意梅格比自己漂亮。

梅格谨记这个提醒,安稳地步下楼梯,翩然走进客厅,莫法特夫妇与一些早到的宾客已聚在那里。她很快发觉,精美的衣饰自有一种魔力,能吸引某一阶级的人,赢得他们的尊重。几位从未注意过她的小姐,突然间和她亲热起来;几位年轻绅士在上次宴会中只是盯着她看,现在不只看得出神,还请主人介绍,对她说了各种可笑又可喜的话;几位坐在沙发上的老太太,对其他人微词不断,却饶有兴趣地打听这是哪家的小姐。她听到莫法特太太答复其中一人:"黛西·马奇——她父亲是陆军上校——名门望族,可惜时运不济,你也知道吧——劳伦斯家的知交——一个可人儿,这是肯定的——我们家内德对她可着迷了。"

"天啊!"老太太说着,戴上眼镜又细看了梅格一番。莫法特太太说的瞎话令梅格颇感惊讶,但她不动声色,努力装作没听见。

---

① 寓言里的寒鸦:指《伊索寓言》中的《寒鸦与孔雀》。

"不自在的感觉"仍未退去,但她想象自己在扮演名为"窈窕淑女"的新角色,也便应付自如了,不过紧绷的裙身勒得她两肋作痛,曳地裙裾又总是滑到脚下,她还时时担心耳环会不会掉落、丢失或摔坏。她正摇着扇子,笑着听一位自作聪明的年轻绅士讲些拙劣的笑话,却突然收住了笑,面露不解之色,因为朝正对面望去,她看见了劳里。他注视她,毫不掩饰心中的讶异,她看出这眼神还带着不满,虽然他躬身微笑,诚实的双眼却莫名使她脸红,恨不得穿回自己那身旧衣服。令她更加不知所以的是,只见贝尔小姐用手肘推了推安妮,两人看看她又看看劳里。此时的劳里显得异常稚气又害羞,她才放下心来。

"这些无聊人,净往我脑袋里装荒谬的想法。我才不管哩,也不会因此改变一丝一毫。"梅格暗暗想着,衣裙沙沙地穿过房间,和她的朋友握手。

"很高兴你来了,原先还怕你不想来呢。"她摆出一副大人样说道。

"乔要我来,看看你打扮得如何,回头告诉她,所以我就来了。"劳里没有抬眼看她,又觉得她那种妈妈似的语气有点儿好笑。

"你打算对她怎么说呢?"梅格十分好奇他对自己的看法,然而头一次在他面前感到不自在。

"我会说我不认得你了,因为你看起来完全是大人的模样,不像平日的你,让我有些害怕。"他抚着手套扣子说。

"胡说什么呀!姑娘们为了好玩把我打扮起来,我也挺高兴的。假如乔见了我,会不会盯着我看?"梅格一心想要他说出是否认为她变美了。

"会,我觉得她会的。"劳里严肃地答道。

"你不喜欢我这样打扮吗?"梅格问。

"是的,我不喜欢。"这回话很坦率。

"为什么呀？"梅格语调急切。

他瞥了一眼她满头的鬈发、裸露的肩膀、镶边花哨的裙子，露出的表情比回答更叫她困窘，而他的回答全不似往常那般客气了。

"我不喜欢铺张浮华。"

这句话竟出自一个比她年纪还小的少年口中，着实过分，梅格转身就走，使性子抛下一句："我从没见过像你这样无礼的孩子。"

她嗔怒不已，走到一个僻静的窗口想凉一凉双颊，因为裙子勒得难受，害她脸蛋涨得红烫烫的。正当她站在那里，林肯少校恰巧从旁经过，不一会儿，她听见少校对他的母亲说："她们在捉弄那个小姑娘呢。我原想让你看看她的，可她们完全毁了她，今晚她不过是一个洋娃娃而已。"

"唉，天啊！"梅格叹了一声，"我真该聪明些，穿自己的衣服来，那样就不致讨人厌烦，也不会给自己徒增不安与羞惭了。"

她把额头抵在冰凉的窗玻璃上，让窗帷半掩着身子，满不理会她最爱的华尔兹舞曲已经奏响，直到有人轻碰了她一下。她转过头来，只见面前是一脸悔意的劳里，他深深地鞠了一躬，伸出手来说道："请原谅我刚才的无礼，和我跳支舞吧。"

"只怕会太为难你吧。"梅格想佯装生气，却怎么也装不出来。

"一点儿也不会啊，我可想跟你跳舞了。来吧，我会很有礼貌的。我不喜欢你的裙子，但我打心底里觉得你——美极了。"他挥着双手，仿佛言语不足以表达他的赞赏。

梅格微微一笑，心软了下来，两人站着等候合适的拍子，她低语道："小心别被我的裙子绊倒了。它真是我的人生大患，我这傻子竟会穿上它。"

"把裙摆别到领口附近就行了。"劳里说着，低头望了望她的蓝色小靴子，显然对这双鞋倒很赞许。

他们优雅地翩跹(xiān)起舞，舞步早已在家练熟，彼此搭配默契。这一对欢乐的年轻舞伴成了赏心悦目的风景，两人轻快地转了一圈又一圈，心中觉得经过一次小小的口角之后，友情更加牢固了。

"劳里，我想请你帮个忙，可以吗？"梅格问时，劳里正站在一旁为她扇着扇子，她没跳多久就气喘吁吁了，个中原因她是不愿承认的。

"当然可以！"劳里一口答应。

"请不要把我今晚的穿着告诉我家里人。她们不明白这是闹着玩，妈妈知道了要担心的。"

"那你为什么要这样呢？"劳里的目光里分明有此一问。梅格急忙接着说："我会自己一五一十地告诉她们，还会向妈妈'忏悔'我有多蠢。我情愿亲口跟她们讲，你不要讲，好吗？"

"我向你保证不会去讲的。只是她们问起，我又怎么说呢？"

"就说我看起来不错，而且玩得很开心。"

"第一句话我十分乐意说，但是后面那句呢？看你不像开心的样子。不是吗？"劳里朝她看，那脸上的表情令她又小声说道："是，刚才是不开心。不要觉得我讨厌啊。我只是想找点儿乐趣，结果发觉这种乐趣得不偿失，我有些厌倦了。"

"内德·莫法特过来了，他想做什么？"劳里蹙起浓黑的眉毛，似乎是认为这位年轻主人加入他们中间，并不值得高兴。

"他邀我跳三支舞，我想是为此而来的。真烦人！"梅格露出一脸倦怠，把劳里逗得乐不可支。

直至晚餐时间，劳里才又和她说上话，他看见梅格同内德以及他的朋友费希尔在一起喝香槟酒，劳里暗觉这两人的举止"好像一对活宝"，对马奇家的姐妹，他感到有权如兄弟般照看她们，在她们需要保护时挺身而出。

"酒若喝多了，明天会头痛欲裂的。梅格，我不希望你这样，你妈妈也不喜欢，你是知道的。"他在她椅边倾身耳语。此时内德正转过身去替她斟(zhēn)酒，费希尔则弯腰去拾她掉落的扇子。

"今晚我不是梅格了，而是个能做出许多疯狂事情的'洋娃娃'。明天我再收起'铺张浮华'，重新做一个安安分分的人。"她做作地轻笑一声答道。

"那么，但愿明天已经到了吧。"劳里咕哝着走开了，他见梅格变了样，心中很是不舒服。

梅格和别的姑娘一样，跳舞，谈笑，打情骂俏。晚餐后，她又大跳起德国方舞，步子磕磕绊绊，长裙的裙裾险些把舞伴缠倒。她嬉笑的模样使劳里心生反感，他在一旁观望，寻思着劝诫的话。但是这一番话他没机会说出口，因为梅格总不走近他，直到后来他过去向她道晚安。

"要记得！"她硬挤出笑容，剧烈的头痛已经发作了。

"誓死不说①。"劳里煞有介事地回答，旋即转身离去。

这个小插曲引得安妮很好奇，但梅格已疲乏得无心多聊，径自去睡了，她感觉自己参加了一场化装舞会，却不如预期快乐。次日她一整天都病恹恹的，待星期六回到家中，两周的玩乐已让她精疲力竭，觉得"养尊处优"够久了。

---

① 誓死不说：原文为法文。

"安静度日,不用成天客套来客套去,真是令人愉快啊。家里是个好地方,哪怕不怎么奢华。"星期天晚上,梅格和妈妈还有乔坐在一起,她悠然四顾,如此说道。

"听你这么说真高兴,亲爱的,我还怕你住过好房子之后,会嫌家里又破又闷呢。"妈妈回应说。她这一天心里焦虑,不知朝梅格看了多少次,孩子脸上有丝毫变化都逃不过母亲的眼睛。

梅格欢愉地讲述着种种经历,一遍又一遍地说她这段日子多么陶醉,但似乎总有什么事压在她心头。两个小妹妹回房去睡了,她若有所思地坐着凝望炉火,沉默寡言,神色忧烦。钟敲过九下,乔也说该睡了,梅格突然从椅子起身,端过贝丝的凳子坐下,双肘支在妈妈的膝上,勇敢地说:"妈妈,我想'忏悔'。"

"我猜到了,亲爱的,是什么事呢?"

"我要回避吗?"乔小心地问道。

"当然不用。我不是一向什么事都告诉你的吗?当着两个小孩的面,我不好意思说。可不论我在莫法特家做了什么糟糕的事,都想让你们知道。"

"洗耳恭听。"马奇太太微笑着说,脸上仍有些焦虑。

"我和你们说了她们为我穿衣打扮,可是没告诉你们,她们还替我涂脂抹粉,束紧衣服,烫卷头发,让我像个时髦女郎。劳里觉得我不得体,虽然他没说出口,可我心里知道。还有人说我不过是个'洋娃娃'。我明知道这种事很傻,但是她们都恭维我,说我是美人,还有一大堆无聊话,我就由她们拿我闹着玩了。"

"就这样吗?"乔问。马奇太太默默看着漂亮女儿低垂的脸庞,对她做的小傻事毫无责备之意。

"不止，我还喝香槟，笑闹，卖弄风情，简直俗不可耐。"梅格自责道。

"我想，还有别的事吧。"马奇太太抚摩着女儿娇嫩的脸颊，那张脸上突然泛起一片绯红，梅格慢吞吞地回答："对。很无聊的事，但我想讲出来，因为我讨厌人家对我们和劳里的关系胡思乱想、说三道四的。"

于是她把在莫法特家听到的流言蜚语一股脑儿搬了出来。听梅格说着，妈妈紧紧抿住了嘴唇，好像很不乐意有人把这些想法灌进梅格天真的心灵。

"唉，我从没听过这么不中听的胡诌（zhōu）！"乔愤然喊道，"你为什么不当场跳出来，和她们说个明白？"

"我做不到，这太尴尬了。起先我是无意中听见的，听到后来又羞又恼，忘了该一走了之。"

"等我见着安妮·莫法特，看我怎么解决这种荒唐事。什么'早有盘算'，什么善待劳里只因为他有钱，可以在不远的将来娶我们！要是我告诉劳里，那些无聊的家伙怎么讲我们几个穷孩子的，他不得大叫起来？"乔说完倒笑了，似乎转念一想，这件事于她只是个有趣的笑话。

"如果你告诉劳里，我决不原谅你！她一定不能去说的，对不对，妈妈？"梅格脸色忧愁。

"对啊。不要转述那些愚蠢的闲话，尽快忘掉吧。"马奇太太严肃地说，"我真不明智，让你去和那些我们并不熟识的人在一起。依我看，他们人都不坏，只是老于世故，涵养不佳，对年轻人满脑子庸俗的想法。梅格，这一次拜访给你带来这么多害处，我说不出有多难过。"

"别难过，这伤害不了我的。我会忘了所有坏事，只记住好事。我真的玩得很高兴啊，很感谢你允许我去。妈妈，我不会多愁善感，也不会贪心不足。我知道自己是个傻丫头，我会待在你身边，直到有能力照顾自己。不过，听人赞美，有人欣赏，实在是件美事，不得不说我很喜欢呢。"梅格有些羞赧(nǎn)地坦白。

"这再自然不过了，也没什么不好，只要这喜欢不变成一种狂热，使人去做蠢事或有失身份的事。要学会理解和珍惜有价值的称赞，除了美貌，还要以端庄去博得高尚的人对你的欣赏，梅格。"

梅格坐在那里沉思了一会儿，乔背着手站着，两人似乎都颇感兴趣，又有点儿懵懂。乔还是头一遭看梅格红着脸谈论欣赏、爱人之类的事，感觉在这两星期里，姐姐出人意料地长大了，从她身边飘然远离，进入一个她无法跟随而去的世界。

"妈妈，你真像莫法特太太说的那样有'盘算'吗？"梅格怯怯问道。

"是啊，亲爱的，我有很多'盘算'。做妈妈的都如此，不过我猜，我的'盘算'和莫法特太太说的并不一样。我把其中一些告诉你吧，也是时候就一个十分严肃的话题说几句，让这年轻浪漫的脑袋和心灵懂些道理了。梅格，你年纪还小，但也不至于听不明白我的话。这些事最适合从妈妈嘴里说出来，告诉像你这样的姑娘。乔，或许不久后也要轮到你了，所以一起来听听我的'盘算'，如果是好的'盘算'，就帮我实现吧。"

乔走过去坐在椅子扶手上，她的样子好像她们即将参加什么庄严盛举。马奇太太握着她们一人一只手，怅惘地凝视两张年轻的脸庞，以她严肃又轻快的口吻说："我希望我的女儿个个美丽、多才多艺、心地善良，受人爱慕与尊重，度过幸福的青春年华，拥有天造地设的婚姻，生活得愉快又有意义，受命运试炼时，也尽量不为忧虑所苦。被一个好男人选择并爱护，是女人一辈子非常甜蜜的事情。我由衷期盼女儿们能体验到这种美好。梅格，考虑这件事是很自然的，期待它是应当的，为此做好准备也是很明智的。这样，当幸福时刻来临，你才会感到有能力担负责任，无愧于这种喜悦。亲爱的女儿啊，我确实对你们寄予厚望，但不愿你们在世间横冲直撞，譬如——嫁给富人，只因他们有钱、有豪华的房子。那样的房子并不是家，因为里面没有爱。金钱是必需而珍贵的——使用得宜，便是高尚的东西——但我决不希望你们把它看作努力的第一或唯一目的。只要你们能得到幸福、疼爱和满足，我宁愿你们当穷人的妻子，都好过没有自尊与安宁、空有宝座的王后。"

"贝尔说，穷人家的女孩毫无机会，除非她们自吹自擂。"梅格叹了口气。

"那我们就做老姑娘。"乔毅然说道。

"没错，乔。宁当幸福的老姑娘，也不做不幸的妻子，或四处寻觅如意郎君的不端庄的女孩子。"马奇太太说得很肯定，"梅格，不要烦恼。贫穷吓不跑真挚的爱人。我认识的几个最优秀、最受敬重的女士都曾是穷人家孩子，她们那么值得被爱，谁也不答应让她们当老姑娘。这些事且交给时间吧。先让这个家幸福，以后有人和你们成家，你们才有能力组建家庭，就算没有成家，也能安之若素。女儿啊，要记住一件事：妈妈随时愿意聆听你们的心事，爸爸永远是你们的朋友；我们都相信并希望，女儿们无论结婚还是独身，都会是我们人生的骄傲与安慰。"

"我们会的，妈妈，我们会的！"两姐妹发自肺腑地喊起来。妈妈随后同她们道了晚安。

第十章
匹社与邮局

春天来临，一套新的娱乐时兴起来。白昼渐长，人们下午便有更多时间从事种种工作和游戏。花园需要整理，姐妹们每人分了这方小园地的四分之一，各随喜好安置。汉娜常说："我只需看看花园里的那些植物，就知道哪一片是谁种的。"她说得没错，四姐妹的偏好和个性一样各不相同。梅格在地里种的是玫瑰、天芥菜、桃金娘和一株小橙树。乔的花圃季季不重样，她永远在尝试新东西，今年打算栽种朝气蓬勃的向日葵，葵花子还能拿去喂"母鸡大婶"和她①那窝小鸡。贝丝的园中则是芬芳馥郁的传统花卉——香豌豆、木樨草、飞燕草、石竹、三色堇、青蒿，以及为鸟儿留的繁缕和为小猫种的猫薄荷。埃米则搭起一个花棚——小小的，招虫子，但颇为雅致——金银花和牵牛花盘绕其上，藤

---

① 她：指"母鸡大婶"。描述动物时，本应使用第三人称代词"它"，但作者为增强代入感、便于区分动物角色性别，以"he/she"描述，翻译时予以保留，使用"他/她"指代；书中另有部分动物没有明确区分性别，原文以"it"描述，则仍译为"它"。

叶繁茂，花姿绰约，垂挂着朵朵姹紫嫣红的小号角和小铃铛；棚下植了挺拔的白百合，娇嫩的绿蕨，还有许多盈盈如画的植物，在此恣意盛开。

晴天她们莳(shì)花弄草，信步漫游，泛舟河上，采撷(xié)花朵。到了雨天，她们便玩起室内游戏——或新或旧——多少都有些别出心裁。游戏之一叫作"匹社"。时下正流行秘密结社，她们认为也该组个社团。四姐妹都仰慕狄更斯，便将社团命名为"匹克威克社①"，简称"匹社"。除了几次间歇，她们的活动持续了一年之久，每周六晚上在大阁楼聚会，举行如下仪式：三把椅子在桌前一字排开，桌上摆放着一盏台灯，四根白布条，上书颜色各异的"匹社"两个大字，还有名为"匹克威克文选"的周报，姐妹们都有投稿，酷爱文墨的乔担任编辑。一到七点，四名成员登上社团室，把白布条绑在头上，庄严肃穆地就座。最年长的梅格当起塞缪尔·匹克威克来，富有书卷气的乔是奥古斯多斯·史拿格拉斯，身形丰腴、肤色红润的贝丝是屈来西·特普曼，常常自不量力的埃米便是那生聂尔·文克尔了。主席匹克威克先生负责朗读周报，内容全是社员们创作的故事、诗歌、本地新闻和有趣的公告，还附有一些对彼此缺失之处的善意建言。

这天，匹克威克先生戴起一副没有镜片的眼镜，叩了叩桌子，轻咳两声，使劲瞪了一眼仰靠在椅子上的史拿格拉斯先生，待他端正坐姿，这才开始读报：

---

① 匹克威克社：查尔斯·狄更斯首部长篇小说《匹克威克外传》中，由总主席塞缪尔·匹克威克和社员屈来西·特普曼、奥古斯多斯·史拿格拉斯、那生聂尔·文克尔所结之社团即名为"匹克威克社"。

匹克威克文选

诗歌角

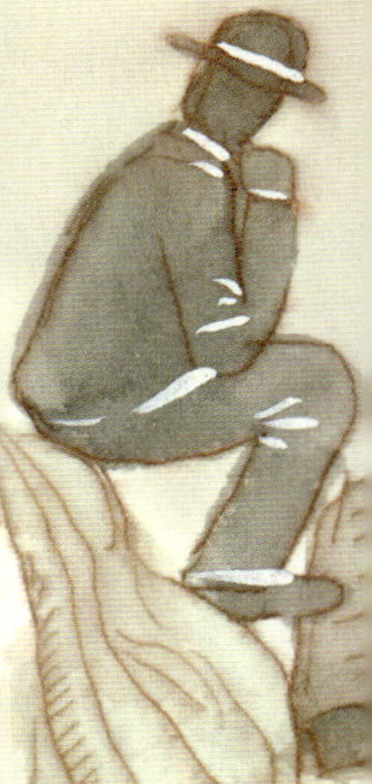

周年颂

今夜于匹克威克堂，
吾等社友重聚一方，
头佩徽章，仪礼庄严，
庆华诞五十二周年。

众友俱在，神采奕奕，
小小团体，无人远离；
握手言欢，故知重见，
又逢彼此，熟悉容颜。

吾等社员敬谨恭候，
匹克威克恪尽职守，
眼镜架鼻，诵读琅琅，
周刊文选溢彩华章。

匹克威克虽罹(lí)风寒，
气竭声嘶，娓娓而谈。
金石之言不绝如缕，
侧耳细听，字字珠玉。

史老先生耸立眼前，
身高六尺，风度翩翩，
黝黑面孔，喜逐颜开，
眉舒目展笑望同侪(chái)。

双眼燃起诗歌之火，
筚(bì)路蓝缕，笔耕不辍；
眉宇写满雄心壮志，
鼻头沾染一道墨渍！

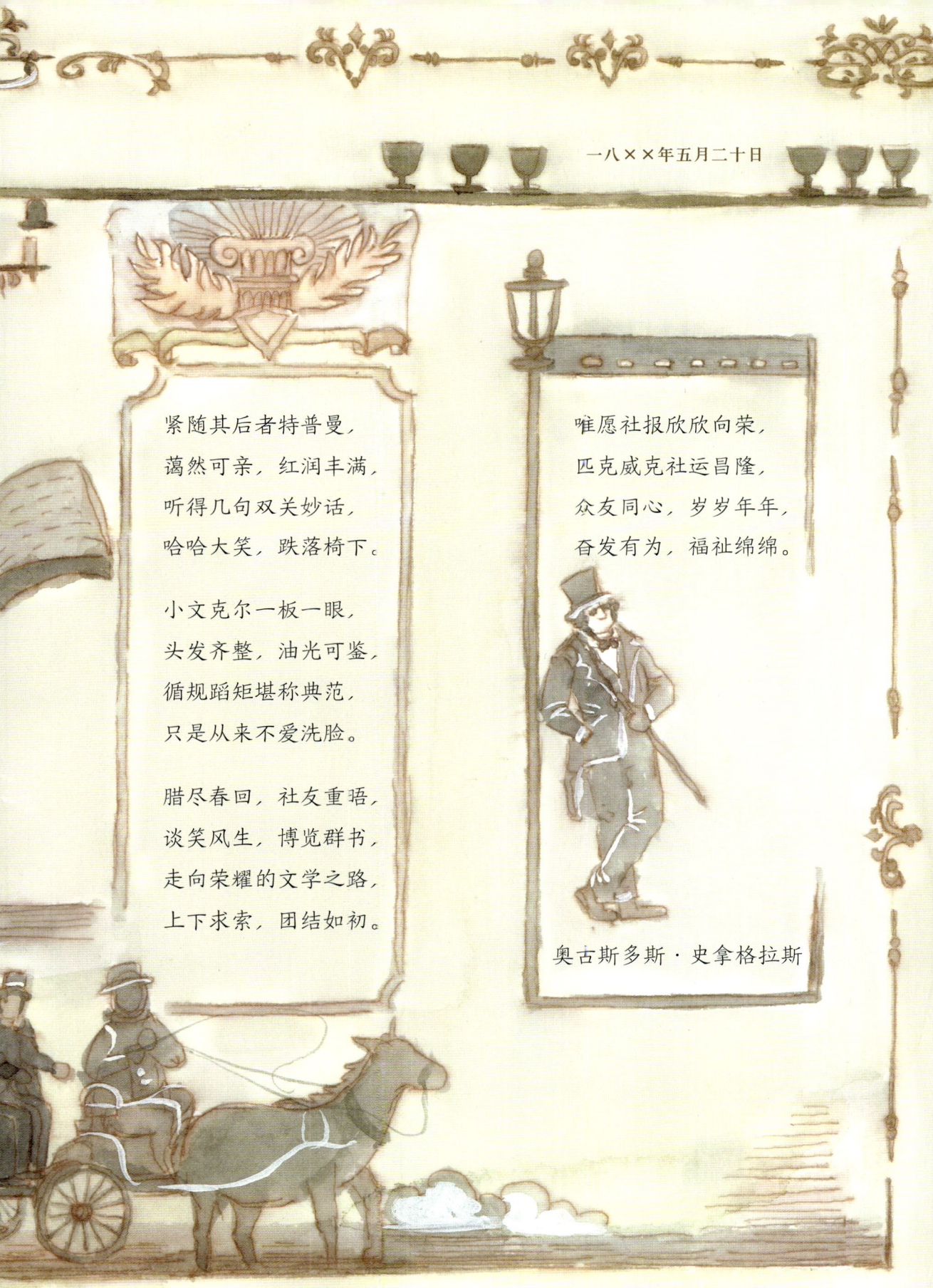

匹克威克文选

蒙面婚礼——威尼斯故事

凤尾船一条接一条摇到大理石台阶旁,将船上的红男绿女送往阿德隆伯爵府华丽的大厅。厅中贵宾云集,爵士、贵夫人、精灵、修道士、男女花童,大家济济一堂,欢欣共舞。空气里洋溢着甜美的歌声、恢宏的旋律,化装舞会沉浸在音乐与欢笑声中。

"阁下今晚见到薇奥拉夫人了吗?"一位文雅的游吟诗人问道,望向挽着他手臂飘然穿过大厅的仙后。

"见到了,她多美啊,可是又那么悲伤!她的衣裙也是精挑细选过的,一星期后,她就要嫁给她深恶痛绝的安东尼奥伯爵了。"

"老实说,我很羡慕他。他过来了,除了脸上那副黑色面具,盛装打扮得像个新郎。等面具摘下,我们看看他如何对待这位佳人,他无法赢得其芳心,她那严父却将她许配给他。"游吟诗人回答。

"有传言说她爱的是位年轻的英国画家,他曾与她如影随形,却遭老伯爵鄙弃。"仙后说道。他们随众人起舞。

盛会如火如荼之际,一位神父现身了。他领那对年轻人退入一间挂着紫色丝绒帷幔的凹室,示意他们跪下。欢乐的人群顿时鸦雀无声,一片寂静中,只剩几座喷泉潺潺流淌,酣睡于月光下的橙树林飒飒摇曳。阿德隆伯爵开口道:"大人们,夫人们,请原谅我施计邀各位齐聚于此,见证小女的婚礼。神父,敬请主持仪式。"

所有的目光齐刷刷投向那对新人,人群中涌起一阵惊愕的窃窃私语,因为新郎新娘都没有除去面具。大家甚觉好奇与诧异,但出

一八××年五月二十日

于尊重都闭口结舌,直至神圣仪式结束,观礼人急切地围住伯爵,要他说清来龙去脉。

"我如果知道,自然乐意说;但我只知道这是害羞的小女薇奥拉心血来潮,我就依了她。好了,孩子们,戏该唱完了吧,取下面具,来接受我的祝福。"

然而这一对新人都没有屈膝。年轻的新郎摘掉面具,露出费迪南德·德弗罗的高贵面孔——那位画家情人。他胸前闪耀着一枚英国伯爵星形徽章,迷人的薇奥拉正依偎在他胸膛,嫣然而笑,光彩照人。新郎语惊四座:

"大人,您曾轻蔑地告诉我,待我声望之高、家财之丰堪比安东尼奥伯爵时,方可迎娶令爱。您低估了我,即使您野心勃勃,也难以拒绝德弗罗与德维尔伯爵的古老世族及其无尽财产,他愿以此换得同这位佳人——如今是我的爱妻——的良缘。"

老伯爵像化作石头一般呆然僵立。费迪南德转身朝向茫然的人群,带着胜利的欢笑又说道:"至于各位优雅的朋友,我只愿各位求婚时同样春风得意,也如我在这场蒙面婚礼上一样载得美人归。"

塞缪尔·匹克威克

匹社为何像巴别塔?因为满是无规无矩的社员。

匹克威克文选

南瓜往事

　　从前有个农夫在菜园里种下一颗小小的种子,过了一阵子,种子发芽抽藤,结出许多南瓜。十月里的一天,南瓜成熟了,农夫摘下一个带去市集。有个杂货铺老板买下它,摆在铺子里卖。当天早晨,铺子里来了个小女孩,头戴棕色帽子,身穿蓝色裙子,圆脸蛋,狮子鼻,她帮妈妈买了这南瓜。她把它拖回家,切开,放进大锅里煮熟,取出几块捣碎,拌上盐和黄油,做成午餐;其余的又加入一品脱①牛奶、两颗鸡蛋、四匙糖、一点儿肉蔻(kòu)和一些饼干,装进一只深盘里,烤至棕黄可口。第二天,南瓜被姓马奇的一家人吃光了。

屈来西·特普曼

匹克威克阁下:

　　我写信向您讨教关于罪过的问题所谓罪人是一个名叫文克尔的人他有时在社中大笑捣乱有时不愿为这份优良刊物撰稿望您原谅他的不是允许他奉上一则法国寓言因为他功课太多已绞尽脑汁未来我

---

① 品脱:英、美计量体积或容积的单位。用作液量单位时,1美制品脱等于473.2毫升。

一八××年五月二十日

一定分秒必蒸（争）准备一些作品并使之篇篇 commy la fo[①] 上课时间快到了匆匆搁笔

那生聂尔·文克尔敬上

（上文大方承认过往错误，颇有男子气概。如果这位年轻朋友研究一下标点符号，那就更好了。）

一件憾事

上周五，我们被地下室一声巨响惊动，随后又传来声声惨叫。我们一道冲进地下室，发现敬爱的主席趴倒在地，原来是为家中搬柴火不慎绊跤。眼前是一幕狼藉的景象，匹克威克先生摔倒时，脑袋和肩膀栽进一桶水里，强壮的身躯打翻一罐软皂，衣服也撕烂了。我们助他脱离险境后，发现他除了几处瘀青并未受伤。我们乐于补充的是，他目前状况良好。

编者

---

① commy la fo：埃米误用法语，应为"comme il faut"，意指"得宜"。

匹克威克文选

讣告

  本社沉痛宣告，我们的挚友雪球·拍拍太太突然神秘走失。这只乖巧的爱猫，是一众热心友人所珍爱的宠物。她的美丽吸引所有目光，她的贤良淑德令见者倾心，众人无不为其失踪深感哀痛。

  她最后的身影，是坐在门边望着肉铺的货车。恐怕哪个坏蛋为其美色所动，卑鄙地将她窃走。数周过去，她仍杳无踪迹。我们已放弃一切希望，为她的猫篮系上一条黑丝带，收起她的食盆，为永失所爱而饮泣。

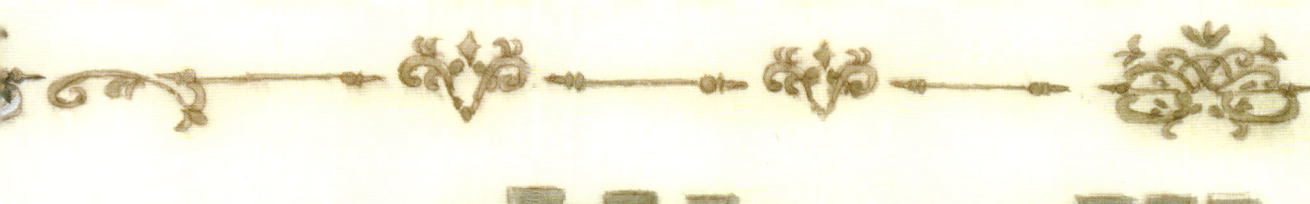

一八××年五月二十日

一位友人献上如下优美唁文：

悼雪球·拍拍

我们为痛失小猫哀婉，
悲叹其命途如此多舛，
她再不能踞坐炉火前，
不能嬉戏老旧绿门边。

栗子树下的小小坟地，
有她的孩子在此安息；
却不知她已身葬何方，
无缘在墓前落泪心伤。

她的猫床已冷冷清清，
绒线球永远安安静静；
客厅再无其轻柔脚步，
不闻那声声深情娇呼。

另一只猫来追捕老鼠，
可是这只猫满面脏污；
狩猎不似爱猫般机警，
把玩时亦无半点轻盈。

她步伐鬼祟踏过门廊，
那是雪球游戏的地方，
她只敢对狗龇牙咧嘴，
雪球却骁勇将狗击退。

她性情温驯，大有用场，
鞠躬尽瘁却其貌不扬；
她无法取代亲爱的你，
也得不到对你的敬意。

奥古斯多斯·史拿格拉斯

匹克威克文选

公告

- 见解独到的杰出演说家奥兰西·布勒盖奇小姐，将于下周六晚间例会后，在匹克威克堂作题为"女性及其地位"之著名演讲。

- 厨房将举行周会，传授年轻女士烹饪技艺，由汉娜·布朗主持，敬邀全体社员出席。

- 畚箕协会将于下周三集会，在本社大楼上层举办游行。全体会员须着制服，肩扛扫帚，于九点整出席。

- 贝丝·邦瑟夫人将于下周发表"玩偶女帽"新式样。最新巴黎款式已到货，敬请惠顾。

- "谷仓镇"戏院数周后将上演新剧，该剧为美国舞台前所未有之佳作，震撼人心，剧名为"希腊奴隶"或"复仇者康斯坦丁"！！！

一八××年五月二十日

建言

如果塞缪尔·匹克威克洗手时少抹些肥皂，就不会总在早餐时间迟到了。请奥古斯多斯·史拿格拉斯不要在街上吹口哨。屈来西·特普曼勿忘埃米的餐巾。那生聂尔·文克尔不应为裙子没有九道褶而苦恼。

一周成绩

梅格——良。

乔——差。

贝丝——优。

埃米——中。

主席读完报纸（请容我向读者诸君保证，这是由几个真实存在的女孩旧日所创的真实报纸之副本），掌声四起，随后史拿格拉斯先生起立提出动议。

"主席阁下，各位先生，"他以国会议事的姿态和口吻发言，"我提议邀一名新成员入社——他理当获此荣誉，并将为此铭感五内，他能大振本社士气，提升社报文学价值，增添无限欢乐与美好。我提议授予西奥多·劳伦斯先生为匹社名誉会员。好啦，就让他来吧。"

乔突然变了口气，惹得姐妹们大笑。然而史拿格拉斯就座后，她们都神情紧张，谁也不作声。

"我们将对此进行表决。"主席说，"凡同意该项动议者，请说'赞成'表示意见。"

史拿格拉斯大声响应，谁也没想到的是，接着贝丝也羞怯地附议了。

"反对者请说'反对'。"

梅格和埃米是反对的。文克尔站起身，极为优雅地说道："我们不希望男孩加入；他们只会开玩笑，只会蹦蹦跳跳。这里是女士的社团，我们希望保持私密与得体。"

"我担心他会嘲笑我们的报纸，之后拿我们寻开心。"匹克威克发表观点，手指扯着额前一撮鬈(cuō)发，这是她犹豫不决时常有的动作。

史拿格拉斯一跃而起，态度十分诚恳。"先生，我以绅士的身份向您保证，劳里决不会做出这种事情。他喜爱写作，能赋予稿件新的风格，使我们不致流于无病呻吟，您认为呢？我们没什么能为他做的，他却为我们付出不少，我想我们至少可以为他留一席之地，他想来便欢迎他来。"

这一番话巧妙地提及她们所受的恩惠，促使特普曼也站了起来，看来他已拿定了主意。

"没错,即使真的担心,我们也应该这么做。我认为他可以来,如果他爷爷乐意来也可以。"

贝丝冒出这段激昂的言辞,令全社深受感动,乔离座,满怀赞许地同她握手。"那么,再次表决。全体成员请记住,这可是我们的劳里,说'赞成'吧!"史拿格拉斯激动地喊道。

"赞成!赞成!赞成!"三个声音一齐回应。

"太好了!祝福你们!那么,没什么比得上文克尔的名言'分秒必蒸(争)'了,请允许我引见新社员。"其他社员错愕不已,乔一把拉开储藏室的门,只见劳里正坐在一个碎布袋上,忍笑忍得涨红了脸,眼睛忽闪忽闪的。

"你这捣蛋鬼!你这叛徒!乔,你怎么能这样?"三个姑娘大叫。此时史拿格拉斯得意地领着这位朋友走上前来,取过一把椅子和一根白布条,即刻请他入席。

"你们两个坏蛋可真沉得住气啊。"匹克威克先生本想凶巴巴地皱起眉头,无奈只露出了温和的笑容。新社员对这场面应付裕如,他起身向主席感激地行礼,以极为迷人的风范说道:"主席先生,各位女士——请原谅,是各位先生——容在下自我介绍,我叫山姆·维勒[①],是社团谦卑的仆人。"

"妙啊!妙啊!"乔叫道,一面砰砰敲着身边那只老旧暖床器的长柄。

"我忠实的朋友与尊贵的推荐人,"劳里手一挥继续说道,"承蒙她的引见,对我过誉了。请不要将今晚这项卑劣的计谋怪罪于她。这都是我策划的,她笑话了我很久才勉强答应。"

[①] 山姆·维勒:《匹克威克外传》中塞缪尔·匹克威克先生的仆人,性格机智活泼,满口伦敦方言。

"得了,别把责任都揽到自己身上,你也知道是我提议躲在储藏室的。"史拿格拉斯打岔说。她对这个玩笑相当得意。

"您别听她的话。我才是罪魁祸首,先生。"新社员模仿维勒朝匹克威克先生点了点头,"不过,我以名誉担保,下不为例,今后必当为社团流芳百世而全力以'户(赴)①'。"

"说得对!说得好!"乔大叫着,把暖床器的盖子当铙钹(náo bó)一般敲得震天响。

"接着讲!接着讲!"文克尔和特普曼也开口了,主席则亲切地欠身致意。

"我只想说,受此殊荣,为聊表谢忱以及促进邻邦情谊,我已在花园低处角落的树篱中设了一所'邮局'。那是一座美观、宽敞的小屋,门上了锁,书信往来,方便之极——也方便女士②往来,如果容许我这样说的话。那原是一座燕子屋,我把大门堵上,掀开屋顶,这样便可以装各种东西,也节省我们宝贵的时间。信件、文稿、书籍和包裹都可由此收送,两邦各持一把钥匙,我想这大有裨(bì)益。容我向社团呈上钥匙,十分感谢各位的厚爱,请允许我入座。"

---

① 户(赴):此处系劳里模仿山姆·维勒的口音。
② 女士:英语中"书信(mails)"与"男士(males)"同音。

维勒先生将一把小钥匙置于桌上,而后退下,热烈的掌声响起,暖床器挥舞起来、敲敲打打,屋里过了好一会儿才恢复秩序。随后是长时间的讨论,大家尽力抒发己见,表现出奇,所以这次会议异

常活跃，直到夜深才结束，散会时全社为新成员高声欢呼了三次。

没有谁后悔让山姆·维勒入社，因为没有哪个社团能有比他更忠诚、更端正又更活泼的成员了。他的的确确振奋了聚会的"士气"，也赋予社报新的"风格"，他的演讲常令听众捧腹大笑，他的稿件妙笔生花，或饱含爱国情怀，或典雅，或谐趣，或跌宕有致，从不无病呻吟。乔认为，这些文章可比肩培根[①]、弥尔顿[②]或莎士比亚之作，也潜移默化地滋润着她自己的作品。

那座邮局是个极好的小机构，门庭若市，和真正的邮局一样，什么稀奇古怪的东西都寄送过。悲剧剧本、领巾、诗作、腌菜、花草种子、长信、乐谱、姜饼、橡胶鞋、请柬、斥责信、小狗等等。劳伦斯老先生也喜欢这件趣事，投递过一些古怪的包裹、神秘的短笺和滑稽的电报，颇觉兴味津津。而他的园丁为汉娜的风韵所倾倒，竟写了一封情书请乔转呈。这个秘密泄露后，她们几个笑得前仰后合，谁都没想过，这座小小的邮局在未来的岁月中还会传送多少封情书！

[①] 弗朗西斯·培根（1561—1626）：英国文艺复兴时期散文家、哲学家，代表作有《培根随笔》等。
[②] 约翰·弥尔顿（1608—1674）：英国诗人、政治家，代表作有《失乐园》《复乐园》等。

第十一章
试验

"六月一号了,金家明天会去海滨,我就得空了!三个月的假期呢!我得玩个痛快!"一个和暖的日子,梅格回到家便欢呼起来,却见乔异常疲乏地躺在沙发上,贝丝正为她脱去沾满尘土的靴子,埃米在一旁做柠檬水给大家解渴提神。

"马奇叔婆今天动身了,噢,这多叫人开心啊!"乔说,"我真害怕她要我陪她同去。要是她开了口,我会觉得不该推辞,但是你们都知道,梅园那地方和墓园差不多闷,我乐得她放我一马。我们七手八脚才把老太太打发走。她每次和我说话,我都提心吊胆,因为我急着把一切忙完,所以特别勤快,特别和顺,生怕她觉得离不开我了。我哆哆嗦嗦,直到她在马车上坐定,末了又吓了一跳——马车临走时,她探出头来说:'约瑟——芬,你要不要——'我没听后面的话,赶紧转身就逃,一溜烟跑过街角才安了心。"

"可怜的乔!她跑进屋时活像有一群狗熊在后头追赶。"贝丝以一种慈母似的神气搂着姐姐的双脚。

"马奇叔婆简直是个'吸血龟',对吧?"埃米评论道,一面品鉴着自己调的柠檬水。

"她是说'吸血鬼',不是什么海里的东西。不过无所谓,天气这么热,谁都懒得挑语病。"乔喃喃地说。

"你们这么个长假要怎么过?"埃米机敏地换了个话题。

"我要睡懒觉,什么事都不做。"陷坐在摇椅里的梅格回答,"我整个冬天都是一早就被叫醒,终日为他人劳碌。这会儿我可得睡醒了玩,玩累了睡。"

"不成。"乔说,"这种贪睡的生活我可过不了。我已经储备了一堆书,打算高栖在我的老苹果树上看书,充实灿烂的时光,如果没有百——"

"别说'百灵鸟①'!"埃米恳求道,为乔纠正她"吸血龟"的错而反唇相讥。

"那我说'夜莺'——和劳里在一起,这说得通,也贴切,因为他歌声动听。"

"贝丝,我们俩暂且把功课放下吧,学她们计划的那样,也好好玩乐,好好休息。"埃米提议。

"嗯……我愿意啊,只要妈妈不反对。我想学几支新曲子,我的孩子们也需要换上夏装了,她们现在一团乱,实在缺衣服穿。"

"妈妈,我们可以吗?"梅格转向妈妈问道。马奇太太正坐在她们所称的"妈妈角"里做针线活儿。

---

① 百灵鸟:英文为"lark",有"嬉戏"之意。

"你们可以试验一个星期,看看过这种日子感觉如何。我想到了星期六晚上,你们就会发现,只玩耍不工作和只工作不玩耍一样,都不好。"

"哎呀,不会的!我觉得这一定其乐无穷。"梅格沾沾自喜。

"我提议像我的'朋友与伙伴莎莉·甘泼太太①'说的那样举杯庆祝。永远享乐,不做苦工!"乔举起传到手里的柠檬水杯子,起身喊道。

她们几个欢快地喝完柠檬水,便开始试验,懒散地打发了那一天。隔天早晨,梅格直到十点才露面,独自一人吃早餐,感觉没什么滋味。屋里看起来冷清而杂乱,乔没有在花瓶里插上花,贝丝没有掸(dǎn)灰除尘,埃米的书丢得到处都是。除了"妈妈角"一如平常,没有一处地方是整洁宜人的。于是梅格坐去那里,"休息、阅读",这意思是打着哈欠,想象着用薪水买什么样的漂亮夏装。乔呢,和劳里在河上消磨了一上午,下午坐上苹果树,读《广阔、广阔的世界》②读得直落泪。贝丝把玩偶们所居住的大衣橱翻了个遍,检检弄弄没多久便觉疲倦,于是丢下乱七八糟的娃娃之家,跑去练曲子了,暗自庆幸没有碗碟要洗。埃米则把她的花棚整理了一番,换上最漂亮的白色罩袍,梳理好鬈发,坐在金银花下画画,期望有过路人看见,来问问这位少年画家是谁。可惜无人经过,只有一只好奇的长腿蜘蛛兴趣盎然地观赏她的画作。于是她又出门散步,却遭逢一阵大雨,回到家已浑身湿透。

茶点时间她们交流感想,一致认为这一天过得很愉快,虽然显得格外漫长。梅格下午逛商店,买来一块可爱的蓝色细洋纱料子,剪掉布边才发现这块布不经洗,这个差错使她有些窝火。乔泛舟时鼻子晒脱了皮,

---

① 莎莉·甘泼太太:查尔斯·狄更斯小说《马丁·瞿述伟》中嗜酒的看护。
②《广阔、广阔的世界》:美国作家苏珊 沃纳(1819—1885)以笔名伊丽莎白·韦瑟雷尔所著的感伤主义小说代表作,描绘了女主人公埃伦·蒙哥马利的成长过程。

看书又看太久,脑袋疼得紧。贝丝把衣橱翻得乱糟糟,又因为难以一下子学会三四支曲子正心神不宁。埃米弄脏了罩袍,懊悔不已,因为第二天就是凯蒂·布朗的聚会,这下她像弗洛拉·麦克弗林姆西①一样"无衣可穿"了。然而这些不过是小事,她们信誓旦旦地告诉妈妈,试验生活进展顺利。妈妈只是微笑,不发一语,由汉娜帮着拾起她们荒废的工作,把家中打理得舒舒服服,井然有序。

奇怪得很,"休息与作乐"的过程竟造成一种怪异不安的事态。日子一天比一天长,天气也变化无常,和她们的脾气一样。不稳定的情绪盘踞每个人的心头——无所事事者,魔鬼找上门。难得闲暇,梅格拾起一些缝纫活,穷极无聊之下,试图把衣服照莫法特的样式翻新,结果却裁坏了衣服。乔看书已看到眼花,见了书就腻烦,愈发烦躁,惹得好脾气的劳里都和她吵了

---

① 弗洛拉·麦克弗林姆西:美国诗人威廉·艾伦·巴特勒(1825—1902)所作讽刺诗《无衣可穿》中的女主人公,她买了各种衣饰,却哀诉去舞会无衣可穿。该诗旨在告诫年轻女性,须珍视内在美德。

一架，她意志消沉，只恨当初没跟马奇叔婆一起走。贝丝过得还算不错，因为她老是忘记现在应该"只玩耍，不工作"，时不时又依循习惯生活；但是家里的气氛多少影响了她，再三搅扰她的恬静，甚至有一次她竟摇晃着可怜的娃娃乔安娜，说她是个"丑八怪"。埃米最不顺利，因为她的娱乐最少，当姐姐们不陪她玩，让她独处时，她很快便发现这个多才多艺、至关重要的小小自我成了沉重的负担。她不喜欢洋娃娃，觉得童话故事太幼稚，人也总不能一天到晚画画；茶会没什么意思，野餐也一样，除非是精心安排过的。"如果能有一间漂亮屋子，里头住的都是亲切的女孩，或者能出门旅行，夏天就会很愉快。和三个自私的姐姐还有一个大男孩待在家里，就算是有圣人般的耐心，也要大受考验了。"这位"马拉普洛普[①]"小姐抱怨道。几天来她从高兴到烦闷，此时已百无聊赖。

她们谁都不愿承认对这种试验感到厌倦。星期五晚上，每个人都暗喜这个星期即将结束。秉性幽默的马奇太太希望这次教训更深刻些，决定以一种适当的方式结束试验。她放了汉娜的假，让女儿们充分体验玩乐过日子的后果。

她们星期六早晨起床，厨房里没有生火，餐厅里没有早餐，妈妈也遍寻不着踪影。

"老天！出什么事了？"乔惊慌四顾，大喊道。

梅格跑上楼，没多久又下楼来，似乎如释重负，却很茫然，又有些羞愧。

"妈妈没生病，只是很累，她说她要在房里静养一整天，让我们尽力

[①] 马拉普洛普：指用词错误、可笑，源自英国剧作家理查德·布林斯利·谢里丹（1751—1816）的喜剧《情敌》中经常误用字词的人物马拉普洛普太太。

而为。真是奇怪,这一点儿也不像她会做的事。不过她说这个星期她很辛苦,所以我们不该有怨言,还是想办法照顾自己吧。"

"这倒是挺容易,我喜欢这主意。我巴不得找点儿事情做做呢——我是说,找点儿新乐子,你明白的。"乔很快接着说。

实际上,给她们几个一点儿工作,正是莫大的解脱。她们起劲地做了起来,不久后便认识到汉娜那句话的真理:"家务活儿可不是开玩笑的。"食品柜里有不少存粮,贝丝和埃米摆餐桌,梅格和乔准备早餐,她们边做边纳闷儿,为什么仆人们会说这些工作辛苦。

"我要端一些上去给妈妈,虽然她说我们不用管她,她会顾好自己。"主持早餐的梅格说。她坐在茶壶后头,自觉颇有主妇架势。

于是她们在大家用餐前先配好一盘,由厨师长带着问候送上楼去。茶煮得很苦,蛋饼煎焦了,饼干上沾满了发酵粉。不过马奇太太连声道谢接过了餐点,待乔离开后,她才开怀大笑。

"可怜的小人儿,恐怕要难为她们了。但这并不会让她们受苦,只有益处。"她说着,取出自己早已备好的更可口的食物,把那盘做坏的早餐偷偷处理掉了,不想伤了她们的心——为人母的小小伎俩——她们会为此感激的。

楼下则满是对早餐的抱怨,厨师长面对失败懊恼极了。"没关系的,我来做午餐,当仆人。你当女主人,不用动手下厨,只管招呼客人、发号施令就好。"乔说。虽然她对烹饪的了解还及不上梅格。

梅格欣然接受了这殷勤的自荐。她退居客厅,草草整理了一下,收走沙发下的杂物,拉下百叶窗,免去了掸灰的麻烦。乔对自己的厨艺信心十足,又友好地希望补救日前那次吵架,当即写了一张字条放进他们的邮局,邀请劳里来吃饭。

"招待客人之前,你最好先看看有什么菜。"梅格得知乔好客却鲁莽的举动,便说道。

"噢,有咸牛肉,还有很多土豆。我再去买些芦笋和一只龙虾,像汉娜说的,'开开胃'。我们弄点儿生菜,做个沙拉。我不知道怎么做,不过书上有。我们再准备些牛奶冻和草莓当甜点,还可以有咖啡,如果想高雅些的话。"

"别做一堆杂七杂八的菜,乔,除了姜饼和糖蜜糖,你做的东西都难以入口。午饭聚餐我洗手不干了,既然你自作主张请劳里来,那就由你来接待他吧。"

"我不要你做别的事,只要你对他客客气气,在我做甜点时帮一点儿忙。要是我糊涂了,你再指点我,好吗?"乔被刚才的话伤了心。

"好,不过我知道的也不多,只会做面包和一些小东西。你买东西前最好先问妈妈一声。"梅格答得很谨慎。

"那当然,我又不是傻瓜。"见自己的厨艺受到质疑,乔气呼呼地走开了。

"你们想买什么就买吧,不要打扰我。午饭我得出去吃,没办法操心家里的事情。"马奇太太对前来讨教的乔说,"我从来不喜欢操持家务,今天打算放一天假,读书写字,走亲访友,高兴高兴。"

一年到头忙碌的母亲,大清早就悠哉地摇着摇椅、读着书,这异乎寻常的景象看在乔的眼里,仿佛某种自然异象,哪怕是日食、地震或火山爆发,都不会更罕见。

"反正,今天一切都不对劲。"她走下楼梯,自语道,"贝丝在哭呢,看样子这个家里一定出问题了。如果是埃米在添乱,我可要教训她了。"

乔心烦意乱,匆忙走进客厅,见贝丝正对着金丝雀皮普抽泣。皮普僵死在鸟笼里,小脚爪可怜地伸着,像是在乞食,而他已经饿死了。

"都是我的错——我把他给忘了——笼子里一粒鸟食、一滴水都没有了。噢,皮普!噢,皮普!我怎么能对你这么残忍?"贝丝哭着把可怜的小鸟捧到手里,想要救活他。

乔看了看小鸟半开的眼睛,摸摸他小小的心脏,发现他已僵硬冰冷。她摇了摇头,提出用自己的骨牌盒子当棺木。

"把他放进炉灶,没准他暖和了会醒过来。"埃米还抱着希望。

"他挨过饿,就别再拿火烤他了,他已经死了。我来为他准备裹尸布,把他埋在花园里。我以后再也不养鸟了,再也不了,我的皮普!我太坏了,不配养鸟。"贝丝双手拢着她的爱鸟坐在地板上,喃喃说道。

"葬礼就安排在今天下午,我们都去参加。好了,贝丝,别哭了。真是难过,不过这星期没有一件事是顺遂的,皮普在这次试验里遭到了最大的不幸。准备好裹尸布,把他放进我的盒子里,午餐后,我们来办个风光的小葬礼。"乔渐渐感到自己似乎已担下不少事情。

乔留下别人安慰贝丝,自己到厨房去了,厨房里乱作一团,看了就丧气。她系上一条大围裙动手干活儿，将碗碟摞起来要洗，转眼又发现炉火熄灭了。

"真是前景大好！"乔嘀咕着，砰的一声一下打开炉门，使劲翻捣煤屑。

把火重新点着后，她想着趁烧水的当儿去市集买菜。出门走一走，她又恢复了精神。她买了一只瘦小的龙虾、几根很老的芦笋和两盒酸溜溜的草莓，满载而归，为自己的杀价功夫得意扬扬。等她收拾停当，午餐时间到了，炉子也烧红了。汉娜放假前留下一盘待发酵的面团，梅格早些时候发过一次，又把盘子放在灶台准备第二次发酵，结果却忘了这事。梅格这会儿正在客厅里招待萨莉·加德纳，门忽地被推开，一个满身面粉、满脸通红、蓬头垢面的身影出现在门口，尖声问道："我说，面团胀到烤盘外面了，是不是发好了？"

萨莉笑出声来，梅格点点头，眉毛扬得都快飞起来了。那个人影见状便消失了，二话不说将发酸的面团放进烤炉。马奇太太下楼来，四处打量，只见贝丝坐在一旁准备裹尸布，她去世的宠物正躺在骨牌盒里供人瞻仰，马奇太太安慰她几句，就出门去了。当那顶灰色软帽消失在街角，一种莫名的无助感笼罩在姑娘们心上。

过了一会儿，克罗克小姐到访，说是来参加午宴的，这更让她们心生绝望。话说这位女士，是个面黄肌瘦的老小姐，长了尖尖的鼻子和好奇的眼睛，凡事都逃不过这双眼睛，她瞧见了什么都要说长道短一番。姑娘们不喜欢她，但母亲教过她们要善待她，因为她年老困苦，没什么朋友。于是梅格请她坐在安乐椅上，尽力招呼她，克罗克小姐则问东问西，对一切评头论足，讲着熟人的闲话。

那天上午乔所经历的焦虑、波折和困苦，实在难以言喻。而她端上桌的午餐，也从此传为笑谈。当时在厨房，她不敢再向人请教，只好单打独斗，这才明白要当一个厨师，光凭干劲和心意可不够。她把芦笋煮了一个钟头，心痛地发现芦笋尖都煮脱了，梗(gěng)子也更硬了。面包烤得焦黑。调沙拉酱调得她一肚子火，索性丢开别的事情，一直折腾到自认这酱汁无法入口。她看那只龙虾像看一团鲜红的谜，又敲又戳的，好歹把虾壳褪了下来，叫那一丁点儿虾肉没入一大丛生菜叶中。为免芦笋搁太久，土豆得赶快出锅，结果没有煮熟。而牛奶冻结了块，草莓又不如乍看之下那么熟，是果贩耍了"鱼目混珠"的把戏。

"嗯……如果他们肚子饿，还有牛肉、黄油和面包可以吃。只是白费了整整一上午，真叫人汗颜。"乔暗自想着，摇响了午餐铃，此时已比平日开饭迟了半个钟头。她又热又累地站在那里，心灰意懒，审视着为劳里和克罗克小姐所设的这桌盛宴，这两位，前者习惯了锦衣玉食，后者挑剔的双眼会注意到所有缺陷，再用长长的舌头把事情传得远近皆知。

菜一道接一道被尝过后就饱受冷落，可怜的乔恨不得钻到桌子底下去。埃米咯咯直笑，梅格愁容满面，克罗克小姐噘起了嘴，劳里则竭尽全力说笑，为这欢聚时刻活跃气氛。乔唯一的拿手菜就是那道水果了，她均匀地撒了糖，还配了一罐浓奶油。当漂亮的玻璃果盘在席间传递，大家和气地望着漂浮在奶油海上那一座座玫瑰色的小岛，乔火辣辣的双颊总算凉了一些，长长地舒了一口气。克罗克小姐率先品尝，一吃就皱起面孔，连忙喝了些水。因为草莓拣完后所剩无几，乔怕不够分，自己便不吃了。她看向劳里，他正一口接一口勇猛地吃着，不过嘴巴微微缩起，目光紧盯着自己的盘子。喜爱美食的埃米舀了满满一匙，送入口就噎住了，她拿起餐巾捂住脸，贸然离席而去。

"噢，这是怎么了？"乔颤抖着惊呼。

"你把盐当糖放，奶油也酸了。"梅格满腔悲悯。

乔哀叹一声，跌坐在椅子上，记起刚才在厨房，她匆促间从桌上两个盒子里拿起一个，把最后那把粉末撒在草莓上，奶油也忘记冷藏了。她脸色绯红，眼看就要哭了，一抬眼正与劳里四目相对，他英勇地大啖(dàn)草莓，极力显得乐呵呵的。她突然咂(zā)摸出这件事滑稽的一面，于是笑出声来，直笑得眼泪都出来了。其他人跟着笑了起来，连被姑娘们戏称为"啰唆客"的老小姐也笑了。这顿不幸的午餐在黄油、面包、橄榄和欢笑声中，愉快地结束了。

"我现在没有心思收拾碗盘，我们先料理小鸟的丧事，肃静一下吧。"大家起身离席时，乔说道。克罗克小姐整装告辞，急欲在下一位友人的餐桌上讲述这新鲜事。

为了贝丝，众人都肃静下来。劳里在树丛的蕨草下掘了一个墓穴，伴随着许多泪水，小皮普柔情似水的主人将他安葬，墓穴覆上一些青苔，一只用紫罗兰和繁缕扎的花圈挂上写有墓志铭的墓碑，铭文是乔奋力做饭时所作：

皮普·马奇墓，
六月七日卒，
至痛与至爱，
永受人缅怀。

葬礼毕，贝丝回到房间，悲不自胜，肚里的龙虾也开始作怪了。但她却找不到一处可供休息的地方，因为床铺都没有整理。她把枕头拍松，把东西一一归置好，发现这样一来悲痛减轻了许多。梅格帮乔清理午宴

的残羹冷炙，忙了半个下午，她们筋疲力尽，一致决定晚餐吃吐司喝茶就好。劳里出于好心，带埃米去坐马车游逛，因为发酸的奶油似乎令她情绪不佳。马奇太太回家时已是下午三点左右，只见三个女儿仍在辛勤劳动，她瞥了一眼壁橱，明白这次试验已有部分取得成功。

三位当家的主妇得空休息前，有几个人来访，于是她们又忙活了一阵子来迎接客人，接着沏茶，跑腿，还有一两件非做不可的针线活儿搁到最后一刻才赶出来。屋外暮霭降临，夜露瀼瀼，万籁俱寂，姐妹们接连来到门廊里，六月玫瑰正婀娜地含苞待放。她们坐下来，一个个长吁短叹，似乎疲惫不堪，又似乎心事重重。

"真是糟糕的一天！"乔通常总是第一个开口的。

"今天好像比平常过得快，但是太难熬了。"梅格说。

"一点儿都不像我们家了。"埃米接着说。

"妈妈和小皮普不在，不可能像家了。"贝丝叹了口气，泪眼盈盈地望着头顶那只空鸟笼。

"妈妈在这儿呢，亲爱的，如果你想要小鸟，明天可以再养一只。"

马奇太太一面说着，一面走过来，在她们中间坐下，放了一天假，她的脸上也并不比她们愉快。

"孩子们，你们试验得还满意吗？还想要再试一星期吗？"她问道。贝丝依偎到她身边，其余的姐妹也转向她，重展欢颜，犹如花儿向着太阳。

"我不要！"乔斩钉截铁地大喊。

"我也不要。"其他人附和道。

"那么，你们是不是觉得，肩负一些责任，在生活中为他人做一点儿事，这样比较好？"

"游手好闲没有益处。"乔说着摇了摇头,"我厌倦了这种日子,想要立刻去做些什么。"

"学学做家常菜吧,这倒是很有用的手艺,非学不可的。"马奇太太想起乔的宴会,不禁暗暗发笑,她下午遇见克罗克小姐,听她讲了午餐的情形。

"妈妈,你是不是故意跑出去,什么事都不管,就为了看我们怎么办?"梅格叫了起来,她已经这样怀疑了一整天。

"没错。我希望你们明白,全家的安适,有赖于每个人尽责地做好分内事。我和汉娜替你们把工作做了,你们也过得挺好,不过我看你们不怎么快乐,也不好相处。于是我就想给你们一个小小的教训,让你们看看,如果每个人只顾自己,会有什么结果。大家互相帮助,有些日常工作,得闲时才更加舒心,忍苦耐劳也会使我们的家舒适而可爱,你们不觉得这样更愉快吗?"

"对,妈妈,我们都这么觉得!"姐妹们齐声高喊。

"那么我劝你们,重新扛起自己小小的担子吧。这些担子有时看似沉重,却对我们有好处,当我们学会如何背负,担子就会变轻。工作有益健康,每个人都有不少工作要做。工作使我们不致无聊,不去作恶,对身心都有利,比金钱和时装更能为我们带来力量,帮助我们学会自立。"

"我们会像蜜蜂那样工作,而且热爱它们。你看我们的表现吧!"乔说,"我这个假期就要学会做家常菜,下一次的午餐聚会,我一定会成功!"

"我来替爸爸做那套衬衣,你不用做了,妈妈。我能做好也会做好的,虽然我并不喜欢缝纫活。这样总比为我自己瞎忙活要好,我的衣服已经够漂亮啦。"梅格说。

"我要每天做功课，不再花太多时间弹琴、玩娃娃了。我天生愚钝，应该多学习，不该贪玩。"贝丝下定了决心。埃米跟着姐姐们的榜样，勇敢地宣布："我要学会开纽洞，还要注意说话的用词。"

"很好！我对这次试验相当满意，我想我们不需要再试一回了。只是你们可别矫枉过正，劳苦得像奴隶一般。工作和玩耍都要有一定的时间，让每一天愉快而有意义，善用时间，方能显出你们懂得时间的宝贵。这样，青年时代过得快乐而有价值，年老时也不会有什么遗憾，这一生即使贫穷，仍将美满成功。"

"我们会记住的，妈妈！"她们的确将此谨记于心。

第十二章
劳伦斯营

贝丝是花园里那座邮局的局长，因为她最常在家，能经常照料邮务，她也特别喜欢每天去打开小邮局，分发信件。七月里的一天，她满载而归，奔波在屋中各处，投递书信和包裹，好像执掌着伦敦便士邮政。

"您的花，妈妈！劳里从来都不会忘的。"她说着，将那束鲜花插进"妈妈角"的花瓶里，这只花瓶里的花，一概由那位热情的男孩源源不绝地供给。

"梅格·马奇小姐，一封信和一只手套。"贝丝接着说，又把两件东西交给姐姐。姐姐正坐在母亲边上，缝着衣服袖口。

"咦，我把一副手套忘在那儿了，可是这里只有一只。"梅格看着这灰色棉手套，"是不是你掉了一只在花园里？"

"没有，肯定没有掉，邮局里就只有一只。"

"我讨厌手套不成对！算了，另外那只没准能找出来的。这封信是我要的那首德语歌的译文，应该是布鲁克先生写的吧，这不是劳里的笔迹。"

　　马奇太太望了梅格一眼,梅格穿着方格布晨袍,额前一绺鬈发轻轻飘拂,显得楚楚动人,小工作台上满放着齐整的白色线团,她坐在台子前缝纫,身姿妩媚。她一面缝一面唱着歌,十指翻飞,思绪沉浸在少女的幻想中,这许多幻想宛如她衣带上的三色堇,天真而纯美。她浑然不知母亲心中所想,马奇太太欣慰地笑了。

　　"乔医生有两封信、一本书和一顶滑稽的旧帽子,这顶帽子把整间邮局都盖住了,塞不进去。"贝丝走进书房笑着说。乔正在书房里伏案写作。

　　"劳里真是个淘气的家伙!我说真希望时下流行大帽子,因为大热天里我每天晒得脸都痛了。他说,'何必理会流行呢?戴上大帽子,自己觉得舒服就行!'我说如果我有就戴,结果他送这个来试探我。我会戴的,戴着玩，也借此让他知道我才不在乎流行呢。"乔把这顶过时的宽檐帽挂在一尊柏拉图①的半身雕像上，拆看起信来。

这封是妈妈寄来的，她读得脸颊泛红，热泪盈眶，信上写道——

亲爱的：

我写几句话来，是为告诉你，看到你努力收敛脾气，我感到多么欣慰。你对自己的苦恼、失败与成功只字不提，或许是认为没有人留意这些事。而我将这一切全看在眼里，由衷相信你是真心真意下了决心，因为这份决心已渐渐开花结果。继续吧，亲爱的，坚韧而勇敢地继续下去，还有，要永远相信，没有谁会比爱你的妈妈更疼惜你、支持你。

妈妈

"这封信鼓舞了我！抵得上万贯钱财和无尽赞美。噢，妈妈，我会努力的！有了你的帮助，我一定继续努力，孜孜不倦。"

乔把头埋在双臂间，几滴快乐的泪水打湿了她笔下那篇短短的传奇故事，她原以为自己向善的努力无人留意也无人欣赏。如今这番肯定弥足珍贵，分外鼓舞人心，因为它出人意料，也因为这位寄信人的嘉许她

---

① 柏拉图（前427—前347）：古希腊哲学家，柏拉图学派创始人，代表作有《理想国》等，与老师苏格拉底（前469—前399）、学生亚里士多德（前384—前322）并称希腊三贤。

最为重视。她感觉比以往更有力量迎战，更能制服心中的魔王，她将这封短笺别在罩袍内侧，用以守护和提醒自己，免得魔王乘虚而入。她接着拆开另一封信，里头的消息不管是好是坏，她都能应付自如了。信上是劳里刚劲的大字——

亲爱的乔：

你好呀！

明天有几个英国孩子来看我，我想要和他们玩个痛快。如果天晴，我打算去"长草地"搭起帐篷——划船带整班人马过去吃午饭、打槌（chuí）球——我们可以生个篝火，做几道菜，享受吉卜赛风格的野餐，还可以玩各种游戏。他们都很亲切，也喜欢这些事情。布鲁克先生会同去，他要管束我们这些男孩，凯特·沃恩小姐则负责监护女孩。我希望你们几个都来，无论如何，别把贝丝落下，不会有人惊扰她的。吃的东西我会预备的，你们不用费心，别的也是。人来就好，来了就够意思了！

匆此。

你永远的劳里

"太叫人高兴了！"乔喊着，飞奔去传信给梅格。

"我们能去的吧，妈妈？我们去能帮劳里大忙的，我会划船，梅格可以料理午餐，两个妹妹也能搭把手。"

"希望沃恩姐弟不是那种娇贵的大人物。乔,你对他们的事了解吗?"梅格问。

"只知道他们是四姐弟。凯特小姐年纪比你大;弗兰克和弗雷德是双胞胎,和我差不多大;还有个妹妹格雷丝,十来岁。劳里是在国外认识他们的,他很喜欢那两个男孩。但他一提起凯特小姐就抿紧了嘴巴,我猜,他不怎么欣赏她。"

"真高兴我的法式印花衣服洗干净了,穿那件正合适,而且漂亮得很!"梅格满意地说,"你有像样的衣服吗,乔?"

"红灰相间的划船便服,我穿那套够好了。要划船,还要东奔西跑,我才不考虑板正的衣服呢。贝蒂①,你会去吧?"

"只要你们别让男孩子跟我说话。"

"一个都不让!"

"我想让劳里高兴,也不怕布鲁克先生——他人那么和气。但是我不想玩,不想唱歌,也不想说话。我想专心做事,不打扰任何人。如果你能顾着我,乔,我会去的。"

"这才是我的乖妹妹。你真的在努力摆脱害羞,我喜欢你这样。我知道,克服缺点不容易,而一两句激励的话却可以振奋人心。谢谢你,妈妈。"乔感激地吻了一下妈妈瘦削的面颊,这一吻对马奇太太而言,比恢复红润丰腴的青春脸庞还要宝贵。

"我收到一盒巧克力豆,还有我想要临摹的那幅画。"埃米亮出了她的邮件。

"我收到的是劳伦斯老先生的一张字条,请我今天入夜前过去弹琴给

---

① 贝蒂:"伊丽莎白"的爱称。

他听，我会去的。"贝丝接着说。她和老先生的友谊与日俱增。

"好了，我们快忙活起来吧，今天要做双份的活儿，明天才能无忧无虑地玩。"乔说着，准备搁下笔，去提起扫帚。

第二天清晨，太阳探进姑娘们的房间，向她们保证今天是个好天气，接着便看到滑稽的一幕。为了这一场出游，姑娘们个个都做了看似必要而充分的准备。梅格为额前的头发多上了一排小纸卷；乔在晒伤的脸蛋上涂了厚厚一层冷霜；贝丝带着乔安娜一起睡觉，以补偿即将到来的别离；埃米更是使出奇招，用木夹夹住鼻梁，想撑起令她烦恼的塌鼻子——这种木夹原是画家用来把纸固定在画板上的，现在挪来此处也算物尽其用。这幕好笑的景象显然把太阳逗乐了，那光芒愈发灿烂，照得乔醒了过来，乔睁眼看到埃米脸上的装饰品，不禁开怀大笑，把姐妹们都吵醒了。

阳光和笑声是游乐会的好兆头，不一会儿两边屋子里都风风火火地忙碌起来。贝丝第一个准备就绪，她倚在窗边，不时报告邻家的情况，忙着梳妆的姐妹们听她频频报信，兴致愈益高昂。

"有个人带着帐篷出来了！我看到巴克太太把午餐装进野餐盒和大篮子里。现在劳伦斯老先生正仰头望天，看着风信鸡，我真希望他也去。那是劳里，打扮得像个水手，真棒！噢，天啊！来了满满一车人——一位高个子小姐，一个小女孩，还有两个可怕的男孩子。有一个是跛脚的，真可怜啊，他挂着根拐杖呢。劳里没跟我们讲过这事。快点儿，姑娘们！时间不早了。呀，那不是内德·莫法特嘛，是他没错。看啊，梅格，他不就是那天我们买东西时朝你鞠躬行礼的人吗？"

"是他。他怎么来了？奇怪。我以为他在山区呢。那个是萨莉，真高兴她及时回来了。乔，你看我这身行吗？"梅格忐忑地高声问道。

"名副其实的小雏菊。把裙子拉直,帽子戴正,这样歪着戴看上去很做作,而且风一吹就要飞走的。好了,快点儿!"

"噢,乔,你该不会要戴这顶难看的帽子吧?太荒唐了!你不要穿奇装异服。"梅格规劝说。乔正用一条红丝带,将劳里开玩笑送她的老式宽檐草帽系好。

"我就是要戴去啊,这帽子好得很——又大又轻,还遮阴。戴上它很有趣,而且只要戴着舒服,我才不在乎是不是'奇装异服'。"乔说完,旋即大步走出门去,其他人紧随其后——活泼泼一支小小的姐妹队伍,她们全都一身夏装,衣冠楚楚,漂亮的帽檐下是一张张快乐的脸庞。

劳里跑来迎接,十分热诚地将她们介绍给他的朋友。草坪成了临时会客室,一时间场面热络。梅格庆幸凯特小姐尽管年方二十,穿得却很质朴,值得美国女孩们好好效法。内德又言之凿凿地说是专程前来见她的,听得她心花怒放。乔看出来劳里为何一提起凯特小姐就"抿紧了嘴巴",因为这位小姐带着一种"站开些,别碰我"的神气,全然不似其他姑娘自在随和。贝丝观察着两个陌生的男孩,她发现跛脚的那个孱(chán)弱而文雅,并不"可怕",准备待他和善些。埃米发现格雷丝这个小孩文质彬彬、个性开朗,她们默默对望了一会儿,当即成了要好的朋友。

帐篷、午餐和槌球用具已先行送了去,一行人很快便上了船。两条船一齐离岸,劳伦斯老先生在岸边挥帽送别。劳里和乔划一条船,布鲁克先生和内德划另一条,双胞胎中那个闹腾的弗雷德·沃恩则荡着一条舢(shān)板,想方设法碰撞那两条船,活像一只受惊的水虫。乔的怪帽子可谓大家的恩物,用途颇广。这顶帽子最初引来一阵笑声,化解了众人间的生分;她划桨时帽子来回摆动,扇起习习凉风;她说,万一下起阵雨,它还能当所有人的大伞呢。凯特小姐看着乔的一举一动,显然觉得相当新奇,尤其是乔不慎掉桨的时候大喊了一声:"老天爷啊!"还有,劳里就座时在乔脚上绊了一下,竟对她说:"亲爱的伙计,踩痛你了吗?"后来凯特小姐戴上眼镜,几次打量这个奇特的姑娘,认定她"古怪但很伶俐",便远远地微笑以对。

另一条船上,梅格惬意地与划手面对面而坐,两位划手很欣赏眼前这幅美景,都以非凡的"技巧与灵敏"摇着桨。布鲁克先生是个严肃寡言的年轻人,有着俊美的褐色眼睛和悦耳的声音。梅格喜欢他的稳重,认为他是部行走的百科全书,满腹有用的知识。他从不对她多说话,却时常望着她,她确信他对自己并不反感。内德刚上大学,自然摆足了大一新生认为自己该有的架势。他不算特别聪明,不过脾

气很好，总之是一同野餐的绝佳人选。萨莉·加德纳一心顾着自己的珠地布白裙子，生怕弄脏了，一面叽叽喳喳地和不时撞过来的弗雷德闲聊，弗雷德的恶作剧害得贝丝一路上都提心吊胆的。

去"长草地"的路程不远，他们抵达时，帐篷已支起，球门也搭好了。这是一片宜人的绿野，中间有三棵枝繁叶茂的橡树，还有一大片长条形的平滑草皮，以供打槌球之用。

"欢迎来到劳伦斯营！"大伙连连赞叹着上岸时，年轻的主人说道。

"布鲁克先生是总司令，我是军需主任，其他男士是参谋，各位女士呢，则是贵宾。这顶帐篷是特地为你们而设的，那棵橡树树荫下是你们的客厅，这棵树下是食堂，第三棵树下是营地伙房。好了，趁天还不热，先打一场球，然后再来张罗午餐。"

弗兰克、贝丝、埃米和格雷丝坐下观看其他八人打球。布鲁克先生选了梅格、凯特小姐和弗雷德成一队，劳里则挑了萨莉、乔和内德。几位英国人球打得不错，但美国人更胜一筹，仿佛由一七七六年《独立宣言》精神激励着，斗志昂扬，寸土必争。乔和弗雷德起了几次小冲突，有一次险些恶言相向。乔过了最后一门，而后却没有击中，她为失手懊丧不已。弗雷德的得分紧追其后，轮到他在乔前面打，他一击，球碰上门柱，弹回距球门一英寸①的地方。近处没有别人，他跑上前去察看，暗中用脚尖把球踢了一下，球恰好滑到球门内一英寸处。

"我过了！喂，乔小姐，我要战胜你，拿下第一了。"这位年轻的先生喊着，挥动球杆准备再次击球。

"你踢过去的，我看见了，现在该轮到我打。"乔呵道。

---

① 英寸：英美制长度单位，1英寸约等于2.54厘米。

"我保证,我没动球。可能它滚了一下,这可没犯规。请站开一点儿,让我撞终点柱。"

"我们美国是不兴作弊的,不过要是你喜欢,大可以这么做。"乔愤怒地说。

"美国佬最是诡计多端了,谁都知道。送你一程!"弗雷德反驳道,挥杆击球,将乔的球撞出老远。

乔张口想说几句难听话,又及时咽了回去,她气得从脖子根红到脑门儿,呆立片刻后,用尽力气槌倒了一个球门。此时弗雷德打中终点柱,欢天喜地地宣告自己夺标。乔跑去捡自己的球,找了好久才在灌木丛里找到。然而她泰然自若地走回来,耐心等待自己的轮次。她打了几次,终于打回刚才失手的地方,而敌队已胜利在望,凯特小姐是全场倒数第二位,她的球已经打到终点柱近旁。

"老天,我们没戏了!再见,凯特。乔小姐该还击我刚才那一下了,你完了。"弗雷德激动得大叫。这时大家都已围拢来看结果。

"美国佬有一条宽容敌人的诡计。"乔说这话的神情令那个小伙子面红耳赤。"尤其在打败敌人的时候。"她补上一句,并不去碰凯特小姐的球,单凭巧妙的一击,赢得了这场比赛。

劳里把帽子抛向空中,这才记起来输球的是客人,自己耀武扬威很不妥,于是欢庆到一半就止住了,转而对他的朋友耳语道:"好样的,乔!他确实作弊了,我看到的。我们不能对他明讲,但他不会再犯了,相信我。"

梅格把乔拉到一边,装作帮她把一条松开的发辫夹好,低声称许道:"这真是令人发指。但你收住了脾气,我很为你高兴,乔。"

"别夸我,梅格,我这会儿恨不得上去赏他耳光呢。刚才我在荨麻丛里找球找了一阵子，才把火气压制住，管住了嘴，要不是这样我一定爆发了。现在我正怒火中烧，希望他离我远点儿。"乔咬着嘴唇，从大帽子底下瞪了弗雷德一眼。

"午餐时间到了。"布鲁克先生看了看手表说，"军需主任，由你来生火、打水好吗？我和马奇小姐、萨莉小姐布置餐桌。谁煮咖啡煮得好？"

"乔可以。"梅格高兴地推荐妹妹。乔觉得最近所受的烹饪训练能让自己脸上有光，便跑去掌管咖啡壶，两个小妹妹去捡干树枝，男孩们则负责生火，以及从附近一处清泉取水。凯特小姐在一旁写生，贝丝用灯芯草编成小垫子当餐盘用，弗兰克在和她搭话。

不一会儿，总司令和他的副官们已铺好桌布，上面摆满了诱人的食物和饮料，用绿叶点缀得很漂亮。乔通知咖啡煮好后，众人就座，尽情享用美食。年轻人很少有消化不良的，运动过后，更是食欲大增。这一餐吃得十分愉快，在餐桌上，似乎每件事都新鲜有趣，不时传出阵阵哄笑声，惊动了一匹在附近吃草的老马。桌子高低不平，杯盘碗盏磕磕碰碰，逗乐了大家；橡果掉进牛奶里，小蚂蚁不请自来，想一起分享餐点；毛毛虫从树上摇摇摆摆地爬下来，想看看发生了什么事。三个黄毛小童隔着栅栏窥望，河对岸有一条讨厌的狗铆(mǎo)足了劲朝他们狂吠。

"这儿有盐，如果你想加的话。"劳里说着，将一碟莓果递给乔。

"谢谢，我更喜欢加蜘蛛。"乔答道，一面从奶油里捞起两只失足溺毙的小蜘蛛。"你怎么还提醒我上次糟糕的午餐啊？你自己的餐宴这样十全十美。"她接着说。两人都笑了，餐具不够，他们正合用一个盘子。

"我那天特别开心呢，至今念念不忘。你也知道，今天这餐不能归功于我，我什么事都没有做，是你和梅格、布鲁克先生把它办好的，我对你们感激之至。等我们吃饱喝足了，再做些什么呢？"劳里问。他觉得

用过午餐后，手中的王牌也出完了。

"做游戏啊，玩到天凉下来。我带了'作家'游戏牌，凯特小姐想必还知道些好玩的新游戏。去问问她吧，她是客人，你应该多陪陪她。"

"你不也是客人吗？我以为布鲁克先生会跟她合得来，可是他尽和梅格谈天，凯特小姐只是透过那副好笑的眼镜盯着他们看。我现在就过去，你不用唠叨礼节的事啦，乔，你自己也做不好。"

凯特小姐果然知道好几种新的游戏。女孩们不想再吃饭，男孩们也吃不下了，于是他们都移步到"客厅"去玩"胡话接龙"。

"由一个人起头讲故事，无论多荒诞无稽都行，爱说多长就说多长，只是注意，说到一个紧要关头要戛然而止，另一个人接下去，规则一样。这游戏如果玩得好，会很有趣的，或悲或喜的内容糅合一团，叫人忍俊不禁。请起个头吧，布鲁克先生。"凯特小姐带着命令的口吻说。梅格听了暗自惊讶，她对这位家庭教师可是毕恭毕敬，和对待其他绅士一样。

布鲁克先生躺在两位年轻女士脚边的草地上，顺从地开始讲故事，那双俊美的褐色眼睛定定凝望着波光粼粼的河面。

"从前有个骑士，他除了剑与盾之外一无所有，于是出外闯天下，寻出路。他历尽艰辛，漂泊良久，将近有二十八年之久，终于来到一座宫殿。宫殿的主人是位善良的老国王，他有匹不驯的小骏马，他非常喜欢这匹马，悬赏能驯服并训练它的人。骑士同意一试，稳扎稳打地驯起马来。这匹马驹本是骁悍良骥，虽然脾气野性暴烈，但很快喜欢上了新主人。每天训练国王的爱马时，骑士都骑着它穿城而过，沿途寻觅一张多次出现在他梦中的美丽面孔，却从不曾找到。有一天，他正骑马行经一条僻静的街道，却在一座颓败城堡的窗边见到了那张迷人的脸。他欣喜万分，打听住在这古堡里的是谁，得知是几位被俘的公主，中了魔咒，受困于此，终日纺纱存钱以赎回自由。骑士迫切希望解救她们，但是他一贫如洗，只能在每日经过时多看一眼那甜美的脸庞，期盼着有朝一日能在阳光下见到她。最后，他决定走进城堡，询问该如何帮助她们。他来到城堡前敲门，大门忽地打开了，只见——"

"一位闭月羞花的女子，她狂喜地大叫一声，惊呼道：'终于来了！终于来了！'"凯特小姐接了下去。她读过一些法国小说，很欣赏那些风格。"'就是她！'古斯塔夫仔爵大喊，欣喜若狂地拜倒在她面前。'噢，请起来！'她伸出一只纤纤玉手说道。'不！除非你告诉我怎样才能救你出去。'骑士跪在地上郑重地说。'唉，残酷的命运陷我于此地，唯有消灭那暴君，我才能逃离。''那个恶棍在哪里？''在淡紫色大厅里。去吧，勇敢的人儿，把我从绝境中救出去。''遵命，不成功便成仁！'他抛下这豪言壮语便飞奔而去，一把推开淡紫色大厅的房门，正要迈进去，却遭到——"

"猛然一击，一个身穿黑袍的老头朝他砸来一本厚重的希腊文词典。"内德说，"这位叫什么来着的爵士立刻回过神来，将暴君举起扔出窗外，他获了胜，转身准备去与美人相会，只是额头上隆起一个大包。然而他发现门被锁上了，于是撕开窗帘，结成一条绳梯，顺着绳梯往下爬，爬到半路绳梯断了，他一头栽进六十英尺①下的护城河里。他惯识水性，绕着城堡游泳，游到一扇有两个壮汉守卫的小门前。他扣住两人的头，敲核桃似的对撞，撞得他们脑袋开了花。随后他不费吹灰之力便破门而入，踏上一条石阶，石阶上积的灰足有一英尺厚，趴着像你拳头那么大的蟾(chán)蜍(chú)，还有会把你吓得魂飞魄散的蜘蛛，马奇小姐。待走到阶梯顶端，他

---

① 英尺：英美制长度单位，1英尺约等于30.48厘米。

兀然看到一幅景象，顿时瞠目结舌，不寒而栗——"

"那是个一身白装的高大幽灵，蒙着面纱，枯瘦的手上提着一盏灯。"梅格接续道，"那幽灵朝他招招手，在他前面带路，无声无息地飘进一条如坟墓般阴暗冰冷的走廊。走廊两侧影影绰绰立着身披铠甲的塑像，四下一片死寂，那盏灯散着幽蓝的光。幽灵时不时回头看他，恐怖的双眼掩在白色面纱后面闪闪烁烁。他们来到一扇挂了帷幔的门前，门后传来美妙乐声。他正要一跃而入，那幽灵将他拽了回来，威胁地在他眼前晃着一个——"

"鼻烟盒。"乔用阴森森的语气讲着，听众不禁捧腹，"'谢了。'骑士客气地说，一面拈了一撮鼻烟吸入，随即连打了七个大喷嚏，把脑袋都震落下来。'哈！哈！'幽灵大笑。这可恶的幽灵透过锁眼，望见几位公主为赎命仍在不停纺纱，它抓起断头的猎物，把他放入一个大铁皮箱，箱子里像沙丁鱼似的排着十一个无头的骑士，他们都站起身来，开始——"

"跳号笛舞。"弗雷德趁乔停下来歇口气，忙插话，"他们跳着跳着，这座破落的古堡变成了一艘满帆的战舰。'升起前帆，收上桅帆升帆索，下风满舵，炮手就位！'船长大吼。此时一艘葡萄牙海盗船迎面驶来，前桅飘扬着一面墨黑的旗帜。'弟兄们，去打一场胜仗！'船长说。一场激战就此展开。后来自然是英国人获胜，英国人战无不胜。"

"才不是哩！"乔在一旁大叫。

"他们俘获海盗船船长，战舰径直碾过那条双桅纵帆船，船的甲板上堆满了尸体，鲜血流向下风侧的排水孔，因为命令就是'拔刀，决一死战！''副水手长，拿一条前帆缭绳来，要是这恶棍不速速认罪，就给他点儿颜色瞧瞧。'英国船长说。那个葡萄牙人像顽石一般抵死不从，宁可走跳板①坠海，水手们兴奋得欢声雷动。谁知那老狐狸潜入水中，游到战舰下方将船凿沉，张着满帆的船渐渐下沉，沉入深深、深深的海底，在那里——"

"噢，天啊！我该怎么接呢？"萨莉嚷道。弗雷德讲完了那段胡话，那是他从一本喜爱的图书中看来些航海术语和情节，东拼西凑而成。"嗯……他们沉入海底，一条善良的美人鱼前来迎接，她看见那个箱子里的无头骑士，感到悲伤不已，于是好心地把他们泡进盐水里，希望能解开他们身上的谜。她毕竟是个女子，生性好奇。不久后，有个人潜水来到此处。美人鱼就说：'如果你能把这箱珍珠带出海去，它就归你了。'她想让这些可怜人起死回生，可是如此重负她又无力举起。那人扛起箱子游出海面，一打开便大失所望，里头一颗珍珠都没有啊。他把箱子丢在一片荒凉的旷野，后来箱子被一个人发现了——"

"那人是个牧鹅女孩，她在这片地里牧养了一百只大胖鹅。"萨莉的故事编完后，埃米说道，"女孩一见他们也很难过，她请教一个老奶奶要怎么做才能救他们。'你的鹅会告诉你的，它们什么都知道。'老奶奶说。于是女孩问，旧的脑袋掉了，要用什么来当新的脑袋呢。一百只鹅统统张开嘴巴尖叫道——"

"'卷心菜！'"劳里迅速接过话头，"'再好不过了。'女孩说罢，就

---

① 走跳板：在船上处死俘虏和罪犯的一种方法，受刑者被迫沿木板走出船边落入海中。

跑去她家的菜园里摘了十二颗上好的卷心菜。她一一安到骑士脖子上，他们立刻复活了。骑士们谢过她，高高兴兴地继续他们的旅程，浑然不觉有何异样，因为天底下有太多和他们一样的脑袋了，谁也不觉得有什么稀奇。我们关心的那个骑士又回去找那张美丽脸孔，得知公主们靠着纺纱赎回了自由，已纷纷出嫁，只剩下一位。他心潮澎湃，跨上那匹和他患难与共的小马，飞奔到城堡去看留下的是谁。他隔着树篱张望，见到他的梦中情人正在花园里采花。'可以给我一朵玫瑰吗？'他说。'你得过来拿。我不能去你那里，这不得体。'她的声音甜美如蜜。他想要翻过树篱，树篱却似乎越长越高；他又试着钻过去，结果树篱越长越密。百般无奈之下，他耐着性子将枝丫一根一根折断，好歹开出一个小洞来，他从洞中望进去，央告道，'让我进去吧！让我进去吧！'然而美丽的公主仿佛听不懂他的话，自顾自静静地采摘玫瑰，任由他奋力开路。他究竟有没有走进去，且听弗兰克为各位道来。"

"我不会。我不玩，我从不玩这些。"要从情感困境中拯救这一对荒唐的恋人，弗兰克不知如何是好。贝丝躲在乔的身后，而格雷丝已经睡着了。

"那么这个可怜的骑士就继续卡在树篱里头了，是吧？"布鲁克先生问。他依旧凝望河面，手指拨弄着纽洞上的野玫瑰。

"我猜，过了一会儿，公主给了他一枝花，把大门打开了。"劳里暗自微笑着说，朝他的老师丢了一把橡果。

"我们真是胡说八道了一通呀！多玩几次，没准能接出更妙的故事来。你们知道'真心话'吗？"在大家为自己编的故事笑过一阵后，萨莉问道。

"我希望能知道。"梅格认真地说。

"我是说，知道'真心话'游戏吗？"

"是怎样的游戏？"弗雷德说。

"哦，大家手叠手，选定一个数字，一一抽出手，抽到那个数字的人，其他人无论问他什么问题，都得如实回答。很好玩的。"

"我们玩玩看吧。"喜欢尝试新东西的乔说。

凯特小姐、布鲁克先生、梅格和内德谢绝了，弗雷德、萨莉、乔和劳里叠起手来抽签，抽中了劳里。

"你崇拜的人是谁？"乔问。

"爷爷和拿破仑。"

"你觉得在场的女士哪一位最漂亮？"萨莉说。

"玛格丽特。"

"你最喜欢哪一位？"弗雷德问。

"当然是乔。"

"你问的问题真无聊！"乔不屑地耸了耸肩，因为其他人听了劳里理所当然的口吻都笑了起来。

"再玩一轮。'真心话'这游戏还不赖。"弗雷德说。

"对你倒是很有益处的。"乔低声还击。

接着轮到她。

"你最大的缺点是什么？"弗雷德考验她是否会说真话，而这一美德正是他所欠缺的。

"躁脾气。"

"你最想要的东西是什么？"劳里说。

"一副靴带。"乔猜着他的用意，不想让他得逞。

"答得不真心，一定要说自己真正最想要的。"

"天赋。你是不是想给我这个呀，劳里？"她见他一脸失望，俏皮地笑了。

"你最欣赏男性有哪些美德？"萨莉问。

"勇敢和诚实。"

"轮到我了。"弗雷德说。这回抽到的是他。

"我们惩罚他一下。"劳里对乔耳语。乔点点头，立刻问道："打槌球时你是不是作弊了？"

"嗯……是的，有一点点。"

"很好！你讲的故事是不是从《海狮》里看来的？"

"没错。"

"你是不是认为英国人完美无缺？"萨莉问。

"要是不这么认为，我就愧为英国人了。"

"他是十足的约翰牛①呢。好了，萨莉小姐，不用等抽签了，你总要轮一次的吧。我先得罪了，我问你，你是不是觉得自己挺妖娆的？"劳里说。这时乔向弗雷德点点头，以示和议。

"你这无礼的家伙！当然不是。"萨莉惊呼，可是她那副神气恰是反证。

"你最讨厌什么东西？"弗雷德问。

"蜘蛛和米布丁。"

"你最喜欢什么？"乔问。

"跳舞和法国手套。"

"哎，我觉得'真心话'这游戏很无聊。我们来玩一局益智的'作

---

① 约翰牛：源于英国作家约翰·阿布什诺特（1667—1735）所著的《约翰·布尔的历史》，是英国或英国人的绰号。

家'牌，提神醒脑一下。"乔提议说。

内德、弗兰克和两个小妹妹加入牌局，年纪较长的三位则坐到一边聊天。凯特小姐又掏出写生簿，梅格看着她画，布鲁克先生躺在草地上，手捧一本书，却没有拿起来读。

"你画得多美啊！真希望我也会画画。"梅格的声音里夹杂着羡慕和遗憾。

"你为什么不学呢？我想你审美能力和绘画天分都不错的。"凯特小姐和气地回答。

"我没有时间。"

"我猜，你妈妈更喜欢让你学些别的才艺吧。我妈妈也是，不过我私下上了几课，向她证明我有天分，然后她就很愿意让我学下去了。你能和家庭教师照我的法子试试吗？"

"我没有家庭教师。"

"我倒忘了，美国的年轻女士和我们不一样，大多去学校上课。爸爸说过，那些学校也都是很好的。你上的是私立学校吧？"

"我根本没上学。我自己就是个家庭教师。"

"噢，原来如此！"凯特小姐说。她尽可以直接说"天啊，真可怕！"因为她的语调里有这意思，她露出的表情也令梅格脸红，梅格后悔自己不该那么坦白。

布鲁克先生抬头一望，立即说道："美国的年轻女士像她们的祖先一样爱好独立，她们自食其力，因而受人欣赏，受人尊重。"

"噢，是啊，她们这样做自然很好、很正确。我们有很多优秀而可敬的年轻女性也是如此，受雇于名门贵族，因为她们出身绅士人家，教养很好，又有才艺，你们也知道的。"凯特小姐屈尊就卑的口气伤了梅格的自尊心，使她的工作显得更加讨厌，而且有失体面。

"马奇小姐，那首德语歌还合你的意吗？"布鲁克先生这样一问，打破了难堪的沉默。

"噢，合意！那首歌很优美，我非常感谢为我翻译的那个人。"梅格说这话时，低垂的脸上又有了光彩。

"你不会德语吗？"凯特小姐讶然问道。

"不大会。原本是我父亲教我德语的，现在他出远门了。我自学进步不快，没人来纠正我的发音。"

"读几句试试吧，这儿有一本席勒①的《玛丽亚·斯图亚特》，还有一个乐于教学的教师。"布鲁克先生带着动人的笑容，将书摊在她的膝上。

"太难了，我不敢试。"梅格固然感激，当着身旁那位多才多艺的小姐的面，终归是忸怩的。

"我读一段来壮壮你的胆吧。"凯特小姐读了十分精彩的一段，读得

---

① 弗里德里希·席勒（1759—1805）：德国诗人、哲学家、历史学家、剧作家，德国启蒙文学代表人物之一，代表作有《华伦斯坦》三部曲、《玛丽亚·斯图亚特》等。

字正腔圆，但毫无感情。

布鲁克先生不作评论，看她把书还给梅格，梅格单纯地说："我还以为这是诗呢。"

"有些段落是诗。读读看这段。"布鲁克先生把书翻到可怜的玛丽亚的挽歌，嘴角浮出一抹奇妙的微笑。

梅格的新老师手拿一枝长长的草叶在书页上指点，梅格顺从地跟着读。她怯生生、慢腾腾地读着，不知不觉中，那悦耳的嗓音、柔和的腔调将艰涩的字词化成了诗。那支绿色教鞭一路指引，梅格很快便忘了听众，沉浸在剧本哀婉的场景中，她旁若无人地读下去，语带悲叹，念出不幸的女王所说的话。假如她当时望见那双褐色的眼睛，一定会骤然停住。然而她并未抬头，这堂课才没有中止。

"读得实在是好！"布鲁克先生待她读完一个段落，便如此说道，也不在乎她念错了不少词，真正是"乐于教她"的样子。

凯特小姐戴起眼镜，将眼前的景象打量了一番，然后合上写生簿，以居高临下的语气说："你的口音不错，假以时日，一定会读得很流畅的。我建议你学一学，德语对教师来说是很有用的技能。我得去照顾格雷丝了，她在乱跑呢。"凯特小姐悠悠地走开去，一面耸了耸肩自语道："我可不是来监护一个家庭教师的，虽然她的确年轻貌美。这些美国佬真够怪的，劳里和他们在一起，怕是要给带坏了。"

"我忘了英国人挺瞧不起女家庭教师的，对她们的态度也不如我们。"梅格说着，一脸气恼地望着那个远去的背影。

"很遗憾，据我所知，男家庭教师在那里日子也不怎么好过。对于我们这些自力更生的人，没有别的地方比得上美国了，玛格丽特小姐。"布鲁克先生看起来如此满足而又乐观，梅格便也羞于自怨命苦了。

"那我真高兴自己生活在这里啊。我不喜欢我这份工作,但还是从中得到许多满足,所以没什么好抱怨的了,只是希望自己能像你一样喜欢教书。"

"如果有劳里做学生,我想你也会喜欢教书的。明年我就不教他了,想来很失落呢。"布鲁克先生不停地在草皮上戳着洞。

"他要去上大学了吧?"梅格嘴上这样说,双眼却分明还在接着问"那你会去哪里呢?"

"对啊,是时候了,他已经准备好了。等他一离开,我就去从军。我有义务去。"

"很高兴听你这么说!"梅格高呼,"我觉得所有男青年都向往从军,虽然家中的母亲和姐妹会不好受。"她忧伤地补上一句。

"我没有母亲和姐妹,朋友也很少,没什么人会关心我生死的。"布鲁克先生说得有些酸楚,一边下意识地将一朵蔫掉的玫瑰埋进刚才戳出的洞里,又覆上泥土,像一座小小的坟墓。

"劳里和他爷爷就很关心你,万一你受了什么伤,我们大家都会非常难过的。"梅格由衷地说。

"谢谢,这话听了很欣慰。"布鲁克先生重现明朗的神情,他尚未把话说完,内德骑着那匹老马摇摇晃晃地过来了,他想在小姐们面前一展马术,这一天后来再无安静时刻。

"你喜不喜欢骑马?"格雷丝问埃米。她们由内德领着,绕草地赛跑一圈后,正驻足歇息。

"我可喜欢了。以前爸爸有钱的时候,我姐姐梅格常常骑马,现在我们不养马了,只剩那匹埃伦树。"埃米说着哑然失笑。

"说给我听听,埃伦树是一头驴子吗?"格雷丝好奇地问。

"咳，知道吗，乔对骑马很着迷，我也是，可是我们没有马，只有一副旧侧鞍。我们花园里有一棵苹果树，长着一根低矮粗壮的树枝。于是乔把马鞍放上去，在向上弯的地方缚了缰绳，我们想骑马的时候就骑上埃伦树晃悠。"

"真好玩！"格雷丝笑道，"我家有一匹小马，我差不多每天都和弗雷德、凯特去公园骑马，很开心，我的朋友们也会去，罗顿道①上满是淑女和绅士。"

"啊，太吸引人了！希望有一天我能出国看看，不过与其去罗顿道，我更想去罗马呢。"埃米说。罗顿道是什么，她一无所知，也根本不愿求教。

弗兰克刚巧坐在两个小妹妹背后，他听见她们的对话，又看着活跃的少年们欢蹦乱跳，烦躁地将拐杖一把推开。贝丝正在收拾散乱的"作家"牌，抬头一看，便以她那害羞而友善的态度说道："我想你是累了吧。我能为你做些什么吗？"

"拜托跟我讲讲话吧。我一个人坐着很闷。"弗兰克回答。他显然在家娇生惯养。

对腼腆的贝丝而言，哪怕请她以拉丁语发表演讲，也未必比这请求更难。然而她现在无处可逃，无法躲去乔的身后，这可怜的男孩又眼巴巴地望着她，她决定勇敢一试。

"你喜欢讲点儿什么呢？"她抖抖索索地理牌，想把牌扎起来，却撒落了一半。

"嗯……我想听听板球、划船和打猎的事。"弗兰克还不懂得量力而行，不知如何选择适合自己的娱乐。

———

① 罗顿道：英国伦敦海德公园中的骑马道。

"天啊！我该怎么办？这些事我一窍不通啊。"贝丝暗想。她心慌意乱，竟忘了这男孩的不幸，希望引他先开话头，便说："我从没看过人打猎，我想你应该很了解。"

"以前是。但是我再也不能打猎了，有一次跨越一道该死的五杆门时摔伤了，从此同马和猎犬无缘。"弗兰克叹了一口气，贝丝直恨自己犯了这无心之过。

"你们的鹿比起我们那些丑丑的水牛，要好看多了。"情急之下，她转而聊起大草原，庆幸自己读过一本乔喜欢的男孩读物。

水牛果然是个适当而轻松的话题。贝丝急于哄对方高兴，一时忘我，全然不觉姐妹们在旁又惊又喜，她们见贝丝异乎寻常地同一个"可怕的男孩子"聊个不停，而她之前还为此央求姐妹保护她。

"哎！她同情他，因而善待他。"乔在槌球场上笑眯眯地望向贝丝。

"我一向说她是个小圣人。"梅格接着说，似乎在说一件毋庸置疑之事。

"我很久很久没听过弗兰克笑得这么欢了。"格雷丝对埃米说。她们俩正坐在那里讨论洋娃娃，还用橡壳做着茶具。

"我姐姐贝丝可是个很有魄力的女孩呢，只要她愿意。"埃米看到贝丝的表现相当高兴。她想说的是"魅力"。反正格雷丝也不清楚这两个词的确切意思，"魄力"听起来不错，倒也留下了好印象。

他们像马戏团游行队伍般跑起来，又玩了一局"狐入鹅群"，最后打了一场友好的槌球赛，消磨了这天下午。日暮时分，一行人撤了帐篷，收好篮子，拔起球门，乘船逐流而下，一路上放声高歌。内德触景伤情，用颤音唱起一支小夜曲，副歌如此忧愁——

孤独啊孤独！唉，孤独！

接着，又唱到——

> 我们正年轻，都有一颗心，
> 噢，为何不相近，孤影伶仃？

这时，他黯然神伤地望着梅格，梅格见状哈哈大笑，把他的歌也打断了。

"你怎么对我这样冷酷？"他趁着众人热闹合唱时，低声说道，"你一整天都和那个正经八百的英国女人黏在一起，现在又如此怠慢我。"

"我不是故意的，你的样子太有趣，我才忍不住笑了。"梅格对他的前一句责备置若罔闻，因为她确实刻意躲避他，她犹记得莫法特家的舞会以及会后的谈话。

内德大为不快，去向萨莉求安慰，赌气说："那姑娘根本不解风情，对吧？"

"的的确确，不过她是个可人儿。"萨莉虽承认朋友的缺点，仍为她辩护。

"苛刻之人吧。"内德想说点儿俏皮话，说得差强人意，和一般的毛头小伙差不多。

在来时集合的草坪上，这一小群人诚挚地互道晚安与再见，沃恩姐弟接着要去加拿大。四姐妹穿过花园回家，凯特小姐望着她们的背影，不带一丝屈尊就卑的口气说道："美国女孩虽然喜怒形于色，但熟悉之后，倒都是很好的姑娘。"

"我十分同意你的话。"布鲁克先生说。

第十三章
空中楼阁

九月里一个和煦的下午，劳里适意地躺在吊床上摇来荡去，想知道芳邻在做些什么，却懒得过去探个究竟。他正在闹情绪，这一天过得不充实且不如意，他真想从头来过。暖热的天气令他慵懒，他抛开了书本，将布鲁克先生的耐心消磨殆尽，弹了半个下午的琴，惹得爷爷不高兴；他淘气地说他的一只狗发狂了，把女仆们吓得半死，接着又没来由地怪马夫疏于职守，对他恶言相加。然后他便跳上吊床，愤愤然埋怨着周遭恼人的一切，直到这晴好祥和的天气使他不由得静下心来。凝望头顶那棵七叶树郁郁的绿荫，他浮想联翩，正想象自己在环球航行中随浪起伏之时，一阵说话声转瞬将他卷回岸边。他从吊床的网眼中窥视出去，只见马奇家姐妹走出家门，像是要去远足。

"几个姑娘到底要做什么去呢？"劳里暗忖，一面张开惺忪的双眼细细端详，今天这几位芳邻的打扮有些特别。她们都头戴阔边大帽子，肩挂棕色麻布袋，手拄长杖。梅格拿着一张坐垫，乔拎着一本书，贝丝提着一支长柄勺,埃米则挟着画册。四姐妹静悄悄地走过花园,出了园后的小门,登上横亘于家与河流之间的丘陵。

"唔,这么不近人情啊!"劳里自言自语道,"去野餐也不叫上我。她们没法划船去啊,她们没钥匙,也许是忘了。我给她们送去,也看看是怎么一回事。"

他明明有五六顶帽子,但是翻了半天才翻出一顶,接着又四处找钥匙,到头来发现就在衣兜里。等他跃过栅栏追去时,姑娘们早已没了踪影。他抄捷径赶到船库等候她们,却不见一个人来,只得跑上山去瞭望。山坡上有一片松林,这片绿林深处传来一阵清脆的声音,盖过了松叶柔声的吁叹和蟋蟀催眠的鸣吟。

"这里风景独好!"劳里透过灌木丛探视,心中想道。此时他已神清气爽。

眼前的确是一幅如画美景。四姐妹同坐在树荫一角,光影婆娑(pó suō),芬芳的清风吹拂着她们的头发,也吹凉了她们的脸颊,林中的小住民生活如常,仿佛此处并无外人,只有旧友。梅格坐在坐垫上,一双素手灵巧地飞针走线,一袭粉红色衣裙,恰似万绿丛中的玫瑰般娇艳欲滴。贝丝拣取近旁铁杉树下堆积如山的球果,用来做漂亮的小物件。埃米正对着一簇蕨草写生,乔一面织着东西,一面朗读她的书。男孩望着她们,脸上掠过一道阴影,他觉得自己不速而至,应该走开,然而又流连不舍,因为家里似乎很寂寥,林中这娴静的一行人深深吸引着他躁动的心。他一动不动地站在那里,一只忙于觅食的松鼠从他身旁的松树上跑下来,猛然看到他,又溜了回去,尖声斥责他。贝丝闻声抬头望去,发现了桦树后那张渴望的面孔,会心一笑向他致意。

"请问我可以加入吗?会打扰到你们吗?"他缓步走向前问道。

梅格扬起眉毛，乔责备地瞪了她一眼，立刻说："当然可以。我们先前就该邀你的，只是担心你不屑于这种姑娘家的游戏。"

"我一向很喜欢你们的游戏，如果梅格不希望我加入，我就离开吧。"

"我不反对你来，只是你得有事做。无所事事不合这里的规矩。"梅格答得严肃而和气。

"多谢。如果你们肯让我多留一会儿，我什么都愿意做的，山下边闷得跟撒哈拉沙漠一样。我该缝纫、读书、捡球果、画画，还是全部都做？我预备好了，悉听尊便。"劳里席地而坐，那副俯首帖耳的神气叫人看了很欢喜。

"读完这个故事吧，让我织好这只袜跟。"乔说着把书递给他。

"遵命，小姐。"他温顺地答话，极力表达自己对于受"勤蜂社"接纳的感恩之情。

故事不长，他读完后，大胆提了几个问题，犒劳犒劳自己。

"可否请教小姐，这个颇具教育意义的可爱组织是新近成立的吗？"

"你们愿意告诉他吗？"梅格问三个妹妹。

"他会笑话的。"埃米提醒道。

"谁在乎呀！"乔说。

"我想他会喜欢的。"贝丝接着说。

"我一定会喜欢的！保证不笑你们。说出来吧，乔，别怕。"

"我哪会怕你，异想天开！好吧，是这样的，我们以前常常根据《天路历程》扮着玩，现在我们又认认真真做起这件事来，从冬天到夏天。"

"是的，我知道。"劳里若有所悟地点点头。

"谁告诉你的？"乔忙问。

"精灵。"

"不，是我说的。有天晚上，你们都不在家，他心情低落，我想为他解闷。他真的很喜欢这件事，别责怪我啊，乔。"贝丝温顺地说。

"你就是守不住秘密。不要紧，倒是省得多费口舌了。"

"请讲下去吧。"劳里见乔略显不悦地埋首编织，便说道。

"噢，她没有把我们这个新计划告诉你吗？嗯……我们不想荒废了假日，便让每个人选一项任务，并且坚定地执行。这个假期快过完了，该做的工作已经完成，我们特别高兴大家没有虚度光阴。"

"是的，我想也是。"劳里想起自己懒散度过的时日，很觉后悔。

"妈妈希望我们多出门走走，所以我们把任务带到这里来做，做得也舒心。为了好玩，我们把东西装进这些袋子，戴上旧帽子，挂着棍子爬山，扮演'朝圣者'，像多年前那样。我们把这座山叫作'快乐山'，我们可以在山上纵目远眺，望见将来想住的地方。"

乔伸手一指，劳里坐直了身子细细望去，透过林中空隙，只见一条宽广蔚蓝的河流，对岸有一片草地，再远处是大城市的郊野，青山环绕，拔地倚天。夕阳低垂，天际闪耀着秋日余晖，金黄姹紫的彩霞缭绕山巅，银白色山峰耸入红光里，宛若天国缥缈的尖塔熠(yì)熠生辉。

"真美啊！"劳里轻声说。他总能敏锐地发现美、感受美。

"时常如此。我们喜欢观赏那边的景色，每次都不尽相同，但永远美不胜收。"埃米答道。她恨不能将美景尽收笔下。

"乔总说起将来想住的地方——乔指的是乡村,可以养猪养鸡,晾晒干草。"贝丝道。

"要是我们的'空中楼阁'都能成真,能住到里面去,那该多有趣呀!"沉默片刻后,乔说道。

"我的'空中楼阁'多到数不清,很难决定哪一个更好。"劳里平躺在地上,拾起几颗球果,向那只出卖他的松鼠掷去。

"你得选个最喜欢的。是哪一个呢?"梅格问。

"如果我说出来,你也愿意说说你的吗?"

"好啊,如果妹妹们也都愿意的话。"

"我们愿意。劳里,你先讲吧。"

"等我把全世界想看的地方都游历过后,我想在德国定居,尽情地享受音乐。我要成为出色的音乐家,让天地万物都跑来听我演奏。我决不去关心金钱或生意,只管自得其乐,为喜欢的事物而活。这就是我最喜欢的'空中楼阁'。梅格,你的呢?"

梅格似乎有些难于启齿,她拿一根凤尾草在面前摇晃着,好像驱赶蚊蚋似的,一面慢腾腾地开了口:"我希望有一栋漂亮房子,里面满是各式各样的奢华之物——珍馐华服、精致家具,还有可爱的人和大堆的钱。

我是房子的女主人，随心所欲地安排一切，婢仆成群，什么家事都不用我操心。那样我就可以享福啦！但我也不会无所事事，我会行善，让所有人都很喜欢我。"

"你的'空中楼阁'不要个男主人吗？"劳里俏皮地问。

"我说了'可爱的人'，你知道的。"梅格说着，俯身仔细地绑鞋带，叫人看不到她的脸。

"你为什么不说，你要一个聪明善良、称心如意的丈夫和几个天使般的小孩？你也知道，没有这些人，你的房子就不完美。"乔直言不讳，她未曾有过柔情的幻想，对浪漫之事不屑一顾，除非是写进书里的。

"你的房子里只要有马儿、墨水台和小说就够啦。"梅格使性子回嘴。

"这难道不好吗？我要一个养满阿拉伯骏马的马厩和几个堆满书的房间，用那个神奇的墨水台蘸墨写作，我的作品会和劳里的音乐一样出色。我想做一番壮举，再去'空中楼阁'——做些英勇或伟大的事情，做些我死后也不会被人遗忘的事。我还不知道究竟要做什么，但我会留心着，总有一天要让你们惊讶。我想我会写书，成名致富，这最适合我，也是我最喜欢的梦想。"

"我的梦想是和爸爸妈妈安稳地待在家里，帮忙照料全家人。"贝丝知足地说。

"你没有别的愿望了吗？"劳里问。

"自从有了小钢琴，我已心满意足了。但愿我们大家平安健康，待在一起，没别的了。"

"我有许许多多的愿望，最想要的是当一个画家，到罗马去，创作优美的作品，成为全世界最好的画家。"这是埃米的小小心愿。

"我们真是雄心勃勃的一帮人呢，对吗？除了贝丝，我们每一个都想名利双收，事事志得意满。我真想知道，有没有谁会如愿以偿。"劳里口中嚼着草，好像一只沉思的牛犊。

"我已经得到那把'空中楼阁'的钥匙了，不过能不能打开门还说不准。"乔神秘兮兮地说。

"我也有我的钥匙了，但是他们不准我去尝试。去它的大学！"劳里咕哝着，不耐烦地叹了一口气。

"我的在这里！"埃米挥了挥手中的铅笔。

"我没有钥匙。"梅格黯然说道。

"不，你有。"劳里立刻说。

"在哪儿？"

"在你脸上。"

"胡说，这没有用的。"

"等着看吧，看它会不会为你带来有价值的东西。"男孩回答，他认为自己知道一个小秘密，想到这里不禁失笑。

梅格躲在凤尾草后羞红了脸，她不再追问，只是遥望着河流，那期盼的神情与布鲁克先生讲骑士故事时一模一样。

"如果十年后我们都健在，大家再相聚，看看有几个人实现了愿望，或是离愿望近了多少。"乔总是乐于订计划。

"天啊！那时我都多大了——二十七岁！"梅格惊呼。她刚满十七，却觉得自己已长大成人。

"特迪①，我和你是二十六岁，贝丝二十四，埃米二十二，我们都成了一群长者啦！"乔说。

---

① 特迪："西奥多"的爱称。

"希望到时我已经做出足以自豪的事了,但我是一只小懒虫,真怕自己会虚度光阴呀,乔。"

"你需要动力,妈妈常这样说。她说有了动力,你就一定会奋发图强。"

"真的吗?对天发誓,只要有机会,我一定会的!"劳里突然精神抖擞地坐起身喊道,"能让爷爷高兴,我就应该知足,我也确实努力了,但你们知道,这有违我的天性,很难做到。他想让我和他以前一样,做个印度贸易商,我宁死也不愿意。我讨厌他那些破船运来的茶叶、丝绸、香料和各种废物,要是那些船归我了,就算它们一下子沉到海底我也不在乎。上大学应该能让他满意,我给他四年时间,他也应该不会用做买卖的事来烦我。但是他心意已决,我是一定得走他的老路了,除非任性地离家出走,像我爸爸那样。假如家里还有人陪着这位老先生的话,我明天就走。"

劳里说得很激动,似乎稍有不如意,就会将这威胁付诸行动。他正快速成长,虽然常行事懒散,总也有年轻人不甘屈从的心,以及摩拳擦掌闯荡天下的渴望。

"我看你不如乘船远行,闯一闯自己的路再回家。"乔说。她想到如此大胆的冒险,不免又燃起了想象,也因她对所谓的"特迪的冤屈"心生怜悯。

"这么做不对,乔,你不应该说这样的话,劳里也不应该听从你的馊主意。好孩子,你应当遵照祖父的期望去做。"梅格的口吻像极了一位母亲,"上了大学要好好学习,他看到你努力让他高兴,一定不会为难你、委屈你的。你也说了,家里没有别人陪他爱他,要是擅自离他而去,你永远都不能原谅自己的。别沮丧也别烦躁,只管尽你的本分,你会得到回报、受人敬爱的,就像善良的布鲁克先生那样。"

"你对他了解多少呀?"劳里问道。他感激善意的忠告,但是对这番说教不以为然,他刚才罕见地发了一通脾气,现在乐得将话题从自己身上转开。

"只了解你爷爷告诉我们的那些——他悉心照料母亲,直到她过世,曾因不愿离开母亲拒绝去国外为一户好人家当家庭教师。如今他又在赡养当初看护他母亲的一位老太太。他向来为善不欲人知,只顾做一个慷慨、耐心的好人。"

"的确如此,他是个大好人!"劳里由衷地说道。梅格讲到一半正歇口气,脸色绯红,满是恳切。"这就是爷爷的脾气,暗地里探听他的一切,再把他的美德告诉别人,让大家都喜欢他。布鲁克先生不明白为什么你们的妈妈对他那么亲切,邀他和我一起去做客,友好周到地款待他。他只以为她人特别好,日复一日念叨这件事,接着又热血沸腾地聊你们大家。如果我真的实现了愿望,你们看看我会为布鲁克先生尽点儿什么心吧。"

"现在就尽点儿心吧,别成天折磨他。"梅格严厉地说。

"你怎么知道这事的,小妞?"

"每回他离开时,我从他的脸色就看出来了。如果你表现好,他会很满意,走路轻快;如果你令他烦恼了,他就板着面孔,步伐也沉重了,仿佛想掉头去把工作做得更好些。"

"嚯,好样的!所以你照着布鲁克先生的脸色记下了我的功与过,是吧?我看他走过你的窗前时,只是微笑鞠躬,没想到还能传情达意啊。"

"我们没有。别生气,噢,对了,别告诉他我说了什么!我只为表示关心你的情况,这里说的话都得保密,你知道的。"梅格叫道。她想到自己的无心之言可能生出什么后果,心中十分惊慌。

"我从不搬弄是非。"劳里回答,一副"神气活现"的样子——乔这么形容他偶尔流露的表情,"只是布鲁克先生要真是个晴雨表,我一定记得要让他有好天气可以报告。"

"请不要动气。我并不是要教训你,也不是搬弄是非或说蠢话,只是觉得若乔煽动起了你的情绪,你早晚要为此后悔的。你对我们这么好,我们把你视同兄弟,想到什么便说什么。原谅我吧,我是一片好意。"梅格羞怯而诚意十足地伸出她的手。

劳里为自己一时愠怒感到惭愧,他攥住那只友善的小手,坦率地说:"我才要请你原谅,我太暴躁了,今天一整天都心情不好。我喜欢你们把我的缺点告诉我,像姐妹一般待我。我有时候脾气很坏,还请不要见怪啊。还是很感谢你。"

他一心想表示自己没有动气,殷勤地讨她们的喜欢——替梅格缠棉线,背诗哄乔高兴,为贝丝摇落球果,帮埃米找蕨草画画,以此证明自己是"勤蜂社"的合格社员。正当他们热烈讨论着乌龟的生活习性时(有一只可爱的乌龟从河中踱上岸来),隐约飘来的铃声提醒他们汉娜已经把沏好的茶"闷上"了,下山回家刚好能准时吃上晚餐。

"下次我还可以来吗?"劳里问。

"可以,只要你表现好,爱念书,就像启蒙书里对小孩子的教导那样。"梅格微笑着说。

"我会努力的。"

"那你就可以来,我会教你像苏格兰人一样打毛线,军队里正需要袜子呢。"乔接着说,一面摇旗似的挥了挥她织的蓝色大毛线袜。随后他们在大门口道别。

那天晚上，贝丝在暮色中为劳伦斯老先生弹琴。劳里站在窗帷遮蔽处聆听，她单纯的音乐总能安抚他郁郁不乐的心。劳里望着老先生，只见他坐在那里，一手支着白发苍苍的脑袋，温柔地追忆他深爱的已逝的孙女。想起下午的谈话，男孩决定心甘情愿作出牺牲，他自语道："让我的'空中楼阁'远去吧，只要这位亲爱的老先生需要我，我就陪着他，因为我是他的唯一。"

第十四章
秘密

乔正在阁楼忙碌，十月天气转凉，下午也变短了。太阳在高窗上暖洋洋地躺了两三个小时，照见乔坐在旧沙发上奋笔疾书，稿纸铺在她面前的皮箱上。爱鼠爪爪在房梁上散步，陪同的是其长子——一只小巧的幼鼠，显然颇以自己的胡须为傲。乔埋首嗖嗖地写作，直至写完最后一页，大笔一挥签上名字，随后丢下笔高喊："好了，我尽力了！如果这篇还不行，就得等到我能写得更好的时候了。"

她向后往沙发上一靠，仔细地将手稿通读一遍，在这里那里加上破折号，又像画小气球似的添上许多感叹号，读完后用一条漂亮的红丝带束起手稿，带着肃穆而神往的表情朝它凝视了一会儿，显见她写得多么热忱啊。乔阁楼上的书桌，原本是一只靠墙挂着的旧锡皮柜。她在里面存放着文稿和一些书，使之安然与爪爪隔绝。爪爪同样富有书卷气，爱好啃书，喜欢将目光所及的书本变成"流动图书馆"中的一员。乔从这只锡皮柜里取出另一沓(dá)手稿，把两份稿子都放进衣袋，蹑足走下楼去，

留下那两位朋友尝她的笔，品她的墨。

她悄无声息地戴上帽子，换好衣服，钻出后窗，踩着下层门廊的廊顶纵身荡下，落到草埂上，随后绕行至马路边。她这才定了定神，搭上一辆过路的公共马车往城里去了，脸上满是欢愉与神秘。

假如有人一路上观察她，必定觉得她的举止怪异得很。她一下车便大步流星走开去，直走到一条熙攘街道的某个门牌前。好不容易才找对地方，钻进门洞，抬眼只见一道脏兮兮的楼梯，她怔怔地呆立片刻，突然冲回街上，像来时那样疾步走开。她这样来而又去了两三趟，使对面大楼凭窗观望的一位黑眼睛年轻先生看得好生有趣。第三次返回时，乔鼓起勇气，把帽檐拉低遮住眼睛，走上楼梯，好像要进去拔光牙齿似的。

那栋房子门口挂着几块招牌，其中一块是牙医的，上有一副缓缓开合的假颚，吸引行人注意那一口皓齿。那位年轻先生盯着招牌看了一会儿，便穿上外套，拿起帽子，下楼来到对面的门洞里，打了个哆嗦，微笑道："这确实是她的脾气，自个儿就跑来了，可是如果她受了罪，总需要有人陪她回家的。"

不出十分钟，乔满面通红跑下楼来，一副刚刚历经磨难的模样。她见了年轻先生，脸上没有半点儿喜色，点了点头便挨着他走过去。他跟在后面，以怜惜的语气问道："是不是受罪了？"

"还好。"

"倒还挺快的。"

"是啊，谢天谢地！"

"你为什么一个人来？"

"不想让人知道。"

"我从没见过你这么古怪的家伙。取出了几个？"

乔看着她的朋友，似乎一时摸不着头脑，然后像是被什么事逗得乐不可支，大笑了起来。

"我想要两个都出来，不过还得等一星期。"

"你在笑什么呀？又在淘气了吧，乔。"劳里一头雾水。

"你也一样啊。你刚才在对面楼上的台球室里做什么，先生？"

"抱歉，小姐，那间不是台球室，是体育馆，我在上击剑课呢。"

"那我就高兴了。"

"为什么？"

"你可以教我，以后我们演《哈姆雷特》，你就可以当雷欧提斯，击剑那场戏①我们会演得很精彩。"

劳里孩子气地放声大笑，引得几个过路人也禁不住微笑。

"不管我们演不演《哈姆雷特》，我都会教你的。击剑非常好玩，还能端正体态。不过我想，你说'那我就高兴了'说得那么坚决，不只是为了这个理由，对不对？"

"对，我很高兴你没去台球室，因为我希望你永远不要到那种地方去。你平时会去吗？"

"不常去。"

"但愿你别去。"

"这没什么坏处的，乔。我家也有台球，但是缺了好对手就一点儿也不好玩了。我喜欢台球，有时候也会来和内德·莫法特或其他朋友打上一场。"

---

① 击剑那场戏：指《哈姆雷特》第五幕第二场中哈姆雷特与雷欧提斯二人比剑的戏。

"天啊，真为你难过，你会越来越入迷，浪费时间和金钱，变得像那些可怕的男孩一样的。我总希望你保持体面，让你的朋友们高兴。"乔说着摇了摇头。

"难道一个人偶尔找些无伤大雅的娱乐，就有失体面吗？"劳里似乎有些气恼。

"那要看娱乐的地点和情形。我不喜欢内德和他那帮朋友，希望你别和他们走得太近。妈妈不让我们请他到家里来，虽然他很想来。要是你变得像他一样，她一定不肯让我们像现在这样一起玩乐了。"

"是吗？"劳里焦虑地问。

"是啊，她看不惯那些纨绔子弟，宁可把我们关进硬纸盒，也不希望我们和他们来往。"

"哦，她还用不着把盒子拿出来。我不是纨绔(wán kù)子弟，也不想做那种人，但我还是喜欢偶尔玩些没害处的游戏，你不喜欢吗？"

"喜欢啊，谁都不会反对这些的，你尽可以去玩，只是别玩过头了，好吗？不然我们欢乐的日子就要到头啦。"

"我会做个彻头彻尾的圣人。"

"我受不了圣人。就做个单纯、诚实又正派的男孩吧，我们决不会丢下你的。假如你的行为像金先生的儿子那样，我可不知道如何是好了。他有的是钱，却不懂怎么善用，只晓得酗酒、赌博，后来离家出走，好像还伪造他爸爸的签名，实在太糟糕了。"

"你认为我也会做出这种事情吗？多谢了。"

"不，不是的——哎呀，不是的！不过我听人说金钱是极大的诱惑，因而有时候宁愿你穷一点儿，那样我就不用担心了。"

"你常为我担心吗，乔？"

"你偶尔会闹脾气、不高兴，我多少会有一点儿担心。你个性固执，一旦走错了路，恐怕我也拦不住你。"

劳里默默无言走了几分钟，乔望望他，恨自己不该多嘴。他虽然嘴角带笑，似乎接受告诫，眼神却分明透着恼怒。

"你打算一路教训我到家门口吗？"不一会儿他问道。

"当然不是啊，怎么了？"

"如果你这么打算，我就要去坐公共马车啦。如果不是的话，我想和你一块儿散步回家，给你讲一件很有趣的事情。"

"我不会再说教了。有什么新鲜事吗？我很想听听。"

"那好，走吧。不过，这是个秘密，我告诉了你，你也要把你的秘密讲一个给我听。"

"我没有秘密。"乔正开口，又忽然打住了，想起自己确实有秘密。

"你知道你有——你藏不住事情的，快从实招来，否则我也不告诉你。"劳里喊道。

"你的秘密很稀奇吗？"

"噢，那当然了！和你认识的人有关，可有趣了！你应该听听，我早就想告诉你了。来，你先说你的。"

"你回家什么也不能说，好吗？"

"一个字也不说。"

"私底下也不会戏弄我吧？"

"我从不戏弄人。"

"不，你会的。你想知道的事，总能从别人那儿挖出来。我不知道你是怎么做到的，你就是天生会花言巧语。"

"谢谢。你说吧。"

"嗯……我刚才把两篇小说交给一位报社编辑,他说下周答复我。"乔对她的知己耳语道。

"恭喜美国著名女作家马奇小姐!"劳里欢呼着,将帽子抛起又接住,此时他们已出了城,一旁的两只鸭子、四只猫儿、五只母鸡和六个爱尔兰小孩看得乐不可支。

"嘘!这想必不会有结果的。但是我不试一下总不甘心,这件事我从没提起过,因为不想让别人失望。"

"不会失败的。哎,乔,每天发表的那些文章半数是垃圾,相较之下,你的小说简直是莎士比亚的大作。看它们印成铅字是件多开心的事呀?我们不该为你这位女作家感到骄傲吗?"

乔双眼发亮,受人信任总是快乐的,一位友人的赞美也总是比一打报纸的吹捧更为悦耳。

"你的秘密呢?公平点儿,特迪,不然我再也不相信你了。"她试图熄灭由一句鼓励煽起的灿烂希望。

"说出来我恐怕会惹上麻烦,不过我也没向谁保证过要守口如瓶,所以我会告诉你的,但凡有一丁点儿好消息,总要告诉你我才心安——我知道梅格的手套在哪里。"

"就这些?"乔看起来很失望,劳里点点头,眨眨眼,脸上满是神秘与机敏。

"目前知道这些就够了——要是我告诉你那只手套在哪儿,你也会赞同的。"

"那就说吧。"

劳里俯身，在乔耳边低语了几个字，便使乔起了滑稽的变化。她止步盯着他看了一会儿，神色诧异而不悦，接着又向前走，厉声道："你怎么知道的？"

"看见的。"

"在哪儿？"

"衣袋里。"

"一直都在？"

"是啊，是不是很浪漫？"

"不，很可怕。"

"你不喜欢这事？"

"我当然不喜欢。这很荒谬，不可容许。天啊！梅格知道了会怎么说？"

"你不能告诉任何人，记住啊。"

"我没答应过。"

"这是你我心照不宣的，我信任你。"

"好吧，反正，我暂时不说。可是我觉得嫌恶，真希望你没跟我讲过。"

"我以为你会高兴呢。"

"高兴有人要来把梅格带走？才不呢，谢谢。"

"等有人来把你带走的时候，你或许会好受些的。"

"我倒想看看谁敢来试试。"乔凶巴巴地叫道。

"我也想看看！"劳里因这个念头窃笑起来。

"我觉得我不适合听秘密。听你讲完秘密，我心里七上八下的。"乔并无感谢之意。

"和我比赛跑下山去，你就会没事了。"劳里提议。

四下无人，乔眼前是一条诱人奔跑的平坦下坡路，她难抵诱惑，飞奔而下，没多久帽子和发饰便掉在身后，束发夹也纷纷散落。劳里率先抵达终点，见自己的办法成功了，颇感满意。他的阿塔兰忒①喘着气跑来，头发飘扬，眼睛闪亮，双颊绯红，脸上已无不满之色。

"我真想变成一匹马，那样我在这宜人的微风中跑上几英里也不会气喘吁吁了。跑步很棒，但是瞧瞧我都变成什么德行了。快去，像你这小天使平素的样子，替我把东西捡回来。"乔说着，一屁股坐到一棵枫树底下，绛红的枫叶铺满了山埂。

劳里不慌不忙地上山去拾掉落的东西，乔编着发辫，指望整理好仪容之前没有人经过这里。偏偏就有一个人经过，不是别人，正是梅格，她刚拜访朋友回来，身着出客的正装，显得格外娴雅。

"你们究竟在这里做什么？"她问道，惊讶却不失矜庄地注视着披头散发的妹妹。

"捡枫叶。"乔温顺地回答，一面在刚刚掬起的一把红叶中挑选。

"还有束发夹。"劳里接上话头，将五六枚束发夹抛进乔的裙兜里，"都是从这条路上长出来的，梅格，还长着发饰和棕色草帽。"

"你跑下来的？乔，怎么又跑呢？你几时才能不这样跑跑跳跳的？"梅格责备道，她捋平袖口，又顺了顺被风吹乱的头发。

"到年老腿僵、走路得拄拐杖之前，决不可能。别想叫我提早长大，梅格。看你一下子变了个样已经够难受了，就让我在能做女孩时尽可能多做一阵子吧。"

乔说话时低头看着枫叶，以掩饰嘴角的颤抖。最近她感到梅格正迅

---

① 阿塔兰忒：希腊神话中捷足善奔的女猎手，向她求婚者需与其赛跑，胜者方能娶其为妻，败者处死。希波墨涅斯与她比赛时，扔出三颗金苹果引诱她捡起，因而取胜。

速长成一个大人，听了劳里的秘密，又担心分离必然将至，且看来已为时不远。劳里看出她面露忧色，忙发问引开梅格的注意："你打扮得这么光鲜，去哪里做客了？"

"加德纳家。萨莉给我好好讲了讲贝尔·莫法特的婚礼。婚礼办得很隆重，他们已经去巴黎过冬了。想想这有多快乐呀！"

"你羡慕她吗，梅格？"劳里说。

"我想是吧。"

"这真让我高兴！"乔喃喃道，猛地系紧了帽子。

"为什么？"梅格讶然问道。

"因为如果你重视财富，就决不会跑去嫁给穷人了。"乔说着，对劳里皱了皱眉头，因为劳里正悄悄提醒她说话要谨慎。

"我永远不会'跑去嫁给'谁的。"梅格说罢，昂首阔步向前走去。乔和劳里跟在后面，低语说笑，扔石子打水漂。"像小孩子似的"——梅格这么自言自语，其实要不是她穿着最好的衣装，或许也忍不住去和他们一起玩闹呢。

之后的一两个星期里，乔举止反常，姐妹们见了都莫名其妙。邮差一打门铃，她就冲到门口；遇上布鲁克先生，她总不以礼相待；她常愁云满面地坐望梅格，时而跳起来抓着她摇晃，再亲吻她，神情诡异；劳里和乔总是互打暗号，谈论着什么"展翼鹰"。最终姐妹们断言这两人都失去理智了。在乔越窗而出后的第二个星期六，梅格坐在窗前做针线活儿，只见劳里追着乔满园子跑，最后在埃米的花棚下把她捉住，这一幕令梅格心生不悦。之后发生了什么，梅格看不到了，只听得尖声的欢笑，而后是一阵呢喃和哗啦啦挥动报纸的声音。

"我们对这姑娘如何是好呢？她永远不会有个淑女样。"梅格望见这场追逐，一脸不赞许地叹道。

"我倒希望她不会变，她现在这样多有趣、多可爱呀。"贝丝说。乔和别人而不是和她说秘密，她有一点儿伤心，不过丝毫没有流露出来。

"难得很，我们怎么都没法让她得意（得宜）①的。"埃米接着说。她正坐在一旁替自己做几条新的花边，一头鬈发漂漂亮亮地束起——这两件事都令她很愉快，感觉自己格外优雅贤淑。

过了一会儿，乔蹦进来，往沙发上一躺，假装看起报纸来。

"你在报上读到什么有趣的东西吗？"梅格不以为然地问道。

"只是一篇小说，我看没什么大不了的。"乔回答，小心地掩起报纸名字不给人看见。

"你还是念出来吧，我们听了高兴，你也能别再去淘气了。"埃米用她最老成的口吻说道。

"题目是什么？"贝丝问，纳闷儿乔为什么拿报纸遮住脸。

"《画家争锋》。"

"听起来不错，念一念吧。"梅格说。

乔高声清了清嗓子，深吸一口气，便快速地念了起来。姐妹们兴趣盎然地听着，这则故事情节浪漫，又有些悲伤，大半人物最后都死了。

"我喜欢对那幅优美画作的描写。"乔停下时，埃米称赞道。

"我更爱言情的段落。'薇奥拉'和'安杰洛'是两个我们特别喜欢的名字，是不是很奇妙？"梅格说着揩(kāi)了揩眼睛，因为"言情的段落"写得很凄楚。

"是谁写的？"贝丝问时，瞥见了乔的脸。

---

① 得意（得宜）：原文为法文。

读报人突然坐起身,抛开报纸,现出一张涨红的面孔,神情颇有趣,庄严中掺杂着兴奋,她响亮地答道:"你的姐姐。"

"你?"梅格大叫一声,丢下手里的活计。

"很不错。"埃米评论道。

"我就知道!我就知道!我的乔啊,我真为你骄傲!"贝丝跑上前去抱住姐姐,为她了不起的成就雀跃不已。

天啊,姐妹几个真是快乐无比!梅格直到看见报上白纸黑字印着"约瑟芬·马奇小姐"这几个字,才确实相信此事。埃米殷勤地对有关美术的段落作出评论,并为小说续篇提供建议,可惜故事难以为继,因为男女主人公都已死去。贝丝十分兴奋,连蹦带跳地唱起歌来。汉娜也进屋来大喊:"好家伙,难以置信啊!""乔这丫头的作为"使她大为惊奇。

马奇太太听了消息也相当自豪。乔笑得泛出眼泪来,说自己好不容易当一回小孔雀,炫耀个够也无妨。报纸在一只只手中传阅,《展翼鹰》得意地在马奇家振翅翻飞。

"给我们讲讲事情经过。""什么时候的事?""你得了多少稿酬?""爸爸知道了会说什么呀?""劳里会不会笑话?"一家人簇拥着乔,七嘴八舌地叫喊。家中每一桩小小的喜事,这些憨实又深情的人儿都要为之欢庆一场。

"别吵了,姑娘们,我一五一十告诉你们。"乔说。她想知道伯尼[①]小姐出版《依芙莱娜》时,是否比自己发表《画家争锋》更加喜悦。乔讲完两篇故事的投稿情形,接着说:"那天我去问回音,报社的人说他两篇都很中意,不过对新的投稿者不支酬,只把故事登报,加以评点。他说,这是练笔的好机会,等新手有了进步,谁都乐意付稿酬的。所以我就把两篇小说交由他处置,今天他们寄来这张报纸,劳里碰巧见我拿着报纸,非要看一看,我就给他看了。他说写得不错,我该继续写,他会想法让下一篇有稿酬可领。我太高兴了,没准我以后就能自食其力,还能帮助姐妹们呢。"

乔一口气说到这里,用报纸蒙住脸蛋,几滴滑落的眼泪沾湿了她的小故事。自力更生,赢得所爱之人的赞美,是她心头最深切的愿望。今天这一步似乎是走向美满终点的第一步。

[①] 范妮·伯尼(1752—1840):英国讽刺小说家、日记作家和剧作家,长篇小说《依芙莱娜》为其处女作。

第十五章
一封电报

"十一月是一年里最讨人厌的月份。"梅格说。这个阴沉沉的下午,她站在窗前,望着饱受霜害的花园。

"这就是我生在十一月的缘故啊。"乔若有所思地说,没有觉察鼻头染了一道墨渍。

"如果现在有什么大好事发生,我们就会觉得这是一个快乐的月份了吧。"贝丝凡事都抱持乐观态度,就连对十一月也不例外。

"很可能。但是这个家里从没有好事发生呀。"梅格心情不好,她又说,"我们日复一日做着苦工,生活一成不变,没什么乐趣,真让人受不了。"

"天啊,我们真是忧郁!"乔叫道,"倒也不奇怪,可怜的好姐姐,你眼见别人家的姑娘过得舒舒服服,你却苦苦劳作,一年又一年。噢,我恨不得像为小说主人公做的一样,为你安排一切!你已经够漂亮、够善良了,我想安排一个富有的亲戚留给你一笔意外之财,你以继承人之姿亮相，凡是以前瞧不起你的，你尽可以对他们嗤之以鼻。然后你可以出国，成为某某夫人，最后衣锦还乡，风风光光。"

"如今没有人用这种方式得到财产了，想有钱，男人得工作，女人得嫁人。这是个极不公平的世界。"梅格酸楚地说。

"我和乔会为你们大家去赚钱，只要再过十年，等着看吧。"埃米说。她正坐在角落里做"泥饼子"——汉娜这么称呼她那些鸟儿、水果和人脸的小泥塑。

"等不及了，我对墨水和泥土怕是没多少信心，不过很感谢你们的美意。"

梅格叹了口气，又回过头去看结霜的花园。乔也吁了一声，双肘支在桌上，神情颓丧。埃米倒是劲头十足地继续拍打着黏土。贝丝坐在另一扇窗前，微笑着说："有两件好事快要发生啦：妈妈从街那头走来了，劳里也穿过花园，好像是来报什么喜讯的。"

这两人先后走进屋，马奇太太照常问道："女儿们，有爸爸的信吗？"劳里则劝诱说："你们有谁想来坐马车吗？我念数学念得脑袋一团糨(jiāng)糊了，打算轻松地跑一转，清醒清醒。今天虽是阴天，空气倒还不错，我要送布鲁克先生回家，所以就算外头沉闷，车里还是热闹的。来吧，乔，你们和贝丝都来，愿意吗？"

"当然愿意。"

"多谢，可是我没有空。"梅格唰地取过针线篮。她已同妈妈说定，至少对她而言，不要常和这位年轻先生坐车出游才好。

"我们三个马上就准备好。"埃米叫着，忙跑去洗手。

"有什么事能为你效劳吗，伯母？"劳里在马奇太太椅边倾身，以对她一贯的亲昵眼神和语气问道。

"没什么,谢谢,只是如果你乐意的话,麻烦绕到邮局看看,亲爱的。今天照理该有一封信的,邮差却没来。她们爸爸的信总像太阳一样准时,兴许是在路上耽搁了。"

一阵急促的门铃声打断了她的话,不一会儿汉娜拿了一封信进来。

"是可怕的电报呀,太太。"她说着将电报递上前,一副担心它会爆炸伤人的样子。

听到"电报"二字,马奇太太一把接了过来,读完里面的两行字,便朝后倒坐在椅子上,面色惨白,仿佛这张小纸片射了一枚子弹,直穿她的心脏。劳里见状马上冲下楼去取水,梅格和汉娜将她扶住,乔声音惊惶地读出电文——

马奇太太:

尊夫病重。速来。

S. 黑尔
华盛顿布兰克医院

大家屏息听着,屋里寂静无声,窗外天色莫名地暗下来,转瞬间整个世界都变了样。姑娘们围在母亲四周,隐约感到所有的幸福和生活支柱即将被剥夺。马奇太太随即回过神来,把电报又看了一次,然后向女儿们张开双臂,用一种她们永生难忘的语调说道:"我得立刻赶去,说不定已经太迟了。孩子们啊,孩子们,帮我渡过难关吧。"

一时间屋里只听得啜泣的声音,间或一两声断续的慰语,互相帮助的柔声应许,还有消散在涕泪中的乐观耳语。可怜的汉娜首先恢复镇定,无意间的明智之举为其他人做了表率。对她来说,工作是能治多数苦痛的万灵丹。

"老天保佑这好人!我不浪费时间哭哭啼啼了,这就去给你收拾行李,太太。"她由衷地说着,用围裙把脸一抹,伸出她粗粝的手,深情地握了握女主人的手,而后转身离开,一人抵三人地干活儿去了。

"她说得对,现在没时间掉眼泪。冷静,姑娘们,让我想想。"

可怜的孩子们,她们竭力冷静。妈妈坐直身子,仍是一脸苍白,但神色坚定。她收起悲伤,为一家人思索对策。

"劳里呢?"她理了理思绪,决定好先做哪些事之后立刻问道。

"在这儿,伯母。噢,让我出点儿力吧!"男孩连忙从隔壁房跑来喊道。他刚才退到隔壁,是觉得她们最初的哀伤不容干涉,哪怕是他友善的双眼也窥视不得。

"拍一封电报说我即刻就来。下一班火车明天一早发车,我就搭那班。"

"还有呢?马匹已备好了,我可以去任何地方做任何事情。"他像是准备奔赴天涯海角。

"送一张字条到马奇叔婆家。乔,把那边的纸笔给我。"

乔从刚刚誊写好的手稿中撕下一块空白的页边,把桌子拉到母亲面前。她很明白为了这趟伤心的长途旅程,必定要向人借旅费,她觉得只要能为父亲尽绵薄之力,她什么都肯做。

"去吧,亲爱的。可别跑得太快摔着自己,用不着那样。"

马奇太太这句提醒显然被劳里置之脑后,五分钟后,他拼了命似的骑着快马,从窗边飞奔而过。

"乔，去援助会那边，告诉金太太我来不了了。路上带些东西回来，我写给你，都用得到的，去护理我得配备齐全。医院的储备不一定好。贝丝，去向劳伦斯老先生讨两瓶陈酒。为了你们的爸爸，我也顾不得颜面了，样样都要给他最好的。埃米，关照汉娜把那只黑皮箱提下来。梅格，来帮我找东西，我有些昏头昏脑了。"

边写，边想，边指挥，不免使这可怜的女士昏了头。梅格恳请她回房稍事歇息，事情交给她们做。众人像狂风吹落叶般四散而去。那张纸片犹如一道魔咒，顷刻间打破了这个家庭的宁静与幸福。

劳伦斯老先生随着贝丝匆匆赶来，这位好心的老先生为病人带来了他能想到的一切慰问品，还极尽友善地答应马奇太太，在她出门期间会照看姑娘们，这让她安心不少。老先生的关心无微不至，连自己的睡袍都送来了，还提出愿意亲自护送。亲自护送是不可能的。马奇太太不愿老先生长途跋涉，不过听他这样说，脸上露出宽解的神情，毕竟忧心如焚地上路也不好。老先生见了她的神情，浓眉一皱，搓了搓双手，突然大步离开，说是去去就来。大家正忙碌，也不以为意。后来梅格一手提着一双橡胶鞋，一手端着一杯茶走过门廊，蓦地碰见了布鲁克先生。

"马奇小姐，听到消息我很难过。"他的语调仁慈而平静，在心神不宁的梅格听来十分悦耳，"我是来护送令堂的。劳伦斯老先生正好要我到华盛顿去办点儿事情。能为令堂效劳，愉快之至。"

橡胶鞋扑通落地，那杯茶也险些洒了，梅格伸出一只手，脸上满是感激之情。布鲁克先生见状，只觉得该做出更大的牺牲，而不仅仅像现在这样，付出微不足道的时间和安慰。

"你们真是太好了！我想妈妈一定会答应的。有个人照应她，我们也好放心。非常、非常感谢你！"

梅格说得恳切，全然忘我，直到俯视着她的那双褐色眼睛，使她想起手中变凉的茶水，这才把劳伦斯老先生带到客厅，说去叫母亲过来。

一切安排就绪后，劳里也回来了。他从马奇叔婆那里带回一封短信，内附马奇太太求借的路费。信上几行字仍是她以前唠叨的话——她常告诉他们马奇先生去从军很荒唐，常预言这不会有好结果，她希望他们下次要听她的劝。马奇太太把信丢进火炉，把钱收进钱包里。她紧抿双唇，继续打点行装。乔要是在场，一定明白她的心情。

一下午很快便过去了，其他差事都已办妥，梅格和妈妈还在忙着做一些必要的针线活儿，贝丝和埃米沏了茶，汉娜如她所说"乒乒乓乓"麻利地熨好了衣物，只剩乔还没有回来。大家着急起来，劳里出去找她，没人知道乔的脑袋里会冒出什么怪念头。但劳里没遇见她，她自个儿走进家门，神色十分怪异，既于心又担心，满足中夹杂着懊悔，正当家人不解之时，她把一卷钞票放到母亲面前，大家更摸不着头脑了。她带着一丝哽咽说道："我也贡献一些，希望爸爸好起来，平安回家！"

"天啊，你从哪儿弄来的钱？二十五块！乔，你可没做什么冲动事吧？"

"没有，这钱确确实实是我的。我没讨，没借，也没偷。是我挣来的，我觉得你不会责备我的，我只是把自己的东西卖掉了。"

乔一面说，一面摘下软帽，屋里一片哗然，因为她剪去了那头如云的长发。

"你的头发！你美丽的头发！""噢，乔，你怎么能这样？你的一头秀发呀。""好孩子，用不着这么做啊。""这模样不像我的乔了，却叫我更爱她了！"

在众人的惊呼中，贝丝温柔地搂住了那颗头发短短的脑袋。乔装出一副满不在乎的神情，然而丝毫骗不了人。她抬手揉了揉棕色的短发，竭力显得喜欢这发型："这又不会影响国运，别哇哇大哭了，贝丝。这倒可以杀杀我的虚荣心，我对自己的头发太得意了些。剪掉那头乱发，对我的头脑有好处，现在我感觉特别清爽凉快，理发师说我很快就能有一头卷卷的短发，男孩子气，好看又好打理。我高兴得很，请收好这些钱，我们吃晚饭吧。"

"乔，把事情经过告诉我。我可不怎么高兴，但是我没法责备你，我知道你因为爱爸爸，心甘情愿牺牲你所谓的虚荣心。不过，亲爱的，用不着这样，我怕你过不了多久要后悔的。"马奇太太说。

"我才不会呢！"乔坚决地答道。妈妈没有一味地怪罪她胡闹，她如释重负。

"你怎么下决心去剪的？"埃米问。假如要她剪掉秀发，那和要了她的命没两样。

"嗯……我太想为爸爸做些什么了。"乔回答。她们已围坐在桌边，健康的年轻人虽则遇到困难，饭总是吃得下的。"我和妈妈一样，不喜欢向人家借钱。我又知道马奇叔婆会啰唆，她向来如此，哪怕你只要一个铜板。梅格一季的薪水都拿来付房租了，而我却用薪水添置衣服，我觉得自己罪过很大，就算要卖掉自己的鼻子，也一定得筹些钱来。"

"你不用这么觉得，孩子。你没有冬天的衣物，用辛苦挣来的钱买了些最简朴的东西而已。"马奇太太的眼神温暖了乔的心。

"起先我压根没想过要卖头发，边走边不停地想着自己能做什么，恨不得钻进琳琅满目的商店，拿取所需。后来我路过一家理发店的橱窗，看见标了价的发辫，其中有一束黑色的，还不及我的辫子粗，标价四十元。我突然想到自己也有一样生财之物，于是不假思索走进店里，问他们买不买头发，能出多少钱买我的头发。"

"真不懂你哪来的胆量。"贝丝语带敬畏。

"噢,那人是个小个子,仿佛把头发抹得油亮就是他人生唯一要务。他一开始瞪大了眼睛,像是很少碰到女孩蹿进店里,要他买头发。他原先说对我的头发没兴趣,颜色不时兴,他不会出高价,这头发要经过加工才卖得出价钱什么的。天色渐渐晚了,我担心不速战速决,这件事就办不成了,你也知道我做事一旦开了头,就不愿半途而废。于是我求他买下头发,告诉他为什么我这么急。这么做是很傻,但是改变了他的心意。我当时越说越激动,把事情说得颠三倒四的,他太太听了,很好心地说:'买了吧,托马斯,成全这位小姐吧。要是我有一把能卖钱的头发,我也会随时为我们的吉米这么做的。'"

"吉米是谁?"埃米问。她听人讲话喜欢一有不懂就发问。

"她的儿子——也在军中。这种事情让陌生人一见如故啊,对吧?她先生给我剪头发的时候,她一直聊个不停,好转移我的注意力。"

"第一刀剪下去时,你不难受吗?"梅格打了个寒噤(jīn)问道。

"那人去拿工具的时候,我朝自己的头发看了最后一眼,事情就是这样。我从不为这种小事哭鼻子。不过我要承认,看到宝贝头发摊在桌上,摸摸那粗糙的发梢,感觉晕乎乎的,简直像缺了一条胳膊或少了一条腿。那位太太见我望着头发,就捡起一束

长发给我保存。妈妈，我把它交给你，纪念过往的风采吧。短发舒服极了，我想我再也不会留长发了。"

马奇太太折起那束微卷的栗色头发，收进书桌，和一绺灰白的短发摆在一起。她只说了一句"谢谢你，宝贝"，可脸上的神情却使几个女儿转换了话题。她们尽量乐观地谈论布鲁克先生的善良，预测明天是好天气，想象把爸爸接回家照顾后，她们会快乐地过日子。

到了晚上十点，大家仍不愿去睡。马奇太太放下最后做完的活儿，说道："来吧，姑娘们。"贝丝坐到钢琴前，弹起爸爸最爱的歌曲。大家苦中作乐唱了起来，却一个接一个泣不成声，最后只剩贝丝纵情唱着，对她来说，音乐永远是甜蜜的安慰。

"去睡吧，别聊天，我们明天得早起，一定要睡饱了。我的宝贝们，晚安。"赞美诗结束后，马奇太太说。谁也没心思再唱一曲了。

孩子们轻轻地吻了她，静悄悄地回房就寝，仿佛那位亲爱的病人已安睡在隔壁房间。尽管有深深的烦恼，贝丝和埃米很快进入了梦乡。梅格却睡不着，思考着她年轻的人生迄今最重大的心事。乔一动不动地躺着，姐姐原以为她睡熟了，却碰到她泪湿的脸颊，一声闷闷的呜咽(qì)令姐姐惊叫起来："乔，亲爱的，怎么了？你为了爸爸在哭吗？"

"不是，这会儿不是。"

"那是为什么？"

"我的——我的头发！"可怜的乔脱口说道。她试图用枕头压抑情绪，却只是徒劳。

梅格听了，丝毫不觉得好笑，她极其温柔地亲吻、抚摸着这位受苦的英雄。

"我不后悔。"乔声音哽咽地辩解，"假如明天可以再剪一次的话，我还是会剪。是虚荣心和自私心叫我这样傻头傻脑地掉眼泪。不要告诉别人，现在没事了。我以为你睡了，才偷偷为自己的秀发叹一口气。你怎么也醒着？"

"我睡不着，很心焦。"梅格说。

"想点儿高兴的事吧，不一会儿就睡着了。"

"我试过了，结果越想越清醒。"

"你想了什么？"

"俊美的面孔——特别是眼睛。"梅格答道，在黑暗中顾自微笑。

"你最喜欢什么颜色的眼睛？"

"褐色的——有时候喜欢。蓝色也很漂亮。"

乔笑出声来。梅格严厉地要她别多话了，又和和气气地保证会帮她卷头发，然后便渐渐入梦，住进了"空中楼阁"。

午夜钟响，房内阒(qù)然无声。此时有一个人影悄悄地从一张床走到另一张床，抚平这里的床罩，垫好那里的枕头，慈爱地驻足，对每一张睡脸凝视许久，亲吻她们，送去无声的祝福，以母亲独有的热忱为她们祈祷。当她掀开窗帘望向凄清夜空，明月倏然破云而出照耀着她，宛若一张皎洁而仁慈的脸庞，在寂静中对她低语："亲爱的人儿，安心些吧！云后总有光。"

第十六章
信

阴冷灰暗的黎明,姐妹仨点亮灯,提起前所未有的认真劲阅读她们的小书。此刻,一道大难的阴云临头,书中的篇章充满帮助与安慰。她们起身穿衣,彼此说定要高高兴兴、满怀希望地和妈妈道别,送行时不流泪、不诉苦,不让她本已焦虑的旅程徒增忧愁。她们来到楼下,一切都显得非常陌生——屋外那么昏暗岑寂,屋内却灯火通明,喧闹忙乱。天刚亮就吃早餐似乎很怪,就连汉娜看起来也有些反常,她正戴着睡帽,在厨房忙得团团转。那只大皮箱已经立在门厅里,妈妈的斗篷和软帽则摆在沙发上。妈妈坐在桌边,想多少吃点儿东西,一张脸却苍白憔悴,布满失眠与焦虑之色。姑娘们见了,真觉得难以守住刚才的约定。梅格眼中不由得噙满泪水。乔只好一再把脸埋进厨房的毛巾里。两个妹妹愁眉不展,表情凝重,仿佛初次经历哀伤。

大家坐着等候马车,都不怎么说话。送别的时刻迫近。姑娘们为妈妈忙活起来,一个替她折披肩,一个整理帽带,一个帮她穿上套鞋,另一个束紧了她的旅行袋。马奇太太对她们说：

"孩子们，我把你们交给汉娜照看，托劳伦斯老先生保护你们。汉娜忠心耿耿，我们的好邻居也会视如己出地照顾你们。我一点儿也不担心，只是迫切希望你们正确地应对这次困难。我离开后，你们不要伤心，不要发愁，也不要以为偷闲或暂忘可以得到安慰。一如平日继续工作吧，因为工作是幸福的慰藉。心怀盼望，保持忙碌。无论发生什么，要记住你们绝不会失去爸爸的。"

"好的，妈妈。"

"梅格，亲爱的，小心些，照看好妹妹们，有事就请教汉娜，如果遇上什么难题，可以向劳伦斯老先生求助。乔，耐心些，别气馁，行事别冲动，多写信给我，做个勇敢的孩子，随时能帮助和鼓励大家。贝丝，用你的音乐安慰自己吧，为家中的小事尽责。还有你，埃米，尽你的能力帮忙，要听话，安安乐乐地等在家里。"

"我们会的，妈妈！我们会的！"

马车辘辘地驶近，大家惊起倾听。这是艰难的一刻，然而姑娘们挺住了：没有人哭泣或跑开，也没有人发一声悲叹。虽然请母亲代为问候父亲时，她们心情很沉重，只怕这问候或许已太迟了。她们静静地亲吻母亲，依恋地紧抱着她，想要在她乘车离去时强颜欢笑挥手作别。

劳里和他爷爷也过来送行。而同行的布鲁克先生看上去是那么强壮、聪敏又和善，姑娘们当下便称他为"大无畏先生"。

"宝贝们，再见！愿上天保佑守护我们所有人！"马奇太太低声说着，吻过一张又一张心爱的小脸蛋，匆匆上了马车。

马车驶离时，太阳出来了。她回首望去，阳光洒在门口这一群人身上，像是一个吉兆。他们也意识到了，纷纷微笑着向她挥手。她转过街角前所见的最后一幕，是四张明媚的脸，还有她们身后，如护卫一般的劳伦斯老先生、忠心的汉娜和赤诚的劳里。

"大家对我们真好啊！"她说着转头看向年轻人，他脸上谦恭的神色印证了她的话。

"我看谁都免不了对你们好啊。"布鲁克先生笑着答道。他的笑声富有感染力，使得马奇太太也不禁微笑。阳光、微笑、开心的话语，这趟漫漫旅途便伴随着这些好兆头展开了。

"我觉得好像经历了一场地震。"乔说。两位邻居已回去吃早餐，让她们在家休整休整。

"屋子看起来好像空了一半。"梅格黯然说道。

贝丝张口想说话，却只能抬手指向妈妈放在桌上的一叠袜子，每一双都补得齐齐整整，看得出妈妈在临行的匆忙时刻，还在为她们着想，为她们操劳。这只是一件小事，却深深触动了她们的心。她们虽然勇敢地下过决心，还是忍不住失声痛哭。

汉娜知趣地任凭她们发泄情绪，待到这场泪雨快要停歇时，她才端着一壶咖啡前来援助。

"好了，各位亲爱的小姐，记住你们妈妈说过的话，不要发愁。都过来喝杯咖啡，喝完就动手干活儿，给这个家增光。"

咖啡是好东西，汉娜这天早上煮咖啡实在机智。她频频相邀，没人抵抗得了她的劝诱和从咖啡壶口飘出的诱惑香气。她们围拢到桌边，放下手帕，拿起餐巾，十分钟后，心情便平复下来。

"'心怀盼望，保持忙碌'，这是我们的座右铭，我们来看看谁把这句话记得最牢。我要和平常一样去陪马奇叔婆了。唉，她又该说教了！"乔啜着咖啡，恢复了精神。

"我也要去金家了,虽然我巴不得留在这里料理家事。"梅格有些后悔把眼睛哭得这样通红。

"用不着啊,我和贝丝能把家顾得好好的。"埃米郑重其事地接道。

"汉娜会告诉我们该做些什么。等你们回家时,一切都会妥妥帖帖的。"贝丝二话不说,拿出洗碗的刷子和盆子来。

"我倒觉得焦虑是件很有趣的事啊。"埃米吃着糖,若有所思地说道。

姑娘们忍不住笑了起来,心里也好受些,不过梅格对着这位从糖钵(bō)里寻获宽慰的小姐摇了摇头。

见酥饼上桌,乔又收起了笑容。她和梅格出门工作,忧伤地回望,因为她们每天总习惯回头看看母亲的脸,如今窗台却空空荡荡。幸好贝丝记得家中这一小小仪式,她来到窗前点头相送,好像一只脸蛋红扑扑的瓷娃娃。

"真是我的好贝丝!"乔挥了挥帽子,一脸感激之情。"再见,梅吉①。希望金家孩子今天别撒泼。不要为爸爸发愁,亲爱的。"两人临别时,乔说。

"我也希望马奇叔婆别啰唆。你的头发确实很衬你,英气又好看。"梅格答道。她努力忍住笑意,妹妹高挑的身材顶着那头短短的鬈发,脑袋显得小而滑稽。

"这是我唯一的安慰了。"乔学劳里那样触帽行礼后便走了,感觉自己像寒冷冬日里被剪了毛的羊。

从父亲那里传来的消息让姑娘们安心不少。父亲虽然病势危重,但两位最温柔体贴的看护到来后,他已渐有起色。布鲁克先生每天寄一封病情报告来。梅格现在是一家之主,她坚持要宣读这些急件。一星期过去,消息越来越振奋人心。起初,姐妹们都热烈地写回信,再由其中一

---

① 梅吉:"玛格丽特"的爱称。

人小心地将鼓鼓囊囊的信封塞进邮筒。她们觉得与华盛顿人通讯，是件了不得的事情。这些信件各人有各人的写法，现在假想我们截下一个邮袋，拆信来读一读——

我最亲爱的妈妈：

你上次的来信使我们快乐得无以复加，我们读了大好消息，禁不住又哭又笑。布鲁克先生真是好心，劳伦斯老先生嘱他所办的事让他得以在你们身边逗留这么久，这实在是我们的幸运，因为他帮了你和爸爸的大忙。妹妹们都乖乖的。乔帮我做针线，还执意担下各种辛苦活。我知道她是"一时热心"，否则倒怕她过于操劳。贝丝按部就班地工作，从不忘记你吩咐她的话。她为爸爸忧心，不苟言笑，只有坐在她的小钢琴前才释然些。埃米很听话，我也悉心照顾她。她现在能自己梳理头发，我正教她开纽洞和补袜子。她很努力，等你回来看到她的进步，一定会很高兴的。用乔的话来说，劳伦斯老先生"像老母鸡似的"照看着我们。劳里也十分亲切友善。你离家如此遥远，我们有时难免忧郁，觉得自己像孤儿，劳里和乔两人能使我们欢欣。汉娜是个十足的圣人，从不训斥我们，总是叫我"玛格丽特"小姐，你知道这称呼很正式，对我很尊重。我们大家都很好，也很忙碌，只是日夜渴盼你们早日归来。请将我最热忱的问候转致爸爸。

你们永远的
梅格

这封信以娟秀的字写在香笺上,与第二封信恰成鲜明对照。第二封信字迹潦草,写在一大张薄洋纸上,墨迹斑斑,遍布各种花体字和卷尾字——

宝贝妈妈:

为亲爱的爸爸欢呼!布鲁克先生是大好人,他一见爸爸的病况有起色就马上电告我们。读了信,我便冲上阁楼,本想感谢上天如此善待我们,却只是哭着说:"我很开心,很开心!"因为我心中感触良多。我们在家里很快乐,我能享受这些快乐,因为每个人都十分好,仿佛住在一群斑鸠的温暖小巢里。你如果看到梅格坐在上座、竭力摆出母亲的样子,一定会笑出来的。她一天比一天漂亮,有时候连我都爱上她了。两个妹妹是不折不扣的天使,而我呢——好吧,我还是乔,永远不会变样。噢,我得告诉你,我差点儿和劳里吵架。为了一件无聊的小事,我冒昧了些,惹他生气了。我没有错,只是说话不得体,他掉头回家,说要我去道歉,否则再也不到我们家来。我表明自己不愿意,也大发脾气。我们僵持了一整天,我心情不好,很希望你在身边。我和劳里自尊心都很强,要主动道歉可不容易。我以为他会过来赔不是,因为占理的是我。结果他没有来,到了晚上,我想起埃米掉进河里那天你所说的话。我又读了读小书,觉得好受些了,决定不让自己含怒到日落,便跑去找劳里说对不起。刚到大门口,我就碰上了他,他也是来请我原谅的。我们俩都笑了,彼此道歉,和好如初。

我昨天帮汉娜一起洗衣服时,作了一首"打油诗"。爸爸爱看我这些傻乎乎的小诗，随信附上，逗他高兴。代我向他致上最深情的拥抱，并热烈地亲吻你。

迷迷糊糊的乔

肥皂泡之歌

洗衣女王，欢快歌唱，
洁白泡沫，高高飞扬；
铆足干劲，洗洗汰(tài)汰，
件件绞干，挂衣晾晒；
飘飘荡荡，清新风中，
艳阳高照，万里晴空。

唯愿我们全心全意
洗净一周种种污迹，
净水清风施展魔力
涤荡心灵，纯洁如斯；
从早到晚辛勤洗衣，
却是世间美好一日！

有为人生漫漫路上，
堇花常在，静静绽放；
千头万绪，碌碌忙忙
无暇愁苦，无暇悲伤；
挥起扫帚，勇敢坚强，
心头忧思一扫而光。

肩负使命，荣幸之至，
奋力劳作，日复一日；
身强力壮，满怀希冀，
快快乐乐懂得道理：
"头脑心灵伤春悲秋，
双手定要工作不休！"

亲爱的妈妈：

　　笺短意长，仅献上我的爱，并附上几朵三色堇押花。花是从我在家精心培植的盆栽上摘下的，原想等爸爸回来观赏。我每天早晨读书，一整天都努力做个好孩子，晚上唱着爸爸喜爱的歌入睡。现在我唱不了《天堂》这首歌，一唱就哭。大家相亲相爱，虽然你不在家，我们也尽量过得高高兴兴的。埃米要我把信笺下半张留给她，所以我得停笔了。我没忘记把瓶瓶罐罐盖好，也记着每天给时钟上发条、开窗通风。

亲爱的爸爸说过他一面脸颊是属于我的，请替我亲亲他的脸颊。噢，赶快回到我身边来吧。

爱你的小贝丝

亲爱的妈妈[①]：

我们都很好我功课没间断过也从不和姐姐们闹矛头——梅格说我应该讲"矛顿（盾）"所以我把两个词都写上，你挑个合适的读吧。梅格给了我很大的安慰，每天晚上喝茶时，她都让我吃果冻乔说这对我有好处能使我脾气温顺。劳里现在没有了他该有的工（恭）敬样我都快十三岁了，他还叫我"小丫头"，我像哈蒂·金那样说"谢谢[②]"或"你好[③]"的时候，他又故意语速飞快地对我讲法语，真伤感情。我蓝色连衣裙的袖子全磨破了，梅格替我换了一对新的，但是前片颜色不对，比裙子的蓝色更深。我心里不舒服可并不因此烦恼我能承受困难不过真希望汉娜给我的围裙多上点儿浆还有每天做荞麦松饼。可以吗？我这个问号表（标）得好吗？梅格说我的表

---

① 亲爱的妈妈：原文为法文。
② 谢谢：原文为法文。
③ 你好：原文为法文。

（标）点符号和白字有些丢脸，我都无地自溶（容）了天啊我还有许多事情要做，不能歇着了。再会，向爸爸献上我满满的爱。

爱你的女儿
埃米·柯蒂斯·马奇

亲爱的马奇太太：

　　我就简单写几句，告诉您我们都好得很。姑娘们很伶俐，忙活个不停。梅格小姐将来准是个很能干的主妇，她喜欢持家，学门道快得惊人。乔比谁都有冲劲，但她做事不先合计合计，所以别人猜不着她会把事情做成什么样。星期一她洗了一桶衣服，没有绞干就拿去上浆，把一条粉红印花布裙子弄成蓝色的了，我一想到真要笑死啦。贝丝是几个小把戏里最乖的，又是我的好帮手，特别周全可靠。样样事情她都学着做，小小年纪就会上市集买东西，很不简单；她还会记账，由我帮着，记得一清二楚。我们这些日子都过得很节俭，照您的意思，我每顿只让姑娘们喝一次咖啡，并且给她们吃简单但健康的饭菜。埃米穿穿漂亮衣服，吃吃甜食，倒不怎么犯愁。劳里和往常一样爱淘气，隔三岔五把屋子闹得底朝天；但他能让姑娘们打起精神，所以我由着他们的性子来。老先生送来一大堆东西，挺累人的，但他是好意，我也不好说什么。我的面包发好啦，这回就写到这儿吧。代我致候马奇先生，希望他的肺炎痊愈。

汉娜·马利特敬上

二号病房护士长：

　　拉帕汉诺克河①畔平安无事，各队伍人强马壮，军需处协调有方，特迪上校麾下的家庭警卫队时刻戒备，总司令劳伦斯上将每日视察部队，军需官马利特维持营中秩序，狮子少校夜间站岗放哨。收到华盛顿发来的捷报，营地鸣礼炮二十四响，并于司令部举行阅兵典礼。总司令与我谨致良好祝愿。

特迪上校

尊敬的女士：

　　令爱均安。贝丝与小孙每天来报告情况。汉娜是模范忠仆，如龙似虎地护卫着美丽的美格。近来天气晴好，令人欣慰；需要布鲁克时请勿客气，若花费超出预算，尽管向我开口，使尊夫所需无虞匮乏。感谢上苍令其病情好转。

诚挚的朋友与仆人
詹姆斯·劳伦斯

---

① 拉帕汉诺克河：位于美国弗吉尼亚州东部的河流，南北战争的重要战场。

第十七章
小信徒

在母亲离家后的一星期中,这座老房子里美德洋溢,几乎弥漫至四邻。这实在令人称奇,姑娘们个个宅心仁厚,克己自律蔚然成风。听闻父亲好转,她们焦急的心情渐渐和缓,不知不觉中,那值得称道的勤奋也松懈了一些,又恢复往日的老样子。

她们并没有忘记自己的座右铭,不过"心怀盼望,保持忙碌"似乎已不难做到,更何况经受过了这段时间的艰难困苦,她们觉得也该给自己歇个假,结果一歇便歇上了许多日子。

乔剪了头发,脑袋没有着意遮护保暖,得了重感冒。马奇叔婆不喜欢听鼻塞的人读书给她听,便要乔待在家,等好一点儿再去。乔对此求之不得,她从阁楼到地下室一路翻箱倒柜,捧了药和几本书,躺进沙发里养起病来。埃米发现家务与艺术不能两全,又回头去做她的"泥饼子"了。梅格每天仍旧去金家,回到家则心不在焉地做做针线活,但许多时间消磨于写长信给母亲,或是把华盛顿的来信一读再读。贝丝努力不懈,只偶尔闲散或悲伤。她每天尽本分完成所有琐碎的工作，还揽下不少姐妹的活，一来是因为她们健忘，再来这个家如今好像一只停摆的时钟。每当渴念母亲、担忧父亲而心情沉重的时候，她就独自躲进一间储藏室，把脸藏在某条旧裙子的褶裥(jiǎn)里，细细呜咽一番，悄悄祈祷几句。没有人晓得她在一阵肃静之后，是如何重新打起精神的。大家只觉得贝丝体贴入微，乐于助人，有什么小事都习惯求她的安慰，听她的建议。

谁也没有意识到这次经历是品格的试金石。最初的激动过后，她们觉得自己做得不错，应受嘉许。确实如此，但是她们错在止步不前，后来在诸多焦虑与悔恨中才学到这种教训。

"梅格，我希望你能去看看赫梅尔一家人。你也知道妈妈叫我们不要忘记他们。"马奇太太离家十天后，贝丝这样说。

"我今天下午太累了，去不了。"梅格惬意地摇着摇椅，做着针线活。

"乔，你能去吗？"贝丝问。

"我还在感冒，外头风大雨大的。"

"我以为你差不多好了呢。"

"要我出去和劳里走走还行，要去赫梅尔家，那还不行。"乔说着笑了出来，为自己前言不对后语，泛出一丝羞惭之色。

"你为什么不自己去呢？"梅格问。

"我天天都去的，但是小娃娃病了，我不知道怎么办才好。赫梅尔太太出门工作，洛特在照顾小娃娃，但是那孩子的病越来越重了，我觉得应该要让你们或者汉娜过去看一下。"

贝丝说得很恳切，梅格答应第二天去看他们。

"向汉娜要些好吃的带去，贝丝。出去透透气对你也好。"乔带着歉意说道，"我肯去的，只是想先写完我的东西。"

"我头痛,又很累,原以为你们总有人愿意去的。"贝丝说。

"埃米马上要过来了,她会替我们跑一趟的。"梅格提议说。

"好吧,我休息一会儿,等她来了再说。"

于是贝丝在沙发上躺下,两个姐姐又去各忙各的,将赫梅尔一家抛到了脑后。一个钟头过去,埃米还没过来。梅格回自己房里去试一条新裙子,乔沉浸在自己的小说里,汉娜在厨房炉火边熟睡。贝丝静悄悄地戴上风帽,为可怜的孩子们装了一篮子零碎东西,便推门走进屋外的寒风里,脑袋还昏沉沉的,隐忍的双眼透着忧伤之情。她回家时天色已晚,没有人看到她蹑足上楼,把自己关在母亲的房间里。半小时后,乔去"妈妈的小房间"拿东西,才发现贝丝坐在药箱上,一脸凝重,双眼通红,手里握着一只小药瓶。

"老天爷啊!出什么事了?"乔叫了起来。这时贝丝伸手示意,像是警告乔不要上前,她急急地问道:"你得过猩红热,对吗?"

"好几年前,梅格得的时候。怎么了?"

"那我跟你说吧。唉,乔,那个小娃娃死了!"

"哪个娃娃?"

"赫梅尔太太的,当时她还没回家,那孩子就死在我的怀里。"贝丝大声哭诉。

"可怜的好妹妹,把你吓坏了吧!我应该要去的。"乔在母亲的大椅子上坐下,双手搂住妹妹,脸上满是自责的神情。

"不吓人,乔,只是太凄惨了!我刚到就看出那孩子病重了,洛特说她妈妈去请大夫了,于是我把孩子抱过来,让洛蒂①休息。孩子好像睡着

---

① 洛蒂:"洛特"的爱称。

了,但是突然哭了几声,身子发抖,后来就一动不动,十分安静。我想办法帮他暖脚,洛蒂想给他喂点儿牛奶,但他始终没有反应,我就知道他死了。"

"别哭,亲爱的!后来你怎么办?"

"我就那么坐着,轻轻抱着他,等到赫梅尔太太带了大夫来。大夫说孩子已经死了,他又为海因里希和明娜作了检查,他们两个也喉咙发痛。'是猩红热,夫人。应该早些找我来的。'他生气地说。赫梅尔太太告诉大夫,她很穷,本想自己把娃娃治好的,现在太迟了,她只得请大夫帮帮其他的孩子,相信能从善心人那里筹来诊金的。大夫微微一笑,比之前和蔼了些。但是当下的情形很凄惨,我和他们一起哭着,突然间,大夫转过身来,要我立刻回家服用颠茄,否则我也会发热的。"

"不,不会的!"乔脸色惊惶,抱紧妹妹大叫,"噢,贝丝,要是你得了病,我永远都不能原谅自己了!我们该怎么做才好呀?"

"别害怕,我想我不会病得多厉害的。我查了妈妈的书,书上说这个病刚发作时会像现在这样头痛、喉咙痛,晕乎乎的,所以我吃了一点儿颠茄,现在感觉好些了。"贝丝将冰凉的双手放到发烫的额头上,想做出舒服的样子。

"要是妈妈在家就好了!"乔高喊着,一把抓过那本书来,她觉得此刻与华盛顿隔着千山万水。她读了一页,为贝丝检查,摸了摸她的额头,又探看她的喉咙,接着正色说道:"最近一个多星期,你每天去看望那娃娃,又和那几个快要发病的孩子在一起。我怕你也要发病了,贝丝。我去找汉娜来,生病的事情,她什么都懂。"

"不要让埃米过来。她从没得过这个病,我可不想传染给她。你和梅格不会再染病了吧?"贝丝着急地问。

"我想不会的。就算染上也无所谓,是我活该,我这个自私鬼,放你一个人去,自己却在家写些劳什子!"乔咕哝着,跑去找汉娜商量。

汉娜一下子从睡梦中清醒过来,带头就走,一面向乔保证不用担心,谁都会得猩红热,只要医治得当,没人会死的——乔很信她说的话,如释重负,两人上楼去找梅格。

"我来告诉你们怎么做。'汉娜对贝丝查看了一番,问了些话,如此说道,"我们去请班斯大夫来,让他给你看一看,亲爱的,好确保我们的方向没错。然后我们把埃米送到马奇叔婆那儿去住上一阵子,免得她遭殃,你们姐妹俩留一个在家,陪贝丝一两天。"

"当然是我该留下,我是大姐啊。"梅格说道,脸色焦急又自责。

"我留下才对,因为是我害她生病的。我还对妈妈说过,我会包下出门跑腿的事,结果没有做到。"乔说得很坚决。

"贝丝,你想挑谁呢?用不着留两个的。"汉娜说。

"乔吧。"贝丝把头靠在二姐身上,露出满意的神色,问题迎刃而解。

"我去跟埃米讲。"梅格有一点儿伤心,但总体上觉得轻松不少,她不喜欢看护别人,而乔喜欢。

埃米极力反对,气急败坏地表示自己宁可染病发热,也不愿到马奇叔婆那里去。梅格动之以情,晓之以理,甚至严词下令——依然徒劳无功。埃米申明自己绝对不去,梅格悻悻然离她而云,又找汉娜问如何是好。没等她回来,劳里走进客厅,见埃米把脑袋埋在沙发靠垫上抽泣着。她讲出原委,指望得几句安慰。但劳里只是双手插在衣兜里,在房间里踱来踱去,他轻声吹着口哨,紧锁眉头,沉思着什么。

不一会儿,劳里在埃米身旁坐下,连哄带骗地说:"要做位通情达理的小妇人,就照她们说的办吧。好了,别哭,我有一个好玩的计划,你听听。你先到马奇叔婆那里去,我会每天去把你带出来,坐坐马车,散散步,我们会乐陶陶的。不比在这里发闷要好吗?"

"我不愿意被送走,好像我是个累赘。"埃米语带委屈。

"哎呀,孩子,这是为保护你啊。你也不想生病,不是吗?"

"是的,一定不想啊。但是我想我免不了,因为我整天和贝丝在一起。"

"就是为了这个,你更应该立刻离开,这样才可能躲过一劫。我看,换换空气,换人照顾,才能保证你健康。就算没能幸免,至少会病得轻一些。我劝你尽早动身,猩红热可不是闹着玩的,小姐。"

"但是马奇叔婆那里很无聊,而且她脾气又那么不好。"埃米露出相当惧怕的神色。

"有我天天跑去告诉你贝丝的状况,带你出门游玩,不会无聊的。老太太挺喜欢我,我也会尽力讨好她,那样无论我们做什么,她都不会找碴儿。"

"你会驾着'迫克'拉的小马车来接我出去吗?"

"我以绅士的名誉担保。"

"每一天都来?"

"我说话算话。"

"等贝丝病一好,就带我回来?"

"一刻也不耽搁。"

"真的会去看戏?"

"可以的话,看十几次都行。"

"好吧——那我想——我愿意去。"埃米慢慢吐出这句话。

"好孩子!叫梅格来,说你让步了。"劳里赞许地拍了拍埃米,这个举动比"让步"二字更叫她不快。

梅格和乔跑下楼来，见证劳里创造的奇迹。埃米觉得自己富有牺牲精神、难能可贵，她答应如果医生说贝丝要生病了，她就走。

"小可爱怎样了？"劳里问。他特别宠爱贝丝，内心很为她忧虑，只是尽量不露声色。

"她在妈妈的床上躺着，觉得好些了。那孩子的死让她很难受，不过我猜她只是得了感冒。汉娜就是这么说的，但是她愁容满面，我见了也难以心安。"梅格答道。

"世事艰难啊！"乔说着，焦躁地揉乱了自己的头发，"一波未平，

一波又起。妈妈不在，家里好像没了主心骨，叫我不知所措啊。"

"哎呀，别把自己弄得像箭猪似的，怪不好看的。把头发顺一顺，乔，你说我是去拍一封电报给你妈妈，还是做点儿别的什么？"劳里问。他的朋友失去一头秀发，他始终无法释怀。

"这正是我苦恼的事。"梅格说，"我想，贝丝如果真的病了，我们应该告诉妈妈。但是汉娜说不可以讲，因为妈妈现在不能离开爸爸，讲了只会让他们干着急。贝丝病也病不久的，该怎么应付，汉娜都知道，妈妈说过要我们听她的话，所以一定得听，只是我总觉得不妥。"

"嗯……这个，我也说不好。等大夫来过以后，你们再问问我爷爷吧。"

"会问的。乔，快去把班斯大夫请来。"梅格吩咐道，"他来之前，我们什么都决定不了。"

"你待着别动，乔。我才是这个家的差役。"劳里说着拿起了帽子。

"我怕你忙不过来。"梅格说。

"不会，今天的功课我已经做好了。"

"你在假期里也要学习吗？"乔问。

"我是追随邻居树立的好榜样呢。"劳里答罢，一转身出了房间。

"这家伙做事，我放心。"乔望着劳里跃过栅栏，含笑赞许道。

"他做得很不错——以一个孩子来说。"梅格的回答有些冷淡，她对这个话题提不起兴趣。

班斯大夫来了，说贝丝有猩红热的症状，不过依他看并无大碍，虽然他听了赫梅尔家的事之后，神情很严肃。埃米即刻被遣走了，随身带了些药物以防万一，她离去时威风凛凛，由乔和劳里在侧护送。

马奇叔婆以她平日的待客之道招呼他们。

"你们又怎么啦？"她问道，从眼镜上缘投出锐利的目光。站在她椅背上的那只鹦鹉叫起来:"走开。男孩不准入内。"

劳里退到窗边,乔道出事情经过。

"这不出我所料,大人老让你们去穷苦人家闲逛。埃米可以留在这里,要是没生病,还能帮点儿忙,不过我敢断定她也要生病了——看样子不妙。不要哭,孩子,听人抽鼻子我心烦。"

埃米正要哭出来,劳里灵机一动,上前拉了拉鹦鹉波利的尾巴。波利发出一声惊叫,高声喊道:"乖乖!"这一句喊得如此滑稽,逗得埃米破涕为笑。

"你们妈妈那里有什么消息?"老太太粗声粗气地说。

"爸爸好多了。"乔竭力忍住笑意。

"哦,是吗?我想,恐怕也好不长久的。马奇向来没什么精气神。"这回答有些幸灾乐祸。

"哈,哈!千万别说死,吸一撮鼻烟吧,再见,再见!"波利嚷嚷着,在椅背上跳来跳去。劳里拧了一下波利的屁股,害他用爪子乱抓老太太的帽子。

"闭嘴,你这无礼的老家伙!我说,乔,你最好赶紧回去。这么晚还在外面游荡太不像话了,做伴的又是头脑空空的男孩,像这个——"

"闭嘴,你这无礼的老家伙!"波利大喊,从椅子上一跃而下,跑去啄那个"头脑空空"的男孩,那男孩听了前一句话,正笑得浑身打战。

"我觉得我没法忍受的,不过我会试试。"埃米独自留下和马奇叔婆在一起,心里暗暗想道。

"滚开,你这丑八怪!"波利尖叫。埃米一听这粗言粗语,还是禁不住抽了抽鼻子。

第十八章
黯淡时日

贝丝果真得了猩红热,病况之重,除了汉娜和医生,谁也没料想到。两个姐姐对疾病一窍不通,她们又拦着不让劳伦斯老先生过来探望,所以一切事务仍由汉娜主持。忙碌的班斯大夫尽力诊治,大量护理活则留给出色的看护。梅格唯恐把病传染给金家孩子,便留在家中料理家务。她自然十分焦虑,但在写给母亲的信里对贝丝生病的事只字不提,为此又心生些许内疚。她认为瞒着妈妈不对,而妈妈嘱咐过要听汉娜的话,汉娜又不同意"让马奇太太知道这点儿小事,不得安宁"。乔日夜守着贝丝,这不算苦差事,因为贝丝很能耐苦,只要按捺得住,她便忍着病痛,不吭一声。但是有一阵子她发起热来,开始用粗哑的声音讲话,手指在被单上按着,仿佛在弹她的小钢琴,喉咙肿胀,想唱歌却唱不成调。当时她已认不得身边那几张熟悉的面孔,竟把她们的名字叫错,还哀哀呼唤着母亲。这下乔惊慌失措,梅格恳请汉娜准许她将实情写信告诉妈妈,连汉娜都说她会"考虑考虑,尽管眼下没有危险"。华盛顿来了一封信,更增她们的忧虑，因为马奇先生的病势又反复了，一时回家无望。

如今的日子多么黯淡，这间屋子又多么悲凄寂寥。姐妹们一面工作一面等待，而死亡的阴影却笼罩着这个曾经幸福的家庭，她们的心是多么沉重啊！梅格常独坐垂泪，泪珠时不时滴落在手中的活计上，她感到自己以前何其富足，所拥有的比金钱能换得的任何宝物都更加珍贵——爱、保护、平安和健康，这些是生命真正的福祉。乔呢，住在昏暗的房间里，遭罪的妹妹躺在眼前，可怜的呻吟萦绕耳边，乔更深地领会贝丝天性的美善，感受到大家心中的她是何等重要而温柔，明了她心无私欲的价值，她为别人而活，践行单纯的美德使家人幸福。这些美德人人都可具备，都应珍视——比天赋、财富和美貌更值得珍视。至于寄人篱下的埃米，一心盼着回家，好为贝丝做些事，如今无论什么差事她都不嫌难、不嫌烦了，她悲悔地记起有多少荒废的工作是那双任劳任怨的手代她完成的。劳里像一个不得安宁的幽灵在屋里进进出出，劳伦斯老先生锁上了那架三角钢琴，因为他不忍想到常在暮色中为他带来愉悦的小芳邻。所有人都想念贝丝。送奶工、面包师、肉贩和杂货铺老板都探问她的病情；可怜的赫梅尔太太为自己的粗心前来求恕，并为明娜取了块裹尸布。左邻右舍送来各种慰问品和祝福，害羞的小贝丝竟交了这么多朋友，连她最亲近的人都颇感诧异。

此时的贝丝身卧病榻，旁边躺着亲爱的乔安娜，纵使神志恍惚，她也没忘记这个收养的弃儿。她记挂那几只猫，只是不愿让人带它们进屋，生怕它们染病。病情稳定的时候，她又为乔担心不已。她向埃米捎去问候，请姐妹转告妈妈她很快就会写信，也常常央求她们给她纸笔，设法写上几个字，免得爸爸以为自己忽略了他。然而不久后，这些偶尔清醒的时刻也消失了，她躺了一个又一个小时，翻来覆去，语无伦次地呢喃着，有时则陷入沉睡，无法恢复精神。班斯大夫一天来两次，汉娜陪夜，梅格拟了一封电报，收在书桌里，预备一有不测便发出，而乔寸步不离地守在贝丝身边。

十二月一日对她们来说确实是凄冷的一天，寒风呼啸，大雪纷飞，这一年似乎正准备逝去。这天早上，班斯大夫过来，对贝丝细细诊察了一番，将她发烫的手握住片刻，然后轻轻放下，低声对汉娜说："如果马奇太太走得开的话，最好是请她回来。"

汉娜点了点头，没有作声，嘴唇紧张地抽动着。梅格跌坐在椅子上，仿佛听了大夫的话，手脚顿时失去力气。乔面色惨白，呆立了一会儿，随后跑进客厅，抓起那封电报，披上衣服，便冲入门外的风雪中。没过多久，她走了回来，悄无声响地脱下斗篷。劳里拿着一封信紧随其后，信上说马奇先生又好起来了。乔心怀感激地读了信，心头的大石却没有卸下，脸上满是悲凉。劳里见状忙问道："怎么了？贝丝病重了？"

"我已经拍电报请妈妈回来了。"乔拔着脚上的橡胶靴，神色惨淡。

"这么做很好，乔！这是你自己的主意吗？"劳里问。他扶乔到门厅的椅子上坐下，见她双手直抖，便替她将粘在脚上的靴子脱下。

"不是，是大夫吩咐的。"

"噢，乔，情况不至于这么糟吧？"劳里大惊失色地叫起来。

"是很糟。她认不得我们了，也不再谈起那群"翠翼鸠"——就是墙上的藤叶。她的样子不像我的贝丝了，没有人能帮助我们承担这件事，爸爸妈妈都不在家，神明又好像遥不可及。"

可怜的乔，眼泪簌(sù)簌滑落，她无助地伸出一只手，仿佛在黑暗中摸索。劳里接住这只手,他的喉咙哽住了,极力发出声音:"有我在。乔,亲爱的,抓着我吧!"

她说不出话来,只紧紧抓住他。友谊之手温暖地攥着她,抚慰了她痛楚的心灵,似乎也引领她走近神的臂膀,而单单这只臂膀,就能在患难中扶持她。劳里很想说几句体贴的话来宽慰她,却找不出合适的言辞,于是他默然站着,像她母亲那样轻抚她垂下的脑袋。这是他所能做的最好的事了,比甜言蜜语更令人宽心,乔感受着这无声的同情,在沉默之中,体会到关爱能给伤心人带来温柔的安慰。她很快便擦干了宣泄情绪的眼泪,满脸感激地举目仰视。

"特迪,谢谢,我好些了。我觉得不那么孤单了,万一真有什么事,我会努力承担的。"

"抱持最大的希望,那才对你有帮助,乔。你妈妈就快回来了,到时一切都会好的。"

"爸爸的病情好转,我很欣慰。这样妈妈离开他身边,也不至于太放心不下。天啊!看来真是祸不单行,而我肩上担着最重的责任。"乔叹着气,将泪湿的手帕摊开晾在膝盖上。

"梅格不能分担吗?"劳里问道,神色有些愤愤不平。

"噢,不是,她很尽力,但是她没法像我一样爱贝丝,也不会像我一样惦念她。贝丝是我的心肝,我决不能失去她。我不能!不能!"

乔又把脸埋进那条湿漉漉的手帕里,绝望地哭了起来。刚才她强作镇定地忍着,没有掉一滴泪。劳里抬手抹了抹眼角,一时语塞,直到他咽下哽在喉间的情绪,止住双唇的颤抖。男儿有泪不轻弹,但是他没忍住,我为此高兴。过了一会儿,乔的啜泣平息下来,他才满怀希望地说:"我想她不会有事的。她这么善良,我们都这么爱她,我相信上天还不会带走她的。"

"善良可爱的人往往不长命。"乔叹道。但她不哭了,虽然心有疑惧,朋友的话语仍鼓励了她。

"可怜的姑娘,你累坏了。这样怅然若失,都不像你了。歇会儿吧,我马上就让你振作起来。"

劳里一步两级地跑上楼去,乔俯下疲乏的脑袋,贴着贝丝的棕色小风帽,这顶帽子是那天贝丝回家放在桌上的,谁也没想过将它移开。它一定有着某种魔力,它那文静小主人的温顺气息似乎融入乔的心里。当劳里端着一杯葡萄酒跑下楼时,她微微一笑接过酒来,苦中作乐说:"举杯——祝我的贝丝早日康复!特迪,你是个好医生,又是很会安慰人的朋友,叫我怎样报答你呢?"这杯酒扫去了她身体的疲累,如同那些亲切的话扫去她心中的忧烦。

"晚些时候我再向你讨债。今天晚上我要送你一样东西,暖暖你的心坎,比多少酒都管用。"劳里难掩得意之色,笑眯眯地看着她。

"什么东西?"乔叫道,好奇心起,暂时忘却了苦闷。

"昨天我已经拍电报给你妈妈了，布鲁克先生回电说她将立刻动身，今晚她就能到家了，到时一切都会没事的。我这么做，你高不高兴？"

劳里说得飞快，一瞬间激动得涨红了脸，此前他把这计划当秘密守着，唯恐令姑娘们失落，或伤害了贝丝。乔听得脸色刷白，从椅子上一跃而起。劳里话音刚落，她便用双臂环住他的脖子，吓了他一跳。她喜不自胜地大喊："噢，劳里！噢，妈妈！我实在太高兴了！"她不再哭泣，而是放声大笑起来，随后颤抖着紧紧抱住她的朋友，这突如其来的消息似乎使她有点儿晕头转向。劳里显然很诧异，不过仍镇定自若。他拍了拍她的背为她顺气，见她渐渐回过神来，又羞答答地吻了她一两下，乔顿时清醒了。她抓着楼梯栏杆，轻轻将他推开，上气不接下气地说："噢，别！我不是故意的，我真不应该。你背着汉娜代我们去发电报，真是好心，所以我忍不住朝你扑过去了。和我讲讲事情经过吧，别再给我酒了，我就是喝了酒才犯糊涂的。"

"我不介意啊。"劳里笑道，一面整了整领带，"你瞧，我一直心神不宁，爷爷也是。我们都觉得汉娜过于专断，不应该瞒着你妈妈。要知道，万一贝丝——嗯……万一出了什么事，你妈妈永远都不会原谅我们的。所以我让爷爷松口说是时候采取行动了，我昨天就奔去了邮局。当时大夫表情严肃，而我建议拍电报的时候，汉娜又把我教训了一顿。我向来受不了别人对我指手画脚，所以打定主意就这么做了。你妈妈一定会赶来的，晚班车凌晨两点到站。我去接她，你收敛起兴奋的情绪就行，别吵着贝丝了，静候那位有福的夫人到来吧。"

"劳里，你真是天使！我该怎么感谢你才好？"

"再朝我扑过来吧，那样我挺高兴的。"劳里一脸调皮地说。他已经两个星期没有过这种表情了。

"不了，谢谢。等你爷爷来的时候，让他代我扑向你吧。别闹了，回家休息休息吧，你今天得熬夜呢。谢谢你，特迪，谢谢你！"

乔此时已退到角落，一说完话便闪入厨房，在碗柜上坐下。她告诉聚拢来的猫儿她"很快乐，噢，太快乐了！"劳里便离去了，他感到自己真是做了好事一桩。

"我可从没见过这样多管闲事的家伙。不过我不怪他，我也希望马奇太太立马回来。"汉娜听乔讲了这好消息之后，如释重负地说道。

梅格暗自欣喜，捧着那封信沉思。乔把病房整理了一番。汉娜"弄了几个馅儿饼，给意外来客备着"。屋里仿佛有一股清风掠过，还有一种比阳光更明亮的光，照亮了一个个沉寂的房间。一切似乎正在向好。贝丝的小鸟又啁(zhōu)啾起来，埃米种在窗前的玫瑰丛中露出一朵半开的花蕾；炉火异常欢腾；两姐妹一相遇就互相拥抱，苍白的脸儿笑逐颜开，轻声勉励道："妈妈要回来了，亲爱的！妈妈要回来了！"家里只剩贝丝高兴不起来，病榻上的她昏迷不醒，希望与喜悦、疑虑与危险，她都已浑然不觉。她的情况叫人哀怜——曾经红润的面庞枯槁(kū gǎo)失神，曾经勤劳的双手虚弱乏力，曾经笑盈盈的嘴唇哑然无声，曾经细心整理的秀发在枕头上散乱纠缠。她一整天都这么躺着，只偶尔醒来咕哝一声："水……"她口干舌燥，只能勉强挤出这一个字来。乔和梅格则一整天守候在侧，照看，等待，盼望。雪也下了一整天，狂风肆虐，时间一秒一秒地往前走。夜幕终于降临，姐妹俩依然分坐在病榻两边，每当时钟敲响，她们便目光炯炯地相望，因为每过一小时，援助就更近一步。医生来看过，说约莫半夜病势可能生变，或好或坏，到时他会再过来。

汉娜已精疲力竭，倒在床尾的沙发上沉沉地睡着了。劳伦斯老先生在客厅来回踱步，他宁可面对叛军的炮火，也不愿见到马奇太太进门时

的焦急面容。劳里躺在地毯上佯作休息,却凝视着炉火若有所思,那双黑眼睛分外温润澄澈。

姐妹俩永远不会忘记这个夜晚,她们照护着病人,全无睡意,懊丧地感到无能为力,在类似的时刻谁都有同感。

"如果上天保全贝丝,我就永远不再发怨言。"梅格恳切地低语。

"希望上天保全贝丝。"乔以同样的诚意答道。

"我的心好痛,恨不得自己没有心。"梅格停顿片刻,叹息道。

"如果日子总是这么难,真不晓得我们该怎样熬下去。"妹妹又灰心地接着说。

钟敲了十二下,姐妹两人忘我地盯着贝丝,期盼她毫无血色的脸上掠过些许变化。屋子里死一般沉寂,只有风的哀号打破这深深的静默。疲惫的汉娜还睡着,两姐妹似乎看见一个惨白的阴影降临在那张小小的病榻上。一小时过去了,劳里悄悄动身去车站,除此之外无事发生。又过了一小时——仍旧无人回来。不知是被风雪耽误了行程,是途中出了意外,还是最糟的——华盛顿有噩耗,种种担忧萦绕在可怜的姐妹心头。

时间已过两点,乔站在窗前,心想这世界包覆在裹尸布般的白雪中,看起来多么凄凉。这时她听到床边有动静,连忙回头望去,只见梅格掩着脸,跪在妈妈的安乐椅前。一阵可怖的恐惧阴森森地袭上乔的心头,她心想:贝丝死了,梅格不敢告诉我。

她即刻跑回床边,眼前的景象似乎发生了巨变。高烧的潮红和痛苦的表情已退去,那张亲爱的小脸安然入眠,显得如此苍白而平静,乔见了,全无想要掉泪或恸(tòng)哭的感觉。她朝最心爱的妹妹俯身,以赤诚的双唇亲吻她微湿的额头,轻轻耳语:"再见了,我的贝丝,再见!"

或许是听到了响动,汉娜从睡梦中惊醒,匆匆赶到病榻边。她看着贝丝，摸了摸她的双手，凑到她嘴边听听声息，接着，把围裙朝头顶一抛，在椅子上坐下前后摇晃，压低了嗓门儿惊呼道："烧退了！她只是睡着了，汗涔涔（cén）的，呼吸也顺畅了。噢，我的天啊！"

姐妹俩听了还不大相信，医生恰巧进来，证实了这个喜讯。此刻在她们眼中，这位相貌平平的医生面目俊美，带着慈父般的神情望着她们，微笑说："是的，亲爱的，我想小姑娘这次会化险为夷的。家里头保持安静，让她好好睡，等她醒了，给她——"

要给她什么，已经听不到了，姐妹两人蹑足走进昏暗的走廊，在楼梯口坐下，紧紧拥抱彼此，满心欢喜无以言表。当她们回屋，给忠诚的汉娜又亲又抱时，见贝丝躺在那里，一如往常，脸颊枕在一只手上，不再面若死灰，她平和地呼吸着，似乎刚刚睡熟。

"要是妈妈现在回来就好了！"乔说。此时冬日的夜色逐渐消退。

"看，"梅格手举一枝半开的白玫瑰走来说，"我原以为它明天还开不了，来不及放在贝丝手上，假如她——离开我们的话。但是它在夜里开花了，现在我要把它插进这个花瓶里，这样等我们的小宝贝醒过来，她第一眼看到的就会是这朵小玫瑰，还有妈妈的脸。"

清晨，梅格和乔守完了这漫长悲凄的一夜，睁着迷蒙的双眼朝窗外望去，旭日初升，从不曾像今天这般美丽，世界也不曾像今天这般可爱。

"真像个童话世界。"梅格站在窗帘后看着这一片灿烂景色，暗自微笑说。

"听！"乔蓦地跳起来喊道。

听，楼下门前传来一串铃声，夹杂着汉娜的一声欢呼，随即是劳里的声音快乐地低语道："姑娘们，她回来了！她回来了！"

第十九章
埃米的遗嘱

家中遭逢这些事情的时候,埃米正在马奇叔婆那里艰难度日。饱尝寄人篱下的滋味后,生平头一次意识到她在家里真是集万千宠爱于一身。

马奇叔婆从来不宠着谁,她不赞成宠孩子;不过她有心善待这个小姑娘,这小姑娘乖乖巧巧的,很讨她喜欢。对侄儿的几个孩子,年迈的马奇叔婆心中蕴着慈爱,只是她认为不宜明说。她确实尽力使埃米高兴,唉,可是却不得其法!

有些老人家虽然鹤发鸡皮,却不失赤子之心,能够体会孩子们小小的烦恼与喜悦,寓教于乐,让孩子们感到无拘无束,和他们高高兴兴地结为忘年之交。可惜马奇叔婆没有这种天分,她的规矩、命令、古板的作风和乏味的长谈,都令埃米烦扰不已。老太太见这孩子比她的姐姐更温顺可人,便觉得有责任尽己所能,设法矫正她因娇生惯养而形成的坏习气。于是她便管教起埃米来,以自己六十年前受教的方式来管教她——在这种方式之下,埃米惶惶不安,觉得自己像一只落入细密蛛网的苍蝇。

埃米每天早晨都得刷洗杯子,还要把那些老式茶匙、银制圆腹茶壶和玻璃杯擦得明光铮亮。接着她得打扫房间——这可是个费劲的差事!任何灰尘都逃不过马奇叔婆的眼睛,每一样家具又有兽爪腿和繁复的雕花,怎么打扫都合不了叔婆的心意。再来她得喂波利,替宠物狗梳毛还得楼上楼下跑十多趟,为叔婆取东西、传指示,因为老太太不良于行,很少从大椅子上起身。

这些麻烦活儿做完之后,埃米还得做功课,这是磨炼她所有品性的日常任务。然后她才获准活动或游戏一个小时,怎能不尽情玩乐?劳里每天都过来,来时总去讨好马奇叔婆,直到她允许埃米和他一起出门,两人散步、骑马,好不快活。午餐后,埃米又得读书给老太太听,通常她没听完一页就打起盹儿来。睡上一个钟头,埃米坐在一旁也不好离开。叔婆醒来后便拿出缝缀的活计给埃米,埃米做着活儿,外表看似柔顺,内心却在抗拒,拼拼缝缝到黄昏时分,便可以娱乐一下,直至茶点时间。晚上是最苦的,马奇叔婆开始滔滔不绝地细述她的青春往事,这些故事枯燥至极,埃米恨不得即刻扑到床上,为自己坎坷的命运大哭一场,不过常常还没挤出一两滴泪来,就已昏然入梦了。

要不是有劳里和女仆老埃丝特,埃米觉得自己绝对渡不过这个难关。光是那只鹦鹉就足以使她心烦意乱,因为他没过多久便发现埃米不喜欢自己,于是拼命捣蛋来报复。埃米一靠近,他就抓她的头发。埃米刚把鸟笼擦干净,他又打翻自己碗里的面包和牛奶,给她添乱。主人打瞌睡时,他会去啄宠物狗莫普,惹得莫普汪汪直叫。他还在客人面前奚落她,一举一动都像个讨骂的老家伙。那只狗也让她受不了。那是一只野蛮的

胖狗，埃米替他梳洗时，他总冲着她又吼又吠。他想吃东西时，会四脚朝天躺在地上，摆出一副憨头憨脑的表情，一天总要这样躺上十几次。厨子脾气不好，老车夫耳聋，家中只有埃丝特一人会关心这位寄住的小姐。

埃丝特是法国人，她和"夫人"（她这样称呼女主人）已同住多年，对老太太颇为霸道，毕竟老太太的生活离不了她。她的本名是埃丝特勒，马奇叔婆要求她改名，她便遵行，前提是决不能要她改变宗教信仰。她很中意这位小姐，和埃米坐在一起给夫人的衣物绲花边的时候，会讲些自己在法国时的特别经历，令埃米听得津津有味。她还允许埃米在大宅子里四处游逛，赏玩存放在大衣橱和旧箱子中的许多稀奇又漂亮的玩意，马奇叔婆像喜鹊一样爱收集东西。

埃米特别喜欢一只印度储藏柜，里面满是巧妙的抽屉、小分类架和暗格，装着各种各样的首饰，有的很贵重，有的只是样式别致，每一件都有些年头。

赏玩和整理这些东西使埃米欣喜不已，尤其是那些珠宝盒，躺在丝绒内垫上的饰物在四十年前装点过一位美人。其中有马奇叔婆外出时佩戴的一副石榴石首饰，有她结婚那天父亲给的珍珠，有情人送的钻石，有纪念故人的煤玉戒指和胸针，有一些古怪的吊坠——里面装着亡友的肖像和发丝编成的垂柳画,有她小女儿戴过的儿童手镯,还有马奇叔公的大怀表——挂在表链上的红印章曾被不少孩童的小手把玩过。还有一个盒子单独珍藏着马奇叔婆的婚戒,如今她粗胖的手指已戴不进去,但她将戒指小心收着,当作所有饰物中最珍贵的宝贝。

"如果小姐可以选的话,会选哪一样?"埃丝特问。她总是坐在近旁看管着这些贵重物品,之后再把它们锁上。

"我最中意钻石!可惜里头没有项链。我喜欢项链,戴上多好看啊。如果可以,我会选这个。"埃米不胜羡慕地看着一串黄金乌木珠链。

"我也觊觎这一样,不过不把它当项链。嗯,不!在我看来,这是一串念珠。"埃丝特满眼向往地端详这串漂亮珠链。

"这是说,和挂在你镜子上那串好闻的木珠用法一样吗?"埃米问。

"是的,没错,祈祷时用。这么一串精致的念珠,如果不当作虚荣的首饰佩戴,而用它来祈祷,上天会很高兴的。"

"埃丝特,你好像能从祈祷中得到不少安慰,下楼时总是平静又欣慰。真希望我也能这样。"

"小姐您不妨每天独处一阵子,默想,祈祷,就像我在夫人之前服侍过的那位虔诚的女主人一样。她有一间小祈祷室,不管遇到多少难事,她都能在祈祷室里找到慰藉。"

"我也这么做的话,好不好呢?"埃米问。她孤零零的,感到需要某种帮助。没有贝丝在身边提醒,她发现自己时常忘了那本小书。

"那就太好、太叫人开心了。如果你喜欢,我很乐意将那个小化妆间安排给你。对夫人什么也别说,她睡觉时,你就去房间里自个儿坐一会儿,心想善念,祈求上天保佑你姐姐。"

埃丝特当真很虔诚，也真心相劝，她生性温柔，十分同情这几个忧愁的姐妹。埃米喜欢这个主意，便同意她将自己小屋隔壁那个明亮的小屋子整理一番，希望这么做对自己有益处。

"真想知道马奇叔婆百年之后，所有这些漂亮东西会到哪儿去。"她将那串亮晶晶的念珠慢慢放回原处，一一关上了珠宝盒。

"留给你和你几个姐妹。我知道这事。夫人对我推心置腹，让我为她的遗嘱签名做证，遗嘱上就是这么写的。"埃丝特微笑着低声说道。

"真好！可我希望她现在就给我们。拖拖拉拉的不爽快。"埃米说着，朝钻石首饰看了最后一眼。

"小姐们年纪轻轻，戴这些东西还太早。谁最先订婚，那些珍珠就归谁——夫人说过。我猜等你回家时，夫人会把那只绿松石小戒指给你的，因为夫人称许你举止规矩、令人喜爱。"

"是这样吗？噢，只要能得到那只美丽的戒指，我会乖得像只小羊羔！那只戒指比姬蒂·布赖恩特的还要漂亮。无论如何，我还是挺喜欢马奇叔婆的。"埃米满脸欢喜地试戴那只绿松石戒指，下定决心要获得它。

打从这一天起，她简直百依百顺，老太太以为自己训导有成，颇觉得意。埃丝特在小屋子里摆上一张小桌子，桌前放一个脚凳，上方挂了一幅从锁着的房间里取来的图画。她认为这幅画没多大价值，不过挂着挺合适，便借来一用，心知夫人绝不会发现，即使发现也不会介意的。

然而，这却是一幅世界名画珍贵的摹本，埃米那双善于审美的眼睛仰望画中的慈颜，从不厌倦，内心柔情涌动。她在桌上放了她的小书和赞美诗集，一只花瓶里永远插满了为她带来的娇艳鲜花，她每天进屋自个儿坐一会儿，心想善念，祈求上天保佑姐姐。埃丝特给了她一串带银色吊坠的黑色念珠，埃米把它挂起来，并未使用。

小姑娘做这一切十分诚心。孤身在外，埃米肩上的担子尤显沉重。她想念有母亲在身边，帮助她了解和约束自己。不过既然有人为她指明了方向，她就尽力找寻道路，满怀信心地走下去。她设法遗忘自我，保持喜悦，为善而乐，纵使没有人看见她的作为而赞许她。为了做到尽善尽美，她最先的尝试是决定像马奇叔婆一样立下遗嘱，这样万一她真的染病身亡，她的财产就可以公正而慷慨地分配给别人。想到要放弃自己的小小宝物，她便一阵心痛，那些东西在她眼中如同老太太的首饰一般珍贵。

在一次娱乐的时间里，她竭尽所能，又请教了埃丝特一些法律术语，才把这份重要文件写好，请这位温厚的法国人签上名字。埃米放下心来，将遗嘱收好，等着给劳里过目，想请他做第二证人。

那天下着雨，她上楼到一个大房间里找乐子，还带上波利做伴。房里有一个装满老式服装的衣橱，埃丝特允许她穿这些衣服玩。她最爱的消遣，就是穿上褪了色的锦缎衣服，在全身镜前来回招摇，煞有介事地行礼，让裙裾曳地，发出悦耳的沙沙声。她这一天忙得不亦乐乎，连劳里打门铃都没有听到，也没有看到他朝屋内窥探，她正昂起头，摇着扇子，仪态庄重地踱来踱去。她脑袋上绑着一条粉红色大头巾，搭配蓝色锦缎衣服和黄色绗缝裙子，相映成趣。她走路必须小心翼翼，因为脚上蹬着高跟鞋。

劳里后来告诉乔，当时那一幕很滑稽——她身穿那套艳丽的服装踩着小碎步，波利悄悄地跟在她身后，昂首阔步，尽力模仿着她的一举一动，偶尔驻足大笑，或呼喊："我们美吗？滚开，你这丑八怪！闭嘴！吻我,亲爱的!哈!哈!"

劳里唯恐触犯她的尊严,好容易忍住不笑出来,他轻轻敲门,随即被热情地请入房间。

"你坐下休息一会儿,等我把这些东西放好,我有一件很重要的事要和你商量。"埃米将自己的风采展示一番,又把波利赶到角落。"这只鸟整天折腾我。"她接着说,一面移走她头上的粉红色山丘。劳里跨坐在一张椅子上听着。"昨天,叔婆睡着了,我尽量像小老鼠一样静悄悄的,波利却聒噪起来,还满笼子扑腾。于是我过去放他出来,发现笼子里有一只大蜘蛛。我把它拨出来,它溜到了书橱底下。波利紧追在后,侧身朝书橱下面张望,眼睛一瞟,用他的怪腔怪调说:'出来走走吧,亲爱的。'我禁不住大笑,惹得波利骂骂咧咧,叔婆也醒了过来,把我们俩训斥了一顿。"

"蜘蛛有没有接受这位老兄的邀请?"劳里打着哈欠问道。

"接受了。蜘蛛爬了出来,波利却吓得要死,拔腿就跑。我去追蜘蛛,波利蹿上叔婆的椅子大叫:'捉住她!捉住她!捉住她!'"

"骗人!老天啊!"鹦鹉嚷嚷着,跑去啄劳里的脚趾。

"你要是我养的,我非拧断你脖子不可,你这磨人的老家伙。"劳里喊道,朝这只鸟挥了挥拳头。鸟儿歪着头,用粗嘎的声音阴沉地说:"祝你好运,亲爱的!"

"好了。"埃米关上衣橱,从衣兜里掏出一张纸,说道,"我想请你看看这个,再告诉我写得对不对、合不合法律。我觉得我应该写一写,人生无常,我可不想躺进坟墓后还遭人怨恨。"

劳里欲言又止,面对这语带忧思的人儿,他稍稍别过身子,读起手中这份文件来。他神情庄重,值得嘉许,毕竟文中白字不少——

我的遗嘱

本人埃米·柯蒂斯·马奇,在神志清醒之时,将全部个人财产遗增(赠)如下——即,即是——也就是——

给父亲:我最好的彩色画作、素描、地图和艺术品,包含画框;还有我的一百美元,任其支配。

给母亲:我所有的衣物——那条有口袋的蓝色围裙除外,还有我的相片和奖章,并献上深深爱意。

给亲爱的姐姐玛格丽特:我的绿宋(松)石戒指(如果我能得到的话),画着鸽子的绿色盒子,可以给她做颈饰的那条手工蕾丝花边,还有我为她画的素描——当作"小妹妹"的纪念物。

给乔:用封蜡补过的那枚胸针,青铜墨水台——她弄丢了盖子的那个,我最宝贝的石膏兔子——很抱歉之前烧了她的小说。

给贝丝(如果她活得比我久):我所有的洋娃娃和那件小衣柜,我的扇子、亚麻领子和新便鞋——如果她康复后变瘦了,穿得下的话。我曾取笑亲爱的乔安娜,谨此致歉。

　　给我的朋友兼邻居西奥多·劳伦斯：我的混宁（凝）纸作品，我的泥塑马——虽然他说那匹马没有脖子。为报答他在我忧患时给予诸多关照，他可随意挑选我的艺术作品，《圣母》是其中最好的。

　　给可敬的恩人劳伦斯老先生：盒盖上镶镜子的紫色盒子，很合适用来装他的笔，也能使他回想起这个已故的女孩，感谢他给女孩一家——尤其是贝丝——的恩惠。

　　给我最好的玩伴姬莺·布赖恩特：那条蓝色丝绸围裙和我的金珠戒指，并献上一吻。

　　给汉娜：那件她喜欢的帽盒，以及我所有的拼布物件，希望她"睹物思人"。

　　我最贵重的财产已处分完毕，望各位皆大欢喜，切勿怪罪死者。我宽恕所有人，相信当末日的号角吹响时，我们终会相聚。

　　本人立此遗嘱，签名并封缄于共圆（公元）一八六一年十一月二十日。

埃米·柯蒂斯·马奇

证人：埃丝特·瓦尔诺

西奥多·劳伦斯

最后一个名字是用铅笔写的，埃米解释说，是准备请他用墨水重新签过，再替她妥善封缄。

"你怎会想到这种事的？是不是有人告诉你，贝丝把她的东西给分配了？"劳里正色问道。此时埃米在他面前放下一段红带子、封蜡、小蜡烛和墨水台。

她说明原委，又着急地问："贝丝怎么样了？"

"我实在不该提起的，既然提了，就告诉你吧。有一天她觉得病情很严重，就对乔说，希望把她的钢琴给梅格，猫儿给你，可怜的洋娃娃给乔，乔会代她爱护那个娃娃的。她只有这么一点儿东西能送人，心里过意不去，所以要把头发分给我们其余的人，把深情厚意献给我的爷爷。她压根儿没想过写遗嘱。"

劳里边说边签名、封缄，始终没有抬头，直到一颗豆大的泪珠滴落纸上。埃米神色大乱，却只是说："遗嘱上有时候会写附言吗？"

"会的，那叫作'附录'。"

"那我的也要写——希望把我的头发都剪下来，分送给朋友们。我忘了，我是想要这么做的，虽然有损我的样貌。"

劳里加上附录，看埃米愿做这最后与最大的牺牲，不免微笑。随后他陪了她一小时，倾听她的各种苦恼。他临走时，埃米叫住他，双唇颤抖着小声问道："贝丝真的有危险吗？"

"恐怕是有的。但我们得抱最大的希望，不要哭，亲爱的。"劳里以兄长的姿态一手揽住她，令她感到很安心。

他离开后，她走进小祈祷室，坐在暮色中为贝丝祈祷，泪如雨下，心如刀割。她觉得，要是失去了温柔的小姐姐，纵有千百万只绿松石戒指也安慰不了她。

第二十章
悄悄话

母女团圆,此情此景难言诉诸笔端,其美好唯有亲身经历方能体会,且留待读者诸君想象。我只能说,这座房子洋溢着由衷的快乐,梅格那温情的愿望实现了,贝丝从漫长的睡眠中病愈醒来,第一眼望见的正是那朵小玫瑰和妈妈的脸。她仍很虚弱,无力发出惊叹,只是微微一笑,紧偎在环抱着她的深情臂弯中,感到得偿所愿。然后她又睡去了,其余两个姑娘便来服侍母亲,因为母亲不愿放开那只纤瘦的小手,即使在睡梦中,她依然紧攥着母亲的手。

汉娜已为风尘仆仆的太太端上一席丰美的早餐,她找不到别的方法来表达兴奋之情。梅格和乔像小鹳一般喂(guàn)母亲吃饭,一面听她低声诉说父亲的情况,说布鲁克先生答应留下照顾他,回家路上风雪交加,耽误了行程,火车到站时,她已劳顿、寒冷、焦虑至极,还好有劳里充满希望的脸庞带给她莫名的慰藉。

这是多么奇妙而愉快的一天!窗外光明灿烂,街坊四邻都走出家门,迎接这场初雪。窗内清幽安恬,大家陪夜看护,累得酣睡如泥,屋子笼罩在一种静谧中,汉娜打着瞌睡守在门边。梅格和乔感到如释重负,合上了倦眼,安然入眠,好像一对历经风吹雨打的小船,平安地停泊在宁静的港湾。马奇太太不忍离开贝丝身边,便坐在大椅子上小憩,不时醒来,看一看、摸一摸她的孩子,沉思片刻,仿佛一个守财奴守着失而复得的珍宝。

此时劳里已匆匆赶去安慰埃米,他把事情经过讲得那么动人,竟使马奇叔婆也"抽鼻子"了,而且没说一句"我早就告诉你了"这样的话。埃米这回倒显得很坚强,我想,小祈祷室中的善念真的开花结果了。她很快擦干了眼泪,压抑住想见妈妈的渴盼,丝毫没记起那只绿松石戒指,尽管劳里说她表现得"像个绝佳的小妇人",老太太也连连赞同。连波利似乎都感动了,叫她"好姑娘",祝她好运,还以最谦和的语气恳请她"出来走走吧,亲爱的"。她非常乐意去冬日的艳阳下撒欢,却发现劳里虽强打精神,仍脱不了恹恹欲睡的倦容,于是劝他在沙发上休息,自己去写一张字条给母亲。她写了很久,回来时,只见他直直地躺着,双臂枕在头下,睡熟了。马奇叔婆已放下窗帘,闲坐在一边,周身散发出罕见的慈祥气息。

不一会儿,她们便以为劳里这一睡得到夜里才会醒了——要不是埃米见母亲到来,一声欢呼将他惊起,没准他是不会醒的。这天,城里城外或许有不少快乐的小女孩,但是依我看啊,埃米就是顶顶快乐那一个了。她坐在妈妈怀里,讲述自己的苦恼,妈妈会心的微笑和慈爱的抚摩使她得到安慰与补偿。母女俩单独待在祈祷室里,埃米解释这个房间的用途,母亲听后并不反对。

"我反而很赞成呢,亲爱的。"她的视线从蒙了灰的念珠移到磨旧的小书和饰有常青树花环的美丽图画上,"当我们遇上烦心或伤心的事,能有个地方去静一静,着实很好。人这一生会有许多难关,只要我们心怀正念,总能熬过去的。我想我的小女儿渐渐懂得这道理了吧?"

"是的,妈妈。等回家后,我打算在大储藏室里腾出一个角落,放上我的书,还有我尽力临摹的这幅画。"

埃米伸手指了指那幅画。马奇太太看到抬起的那只手上戴着一样东西,不觉微微一笑。她什么也没说,然而埃米看懂了她的表情,停顿片刻后,埃米郑重地继续说道:"本来想和你说的。我给忘了。这只戒指是叔婆今天给我的;她叫我到她跟前去,亲了亲我,把戒指套在我手指上,说我给她增光了,乐意留我在这儿长住。她还给我这个好玩的护圈扣住戒指,因为戒指太大了。妈妈,我想要把它们戴着,可以吗?"

"是很漂亮,不过我觉得你戴这种首饰还太早,埃米。"马奇太太看了看那只肉嘟嘟的小手,食指上戴着一圈天蓝色宝石和那个古雅的护圈,护圈样式是两只互握的金色小手。

"我会努力做到不虚荣的。"埃米说,"我想,我并不是单为戒指很好看而喜欢它,我想要戴着它,像故事里的女孩戴着手镯那样,好提醒自己一些事情。"

"你是说,提醒你想着马奇叔婆吗?"妈妈大笑着问。

"不是,提醒自己不自私自利。"埃米的神情十分真挚,妈妈收住了笑,恭听她的小小计划。

"最近我对自己'缺点的包袱'想了很多,自私是其中最大的缺点;我要努力改正,如果办得到的话。贝丝从不自私,这就是为什么大家都爱她,一想到可能失去她就很难过。如果是我生了病,别人的难过不会有现在的一半,我也不配让他们为我难过。可是我希望有很多朋友爱我、

想念我，所以我要尽全力向贝丝学习。我很容易忘了自己的决心，要是有一样东西随身带着提醒自己，我想一定会好些。我可以这样试一试吗？"

"可以，不过我对大储藏室腾出的那个角落更有信心。戒指就戴着吧，亲爱的，尽力而为；我想你会成功的，诚心矢愿向善，就已胜利一半。我得回去照顾贝丝了。打起精神来，小女儿，我们很快就来接你回家了。"

这天晚上，梅格正写信给父亲，报告母亲已平安抵家。乔悄悄上楼，钻进贝丝所在的房间，见母亲还在老地方。乔呆立了一会儿，手指绕着头发，局促不安，神情踌躇。

"怎么了，宝贝？"马奇太太问。她伸出一只手，脸上的神色叫人心安。

"我有事想和你讲，妈妈。"

"梅格的事？"

"你一下子就猜中了呀！对，是她的事情，虽然只是小事，但放在心里很烦躁。"

"贝丝睡着了。小声点儿，把事情都告诉我吧。那个莫法特可没有来家里吧？"马奇太太问得很严厉。

"没有，他要是来了，我一定请他吃闭门羹。"乔说着，在母亲脚边的地板上坐下，"去年夏天，梅格在劳伦斯家落下一副手套，后来只有一只送回来。这事我们原本全忘了，后来特迪告诉我，另一只在布鲁克先生那里。他把手套放在西装马甲的口袋里，有一次掉了出来，被特迪笑话了。布鲁克先生承认自己喜欢梅格，只是不敢说出口，梅格年纪那么轻，而他又那么穷。这样的情形不是很可怕吗？"

"你觉得梅格对他有意思吗？"马奇太太不觉有些焦虑。

"天啊！我对情情爱爱的无聊事可是一无所知！"乔叫道，语调既好奇又鄙夷，很是滑稽，"在小说里，女孩们对这种事的反应是脸红心跳，失魂落魄，日渐消瘦，傻头傻脑。而梅格没有半点儿迹象，她饮食睡觉一切如常。我和她谈起那个人，她也都正眼看我，只有特迪拿恋爱的事开玩笑时，她才红一红脸。我不准特迪这么做，但他不听我的。"

"那你觉得梅格对约翰真没什么兴趣吗？"

"对谁？"乔瞪大眼睛叫起来。

"布鲁克先生。我现在管他叫'约翰'。我们在医院开始直呼其名，他也喜欢这样。"

"哎呀！我就知道你会护着他！他对爸爸这么好，你不会赶他走的，如果梅格愿意，你就会让梅格嫁给他。卑鄙之徒！精心看护爸爸，帮你的忙，只为了骗得你们的欢心。"乔又扯起自己的头发来，这一回怒气冲冲，带着力道。

"亲爱的，别生气，我告诉你这件事的原委吧。约翰陪我去，是应了劳伦斯老先生的要求。他对你们可怜的爸爸尽心尽力，让人没法不喜欢他。对于梅格的事，他光明磊落，告诉我们他爱她，不过先要赚得一点儿钱，待能够维持一个安适的家庭，再向她求婚。他只希望我们允许他爱她，为她奉献，如果可以，他希望能有权向她求爱。他实在是个很好的年轻人，我们不能拒绝他的请求，不过我不会同意梅格这么年轻就订婚的。"

"当然不行，那样太蠢了。我就知道事有蹊跷，我觉察到了，结果比我想象的还要糟。我真希望自己能和梅格结婚，把她安稳地留在家里。"

这异想天开的安排使马奇太太不禁发笑，她正色道："乔，我对你推心置腹，希望你暂时不要对梅格提起这件事。等约翰回来后，我看看他们在一起时的情形，才能更好地判断她的心意。"

"在她所说的那双俊美的眼睛里,她倒是会看出他的心意,然后她就完了。她天生一副软心肠,无论什么人多情地望着她,她的心都会像太阳底下的黄油一样融化掉。她读他寄来的短信,次数比读你的信还要多,我说说她,她反来掐我。她喜欢褐色的眼睛,也觉得约翰这个名字不难听,她会爱上他,这样一来,我们的平静和快乐就终结了,一家人的安逸日子也到头了。我看透了!他们会在门前屋后卿卿我我,我们都得回避。梅格坠入爱河,不会再对我好了。等布鲁克想法儿凑够一笔钱把她夺走,家里就缺了一块。我会心碎的,一切都会苦闷不堪。噢,天啊!我们几个为什么不是男孩子,那样就不用操心了。"

乔把下巴支在膝上,怅怅不乐,对着心里那个可恶的约翰挥了挥拳头。马奇太太叹息一声,乔松了口气,抬头望去。

"妈妈，你也不喜欢这件事吗？我很欣慰。让我们把他打发走，什么都不要对梅格说，一家人快快乐乐地过日子吧，和往常一样。"

"刚才叹气是我不对，乔。你们几个迟早要各自成家的，这是理所当然的事。我自然想把女儿们留在身边，能留多久是多久。这件事来得这么早，我也不好受，梅格才十七岁，约翰也要再过几年才能够为她建立家庭。我和你爸爸一致认为，她未满二十岁时，不可以结婚或订下终身。如果她和约翰彼此相爱，他们等得起，也能用等待来考验这份爱。梅格为人耿直，我不担心她会错待他。我那柔情似水的漂亮女儿！愿她一切顺遂。"

"难道你不想把她嫁给有钱人吗？"乔问。母亲话音刚落，最后几个字说得有些颤抖。

"钱固然是一件有用的好东西，乔。我希望女儿们永远不必为钱所苦，也不因钱受太多诱惑。我要确定约翰在正经的事业上站稳脚跟，有足够的收入，不致负债，能让梅格安舒过活。我不奢望女儿们大富大贵，声名显赫。如果地位、金钱伴随爱情和德行而来，我也会感激地接受，为你们的福分感到高兴。但我凭经验知道，在一间简朴的小屋子里，真正的幸福何其多，每天劳动赚得温饱，生活稍清贫些，反使有限的乐趣更显甜美。梅格白手起家，我也会很满意的，如果我没有看错，她拥有一个良善男子的心，会很富足，这胜过拥有一大笔财产。"

"我明白，妈妈，也相当赞成。但是梅格的事令我失望，我原先计划让她嫁给特迪，余生坐享荣华富贵。这不是很好吗？"乔仰起头问，脸色开朗了些。

"他比她年纪小，你是知道的——"马奇太太还没说完，乔又插话道："只小一点儿。他比实际年龄老成，个子又高。只要他乐意，言谈举止都俨然一个大人。况且他有钱，慷慨，心地善良，还喜欢我们大家。我可得说，我的计划泡汤了，很可惜。"

"恐怕对梅格来说，劳里还不够成熟，而且目前他还像个风向标那样过于摇摆不定，不可靠。别计划这些，乔，就让时间和他们自己的心去撮合吧。这种事情我们不能瞎掺和，而且就像你说的，最好不要把'情爱的无聊事'放在心上，免得玷污了彼此的友谊。"

"嗯，我不会的。我只是不喜欢看到事情纷乱如麻，明明这头拉一下、那头剪一刀，就可以理顺的。如果压一把熨斗在头顶能让我们不长大就好了。但蓓蕾总要开成玫瑰，小猫也会长成大猫——真是可惜！"

"在聊什么熨斗啊猫啊的？"梅格悄悄走进房间问道，手里拿着一封写好的信。

"我和平时一样胡说呢。我要去睡了，来吧，佩姬①。"乔四肢伸展，站起身来，如同解开一个活生生的谜题玩具。

"写得不错，文笔也优美。请替我加上一笔，向约翰致意。"马奇太太将信扫了一遍，交还给她说。

"你叫他'约翰'？"梅格笑着问，天真的目光俯视着母亲的双眼。

"是啊，他近来像儿子一样对待我们，我们非常喜欢他。"马奇太太敏锐地回看一眼。

"那我很高兴，他太孤独了。晚安，亲爱的妈妈。有你在，真是说不出的舒坦。"梅格恬然答道。

母亲给了她十分温柔的一吻。待她离去后，马奇太太带着半满意半惋惜的语气说："她还没爱上约翰，但是不久后会渐渐爱上的。"

---

① 佩姬："玛格丽特"的爱称。

第二十一章
劳里无事生非，乔平息纠纷

第二天，乔神色异样，有个这样的秘密压在心头，难免显得神秘而慎重。梅格看在眼里，却没有费心去打探，她晓得对付乔，最好的办法是反其道而行之，如果不去问，乔定会将事情和盘托出。令她颇感意外的是，乔非但对此默然不语，还显出施恩于人的神气，这无疑惹恼了梅格，她也摆出一副威严而冷漠的态度来回敬，只顾待在母亲身边帮忙。于是乔只得自寻消遣了。马奇太太担下了原本属于乔的护理工作，吩咐困在家中已久的她休息、活动一下，散散心。埃米不在家，劳里是她唯一可投奔的人，平日她喜欢与他做伴，眼下却有些怕他，担心捣蛋成性的劳里劝诱自己说出秘密。

她想得没错，这个爱搞恶作剧的小伙子一发觉有事瞒着他，便打算一探究竟，令乔不堪其扰。他哄骗、戏谑、威逼利诱，甚至责备她；他佯作漠不关心，想乘其不备套出实情；后来他又宣称自己已经知道了，不在乎她讲不讲；凭借着这股毅力，最后他总算弄清楚是梅格和布鲁克先生的事情。老师没有把他当成亲信，这让他愤愤不平，他想设法为受到的冷遇好好反击一下。

此时梅格显然已忘了这件事，正专心致志地准备迎接父亲归来。然而突然间，她内心似乎起了某种变化。这一两天她失去了常态。有人来对她讲话，她会一激灵；有人看着她，她便臊红了脸。她成天不声不响，坐在一边做针线活儿，脸上带着羞怯而烦恼之色。母亲来关心，她总说自己很好，而乔问她，她则默不作答，只请乔不要打扰。

"她嗅到了气息——恋爱的气息——而且很快便陷进去了。大多征兆她都有了——惊悸，焦躁，食不下咽，夜不成寐，待在角落里发闷。有一回我撞见她在唱'溪流①潺潺似银铃'，还有一次她和你们一样称呼他'约翰'，话一出口，她脸红得跟罂粟花似的。我们到底该怎么办呀？"乔看似想力挽狂澜，在所不惜。

"静静等待。不要打扰她，和气些，耐心些，等爸爸回到家，一切都会解决的。"母亲回答。

"有一封你的信，梅格，信口封得很严实。真奇怪！特迪给我的信从来不封口。"第二天，乔分发着从小邮局取来的信件，一面说道。

随后，马奇太太和乔各忙各的，忽听得梅格叫了一声，抬头望去，只见她盯着那封短信，满脸惊恐。

"孩子，怎么了？"母亲喊道，朝她跑去。乔则伸手去夺那张闯祸的信纸。

"大错特错——信不是他寄来的。噢，乔，你怎么能做这种事？"梅格双手掩面，撕心裂肺地哭了起来。

---

① 溪流：英语中"溪流（brook）"与"布鲁克（Brooke）"同音。

"我？！我什么也没做啊！她在说些什么？"乔茫然大喊。

梅格素来温和的眼中燃起怒火，她从衣兜里掏出那张揉皱了的信纸，向乔丢过去，责备说："这是你写的，那个坏小子帮了忙。你俩怎能对我们这么无礼，这么刻薄冷酷？"

乔没有留意她说什么，和母亲一起读起那封信来。信上的笔迹很怪异。

最亲爱的玛格丽特：

　　我再也无法按捺自己的感情，必须在回去之前知晓自己的命运。我还不敢向你的父母说明，但是我想，他们如果知道我们彼此爱慕，一定会同意的。劳伦斯老先生愿意帮我寻个好去处，到时候，我可爱的姑娘，你将赐予我幸福。恳求你暂且不要对家人提及此事，只盼你一句回音，由劳里转达。

你忠诚的约翰

"噢，那个小坏蛋！我对妈妈信守承诺，他就这样报复我。我要去狠狠骂他一顿，再带他过来道歉。"乔嚷嚷着，迫不及待要伸张正义。母亲拦住她，带着鲜有的神情说道："站住，乔，你得先证明自己的清白。你搞的恶作剧可不少，只怕这件事你也有份。"

"妈妈，我保证，我没有！我事前从没见过这封信，根本不知道这回事，绝无半句虚言！"乔如此信誓旦旦，她们便信了。"假如我真的参与了，我会做得比这更好，写一封合乎情理的信。我能想到，你们知道布鲁克先生是不会写出这种东西来的。"她边说边轻蔑地丢开那张信纸。

"这像是他的笔迹。"梅格拿它和手中另一封信比对着，嗫嚅道。

"噢，梅格，你没有回信吧？"马奇太太立刻叫道。

"不，我回了！"梅格又掩起脸来，愧悔无地。

"这下惨了！就让我去把那捣蛋的小子叫来吧，让他说个明白，再教训教训他。不逮住他，我也不得心安。"乔再次向门口冲去。

"嘘！我来处理，这事已经比我想的更严重了。玛格丽特，把来龙去脉告诉我。"马奇太太命令道。她挨着梅格坐下，抓着乔的手却没松开，唯恐她脱逃。

"第一封信是从劳里那儿收来的，他看起来对这事一无所知。"梅格没有抬眼，"我起先很为难，打算对你说的；后来我想到你们非常喜欢布鲁克先生，觉得就算我把这个小秘密保守几天，你们应该也不会介意的。我太傻了，自以为没人知道这件事。想好回信要说什么之后，我感觉自己就像书里头那些遇到同样事情的姑娘。原谅我，妈妈，现在我为自己犯傻付出了代价。我再也没法正眼看他了。"

"你对他说了什么？"马奇太太问。

"我只是说，我年纪太轻，谈这种事还早，还说我不愿瞒着你们，要他告诉爸爸。我说十分感谢他的厚意，但希望暂且与他做长期的朋友，不要逾矩。"

马奇太太笑了，似乎相当满意。乔拍起手来，大笑着高呼："你简直堪比卡罗琳·珀西[①]，她可是谨言慎行的榜样！接着讲，梅格。他怎么回应？"

"他的回信是全然不同的语气，说压根儿没有给我寄过情书，很遗憾

[①] 卡罗琳·珀西：玛利亚·埃奇沃思长篇小说《援助》中的主要人物。

我那顽皮的妹妹乔竟冒用我们的名字。信写得客气又恭敬。想一想,我是多么难堪啊!"

梅格倚靠着母亲,俨然成了绝望的化身。乔在房间里徘徊,口中骂着劳里。忽地她停下脚步,抓起那两封信,细看一番之后,断然说道:"我想这两封信布鲁克先生连见都没见过。两封都是特迪写的,你写的信定是被他藏着,好在我面前沾沾自喜,因为我起初不肯把秘密告诉他。"

"别藏秘密,乔。告诉妈妈,免得遭殃,我也该这么做才对。"梅格告诫说。

"哎呀,孩子!是妈妈告诉我的啊。"

"行了,乔。我来安慰梅格,你去找劳里来。我要把事情彻底查清楚,让这种恶作剧到此为止。"

乔跑出门去,马奇太太将布鲁克先生真实的心意轻声告诉梅格。"那么,亲爱的,你自己的意思如何呢?你有多爱他?愿意等到他有能力为你建立家庭的那一天吗?还是暂时保持自由身?"

"我太害怕、太为难了,很长一段时间内——没准永远,我都不想谈任何关于恋爱的事情了。"梅格没好气地说,"如果约翰真的对这场闹剧毫不知情,那就别告诉他,让乔和劳里守口如瓶。我不会再受骗、受苦、受作弄了——真不像话!"

梅格平日里性情温顺,这次恶作剧不仅惹恼了她,也伤了她的自尊心,马奇太太安慰着她,答应她会三缄其口,不再提及此事。门厅里响起劳里的脚步声,梅格一溜烟跑进书房去,留下马奇太太独自接见这个罪魁祸首。乔怕他不肯来,没有告诉他找他所为何事,但他一见马奇太太的脸色便明白了,他站在她对面,手上捻着自己的帽子,愧疚的神情已即刻认了罪。乔听命退出去,却像个哨兵似的留在门厅里来回踱步,仍有些担心犯人逃走。客厅内的谈话声忽高忽低持续了半个钟头,然而谈了些什么,两个姑娘一无所知。

她们被唤进去时,劳里正站在她们的母亲身边,一脸悔意,乔当下生了宽恕之心,只是她觉得不宜流露。他低声下气地道歉,梅格接受了,也很欣慰他担保布鲁克先生对这场玩笑毫不知情。

"我到死都不会告诉他的——从我嘴里决掏不出半个字来。你就原谅我吧,梅格,为表达十二万分的歉意,我什么都愿意做。"他一副羞愧难当的样子。

"我尽量。但这实在非君子所为。想不到你竟会这样狡猾作恶,劳里。"梅格严词斥责,想以此掩饰少女困惑的情怀。

"这事的确恶劣极了,你一个月不跟我说话也是我罪有应得。不过你不会不理我的,对吗?"劳里十指交握,苦苦哀求,动听的语调叫人狠不了心,尽管他先前行径可鄙,此刻她们也无法再对他横眉竖眼了。梅格原谅了他,马奇太太仍竭力保持严肃,听他表明自己愿将功补过,又见他在伤心的姑

娘面前低三下四的,她凝重的脸色也宽弛下来。

而乔站得远远的,想要对他硬起心肠来,却只能板起面孔,怫然作色地望着他。劳里看了她一两次,见她毫无怜悯之意,不由感到委屈,便转身背对她,直到同梅格和马奇太太说完话,才向她深深鞠躬,一言不发地离去了。

他一走,乔便后悔自己没有更宽厚些,梅格和母亲上楼后,她更觉孤单,反倒想起劳里来了。迟疑了一会儿,她按捺不住冲动,拿起一本书,借还书之名,跑到大宅子门前。

"劳伦斯老先生在家吗?"乔问下楼来应门的女仆。

"在的,小姐。不过我想他现在不方便见客。"

"为什么?他病了吗?"

"唉,不是的,小姐,他和劳里先生吵了一架。劳里先生似乎是为了什么事使性子,惹得老先生不高兴,所以我不敢走近他。"

"劳里人在哪儿?"

"他把自己关在房间里,我敲门敲了好久他也不理睬。我不知道午餐要怎么办,都做好了,却没人吃。"

"我去看看怎么一回事。他们两个我都不怕。"

乔上楼走到劳里的小书房前,利落地敲了敲门。

"别敲了,否则我开门逼你住手!"门里那位年轻先生语带威胁地大喊。

乔立刻又重重敲了几下,房门猛地打开,不等诧异的劳里回过神来,她便闪进房间。见劳里果真大发脾气,乔懂得如何治他,她作出一副悔恨的表情,戏剧性地双膝跪地,温顺地说:"请原谅我刚才那么生气。我是来讲和的,讲不成我就不走。"

"没事的。起来吧,别像个傻瓜一样,乔。"乔的请求得到这句轻慢的回答。

"谢谢，听你的。可以问问出了什么事吗？你看起来心里不痛快。"

"他使劲摇晃我，我咽不下这口气！"劳里愤然吼道。

"谁？"乔追问。

"爷爷。假如是别人，我早就——"这个委屈的少年右臂使劲一挥，没有往下说。

"这又没什么，我常常摇晃你，你也不在意啊。"乔劝慰道。

"嗐(hài)！你是女孩子，而且只是闹着玩。但我不准男的摇晃我。"

"如果你的老脸上像现在这样阴云密布，我看没人想惹你的。你爷爷为什么这么对你？"

"就因为我不肯告诉他你妈妈为了什么事找我。我答应了不说，当然不能食言。"

"你就不能用别的法子让爷爷宽心吗？"

"没法子，他要听'事实，完整的事实，绝不掺假的事实'①。如果可以不把梅格供出来，只讲自己干的蠢事，我也就讲了。既然行不通，我只好一声不吭，硬着头皮挨骂，后来他老人家竟过来揪住我的衣领。这下我可发怒了，赶紧扭头跑开，生怕压不住火气。"

"这样不好，但是我想他一定后悔了。下楼去讲和吧。我来帮你的忙。"

"我死也不会去的！我不愿为了区区一个玩笑，去每个人面前挨训受罚。我对梅格过意不去，也像男子汉那样去道了歉。但这回我不会道歉的，又不是我的错。"

"可他不知道啊。"

---

① 引自美国法庭证人出庭时的誓词。

"他应该信任我,而不是把我当个小娃娃。没用的,乔。他得明白我能顾好自己,不需要牵着谁的裙带走路。"

"真是驴脾气!"乔叹了一口气,"那你准备怎么解决呢?"

"嗯……他应该来道歉,我说没法把我们争论的事情告诉他,他就该相信我。"

"喔唷!他不肯的。"

"那我就不下楼。"

"好了,特迪,理智点儿。就让事情过去吧,我去尽力解释解释。你总不能老待在这儿吧,小题大做又有什么意义呢?"

"我没打算在这儿久留。我会逃出去,找个地方旅行。等爷爷想我了,他很快就会回心转意的。"

"我也是这样想的。不过你不该一走了之,让他担心。"

"别说教了。我要到华盛顿去见布鲁克先生,那里很好玩,这一番费力劳心之后,我得去乐一乐。"

"那该多有趣呀!真希望我也能溜去!"首都军旅生活的画面跃然眼前,乔霎时忘了自己是"劝解者"。

"那就去啊!犹豫什么?你去给你爸爸惊喜,我呢,去吓吓亲爱的布鲁克先生。真是个绝妙的玩笑,走吧,乔!我们留一封信报平安,然后立刻动身。旅费我有。这对你有利无弊,毕竟你可以去看望爸爸。"

一时间乔看起来就要答应了,这个计划虽然欠考虑,却正合她的心意。她已厌倦了深居简出、照护病人,渴望换换环境,想到爸爸,又想到充满新奇魅力的军营与医院,自由而有趣的生活诱惑着她。她满怀憧憬望向窗外,双眼闪闪发光,然而视线落在对面那座老房子上,她带着悲忧的决心摇了摇头。

"假如我是男孩，我们就一起逃跑，玩个痛快；但我是个可怜的女孩子，只能安分些，待在家里。别怂恿我了，特迪，这个计划太疯狂了。"

"这就是乐趣所在啊！"劳里兴头正盛，一门心思想要冲出樊笼。

"别说了！"乔捂住耳朵嚷道，"'循规蹈矩①'就是我的命运，我还是认命的好。我是来这儿讲道理的，不是来听一些想想就激动的事情。"

"我知道梅格一定会对这种提议泼冷水，我还以为你更有胆气呢。"劳里旁敲侧击。

"坏孩子，住嘴吧。坐下来反省你自己的过错，不要使我罪上加罪了。如果我能请你爷爷来向你道歉，你是不是就不想逃家了？"乔正色问道。

"是啊，但你办不到的。"劳里回答。他也希望"讲和"，又觉得自尊心受损，得先消消气才行。

"我对付得了小的这位，对付那位老先生也不在话下。"乔喃喃自语着走开去。劳里留在房里，在一张铁路图跟前双手支颐(yí)。

"进来！"乔叩门的时候，劳伦斯老先生低沉的嗓音比往常更低。

"是我，先生，来还书的。"她进门，平和地说道。

"还要借别本吗？"老先生绷着脸，似乎带着些怒气，只是竭力不露声色。

"要，谢谢。我太喜欢老萨姆②了，想借第二卷读读看。"乔希望通过

---

① 循规蹈矩：原文为"Prunes and prisms"，原意为"梅干和棱镜"，出自查尔斯·狄更斯小说《小杜丽》。在《小杜丽》中，杰纳勒尔太太以词语教授小杜丽练习嘴形，如爸爸（papa）、土豆（potatoes）、家禽（poultry）、梅干（prunes）和棱镜（prism）。"梅干和棱镜"后引申为"塑造举止，装腔作势"，也可以表"循规蹈矩"。

② 老萨姆：此处指英国作家、文学评论家、诗人塞缪尔·约翰逊（1709—1784），因历时九年编成《英语大辞典》（即《约翰逊字典》）而闻名。

借阅"鲍斯韦尔[①]"所著的《约翰逊传》第二卷,以此奉承老先生,因为这部妙趣横生的作品正是他推荐的。

老先生粗浓的眉毛稍稍舒展了些,他把书梯推到摆放约翰逊文学的那个书架前。乔跃上书梯,在梯顶坐下,佯装找书,心中却琢磨着如何表明来意才不致火上浇油。劳伦斯老先生似乎察觉出她正酝酿些什么,他在房间里快步绕了几圈之后,突然回头对她发话,惊得她失手将《拉塞拉斯》[②]面朝下掉落在地。

"那孩子干了什么事?哎,别想着袒护他!看他回家时那副腔调,我就晓得他一定惹是生非了。我问不出一个字来,后来就摇晃他,想逼他说出真相,结果他却奔上楼把自己锁在房里了。"

"他确实做错了事,可是我们原谅他了,也都保证不对任何人泄露一个字。"乔含糊其词。

[①] 詹姆斯·鲍斯韦尔(1740—1795):英国作家,现代传记文学的开创者。《约翰逊传》为其最著名的作品,此书内容翔实,描写生动,被公认为英语传记文学经典之作。
[②] 《拉塞拉斯》:塞缪尔·约翰逊所著哲理小说,讲述主人公拉塞拉斯王子在游历中追寻幸福的故事。

"这可不成，你们几个姑娘心肠软，他不能靠你们的保证蒙混过关。如果他做了什么不对的事，就该认错、道歉、受罚。说出来吧，乔！我不想被蒙在鼓里。"

劳伦斯老先生如此疾言厉色，乔恨不得拔腿就跑，然而她正高高地坐在书梯上，他站在跟前，如猛狮当道，她只得勇敢面对。

"真的，先生，我不能说，妈妈不准。劳里已经认过错，道过歉，也受了不少惩罚。我们不往外说，不是为了袒护他，是为护着另一个人，要是您再追究，只怕会节外生枝。请不要过问了，我也有错，不过现在没事了。我们还是忘了它，来聊聊《漫步者》①之类高兴的事吧。"

"让《漫步者》见鬼去吧！下来给我个准话，我那冒失的小子没做什么忘恩负义或者不礼貌的事吧？要是他做了你们却宽待他，我可要亲手揍他一顿。"

这番威胁的话听来可怕，但没有吓倒乔，她知道这个性情暴躁的老人家无论嘴上如何逞强，也决不会动他孙子一根毫毛。她顺从地走下梯子，把这件恶作剧的事轻描淡写讲了一遍，既没有提及梅格，也没有背离实情。

"嗯嗯……哦，如果那孩子守口如瓶是因为答应了你们，而不是脾气犟(jiàng)，我就饶了他吧。他是个固执的小子，不好管教。"劳伦斯老先生边说边揉乱了自己的头发，看上去像是被一阵大风掠过，紧锁的眉头也在宽慰中解开了。

"我也一样，没人能管住我，除非好言相劝。"乔设法为她的朋友讲

---

①《漫步者》：塞缪尔·约翰逊在1750—1752年间出版的期刊，至少包含其所作散文208篇，涉及宗教、文学、政治等主题。

一句好话,他今天似乎祸不单行。

"你觉得我对他不好,嗯?"老先生答得很犀利。

"哎呀,不是的,先生。您有时候对他太好了,只有他做的事考验您耐心的时候,您脾气才急了一点儿。您说是不是?"

乔决定把话说开,她努力保持镇定,壮着胆子说完后,还是哆嗦了一下。令她大为惊异而又安心的是,老先生只是把眼镜啪地往桌上一扔,坦然高呼:"你说得对,孩子,的确如此!我爱那孩子,但这回他叫我忍无可忍了,我不知道这样下去该如何收场。"

"我告诉您吧——他要逃走。"话一出口,乔便后悔了。她本意是想提醒他劳里受不了诸多约束,希望他对那小伙子更宽宏大量些。

劳伦斯老先生脸上迅即失了血色,他坐下来,忧虑地望了一眼挂在桌子上方的相片。相片上的英俊男子是劳里的父亲,他年轻时违背老先生专断的意愿,离家出走结了婚。乔猜想老先生正忆及往事而悔不当初,直恨自己口快了。

"他不会真这么做的——除非窝火极了,他只有读书读得厌烦时才偶尔说说这吓唬人的话。我亦常想着逃走,尤其在剪了头发之后。所以,如果我们不见了,您可以登两个男孩的寻人启事,再到开往印度的轮船上找找。"

她边说边笑,劳伦斯老先生如释重负,显然把这一切当作玩笑话。

"你这鬼丫头,怎么敢说这种话?你对我的尊敬上哪儿去啦?你良好的教养上哪儿去啦?祝福孩子们!孩子们真折磨人,但是少了他们又不行。"说着,他愉快地捏了捏她的脸颊。

"去带那孩子下来吃饭吧,告诉他没事了,劝他见了爷爷不要哭丧着脸,我可看不下去。"

"他不会来的,先生。他心里难受,因为他说没法泄密的时候,您不相信他。我想您的'摇晃'使他伤心了。"

乔尽力装出可怜样,想必是没有装好,因为劳伦斯老先生笑了起来,她见状便知大功告成了。

"我也过意不去,我看,还得谢谢他没有以牙还牙。那小子究竟想要怎么样?"老先生像是对自己的急躁有些惭愧。

"先生,换作是我,我会写封道歉信给他。他说等不到道歉他就不下楼,还提到华盛顿,说了些荒腔走板的话。我想,一封正式的道歉信能叫他明白自己有多傻,然后心平气和地下楼来。试试吧,他喜欢找乐子,这种方法比谈话更好。我把信送上去,再给他讲讲做人的道理。"

劳伦斯老先生敏锐地看了她一眼,戴上眼镜,悠悠地说道:"你这狡猾的丫头!我倒是不介意受你和贝丝的摆布。来,给我一张纸,我们把

这桩无谓的事了结了吧。"

这封信上的内容,是一位绅士深深冒犯了另一位之后会写的话。然后乔在劳伦斯老先生谢顶的脑袋上亲了一下,跑上楼,把道歉信从劳里房门下的缝隙塞了进去,透过锁眼对屋里讲话,劝劳里要听话,要识礼,还讲了些别的知易行难的道理。她发现门又反锁着,便让那封信去起作用,转身静静往楼下去了。谁知不一会儿,这位年轻绅士便沿着楼梯扶手一滑而下,先于她来到楼下,脸上带着最驯良的表情。"真够意思,乔!你有没有挨骂?"他笑着说。

"没有,总的来说,他挺和气的。"

"啊!我真是四面受敌!连你都把我晾在那儿……我刚才觉得自己只剩死路一条了。"他语带歉意。

"特迪,别这么说,翻开新的一页,重新开始吧,孩子。"

"我不断翻开新的一页,又糟蹋了它,就像我常常糟蹋抄写本。我一次次重新开始,从来都是有始无终。"他忧闷地说。

"去吃饭吧,吃饱了会觉得好些的。男人在肚子饿的时候总爱发牢骚。"说罢,乔从前门溜之大吉。

"这是对我们男心(性)的折烂(责难)。"劳里一面模仿埃米说话,一面孝顺地去和祖父共进午餐,言归于好。后半天,祖父和蔼得像圣人一般,举止也彬彬有礼。

　　大家都以为阴云散去，此事已了。然而祸根已经埋下，纵使其他人把事情忘了，梅格却念念不忘。她从不谈及那个人，内心却对他十分惦记，做梦也比以前多了些。有一天，乔在姐姐的书桌里翻找邮票，偶然发现一张纸条，上面涂满了潦草的字——约翰·布鲁克夫人。她当即惨叫出声，把纸条扔进了火炉，心知劳里的恶作剧使她的倒霉日子迫近了。

第二十二章
可爱的草地

如雨过天晴，其后的几星期祥和无事。两个病人恢复得很快。马奇先生开始计划在新年年头回家。没过多久，贝丝也能整天在书房的沙发上坐卧了，起初只逗玩那几只心爱的猫儿，后来又拾起延宕已久的针线活儿，为洋娃娃缝制衣物。她原本灵活的手脚现在僵软无力，所以乔每天以矫健的双臂搀扶着她，在家附近走走，透透气。梅格不惜弄脏甚或烫伤自己那双玉手，为"小可爱"烹调美味佳肴。埃米呢，对那只戒指的提醒恪守不渝，捧出自己的宝物分送给姐姐以庆祝还家之喜，还极力劝说她们多收几样。

圣诞节将近，家中一如往年为神秘气氛所笼罩。乔为纪念这个异常快乐的圣诞节，时不时提出一些天马行空的欢庆仪式，令家人捧腹不已。劳里也是一样不切实际，照他的意思，还应该生篝火，放烟花，搭几道凯旋门。兴致勃勃的两人经过多次争论与冷战，似乎热情已熄，走到哪儿总耷拉着面孔，然而两人凑到一起时，脸上又绽开笑容。

　　接连几日天气格外和煦,正适合迎接圣诞佳节。汉娜"从骨子里感到这一定是非同寻常的良辰吉日"。她俨然先知,这一天果真人人满意,事事顺利。先是马奇先生来信说他很快将与她们团聚;然后当天早晨,贝丝感觉神清气爽,穿着妈妈送的柔软的深红色美利奴羊毛外衣,被神神气气地背到窗前,观赏乔和劳里奉上的礼物。这两人绝非三分钟热度,他们使出浑身解数,像精灵般连夜劳作,变出一道滑稽的奇观来。只见花园中耸立着一尊高大的雪姑娘,头戴冬青花环,一手提花果篮,一手握新乐谱,冰肌雪肤的肩膀上围着一条七彩针织毛毯,还有一首写在粉色纸带上的圣诞颂歌,在唇间飘扬——

少女①致贝丝

祝福你,亲爱的贝丝女王!
愿你万事如意,不再哀伤;
值此圣诞之日,衷心希望
你常葆平安、幸福与健康。

水果献给勤劳蜜蜂品尝,
花朵为她带去馥郁芬芳;
乐谱化作钢琴音符流淌,
毛毯覆上脚趾扫尽寒凉。

看啊,这一幅乔安娜肖像,
由拉斐尔二世②挥毫纸上,
精雕细刻费尽许多心肠,
直画得那娃娃活色生香。

红红丝带一条,恳请笑纳,
来装点喵喵小姐的尾巴。

---

① 少女:原文为"JUNGFRAU",亦可指阿尔卑斯山少女峰。
② 拉斐尔二世:此处指埃米,见第四章。

好佩格[①]*做了冰激凌一桶——*
似小小勃朗峰屹立其中。

我的创造者将深情厚意
以白雪糅合，埋入我心底：
请收下高山少女这情意，
来自你的乔与你的劳里。

贝丝见了这番景象，笑得合不拢嘴。劳里跑来跑去将礼物送进屋，乔呈上礼物时又说了不少好笑的话。

"我快乐极了，如果爸爸在这里，就幸福满溢了。"贝丝心满意足地叹道。在大家一阵兴奋过后，乔把贝丝背到书房休息，让她吃一些"少女"送的甜美葡萄。

"我也是。"乔说着拍了拍衣兜，里头塞了那本她渴望许久的《水妖及辛特拉姆》。

"我想我也一样。"埃米应和道。她正研究着镶在精美画框中的《圣母与圣婴》雕版画，那是妈妈送给她的。

"我当然也是。"梅格叫道，一面轻抚她生平第一条丝绸连衣裙的银色褶裥。劳伦斯老先生执意要送这条裙子给她。

"我又何尝不是？"马奇太太感激地说着，目光从丈夫的来信移到贝丝的笑脸上，一手摩挲着一枚由灰、金、栗、深棕四色发丝编成的胸针，女儿们刚刚把它别上妈妈的胸口。

---

① 佩格："玛格丽特"的爱称。

偶尔，在这平凡世间，也会发生故事书里写的那种喜事，带给人莫大的安慰。半小时前，大家正说着自己多么快乐，只差一件事便幸福满溢，那件事此刻成真了。劳里推开客厅房门，静悄悄地探头进来。他倒不如翻一个筋斗，或呼一声印第安人的战吼，因为他脸上满是难掩的兴奋，嗓音也透露着欢愉，大家见状都跳了起来，虽然他只是气喘吁吁、语调诡异地说了一句："还有一份圣诞礼物要送给马奇家。"

话音未落，劳里已被拉到一边，刚才站立的地方出现一个高个子男人，全身上下裹得只露出半张脸，另一个高个子男人用手臂扶持着他，想说些什么又觉语塞。家人自然一拥而上，一时间似乎都忘乎所以，举止失常，谁都说不出一句话来。马奇先生淹没在四对臂膀的热情拥抱中。乔失了仪态，差点儿晕倒，被劳里扶进瓷器储藏室救护。布鲁克先生竟吻了梅格，他语无伦次地解释说完全是不小心。一向端庄的埃米被凳子绊了一跤，顾不得爬起来，搂住父亲的靴子，哭得令人动容。马奇太太是头一个镇定下来的，她抬起手提醒道："嘘！别忘了贝丝！"

话说得太迟了，书房门猛地打开，那件红色小外衣出现在门口——喜悦为虚弱的四肢注入气力——贝丝径直奔向父亲的怀抱。之后发生了什么已无关紧要，那一颗颗心洋溢幸福，洗尽了过往的苦楚，独留今日的甜蜜。

说来一点儿也不浪漫，是一阵哄堂大笑使众人回过神来，因为她们发现汉娜站在门后，手捧一只肥硕的火鸡抽抽搭搭，她从厨房冲出来时忘了把火鸡放下。笑声平息后，马奇太太开始向布鲁克先生道谢，感谢他悉心照顾她的丈夫。布鲁克先生这才想起马奇先生需要休息，于是一把拽过劳里，匆促告退。家人便嘱咐两个病人去休养身体，结果他们俩同坐在一张大椅子上，一个劲地聊天。

马奇先生说着自己渴望给她们惊喜，医生准许他趁着近日的好天气

回家,布鲁克先生为他尽心尽力,着实是个正直而可敬的年轻人。说到此处,马奇先生停顿片刻,先瞥了梅格一眼,她正使劲拨着炉火。随后他又挑了挑眉毛,探询似的望向妻子。马奇太太轻轻点了点头,相当突然地问他想不想吃点儿东西。个中意味,且留待读者诸君体会。乔看懂了父母的眼色,悻悻然走开去拿葡萄酒和牛肉汤,她砰地关上门,喃喃自语道:"我讨厌可敬的褐色眼睛年轻人!"

他们这天的圣诞午餐,真是前所未有的愉快。那只肥硕的火鸡肚内填满馅料,烤得金黄,装饰精美,汉娜端上桌时大家叹为观止。

葡萄干布丁也是色味俱佳，入口即化。果冻同样美味，埃米大快朵颐，像一只掉进糖罐的蚂蚁。谢天谢地，每道菜都适味可口，汉娜说："太太，我脑袋乱了套，能把菜做好还真是奇迹，没有把布丁拿去烤，也没有把葡萄干塞进火鸡包上布端去蒸。"

劳伦斯老先生和孙子与他们共进午餐，布鲁克先生也在——乔阴沉沉地瞪着他，劳里在一旁看得乐不可支。餐桌上座并排摆了两张安乐椅，坐着贝丝和父亲，两人稍许吃了些鸡肉和一点点水果。他们举杯互祝健康，讲讲故事，唱唱歌，还像老人家说的那样"话话当年"，相聚甚欢。姑娘们原先计划去滑雪橇，因不舍离开父亲而作罢，于是几位客人早早告辞。暮色四合，幸福的一家人围坐在火炉边。

大家谈天说地许久，停顿了一会儿，乔打破沉默问："就在一年前，我们还为了等待一个沉闷的圣诞节而发牢骚呢。你们记得吗？"

"这一年大致上还算愉快！"梅格含笑看着炉火说道，庆幸自己面对布鲁克先生未失体统。

"我觉得这是挺不容易的一年。"埃米若有所思，望着手上明晃晃的戒指说。

"我很高兴今年过去了，因为我们把你盼回来了。"坐在父亲膝上的贝丝轻声说道。

"你们走过了一条相当崎岖的路，小朝圣者们，特别是后半段。但你们仍勇敢前进着。我想那些重担很快就可以卸下了。"马奇先生面带慈父的欢喜之色，看着聚在身旁那四张稚嫩的脸庞。

"你怎么知道的？妈妈告诉你的吗？"乔问。

"倒也不是。草动知风向嘛，我今天还发现了几件事呢。"

"噢，给我们说说是什么事！"坐在他身边的梅格叫道。

"这里就有一件！"父亲将搭在他椅子扶手上的那只手托起，指指磨粗了的食指、手背上的一道烫痕还有掌心两三处小小的茧，"我记得这只手以前雪白柔嫩，你最关心的就是如何保护它。那时它很漂亮，然而在我看来，现在漂亮多了——从表面的瑕疵里，我读出一点儿故事来。一次燔（fán）祭烧走了虚荣心；长茧的手心得到的不只是水疱；这些扎伤过的手指缝出来的东西，一定分外经久牢固，一针一针饱含善意。梅格，我亲爱的，比起一双纤纤玉手或一些时髦的才艺，我认为能让家庭幸福的持家本事更加重要。握着这只勤劳善良的小手，我感到骄傲，希望暂时不会有人要我放开这只手。"

如果说梅格日夜辛劳想获得什么回报，在父亲深情紧握的手中，在他赞许的微笑中，她已得偿所愿。

"那乔呢？也说她几句好话吧。她那么努力，又对我特别特别好。"贝丝附在爸爸耳边说。

爸爸笑了，向坐在对面那个高挑的女儿望去，她脸上显出难得的柔情。

"那一头鬈发虽然剪得短短的，但一年前我辞别的那个'男孩乔'已经不见了。"马奇先生说，"我只看见一位小淑女，衣领扣得整整齐齐，靴带系得利利落落，不吹口哨，不说粗俗的字眼，也不躺在地毯上，和以前的她不一样了。现在，因为看护病人而忧心忡忡，她的脸蛋消瘦苍白了些，但是我喜欢看这张脸，它变得更温润了，她说话的声音也更轻柔了。她不再跑跑跳跳，走路安安静静的，还像母亲那样照顾着一个小人儿，真叫我高兴。我挺想念我的野丫头，可是有一个坚强温厚、乐于助人的女性取而代之，我也觉得很满意了。我不知道我们的小黑羊①是不

---

① 小黑羊：原文为"black sheep"，英语习语，意指家中的异类。

是因为剪了毛而变得温驯,但我知道,走遍华盛顿,也找不到一样足够好的东西,值得用我心爱的女儿捎来的二十五块钱去换。"

乔神采奕奕的双眼有点儿模糊了,消瘦的脸孔在火光中泛起红晕,她接受了父亲的称赞,觉得确实有一部分是自己当得起的。

"接着是贝丝了。"埃米说。她盼着轮到自己,不过她愿意等。

"关于贝丝没什么要说的,我不敢多说,怕她一溜烟跑走,虽说她已不像以前那么怕羞了。"父亲欢快地说着,想起自己险些失去她,便抱紧她,用脸颊贴着她的脸颊,温柔地说,"你平安地在我身边了,我的贝丝,我要让你永远平平安安的,老天保佑。"

片刻静默之后,他低头看着脚边矮凳上的埃米,伸手轻抚她光亮的头发,说道:"我注意到埃米吃饭时只拿了鸡小腿,把肥美的肉让给别人,一下午都在帮妈妈打杂,晚上把座位让给梅格,而且耐心又和气地服侍大家。我还发现她既没有愁眉苦脸,也没有忙着照镜子,甚至连手上戴着一只很漂亮的戒指也提都没有提呢。所以我断定,她已经懂得多为别人着想,少考虑自己,决心像做那些小小泥塑一样,试着认真塑造自己的品格。对此我感到高兴,我自然该为她的优美雕塑作品骄傲,而令我骄傲至极的,是这个可爱女儿有能力让自己和别人的生活更加美好。"

埃米谢过爸爸,又对他讲了这戒指的来历。"贝丝,你在想什么呀?"乔问。

"今天我在《天路历程》里读到一段,说人们历经千难万险之后,来到一片可爱的草地,草地上百合常年盛开,他们在那里快乐地安歇,就和我们现在一样,然后再继续走向旅途的终点。"贝丝答道。她悄然离开爸爸的怀抱,款款走向钢琴,接着说:"唱歌时间到了,我想要待在老地方。我试试唱那人们听到牧童唱的歌。我为爸爸谱了曲,因为他喜欢那段歌词。"

于是,贝丝在心爱的小钢琴前坐下,轻触琴键。家人曾以为再也听不到她甜美的歌声,此刻随着她的伴奏,那歌声唱出一首古雅的赞美诗,一首格外适合她的歌。

第二十三章
马奇叔婆解决难题

第二天，如同蜜蜂簇拥着蜂王，母女几个绕着马奇先生打转，万事不管，只顾看着他，侍奉他、听他讲话，这位新来的病人简直要被宠坏了。他坐在大椅子上，抵着贝丝坐的沙发，另外三个女儿挨在他身边，汉娜不时探头进来"偷看这好人"，他们的快乐似乎无以复加了。可还是缺少些什么，家中年长一些的都觉察到了，只是无人说破。马奇夫妇目光紧跟着梅格，又面带焦虑彼此对视。乔突然脸色阴沉下来，只见她对着布鲁克先生遗留在门厅的雨伞挥了挥拳头。梅格则是魂不守舍，羞答答，静悄悄的，听到门铃响便会一激灵，有人提到约翰的名字她就脸红。埃米说："大家好像都在等待着什么事，静不下心来，真奇怪，爸爸明明已经平安回家了。"天真的贝丝纳闷儿，为什么邻居不像平日那样来探访。

下午劳里路过，见梅格在窗前，顿时戏瘾大作，在雪地中单膝跪下，捶胸扯发，双手恳切地互握，像是在求什么恩惠。梅格叫他知趣些，快走开,他又假装从手帕里拧出几滴泪,步履蹒跚地绕过屋角,一派万念俱灰的样子。

"这个傻瓜是什么意思呀?"梅格大笑道,一面装出懵懂的神气。

"他在演给你看,你的约翰以后会怎么做。很感人,对吧?"乔轻蔑地回答。

"不要说'我的约翰',这不像话,也不是事实。"话虽如此,梅格的声音却慢条斯理地说出这四个字,似乎在她听来很悦耳,"拜托别折腾我了,乔。我已经告诉过你,我对他没有多少兴趣,这事没什么可说的,我们大家都很要好,还会和以前一样继续做朋友。"

"不可能了,有些话已经说出口了,劳里的恶作剧把我眼里的你给毁了。我心知肚明,妈妈也是。你一点儿也不像原来的你了,好像离我非常遥远。我不想折腾你,也会像男子汉一样隐忍,但我由衷希望尘埃落定。我讨厌等待,如果你有心做决定,事不宜迟,赶快了结了吧。"乔赌气说。

"他没开口之前,我可是什么都不能说、不能做啊。但他不会开口的,因为爸爸说我年纪太轻了。"梅格低头做起针线活儿来,脸上露出一抹奇特的微笑,暗示着在这件事上她不怎么赞同父亲的看法。

"如果他真的开了口,你一定不知道说什么才好,只会哭鼻子或羞红脸,要不就是听他摆布,没办法毅然决然说一个'不'字。"

"我才不像你想的那么笨、那么懦弱哩。我知道自己该说什么,都计划好了,以免措手不及。谁都不知道会发生什么事,我希望做好准备。"

梅格无意间摆出一副郑重的神情,楚楚动人,脸颊上升起的两朵红晕也煞是好看,乔不禁失笑。

"你愿意把打算说的话告诉我吗?"乔问得恭敬了些。

"当然愿意。你已经十六岁,够当我的知己了,将来你遇到这种事,我的经验也许有用。"

"我可不想有这种事。看别人风花雪月挺有意思,但若换成自己,我会觉得像个傻子的。"乔看起来被梅格的话吓了一跳。

"我想不会的,如果你很喜欢一个人,而他也喜欢你的话。"梅格像是在说给自己听。她朝窗外那条小径望去,夏天的暮色中,小径上时常能看到双双对对散步的情侣。

"你不是要把想对那个人讲的话告诉我吗?"乔无礼地说道,打断了姐姐短暂的遐想。

"哦,我只会平静又坚决地说:'布鲁克先生,谢谢你一片厚意,不过我同意家父的话,我年纪还太轻,暂时不适合订下终身。所以请不要再说了,我们还是和以前一样做朋友吧。'"

"哼!真够冷酷无情的。我不信你会这么说,就算说了,他也一定不会善罢甘休。如果他像书里那些遭拒的情人一样纠缠,你就会让步,不愿伤他的心了。"

"不,不会的!我会告诉他我心意已决,然后端庄地走出客厅。"

说着,梅格站起身,正要预演端庄离去的动作,忽听得门厅里传来一阵脚步声,她立马折返原位,又做起活计来,仿佛要赶在限期前拼命缝好那一道缝口。乔见了这突然的转变,只得憋住笑,等听到有人轻轻敲门,便拉长了脸把门打开,全无待客之意。

"下午好,我是来拿伞的——也来看看你们的父亲今天状况如何。"布鲁克先生说着,视线从这一张脸转到另一张脸上,两张脸都透露着心事,他心生些许困惑。

"伞很好,爸爸在架子上,我去把他拿来,告诉它你来了。"乔把爸爸和雨伞讲混了,答完便匆忙溜出客厅,好让梅格说出那段准备好的话,展现她的端庄。然而她前脚刚走,梅格也悄悄走向门口,低语说:"妈妈见到你会很高兴的,请坐,我去叫她。"

"别走。你是怕我吗,玛格丽特?"布鲁克先生一脸伤心的神色,梅格自觉非常鲁莽。她的脸涨红到额前一绺鬈发的发根,他从不曾直呼过她的名字,她惊讶地发现,听他这么称呼,感觉如此自然而甜蜜。她急于显出友好坦然的样子,于是带着信任的意思伸出手来,感激地说:"你对爸爸这么好,我怎么会怕你呢?我只希望能好好谢谢你。"

"我告诉你怎么谢好吗?"布鲁克先生问,一面把那只小手紧紧握在他的一双大手里,低头看着梅格,褐色的眼睛含情脉脉,梅格的心怦怦直跳,她既想逃走,又想留下来听个分明。

"噢,不,请不要说——我宁愿你不说。"她试图将手抽回来,虽不愿承认,却显得很惧怕。

"我不会烦扰你,只想知道你对我是否有一丝好感,梅格,我是那么爱你,亲爱的。"布鲁克先生温情地说。

此刻正应说出那段平静而得体的话了,而梅格没有说,她一个字都不记得了,只低下头说:"我不知道。"声音细若游丝,约翰俯下身来,才听见这简短而傻气的回答。

他似乎觉得费力听到这句回答很值得,他暗自微笑,仿佛心满意足,感激地握了握那只圆润的小手,以最动人的语气说:"你能试着想想吗?我非常想知道你的心意,不弄清楚最终能否如愿以偿,我工作起来也魂不守舍的。"

"我还太年轻。"梅格嗫嚅道,奇怪自己为什么如此心旌摇曳,却又觉得沉醉。

"我愿意等。与此同时,你也可以学习喜欢我。这门功课会很难吗,亲爱的?"

"如果我决定学的话就不难,可是——"

"请你决定学吧,梅格。我很乐意教,而且这功课比德语要简单。"

约翰打断她的话，又执起她的另一只手，这样他倾身看她的脸，她就无法以手掩面。

他的语气恳恳切切，梅格羞涩地偷看一眼，只见他的目光欢愉而又温柔，露出那种胜券在握的满足的笑容。这笑容惹恼了梅格，安妮·莫法特那一套欲就还推的愚蠢招数浮现在她脑海，沉睡在这个乖巧小妇人心中的控制欲突然苏醒过来，支配着她。她感到激动不安，不知如何是好，一时冲动之下缩回了双手，使性子说："我不想决定，请走开吧，别管我！"

可怜的布鲁克先生仿佛眼看着迷人的"空中楼阁"轰然坍塌，他不曾见过梅格这样大发脾气，只觉大惑不解。

"你这话当真吗？"他见她转身离开，便追上去急切地问。

"是的，当真。我不想为这种事烦恼。爸爸说我不必烦恼，为时过早，我也宁愿不去多想。"

"我可以希求你以后改变主意吗？我愿意等，什么都不说，给你更多时间。不要戏弄我，梅格。我想你不是这样的人。"

"什么都别想，我宁可你不要想到我。"梅格考验着恋人的耐心，也控制着局面，得到一种调皮的满足感。

此时的他脸色凝重苍白，显然更像她欣赏的那些小说主人公了。不过他没有和他们一样用手拍脑门儿或是在屋中徘徊，只是站在那里望着她，那么惆怅，那么温柔，竟使她不由自主地心软下来。要不是马奇叔婆在这有趣的时刻一瘸一拐地走进来，很难说接下来会发生什么。

老太太忍不住想见见侄子。她出门透气时遇上劳里，听说马奇先生已经回家，二话不说就坐了马车来看他。这一家人都在屋子别处忙碌，她悄无声息地进门，想要给他们惊喜。她的确惊到了这两位，梅格像见到鬼似的吓了一跳，布鲁克先生则往书房躲去。

"天啊！这是怎么一回事？"老太太喊道。她把手中的拐杖在地上一顿，瞥了一眼那个面色惨白的年轻先生，又望向那个脸泛红霞的年轻小姐。

"这是爸爸的朋友。见到您真是出乎意料啊！"梅格结结巴巴地说着，心想挨一顿训是跑不了了。

"看得出来。"马奇叔婆坐下来，"你爸爸的朋友说了什么使你脸红得像朵牡丹呢？这里一定有什么把戏，我非得问清楚不可！"拐杖又是一顿。

"我们只是在聊天。布鲁克先生是来拿他的雨伞的。"梅格真希望布鲁克先生已连人带伞从客厅全身而退。

"布鲁克？那个男孩的老师？啊！我懂了。我全都明白了。乔先前无意中发现你爸爸一封信里的馊主意，我要她告诉我了。你可没答应他吧，孩子？"马奇叔婆一脸反感地嚷嚷道。

"嘘！他会听见的！我要去叫妈妈来吗？"梅格十分为难。

"先不用。我有话要对你说，我得一吐为快。告诉我，你打算嫁给这个库克①吗？如果是这样，我的财产一分钱都不会留给你的。记住这句

---

① 库克：马奇叔婆将布鲁克的名字"Brooke"误念为"Cook"，该单词也有"厨师"之意。

话，做个懂事的姑娘。"老太太话说得很重。

马奇叔婆有一种绝顶的本事，能在文雅的人心中激起反抗精神，她也乐于施展这种本事。再乖巧的人也多少有些拗脾气，尤其在少不更事、坠入情网的时候。假使马奇叔婆请求梅格接受约翰·布鲁克，她没准会声称自己无法考虑此事。而现在叔婆专横地下令不准喜欢他，她反倒立即铁下心来要喜欢。倾慕之心加上拗脾气，使得这决定下得很容易，梅格本就相当激动了，此时便以不寻常的勇气反抗老太太。

"我想嫁谁就嫁谁，马奇叔婆，把你的钱留给你喜欢的人吧。"她说着，毅然点了点头。

"哎哟喂！你就这样听我劝的吗，小姐？日后你住在茅草屋里考验爱情，发觉走投无路时，可就要后悔了。"

"那也不会比有些住大房子的人下场更惨。"梅格顶嘴回去。

马奇叔婆戴上眼镜端详这个姑娘——这种脾气的她，倒是挺新鲜的。梅格也快认不得自己了，觉得自己十分勇敢独立——只要她愿意，就能为约翰辩护、捍卫自己爱他的权利，她颇感欣慰。马奇叔婆见自己开头就错了，沉吟片刻之后，重新来过，尽量好声好气地说："好了，梅格，亲爱的，明理一些，听我的劝。我是好心，不希望你一失足成千古恨。你应该嫁个好人家，帮扶娘家。你有责任结一门富亲，这你得牢记。"

"爸爸妈妈可不这么想。他们喜欢约翰，虽然他穷。"

"亲爱的，你爸妈跟小孩似的不懂世故。"

"我很高兴他们是这样的。"梅格大声说，语气坚决。

马奇叔婆并不理会她，继续说教："这个鲁克①很穷，也没有阔亲戚，

---

① 鲁克：原文为"Rook"，仍为"Brooke'之误。

对吧？"

"对。但是他有很多热心的朋友。"

"你们也不能靠朋友过活呀，你试试，看到时候朋友会变得多冷漠。他也没有事业吧？"

"还没有，但劳伦斯老先生会帮他。"

"那不是长久之计。詹姆斯·劳伦斯是个反复无常的老头，靠不住。这么说来，你打算嫁给一个没钱没势又没事业的人，比现在更辛苦地工作下去？你明明可以听我的话，嫁得更好，享福一世。我以为你会更明事理的，梅格。"

"我再等上半辈子，也不会比现在更好了！约翰善良又聪明，多才多艺，勤勤恳恳。他那么积极，那么勇敢，一定会出人头地的。大家都喜欢他，尊敬他。我这样贫穷、年轻、傻气，而他却对我有意，这让我倍感荣幸。"梅格神情真挚，显得比往常更为娇媚。

"他知道你有殷实的亲戚，孩子。我看，这就是他喜欢你的秘密所在。"

"马奇叔婆，你怎么能说这种话？约翰不是这种卑鄙小人，如果你再这样说下去，我一句也不要听了。"梅格愤愤然大叫，气得什么都顾不上了，只觉得老太太的猜疑很不公道，"我的约翰不会为了钱而结婚，和我一样。我们都愿意努力工作，也等得起。我不怕穷，因为穷到今天，我还是很快乐。我知道我要和他在一起，因为他爱我，我也——"

梅格止住了话头,突然想起自己尚未打定主意,她刚才叫"她的约翰"走开,此时,他可能在一旁听见了她前后矛盾的说法。

马奇叔婆勃然大怒,她早已决意为漂亮的侄孙女寻一门好亲事,而这姑娘稚嫩的脸上幸福洋溢,使这孤独的老太太心中辛酸不已。

"好吧,这事我撒手不管了!你这任性的孩子,你想不到这桩蠢事会叫你失去什么。我就是要说下去。我对你很失望,也没心思去看你爸了。你出嫁后,别指望从我这儿得到任何东西了。你那布克①先生的朋友一定会照应你们的。你我从此再无瓜葛。"

说罢,马奇叔婆当着梅格的面砰地一下把门关上,火冒三丈地坐上马车走了。她这一走,像是把梅格的勇气也全都卷走了。这姑娘独个儿站在那里,一时间不知该笑还是该哭。在彷徨失措的当儿,她被布鲁克先生一把揽住。他一口气说道:"我都听见了,梅格。谢谢你替我说话,也谢谢马奇叔婆证明了你对我真有些许好感。"

"听她污蔑你,我才知道自己有多在乎你。"梅格说。

"那我不必走开了,可以高高兴兴地留下来,是吗,亲爱的?"

此刻又是一个好机会,来说出那段强硬的话,继而庄严地离去。但梅格仍旧想都没想到这些,在乔的眼中她将颜面尽失,因为她温顺地低声说了句"是的,约翰",接着便把脸贴在布鲁克先生

---

① 布克:原文为"Book",仍为"Brooke"之误。

的西装马甲上。

马奇叔婆走后一刻钟,乔轻轻地走下楼来,在客厅门口停了一会儿,听屋内没有声音,点头微微一笑,带着满意的表情自言自语:"她已经照计划那样把他打发走了,这事情解决了。我要去听听有趣的经过,大笑一场。"

然而可怜的乔没有笑成,她刚跨进客厅,眼前的景象就将她定在那里,吓得她目瞪口呆。她原想进屋为击溃敌人而耀武扬威,称赞姐姐意志坚定,撵走了一个可恶的追求者。不料那个敌人正安然坐在沙发上,意志坚定的姐姐则端坐在他膝上,还显出一副卑微顺服的神色。乔大为震惊,如有冷水浇背,倒抽了一口气——事态突变,着实令她透不过气来。那对恋人听到有动静,回头看见了她。梅格跳起身来,似得意又似羞涩。而乔所称的"那个人"倒是大笑起来,亲吻了这位惊诧的不速之客,泰然说道:"乔妹妹,恭喜我们吧!"

这无疑是雪上加霜,实在过分!她两手激动地比画了几下,不发一语转身离开。她奔上楼,冲进房里,悲惨的呼喊声把两个病人都惊动了:"噢,快来个人下楼去看看!约翰·布鲁克行为不轨,梅格还依着他!"

马奇夫妇飞快地跑出房间。乔一头伏到床上,痛哭痛骂着,把这可怕的消息告诉贝丝和埃米。然而,两个妹妹都认为这是一件十分称心而有趣的事情,乔从她们那里得不到什么安慰,只得钻进阁楼的避风港,对小老鼠们倾诉烦恼。

没有人知道这天下午客厅里发生了什么。屋内的交谈持续了许久。个性内敛的布鲁克先生令朋友们大跌眼镜,他慷慨陈词,求亲,述说计划,劝他们照他的想法安排一切。

他描绘着想为梅格建筑的美妙家园,话还没说完,茶点的铃声响了。

于是他骄傲地牵着梅格去用餐，两人看起来幸福无比，乔见了，嫉妒和忧郁的心情一扫而空。埃米深深感动于约翰的痴情和梅格的端庄。贝丝在远处笑眯眯地看着他们。马奇夫妇温柔而满意地端详这对年轻人，马奇叔婆说他们"跟小孩似的不懂世故"，显然所言不虚。这一餐大家吃得不多，个个都满面喜色，家里的第一段罗曼史展开了，老旧的房子似乎也因此熠熠生辉。

"梅格，这下你不能说'从没有好事发生'了吧？"埃米边说边构思着如何把这对恋人放进她想画的素描中。

"是啊，肯定不能再说了。打从我说了那句话以来，发生了多少事啊！好像已经过了一年了。"梅格答道。她正做着一个美梦，远远超脱于柴米油盐这类琐事之上。

"这一回真是苦尽甘来，我觉得转变已经开始了。"马奇太太说，"大多家庭往往会经历自己的多事之秋。我们家今年便是如此，不过，结局毕竟还是好的。"

"希望明年会更好。"乔咕哝说。梅格竟在她面前专注于一个外人，她心里很不是滋味。乔深深地爱着一些人，害怕他们对她的感情因为任何事而消失或变浅。

"我希望后年还要更好。我是说一定会更好，只要我不断践行计划。"布鲁克先生说着，对梅格笑了笑，仿佛现在他什么事都做得到。

"要等到那时候，是不是太久了？"埃米问。她急着想看到婚礼。

"在准备就绪之前，我还有许多东西要学，对我来说这段时间很短。"梅格答道，脸上带着一种前所未有的神色，既甜蜜又庄重。

"你只管等着就是。事情交给我来做。"约翰说着，已开始为梅格效力，帮她拿起了餐巾，他脸上的表情令乔看得直摇头。这时前门砰地一

响,乔如释重负,自语道:"劳里来了,我们终于能正经地聊聊天了。"

乔想错了。劳里大摇大摆走进来,兴冲冲的,手上拿了一大捧像是为新娘准备的花球,要送给"约翰·布鲁克夫人",显然他误以为是自己巧妙的安排促成了这桩喜事。

"我就知道布鲁克先生能得偿所愿——一向如此。他只要下定决心做一件事,天塌下来也会做成。"劳里上前献礼并道贺。

"多谢你的美言。我把这话当成一个好兆头,现在就邀请你参加我的婚礼。"布鲁克先生回答。此时的他和什么人都能处得融洽,哪怕是这个淘气的学生。

"就算我在天涯海角,也会赶来参加的。光是为了看乔到时候的表情,就值得我长途跋涉了。小姐,你脸上没有喜气啊,怎么回事?"劳里问，一面跟着她走到客厅一角，大家都挪步到那里迎接劳伦斯老先生。

"我不赞成这门亲事，不过我决定容忍，一句反对的话也不说。"乔严肃地说。"你不会明白要我把梅格交给别人有多难。"她的声音有些颤抖了。

"没有交给别人，只是一人一半。"劳里安慰说。

"再也不一样了。我失去了最亲爱的朋友。"乔叹息一声。

"无论如何，你还有我呢。我知道自己没什么好的，不过我会站在你身边，乔，一生一世，我保证！"劳里言语中一片诚挚。

"我知道你会的，感激不尽。你总是给我莫大的安慰，特迪。"乔满怀感谢地握了握他的手。

"好了，别再忧郁了，这才是好样的。你瞧，一切都挺好的。梅格很幸福，布鲁克先生马上会忙着成家立业，爷爷会关照他的，到时看梅格有了自己的小家庭，得多开心啊。她出嫁后，我们还是会乐陶陶的，因为过不了多久，等我大学毕业后，我们可以出国，或者开心地旅游什么的。这样可以让你好受些吗？"

"我想可以。可是三年里会发生什么事，谁也不知道。"乔若有所思。

"这倒是真的！你会不会想看看以后的日子？看我们那时候身在何处？我很想。"劳里答道。

"不了吧，没准会看到什么伤心事。现在大家是那么快乐，我不敢相信还会有更快乐的时候了。"乔徐徐环顾房间，双眼焕然发亮，眼前是如此美好的一幅景象。

爸爸妈妈并坐着，静静地重温约莫二十年前他们罗曼史的第一章。埃米正画着的那对恋人，沉醉于只属于他们的美妙天地，这片天地的光彩洒在他们脸上，泛出一层小画家无从描摹的意韵。贝丝躺在沙发上，

作家榜经典名著

读经典名著，认准作家榜

小妇人 Ⅱ
LITTLE WOMEN

［美］路易莎·梅·奥尔科特 著

冯倩珠 译

四川少年儿童出版社

第二部

第二十四章

闲谈

为了重拾话头,也为了轻轻松松地去参加梅格的婚礼,我们不妨先闲谈几句马奇家的近况。在此请容我说明,如果有长辈认为这个故事里"儿女情长"的篇幅过多,如我所担心的那样(我认为年轻人倒不会持这种意见),我只能借马奇太太的话一用:"我家里有四个快乐的姑娘,隔壁又住着一个潇洒的年轻邻居,还能指望故事如何发展呢?"

过去三年并未给这个宁静的家庭带来多少变化。战争结束了,马奇先生平安归家,忙于读书和小教区的事务。他为人内敛而勤勉,充满了书本里学不到的智慧。

他生活清贫,操守正直,尽管因此与世俗功名无缘,他仍以这些品格吸引着许多高人逸士,这十分自然,正如芬芳的花儿总会招来蜜蜂。他也同样自然地报之以甘蜜,那是五十年艰难岁月酿成的蜜,却不带一丝苦涩。赤诚的年轻人发现,这位头发灰白的学者内心和他们一样朝气蓬勃。烦恼多虑的妇人不假思索地向他倾吐疑惑与悲伤,心知从他这里能获得最温柔的同情、最明智的建议。罪人将自己的罪告诉这位心地纯洁的长者，受训诫也得拯救。天赋异禀的人视他为同伴。有抱负的人在他身上窥见鸿鹄之志。就连世俗之徒也承认他的信仰既美且真，虽然"无利可图"。

在外人眼里，这个家由五个精力充沛的女性掌管，在许多事情上也的确如此。然而静静坐在书堆里的那个男人仍是一家之主，是家的核心、靠山和慰藉。每当遇到困难，忙碌忧烦的母女必然向他求助，她们认为他真正当得起那两个神圣的称谓——丈夫与父亲。

姑娘们将心事托付给母亲，将灵魂托付给父亲，将爱奉献给为她们呕心沥血、辛劳一生的双亲。她们的爱与日俱增，以最甜蜜的纽带温柔地将一家人紧紧相系，这条纽带福荫生命且超越死亡。

马奇太太一如既往精神抖擞、高高兴兴的，只是比我们上次见她时头发白了一些。她眼下正一门心思筹备梅格的婚事，那些医院和收容所依旧住满了受伤的"孩子"和烈士遗孀，此时无疑少了她慈母般温暖的探望。

约翰·布鲁克英勇地当了一年兵，负伤归来后，服从军令不再重返部队。他并未获颁任何勋章和军衔，不过他是配得这些荣誉的，盛放的生命与爱情何等珍贵，他却不惜把一切置之度外。他无奈地接受了退伍安排，专心养伤，规划事业，准备为梅格建一个家。他是个明理人，素来自立自强，因此谢绝了劳伦斯老先生慷慨的帮助，只接下一个初级簿记员的职位。比起借钱冒险，安安分分挣一份薪水来创业，才让他觉得踏实。

梅格则边工作边等待，变得更具女人味，更精于持家，容貌也愈发秀丽了，毕竟爱情是最好的美容品。她怀抱少女的憧憬与希望，新生活却必须白手起家，多少令她有些失望。内德·莫法特与萨莉·加德纳新婚不久，有着豪华的房子、漂亮的马车、如山的贺礼以及精美的衣装，梅格不禁暗暗梦想自己也能拥有这些东西。但是她一想起约翰为明日的小家不懈地倾注爱与辛劳，羡慕和不满之情总是很快就烟消云散了。当他们坐在暮色中谈论小小的计划，总觉得未来是那般明亮美好，她便忘了萨莉的光彩，觉得自己是世界上最富有、最幸福的姑娘。

乔没有再回马奇叔婆那里做事。老太太对埃米喜欢得不得了，提出请一位数一数二的老师来教她绘画，以此笼络她。为了这份优待，再严厉的女主人埃米也愿意服侍。于是，她上午工作，下午尽情绘画，进步神速。乔则致力于文学创作，并全心照顾贝丝，贝丝的猩红热早已痊愈，身体却一直孱弱。她已不为病痛所扰，但不再是以前那个面色红润的健康女孩了。不过，她依然满怀希望，快乐安详，静静地忙着她爱做的家务，她依然是大家的朋友、家中的天使，在挚爱她的人明了此事之前，她早已扮演着这样的角色。

只要《展翼鹰》仍在专栏刊登乔自称的"劳什子"，并付每篇文章一美元的稿酬，她就觉得自己是个有钱人，就仍孜孜不倦地编织着她的小故事。在她忙碌的思绪里，在她拥有非凡抱负的心灵中，伟大的计划在发酵。阁楼那只旧锡皮碗柜里，一沓墨迹斑斑的手稿正慢慢变厚，有朝一日它将把马奇的姓氏载入名人录。

劳里顺了爷爷的意，乖乖地上了大学，现在他正尽可能轻松地念书，以求自己开心。他家境富裕，举止儒雅，才华横溢，心地又十分善良，常常急人之难，却使自己陷入困境，因此大家都对他宠爱有加，像许多前途无量的男孩一样，他很可能被宠坏——要不是有驱邪的护身符，没准已经被宠坏了。他的护身符就是脑海中那位和蔼的老人，他的良好表现与那位老人息息相关；是那位慈母般的朋友，她视如己出地照看着他；也是知道那四个纯真的女孩全心全意地爱护他、欣赏他、信任他。

他只是一个"普通的好孩子"，自然会追随大学的风尚，嬉嬉闹闹，打情骂俏，装扮入时，游泳戏水，感情用事，热衷运动。他还和同学互相戏弄，讲些粗俗的话，不止一次濒临停学和退学。不过，这些恶作剧的起因不外乎一时兴起和爱找乐子。他总能坦率地认错，正直地赎罪，或者施展自己在"劝说"上的绝顶本事，使对方无力招架，从而化险为夷。事实上，每每绝处逢生，他都颇为得意，喜欢在姐妹几个面前绘声绘色地描述自己如何战胜那些愤怒的导师、威严的教授以及其他敌人，听得她们心潮澎湃。"我们那一群"是姐妹们眼中的英雄，"我的伙伴们"的事迹她们永远听不腻，当劳里邀请这些伟人到家中做客时，也常常让姐妹几个一睹他们的笑容。

埃米特别喜欢这份殊荣，也成了他们中间受宠的美人，因为这位大小姐早早便意识到要懂得运用自己与生俱来的魅力。梅格则将全副心思放在专属于她的约翰身上，根本无暇顾及其他男人。贝丝害羞得很，顶多只敢偷偷地看看他们，暗自纳闷儿埃米怎么能这样把他们呼来唤去的。乔倒是颇有如鱼得水之感，总是忍不住模仿男士们的姿态、谈吐和举动，这似乎比恪守淑女礼仪更让她觉得自在。他们都非常喜欢乔，却决不会爱上她。然而几乎每个人都不由得拜倒在埃米的石榴裙下，发出一两声多情的赞叹。说起多情，我们自然会想到"鸠舍"。

那是布鲁克为梅格准备的第一个家，一栋棕色的小房子。名字是劳里起的，他说很适合这对温柔的恋人，他们"像一对斑鸠那样喁喁私语，并肩而行"。房子只占了一片弹丸之地，屋后有个小花园，门前是一块和手帕差不多大的草坪。梅格打算在这里砌一座喷泉，植一丛灌木，再种满美丽的鲜花。不过目前喷泉暂由一只水缸代替，水缸饱经风霜，状似一个残破的污水桶。树丛只有几棵落叶松幼苗，看样子也不知能不能成活。繁茂的鲜花则以一大把枯枝插地示意，划出已播种的区域。屋内的布置就十分宜人了，从阁楼到地下室，那位幸福的新娘挑不出一丝毛病。诚然，门厅过窄，所幸他们没有钢琴，一整架钢琴是怎么都搬不进屋的。餐厅太小，至多能挤进六个人。厨房楼梯也很逼仄（zè），好像建这道楼梯只为把仆人连同餐具一股脑儿倒进下层的煤箱里。一旦适应了这些小瑕疵，住在这里便再好不过了。屋中陈设显出主人高雅的格调和绝佳的品味，非常赏心悦目。小客厅里没有大理石镶面的桌子，没有全身镜，也没有蕾丝窗帘，只有简朴的家具，许多书，一两幅优美的画，八角窗前的一座花台，四处还摆放着精致的礼物——一份份都来自友人之手，因饱含情意而格外美丽。

劳里的礼物是一尊普叙赫①白瓷雕像，布鲁克为它做了一个托架，在我眼里，这丝毫无损于雕像的精美。我想，任哪个装潢师都比不上埃米的一双巧手，她将朴素的细洋纱窗帘装饰得十分雅致。乔和妈妈把梅格的几个箱子、桶和包袱收进了储藏室，我看再没有哪间储藏室像这样满是美好的祝愿、欢乐的话语和幸福的希望。汉娜将锅碗瓢盆来回整理了十多遍，又在火炉里放好木柴，"布鲁克夫人"回家就能点着，要不是有汉娜，这间崭新的厨房保准不会如此整洁而温馨。我猜想也没有别的年轻主妇刚展开新生活，就有一大堆备用的抹布、垫子和碎布袋——贝丝为梅格做了这么多，足以用到银婚纪念日，她还专为这对新人的餐具设计了三种洗碗布。

---

① 普叙赫：希腊神话中人类灵魂的化身，以少女形象出现，与爱神厄洛斯相恋。

那些雇人来做这些事的雇主，永远不知道自己错失了什么。这些平凡小事由深情的手做来，方显其美好。梅格得到的印证如此之多，小窝里的一切，从厨房的擀面杖到客厅桌子上的银花瓶，无不彰显着浓厚的亲情和周到的关怀。

大家聚在一起计划着未来，其乐融融。他们郑重其事地一趟趟出门置办东西，偶尔犯些有趣的错误，劳里还带来各种滑稽的便宜货，激起一次次哄堂大笑。这位年轻先生向来爱开玩笑，虽然即将大学毕业，却还是像个小孩。他最近突发奇想，每周来访时都会为年轻的女主人带上一样新颖、独特又"实用"的物品。先是一袋样式别致的晾衣夹；然后是一个精巧的肉豆蔻研磨器——试着用一次就散了架；糟蹋了所有刀子的刀具清洁机；扫不了灰尘、但能除掉地毯绒毛的清扫器；把手洗脱皮的省力肥皂；什么都粘不牢、只把受骗顾客的手指粘住的强力胶；还有各式各样的马口铁器，从装零钱的玩具储蓄罐到绝妙的烧水壶——那壶在烧水时看起来随时会爆炸，冒出的蒸汽简直可以用来洗衣服。

梅格哀求他别再送了，可是徒劳无功。约翰笑话他，乔叫他"图德尔斯先生①"。他陷入一种狂热，一心支持美国人的创造发明，想把这些东西在朋友家中恰到好处地布置起来，所以每星期都有荒唐的新玩意出现。

终于，埃米为各个房间搭配了不同颜色的肥皂，贝丝为新房子的第一顿饭摆好了餐桌，一切就绪。

"你还满意吗？这样是不是很像家里？你觉得住在这儿会快乐吗？"

---

① 图德尔斯先生：取自英国剧作家威廉·埃文斯·伯顿（1804—1860）所著喜剧《图德尔斯一家》，剧中的图德尔斯太太喜好从拍卖会买各种可笑而无用的东西回家。

马奇太太问。她和女儿手挽着手巡游这片新天地——这一刻她们彼此相连,似乎比以往更亲密了。

"是的,妈妈,满意极了,谢谢大家。我快乐得没法形容了。"梅格脸上的表情已胜过千言万语。

"要是她有一两个仆人就好了。"埃米从客厅走出来说道。她刚才在那里思考,墨丘利①铜像是放在陈设架上好,还是放在壁炉架上好。

"我和妈妈谈过这件事了,我决定先试试她的办法。请洛蒂帮我跑跑腿,搭搭手,剩下的家务少得很。我总要做些事情,免得自己懒惰和想家。"梅格平心静气地回答。

"萨莉·莫法特有四个仆人。"埃米说。

"如果梅格也雇四个,这房子可住不下,先生和太太得露宿花园了。"乔插话道。她裹在一条蓝色大围裙里,正将所有门把手最后再擦一遍。

"萨莉嫁的不是穷人家,女仆多一点儿才跟她的府邸相称。梅格和约翰白手起家,不过我总觉得,这座小屋里的幸福不会比大房子里的少。像梅格这样的年轻姑娘,如果成天无所事事,只晓得梳妆打扮、发号施令、说长道短,那就太不对了。我刚结婚那会儿,常盼着新衣服快些磨破、扯坏,这样我就能高高兴兴地缝衣服,我实在厌烦钩东西和绣手帕。"

"你为什么不下下厨呢?萨莉说她会下厨取乐,虽然菜从来都做不好,仆人都笑话她。"梅格说。

"一阵子之后,我也下厨做菜了,不是胡乱做,而是跟着汉娜学,这样仆人们也没必要笑我。当时不过是做着玩,后来却由衷地感恩,因为

---

① 墨丘利:罗马神话中众神的使者。

我不仅有心，也有能力为女儿们做健康的饭菜，哪怕雇不起仆人了也能独当一面。梅格，亲爱的，你反倒是渐入佳境，现在学的手艺日后定能派上用场。等约翰富裕些了，身为女主人，不管多尊贵，还是该知道家事怎么做，这样仆人们才会老老实实地帮忙。"

"是的，妈妈，我想你说得没错。"梅格恭恭敬敬地听完这一小段教诲，优秀的妇女才能把持家的学问讲得头头是道。"你知道吗，小屋子里我最喜欢的就是这个房间了。"片刻之后，她们上了楼，梅格望着满满当当的布巾储藏室说道。

贝丝正在里面，将一叠叠雪白的日用织品平整地放到架子上，为这井井有条的景象欢欣不已。梅格话一说完，母女三人都笑了起来，因为这间布巾储藏室背后有一件趣事。要知道，马奇叔婆曾说过，如果梅格嫁给"那个布鲁克"，就休想从她那儿得到一分钱。随着时间过去，她的气消了，后悔自己说了重话，颇觉左右为难。她从来说话算话，因而苦思该如何圆过去，最后想出自觉满意的一计。她吩咐弗洛伦丝的妈妈卡罗尔太太去买布匹，制成一大堆寝具和桌布，绣好字，以卡罗尔太太的名义送给梅格。这一切忠实地执行了，但是秘密终究没守住，全家人知情后特别高兴。马奇叔婆尽力装作对此事一无所知，嘴硬说她别的什么都不会给，只有一副老式珍珠首饰，那是早就答应要给第一个嫁出去的姑娘的。

"当家的人才有这种品味，我很喜欢。我有个年轻朋友，她刚开始持家时只有六床被单，幸好还有给客人用的洗指碗，也算称心了。"马奇太太说。她带着女性独到的眼光，拍了拍那些质地精良的锦缎桌布。

"洗指碗我连一个都没有，不过汉娜说'这套家什'够我用一辈子了。"梅格一副心满意足的样子，这也是理所当然。

"图德尔斯来了。"乔在楼下喊道。三人一同下楼迎接劳里,在她们的平静生活中,劳里每周的来访可是件大事。

一个人高马大的小伙子从路的那头走来。他顶着平头,头戴毛毡盆帽,身披宽大外套,健步如飞,连栅门都不开,提脚跨过栅栏,径直走向马奇太太,伸出双手热情地高喊:"我来了,伯母!是的,一切都好。"

后面那句是回应这位长辈投来的目光,这目光流露出亲切的问候,他俊美的双眼坦然以对。一如往常,这场小小的仪式以慈爱的一吻作结。

"献给约翰·布鲁克夫人,并致上制造人的祝贺与敬意。贝丝,祝福你!乔,你真是令人耳目一新!埃米,你越来越漂亮了,再当单身小姐可不像话呀。"

劳里边说,边把一个牛皮纸袋交给梅格,伸手拉了一下贝丝的发带,瞪眼瞅了瞅乔的大围裙,又戏弄埃米,装出痴迷于她的模样,然后逐一和她们握手,大家便聊起天来。

"约翰去哪儿了?"梅格焦急地问。

"他去拿明天要用的证书了,夫人。"

"上次比赛哪一队赢了,特迪?"乔问道。虽已是十九岁的大姑娘了,她仍对男孩的运动很感兴趣。

"当然是我们赢了。要是你在场看比赛就好了。"

"可爱的兰德尔小姐还好吗?"埃米意味深长地笑着问。

"比之前更冷酷了。你没发现我日渐憔悴吗?"劳里拍了拍自己宽厚的胸膛,煞有介事地深叹一口气。

"这最后一个玩笑是什么呀?打开包裹看看,梅格。"贝丝好奇地打着那个鼓鼓囊囊的包裹说。

"是一样实用的东西，放在家里防火又防盗。"劳里说。在姑娘们的笑声中，包裹里现出一个巡夜用的小木铃。

"梅格夫人，只要哪天约翰不在家，你觉得害怕了，就到前窗去摇一摇这东西，马上会把邻居惊醒的。好东西，对吧？"劳里展示了一下木铃的威力，吵得姑娘们捂住了耳朵。

"还真是谢谢你们的配合！说到谢谢，我倒想起来要告诉你，你该谢谢汉娜保住了你的婚礼蛋糕。我来时正好看到蛋糕被送进屋，要不是她英勇地护着，我就挖一点儿尝尝了，那蛋糕看起来特别好吃。"

"不知道你会不会有长大的一天啊，劳里。"梅格一派主妇的口吻。

"夫人，我尽力而为，不过怕是长不了多高了，在这萧条时期，男士身高长到六英尺就差不多了。"这位年轻先生回答。他的脑袋快要顶到小吊灯了。"我看，在这间崭新的村舍里吃东西是大不敬，可是我饿坏了，提议休会。"不一会儿他接着说。

"我和妈妈要等约翰回来。还有最后几件事情要处理。"梅格说完便匆匆走开了。

"我和贝丝要去姬蒂·布赖恩特家再拿一些明天要用的花。"埃米一面说，一面将一顶别致的帽子戴在她秀美的鬈发上，和大家一样欣赏着自己的装扮。

"来吧，乔，别丢下你的伙伴。我筋疲力尽，没人帮忙可回不了家。不管怎样，别解下围裙，穿在你身上别有风韵呢。"劳里说。乔把惹他嫌的围裙收进大口袋里，伸手扶住脚步无力的他。

"好了，特迪，我想和你认真谈谈明天的事。"他们缓步离开时，乔说，"你一定得答应我，要守规矩，不要搞恶作剧，不要破坏我们的计划。"

"决不胡闹。"

"该严肃的时候不要插科打诨。"

"我从不这样,只有你才会这么做。"

"还有,求你在仪式当中不要朝我看,要是你看我,我一定会笑出来的。"

"你看不到我的,到时你一定哭得稀里哗啦,眼睛里厚厚的水雾会让你的视线一片模糊。"

"我从来不哭的,除非遭了大难。"

"比如老朋友去上大学,嗯?"劳里打断她的话,带着暗示的意味笑了起来。

"别臭美了。我只是附和姐妹们哭个几声。"

"确确实实。我说,乔,爷爷这个星期怎么样,脾气挺好的?"

"很好。怎么了,你是不是惹麻烦了,想知道他会有什么反应?"乔尖锐地问道。

"得了,乔,要是我做了不好的事,你觉得我能正眼看着你妈妈,还说'一切都好'吗?"劳里突然停下脚步,一脸委屈。

"不,不能。"

"那就别再疑神疑鬼了。我只是想要一点儿钱。"劳里听她语气真诚,便消了气,继续往前走。

"你花钱太大手大脚了,特迪。"

"哎呀,不是我花的,钱不知怎么地自己花掉了,一不留神就全没了。"

"你这么大方,这么好心,人家向你借钱你就给,对谁都没法说一个'不'字。亨肖的事我们听说了,听说了你为他做的一切。如果你都是为这种事花钱,没人会责怪你的。"乔热情地说。

"噢,他小题大做了。他抵得上十几个我们这样的懒惰虫,只是需要一点点帮助,你们也不会让我眼睁睁看着这个好人累死累活的,对吧?"

"当然啦。但是你有十七件西装马甲,数不清的领带,每次回家都戴一顶新帽子,我不明白这有什么意义。我还以为你已经过了爱俏的年纪,谁知时不时又出新花样。现如今丑怪倒成了风气,把脑袋整得像把硬毛刷,穿紧身衣,戴橙色手套,穿笨重的方头靴。要是这身难看的打扮很便宜,我倒无话可说;但是这行头也没少花钱,我就看不顺眼了。"

听完这番指责,劳里仰起头来开怀大笑,笑得毡帽都掉到了地上。乔一脚踩上去,这种侮辱正好让他有机会解释粗糙装束的好处,他把那顶遭殃的帽子折好,塞进衣兜。

"好孩子,别再说教啦。我一整个星期已经够辛苦了,回到家想逍遥一下。明天我会不计代价穿戴整齐,让朋友们顺眼的。"

"只要你把头发留长一点儿,我就不烦你。我不是出身贵族,但实在不想让人瞧见我和一个年轻拳击手模样的人走在一起。"乔厉声说道。

"这种不招摇的发型对学习有利,所以我们才理短的。"劳里回答。他主动舍弃一头漂亮的鬈发,只留四分之一英寸长的发茬,自然称不上爱慕虚荣。

"对了,乔,我看那个小帕克真是为埃米朝思暮想——动不动就说起她,为她写诗,成天魂不守舍的,叫人起疑。他最好掐掉那刚冒头的感情萌芽,对不对?"沉默片刻后,劳里以兄长的语气推心置腹道。

"当然是这样,我们可不希望未来几年这个家里再有人结婚了。老天啊,这些孩子满脑子都在想些什么呀!"乔一副嫌恶的样子,仿佛埃米和小帕克还是儿童。

"这是个放纵的年代,说不准我们以后会怎样,小姐。你现在只是小孩,不过下一个就轮到你了,到时换我们留在家里伤悲啦。"劳里摇着头,感叹世风日下。

"我?用不着担心,我不是那种讨人喜欢的姑娘。没人会要我的,幸亏如此,一个家里总要有个老姑娘在的。"

"你不愿意给任何人机会啊。"劳里说着,侧眼看了看乔,他晒黑的脸上泛起些许红晕,"你不肯以柔和的一面示人,要是有谁偶然发现了这一面,忍不住表达喜爱之情,你就会像古米治太太①对待情人那样对他,泼他冷水。你这样浑身是刺,任谁都不敢碰你一下、看你一眼啦。"

"我不喜欢那种事情,也没工夫操心无聊的事,我觉得这样拆散一家人很可恶。别说这个了,梅格的婚礼已经让大家冲昏了头脑,整天把谈恋爱之类的荒唐事挂在嘴边。我不想动气,我们换个话题吧。"乔似乎只

---

① 古米治太太:查尔斯·狄更斯小说《大卫·科波菲尔》中的人物,裴果提先生朋友的遗孀。她性情乖戾,当她在澳大利亚被人求婚时,便顺手抄起一只水桶扣在了追求者的头上。

要再听到一句不如意的话,就真的会大泼冷水。

无论劳里的情绪如何,两人在大门口分别时,他将情绪化作一声低沉而悠长的口哨,又丢下一句可怕的预言:"记住我的话,乔,下一个就轮到你了。"

第二十五章
第一场婚礼

那天清晨,六月的玫瑰在门廊里早早醒来,无云的晴空下,它们满心欢喜,那模样就像一个个友好的小邻居。它们随风摇曳,红通通的面孔堆满喜色,彼此耳语着眼前所见。有些花儿透过餐厅窗户窥探,喜宴已摆就。有些花儿攀到高处,朝姐妹几个点头微笑,她们正在为新娘梳妆。还有些花儿则挥手欢迎为各种事务往来于花园、门廊和门厅的人。所有的玫瑰,从娇艳盛开的花朵到颜色浅淡的蓓蕾,都献上了自己的美色与芳香,向长久以来爱护它们的温柔女主人致敬。

梅格本人也好似一朵玫瑰,那天,她心灵中最善良可爱的部分似乎都在脸上绽放,这张脸便愈显温婉,其魅力更胜美貌。她不愿穿戴丝绸、蕾丝和橙花。"我今天不想穿得特别,也不想盛装打扮。"她说,"我不要时髦的婚礼,只要我爱的人在身边,我希望自己的外表和内在都是他们所熟悉的样子。"

所以她自己做了结婚礼服,一针一线饱含少女的温柔愿望和天真烂漫。妹妹们把她的秀发编成辫子,她仅有的装饰是几朵铃兰——百花之中,"她的约翰"最爱铃兰。

"你看起来确实就是我们亲爱的梅格,漂亮可爱极了,要不是怕弄皱你的衣服,我真想抱抱你。"梅格装扮停当之后,埃米高兴地打量着她,高声说道。

"这样我就放心了。不过请你们拥抱、亲吻我吧,别管我的衣服了。今天我想要在衣服上多留一些这样的痕迹。"梅格向妹妹们张开双臂,她们带着温煦的神情抱了她片刻,心里觉得这份新的爱并未改变原来的亲情。

"好了,我要去给约翰打领带了,再去书房陪爸爸安静地坐一会儿。"梅格跑下楼去行这些小小仪式,然后跟着妈妈走东走西。她明白,第一只鸟儿即将离巢而去,哪怕母亲脸上挂着笑容,心里肯定也隐藏着悲伤。

三个妹妹并肩站着,为各自简单的打扮作最后润色。趁这段时间,我们来讲讲过去三年为她们的容貌带来的一些变化,现在正是她们最美的时刻。

乔的棱角柔和了不少,举手投足从容自若,甚至可说优雅。她卷卷的短发已长成一头如云长发,盘在小小的脑袋上,与高挑的身材更加相称了。她的脸颊多了些红润,双眼闪着柔光,原先那张刀子嘴如今说出的尽是软语温言。

贝丝比以前更纤细、苍白,性格也更为沉静。那双美丽又和善的眼睛显得更大了,眼中有一种令人哀伤的神情,虽然那神情本身并不哀伤。病痛在这张辛苦隐忍的年轻脸庞上留下阴影,但贝丝极少抱怨,总是满怀希望地说"很快就会好的"。

　　埃米被大家当作"一家之花",十六岁的她,举止气韵堪比成熟女士——说不上仪态万方,但有着难以形容、可谓优雅的魅力。从她的线条、双手的形态与动作、飘逸的衣裙和披垂的头发中,都能发现这种魅力——在不经意间散发,却浑然天成,对许多人而言,这和美貌一样迷人。埃米仍旧为她的鼻子苦恼,它怎么都长不成一个希腊人般的高鼻子,也烦恼自己的嘴,太阔了,下唇又过于棱角分明。这些恼人的特征倒使得她整张脸颇具个性,而她从来不自知,只以雪白无瑕的皮肤、敏锐的蓝眼睛以及比以往更浓密、更光亮的金色鬈发来安慰自己。

三姐妹都穿上了银灰色薄裙（她们最好的夏装），头上和胸前别着鲜红的玫瑰。三人都是平日里的样子——青春洋溢、无忧无虑的女孩，在忙碌的生活中稍歇片刻，用憧憬的眼睛阅读女性罗曼史最甜美的篇章。

家中没有隆重的仪式，一切都尽可能自在自然。所以马奇叔婆一到便大为震惊，她看着新娘亲自跑出来迎她进屋，发现新郎正在将一只掉落的花环重新挂好，又瞥见牧师的父亲匆匆走上楼去，面色凝重，两臂下各夹一瓶葡萄酒。

"哎呀，成何体统！"老太太嚷嚷着，在为她留好的上座坐下，抚平她淡紫色云纹绸衣服上的褶皱，发出好一阵沙沙声响，"不到最后一刻，你是不能出来见客的，孩子。"

"叔婆，我又不是什么展品，没人会来盯着我看、对我的衣裳评头论足、计算婚宴花费的。我快乐极了，才不在乎别人怎么说、怎么想呢。我要照自己的意思办这场小众的婚礼。约翰，亲爱的，榔(láng)头给你。"梅格转身去帮"那个人"做那十分不合礼节的工作。

布鲁克先生连一句"谢谢"都没说，但是他俯身接过那把毫不浪漫的工具时，在折门背后吻了他年轻的新娘。他的神情令马奇叔婆抽出手帕，拂去年迈却锐利的眼中骤然涌起的泪珠。

这时传来一声巨响，伴随着惊叫声和劳里的笑声，随后是一句很失礼的呼喊："老天爷！乔又把蛋糕打翻了！"这引起了一番忙乱，这一头快要平息时，那一头又来了一群亲戚，就像贝丝小时候说的那样，"大部队来了"。

"别让那个小巨人靠近我，他比蚊子还烦人。"屋子挤满了人，劳里黑发的脑袋高出其他人，老太太见了，轻声对埃米说道。

"他答应过今天会很乖的，只要他愿意，他是可以表现得斯斯文文

的。"埃米说完,便悄悄走去提醒赫拉克勒斯[①]小心巨龙,这一提醒反倒使他一门心思缠着老太太,几乎害得老太太坐立不安。

婚礼没有新娘入场队伍。当马奇先生和一对新人在绿色拱门下站定时,屋内顿时安静下来。母亲和三个妹妹紧紧靠在一起,似乎相当不舍梅格离家。父亲讲话时不止一次地哽咽,使这场典礼更显美丽肃穆。新郎的手显然在颤抖,谁都听不清他的回答;而梅格抬头直视着丈夫的双眼,说道:"我愿意!"她的表情和声音里满是温柔的信任,母亲颇感欣

[①] 赫拉克勒斯:希腊神话中的大力士,神勇无敌,完成十二项英雄事迹。此处指劳里。

慰，马奇叔婆低声啜泣起来。

乔没有哭，虽然一度差点儿忍不住，终究还是不露声色，因为她意识到劳里正目不转睛地盯着她，那双淘气的黑眼睛带着既欢愉又伤感的滑稽神色。贝丝始终把脸埋在妈妈的肩窝里。埃米站在那里，宛如一尊优美的雕像，一缕阳光洒在她白皙的额头和发际的鲜花上，煞是好看。

这恐怕完全不得体，礼成那一刻，梅格高呼："第一个吻献给妈妈！"她转过身，以赤诚的双唇亲吻了妈妈。接下来的一刻钟里，她愈发像一朵玫瑰了，因为从劳伦斯老先生到老汉娜，每个人都全心接受了她这份情意。汉娜戴着造型奇妙又惊人的头饰，在门厅里扑到梅格身上，笑中带泪地喊道："祝福你，宝贝，祝福你千百次！蛋糕一点儿也没碰坏，一切都很好。"

婚礼后大家稍作收拾，每个人或多或少说了些隽(juàn)言妙语，都引起了阵阵笑声，毕竟心情一放松，欢笑便跟着来。礼物没有陈列开来，全都放进了小屋里。家中也没有准备丰盛的早餐，只有许多点缀着鲜花的蛋糕和水果作为午餐。劳伦斯老先生和马奇叔婆发现三位赫柏[①]为宾客奉上的"酒"只是清水、柠檬水和咖啡，不禁耸耸肩，相视而笑。然而谁也没有多说什么，直到劳里端着一个装了酒的托盘走到新娘面前，他一脸困惑，硬是劝新娘喝一点儿。

"是不是乔不小心把所有酒瓶都打碎了？"他悄声问，"早上我还看见屋里散放着几瓶酒呢，还是我记错了？"

"没有。你爷爷很周到，把他最好的酒给了我们，马奇叔婆竟然也送

---

① 赫柏：希腊神话中的青春女神，宙斯与赫拉之女，在奥林匹斯山上侍候诸神，给他们斟酒。此处指三个妹妹。

了一些来,爸爸为贝丝留了几瓶,其余的送去了退役军人休养所。你知道,他认为只有生病时才需要喝酒。妈妈也说在她的屋檐下,她和女儿们都决不会用酒招待年轻人。"

梅格说得很严肃,她以为劳里听完会皱眉或大笑,然而他没有——他扫了她一眼,以一贯性急的语气说:"说得好。我看过酒造成很多危害,希望其他女士也能像你们这样想!"

"这该不会是你的经验之谈吧?"梅格的声音透着忧虑。

"不是的,我向你保证。但也别把我想得太好,只是酒诱惑不了我。在我长大的环境里,酒就和水一样平常,也几乎一样无害,我不怎么喜欢喝。可是你要知道,如果酒是由一个漂亮姑娘端来的,往往不好拒绝。"

"但是你要拒绝,哪怕不为自己,也要为别人着想。好了,劳里,答应我吧,这样我又多一个理由来把今天当作人生最幸福的日子。"

这个请求来得如此突然、如此严肃,使这年轻人迟疑了片刻,因为比起克己自律,遭人耻笑更难以忍受。梅格知道他一诺千金,也感觉到了自己的力量,为了朋友好,她以女性独有的方式运用这种力量。她没有说话,只抬头看他,脸上幸福的表情更胜言语,那一抹微笑分明在说:"今天谁都不能拒绝我的要求。"劳里自然也不例外。他以微笑回应,朝她伸出一只手,真诚地说:"布鲁克夫人,我答应你!"

"谢谢你,非常感谢。"

"干杯,祝你下定决心,持之以恒,特迪。"乔挥着杯子喊道,含笑赞许地望着他。些许柠檬水溅出杯外,溅到他身上,仿佛为他施洗。

举了杯,发了誓,纵使诱惑再多,也要信守承诺。两姐妹凭借与生俱来的智慧,把握这快乐的时刻,为朋友做了一件好事,为此他将终生感激。

午餐后，众人三三两两信步于屋内或花园，沐浴在阳光之中。梅格和约翰碰巧并肩站在草坪中央，劳里灵机一动，要为这场毫不时髦的婚礼画上美好的句号。

"所有已婚的人手牵手，像德国人那样，围着这对新婚夫妇跳舞。我们这些未婚男女两两一对在外圈跳！"劳里高喊着，携埃米沿小径飞奔过去，他的热情和舞步极富感染力，大家都没有异议，跟随他们围拢到一起。马奇夫妇和卡罗尔姑妈夫妇带头，其他人很快加入，就连萨莉·莫法特也只迟疑了一小会儿，便将裙裾搭在手臂上，拉着内德跑进人群。顶顶好笑的是劳伦斯老先生和马奇叔婆，庄重的老先生一板一眼跳着快滑步来到老太太面前，老太太把拐杖往胳膊底下一夹，翩跹而去，他们牵起了对方的手，一同绕着新人起舞。年轻的男男女女有如仲夏时节的蝴蝶翻飞在园中。

大家跳得气喘吁吁才结束了这场即兴舞会，随后宾客们一一告辞。

"祝你幸福，亲爱的。衷心地祝你幸福，不过我想你会后悔的。"马奇叔婆对梅格说。她又接着对送她上马车的新郎说："年轻人，你捡到宝了——一定要努力配得上她。"

"内德，这婚礼一点儿也不气派，但不知道为什么，我好久没参加过这么愉快的婚礼了。"在离去的马车上，莫法特太太对丈夫说道。

"劳里，孩子，如果你也想享这种福，能在那几个小姑娘里头找一个帮你，我就心满意足了。"劳伦斯老先生说。兴奋地度过了一上午，此时他在安乐椅上休息。

"我会尽力让您满意的，先生。"劳里答得异常恭顺，一面小心翼翼地取下乔别在他纽洞上的花朵。

小屋离马奇家不远，梅格仅有的新婚旅行，就是和约翰一起静静地从原来的家走向新家。她下楼时，身穿紫灰色套装，头戴系着白色绳带的草帽，一家人聚拢来与她道别，离情依依，仿佛她正要作一趟长途旅行。

"请不要觉得我和你分开了，亲爱的妈妈，也不要觉得我这么爱约翰，对你的爱就减少了。"她紧抱着妈妈，一时热泪盈眶，"我每天都会回来的，爸爸。虽然出嫁了，希望我在你们大家心里的位置不会改变。贝丝打算常常来陪我，另外两个姑娘也会时不时上门笑话我持家无方的。谢谢大家让我有了快乐的婚礼。再见，再见！"

他们站在门口，一张张面庞洋溢着深情、希望和温柔的骄傲，目送她远去。她倚着丈夫的手臂，捧着满怀的花束，六月的阳光照耀在她幸福的脸上——梅格的新婚生活就此展开了。

第二十六章
艺术探索

要了解才华与天赋的差别,得花上很长一段时间,尤其对胸怀大志的青年而言。埃米正透过许多艰难来领会这种差别,她误将热情当作灵感,凭借年轻人的胆量探索着各种艺术。"泥饼子"制作停歇了好一阵子,她全心画着极其精细的钢笔画,绘画时展现出非凡的品味和技巧,优美的作品不仅赏心悦目,甚至还能卖钱。但是钢笔画太费眼力,不久后她便把笔墨束之高阁,转而大胆尝试起烙(lào)画来。烙画创作期间,全家人时刻担心火灾,因为屋子里整天弥漫着木头烧焦的味道,阁楼和棚屋时不时冒出烟来,烧红的铁扦(qiān)子也随处摆放,令人心惊胆战。为防失火,汉娜每晚都把用餐铃和一桶水备在门口,才敢进屋睡觉。擀面板背面清晰地烙印着拉斐尔的头像,巴克斯①头像则印在一只啤酒桶顶部,糖罐盖子上装点了一位咏唱的小天使。埃米还多次尝试创作"罗密欧与朱丽

---

① 巴克斯:罗马神话中的酒神。

叶",最终只为家里添了不少柴火。

手指烫伤之后,从"火"到"油"的转变就在所难免,埃米将不灭的热忱投入油画。一个画家朋友把闲置的调色板、画笔和颜料送给她,她肆意涂抹,画出一些陆地或海洋绝不曾出现过的风光与景象。她笔下的庞然大牛若牵去农业展没准能得奖;她画船时完全不顾造船与装帆的既定规则,熟悉航海之人看一眼恐怕就会捧腹大笑,哪怕只是看着那些船只危险地颠簸也会晕船;一幅幅皮肤黝黑的男孩和黑眼睛的圣母在画室一角凝视来者,画中全无穆利罗①的笔法;油黑的脸部阴影配上了一道位置错误、颜色突兀的光,本意是想模仿伦勃朗②的光影;丰腴的女士和臃肿的婴儿,是效法鲁本斯③的画风;透纳④的影子则在暴风雨中现踪——蓝橙交织的闪电,棕色的雨,紫色的云,中间一片深红色——可能是太阳或浮标,也可能是水手的上衣或国王的长袍,任凭观者想象。

接下来是炭笔肖像画,全家人的画像一字排开挂着,乱糟糟、脏兮兮,像是刚从煤箱里捞出来。换成较为柔和的蜡笔后,情况得以改善,肖像画得不错,埃米的头发、乔的鼻子、梅格的嘴巴和劳里的眼睛,大家都称赞描绘得"惟妙惟肖"。然后埃米重操旧业,回归黏土与石膏,熟人的塑像一尊尊形如鬼魅,或出没于屋中角落,或从橱架上摔落,砸在家人头顶。她还把一些小孩哄来当模特儿,小孩回家后讲述埃米小姐的神秘行径,讲得颠三倒四,让人以为她是个小妖魔。然而一场意外浇熄

---

① 巴罗洛梅·埃斯特巴·穆利罗(1617—1682):西班牙画家,被誉为"17世纪西班牙最伟大的天才画家之一"。
② 伦勃朗·哈尔曼松·凡·莱因(1606—1669):荷兰画家,被誉为"17世纪欧洲最伟大的画家之一"。
③ 彼得·保罗·鲁本斯(1577—1640):弗兰德斯画家,巴洛克艺术的代表人物之一。
④ 约瑟夫·马洛德·威廉·透纳(1775—1851):英国艺术家、浪漫主义风景画家。

了她的热情，使她在这个领域的努力猝然终结。有一阵子她找不来其他模特儿，便着手为自己漂亮的脚做石膏像。一天，有一阵骇人的撞击声和尖叫声传来，家人大惊失色，忙跑去棚屋救援，只见那位年轻的艺术狂满屋子乱跳，一只脚牢牢粘在满满一盆石膏里，显然她没料到石膏凝固得这么快。大家颇费一番工夫，还冒了点儿风险，才把她的脚拔出来。乔挖掘的时候忍不住大笑，一不小心刀子凿太深，割到了那只可怜的脚，这一来至少为一次艺术探索留下了永久的纪念。

打那以后，埃米消停了一段时间，后来她又燃起对自然写生的热爱，常到河边、田野和树林去画风景习作，也渴望找一些遗迹来写生。那段时间她常常感冒，因为总是坐在潮湿的草地上记录"美妙的碎片"，可能

是一块石头、一个树墩、一颗蘑菇、一枝折断的毛蕊花花茎，或是"漫天云彩"，入画后仿佛一床床精致的羽绒铺盖。她不惜被晒黑，顶着仲夏的烈日泛舟河上，研究光影。为练习找"视点"，即眯眼连线之类的方法，她的鼻梁上也起了皱纹。

若诚如米开朗琪罗①所言，"天赋来自永恒的耐心"。埃米一定有权具备这种天赐的资质，历经重重阻碍、失败和挫折，她仍锲而不舍，坚信自己有朝一日会创作出堪称"高雅艺术"的作品。

与此同时，她也学着做其他事情，并且乐在其中，因为她已下定决心，即使当不成伟大的艺术家，也要做一个有魅力、有才情的女性。在这方面她表现得更好，她是那种得天独厚的人，毫不费力就能讨人喜欢，交游广阔，生活过得悠然自得。那些没那么幸运的人只好相信，她这种人生来便福星高照。她人见人爱，八面圆通是她的一种禀赋。她天生懂得如何取悦别人，举止得宜，见什么人说什么话，做事也恰如其分。她是如此从容自若，姐姐们常说："就算埃米事先没有准备就上了法庭，她也完全知道该怎么做。"

她的一个弱点是亟欲跻身"上流社会"，虽然她不太确定何谓上流。在她眼中，金钱、地位、时髦的才艺和优雅的仪态是最令人向往的，她喜欢和具备这些条件的人来往，却常常认假为真，羡慕不值得羡慕的东西。她素来不忘自己的淑女身份，不断培养贵族的品味与态度，以待机会来临，进入因贫穷而暂时无缘的世界。

朋友们有时戏称她"贵夫人"，她由衷渴望成为名副其实的贵夫人，

---

① 米开朗琪罗·博纳罗蒂（1475—1564）：意大利画家、雕塑家、建筑师、诗人，意大利文艺复兴时期代表人物之一。

心里也自认如此，但她还不懂得，金钱买不到心性的陶冶，地位也未必能带来高尚的品格，真正的教养无法被任何外在掩盖。

"妈妈，我想请你帮个忙。"一天，埃米走进屋，郑重其事地说道。

"哦，什么忙呀，小姑娘？"母亲回答。在母亲眼中，这位端庄的小姐依旧是个"小孩子"。

"我们的绘画班下星期放假，女生们就要各自回家过暑假了，我想请她们来这里玩一天。她们特别想看看那条河，画那座断桥，临摹我写生簿里一些她们喜欢的东西。她们在很多事情上对我非常好，我很感激。她们都很有钱，也知道我穷，却从不把我另眼相看。"

"为什么要另眼相看？"马奇太太发问，带着被女儿们称之为"玛丽亚·特蕾莎①般的神态"。

"你我都明白，几乎每个人都会这样——要是有漂亮的鸟儿来啄你的小鸡，可别像护子心切的母鸡似的竖起羽毛发火。要知道，丑小鸭也会变成天鹅的。"埃米毫无苦楚地微笑着，她本就开朗乐观。

马奇太太笑了，她收起为人母的自尊心，问道："好吧，我的天鹅，你有什么打算呢？"

"我想请姑娘们下星期来吃午餐，带她们坐马车去想看的地方逛逛——可能再划划船——为她们办个小小的艺术游园会。"

"听起来能行。你们午餐想吃些什么？蛋糕、三明治、水果和咖啡，我想应该够了吧？"

"哎呀，不够的！我们得吃牛舌鸡肉冷盘，再配上法式热巧克力和冰激凌。姑娘们习惯吃这些，虽然我得为生计奔忙，还是希望这次午餐体

---

① 玛丽亚·特蕾莎（1717—1780）：奥地利女君主。

面高雅些。"

"一共有几位小姐？"母亲的脸色变得严肃起来。

"全班有十二到十四个人，不过我想她们不会全部来的。"

"天啊，孩子，那你得租一辆公共马车才能载她们到处逛了。"

"哎，妈妈，你多虑了。顶多来六到八个人，我租一辆沙滩马车，再向劳伦斯老先生借一辆'篷篷车'（汉娜是这么叫敞篷游览车的）就行了。"

"这样一来要花上不少钱，埃米。"

"不太多，我算过开销，钱我会自己付的。"

"亲爱的，你有没有想过，这些姑娘已经过惯了这种生活，我们尽全力也端不出新鲜的东西。计划得简单一些，说不定倒让她们更高兴，至少换一换口味。这样我们也省力多了，不用去买、去借平时用不着的东西，硬摆出与家境不相称的派头。"

"要是不能照我的意思，就干脆算了。如果你和姐姐们能助一臂之力，我肯定会操办得很圆满的。我都说自己出钱了，想不出有什么道理办不成。"埃米说得很坚决，反对意见往往将她的坚决化为固执。

马奇太太知道，不经一事，不长一智。她尽可能让孩子们自己从经验中学习，假如她们不像怕吃苦药那样拒绝听取建议，她很乐意指点迷津，让她们学得轻松些。

"那好吧，埃米。如果你心意已决，有办法不耗费大量的钱、时间和精力完成这件事，我就不多说了。去和姐姐们谈谈吧，不管你怎么决定，我都会尽量帮你的。"

"谢谢，妈妈，你总是这么好。"说完，埃米便跑去和姐姐们商量她的计划。

梅格一听就同意了，也答应协助——从她的小屋到最精致的盐匙，她愿意提供自己所有的东西。但是乔对这整件事并不赞成，最初也不愿参与。

"你到底为什么要花自己的钱，劳动全家人，把屋子搅得天翻地覆，只为取悦一群毫不在乎你的姑娘？我还以为你自尊心强，明白事理，不会因为哪个女人穿法国靴子、坐高级马车就向她献媚。"乔说。她写小说正写到悲剧性的高潮，忽然被叫来，自然没什么心情讨论社交活动。

"我才没有献媚呢，我和你一样讨厌被人看低！"埃米愤愤地回应。这两姐妹一遇上这种问题，还是会拌嘴。"那些姑娘没有不在乎我，我也在乎她们，她们很友善、懂道理、有才华，不是像你说的那样，只有一堆时髦的无聊玩意。你不想讨人喜欢、进入上流社会、培养风度和品味，可我想。我打算充分利用每一次机会。只要你愿意，你大可以昂首挺胸、目中无人地闯天下，美其名曰独立。我可不愿意这样。"

每当埃米耍起嘴皮，畅所欲言的时候，通常能占上风，因为她说的总是合乎人情世故，而乔常常大谈特谈她对自由的热爱和对习俗的厌恶，结果自然辩不赢对方。埃米如此定义乔的独立观念，真是一语中的，引得两人都哈哈大笑，于是这场争论转趋和缓。虽然百般不情愿，乔最终还是同意为格伦迪太太①奉献一天时间，帮妹妹筹办这场她眼里的"无聊活动"。

请柬一一寄了出去，几乎所有人都接受了邀请，这场盛会便定在下周一举行。汉娜不怎么高兴，因为这打乱了她一星期的工作，她预言："要是不能照常洗烫衣服，那什么事都别想做好。"这下，家务活儿的主

---

① 格伦迪太太：英国剧作家托马斯·莫顿（1764—1838）喜剧《加速犁田》中的人物，她拘泥常规，爱管头管脚。后"格伦迪太太"一词代指这类人物。

发条出了故障,不免对这次活动造成不良影响。但埃米的座右铭是"决不丧志①",一旦下定决心做一件事,她就会排除万难坚持到底。一开始,汉娜的烹饪就不尽如人意,鸡肉太老,牛舌太咸,热巧克力的泡沫也打得不好。然后,蛋糕和冰激凌的花费超出埃米的预算,马车也是,起初看来微小的开支,林林总总加起来,数目相当惊人。贝丝得了感冒,卧病在床。梅格家意外地来了不少客人,她只好留下应酬。乔心烦意乱,因而比平常打破更多东西,闯出更大的祸,犯下更严重的错。

"要不是有妈妈在,我绝对办不成这件事的。"后来埃米心怀感激地回忆此事,这样说道。当时"这一季最佳的趣事"已为其他人所淡忘。

假如周一天公不作美,小姐们的来访便改在周二,如此安排令乔和汉娜恼火至极。周一早晨阴晴不定,这比连绵大雨更叫人心烦。一会儿飘雨,一会儿放晴,时不时又刮起一阵风,老天犹豫不决,害得所有人也迟迟无法做决定。埃米黎明时分就起了床,她把大家从被窝里拖出来,催着他们吃完早餐,以便将屋子收拾干净。客厅此刻看来异常简陋,不过她没有花时间为欠缺

---

① 决不丧志:原文为拉丁文。

的东西唉声叹气，而是用一双巧手好好布置现有的东西，拉过几把椅子盖住地毯的破洞，用常春藤饰边的画作遮掩墙上的污迹，在空荡荡的角落摆上自制的雕塑，乔又用插着鲜花的美丽花瓶四处点缀，这一来屋里便增添了几分艺术气息。

午餐赏心悦目，埃米打量着菜肴，由衷希望吃起来也可口，也希望借来的玻璃杯、瓷器和银器都能完好地物归原主。马车已租定，梅格和妈妈随时准备尽地主之谊，贝丝在幕后为汉娜打下手，乔保证尽量表现得活泼可亲，尽管她心不在焉，头痛不已，对所有人、所有事都十分不满。埃米则疲惫地穿好衣服，强打精神，盼着快乐时光到来，盼着能和朋友们安稳地吃完午餐，坐马车享受一下午的艺术活动——"篷篷车"和断桥是她的得意之处。

接着是焦急难耐的两小时，她在客厅和门廊间往复徘徊，大家的意见像风向标一样摇摆不定。小姐们原定十二点抵达，但十一点那场突如其来的阵雨显然浇熄了她们的热情，以至于一个人都没有出现。到了两点，为免浪费，精疲力竭的一家人坐在耀眼的阳光下，吃掉了宴席中易变质的食物。

"今天天气没问题，她们一定会来的。我们得忙活起来，准备好迎接她们。"隔天早晨，埃米被阳光照醒后说道。她说得很轻快，内心深处却希望自己没有讲过天气不好就改到周二，她的兴致和她的蛋糕一样，有些走味了。

"我买不到龙虾，今天大概做不成沙拉了。"半小时后，马奇先生走进屋来，平静的神色中透着沮丧。

"那就用鸡肉吧，虽然老了点儿，放在沙拉里不要紧的。"马奇太太建议。

"汉娜把鸡肉放在厨房桌子上搁了一小会儿,被小猫给吃了。埃米,真对不起。"贝丝接着说。她依旧是猫儿的守护神。

"那我非得要一只龙虾了,只有牛舌可不行。"埃米断然说道。

"我跑进城去弄一只来好吗?"乔抱着殉道者的胸襟问。

"你一定会连纸都不包,把龙虾夹在胳膊下带回家来,叫我更苦恼。我还是自己去吧。"埃米渐渐耐不住脾气了。

她缠上一条厚面纱,拎起一只时髦的旅行篮便出门去了,心想坐车吹吹风或许能抚平烦乱的心绪,以便应对今天的辛劳。耽搁了一些时间之后,她想要的东西买到手了,还多买了一瓶沙拉酱,省得回家再花时间调制。她搭上回程的车,十分得意于自己的深谋远虑。

公共马车上只另坐了位昏昏欲睡的老太太。埃米将面纱放进口袋,试着计算钱都花去了哪里,借此打发回程的单调。她埋头算着纸片上难解的数字,没有注意到有一位新乘客没叫停马车就跳了上来,只听见一个男声说道:"马奇小姐,早上好。"她抬起头来,眼前是劳里一位十分文雅的大学朋友。埃米一心希望他能在她之前下车,完全忘了脚边那只篮子,她一面暗自庆幸身上穿的是一套新的休闲服,一面以平日里的斯文和活泼回复他的问候。

两人相谈甚欢,埃米得知这位先生会先行下车,最担心的事也就摆到了一边,海阔天空地聊起天来。此时,那位老太太起身要下车,她跟跟跄跄地走向车门,一不小心踢翻了埃米的篮子。噢,完了!那只粗大俗艳的龙虾,暴露在都铎家公子高贵的眼睛底下!

"啊呀,她忘了把午餐带走!"毫不知情的年轻人喊起来。他用手杖将那鲜红的庞然大物拨回原处,准备上前把篮子递给老太太。

"请不要——这是——这是我的。"埃米喃喃道,脸快要涨得和她的龙虾一样红了。

"噢，是吗，抱歉。这只真是肥美极了，对吧？"都铎说得从容自若，语气持重，不愧是知书达礼之人。

埃米立刻恢复镇定，无所顾忌地将篮子放到座位上，笑着说："你不想尝尝用它做的沙拉，再见见那些一起用餐的迷人小姐吗？"

这话说得机敏，触动了男性心头的两大弱点。那只龙虾瞬间蒙上了愉悦的光环，对"迷人小姐"的好奇也使他不再留意刚才那段滑稽的插曲。

"他一定会拿这件事去跟芳里说笑的，不过我眼不见为净。"当都铎鞠躬告别时，埃米暗忖道。

她回家后并未提起这次巧遇（虽然她发现因篮子打翻，沙拉酱顺着裙子流下，几道污迹糟蹋了新衣服），只顾着准备午宴，而这些准备活似乎愈发烦心了。到了十二点，一切再次就绪。她发觉自己的举动引起了左邻右舍的兴趣，只希望今天能圆满成功，好抹去昨天失败的记忆。于是她叫来"篷篷车"，隆重地前去迎接宾客赴宴。

"有车轮声，她们来了！我到门廊去接她们，显得更周到些。那可怜的孩子大费周章，希望她玩得开心。"马奇太太说着，便迈步朝门外走。但是她望了一眼，又面带难以言喻的神色退了回来，因为偌大的马车里，只坐着茫然若失的埃米和另一位小姐。

"快，贝丝，去帮汉娜把桌上的东西撤走一半。在一个姑娘面前摆十二人的午宴太荒唐了。"乔喊了一声，匆匆跑下楼，激动得顾不上停下来大笑。

埃米进了屋，相当平静，她欢喜而殷勤地招待这唯一守信的客人。富有戏剧才能的家人同样称职地扮演各自的角色。埃利奥特小姐觉得这一家子十分有趣，散发着无处可藏的欢乐。她们愉快地享用完重新整理过的午餐，参观了画室和花园，对艺术热烈讨论了一番，然后埃米叫来一辆轻便马车（可惜了那辆高雅的"篷篷车"），静静地载着她的朋友在附近游览，直至日落时分，"大部队走了"。

埃米走进门来，模样十分疲惫，却仍沉着如常。她发现这场倒霉的游园会没有留下一丝痕迹，只剩乔的嘴角扬起若隐若现的笑意。

"你们下午兜风，天气很不错呀，亲爱的。"母亲婉言说道，仿佛十二位客人都到齐了。

"埃利奥特小姐是个非常可爱的姑娘，我想，她应该玩得很愉快。"贝丝的言语中带着不寻常的热情。

"可以把你们的蛋糕分我一些吗？我真的需要，家里来了好多客人，我做不出这么好吃的东西。"梅格认真地问道。

"全拿去吧。这里只有我一个人喜欢甜食，没等我吃完就要发霉了。"埃米回答，想到自己备了大量菜肴，却落得如此下场，不由得叹了口气。

"可惜劳里不能来帮忙吃掉一点儿。"乔说。这时她们又坐下吃冰激凌和沙拉，这是两天内的第四次了。

母亲投来告诫的目光，使乔不再多言。全家人竭力保持沉默，埋头吃着，直到马奇先生温声细语地开口道："沙拉是古人十分喜爱的一道菜，伊夫林①——"一阵哄堂大笑打断了"沙拉的历史"，令这位博学的先生大为惊讶。

"把所有东西都塞进篮子里，送到赫梅尔家去吧——他们喜欢吃杂七

---

① 约翰·伊夫林（1620—1706）：英国作家、园艺家，其1699年所著《沙拉》被认为是第一部关于沙拉的专著。

杂八的菜。这些东西我看烦了，没道理只因为我是个傻瓜，就让你们跟着撑死。"埃米擦了擦眼睛叫道。

"我看到你们两个姑娘坐在你说的那什么车里颠簸，就像巨大的坚果壳包着两颗小果仁，而妈妈隆重地等候着一大群客人，当时我才要笑死了呢。"乔叹道，她已笑得没了力气。

"看你失望我很难过，亲爱的，可我们已经尽力让你满意了。"马奇太太的语气中充满了慈母的怅惜。

"我已经很满意了。我做了自己承诺过的事，失败并不是我的错，我是这么安慰自己的。"埃米的声音微微发颤，"非常感谢大家帮我，如果你们至少一个月不再提起这件事，我会更加感激的。"

之后的数月中，谁也没再提及此事，但是"游园会"一词总能引发众人会心一笑。而劳里送给埃米的生日礼物，是一只用来装饰表链的珊瑚龙虾小坠子。

第二十七章
文 学 课

　　命运之神突然垂青于乔,在她面前抛下一枚幸运币。那算不上什么金币,但我认为,即使给她五十万美金,也未必抵得上以这种方式获得的一小笔钱,后者或许能带来更多真正的快乐。

　　每隔几个星期,她就把自己关在房间里,穿上"写作专用服",像她所说的那样"陷入旋涡",专心致志地写起长篇小说来,一天没写完,她就一天不得安宁。她的"写作服"是一条可以随意揩拭笔头的黑色围裙,还有一顶同样材质的帽子,上面装饰着一个可爱的红色蝴蝶结,当一切准备就绪,动笔前,她会把头发塞进帽子。在家人探询的目光里,这顶帽子是一座灯塔。在乔写作期间,他们便与她保持距离,只偶尔探头进屋,好奇地问问:"乔,灵感亮了吗?"他们有时连问都不敢问,而是观察她的帽子,进而作出判断。这件传情达意的衣饰如果低低地压在额头,表明她正苦思冥想;当她写得兴奋之时,帽子会潇洒地斜扣着;而文思枯竭的时候,帽子就索性扯下,丢在地板上。遇到这种情况,闯入房间的人便默默离去，在那个天才脑袋上再次喜悦地竖起红色蝴蝶结之前，谁也不敢和乔搭话。

她从来不觉得自己是天才，然而一旦写作的劲头高涨，她便不顾一切全心投入，幸福度日，无欲无求，不闻风雨。她快乐地安处于想象世界，那里满是她的朋友，他们真实又亲切，几乎像活生生的朋友一样。她废寝忘食，嫌日夜太短，不够她尽情享受唯有此时才降临的快乐，纵使没有别的收获，这种快乐已使这些时刻极富价值。天赐的灵感通常会持续一两个星期，而后她从"旋涡"中走出，饥

饿、困乏，或暴躁，或消沉。

有一次她刚脱离这样的状态，便被请去陪克罗克小姐听一场讲座。好心有好报，她在讲座中获得了一个新的思路。这是"人民课堂"系列讲座——该次的主题为金字塔。乔很纳闷儿为何要为这群听众选择这样的主题，不过她认为，这些听众成天盘算煤炭和面粉的价格，终日力图解开比斯芬克斯之谜更难的问题，向他们讲述法老的荣光，想必能纠正某种严重的社会恶习，填补某种巨大的缺失。

她们到得很早。克罗克小姐趁空织好长袜的袜跟，乔则打量两旁听众的面孔解闷。在她左边坐的是两个主妇，宽大的脑门儿上套着相称的大软帽，两人一面结着花边，一面讨论妇女权利。再过去，坐着一对不起眼的情侣，他们天真无邪地手拉着手，还有一个忧郁的老姑娘嚼着纸袋里掏出的薄荷糖，另一位老先生脸上盖着一条黄色大手帕，正打盹儿养神。在她的右边，只有邻座的一个看起来很好学的小伙子，正专心读着报纸。

那份报纸图文并茂，乔定睛细看离她最近的一幅画作：一个全副武装的印第安人和一匹咬住他脖颈的恶狼一起滚落悬崖；近处有两个暴怒的年轻绅士持剑互刺，两人的双脚异常地小，双眼却异常地大；在画的后景，一个女人披头散发，张大了嘴，正飞快地逃跑。乔漫不经心地想着，要接连发生哪些意外事件才能构成这幅插图中的夸张场面。小伙子正要翻过一页，发现她也在看，出于男孩子的大气，分了一半的报纸给她，率直地问："要看吗？这个故事好极了。"

乔微笑着接过报纸，尽管年岁渐长，她依旧喜欢与男孩为伍。很快她就陷入常见的爱情、悬疑与凶杀的复杂情节之中，这个故事属于那种通俗文学，当作者肠枯思竭时，就突降一场大灾难，将一半的登场人物清除,留下另一半为对手的覆灭而欢呼雀跃。

"很精彩,对吧?"男孩见她的视线扫过最后一段文字,便问道。

"我想,要是你我努力一把,也能写出差不多的东西。"乔回答。男孩如此赞赏这篇劣作,把她逗乐了。

"如果写得出来,那我一定觉得自己是个幸运儿。据说,她靠着写这种故事过上了好日子。"他伸手指了指故事标题下的署名——S. L. A. N. G. 诺思伯里夫人。

"你认识她?"乔突然来了兴趣。

"不认识,不过我读过她所有的文章,我有朋友在印这份报纸的地方工作。"

"你是说她靠着写这样的故事过上了好日子?"乔看着报纸上这群激动的人物和密密麻麻的感叹号,心中多了几分敬意。

"我想是吧!她很清楚大众爱看什么,所以写这些赚了不少钱。"

这时讲座开始了,但是乔没听进去几个字,在桑兹教授枯燥地讲述贝尔佐尼[①]、基奥普斯王[②]、圣甲虫和象形文字的时候,她偷偷抄下了报社地址。报纸专栏征集煽情小说,设有一百元奖金,她决定大胆地争取一回。到讲座结束、听众醒来时,她已在脑海中为自己积聚起一大笔财富(这并非第一次从报纸得的稿酬了)——她专注地构思着故事,只是暂时拿不定主意该把决斗放在私奔之前还是凶杀之后。

回家后她对这一计划只字未提,隔天便提笔写起来。母亲见了颇为忐忑,每当"灵感亮了",她总是面露些许忧色。乔以前从未尝试过这种

---

① 乔瓦尼·巴蒂斯塔·贝尔佐尼(1778—1823):意大利探险家、古埃及文物考古学先驱。
② 基奥普斯王(约公元前26世纪初):古埃及第四王朝的第二位法老,又名胡夫。胡夫金字塔是古埃及吉萨金字塔群中最大、最古老的一座。

风格，仅满足于为《展翼鹰》写些不温不火的传奇故事。现在她的戏剧经验和博览群书的习惯都派上了用场，这使她大致了解戏剧性效果，还储备了情节、语言及服饰的知识。她凭借自己对不安情绪的些许认知，尽可能让故事充满决绝与悲壮，将背景设在里斯本①，以一场地震收尾，不失为动人心魄又恰如其分的结局。手稿悄悄地寄出了，还附上一张字条，谦称若这个故事未能得奖——作者亦不敢奢望——收到与其价值相当的稿酬便足矣。

六星期的等待相当漫长，对一个保守秘密的女孩来说更是如此。但是乔守着秘密等下来了，正当她准备放弃再见到手稿的希望时，来了一封几乎令她窒息的信，信一打开，一张百元支票便飘落下来。有那么一会儿，她怔怔地盯着，仿佛看到的是一条蛇。而后她读着信，哭了起来。假如那位和蔼的先生知道他的亲切短信能带给另一个人多大的欢喜，我想，他定然一有空暇就写信消遣的。乔把这封信看得比钱还重，因为它如此鼓舞人心。努力多年，终于发现自己学会了做一件事，她欣喜不已——虽然只是写一篇煽情小说。

当她镇定下来，一手拿信，一手拿支票，在家人面前宣布自己赢得了奖金时，大家都大吃一惊，世上恐怕少有年轻女性比此时的她更为自豪了！家里自然免不了欢庆一场，小说见报后，大家都读了，且大加赞许。父亲对她说，小说文笔不错，故事新颖真诚，悲剧情节震撼人心。而他又摇了摇头，以一贯的淡泊口吻说道："乔，你可以写得比这更好。定最高的目标，别管钱的事。"

"我倒觉得钱才是做这件事最大的好处。这么大一笔钱，你想要怎

---

① 里斯本：葡萄牙首都，曾于1755年11月1日发生大地震。

花呀？"埃米注视着那张神奇的支票问道，目光饱含敬意。

"送贝丝和妈妈去海边休养一两个月。"乔毫不迟疑地回答。

"噢，真棒啊！可是不行，我不能去，亲爱的，那样太自私了。"贝丝叫道，纤弱的双手一拍，长吸一口气，似乎渴想着清新的海风，但她随即顿住，推却了姐姐在她面前挥动的支票。

"啊，你一定得去，我已经打定主意了。我就为了争取这件事，也就因为这样才成功的。我只为自己考虑时，做什么事都成不了气候，为你效劳也是帮我自己，你明白吗？再说，妈妈也需要换换环境，她不会丢下你的，所以你非去不可。等你回家来，看你又变回丰满红润的模样，不是很开心吗？药到病除的乔医生万岁！"

经过反复讨论，母女俩终究去了海边。尽管贝丝回家时不如期望的那样丰满红润，身体还是健康了不少。马奇太太则声称感觉自己年轻了十岁。因此乔对这笔奖金的用途很满意，她兴高采烈地继续写作，矢志多挣一些令人快乐的支票。那一年她确实又挣得几张，渐渐感到自己在家中颇有分量，借由一支笔的魔力，她的"劳什子"成了全家人舒适生活的来源。《公爵家的千金》付了肉铺的账，《幽灵之手》添置了一条新地毯，《考文垂家的诅咒》使马奇家衣食无忧。

财富无疑令人十分向往，但贫穷亦有其光明面，逆境的一大好处，在于头脑或双手的辛勤劳动能创造由衷的满足。世间智慧、美好与有益的福祉，有一半为贫乏所催生。乔品尝着这种满足，不再羡慕富家姑娘。能够自给自足，无须向谁讨一分钱，她因此得到莫大的慰藉。

她写的故事并未引起多少关注，但也找到了它们的市场，她为之鼓舞，决心为名利大胆一搏。她把那部长篇小说誊写了四遍，读给所有密友听过后，提心吊胆地向三家出版商投稿。最后有一家愿意买下，条件是要删减三分之一,包含所有她特别得意的段落。

"现在我要么把它塞回锡皮柜里发霉,要么自费出版,要么就顺着买主的意思删稿,赚我能赚的稿费。对这个家来说,名声当然是好东西,但是钞票或许更实用。关于这件重要的事情,我想听听大家的意见。"乔说着,召开了家庭会议。

"别毁了你的书,女儿,这里面还有你没想到的意义,主旨也充分表达了。就放着等时机成熟吧。"父亲如此建议。他言行如一,三十年间一直耐心等待自己的果实成熟,即使如今已果香四溢,他也不急于采收。

"依我看,与其让乔等待,不如让她去试一试。"马奇太太说,"读者的评论是作品最好的试金石,能为她指出意想不到的优缺点,帮助她下次写得更好。我们太偏袒她,外人的褒贬会有助益的,哪怕她赚不了什么钱。"

"没错,"乔蹙起了眉头,"就是这样。我为这故事忙活了这么久,真的不晓得它是好是坏,还是中规中矩。给冷静客观的人看一看,听取他们的想法,对我大有帮助。"

"要我,就一个字也不删。删了就把它毁了,这故事好就好在人物的思想,而非行为,如果情节发展过程中没有必要的叙述,会不知所云的。"梅格说。她坚信这部著作是史上最出色的。

"可是艾伦先生说,'删去叙述性文字,使小说更简洁,戏剧性更强,让人物自己说故事'。"乔打断她的话,念起出版商的信来。

"照他说的做,他知道什么书畅销,我们不知道。写一本受欢迎的好书,尽可能多赚些钱。日后你出了名,就有底气在小说里安插闲笔,塑造一些哲学家和玄学家。"埃米对这件事的观点十分实际。

"这个嘛,"乔笑了起来,"如果我的人物是'哲学家和玄学家',也不是我的错啊，我对这些一窍不通，只是有时候听爸爸讲讲。要是我的故事里掺进了一些爸爸的智慧，那就更好啦。那么，贝丝，你觉得呢？"

"我很想快点儿看到它出版。"贝丝只说了这一句，说话时微微带笑，无意中加重了"快点儿"一词的语气，她流露出祈盼的目光，那双眼睛从未失去孩童般的率真。乔见了心头一凛，涌起不祥的恐惧，她决定为了"快点儿"壮胆一试。

于是，这位年轻女作家带着斯巴达式的坚毅，将她的处女作摊在桌上，如疯魔般残酷地

东删西减。为了让大家高兴,每个人的建议她都采纳了,结果就像父子骑驴的寓言那样,谁都无法满意。

父亲喜欢作品无意间染上的玄学色彩,她便予以保留,尽管仍心存疑虑。母亲认为叙述文字确实稍嫌过多,因此她几乎全数删除,连带删了不少必要的过渡段落。梅格欣赏悲剧情节,所以乔渲染痛苦来迎合她。而埃米不喜欢逗趣的描写,出于最大的善意,乔剔除了那些用以缓和忧郁笔调的欢快场面。一不做,二不休,她最后砍掉三分之一的篇幅,这个可怜的小故事成了一只拔了毛的知更鸟,她满怀信心地把它送进熙攘的大世界去碰碰运气。

书如愿出版了,她得到三百元稿酬。随之而来的是大量评论,褒贬两方都来势汹汹,远超她的预期,她被折磨得晕头转向,好一阵子才缓过神来。

"妈妈,你说读者的评论能帮助我。但是怎么会这样?这些评论如此矛盾,我都不知道自己是写了一本可圈可点的书,还是犯了'十诫'。"可怜的乔一面嚷嚷,一面翻阅着一大沓书评,上一刻还读得满心自豪与喜悦,下一刻又深感愤怒、灰心丧气。"这个人说:

'一本优美的书,洋溢着真善美,从头到尾都很美好、纯粹而睿智。'"困惑的女作家继续念道,"下一位说:'这本书的理论不佳——充斥病态的幻想、唯灵论的观念和不自然的人物。'唉,我没有任何理论,也不信唯灵论,人物都来源于生活,我看这个评论家说的根本没道理。另一位说:'这是美国近年来出版的数一数二的小说。'恕我不敢苟同。接下来这位断定:'尽管此书独树一帜,写得气势磅礴,感情充沛,却是一本危险的书。'哪里危险!有人取笑它,有人过誉了。几乎所有人都坚持说我想阐述一种深奥的理论,而我写它只是为了乐趣和稿费。真希望能把原稿完整地出版,或者索性不出版,我太讨厌被曲解得这么严重了。"

家人和朋友都极力表达安慰与赞美,但是乔生性敏感,自视甚高,如今献出一片赤诚之心,却显然没有得到好结果,这令她很难受。然而这件事仍对她有益,那些有真知灼见的评论使作者获益良多。最初的痛心过去之后,她也能对那本可怜的小书自嘲一番,不过依然对它有信心,她感到自己因遭受打击而变得更聪明、更坚定了。

"我不是济慈[①]那样的天才,这不会要了我的命。"她顽强地说,"毕竟我也有可以笑话他们的地方。那些直接取材于现实生活的部分,被指责为不可能、荒谬,而我的笨脑瓜凭空编造的场景,却被称赞为'自然、温柔、真实得迷人'。我会以此安慰自己。等我准备好了,我会重整旗鼓,再写一本。"

[①] 约翰·济慈(1795—1821):英国诗人,浪漫派的主要成员。

第二十八章
持家经验

　　和大多数年轻主妇一样，梅格开始婚姻生活时，下决心要当个模范管家。她要让约翰感到家宛如天堂，永远见她笑脸相迎，日日享用美馔佳肴，决不让他的衣服上少一颗纽扣。她如此深情、愉快又干劲十足地做家务，尽管会遇到困难，但必然获得成功。她的"天堂"并不太平，这位小妇人常常小题大做，为取悦丈夫急于求成，她忙东忙西，为许多事操心烦扰。有时候，她累得连笑的力气都没有了。约翰吃了一阵子的精致菜肴，渐渐消化不良，不领情地要求吃得清淡些。至于纽扣，她很快便开始纳闷儿它们下落何处，为男人的粗心大意连连摇头，威胁丈夫要他自己缝扣子，看看和她缝的相比，是否更经得住他粗笨地生拉硬扯。

　　他们很幸福，即使已经发现单凭爱情无法过活。就算梅格只是在咖啡壶后面笑眯眯地望他，约翰仍觉得她天姿国色。而梅格在每天小别时，也不曾感到浪漫消退，丈夫吻过她后便会柔声询问："亲爱的，要我带小牛肉还是羊肉回来做晚餐?"

小屋不再是一间虚有其表的村舍,而是一个家了,小两口不久便明白这是好的转变。起初他们像小孩似的嬉闹,玩着过家家的游戏。后来约翰的事业步入正轨,他意识到肩负着一家之主的重任。梅格则收起了麻纱外衣,系上大围裙,如上文所述,干劲有余而周到不足地投入家务之中。

在热衷烹饪的那段时间里,她像钻研数学题一般通读了科尔内留斯[①]夫人的食谱,耐心又仔细地解决一道道难题。有时做成了一桌过于丰盛的宴席,她便邀请家人来帮着吃完。有时做出一批失败之作,她就便宜行事,私下派洛蒂背着众人,把食物带回去,请赫梅尔家的孩子帮忙解决。如果哪天晚上和约翰一起查看了账簿,她对烹饪的热情通常会暂歇,继之以节俭度日的冲动,于是可怜的丈夫就得吃一阵子面包布丁、肉末土豆泥和反复加热的咖啡,他备感折磨,仍毅然忍受下来,值得嘉许。然而,中庸之道尚未寻获,梅格又忙着添置年轻夫妇迟早不可或缺的家什——家用果酱罐。

她心中燃起家庭主妇独有的愿望,想看到储藏室里存满自制罐头,便动手做起醋栗果酱来。她要约翰订购一打小罐子和大量砂糖,他们种的醋栗已经熟透,需要马上处理。约翰坚信"我的太太"无所不能,自然以她的手艺为傲,他决定满足她的心愿,将家中唯一的收成以最相宜的方式贮存,留待冬天享用。就这样,四打可爱的小罐子和半桶砂糖送来了家里,还有一个小男孩被派来帮忙摘醋栗。这位年轻主妇把一头秀发束进小帽子,衣袖挽到肘上,一条格子围裙虽是围兜式的,依然风情

---

① 玛丽·胡克·科尔内留斯(1796—1880):美国作家,曾出版《青年主妇之友》。

万种，她投入工作，对成功深信不疑，毕竟以前看汉娜做过几百遍了，不是吗？乍看到那一大排罐子时，梅格吃了一惊，不过约翰特别爱吃果酱，这些漂亮的小玻璃罐摆在架子顶层也赏心悦目，所以她决心把它们全部装满。她花了整整一天时间采摘、熬煮、过滤，手忙脚乱地做果酱。她用尽办法，参考了科尔内留斯夫人的意见，绞尽脑汁回想汉娜做果酱时的步骤。她一次又一次地熬煮、加糖、过滤，但是那讨厌的玩意就是不"凝胶"。

她真想就这样身着围裙跑回家向母亲求助，但是她与约翰曾商定，决不因两人之间的烦恼、试验或争吵去搅扰他人。当时讲到"争吵"一词，他们都笑了，仿佛这个词荒谬绝伦。他们遵守约定，只要是自己能应对的事情，就决不求援，也没有人来干涉他们——这是马奇太太提议的。因此梅格冒着酷暑，独自与这顽固的甜食缠斗了一整天，到了傍晚五点，她在一片狼藉的厨房里坐下，绞扭着脏兮兮的双手，放声大哭起来。

新婚宴尔时，她常说："只要我先生高兴，随时可以带朋友来家里。我一定准备万全，不会忙乱，不会责备，也不会窘迫，等着他的只有整洁的屋子、愉快的妻子和可口的饭菜。约翰，亲爱的，根本不用问我的意见，你想请谁来就请谁，我一定欢迎。"

真是令人陶醉的一席话！约翰听她这样说，颇觉得意，感到有此贤妻是天大的福气。不过，他们家虽然偶有客人来访，却从没有不期而至的，梅格迄今不曾有机会表现。世事常如此，也注定会发生一些事，叫人只能惊讶，悲叹，尽力忍受。

一年有那么多天，想不到约翰偏偏挑这一天带了一个朋友到家中吃饭，他完全忘了果酱的事，否则实在是不可饶恕。他正庆幸自己早上订

了美食回家，确信晚餐会准时备好，满心喜悦地期待着客人对此赞不绝口。当娇妻跑出门来迎接，当他陪同友人走入宅子，身为年轻的丈夫与一家之主，定然难掩得意之情。

而约翰抵达"鸠舍"后，顿时大失所望。平日里敞开迎宾的前门，此时不仅关着，还上了锁，台阶仍沾着昨天的泥渍。客厅的窗户紧闭，拉上了窗帘，门廊里不见那身穿白裙、头戴迷人小蝴蝶结的娇妻做着针线活儿，也没有一位明眸善睐的女主人羞怯地笑迎客人。事与愿违——除了那个熟睡在醋栗丛下、满身染红的男孩，全不见人影。

"怕是出什么事了。斯科特，进花园来，我去找找布鲁克夫人。"约翰说。四下一片静寂，令他相当惊慌。

循着一股砂糖煮焦的刺鼻气味，他急忙绕过屋子。斯科特先生缓步跟随其后，神情古怪。见布鲁克消失在墙后，他谨慎地站住，不再上前，不过仍看得到、听得见屋里的情形。他是个单身汉，因而饶有趣味地旁观着这一幕。

厨房笼罩在混乱与绝望之中。一个个罐子里装着未成形的果酱，地板上泼洒着果酱，火炉上还有果酱烧得正欢。洛蒂带着日耳曼人的淡定，正平静地吃着面包，喝着醋栗酒。果酱依然是无望的液体状，布鲁克夫人用围裙捂着脸，坐在一旁伤心地啜泣。

"我亲爱的姑娘，怎么了？"约翰大喊着冲进屋，担心妻子烫伤了手，或听到意外的不幸消息，想到客人还在花园里，不免暗自惊恐。

"噢，约翰，我实在太累了，又热又气又恼！我一直耗在这里，已经筋疲力尽了。快来帮帮我，不然我快要死了。"这位疲惫的主妇扑进他的怀中，献上名副其实的"甜蜜欢迎"，因为在果酱泼到地上的时候，她的围裙也受了洗礼。

"有什么烦心事,亲爱的?发生了什么坏事吗?"约翰很焦心,轻柔地吻了吻那顶歪歪扭扭的小帽子的帽顶。

"对。"梅格绝望地呜咽着。

"那快告诉我啊。别哭,只要你不哭,再糟的事我都能承受。说吧,亲爱的。"

"那个——那个果酱不凝胶——我不知道该怎么办!"

约翰·布鲁克当即大笑起来,事后他可再也不敢笑话了。正在看好戏的斯科特听见这阵欢笑声,也情不自禁地笑了。这对可怜的梅格更是雪上加霜。

"就这事?把东西扔出窗外去,别再费事了。你想要,我给你买几夸脱。行行好,不要歇斯底里的,我带了杰克·斯科特来家里吃饭,结果——"

约翰话没说完,梅格一把推开他,倒在椅子上,双手悲伤地交握,以交杂着愤慨、责怪和沮丧的语调大叫:"带人来吃饭,可这里一团糟!约翰·布鲁克,你怎么能这样啊?"

"嘘,他就在花园里。我把这该死的果酱给忘了,现在也没办法了。"约翰目光焦虑地扫视着眼前的景象。

"你该捎个信回来,或者早上就先告诉我,你总该记得今天我有多忙吧。"梅格没好气地接着说。哪怕是相亲相爱的斑鸠,惹急了也会互啄的。

"早上我还不知道呢,也没时间捎信,我出门走到半路遇见他的。我根本没想到要问你的意见,你说过我可以随意请人到家里。我以前倒没试过,今后无论如何也不会这么做了!"约翰满腹委屈。

"希望如此!马上把他带走,我不能见他,也没有准备晚饭。"

"哎，你竟说这种话！我让人送回家来的牛肉和蔬菜呢，还有你答应要做的甜点呢？"约翰嚷嚷着，朝食品柜跑过去。

"我压根儿没时间做饭，本来打算去妈妈那儿吃的。对不起，我真的忙不过来。"梅格的眼泪又掉落下来。

约翰性情温和，但毕竟也只是凡人。辛劳工作一天之后，他又累又饿，满怀希望地回到家，却发现屋子乱糟糟，餐桌空荡荡，妻子还气呼呼的，这着实无助于安定身心。不过他克制着情绪，要不是又说错了话，这场小风暴原本会就此平息。

"我承认，我自找麻烦了。但是如果你肯助一臂之力，我们还是能应付过去，高高兴兴地会客的。别哭了，亲爱的，加把劲，替我们随便弄些吃的吧。我们俩都饿得前胸贴后背了，吞什么都无所谓。给我们吃冷盘肉、面包和奶酪就行，我们不会需要果酱的。"

他是想开个善意的玩笑，但这话决定了他的命运。梅格觉得他这么说太过冷酷，分明在暗指她的失败很可悲，此话一出，她最后一丝耐心也丧失殆尽了。

"你得自己想办法解决麻烦。我累坏了，没力气为谁'加把劲'了。用肉骨头、粗陋的面包和奶酪招待客人，真是男人才想得出来。我可不会让我们家发生这种事。把那个斯科特带到妈妈那儿去，跟他说我不在——病了，死了，说什么都行。我不会见他的，你们俩可以尽情笑话我和我的果酱。你们在这儿没东西可吃。"梅格一口气发泄完她的不满，抛下围裙，匆促离开战场，回自己房里哀叹去了。

她不在时这两个人做了什么，她不得而知，不过斯科特先生没有被"带到妈妈那儿去"。两人悠悠地离去之后，梅格才下楼来，看出他们俩胡乱吃了一通，不由大惊失色。洛蒂报告说他们"吃了很多，笑个不停，主人还让把这些甜腻腻的东西全部扔掉，把罐子都藏起来"。

梅格很想去跟妈妈告状，但她对自己的不是感到羞愧，对约翰又一片忠心——"他或许冷酷，可是不能给别人知道"，于是打消了念头。她将屋子草草收拾了一下，然后换上漂亮的衣服，坐下来等约翰回家，准备到时再原谅他。

很可惜，约翰没有来请求原谅，他的看法可不一样。他在斯科特面前，把这件事当成有趣的玩笑带过，全力为小妻子开脱，殷勤地尽地主之谊。他的朋友开心地吃完这餐便饭，答应以后再来拜访。约翰其实很生气，只是不动声色。他觉得梅格使他陷入窘境，在困难关头又离他而去。"叫人随时随意带朋友回家，真听信你的话了，你又发火，责怪他，弃之于不顾，任由别人嘲笑他，怜悯他，这不公平。真的，确实不公平！得让梅格明白这一点。"席间，他憋了一肚子火，但是当忙乱过去后，他送走斯科特，散步回家，一股温情涌上心头。"可怜的小东西！她是真心真意地想让我高兴。太难为她了。她当然不对，但她是年轻人嘛。我得耐心些，教教她。"他希望她没有回娘家去——他讨厌旁人干涉和闲言闲语。光是想到此处，他一时又急躁起来。不过他担心梅格可能会哭坏身子，也就心软下来，加快脚步，决定要心平气和，但坚定、再坚定地向她指出，她哪里没有尽到为人妻的本分。

梅格同样决定"心平气和，但坚定"地指出丈夫的本分所在。她很想跑过去迎接他，道个歉，得到他的亲吻与安慰，她知道结果必然如此。当然，她并没有这么做。她见约翰过来，就边摇着摇椅，边做针线活儿，口中颇自然地哼起小曲来，像一位贵妇坐在家中最好的客厅里。

约翰看到眼前不是一个柔弱的尼俄柏①，不免有些失望。自尊心使他认为对方应该先道歉，所以他默不作声，故作悠闲地走进屋里，在沙发上躺下，说了一句不着边际的话："新月快要出来了，亲爱的。"

"正是如此。"梅格的回应一样镇定。

布鲁克先生又引出几个避重就轻的话题，被布鲁克夫人一一泼冷水，话头便断了。约翰走到窗前，看起报纸来，整个人都快裹进报纸里了。梅格走到另一扇窗前，继续做活计，仿佛手里那双便鞋上的玫瑰花饰是一件生活必需品。谁也没开口——两人都一副"平和但坚定"的模样，心中都感到极其不安。

"天啊，"梅格暗忖，"婚姻生活真是难，除了爱情，的确还需要无穷的耐心，妈妈说得没错。""妈妈"二字又令她想起许久以前母亲给她的一些忠告，当时她并不相信，还表示反对。

"约翰是个好人，但也有他的缺点，你得学着发现并包容，还要记得自己的缺点。他为人刚毅，只要你好好讲道理，不急着对抗，他是决不至于顽固的。他实事求是，很顶真——这是好品质，尽管你可能会说他'小题大做'。梅格，千万不要对他伪装或说谎，这样他就会给你应得的信任，给你需要的支持。他有脾气，但不像我们——脾气来得快也去得快——他的脾气藏在心里，很少发作，一旦点燃怒火，那可是火冒三丈，很难扑灭。要小心，非常小心，不要惹火烧身，幸福和睦有赖于保持他对你的尊重。留点儿神，如果双方都犯错，你要先道歉，别斗嘴，避免误解，不要口不择言，否则往往会导致深深的悲伤和悔恨。"

---

① 尼俄柏：希腊神话中的底比斯王后。她夸耀自己有十二个子女，嘲笑女神勒托只有一子一女，后因干扰献祭进一步激怒勒托，其子女全数被勒托的儿女阿波罗与阿尔忒弥斯用利箭射死。她悲痛至极，宙斯将其化为流泪不止的山岩。

梅格坐在夕阳下做着针线活儿，回忆起妈妈的这段话——尤其是最后一句。这是他们夫妻间第一次发生严重分歧。现在想来，她的气话既愚蠢又刻薄，她的愤怒也显得很幼稚，想到可怜的约翰回家时撞上那番景象，她心软了。她朝他望去，但他没看见她含泪的双眼。她放下活计，站起身来，心想：我先来说"原谅我吧"。但他似乎没听见那一头的动静。她缓而又缓地穿过房间，毕竟难以放下身段，最后她来到他身边，但他连头也未抬。她一时觉得自己实在做不到，转念一想：我先起个头，做我该做的，这样就问心无愧了。于是她俯下身去，轻轻地吻了丈夫的额头。这自然化解了一切。这悔过的一吻胜过千言万语，约翰立刻拉她坐到膝上，温柔地说："取笑那些可怜的小果酱罐子，太不应该了。原谅我吧，亲爱的，我再也不会了！"

但他还是笑了，天啊，是的，笑了一次又一次，梅格也一样，两人都说这是他们做过的最甜蜜的果酱，那些小小的家用果酱罐保住了家庭的和睦。

之后，梅格特地正式邀请斯科特先生来家中用餐，为他准备了一席美味的飧（xiǎng）宴，第一道菜不再是一个焦头烂额的主妇。这一次，她亲切又欢愉，将一切安排得很完满，斯科特先生直说约翰是个幸福的家伙，回家时，还一路摇头感叹单身汉的日子不好过。

到了秋天，梅格又面临新的考验。萨莉·莫法特同她再次热络起来，常常跑到小屋闲聊，或者把"那个小可怜"邀请到自家大宅里消磨一天的时光。这让梅格很愉快，因为天阴的日子里，她常感觉孤单——家里人都很忙碌，约翰到晚上才会回家，除了缝纫、阅读和琐碎家务，没什么事好做。所以，梅格自然而然养成了和这个朋友闲逛、闲谈的习惯。她看到萨莉的漂亮东西，想要却不可得，难免自怜。萨莉很好心，经常要送她一些她梦寐以求的小玩意,但梅格总是婉言谢绝,她知道约翰不喜欢这样。然而,这个傻乎乎的小妇人后来竟做出令约翰厌恶至极的事情。

她清楚丈夫的收入,喜欢受到他的信任,他不仅将幸福托付给她,也把有些男人可能更看重的金钱交给她保管,她知道钱放在哪里,可以随意取用,他只要求她记录每一笔开支,每个月付清账单,并记住自己嫁的不是有钱人。她至今都做得很好,精打细算,小账簿记得一清二楚,每个月都毫不心虚地请他过目。但是这年秋天,蛇溜进了梅格的伊甸园,像诱惑许多当代夏娃一样诱惑她,不是用苹果,而是用衣服。梅格不喜欢受人怜悯,这使她深感自己的贫穷。她因此气恼,又羞于承认,所以偶尔买一些漂亮东西自我安慰,以免萨莉认为她拮据度日。事后她总是良心不安,因为这些漂亮东西几乎都不是必需品。不过这些东西花费很少,也就无须担心了。只是不知不觉间,这些小玩意越买越多,她出门购物时,也不再只是看看而已了。

终于,这些开销积少成多,超乎想象。到了月底合计账目时,她看到总数吓坏了。约翰那个月很忙,把账单都留给她处理;第二个月他不在家;但是第三个月,他结算了一季度的总账,这件事梅格永远都忘不了。就在几天前,她犯下一个可怕的错,心里过意不去。萨莉常买丝绸衣服,梅格也渴望有一件新的——只要一件端庄的浅色衣服,可以在舞会上穿的——她的黑色丝绸衣过于普通,单薄的晚礼服也只适合少女。在过新年时,马奇叔婆通常会给四姐妹一人二十五元当作礼物。离新年只剩一个月了,而眼下有一段漂亮的紫罗兰丝绸料子降价出售,只要她敢挪用,这笔钱是付得出的。约翰总说,他的钱就是她的钱。可是不仅要预支未来的二十五块,还要从家庭存款中另抽二十五块来,他会同意

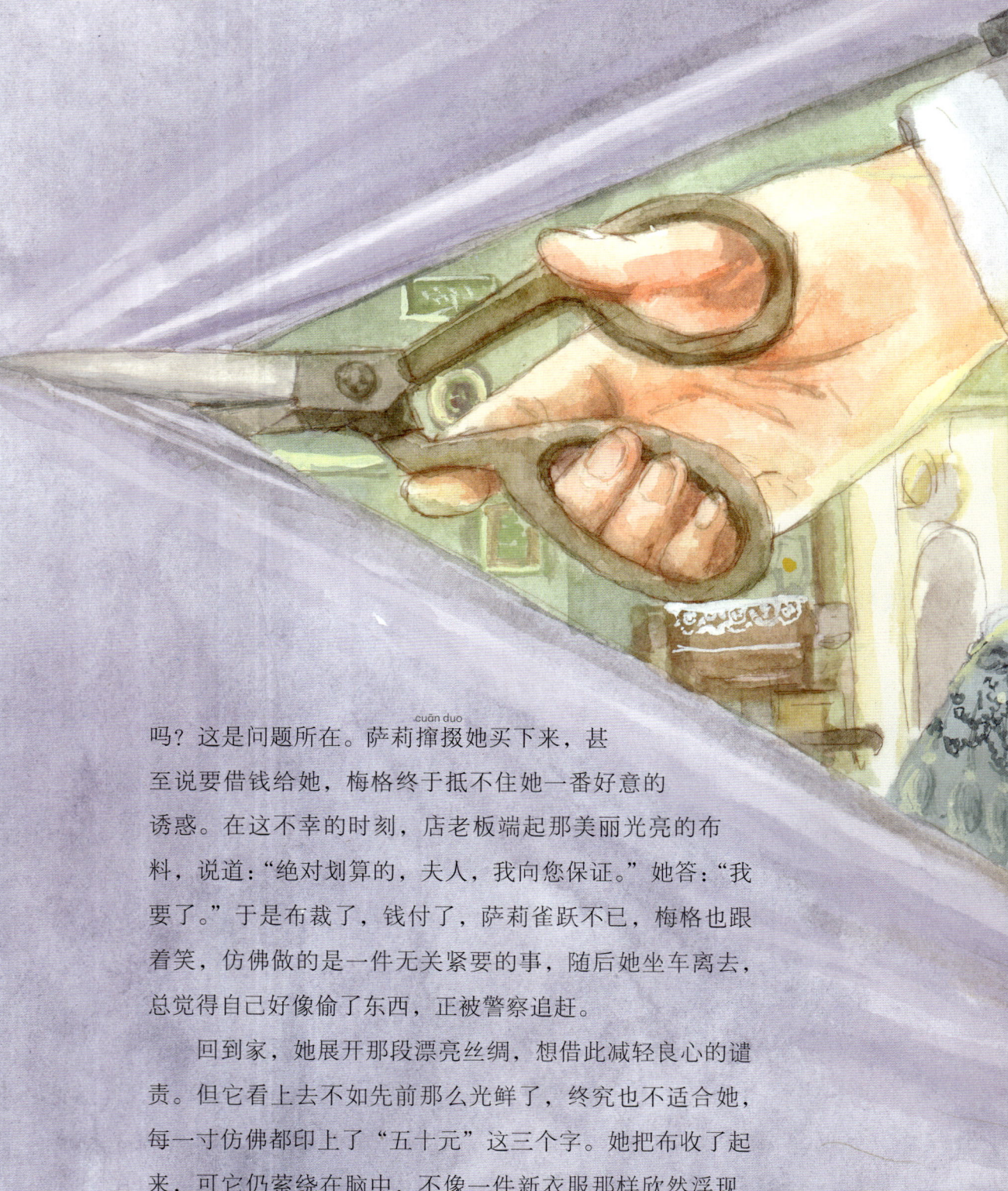

  吗？这是问题所在。萨莉撺掇(cuān duo)她买下来，甚至说要借钱给她，梅格终于抵不住她一番好意的诱惑。在这不幸的时刻，店老板端起那美丽光亮的布料，说道："绝对划算的，夫人，我向您保证。"她答："我要了。"于是布裁了，钱付了，萨莉雀跃不已，梅格也跟着笑，仿佛做的是一件无关紧要的事，随后她坐车离去，总觉得自己好像偷了东西，正被警察追赶。

  回到家，她展开那段漂亮丝绸，想借此减轻良心的谴责。但它看上去不如先前那么光鲜了，终究也不适合她，每一寸仿佛都印上了"五十元"这三个字。她把布收了起来，可它仍萦绕在脑中，不像一件新衣服那样欣然浮现，

而是像做了蠢事的阴影，挥之不去，令人胆寒。那天晚上，当约翰取出账簿时，梅格心一沉，结婚后她头一次害怕起丈夫来。那双仁慈的褐色眼睛好像随时会变得严厉。尽管他现在格外高兴，她猜想，他已经发现了她干的好事，只是不想让她看穿。家里的账单都付清了，账簿整整齐齐。约翰称赞了她，正要打开被他们称作"银行"的那个旧皮夹，梅格知道里头已不剩什么钱了，便按住他的手，紧张地说："你还没看我个人开销的账簿呢。"

约翰从不要求看这个，但她总是坚持给他过目，等他看着那些女人需要的怪东西，露出男人的诧异表情，她再从旁欣赏，让他猜测"拷边"是什么东西，苦苦追问她"抱紧我①"的意思，或纳闷儿三朵玫瑰花蕾、一小块丝绒和两条细绳拼起来，怎么就成了一顶软帽，还值五六块钱。这天晚上，他似乎和平常一样，乐于玩查账的游戏，装作为她的挥霍所震惊，其实有这样一位节俭的妻子，他深以为傲。

那本小账簿被慢腾腾地取了出来，摆在他的面前。梅格假意要抚平他额头上疲劳的皱纹，绕到他的椅后。她站在那里，每说一个字，心中的恐慌便增长一分："约翰，亲爱的，我有些不好意思给你看我的账簿，我近来太浪费了。你也知道，我到处走动，得置办些行头，萨莉劝我买，我就买了。等过新年时，我拿到的钱能补上一些。其实我刚买完就后悔了，我知道你会觉得我做错了。"

约翰大笑，将她从背后揽到身边，好声好气地说："别躲起来，哪怕你买了一双精美绝伦的靴子，我也不会打你啊。我相当得意妻子有这样一双玉足，花八九块买双靴子，我可不介意，只要东西好就行。"

---

① 抱紧我：英文为"hug-me-tight"，此处指女式紧身羊毛短背心。

那是她最近买的"小玩意"中的一样，约翰说话时，视线正落在这条账目上。"噢，他待会儿看到那可怕的五十元，会怎么说呢？"梅格想着，打了个寒噤。

"比靴子还糟，是一段做衣服的丝绸。"她说，语气中带着孤注一掷的平静，只希望最坏的情形尽快结束。

"唔，亲爱的，借用曼塔里尼先生①的话，'该死的总数'是多少？"

这不像是约翰会说的话，她知道他正抬头用率直的目光望着她，今日之前，她也总能以同样坦诚的目光迎视。她翻过一页，转过头，只伸手指向那个总数。即使不加那五十元，数字也已经够大了，一加上简直触目惊心。有那么一会儿，屋里寂静无声。然后，约翰缓缓地开了口——她感觉得出来，他三费力压抑不悦的语气——"哦，我不知道五十块钱是不是贵了，这年头做一件衣服，你还得买各种边饰和配件。"

"衣服还没做呢，也还没加装饰。"梅格轻声叹道，想起还得多花这些钱，顿时不知所措。

"一位娇小的妇人用二十码丝绸蔽体，好像多了些。不过我确定，我的夫人穿上后，绝不输内德·莫法特的夫人。"约翰冷淡地说。

"我知道你生气了，约翰。我也是不得已，不是故意要浪费你的钱，我没料到那些小东西加起来花费这么多。我看萨莉想买什么就买什么，我不买她还可怜我，我就忍不住了。我很想知足，但是太难了，我受够了穷日子。"

最后一句说得很轻，她以为他没听见，其实不然，那句话深深刺伤

---

① 曼塔里尼先生：查尔斯·狄更斯小说《尼古拉斯·尼克尔贝》中的人物，是一个浪荡子，因挥霍女装制造商妻子的钱财，导致妻子破产。

了他,因为他为了梅格,已经牺牲了许多享乐。她话一出口,恨不得立时把自己的舌头咬下来。约翰推开账簿,站起身来,声音微微发颤地说:"我怕的就是这个。我尽力了,梅格。"假使他责骂她,甚至抓着她摇晃,都不会像这两句话那样令她心碎。她追上去紧紧抱住他,掉下悔恨的泪水:"噢,约翰!我亲爱的、体贴又勤奋的男孩,我不是这个意思!我刚才的话不是真心的,太恶劣,太忘恩负义了,我怎么说得出口!唉,我怎么说得出口!"

他十分宽厚,毫不迟疑地原谅了她,没有一句责备。但是梅格知道,她做的事、说的话不会很快被遗忘,尽管他或许再也不会提起。她曾许诺无论甘苦都会爱他,如今身为妻子,却乱花他辛苦挣的钱,还责怪他贫穷。这太糟糕了,最糟的是约翰在这之后平静如常,就像什么事都不曾发生,只是他在城里待到更晚,夜里也工作,她只能独自哭着入眠。梅格懊悔了一个星期,差点儿积郁成疾,此时又发现约翰把他之前订的新大衣给退了,她更感绝望,那情景叫人看了也伤心。她惊讶地问他为何改变主意,他只淡淡地说了句:"我买不起,亲爱的。"

梅格没有再说话,过了一会儿,他发现她在门厅,脸埋在他的旧大衣里,撕心裂肺地哭着。

当天晚上,他们作了一次长谈。梅格意识到,丈夫虽穷,她却更爱他了。因为正是贫穷将他锻造成一个男子汉——赋予他奋斗的力量和勇气——也教会他以温柔的耐心,去包容所爱之人难免的渴望与过失,并给他们安慰。

第二天她收起自尊心去找萨莉,告诉她实情,请她帮忙买下那段丝绸。好心肠的莫法特夫人欣然应允,也体恤入微,没有立刻又当礼物送还给她。然后,梅格把丈夫退掉的那件大衣重新买回来,约翰到家时,她披上大衣，问他觉得这件新绸袍怎么样。不难想象他是如何回答，如何接受这份礼物，之后又是一派如何喜悦的画面。约翰又开始早早回家，梅格不再四处闲逛。每天早晨，那件大衣被一个满心幸福的丈夫穿上，晚上，由一个忠心耿耿的小妻子为他脱下。冬去春来，到了仲夏时节，梅格迎来新的经历——女人一生中最深刻、最温柔的经历。

那是一个星期六，劳里满脸兴奋，蹑足走进'鸠舍'的厨房。他受到一阵铙钹声的欢迎，原来是汉娜一手拿着平底锅，一手拿着锅盖，敲得铿锵作响。

"小妈妈怎么样了？大家都在哪儿？你们怎么不在我回家前就告诉我？"劳里压不住自己的嗓音。

"那宝贝丫头，高兴得像个女王呢！大家伙儿都在楼上围着她。我们不想看着你跟龙卷风似的冲过来。你先去客厅吧，我让他们下来见你。"汉娜含含糊糊地答完便离去了，留下一串狂喜的笑声。

不一会儿，乔出现了，得意地捧着一只大枕头，上面安放着一个法兰绒小襁褓(qiǎng bǎo)。乔神情十分严肃，但是眼里闪着光，说话的声音有些古怪，像是压抑着某种情绪。

"闭上眼睛，张开手臂。"她引他过来。

劳里匆促退到角落，双手恳求地背到身后："不了，谢谢你，我还是不抱了。我会不小心脱手，把他摔坏的，肯定会的。"

"那你就别想看你的外甥了。"乔坚决地说着，转身作势要走。

"我抱，我抱！不过弄伤了你负责啊。"劳里遵从命令，勇敢地闭上双眼，接过放进他臂弯里的东西。只听得乔、埃米、马奇太太、汉娜和约翰爆发出一阵笑声，他立刻睁开眼睛，发现怀中抱着的不是一个婴儿，而是两个。

难怪他们都笑了，他脸上那副滑稽的表情，哪怕贵格会教徒见了也会忍俊不禁。他站在那儿，慌乱地盯着那两个无知无觉的宝宝，又看看欢闹的众人，错愕不已。乔忍不住坐到地板上放声大笑。

"双胞胎，老天啊！"一时之间他只说出这句话。随后他转向女人们求助，可怜兮兮的神色逗人发笑，他接着说："谁来把他们抱走，快！我要笑出来了，会把他们掉在地上的。"

约翰救下他的孩子，一手抱着一个来回踱步，好像已经对照顾婴儿的奥秘略知一二。劳里在一边笑得眼泪都流下脸颊了。

"这是本季最佳的趣事，对吧？我不让他们告诉你，因为打定主意要给你惊喜，看来是成功了。"乔回过气来说道。

"我一辈子从没这么吃惊过，你开心了吧？两个都是男孩吗？你们打算起什么名字？让我再看一眼。乔，来扶着我。说真的，我都晕头转向啦。"劳里回答。他凝望着婴儿，就像一只慈爱的大纽芬兰犬望着一对猫崽。

"一男一女。生得很俊俏吧？"自豪的爸爸一面说，一面眉开眼笑地注视那两个扭来扭去的红通通的小东西，仿佛他们是羽毛未丰的天使。

"是我见过的最好看的小孩。哪个是男，哪个是女呀？"劳里像汲水吊杆般俯身打量这对得天独厚的孩子。

"埃米给男孩系了一条蓝丝带，女孩系了粉红色的，法国风格，这样就不会分不清了。还有，一个是蓝眼睛，一个是褐色眼睛。亲亲他们吧，特迪舅舅。"淘气的乔说道。

"我怕他们不喜欢给人亲。"劳里对这种事特别羞怯。

"他们当然喜欢，他们已经习惯了。现在就亲，先生。"乔下令，生怕他请人代劳。

　　劳里皱起面孔，听话地在两个小脸蛋上各轻吻了一下，那模样又引来一阵笑声，两个婴儿尖叫起来。

　　"瞧，我就知道他们不喜欢！你看男孩，他在踢腿，挥着拳头挺勇猛的。行了，小布鲁克，要打去找个身材和你差不多的男人打，好吗？"小拳头胡乱挥舞，劳里脸上挨了一下，高兴地喊着。

　　"给他起名为约翰·劳伦斯，女孩起名玛格丽特，取自妈妈和外婆的名字。我们叫她黛西，这样就不会有两个梅格了。我看小男孩就叫杰克①

---

① 杰克："约翰"的爱称。

吧，除非我们想到更好的小名。"埃米颇具当姨妈的兴致。

"叫他德米约翰①，简称'德米'。"劳里说。

"黛西和德米——再好不过。我就知道特迪能起出好名字。"乔拍手叫道。

特迪当然起了好名字，这两个孩子从此就叫作"黛西"和"德米"，直到最后。

---

① 德米约翰：指"小约翰"。"德米"英文为"demi"，意为"一半"。

第二十九章
出 访

"好了,乔,是时候了。"

"做什么?"

"你答应过今天要和我一起拜访六户人家的,你该不会要说你忘了吧?"

"我这辈子是做过不少鲁莽的傻事,但还不至于蠢到说要一天内拜访六家人吧。去一家就够我烦上一星期了。"

"不,你说过。这是我们之间的协定。我帮你画好贝丝的蜡笔素描,你就好好地陪我到邻居家去回拜。"

"'如果天气好'——这也在协议里。我会不折不扣地信守协议的,夏洛克①。现在东边有一大片乌云,天气并不好,我不去。"

"这是在逃避。今天天晴,不可能下雨。你一向以守诺为傲,正经些吧,来尽你的责任,接下来你就能安宁地过上半年啦。"

---

① 夏洛克:指狠毒的高利贷者,出自威廉·莎士比亚的作品《威尼斯商人》。

眼下，乔正一门心思做着衣服。她是家里的女装大裁缝，并以此自傲，因为她飞针走线和摇动笔杆一般灵巧。偏偏在她试穿新衣时被人逮住，命令她在炎热的七月天穿上最好的行头出访，实在令人恼火。她讨厌那种正式的拜访，除非埃米靠协议、利诱或许诺使她走投无路，否则她决不就范。这一次看样子是逃不了了。乔申辩说她预感天要打雷，一面心有不甘地将剪刀弄得咔咔作响，最后只得认输，把活计放到一边，带着屈从的神情拿起帽子和手套，对埃米说受难者已准备就绪。

"乔·马奇，你倔得很，连圣人见了也会生气的！你该不会想要这副打扮去出访吧？"埃米喊道，惊讶地上下打量她。

"有何不可？我穿得整洁、凉爽又舒适。今天天热，路上尘土飞扬，这样打扮很适合。如果邻居只重衣衫不重人，那我不见他们也罢。你可以连我的那份一起打扮了，随你的心意穿着高雅些。对你来说，精心装扮是值得的，对我可不一样，各种装饰只会让我心烦。"

"噢，天啊！"埃米叹了一口气，"这姑娘大唱反调，没等我让她准备妥当，她会先把我给逼疯的。今天出门我也没什么可高兴的，但这是我们欠下的社交债，除了你我，没人能还。乔，只要你穿得讲究一点儿，帮我一起去还礼，什么事我都愿意为你做。如果你愿意，便能表现得谈吐大方，好好穿戴一番就能显出贵族气概，如果你尽力，举止也总能非常优雅，让我以你为荣。我不敢一个人去，你就跟我一道，照应照应我吧。"

"你真是个油滑的小丫头，这样子奉承、哄骗你坏脾气的姐姐。说我有贵族气质、教养良好，还说你不敢一个人出门！我都不知道哪一种说法更荒唐了。好吧，非得去我就去吧，尽力而为。你来当这趟远足的司令，我无条件服从，这样你满意了吗？"乔的倔强突然转变为羔羊般的温顺。

"你真是十足的小天使！那么去把你最好的衣服穿上吧。每到一处，我会告诉你该怎么表现，让你给人留下好印象的。我希望大家喜欢你，只要你尽量平易近人一些，他们会喜欢的。把头发漂漂亮亮地梳起来，帽子系上这朵粉玫瑰，这样很相称，单穿一套素色的，看上去太严肃了。带上你浅色的薄手套和绣花手帕。我们先去梅格家一趟，把她的白色阳伞借来，这样你就能用我紫灰色那把了。"

埃米一面穿衣打扮，一面发号施令。乔听命行事，却并非全无异议。她叹着气，窸窸窣窣地穿上新的蝉翼纱衣；当她把帽带打成完美无瑕的蝴蝶结时，不禁眉头深锁；别上领子的时候，她费劲地拨弄着别针；待她抖开手帕，整张脸都皱了起来，手帕上的绣花和眼前的差事一样叫她厌烦。最后一项优雅的点缀，是那副有两颗纽扣和一段流苏的手套。她把双手塞进紧巴巴的手套，一脸呆滞，回过头来看着埃米，逆来顺受地说："我可悲透了，不过要是你觉得我像样，那我死而无憾。"

"你这样非常赏心悦目。慢慢地转过来，让我仔细瞧一瞧。"乔转动身子，埃米在她身上各处稍加装点，接着后退几步，歪着脑袋看她，和气地评论道："行了，你这样不错，头上的装饰让我十分满意，白帽子搭这朵玫瑰，相当妩媚。抬头挺胸，别管手套紧不紧，手放松些。有一样东西你配上很合适，乔，就是披肩——我穿不出样子来，你披上就很好看。真高兴马奇叔婆送你这条漂亮的披肩，简朴但美观，搭在手臂上的那些皱褶真是雅致。我斗篷的花边对着中间吗？裙摆挽得整齐吗？我想把靴子露出来，我鼻子不好看，脚可好看着哪。"

"你是美好的人儿，是永恒的喜悦[①]。"乔带着鉴赏家的神气，透过手

[①] 你是美好的人儿，是永恒的喜悦：化用自英国诗人约翰·济慈长诗《恩底弥翁》首句"美好的事物是永恒的喜悦"。

指圈起的半圆,望向埃米金发上的蓝色羽饰,"小姐,请问我是该让这最好的裙子拖地拂灰,还是把它挽起来呢?"

"走路时提起来,进屋后就放下。曳地长裙最称你,你一定得学会优雅地拖曳裙摆。你一只手套的袖口还有一半没扣上,快扣好。如果不注意小细节,就永远像是没有打扮完全,宜人的整体形象是由细节组成的。"

乔叹了口气,动手扣上袖口,手套紧得扣子差点儿绷掉。两人终于装扮停当,昂首出发了。汉娜从楼上的窗户探出身子望着她们,说她们"美得像画中人"。

"哎,乔,亲爱的,切斯特家的人十分高雅,我希望你表现出最好的风范。一句唐突的话都别说,一件怪事都别做,行吗?只要平静、冷峻、含蓄——这样才保险,才有淑女样子,你保持十五分钟不难。"快要走到第一户邻居家时,埃米说。她们已去梅格家借来了白色阳伞,梅格一手抱着一个娃娃,已替姐妹俩检查过装束。

"我想想,'平静、冷峻、含蓄'!好,我想我能做到。我在舞台上演过古板的小姐,在台下来试试看吧。我演技高超,你会看到的。所以放心吧,孩子。"

埃米如释重负,结果顽皮的乔一板一眼地听从她的吩咐。拜访第一家人的时候,乔端坐在那里,手脚优雅地安放着,衣裙的每一道褶裥都摆得很齐整。她平静得宛若夏天的大海,冷峻得好似冬日的雪堆,并且沉默如谜。切斯特太太提及乔"迷人的小说",却只是白费口舌。几位千金大聊舞会、野餐、歌剧和时尚,乔对每一位的回应都是微笑、点头、故作矜持的一句"是"或"不是",语气依然冷淡。埃米向她示意"说话",试图鼓励她多讲几句,还暗地里轻踢了她几下。乔无动于衷地坐着,仿佛全

无觉察，态度犹如"莫德"的脸，"端正而冰冷，秀丽却凝滞"①。

"马奇家的大小姐真是个高傲无趣的人！"客人告辞，大门在她们身后关上，一位千金的评论不幸传了出来。乔憋住声音，笑着穿过门廊。埃米因指挥失利一脸懊闷，自然将此归罪于乔。

"你怎么能这样曲解我的意思？我只是要你适当地庄重、沉着，你却和木石一样。到了兰姆家可要热络一些，像别的姑娘那样聊天，人家谈起衣着呀、风流韵事呀，不管什么废话，你都要表现出兴趣。他们出入于上流社会，是值得结交的人，我无论如何都要给他们家留下好印象。"

"我会平易近人的，我会聊天、傻笑，听到那些你喜欢的琐事，也会做出大惊或大喜的样子。我很喜欢这样，接下来我会模仿所谓的'迷人的姑娘'，我做得到的，有梅·切斯特做范本，我能做得比她更好。等着看吧，看兰姆家会不会说，'乔·马奇真是个活泼又和善的人！'"

埃米感到担心，这在所难免，乔一旦反常起来，谁也不知道她能否见好就收。看着姐姐轻快地走进下一户人家的客厅，热情洋溢地亲吻各位小姐，亲切地对年轻先生们微笑，开始兴致勃勃地与他们闲聊，埃米在一旁颇为惊讶，脸上五味杂陈。兰姆太太很喜欢埃米，将她揽住，拉着她，滔滔不绝地讲卢克丽霞②的最新言论。三位和悦的年轻先生守候在近处，等兰姆太太一停歇，就冲过去救埃米。埃米身不由己，更无力看住乔。乔仿佛被淘气的精灵附身，正像那位老太太一样絮聒不休。几个脑袋将乔围住，埃米竖起耳朵听那一头的声音，断续的话语使她提心

---

① 引自英国诗人阿尔弗雷德·丁尼生（1809—1892）独白诗剧《莫德》。
② 卢克丽霞·莫特（1793—1880）：美国贵格会牧师、废奴主义者和社会改革家。

吊胆，圆睁的双眼和举起的双手折磨着她的好奇心，频频爆发的笑声又令她急于同享欢乐。不难想象她无意中听到这些只言片语后，心里多么煎熬——

"她骑马骑得特别好，是谁教她的？"

"没人教。她以前常把旧马鞍放在一棵树上，练习上马、握缰、挺直腰杆坐着。现在她什么马都骑，不知道什么叫害怕，马夫总愿意将马便宜租给她，因为她能把马驯得服帖，让女士也好骑。她对骑马很有热情，我常对她说，哪怕别的事都做不成，她至少可以当个美丽的驯马师，以此谋生。"

听了这番可怕的话，埃米艰难地克制着自己，因为这会让人以为她是个相当轻浮的小姐，她对此特别反感。但是她又能怎么办？老太太故事才讲到一半，离结束还早，而乔又聊了下去，透露出更多好笑的事，犯下更严重的错。

"对了，埃米那天非常失望，所有好马都给租走了，剩下的三匹，一匹跛，一匹盲，还有一匹不听使唤，往它嘴里塞一把泥它才肯走。游乐会上用这匹马真不错，对吧？"

"她挑了哪一匹？"一位先生问道。先生们都很喜欢这个话题，听得哈哈大笑。

"一匹都没要。她听说河对岸的农舍里养着一匹小马，虽然从没有女士骑过，但那匹马又漂亮又精神，她决定试一试。她的努力实在可怜，没人牵马过来上鞍，所以她自己把鞍拿去装上。我的好宝贝，她划船过河，把马鞍顶在头上，大步走进马棚，那老头见了大吃一惊！"

"她骑那匹马了吗？"

"当然，骑得可开心了。我原以为她会伤痕累累地被送回家来，结果她把马驾驭得很好,成了那次聚会的开心果。"

"哟,我觉得那很有胆量啊!"年轻的兰姆先生向埃米投去赞许的目光,好奇他母亲说了些什么,才令这个姑娘满脸通红,浑身不自在。

不一会儿,这一头话锋突然一转,聊起衣着来。一位小姐问乔,她去野餐时戴的那顶漂亮的黄褐色帽子是哪里买的。傻乎乎的乔不提两年前买帽子的地方,偏偏毫无必要地坦白说:"哦,是埃米涂上去的,那些颜色柔和的买不到,所以我们把帽子涂成自己喜欢的颜色。有一个美术天赋极高的妹妹,真是很大的安慰。"

"这主意可真新颖啊!"兰姆小姐叫起来,她发现乔很有趣。

"和她的一些出色作品相比,这算不了什么。没有这孩子办不到的事。你瞧,她想穿一双蓝色的靴子去参加萨莉的舞会,就把她穿脏了的白靴子涂成天蓝色,从没见过那么可爱的颜色,看上去简直像缎子一样。"乔接着说,为妹妹的造诣面露得意之色。埃米见了恼怒不已,恨不得将手中的名片盒朝她扔过去解气。

"前几天我们读了一篇你写的小说,非常喜欢。"兰姆家的大小姐说道,想恭维这位女文人。必须承认,此刻她并未显露出书卷气。每当有人提起乔的"作品",总会令她情绪不佳。她要么变得严肃,一脸不悦,要么言语生硬地转换话题,就像现在这样。"很遗憾你们没有找到更好的东西来读。我写那些劳什子是因为能畅销,普通老百姓爱看。你们今年冬天要去纽约吗?"

尽管兰姆小姐"喜欢"那篇小说,但乔的话听来却像是毫不领情。话一出口,乔就发现说错了,但生怕言多必失,突然想起该由她提出告辞,于是贸贸然辞别,使得身旁的三人话说到一半又噎了回去。

"埃米,我们非走不可了。再见,亲爱的,请务必来看我们啊。恭候大驾光临。兰姆先生,我不敢邀请您。不过如果您愿意赏脸,我想我一定不忍心让您走的。"

乔滑稽地模仿着梅·切斯特过分热情的腔调,埃米哭笑不得,三步并作两步走出房间。

"我表现得不错吧?"她们离开后,乔带着满意的神气问道。

"糟得不能再糟了。"埃米的回答很强硬,"你中了什么邪,把我们马鞍、帽子、靴子的事,还有别的事情都讲出来了?"

"哎呀,好玩嘛,能把大家逗乐。他们知道我们家穷,所以用不着假装我们有马夫,每一季买三四顶帽子,能和他们一样轻而易举地添置东西。"

"你也不用把我们所有的权宜之计都告诉他们吧,还毫无必要地暴露我们家境贫寒。你一点儿自尊心都没有,永远学不会什么时候该住口,什么时候该开口。"埃米绝望地说。

可怜的乔面露窘色,默默地用那条浆过的手帕擦着鼻尖,仿佛在为自己的过错忏悔。

"在这里我该怎么做呢?"走近第三栋宅第时,乔问。

"随你高兴吧。我不管你了。"埃米简短地答道。

"那我就自得其乐了。男孩子们都在家,我们会过得很愉快的。天知道我多需要来一点儿变化,举止优雅有损我的健康。"乔粗声粗气地回应。她怎么做都没法合埃米的意,不免烦躁起来。

三个大男孩和几个可爱的小孩热情地欢迎她们,这迅速抚平了乔烦乱的情绪。她任由埃米去招呼女主人和碰巧来访的都铎先生,自顾自与年轻人打成一片,这样的变化令她恢复了精神。她兴趣十足地听着大学生的故事,全无怨言地抚摸着几只短毛大猎犬和贵宾犬,由衷赞同"汤姆·布朗①是个好汉",也不管这种称赞是否得体。一个小伙子提议去参观他养龟的水缸,她欣然跟随,小伙子的妈妈见了,朝她笑起来。这位慈爱的女士整了整帽子,刚才子女们像熊一般拥抱她,把她的帽子推挤得歪七扭八的——不过他们的拥抱十分亲昵,对她而言,这要比心灵手巧的法国女人制作出的完美头饰更加珍贵。

  埃米任姐姐自行其便,她也好尽情地玩乐一番。都铎先生的叔叔娶了一位英国女士,她是一位还在世的勋爵的远亲。埃米相当敬重这家人。尽管她在美国土生土长,仍对爵位怀有敬意,这种敬意萦绕在最优秀的人们心中——这是未被认可的忠心,忠诚于早前对君主的信仰。数年前,一名金发的王室少年②踏上这片太阳底下的民主国度,这种忠心便使得全

---

① 汤姆·布朗:英国作家、法学家、政治家托马斯·休斯(1822—1896)小说《汤姆·布朗的求学时代》的主人公。小说讲述了汤姆和另外几个学生在拉格比公学的学校生活。
② 金发的王室少年:指阿尔伯特·爱德华(1841—1910),即爱德华七世。1860年,时任威尔士亲王的阿尔伯特·爱德华访问美国,是首位访美的英国王室成员。

国为之骚动。这种忠心与年轻国家对故国的爱仍脱不了干系——如同一个强大的儿子对专横而弱小的母亲所怀之爱,母亲在尚有能力时尽力掌控着儿子,但当儿子反抗时,她只得责骂一通,与之告别。与英国贵族的远房亲戚交谈令埃米心满意足,但即使如此,她也没有忘记时间。逗留了适当的时间之后,她依依不舍地离开这位贵族人士,四处去寻找乔,一心希望她那屡教不改的姐姐没有陷入什么窘境,玷辱马奇家的门楣。

所幸情况还不算太糟,不过在埃米看来很不像话——乔坐在草地上,身旁围着一群男孩,一只脚爪脏兮兮的狗趴在她那套出客的正装上,她正向倾心的听众讲述劳里的一次恶作剧。一个小孩用埃米那把珍爱的阳伞拨弄着乌龟,另一个拿乔最好的帽子垫着吃姜饼,还有一个戴着她的手套在玩球。所有人都很高兴。当乔收拾起她那些污损的物品,起身要离开时,她的护卫队一边送她,一边恳请她再来做客:"听劳里的趣事太好玩儿了。"

"很棒的一群男孩，对吧？和他们待在一起，我又感到朝气蓬勃了。"乔说。她缓步走着，双手背在身后，一半出于习惯，一半为掩藏被玷污的阳伞。

"你为什么老躲着都铎先生？"埃米问。她很明智，对乔凌乱的外表避而不谈。

"我不喜欢他。他爱摆架子，怠慢他的姐妹，让他父亲担心，谈到自己的母亲时也不恭敬。劳里说他很轻浮，我个人认为他不值得结交，所以不想去理他。"

"至少也该待他客气些吧。你只冷冷地朝他点了一下头，对汤米·张伯伦却十分礼貌地微笑行礼，而他父亲只是开杂货铺的。要是你把点头和行礼的对象掉个个儿，那才对头。"埃米责备道。

"不对。"倔脾气的乔反驳道，"我不喜欢、不尊敬、也不欣赏都铎，即使他祖父的叔叔的外甥的侄女是一个勋爵的远亲。汤米没钱，生性腼腆，但心地善良又很聪明，我对他印象好，愿意表示出来，尽管他和牛皮纸袋打交道，也还是一位绅士。"

"和你争辩没有用。"埃米说。

"一点儿用都没有，亲爱的。"乔插话，"那么，我们在这里表现得亲切些，留一张名片吧，金家的人显然不在，真是感激不尽。"

马奇家的名片盒完成了任务，两姐妹继续往前走。到了第五户人家，她们被告知小姐们抽不开身会客，乔再次感恩。

"那我们回家吧，今天别管马奇叔婆了。她那儿我们随时都可以去，穿着一身最好的行头拂着灰走过去，太糟蹋了，而且我们已经又累又躁了。"

"你爱怎么说就怎么说，我可不这么想。叔婆喜欢我们打扮入时、正式地拜访她，以示敬意。这是举手之劳，却能带给她快乐。你的衣物都让那些脏兮兮的狗和笨拙的男孩给毁了,我相信去一趟叔婆家还不至于糟成这样。弯一下腰,让我把你帽子上的姜饼屑掸掉。"

"埃米,你真是个好姑娘。"乔后悔地瞥了一眼自己污损的衣服,又看了看妹妹依旧洁净无瑕的衣服,"我希望能像你一样,做些让人快乐的小事,也不觉得费力。我也考虑过,但总觉得做这些事太花时间了,所以想等待时机,想帮别人大忙,小事就随它去了。不过我看,到头来还是这些小事最有用。"

埃米笑了,立刻心平气顺,她带着慈母般的神情说道:"女性应该学会平易近人,尤其是穷人家的女性,因为她们没有别的办法报答所受的恩惠。如果你记住这一点,再身体力行,你会比我更招人喜欢的,因为你的优点更多。"

"我是个反复无常的家伙,永远都会如此,但我承认你说得没错。只是要我勉为其难地讨好一个人,还不如为他冒生命危险来得容易些。这样好恶分明,真是大不幸啊,是吧?"

"藏不住好恶,是更大的不幸。不妨告诉你,我并不比你更欣赏都铎,但没人要求我对他如实相告,也没人要求你啊。用不着因为他难相处,就变得和他一个样。"

"可是我想,姑娘家要是不欣赏哪个年轻男士,应当表明。不表露在举止上,还能用什么方法呢?很遗憾,据我所知,说教根本不管用,我有对付特迪的经验。不过不必费口舌,我能用很多小招数去影响他。我认为,如果可以的话,我们对别人也该这么做。"

"特迪是个出色的男孩,不能拿来当其他男孩的范本。"埃米语调严肃而坚定地说。要是给那个"出色的男孩"听见了,他准会捧腹大笑的。"如果我们是美人儿,是有钱有势的女性,也许可以做些什么。但是对我们俩来说,不欣赏哪一群年轻先生,就对他们皱眉头,欣赏哪一群,就朝他们笑呵呵,这一丁点儿作用都没有,只会让人家觉得我们古怪又拘谨。"

"那我们就该对嫌恶的人事物表示赞许?只因为我们不是美人儿、不是百万富翁?这还真是良好的道德观呢。"

"我无从辩驳,我只知道这是世道常情。违背常情的人,只会白费力气,遭人嘲笑。我不喜欢改革家,也希望你决不要尝试当改革家。"

"我就是喜欢改革家,如果可以,我也要当改革家。尽管有人嘲笑他们,但少了他们,世界就永远不会进步。我们对此意见不一致,你属于老派人士,我属于新派。你会过得十分顺遂,但我的日子会充满活力。我想,我乐于承受别人的抨击和嘲骂。"

"行了,静下心来,别拿你的新观念去烦叔婆。"

"我尽量,可在她面前,我老是着了魔似的脱口说出特别生硬的话,或者冒出叛逆的见解。这是我的命,无可奈何。"

她们望见卡罗尔姑妈和老太太在一起,正兴致勃勃地聊着什么很有趣的话题。两姐妹一进门,她们就打住了话头,脸上挂着不自然的表情,看得出刚才谈的正是几个侄女的事。乔情绪不佳,那股执拗劲儿又上来了。而埃米驯良地尽着本分,沉住气,取悦每一个人,心慈面善一如天使。姑妈和叔婆立刻感受到她亲切的态度,都慈爱地唤她"亲爱的",脸色流露出称赞,如同她们后来所强调的:"这孩子每天都有长进。"

"亲爱的,你打算去义卖会帮忙吗?"卡罗尔太太问。埃米带着坦诚的神情在她身边坐下,长辈特别喜欢在年轻人脸上看到这种神情。

"是的,姑妈,切斯特太太问我愿不愿意去,我提出可以由我来顾一张桌子,我没有别的可贡献的,只有时间。"

"我不去。"乔断然插话道,"我讨厌受人恩惠。切斯特一家以为,让我们去他们高朋满座的义卖会帮忙是很大的恩惠。埃米,你竟答应了,真叫我奇怪——他们只是想要你干活儿。"

"我乐意干活儿啊——不只是为切斯特家,也为了自由民。我觉得切斯特家很好心,让我分担工作、分享乐趣。恩惠如果是善意的,就不会让我烦恼。"

"理当如此。亲爱的,我喜欢你的感恩之心。帮助那些认可我们努力的人,是乐事一桩。有些人不认可,那就令我们头疼了。"马奇叔婆评论道,从眼镜上方看向乔。乔正坐在一旁的摇椅上摇着,神色有些阴郁。

假如乔知道一件天大的幸事正在她们两姐妹之间摇摆不定，要降临在其中一人身上，她会立刻变得驯良如鸽。可惜，人心没有窗户，无法看见朋友们脑中在想什么。一般而言看不见为好，但有时候，看见了会得到莫大的安慰——省下不少时间，少发很多脾气。乔下一句话一出口，便夺走了自己几年的快乐，也适时地得到教训，明白了谨言慎辞的道理。

"我不喜欢受恩于人，这会给我压力，使我感到像个奴隶。我宁可凡事靠自己，完全自立。"

"啊哼！"卡罗尔姑妈轻咳一声，看了看马奇叔婆。

"我早就告诉你了。"马奇叔婆说着，果决地朝卡罗尔姑妈点了点头。

所幸乔尚未意识到自己刚才酿下什么错，她坐在那里，鼻子仰得高高的，一副叛逆的模样，拒人于千里之外。

"亲爱的，你会说法语吗？"卡罗尔姑妈一手搭在埃米的手上问道。

"说得不错，多亏了马奇叔婆，她随我的意，让埃丝特经常对我讲。"埃米回答，脸上感激的神情换来老太太和蔼的微笑。

"你法语说得怎么样？"卡罗尔姑妈问乔。

"一个字也不会。我学什么都很迟钝，更受不了法语，这是一门棘手又不实用的语言。"乔答得很生硬。

两位太太又对视一眼，马奇叔婆对埃米说："亲爱的，我想你身体现在挺健康的吧？眼睛没有不舒服了，是吗？"

"一点儿也没有了，谢谢，夫人。我很好，我打算明年冬天做些很棒的作品，为去罗马做准备，一旦那令人高兴的时刻来临，就能随时动身。"

"好孩子！你应该去的，我敢肯定你有一天会去成的。"马奇叔婆说。埃米为她捡起掉落在地的线球，她赞许地拍了拍埃米的头。

坏脾气，门紧闭

　　火炉旁，纺织忙①

波利嚷嚷起来，他站在乔的椅背上，侧身瞥了一眼乔的脸，他那无礼探询的神气很是滑稽，叫人忍俊不禁。

"真是只懂得察言观色的鸟。"老太太说。

"出去走走吧，亲爱的。"波利叫着，朝瓷器储藏室跳过去，一副想吃方糖的样子。

"谢谢，我这就走——来吧，埃米。"乔结束了这次拜访，比以往更强烈地感到，出访的确有损她的健康。她绅士般同姑妈和叔婆握手道别，埃米则亲吻了她们。两个姑娘离去了，分别留下阴郁和阳光的印象，这使得马奇叔婆在她们的身影消失后说道："玛丽，就按你的意思去做吧。钱我会出的。"卡罗尔姑妈果断地回答："我一定会的，只要她父母同意。"

---

① 引自英国著名童谣集《鹅妈妈童谣集》中的《坏脾气》，全诗为："坏脾气，门紧闭／火炉旁，纺织忙／端起杯子喝光光／把左邻右舍唤邻房。"

第三十章

后果

切斯特太太的义卖会非常高雅,来的都是上流社会人士。所以,邻里的小姐们受邀去照管桌子都颇感荣幸,一个个都兴致勃勃的。埃米接到了邀请,而乔没有,这对所有人都是件幸事,因为乔正值双手叉腰的骄矜年纪,得多碰碰钉子才能学会如何与人和睦相处。这个"高傲无趣的人"遭到了孤立;而埃米的天赋和品味颇受赏识,她被请去布置艺术品桌,便竭尽所能筹备与收罗合适的、有价值的展品。

一切进展顺利,直到义卖会开幕前一天,发生了一场小冲突。当二十五六个老少妇人凑在一起工作,各怀愠怒和偏见时,这种冲突几乎无可避免。

梅·切斯特相当嫉妒埃米,因为埃米比她更招人喜欢;而此时碰巧遇上几件琐事,更是加深了她的嫉妒。埃米精致的钢笔画使梅的彩绘花瓶黯然失色,此为芥蒂之一。人见人爱的都铎在晚会上和埃米跳了四次舞,和梅只跳了一次,此为芥蒂之二。而最令她耿耿于怀的,使她言行不友善有迹可循的，是某个好事的长舌妇传到她耳中的闲话，说马奇家姐妹在兰姆家取笑她。这件事本该全归罪于乔，是她调皮，模仿得惟妙惟肖，一眼便知她学的是谁。兰姆家的孩子又爱嬉闹，将这玩笑泄露了出去。然而，罪魁祸首们没有得到丝毫风声，可想而知，埃米听了切斯特太太的话有多错愕。切斯特太太听信了女儿遭人嘲弄之事，自然大为不满，就在义卖会前晚，埃米正为她漂亮的桌子做最后的点缀，切斯特太太带着冷冷的神情，淡然说道："亲爱的，我发现因为没把这张桌子留给自己的女儿，小姐们对此有些意见。这张桌子是最显眼的，甚至有人说，所有桌子里就属这一张最吸引人。我那几个女儿是这场义卖会的主办人，大家觉得最好由她们负责这张桌子。对不起，但我知道你诚心诚意地投身这次活动，不至于介意个人的小小得失，如果你愿意的话，可以照管另一张桌子。"

切斯特太太先前以为说这短短一番话挺容易，这会儿当着埃米的面，却发现很难自然地说出口，埃米直直地看着她，眼中毫无猜疑，只充满了讶异与忧虑。

埃米觉得这背后必有隐情，又猜不出个究竟。她流露出伤心，轻声说道："也许您更希望我一张桌子也别顾了吧？"

"哎，亲爱的，请你千万别误会。要知道，这只是不得已而为之。我的女儿自然要带头，大家认为她们照管这张桌子适得其所。我想它很适合你，非常感谢你花费心力把它布置得这么漂亮，不过我们总得放下个人意愿。我保证再安排一个好位置给你。你想接手花卉桌吗？小女孩们揽下了那一桌，正灰心丧气呢。你肯定能把它装饰得很迷人的，你也知道，花卉桌一向很引人注目。"

"尤其对男士们而言。"梅接着说。她脸上的表情使埃米恍然大悟，

明白了自己突然失宠的原因之一。埃米气得脸涨红,但没有再理会这句女孩子气的讥讽,而是以出人意料的和蔼语调答道:"是该照您的意思做,切斯特太太。只要您吩咐,我马上离开这个位置,去照应花卉。"

"如果你喜欢,可以把自己的东西放到自己的桌上去。"梅开口说道。她看着那些埃米精心制作、摆设得如此雅致的物件——彩绘贝壳、漂亮的架子、古色古香的灯饰,觉得有些良心不安。她本是出于善意,但埃米误解了她的话,迅速地回答:"噢,当然,如果它们碍着你的话。"埃米把展品揽进围裙里,仓促地走开了,她感到自己和艺术品都受到了不可原谅的侮辱。

"她发火了。天啊,妈妈,真希望我没有要你去讲。"梅哭丧着脸,望着桌面上空出来的地方。

"姑娘家吵嘴很快就过去的。"她的母亲回应道。自己加入这场吵嘴,她感到些许愧疚,这也是理所当然。

小女孩们欢呼着迎来埃米和她的各种宝物,热诚的接待稍许抚慰了她烦躁的心。她马上开始工作,倘若无法结出艺术之果,她也决心让努力绽放花朵。然而一切似乎不遂人愿。时间不早,她已经累了;大家各忙各的,腾不出手帮她。而小女孩们只是帮倒忙,这些丫头像一大群喜鹊似的叽叽喳喳,小题大做,想要使桌子保持最佳状态,却笨手笨脚的,反而弄得乱作一团。埃米竖起常春藤拱门,可是拱门立不稳,挂在上面的篮子装满花卉之后,它便摇摇晃晃,像是要倒下来砸到她头上。她最好的瓷砖画被溅上了水,丘比特的脸颊上留下了一滴深褐色的泪珠。她用榔头敲敲打打时伤了手,在穿堂风里工作又着了凉,这使她相当苦恼,为翌日忧虑不已。读者中若有受过同样苦恼的女孩,都会对埃米表示同情,祝愿她顺利完成任务。

当天晚上她把事情讲给家人听，大家都很愤慨。妈妈说这太遗憾了，不过告诉埃米她做得对。贝丝宣称她绝对不去那义卖会。乔质问埃米为何不带着她所有的漂亮东西一走了之，让那些刻薄的人自己收烂摊子。

"没道理只因为她们刻薄，我也变刻薄啊。我讨厌这样的事，尽管我有权感到伤心，但是不想表现出来。这比说气话、耍性子更能让她们知道我的感受，对吗，妈妈？"

"就该这样，亲爱的。以德报怨总是上策，尽管有时不太容易做到。"母亲说道，带着那种懂得知易行难的神情。

虽然种种诱因让人自然想怨恨、想报复，次日一整天，埃米仍坚守决定，一心只想用善意征服敌人。她起头就做得不错，这要归功于一样东西无声的提醒，它不期而至，却来得正是时候。当天早上，小女孩们在休息室里装花篮，埃米则在布置桌子，她拿起自己心爱的艺术品——一本小书，古雅的封面是爸爸从他的珍藏品里找出来的，仿皮纸书页上，她为各处章节画上了优美的彩色插图。她带着一股情有可原的得意劲，翻阅这些装帧华丽的书页，目光落在一节文字上，这使她停下来思索。这行字由绚丽的红、蓝、金三色蔓草纹花边框起，花边中画有一些善良的小精灵，他们正相互扶持，穿梭在荆棘和花丛中，这行文字写道："要爱人如己。"

"我应当这么做的，可我没做到。"埃米的视线从鲜艳的书页转到大花瓶后面梅那张不高兴的脸上，两只花瓶填补不了埃米漂亮的艺术品搬走后留下的空缺。埃米站了片刻，翻动手中的书页，读着每一页上对于嫉妒与不仁之心的温柔的训诫。每天在街道、学校、办公室和家中，都有各种传道人在潜移默化地传授我们许多真正的、充满智慧的道理。即使是一张展桌，也可能变成讲坛，只要它能传递那些永不过时的良善有益的话语。此时此地，埃米的心对自己简短地宣讲了一番小书中的道理，接着，她做了我们多数人未必能做到的事——将道理铭记在心，并立即付诸行动。

一群姑娘站在梅的桌子周围，欣赏着漂亮物件，一面议论着更换了义卖员的事。她们放低了嗓音，但埃米知道她们在讲她，知道她们只听一面之词就妄下判断。这令人不快，但她突然感觉心情好了些，不一会儿，便来了一个验证的机会。她听到梅忧愁地说道："太糟了，没时间制作别的了，我不想用零碎物件来充数。桌上的东西原来都齐备了——现在给毁了。"

"依我看，要是你开口，她会把东西放回来的。"有人建议。

"我怎么开得了口呀，都闹得这么僵了。"梅尚未把话讲完，埃米的声音从大厅那一头传来，和气地说着："如果你想要，不用开口问，可以拿去的，非常欢迎。我刚才还想着要提议把东西放回去呢，本来就该放在你那张桌子上，而不是我这张。给你，请收下吧，原谅我昨天晚上急着把它们带走。"

埃米边说边将展品送回，微笑着点了点头，随即匆匆离开，她觉得单单做出友善之举，比留下来接受道谢更容易些。

"哎，我觉得她很亲切啊，你说呢？"一个姑娘叫起来。

梅答得声如细丝。另一位小姐显然因为做了柠檬水，变得酸溜溜的，她发出令人生厌的笑声，接过话来："真是亲切，她知道这些东西在她的桌子上卖不出去。"

这话说得太尖酸了。当我们做出小小的牺牲，至少，我们总想有人赞赏。有那么一会儿，埃米后悔了，感到善未必有善报。但不久后她便发现，善有善报是真的。因为她的情绪开始高涨，花卉桌在她的一双巧手之下已变得多姿多彩,姑娘们都很友好,她小小的举动似乎已消除了误会,使气氛焕然一新。

对埃米而言,这一天相当漫长,也很难熬。她常独坐在桌子后面,因为小女孩们很快就擅离职守。没什么人愿意在夏天买花,天还没黑,她的花束已渐渐枯萎。

艺术品桌正是屋子里最吸引人的,从早到晚都有人群簇拥着,照管桌子的姑娘手捧当啷作响的钱盒,面带自视甚高的神情,不断跑来跑去。埃米常怅惘地望着对面,渴望身在那里,她才能感到自在快乐,而不是窝在角落里无所事事。在有些人看来,这或许没什么艰难的;然而对一个漂亮活泼的小姑娘而言,这样不仅乏味,还令她难堪,一想到晚上家人、劳里和他的朋友们会看见她在这里,着实苦不堪言。

她直到天黑才回家，尽管她没有抱怨，甚至没有说自己做了些什么，家人还是从她苍白静默的神色中看出这一天很难熬。妈妈端给她一杯格外提神的茶，贝丝帮她换衣服，还做了一个迷人的小花环，戴在她头上。而乔一反常态，正精心打扮自己，不祥地暗示着要去义卖会上扭转乾坤，家人见状都大为吃惊。

"乔，请不要做什么无礼的事。我不想惹是生非，就这么算了吧，你规矩些。"埃米央求道。她早早地离家，希望再多找一点儿鲜花来修饰她那张可怜的小桌子。

"我只是想把自己打扮得光鲜些，取悦所有认识的人，让他们在你那一角尽量多待一会儿。特迪和男孩们会过去搭把手，我们还是能过得很愉快的。"乔回答。她倚在大门口等候着劳里。不一会儿，暮色中传来熟悉的脚步声，她跑出门去迎接他。

"这是我的男孩来了吗？"

"肯定是啊，这也肯定是我的女孩！"劳里将她的手挽在臂弯里，显出那种志得意满的男人所独有的神情。

"噢，特迪，竟有这种事！"乔带着做姐姐的疼惜之情，讲述埃米所受的委屈。

"我的那群伙伴晚些时候就要坐车过来了，我无论如何都要让他们买下她所有的花，然后在她那张桌子前安营扎寨。"劳里热情地支持埃米的事业。

"埃米说，那些花一点儿也不鲜艳了，新鲜的又可能没法及时送到。我也不想猜忌，不想不公道，可要是鲜花永远不送来也不奇怪。人做了一件刻薄事，就很可能做第二件。"乔语带厌恶。

"海斯没把我们家花园里最好的花拿来给你吗？我交代过他的。"

"我不知道这事,他忘了吧,我猜。再说,你爷爷身体不舒服,我不想为了讨花去打扰他,虽然的确想要一些。"

"嘻,乔,你怎么会觉得需要用讨的呢?我的花就是你的花,我们俩不是样样东西都一人一半吗?"劳里说,那语调总是让乔变得浑身是刺。

"哎呀!我可不想这样!你有些东西,分一半给我,我也根本不中意。我们不能在这儿调笑了。我得去帮埃米的忙,你去捯饬捯饬。如果你好心让海斯送一点儿漂亮的花到大厅去,我会永远为你祈福的。"

"你不能现在就为我祈福吗?"劳里问得颇具暗示意味,乔连忙毫不客气地把他关在门外,隔着栅栏喊道:"走开,特迪。我忙着呢。"

多亏他们二人密谋,当天晚上局面确实扭转了。海斯施展他最好的手艺,将一大堆鲜花摆放在一个可爱的篮子里,送来当作桌子中央的摆饰。随后马奇一家全体到场。乔使出浑身解数,起了一定的作用。人们不但走了过来,还在此流连,笑着听乔讲无聊话,赞赏着埃米的品味,显然十分乐在其中。劳里和他的朋友们挺身而出,殷勤备至,他们把花束全数买下后,仍驻留在桌前,使这里成了屋中最热闹的一隅。埃米如鱼得水,至少出于感激,她尽可能表现得欢愉而亲切——此时,她得出结论,善终有善报。

乔举止得体,堪作楷模。当埃米仍快乐地被她的仪仗队环绕着的时候,乔在大厅里周旋,东听一点儿闲言,西听一点儿碎语,了解了切斯特转移阵地的原委。她为当初惹人不满而自责,决定尽快为埃米开脱。她也发现埃米上午已设法应对,视其为大度的典范。经过艺术品桌时,她朝桌上扫了一眼,却不见妹妹那些物品的踪影。"我猜是藏起来不给人看见吧。"乔暗忖。自己受委屈尚可宽恕,但家人遭到任何侮辱,她都会大发雷霆。

"乔小姐,晚上好。埃米那边怎么样?"梅以和解的口吻问道,想表示自己也有雅量。

"她把所有能卖钱的东西都卖光了,正高兴着呢。花卉桌一向很引人注目,你也知道,'尤其对男士们而言'。"

乔实在忍不住以眼还眼,梅却温顺地接受了。这使得乔不出一分钟便后悔了,转而称赞起那一对尚未售出的大花瓶来。

"埃米的灯饰在手边吗?我特别想买来送给爸爸。"乔急于知道妹妹那些作品的去向。

"埃米的东西早就卖完啦。我特意让合适的人看到它们,她的东西为我们赚来一笔可观的收入。"梅回答。今天她和埃米一样战胜了各种小小的诱惑。

称心如意的乔冲回去报告这个好消息。埃米得知梅的言语和态度之后,显得既惊讶又感动。

"好了,先生们,我希望各位去其他桌子前尽责,像你们在我这里一样慷慨——尤其是艺术品桌。"她命令"特迪的自己人"出动,姐妹们都是这么称呼这群学友的。

"'收钱,切斯特,收钱!'①是那一桌的座右铭。像士兵一样执行你们的任务吧,你们会斩获从各方面来说都物有所值的艺术品。"当这支忠诚的队伍预备上阵时,乔欢蹦乱跳着说。

"得令。不过马奇可比梅美多了②。"小帕克说,拼命想展现诙谐与体贴。劳里迅速制止了他:"孩子,一个小男孩能这样很棒!"劳里慈父一般拍了拍他的头,带他走开去。

"买花瓶。"埃米低声对劳里说道。她想最后一次以德报怨,"把炭火堆在仇敌头上"。

梅喜出望外,劳伦斯先生不仅买下了花瓶,而且双臂下各夹着一只在大厅四处闲逛。别的先生同样大方地购买了各式各样易损的小玩意,然后拎着这些蜡花、画扇、金银丝制品以及其他既实用又合适的杂物,无奈地逛来逛去。

卡罗尔姑妈也在场,听说事情经过后,她显得很高兴,在角落里对马奇叔婆说了些什么。老太太听了,露出满意的笑容,望向埃米,脸上的表情夹杂着自豪与焦虑。至于喜悦的原因,直到几天后卡罗尔姑妈才吐露出来。

大家都夸这场义卖会办得很成功。梅向埃米道晚安时,并未像往常那样"过分热情",而是亲昵地吻了她一下,神情分明在说:"请别念旧恶。"这令埃米很欣慰。她回家后,发现那两只花瓶各插着一大束鲜

---

① 出自沃尔特·司各特的叙事长诗《马米恩》。原文为:"Charge, Chester, Charge!"意为:"冲啊,切斯特,冲啊!"其中"charge"也可表"收钱"。
② 马奇可比梅美多了:此为双关语,"马奇(March)""梅(May)"二词不作人名时,分别有"三月""五月"之意。

花，摆设在客厅的壁炉架上。"嘉奖给宽宏大量的马奇。"劳里架势十足地宣布。

"埃米，你远比我所知的更讲道义，更慷慨，品格更高尚。你与人为善，我由衷地敬佩。"那天夜里，她们一起梳头的时候，乔热情地说道。

"是啊，她乐意饶恕人，我们都敬佩她，爱她。你一定难受极了，毕竟努力了那么久，一心想要出售自己那些漂亮的东西。我想我没办法像你这么厚道。"靠在枕头上的贝丝接着说。

"哎呀，姐姐们，用不着这样表扬我。己所不欲，勿施于人而已。你们曾笑话我说我要做一名淑女，其实我的意思是，要在思想和举止上都成为一名真正的淑女。我试着用自己理解的方式去做。我没法确切说明，只是想避开那些毁了许多女性的小毛病，刻薄、蠢笨等等。我现在还差得很远，但是会尽力而为，希望以后能成为像妈妈那样的人。"

埃米言辞恳切，乔亲热地抱了她一下，说道："我现在明白你的意思了，再也不会笑话你了。你比自己想象的进步更快，我要向你学习真正的礼貌，我相信你已经懂得个中奥妙。继续努力吧，宝贝，有朝一日你会获得回报的，到时我会比谁都高兴。"

一星期后，埃米真的获得了回报，可怜的乔却高兴不起来。卡罗尔姑妈来了一封信，马奇太太读着信，越读脸色越发明朗，一旁的乔和贝丝见了，忙问她接到什么喜讯。

"卡罗尔姑妈下个月要出国，她想——"

"想带我一起去！"乔喜不自胜地从椅子上跳起来，插嘴道。

"不，亲爱的，不是你，是埃米。"

"噢，妈妈！她年纪还小，应该先轮到我，我已经想了很久了——这对我会有许多好处，而且会非常愉快的——我一定要去。"

"恐怕不行啊，乔。姑妈说的是埃米，说得很肯定。人家给这么一个恩惠，我们总不好提要求吧。"

"老是这样，乐子都是埃米的，活儿都是我来干。这不公平，噢，这不公平！"乔激动地大喊。

"亲爱的，这事恐怕也得怪你自己。姑妈那天跟我说，你直来直往，个性太独立，她为此遗憾。她信上是这么写的，好像是引用了你说过的话——'我起先打算问乔的，但"受恩于人会给她负担"，她又"讨厌法语"，我想还是不要冒昧邀请她为好。埃米更听话，她会当弗洛的好旅伴，若能从这趟旅行中得到任何益处，她也会感恩地领受。'"

"噢，我这张嘴，这张倒霉的嘴！我怎么就学不会保持沉默呢？"乔叹道，想起那些坏了事的话。马奇太太听她解释了信中引述的话，难过地说："我真希望你能去，但这次没有希望了。所以尽量欣然接受吧，不要让责备和遗憾扫了埃米的兴。"

"我尽量。"乔使劲眨着眼睛，跪下去捡刚才一兴奋打翻在地的针线篮，"我要努力向她学习，不只看起来高兴，还要真心地高兴，一刻也不妒忌她的幸福。可是这不容易做到，因为我失望极了。"可怜的乔流下几滴悲戚的泪水，濡湿了手中那只圆鼓鼓的小针插。

"乔，亲爱的，我也有私心，不想放你离开。很高兴你还没有要走。"贝丝轻声说着，把乔连人带篮子拥入怀中。这紧密的依偎与深情的脸庞，使乔感到安慰，尽管她仍深深后悔，简直想扇自己巴掌，再谦逊地恳请卡罗尔姑妈施恩于她，给她这个负担，看她如何感恩地接受。

到埃米进屋时，乔已经能和家人一起欢庆了，或许不如以往一般发自内心，但也不因埃米的好运而鸣不平。而年轻淑女本人接获这大喜的

信息，自然欢欣若狂，却仍不失庄重地走来走去，当晚便开始整理颜料，收拾铅笔。而衣服、钱、护照之类的琐碎东西，则交给不像她一般富于艺术想象的人去打点。

"这对我来说不只是旅行，姐姐们。"她刮着自己最好的调色板，语重心长地说，"这会决定我的事业，如果我有天赋的话，我会在罗马把它发掘出来，也会用行动来证明。"

"假如没有呢？"乔问道。她红着眼睛，不停地缝着要让埃米带去的新领子。

"那我就回家来，教人画画谋生。"这个向往名声的女孩豁达而镇定地回答。但是想到这幅前景，她不由得皱了皱面孔，接着继续刮起调色板来，仿佛决意在放弃希望之前放手一搏。

"不，你不会的。你讨厌辛苦工作，你一定会嫁个有钱人，再回家来，余生坐享荣华富贵。"乔说。

"你的预言有时会应验，可我想这次不会。我倒是盼望这吉言能应验，因为如果我自己成不了艺术家，也想要有能力帮助艺术家。"埃米笑着说，似乎当慈善家比当清贫的绘画教师更合她心意。

"嗯……"乔叹着气说，"如果你这样盼望，总会成真的，因为你想要什么都能得到——而我从来得不到。"

"你想去吗？"埃米用刮刀压着鼻头，若有所思地问道。

"很想！"

"那，一两年后我再请人接你过去，我们一块儿去古罗马广场看古迹，去实现我们订了好多次的计划。"

"谢谢。等那个快乐的日子到来时，我会提醒尔答应过的事的，如果真有那么一天的话。"乔尽可能感激地接受这不确定却很美妙的提议。

没有多少时间做准备，埃米临行时，屋子里已乱了套。乔强打精神，望着那条蓝色丝带飘然而去，消失不见，她才回到阁楼的避风港大哭，把眼泪都哭干了。埃米同样坚强地屏住泪水，直到轮船起航。正当舷梯即将收起之时，她突然意识到，波涛滚滚的茫茫海洋就要将她和最爱她的人分隔两端。于是她紧紧抓住逗留到最后的劳里，呜咽着说："噢，替我照顾他们，万一有什么事——"

"我会的，亲爱的，我会的。万一有事，我会去安慰你的。"劳里低声说。他做梦也没想到不久后自己将被请去履行这句诺言。

就这样，埃米远航去寻访旧大陆，那个在年轻人眼中永远新奇而美丽的世界。她的父亲和她的朋友在岸边目送她，殷殷希望命运善待这个无忧无虑的女孩。挥着手的她，渐渐消失在他们的视野中，海面上只剩夏日的阳光熠然闪烁。

第三十一章
海外来鸿

伦敦

最亲爱的家人：

我现在真的坐在皮卡迪利街巴斯旅馆临街的窗前了。这里不是个时髦的地方，但是姑父几年前在此下榻后，便不想去别处了。不过，我们不打算久留，也就没什么要紧了。噢，我多么喜欢这里的一切，简直不知如何说起！我无从下笔，只能从笔记本里摘录只言片语——自出发以来，除了画素描和胡乱涂写，我什么事都没做。

我在哈利法克斯给你们寄过一封短笺，当时心里很难受。但是打那之后，我过得很愉快，几乎没有生病，整天待在甲板上，有许多和善的人陪我。大家都对我很好，尤其是那些高级船员。乔，别笑，在船上真的很需要先生们，他们可依靠，也会为人服务。他们

无所事事，让他们派点儿用场也是为他们好，要不然我怕他们会抽烟抽死呢。

　　姑妈和弗洛一路上身体都不舒服，想清静独处，所以为她们做完力所能及的事，我就自己跑开去玩了。在甲板上散步是如此美好，多么灿烂的夕阳，多么惬意的海风，多么浩瀚的海浪！当我们疾驶向前，那种兴奋之情几乎与骑快

马相当。我真希望贝丝也一起来，这会对她大有裨益。至于乔，她会爬上去坐在大桅楼的船帆（不管那个高高的东西叫什么）上，和轮机员交朋友，把船长的话筒当喇叭吹，她一定会这般欢天喜地的。

一切都很美妙，但我仍特别高兴能看到爱尔兰海岸。它非常迷人，郁郁葱葱，阳光明媚，棕色的小木屋点缀其间，一些山丘上留有遗迹，山谷中错落着绅士宅第，庄园里豢养了一些鹿。当时是清晨，那幅景色让早起变得值得，海湾泊满小船，海滨旖旎如画，头顶一片玫瑰色的天空，我永生难忘。

到了昆斯敦，我新结识的一位朋友伦诺克斯先生下船离我们而去。当我在船上提起基拉尼湖时，他叹息一声，看了看我，唱起歌来——

噢，你可曾听说凯特·卡尼，
她就住在基拉尼湖畔；
若见她秋波流转，
快脱险逃离，
那致命的目光，凯特·卡尼。

是不是很荒唐？

我们在利物浦只停留了几个小时。那里又脏又吵，我很高兴能离开。姑父头一件事就是冲出去买了一副仿狗皮手套、几双厚重又难看的鞋子和一把雨伞，还剃了一个羊排式络腮胡。然后他便自以为看起来像个真正的英国人了。结果他第一次去擦皮靴，那个擦鞋小童就看出靴子主人是美国人，咧嘴一笑说："完事儿了，先生，我用最新美国式擦法擦得特亮。"姑父听了乐开了怀。噢，我一定得告诉你们那个荒谬的伦诺克斯做了什么！他的朋友沃德与我们同行，他请沃德为我订了一束花，我踏进房间第一眼就看到这束可爱的花，卡片上写着"罗伯特·伦诺克斯敬赠"。姐姐们，是不是很有趣？我喜欢旅行。

如果不赶紧，我永远都写不到伦敦的事了。这趟行程好像乘火车穿过一条长长的画廊，满是迷人的风景画。我喜爱那些农舍，茅草盖的屋顶，攀上屋檐的常春藤，格子窗，门前还有健壮的妇人和脸蛋红扑扑的小孩。这里的牛群站在齐膝深的苜蓿(mù xu)地里，看上去比我们那里的牛更安详。母鸡叫起来也很闲适，似乎决不会像美国的鸡那样紧张兮兮。我从未见过如此完美的色彩——草地碧绿，天空湛蓝，谷物金黄，森林黢黑，我一路上看得如痴如醉。弗洛也和我一样，在以六十英里时速向前飞驰的车厢里，我们不停地从一边蹦到另一边，想要将景致尽收眼底。姑妈累了睡着了，姑父还在读旅行指南书，对一切都不觉惊奇。我们当时看起来大概是这样的——

埃米跳起来大叫："噢，那一定是凯尼尔沃思城堡，树林间那片灰色的地方！"

弗洛冲到窗前说："多美啊，我们哪天一定会去那里的，对吧，爸爸？"

姑父平静地欣赏着自己的靴子，说道："不，亲爱的，除非你想喝啤酒，那是个啤酒厂。"

沉默片刻，弗洛又喊了起来："天啊，那儿有一座绞架，有个人正走上去。"

"哪里，哪里？"埃米尖叫着朝车窗外望去，只见两根木柱高高矗立，由横梁相连，上面悬挂着一些铁链。

"是煤矿。"姑父眨了眨眼睛说道。

"这儿躺着一群可爱的羊羔。"埃米说。

"看啊，爸爸，它们多漂亮！"弗洛动情地说。

"是鹅，两位小姐。"姑父回应。

他的语调使我们安静下来，后来弗洛专心地读起《卡文迪什船长风流史》来，留我一人独享美景。

我们抵达伦敦时，正下着雨，除了雾和雨伞，没有什么可看的。我们安顿下来，打开行李，在阵雨的间歇里去买了些东西。卡罗尔姑妈给我添置了一点儿新的衣物，我出发匆忙，准备得不充分。一顶有蓝色羽饰的可爱白帽子，配了一件迷人的细洋纱衣服，还有一件我见过的最漂亮的斗篷。在摄政街购物棒极了，东西似乎非常便宜——精致的丝带才六便士一码。我买了一些备用，手套则准备到巴黎再买。听起来是不是挺高雅、挺阔绰的？

趁姑妈姑父出门的时候，我和弗洛为了好玩，租了一辆双轮双座马车去兜风，我们事后才知道，年轻女士不宜单独这么做。路上太滑稽了！我们坐进马车，合上木挡板，车夫把车赶得飞快，弗洛吓坏了，叫我阻止他。但是他在车厢后头坐得高高的，我没法接近他，他听不见我的叫声，也看不见我在前面挥动阳伞。就这样，我们无能为力，只得咔嗒咔嗒地继续行驶，疾速转过一个个街角。最后，百般无奈之际，我看到车厢顶有扇小门，一捅开，现出一只红通通的眼睛，一个醉醺醺的声音传来："哎，小姐？"

我尽可能冷静地下了指令。"是，是，小姐。"那家伙答着，砰地关上小门，让马缓步前进，仿佛要去参加葬礼。我再次把门捅开说:"稍快一些。"于是他又像先前那样驱马狂奔,我们只好听天由命了。

今天天晴,我们去了近旁的海德公园,毕竟我们比外表看起来更有贵族气息。德文郡公爵就住在附近。我常看到他的男仆在后门处闲逛。威灵顿公爵的宅邸也距离不远。天啊,我看到的那番景象!像幽默杂志《笨拙》上画的那样好看。丰腴的贵妇们乘红黄两色的大马车四处徐行,穿着丝绸长袜和丝绒外套的英俊侍从高坐在车厢后,头发上敷粉的车夫坐在车前。时髦的女仆们带着我所见过的脸蛋最红润的孩子。标致的姑娘们一副半梦半醒的样子。戴着古怪的英国帽子和淡紫色小山羊皮手套的公子哥儿们东游西逛。高大的士兵们身着红色短夹克,头上斜扣着松饼状呢帽,看起来太有趣了,我真想把他们画下来。

骑马道名为"Route de Roi",即国王道,但如今完全像个骑术学校了。马匹都很矫健,男士们,尤其是马夫们骑术高明,而女士们就很僵硬了,在马上一颠一颠的,不合我们的规矩。我很想让她们瞧瞧美国式的策马飞奔,她们只是严肃地骑马来回小跑,身穿单薄的骑装,头戴高帽,看起来像玩具诺亚方舟里的女人。人人都会骑马——年长的先生,健壮的女士,年幼的孩童。这里的年轻人很爱调情,我看到一对年轻人互赠玫瑰花蕾,因为现在流行在纽洞上插一朵,我认为这个点子很不错。

我们下午去了威斯敏斯特教堂。别指望我把它描述出来,这不可能——只能说它十分雄伟!今晚我们要去看费克特的戏,以此结束我一生中最快乐的日子相当合宜。

午夜

现在很晚了，但是我得把昨晚发生的事情告诉你们，早上才能寄出这封信。你们猜，在我们喝茶的时候谁来了？劳里的英国朋友弗雷德·沃恩和弗兰克·沃恩！我惊讶极了，要不是看了名片，我都认不出他们了。两人都长成了高个子，留着络腮胡。弗雷德一副英国式派头，很英俊。弗兰克身体好多了，只稍微有点儿跛，不再挂拐杖了。他们俩从劳里那儿得知我们下榻的地方，前来邀请我们去他们家，但是姑父不愿意去，所以我们打算择日回访。他们陪我们一起去看戏，度过了十分愉快的夜晚。弗兰克围着弗洛转，弗雷德则和我大聊过去、现在、未来的趣事，仿佛我们已经相识了一辈子。请转告贝丝，弗兰克问候她，听说她健康欠佳感到很难过。我说起乔时，弗雷德笑了，他致上"对那顶大帽子的敬意"。他们两人都没有忘记劳伦斯营，也没有忘记当时的欢乐时光。那似乎是很久以前的事了，不是吗？

姑妈已经第三次敲墙壁了，我得停笔了。我真觉得自己像个耽于宴乐的伦敦淑女，深夜还在这里写信，房间里满是漂亮玩意，脑袋里乱糟糟地装着公园、戏院、新衣以及殷勤的男士们，他们会捻着金色胡须说"啊"，带着纯正的英国贵族气派。我渴望见到你们大家，尽管我废话连篇，但我永远是爱你们的。

埃米

巴黎

亲爱的姐姐们：

我在上一封信里给你们讲了伦敦之行——沃恩兄弟真是友好，为我们安排了几次十分快乐的聚会。我最喜欢的行程莫过于去参观汉普顿宫和肯辛顿博物馆——我在汉普顿宫看到了拉斐尔的图稿，博物馆的展厅中则挂满了透纳、劳伦斯[①]、雷诺兹[②]、霍加斯[③]和其他大师的画作。在里士满公园度过的那天也很愉悦，我们享用了地道的英式野餐。那里很美，橡树成林，鹿儿成群，多得我画不过来。我还听到夜莺啼鸣，看到云雀高飞。多亏了弗雷德和弗兰克，我们尽情地"游走"于伦敦，离开时很不舍。我觉得，尽管英国人不会很快接纳你，然而一旦决定接纳，他们的好客和热情无人能敌。沃恩一家希望明年冬天同我们在罗马会面，如果他们不去，我会非常失望的，因为格雷丝是我的密友，两个男孩也是很好的人——尤其是弗雷德。

话说我们刚在这里安顿下来，弗雷德又露面了，说是来度假的，打算去瑞士。姑妈起初一脸严肃，不过他泰然处之，姑妈也就无话可说了。现在我们相处得不错，并且很庆幸他来了，因为他法语说得像当地人一样好，真不知道没有他我们该怎么办。姑父认识的法

[①] 托马斯·劳伦斯爵士（1769—1830）：英国肖像画家，曾任英国皇家美术学院院长。
[②] 乔舒亚·雷诺兹（1723—1792）：英国肖像画家、艺术评论家，曾于1768年创立英国皇家美术学院并出任第一任院长。
[③] 威廉·霍加斯（1697—1764）：英国画家、版画家、讽刺画家。

语词汇不到十个,他执意大声地讲英语,好像这样就能让人听懂似的。姑妈的法语发音是老式的,我和弗洛虽然自诩懂不少法语,却发现其实不然,很感激有弗雷德"开洋腔"——用姑父的话来说。

我们度过了多么欢快的时光!从早到晚游览观光,在一间间花哨的餐馆里暂歇,享用精美的午餐,经历各种各样的奇遇。下雨天我就在卢浮宫里消磨时间,流连画前。有几幅最好的一定会令淘气的乔嗤之以鼻,因为她对美术毫无热情,但是我有啊,我正尽快培养自己的眼光和品味。她会更喜欢那些伟人的文物,我已看到了她所欣赏的拿破仑的三角帽和灰色大衣,还有他小时候的摇篮和他的旧牙刷。我也看到了玛丽·安托瓦内特[①]的小鞋子、圣德尼[②]的戒指、查理大帝[③]的剑以及许多别的有趣的东西。回家后我能聊上好几个小时,现在没时间写了。

皇家宫殿是个美妙的地方——满目尽是珠宝首饰和可爱玩意,我没法买下,简直心烦意乱。弗雷德想给我买一些,我当然不肯。还有布洛涅森林和香榭丽舍大道,真是美极了[④]。我见过几回皇室成员。皇帝[⑤]长得很丑,气势威严。皇后苍白而美丽,但是在我看来,她衣着品味糟糕——紫色裙子,绿色帽子,黄色手套。小拿破仑是个英俊的男孩,他坐在四头马车里和家庭教师聊天,经过

[①] 玛丽·安托瓦内特(1755—1793):法国王后,法国国王路易十六之妻,奥地利女君主玛利亚·特蕾莎之女,1793年10月16日在法国大革命中被处死。
[②] 圣德尼(约公元3世纪):巴黎第一位主教,基督教圣徒与殉教者。
[③] 查理大帝(约742—814):查理曼帝国建立者,在位期间颇有建树,被誉为欧洲历史上最重要的统治者之一。
[④] 美极了:原文为法文。
[⑤] 皇帝:指拿破仑三世(1808—1873),法兰西第二共和国总统及法兰西第二帝国皇帝。

人群时朝他们飞吻。左马骑手身穿红色缎子夹克，车前车后各有一个骑马卫兵。

我们常在杜伊勒里公园里散步，那里很漂亮，尽管古色古香的卢森堡公园更合我的意。拉雪兹神父公墓很稀奇——许多坟墓好像小屋子，朝里望去可以看见一张桌子，上面有已故者的肖像或照片，旁边有为凭吊者而设的椅子。这太有法国特色了——不是吗[①]？

我们住的房间在里沃利街，坐在阳台上便可来回眺望这条绚烂的长街。白天在外面走累了，晚上就在阳台聊天度过，实在惬意。弗雷德非常有趣，真是我认识的最讨人喜欢的小伙子——除了劳里，劳里的举止更有魅力。真希望弗雷德的肤色更深一些，我不喜欢浅色皮肤的男士。不过，沃恩家很富有，门第显赫，我就不挑剔他们的黄头发了，反正我的头发颜色更黄。

下周我们要动身去德国和瑞士。因为要赶路，我只能草草地给你们写几封信。我每天记日记，尽量照爸爸的建议，"将我看见和欣赏的一切真实地记住，再清楚地描述出来"。这对我是很好的练习，日记本加上写生簿，会比这些匆匆写下的字句让你们更了解我们的这次旅行。

再会，温柔地拥抱你们。

你们的埃米[②]

---

① 不是吗：原文为法文。
② 你们的埃米：原文为法文。

海德堡

亲爱的妈妈：

在我们动身去伯尔尼之前有一小时的清闲，我想要告诉你发生了什么，其中有些事很重要，你读后便知。

沿莱茵河北上的航行极美好，我就这么坐在船上，肆意享受着。去把爸爸原来的旅行指南书找来读一读吧，我找不到足够美丽的字眼来描述。我们在科布伦茨度过了愉快的时光，弗雷德在船上结识的几个来自波恩的学生为我们唱了一支小夜曲。那是一个月夜，大约在一点钟，我和弗洛被窗外一阵无比曼妙的歌声唤醒。我们一跃而起，躲到窗帘后面向外窥望，原来是弗雷德和那几个学生在窗下不停地唱着。我从未见过这么浪漫的景象——河流，浮桥，对岸的大堡垒，遍洒的月光，足以融化铁石心肠的歌声。

等他们唱罢，我们抛了一些鲜花下去，只见他们你争我夺，朝着没露面的女士飞吻，随后笑着走开去——我想是去抽烟、喝啤酒。

第二天早晨，弗雷德从马甲口袋里抽出一朵揉皱了的花给我看，神色十分多情。我笑话他，说花不是我扔的，是弗洛。他听了很反感，把花丢出窗外，恢复了理智。我怕和这个男孩相处会发生麻烦事，已经有这种征兆了。

拿骚的温泉浴场很好玩，巴登-巴登的也是。弗雷德在巴登-巴登输了钱，我责备了他。弗兰克不在他身边，他需要人照看。凯特曾说希望他早日结婚。我相当赞成，这对他是好事。法兰克福令人愉悦，我看到了歌德①故居，席勒的雕像，还有丹内克②著名的《阿里阿德涅》。

---

① 约翰·沃尔夫冈·冯·歌德（1749—1832）：德国诗人、作家、思想家，被誉为最伟大的德国作家之一，代表作有《少年维特之烦恼》《浮士德》等。
② 海因里希·丹内克（1758—1841）：德国雕塑家，代表作有大理石雕塑《阿里阿德涅》等。

这一切很迷人，假如我对背景故事了解多一些，会更加乐在其中的。我不想问别人，因为人人都知道，或不懂装懂。真希望乔能告诉我所有的故事，我应该多读些书的，我发现自己什么都不知道，无地自容。

言归正传，重要的事情就发生在这里，弗雷德刚刚离开。他一直非常友善、开朗，我们都很喜欢他。我只把他当作一起旅行的朋友，从没想过别的，直至听到小夜曲的那一晚。自那之后，我渐渐感到，月光下的散步、阳台上的交谈、每天的探胜之旅，对他而言不只是娱乐而已。妈妈，我没有卖弄风情，真的——我记得你对我说的话，并且尽力而为。如果人家喜欢我，我也没有办法。我不会设法让人喜欢我，要是我对对方没兴趣，又徒增烦恼，尽管乔说我没心没肺的。

我知道接下来妈妈会摇头，姐姐们会说："噢，这个唯利是图的小坏蛋！"不过我已打定主意，如果弗雷德开口问，我就接受他，虽然我并没有热烈地爱上他。我喜欢他，我们在一起处得很自在。他英俊，年轻，够聪明，很富有——比劳伦斯家还富有得多。我认为他的家人不会反对的，我将会非常幸福，他们都是和善、宽厚、教养良好的人，都喜欢我。弗雷德是双胞胎中的哥哥，我想他会分到地产——那是多么棒的地产啊！一栋城里的房子，位于时髦的街道上，虽不像我们那儿的大房子那样招摇，却是加倍的舒适，充满了实在的奢华，这是英国人所崇尚的。我喜欢这样，这才是真的。我见过了那些金银餐具、祖传珠宝、家中老仆，还看了乡间别墅的照片，上面有庄园、大宅、骏马和秀美的庭院。噢，夫复何求！我宁愿得到这些，也不愿像一般女孩那样对贵族头衔趋之若鹜_{wù}，结果发现虚名之下一无所有。我或许真的唯利是图，但我讨厌贫穷，除非不得已，我一分钟都不想忍受贫穷。我们姐妹之中总得有一个嫁入豪门，梅格没有，乔不会这么做，贝丝暂时还不行——所以我要这么做，让我们家方方面面更舒适些。

我不会嫁给一个自己讨厌或轻视的人。这一点你可以放心。虽然弗雷德不是我理想中的英雄，但他表现很好，如果他很喜欢我，能让我随心所欲地做想做的事，我迟早会足够喜欢他的。所以一星期以来，我对这件事左思右想，因为弗雷德喜欢我，我已无法视而不见。他什么都没说，但已在种种小事中表露无遗。他从不和弗洛做伴，马车里、餐桌前、步道上，他始终待在我身边。我们单独相处时，他总是含情脉脉的，有谁胆敢来和我攀谈，他就对他皱眉头。昨天用餐时，有一个奥地利军官盯着我们看，然后对他的朋友——一个风流倜傥的男爵——说了什么"一个美丽的金发小姑娘"①。弗雷德听了，脸色凶得跟狮子一样，恶狠狠地切着盘子里的肉，切得肉差点儿弹飞出去。他不是那种冷静拘谨的英国人，脾气挺急躁，因为他有苏格兰血统，从他那双迷人的蓝眼睛就能看出端倪。

话说昨天日落时分，我们去了城堡——所有人都去了，除了弗雷德，他先去取存局候领的信，再来同我们会合。我们怡然自得地漫步于遗迹间，欣赏了收藏大酒桶的地窖和当年选帝侯为英国妻子建造的美丽花园。我最喜欢城堡的大露台，从那里望出去风景绝美。所以当其他人去参观里面的房间时，我坐在露台上，试着画下墙上为深红色忍冬枝条所围绕的灰色石狮子。我感到自己仿佛进入一个

---

① 一个美丽的金发小姑娘：原文为德文。

浪漫故事，坐在那里，看着内卡河滚滚流过山谷，听着城堡下奥地利乐队的演奏，像故事书里的女孩一样等待着心上人。我隐隐觉得有什么事即将发生，而我已为此做好准备。我没有脸红，也没有战栗，而是相当冷静，只稍稍有些激动。

不久后，我听到了弗雷德的声音，接着便见他快步穿过大拱门来找我。他愁容满面，我完全忘记了自己的事，忙问他怎么回事。他说刚收到一封信请他回家，因为弗兰克病得很厉害。所以他马上要搭夜班火车离开，只来得及道个别。我很为他难过，又自觉失望，但只失望了片刻，因为他和我握手时说——我不可能误解他说这话的语气——"我很快就回来的，你不会忘了我吧，埃米？"

我没有许诺，只是看着他，他似乎已满足了。剩下的时间只够我们互相祝福与道别，他一小时后就走了，我们大家都很想念他。我知道他有话想说，但是从他之前的暗示看来，他答应过他父亲暂时不考虑这种事，因为他是个急躁的男孩，老先生怕他娶一个外国媳妇。我们很快将在罗马会面，到那时，如果我尚未改变心意，当他问"你愿意吗？"时，我会说"愿意，谢谢"。

这自然是极其私密的事，不过我希望让你知道发生了什么。别为我担心，要记得我是你"谨慎的埃米"，放心，我决不会鲁莽行事。尽管多给我提一些建议吧，做得到的我一定照做。妈妈，要是能和你当面畅谈一番就好了。请爱我并信任我吧。

你永远的埃米

第三十二章
柔情的烦恼

"乔,我很担心贝丝。"

"怎么了,妈妈?打从家旦有了双胞胎,她气色异常地好啊。"

"我现在烦恼的不是她的健康,而是她的情绪。她肯定有什么心事,我希望你去探个究竟。"

"你为什么这么想呢,妈妈?"

"她动不动就独自一人坐着,不像以前那样爱跟爸爸讲话了。我前几天发现她对着双胞胎掉眼泪。她唱歌也总是唱些悲伤的歌,脸上偶尔还露出一种我看不懂的表情。这不像是贝丝了,真叫我发愁。"

"你问过她吗?"

"我试过一两次,她不是避而不答,就是一副苦恼的样子,我只好作罢。我从不强求孩子对我说秘密,通常不多久你们就会自己告诉我。"

马奇太太说着瞥了乔一眼,而对面那张脸看起来只想着贝丝内心的不安,并未藏有其他人的秘密。乔边做针线活儿,边思量了一会儿后,说道:"我想她长大了,开始做梦了,心生希望、恐惧和焦虑,却不知道为什么会这样,也无法解释清楚。哎呀,妈妈,贝丝都十八岁了,我们只是没意识到她的年纪,还把她当小孩对待,忘了她已经是个女人了。"

"说得也是。哎呀,你们这么快就长大了。"妈妈叹了一口气,微笑着回答。

"没办法呀,妈妈,所以你得把各种烦心事放下,让你的小鸟一只一只飞出巢去。我保证我决不会飞很远,如果这能给你一点儿安慰的话。"

"这是很大的安慰,乔。梅格出嫁了,有你在家我始终感到很踏实。贝丝身子太弱,埃米年纪太小,靠不上她们。还好面临艰苦时,你总是乐于帮忙。"

"哎呀,你知道我不大在意干苦差事的,一个家里总得有人做洗洗擦擦的活儿。埃米对细活儿很拿手,我就不行了。但是当所有的地毯需要卷起来清理,或者家里一半人同时生病的时候,我倒是觉得自己能大显身手。埃米正在国外崭露头角,如果家里出了什么岔子,我就是你的顶梁柱。"

"那贝丝的事就交给你了,她的乔总能让她更快敞开那温柔的小小心扉。要和和气气的,别让她认为有人在观察她、议论她。只要她能恢复坚强乐观,我就别无所求了。"

"真是幸福!我求的可多了。"

"亲爱的,你求些什么呢?"

"我先解决贝丝的烦恼,再把我的告诉你。我的不太折磨人,先搁着吧。"乔聪慧地点了点头,继续缝手上的活计。这让妈妈对她放下心来,至少目前如此。

乔表面上埋首于自己的事情,暗中则观察着贝丝,经过种种互相矛

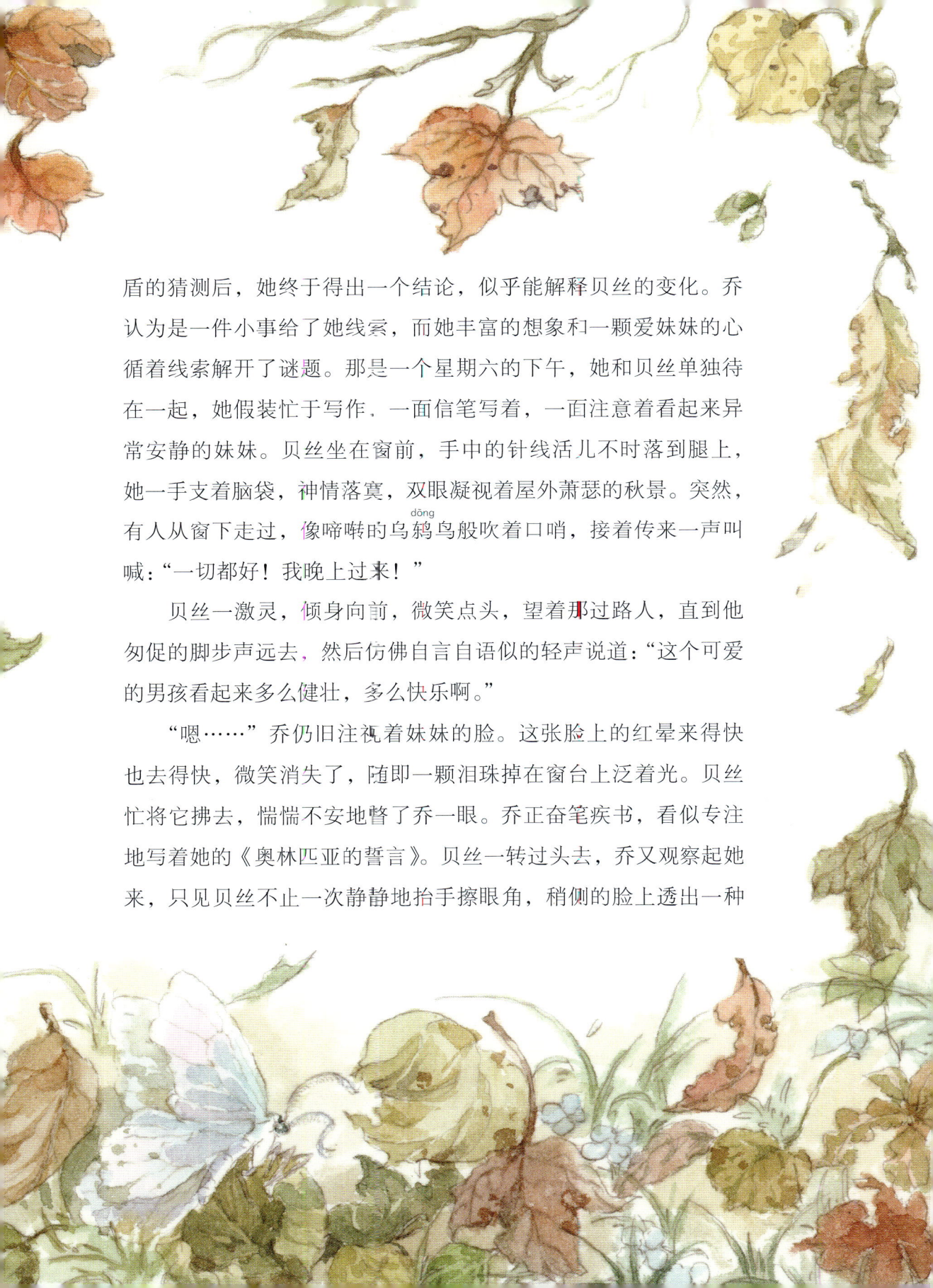

盾的猜测后,她终于得出一个结论,似乎能解释贝丝的变化。乔认为是一件小事给了她线索,而她丰富的想象和一颗爱妹妹的心循着线索解开了谜题。那是一个星期六的下午,她和贝丝单独待在一起,她假装忙于写作,一面信笔写着,一面注意着看起来异常安静的妹妹。贝丝坐在窗前,手中的针线活儿不时落到腿上,她一手支着脑袋,神情落寞,双眼凝视着屋外萧瑟的秋景。突然,有人从窗下走过,像啼啭的乌鸫鸟般吹着口哨,接着传来一声叫喊:"一切都好!我晚上过来!"

贝丝一激灵,倾身向前,微笑点头,望着那过路人,直到他匆促的脚步声远去,然后仿佛自言自语似的轻声说道:"这个可爱的男孩看起来多么健壮,多么快乐啊。"

"嗯……"乔仍旧注视着妹妹的脸。这张脸上的红晕来得快也去得快,微笑消失了,随即一颗泪珠掉在窗台上泛着光。贝丝忙将它拂去,惴惴不安地瞥了乔一眼。乔正奋笔疾书,看似专注地写着她的《奥林匹亚的誓言》。贝丝一转过头去,乔又观察起她来,只见贝丝不止一次静静地抬手擦眼角,稍侧的脸上透出一种温柔的哀愁，乔看得自己眼眶也湿润了。她怕泄露真情，便嘟囔着需要多拿几张纸来，悄悄地溜走了。

"老天啊，贝丝爱上劳里了！"她在自己的房间里边说边坐下，自认发现了不得了的事，惊得脸色煞白。"我做梦都想不到这种事！妈妈会怎么说呀？不知道他是否——"乔打住了，一个突如其来的念头使她脸色涨红。"如果他不同样地爱她，那该多可怕啊。他一定得爱她，我要让他爱她！"她威胁地朝着墙上的照片摇了摇头，照片里那个一脸淘气的男孩正笑话她呢。"天啊，一眨眼我们就长大了。梅格嫁了人，做了妈妈，埃米在巴黎发展感情，贝丝也坠入爱河了。我是唯一够理智、不胡闹的。"乔盯着照片，凝神思考了片刻，随后她抚平皱起的额头，对照片中的那张脸坚定地点点头说："不了，谢谢你，先生！你很迷人，但是你像风向标一般没有定性。所以你不必写动人的短信给我，也不必献媚地对我微笑，那一点儿好处都没有，我不想看。"

接着她叹了一口气，陷入沉思之中。直到暮色初上，她才回过神来，下楼去多察看一番，结果更证实了她的猜疑。尽管劳里常和埃米打情骂俏，也爱和乔开玩笑，他对贝丝的态度向来是特别友善温和的，不过大家对贝丝都是这样，因此，没有谁会以为他对贝丝比对别人更关心。事实上，近来家里人普遍产生一种感觉，那就是"我们的男孩"比以往更喜欢乔了，然而乔对这个话题充耳不闻，有谁胆敢提起，就会招来她的狠狠斥责。假如家人知道一年以来的种种情愫，更确切地说，是种种试图传达却遏制于萌芽之际的情愫，他们一定会大为满意地说："我早就告诉你了。"但是乔讨厌"风花雪月"，不容许这种事发生，每当有危险迫近的苗头，她就讲个笑话或皱皱眉头应付过去。

劳里刚上大学那阵子，差不多每个月恋爱一次。这些小火苗虽炽烈却短暂，并未造成什么伤害，倒是给乔带来不少乐趣。每星期和劳里会面时，她都饶有兴味地听他倾诉那一段段希望、绝望与放弃交替的经历。后来有一段时间，劳里不再拜倒在众多石榴裙下，幽幽地暗示他燃起一种专一不移的热情，偶尔还沉溺于拜伦式①的忧郁情绪中。于是他彻底避谈柔情的话题，给乔写的信笔触理性，他变得用功起来，宣称自己要"苦学"了，打算风风光光地毕业。比起黄昏私语、轻轻握手、眉目传情，劳里如今的转变更能博得这位小姐的欢心。毕竟乔的头脑比情感成熟得早一些。她偏爱虚构的英雄，而非真实的，因为当她厌倦了他们，大可以将前者关进锡皮柜，想见时招之即来，后者可就没这么好打发了。

在乔发现贝丝的秘密之前，事情就是如此，于是当天晚上，乔以从未有过的眼光观察着劳里。贝丝安安静静的，劳里对她很友善，如果乔脑筋里没有冒出那个新的想法，她也不会看出什么异样来。而今她丰富的想象脱了缰，带着她疾速飞奔。长期写作浪漫故事又使她的判断力削弱不少，没有勒住思绪。和平常一样，贝丝躺在沙发上，劳里则坐在近旁一张矮椅上，无所不谈地逗她开心。这每周一次的侃大山是贝丝的寄托，他也从没有让她失望过。但是在这个晚上，乔觉得贝丝的目光特别喜悦，始终停留在身边那张活泼的脸孔上。同时带着浓厚的兴趣听他讲述一场激动人心的板球赛，尽管"接住脚前球""击杀出局""击球得三分"等术语听在她耳中像梵语般难懂。乔一心想看到，也觉得自己看到劳里的态度多了几分体贴，他不时压低嗓音，嬉笑比往日少了些，有一点儿心神恍惚，还用针织毛毯盖好贝丝的双脚，那股子殷勤劲儿近乎柔情。

---

① 拜伦式：英国浪漫主义诗人乔治·戈登·拜伦（1788—1824）作品中常出现的一类艺术形象，多崇尚自由与独立，且兼具忧郁与彷徨。

"谁知道呢！更奇怪的事都已经发生了。"乔在房间里瞎忙活，一面想着，"她会让他变得像天使一样，而他会让小可爱的生活快乐安逸，只要他们两人相爱。我想不出他怎么可能不爱上她，如果我们其他人都不挡路，我确信他会爱她的。"

如今除了乔自己，没有人挡着路了，乔开始感到她应当尽快闪开。可是她该去向何处呢？她迫不及待要为姐妹情谊作奉献，便坐下来思索解决之道。

且说那张堪称元老级的旧沙发——又长又宽，座位低矮而舒适，有一点儿破旧，这也是自然的事。四姐妹还是婴儿的时候，就在上面睡觉、爬行。孩提时代，她们在沙发背上玩钓鱼游戏，把扶手当马骑，还在底下建了小小动物园。出落成妙龄姑娘后，她们将疲惫的脑袋靠在沙发上，做做梦，听听柔声絮语。她们都爱这张沙发，它是家中的避风港，沙发一角也是乔情有独钟的休憩之处。这张年高德劭(shào)的长沙发上摆放着许多靠枕，其中有一个圆筒形硬靠枕，枕面是有点儿扎人的马毛布料，两头各钉了一颗球形纽扣。这个不讨喜的靠枕是乔的一件法宝，她把它当成防御武器和屏障，或者用来严格地预防自己睡太久。

劳里对这个靠枕可不陌生，有理由对它深恶痛绝。在从前大人还允许他们打打闹闹时，他就受过这靠枕无情的痛击。现在他最渴望坐的位子就是沙发角落乔的身边，又经常遭到它的阻隔。如果他们称之为"香肠"的这个靠枕竖起来放着，表示他可以安心地靠近她坐下。但如果它横放在沙发上，男女老幼谁敢动它一动，可就要遭殃了。那天晚上，乔忘了在沙发角落设立屏障，她坐下不到五分钟，身旁便出现一个硕大的身影，劳里双臂张开搁在沙发背上，两条长腿朝前伸直，他满足地舒了一口气，感叹道："啊，这才叫爽啊！"

"别讲粗俗的话。"乔喝道,使劲把靠枕放倒。不过太迟了——她身旁已放不下,靠枕滑落到地板上,竟不知滚到哪里去了。

"好了,乔,不要浑身是刺嘛。用功学习了整整一个星期,都瘦得皮包骨了,这样的人值得宠爱,也应该得到宠爱。"

"贝丝会宠爱你的,我很忙呢。"

"不,她不会让我去烦她的。不过你喜欢,除非你突然失去兴致了。是吗?你讨厌你的男孩了,想朝他扔靠枕了?"

这样甜言蜜语的动人恳求世间少有,然而乔制止了"她的男孩",劈头盖脸地诘问他:"你这星期送了多少花给兰德尔小姐?"

"一束也没送,真的!她已经订婚了。行了。"

"我很欣慰。这是一种愚蠢的浪费,送花送东西给那些你根本不在乎的姑娘。"乔继续责备道。

"我特别在乎的那些聪明姑娘不让我给她们'送花送东西',我又能怎么办?我的感情总得有个出口啊。"

"妈妈不赞成我们打情骂俏,就算是闹着玩也不行。你却老爱拈花惹草,特迪。"

"我巴不得能回一句'你也一样啊'。可你不是这样,我只能说这种愉快的小游戏无伤大雅,只要大家都明白这不过是消遣而已。"

"嗯,看起来是挺愉快的,但我学不会这种游戏。我试过,因为在同辈面前不跟其他人做一样的事,总觉得很别扭,不过我似乎没有长进。"乔忘了自己正扮演着导师的角色。

"向埃米取取经,她对这件事天分十足。"

"是啊,她的做法很高明,从不会过火。我想,有些人不用费力,天生就讨人喜欢,而有些人总是在不对的场合说错话做错事。"

"我很高兴你不会打情骂俏,看到一个聪明又直率的姑娘真叫人耳目一新,她开朗、友善,又不出丑。别告诉别人,乔,我认识的一些姑娘可是洋相百出,我都替她们害臊了。她们没有恶意,这是一定的,可要是她们知道我们男孩子在背后怎么议论她们,我猜她们会改进的。"

"女孩子也会议论你们呀,她们尖嘴薄舌的,你们男孩只会被说得更难听,因为你们都一样傻,丝毫不差。如果你们举止规矩,她们也会如此。就因为知道你们喜欢她们胡闹,她们才依然故我,结果反被你们指指点点。"

"小姐,你懂得可真多!"劳里以居高临下的语调说道,"我们并不喜欢打打闹闹、拈花惹草,尽管有时表现出喜欢的样子。绅士之间从不议论美丽端庄的姑娘,就算偶尔提起也是恭恭敬敬的。天真的孩子,上天保佑你,如果你处在我的位置一个月,就会看到一些让你有点儿惊讶的事情。说实话,每当看到那种冒失的姑娘,我总想和我们的朋友知更鸟一起说'呸呸呸,真可耻,厚脸皮的怪人!'[①]"

彬彬有礼的劳里不愿说女性的坏话,但又很自然地讨厌那些不娴雅的愚行,他在上流社会见过不少事例。这种矛盾的态度很有趣,令人忍俊不禁。乔知道,世俗的妈妈们都把"小劳伦斯"看作理想的乘龙快婿,她们的女儿见了他总是满面春风,他饱受老少女士的奉承,变得飘飘然起来。乔小心翼翼地注意着他,生怕他被宠坏,发现他依然钟情于端庄的姑娘,乔心里比嘴上说的更高兴。她突然又重拾劝诫的口吻,放低了嗓音说:"特迪,如果你非得有个'出口',就把你的心意献给一个自己

[①] 引自英语童谣《小鹪鹩》,童谣中的知更鸟帮助生病的小鹪鹩,小鹪鹩康复后却背信弃义,知更鸟便说了这句话。

由衷尊敬的'美丽端庄的姑娘',不要把时间浪费在那些傻姑娘身上了。"

"你真的这样建议吗?"劳里看着她,脸色古怪,夹杂着焦急与喜悦。

"是啊,真的。不过基本上,你最好等到大学毕业,在这段时间里使自己够格。要配得上——嗯……不管是哪个端庄的姑娘,你还不够一半好。"乔看起来也有点儿奇怪,因为她差点儿脱口说出一个名字。

"我确实配不上!"劳里承认道。他露出鲜见的谦卑表情,垂下双眼,茫然若失地将乔围裙上的流苏绕在手指上。

"老天啊,这样绝对行不通。"乔心想。她接着说:"去唱歌给我听吧。我好想听些音乐,而且我一向喜欢听你弹唱。"

"谢谢,我宁愿待在这里。"

"哎,不行,这里没地方给你待。去找点儿事做吧,你个儿太大,不适合作摆设。我还以为你不喜欢牵着女人的裙带呢。"乔用劳里说过的叛逆言辞顶回去。

"啊,那得看是谁的裙带呀!"劳里鲁莽地扯了一下那条流苏。

"你去不去?"乔边问边俯身去找靠枕。

他立刻逃开去,刚高唱起《英俊邓迪的帽子》,乔便不告而别,直到这位年轻先生火冒三丈地离去,她也没有回来。

那天夜里,乔躺着久久不能入眠,快要睡着时听得一声闷闷的呜咽,她飞奔到贝丝的床边,着急地问道:"亲爱的,怎么了?"

"我以为你睡着了。"贝丝抽噎着。

"是旧的病痛又犯了吗,宝贝妹妹?"

"不是,是新的,不过我尽受得住。"贝丝努力忍住眼泪。

"好好给我讲讲,让我来治,就像我常常治好别的毛病那样。"

"你治不了,这没法治。"贝丝泣不成声。她紧抱着姐姐,哭得如此绝望，把乔吓坏了。

"哪里痛？要我叫妈妈来吗？"

贝丝没有回答第一个问题，在黑暗中，她一只手不由自主地捂住心口，似乎病痛就在那里，另一只手紧紧拉着乔，急切地低语道："别，别，不要去叫她，不要告诉她！我很快就会好的。你躺在这里，摸摸我的头。我会平静下来睡着的，真的会的。"

乔照做了，只是当她的手来回轻抚贝丝滚烫的额头和泪湿的眼帘时，心中有千言万语想讲。不过乔虽然年轻，也懂得人心就像花朵，不能粗暴对待，得让它自由地开放。所以，她虽然相信自己知道贝丝新的痛苦从何而来，也只能以极其温柔的语调说："宝贝，有什么事让你烦恼吗？"

"是的，乔！"沉默许久之后，贝丝说。

"把事情讲给我听，你会好受些吗？"

"不能讲，现在还不行。"

"那我就不问。但是贝丝，要记得，妈妈和乔永远乐意倾听你、帮助你，只要我们力所能及。"

"我知道。过些日子我会告诉你的。"

"现在痛的地方好一些没有？"

"哦，是的，好多了。乔，你真会安慰人！"

"睡吧，亲爱的。我留下来陪你。"

于是她们脸贴着脸睡着了。第二天贝丝似乎恢复了往常的样子；人在十八岁，无论头痛还是心痛都痛不久，一句关爱的话语就能医治多数苦痛。

然而乔心中有一计划已思索数日，此时她打定主意，向母亲吐露。

"那天你问我求些什么，我告诉你一个心愿吧，妈妈。"她和妈妈单

独坐在一起的时候,她说,"今年冬天我想离家去别的地方,换换环境。"

"为什么,乔?"妈妈唰地抬起头来,似乎感觉乔话中有话。

乔视线不离手中的活计,严肃地答道:"我想尝试新的事物。我觉得很焦躁,渴望比现在看更多,做更多,学更多。我的念头成天绕着自己的琐事打转,需要活络活络,今年冬天我走得开,所以我想飞一飞,试试自己的翅膀。"

"你想飞去哪儿呢?"

"纽约。昨天我想到一个好主意,是这样的。柯克太太之前不是写信给你吗?她想找个正派的年轻人教她小孩读书,帮她做做针线活儿。要找到合适的人选不容易,但是我想,如果我努力一下,应该能胜任的。"

"天啊,去那个大公寓当佣工!"马奇太太一脸讶异,不过没有不悦之色。

"也不完全是去当佣工啦,柯克太太是你的朋友,是世间少有的好心人,我知道她会为我把一切打点得妥妥帖帖的。他们家和其他人家分开住,那里没人认识我。就算有人认识也无所谓,这是正当的工作,我不觉得丢人。"

"我也是。可你的写作怎么办?"

"换换环境只会更好啊。我有新的见闻,获得新的想法,就算在那里空闲时间不多,也能带大量素材回家写我的劳什子。"

"这一点我毫不怀疑。可是你突然兴起,只为这些原因?"

"不是的,妈妈。"

"能告诉我其他原因吗?"

乔抬起头看了看,又低下头去,双颊忽地红了,她慢腾腾地开口道:"这么说也许有些自负,也许不对,不过——恐怕劳里对我喜欢过头了。"

"很明显他开始对你有意思了,你对他的感觉不一样吗?"马奇太太问出这话时面露焦虑。

"哎呀,不一样!我很喜欢这个可爱的男孩,一直没变,也深深以他为傲。可要说有什么别的感觉,那决不可能。"

"乔,听你这么说我很欣慰!"

"为什么呢?"

"亲爱的,因为我觉得,你们俩不适合。当朋友,你们是开开心心的,常斗嘴,但很快就平息。可是我担心,如果结为终身伴侣,你们两人会合不来。你们太相像了,太喜欢自由,更不用说你们的躁脾气和固执劲儿了,所以你们没法在一起幸福地生活,婚姻关系中除了爱,还需要无尽的耐心和容忍。"

"我正是这么想的,只是表达不出来。很高兴你认为他才刚开始对我有意思。要是让他不快乐,我会非常难受的。我总不能只出于感激,就爱上这个可爱的家伙吧?"

"你确定他对你有这种感情吗?"

乔脸颊上的红晕更深了,带着小姑娘说起初恋情人时常有的神情,愉快、得意和苦恼交杂,她答道:"恐怕是的,妈妈。他什么都没说过,但他的样子已经表露很多。我想,在事情进一步发展之前,我还是离开为好。"

"我同意。如果能安排好的话,你就去吧。"

乔如释重负,停顿片刻后,她微笑着说:"要是让莫法特太太知道你这样疏于安排,她该多纳闷儿啊,得知安妮还有机会后,她又该多高兴呀。"

"啊,乔,妈妈们的安排各不相同,但希望都是一样的——想看到子女过得幸福。梅格很幸福，我很满意她有了好归宿。你呢，我愿意让你去享受自由，直到你厌倦为止。只有到那时，你才会发现还有更美好的东西。埃米是我现在最挂心的，不过她的好头脑会帮助她。至于贝丝，我别无奢望，只求她能健康。对了，她这两天好像开朗些了。你和她谈过了吗？"

"谈过了。她承认有一件心事，也答应过些日子告诉我。我没有追问，我想我已经知道了。"乔把心中所想说了出来。

马奇太太摇了摇头，她对此事的看法可不这么浪漫。她面色凝重，重申说，为劳里好，乔应该暂时离开。

"计划确定之前，我们什么都别对他讲。等他回过神来，为此伤感时，我已经走掉了。贝丝一定会觉得我自行其是，也确实如此，我不能和她谈劳里的事。不过我离开后，她可以安慰他、宠爱他，使他放弃这虚妄的念头。他经历过这么多类似的小磨难，已经习惯了，很快就会度过'失恋期'的。"

乔话语中带着希望，一种不祥的预感却在心头挥之不去，她担心这次的"小磨难"会比别的更为严峻，劳里无法像以往那样轻易地度过"失恋期"。

经过家庭会议讨论后，大家一致通过了乔的计划。柯克太太欣然接纳乔，承诺为她准备一个舒适的住处。教书的工作可以让她经济独立，她也能利用闲暇时间写作，新的生活圈和交际圈既有益又惬意。乔对此满怀憧憬，迫不及待想出发，这个安乐窝已愈显狭窄，装不下她的躁动天性和冒险精神。一切安排妥帖之后，她提心吊胆地将此事告诉劳里，没想到他竟十分平静地接受了。他最近比平常严肃，但不失亲切。大家打趣说他洗心革面了，他冷静地回答："确实，我打算保持这种面貌。"

他此时竟表现出驯良的一面，乔感到十分宽慰，带着轻松的心情打点起行装来——贝丝似乎也开朗一些了——乔希望自己做的事对所有人都好。

"有一件事我要交给你特别照顾。"出发前夕，她对贝丝说。

"你是说你的文稿吗？"贝丝问。

"不是——是我的男孩。要对他很好，可以吗？"

"当然可以。但是我没法取代你的位置，他一定会苦苦思念你的。"

"这伤不了他的。记住了，我把他交给你照看，折腾他，宠爱他，把他管得好好的。"

"为了你，我会尽力的。"贝丝答应道，心里纳闷儿为何乔看她的眼神如此古怪。

劳里同她道别时，意味深长地低语："这一点儿用都没有，乔。我会盯着你的，所以你要留意自己的作为，不然我就去把你带回家。"

第三十三章
乔的日记

纽约，十一月

亲爱的妈妈和贝丝：

我打算给你们写长长的家书，因为有很多事要告诉你们，尽管我不是什么遍游欧洲大陆的名门闺秀。当爸爸那张熟悉可爱的脸庞消失在眼帘，我感到些许忧郁。有一位爱尔兰女士带的四个小孩哭哭啼啼的，转移了我的注意力，每当他们张开嘴吵闹，我就隔着椅背丢小姜饼给他们，以此排遣，要不是这样，没准我还会掉一两滴泪呢。

不久太阳出来了，我把这当成一个好兆头，心情也开朗起来，开始尽情享受旅程。

柯克太太如此亲切地欢迎我，我立刻就感到无拘无束了，尽管这个大房子里满是陌生人。她给我收拾出一间有趣的小阁楼——只剩这间空房了，不过里面有一个火炉，阳光充沛的窗边摆着一张不错的桌子，我想写作时，就可以坐在那里写。窗外风光秀美，对面是一座教堂塔楼，不枉爬这许多楼梯，我当下就爱上了这个小窝。我以后会在育儿室里教书和缝纫，那是一个宜人的房间，挨着柯克太太的私人客厅。两个小女孩生得很水灵——我猜她们惯受溺爱，但是我给她们讲了《七只坏小猪》的故事之后，她们就喜欢上我了。我相信自己会成为一个模范家庭教师的。

如果我不太想去大厅，可以和两个孩子一起用餐，目前我是这么打算的，因为我害羞，虽然说出来没人会信。

"啊呀，亲爱的，别见外。"柯克太太用慈母的口吻说，"你也能想到，有这么一大家子人，我从早到晚都忙个不停。知道孩子们安全地和你待在一起，我心上一块大石头就放下了。我所有的房间随时欢迎你来，你的房间我也会尽量布置得舒适些。如果你想交朋友，这个房子里住着些和善的人，晚上的时间你可以自由支配。有什么问题就来找我，尽可能开开心心的。茶点的铃声响了，我得赶快去把帽子换下。"她匆忙离开了，留我在这个新的小窝里安顿下来。

不久后我下楼去，看到令我喜悦的一幕。这栋高屋里的每段楼梯都很长，我在第三段的顶端站住，等一个小女仆先爬上来，她手上提着一桶沉甸甸的煤炭。只见一位模样古怪的男士从她身后走来，接过煤桶，一路上楼，在附近的房门前放下，临走前友善地点了点头，带着外国口音说："这样比较好。这小小的身子太单薄了，哪怕只有半桶也受不住呀。"

他是不是很好？我喜欢这样的事情，就像爸爸说的，小事见人

品。当天晚上，我对柯克太太提起此事，她笑着说："那一定是巴尔教授，他常做这种事。"

柯克太太告诉我，他来自柏林，博学多才，为人正直，但一贫如洗，靠授课养活自己和两个父母双亡的小外甥。他的姐姐嫁给了一个美国人，他遵从姐姐的遗愿，在这里培养外甥。这故事不算浪漫，却引起了我的兴趣。听说柯克太太把她的客厅借给他和几个学生上课用，我很高兴。客厅和育儿室仅隔一道玻璃门，我打算偷瞄他，再告诉你们他的长相。妈妈，他都快四十岁了，所以不会有事的。

用过茶点，和两个小女孩嬉闹一番，送她们上床后，我捧起大针线篮做活计，和这个新朋友聊天，度过了安静的夜晚。我会以日记形式写信，一周寄出一封。晚安了，明天再写。

星期二傍晚

今天上午我上课时，气氛很热烈，两个孩子像"桑丘"一样闹腾，我一度真想好好教训她们。好心的天使启发我，或许可以试试教她们体操，于是我从善如流，直到她们愿意坐下来不乱动。午餐后，女仆带她们出去散步，我去做针线活，像小梅布尔那样"甘之如饴"。我正庆幸自己终于能开出漂亮的纽洞，这时客厅的门打开又关上了，有人哼起歌来："你可以认识那地方[①]"——声音像大黄蜂。我明知这么做极为失礼，却又抵不住诱惑，掀起玻璃门门帘的一角

[①] 你可认识那地方：原文为德文，引自约翰·沃尔夫冈·歌德小说《威廉·麦斯特的学习时代》中迷娘所唱的歌曲，抒发了思乡之情及美好向往。

向内窥探。那人正是巴尔教授，趁他在整理书本，我把他细细打量了一番。他是典型的德国人模样——很壮硕，一头蓬乱棕发，浓密的胡子，滑稽的鼻子，还有一双我所见过的最和善的眼睛。听惯了我们美国人或尖锐或含混的聒噪后，他那洪亮的好嗓音听来很悦耳。他衣着破旧，双手硕大，除了一口漂亮的牙齿，容貌并不俊美。不过我喜欢他，因为他头脑聪明。他的亚麻衬衫很整洁，虽然外套掉了两颗扣子，一只鞋上有补丁，整个人仍是一副绅士模样。他嘴上哼着歌，神情却很严肃，直到走到窗边，将风信子球转向太阳，摸了摸待他如旧友的小猫，他才露出微笑。这时传来轻轻的叩门声，他用清脆响亮的声音唤道："进来①！"

我正要跑走，却瞥见一个小小孩拿着一本大书进来，便停步看个究竟。

"我要我的巴尔。"小不点儿边说边砰地放下书，迎着他跑过去。

"你会得到巴尔的。来吧，让他好好抱抱你，我的蒂娜。"教授说。他笑着抱起她，将她高高举过头顶，她俯下小脸来才吻到他。

"我得上课课了。"这个有趣的小家伙接着说。于是他放她在桌沿坐下，打开她带来的那本大词典，给她纸笔。她涂写起来，时不时将词典翻过一页，肉嘟嘟的小手指由上而下划过书页，像是在查找某个词，看她找得那么认真，我险些憋不住笑出声来。巴尔教授带着慈父的神情，站在旁边轻抚她漂亮的头发，我想她一定是他的女儿，虽然她的样子不太像德国人，更像法国人。

又有人敲门，这次来的是两位年轻女士。我便退回去继续做活

---

① 进来：原文为德文。

计，安分地待在原地，纵使隔壁不断传来吵闹声和说话声。其中一个姑娘做作地笑个不停，用轻佻的语调说着"喂，教授"，另一个讲德语带的口音也一定让他难以保持严肃。

两人似乎都严厉地考验着他的耐心，我不止一次听到他强调说，"不，不，不是这样。你们没有注意听讲"。后来还响起一记重重的敲击声，好像是他用书拍桌子，接着绝望地感叹道："唉！今天一切都不顺。"

可怜的人儿，我同情他。两个姑娘走后，我又偷瞄了一眼，看看他是否挺过来了。他似乎是累倒在椅子上，闭目而坐，直到钟敲两点，他才一跃而起，将书收进口袋，像是要去上另一堂课了。他双手抱起在沙发上睡着了的蒂娜，轻轻地带她离开了。我猜他日子过得很不容易。

柯克太太问我，五点的晚餐要不要下楼去吃。我有点儿想家，觉得下去吃也好，去看看住在同一屋檐下的是什么样的人。所以我梳妆齐整，跟在柯克太太身后，想悄悄溜进屋去。无奈她矮我高，尽力掩藏其后也颇不成功。她安排我坐她身边的位子，等我发烫的脸颊凉了一些，我鼓起勇气环顾四周。长桌边座无虚席，每个人都在专心地用餐——尤其是先生们，他们仿佛是掐着点儿吃饭的，风卷残云般吞下晚餐，一吃完就没了人影。这里有常见的那种我行我素的年轻人，有如胶似漆的小夫妻，有只顾自己孩子的已婚太太，还有热衷政治的老先生。我想，我不愿和他们之中的任何人多打交道，除了一位面容可爱的未婚女士，她看起来像是有心事。

教授被放逐到末座，一边坐着一位耳背又好打听的老先生，他大声回答着老先生提的问题，同时和另一边的一个法国人谈论哲学。如果埃米在这儿，她八成再也不会理睬他了，因为——说来遗

憾——他胃口很大，那狼吞虎咽的吃相一定会吓坏这位"大小姐"的。我倒是不在意，我喜欢"看人家吃得很香"，像汉娜说的那样。这可怜的人儿教笨蛋教了一整天，一定需要吃很多东西。

我吃完饭上楼时，两个年轻人正在门厅镜子前戴礼帽，我听到其中一个低声对另一个说："新来的那位是谁啊？"

"家庭教师之类的吧。"

"她到底为什么和我们同桌吃饭？"

"是太太的朋友。"

"长相不错,但很不时髦。"

"一点儿也不。借个火,我们走吧。"

我起先觉得恼火,随后便释怀了,家庭教师和文员一样,就算我不时髦,但是我明理,比有些人好多了,听这两个打扮光鲜的人讲话就知道。他们像坏掉的烟囱似的喷着烟,叽叽喳喳地走了。我讨厌庸人!

星期四

昨天过得很平静,我教书、缝纫、在我的小房间里写作——房间有灯有火,很舒适。我听说了一些消息,还被介绍给教授认识。蒂娜似乎是在公寓洗衣房负责熨烫衣物的法国女人的孩子。小家伙迷上巴尔先生了,只要他在家,她就像只小狗般跟着他满屋子转,这让他很高兴——他虽然是个"光棍儿[①]",却很喜欢小孩。姬蒂·柯克和明妮·柯克也和他很亲,她们把他的各种事情挂在嘴边:他发明的游戏、他送的礼物、他讲的精彩故事。那些年轻人好像常取笑他,叫他老弗里茨[②]、淡啤酒[③]、大熊座[④],拿他的名字开各种玩笑。

[①] 光棍儿:原文为"bacheldore",出自查尔斯·狄更斯小说《大卫·科波菲尔》第三章裴果提先生诙谐的自称。

[②] 老弗里茨:原文为"Fritz",巴尔先生的名字"弗里德里希(Friedrich)"的爱称,"Fritz"亦可指"德国佬"。

[③] 淡啤酒:原文为"Lager Beer",其中"beer"与"巴尔(Bhaer)"谐音。

[④] 大熊座:原文为"Ursa Major",即"The Great Bear",其中"bear"与"巴尔(Bhaer)"谐音。

但是，柯克太太说，他像个小孩子似的乐在其中，十分随和地接受这一切，所以尽管他特立独行，大家还是很喜欢他。

那位未婚女士姓诺顿，她有钱，有修养，为人和善。今天用餐时她和我说话了（我又去了大桌，观察他人真有意思），还邀请我去她房间坐坐。她有不少好书好画，认识许多有趣的人，看上去又很友好，所以我要表现得讨人喜欢些，我确实想跻身上流社会，只是和埃米喜欢的那种上流不一样。

昨晚我在客厅，巴尔先生带了一些报纸进来给柯克太太。她不在，小大人明妮十分老练地向他介绍我："这是妈妈的朋友马奇小姐。"

"是的，她总乐呵呵的，我们可喜欢她了。"小顽童姬蒂接着说。

我们互相欠身致意，随即都笑了，这正经的介绍和直率的接话相映成趣。

"啊，对了，我听说这两个淘气包常常惹你心烦，马奇小姐。要是再这样就找我，我会过来。"他佯作怒状，把两个小坏蛋逗乐了。

我答应后，他便离开了。但好像注定要一再见到他似的，今天我外出时经过他的房间，手中的伞不小心敲到了房门。门忽地打开了，他身穿睡袍站在里面，一手提着一只蓝色大袜子，另一手捏着一根织补针。他毫无羞愧之色，我向他解释之后匆忙要走，他就那样拿着袜子挥了挥手，用他欢快响亮的声音说道："今天的天气很适合散步。一路平安，小姐。"

我一路笑着走下楼，想到这个可怜人得自己补衣物，又觉得有点儿悲哀。一些德国男士会刺绣，这我知道——但是补袜子是另一回事，没那么体面。

星期六

没什么可写的事,除了去拜访诺顿小姐。她房间里满是可爱的东西,她很亲切,把所有宝贝拿给我看,还问我如果有兴趣的话,愿不愿意偶尔陪她去参加讲座或音乐会。这是她给我恩惠,我确定柯克太太把我们家的情况告诉过她,她出于善意才这样问。我虽自命清高,但受恩于这样的人,不会给我负担,我感激地接受了。

回到育儿室,我听到客厅里欢声雷动,便朝里望去。只见巴尔先生双手撑地跪在地上,蒂娜坐在他的背上,姬蒂用一根跳绳牵着他。明妮则在一边喂两个小男孩吃籽香蛋糕,他们在用椅子围成的"笼子"里又叫又跳。

"我们在玩小小动物园。"姬蒂解释道。

"这是我的大象。"蒂娜抓着教授的头发接着说。

"星期六下午弗朗兹和埃米尔来的时候,妈妈都允许我们想玩什么就玩什么,对吧,巴尔先生?"明妮说。

"大象"坐起身来,表情和身边其他人一样认真,严肃地对我说:"我向你保证是这样的。要是我们太吵了,你就对我们说声'嘘',我们会轻一点儿的。"

我答应了,不过仍旧让门开着,和他们同乐——我从未见过有人玩得如此欢腾。他们玩了捉人游戏、士兵游戏,唱歌跳舞。天色渐暗时,他们一个挨着一个围坐在教授旁边,听他讲动人的童话故事,烟囱顶上的鹳鸟啦,乘雪花下凡的小精灵啦。真希望美国人能像德国人一样纯朴自然,你们说呢?

我真喜欢写信，要不是出于节俭，我会停不了笔的，尽管用的是薄纸，字也写得小，想到这封长信需要多少钱的邮票，我就不寒而栗。埃米的信你们读完后请寄给我。比起她的精彩生活，我的琐闻一定显得平淡无奇，但我知道，你们还是会喜欢读的。特迪念书太用功了吗，抽不出时间给朋友们写信？贝丝，帮我好好照顾他，把双胞胎的事情都告诉我，向大家献上我满满的爱。

你们忠诚的乔

又及：将信通读一遍后，发现写的多是巴尔先生的事。我向来对古怪的人很感兴趣，也真的没别的事好写。祝福你们。

十二月

宝贝贝丝：

这封信只是随意乱写，就写给你吧，或许能让你读个开心，了解了解我的近况。这里的日子虽然平静，却也相当有趣，噢，希望你为我高兴！在心智与道德的土壤耕耘，经过一番埃米会称之为"赫丘利①般"的努力之后，我思想的幼苗开始萌发，小小嫩枝如我所愿地成形。在我眼中，她们不像蒂娜和那两个男孩那么有趣，但

---

① 赫丘利：罗马神话中的英雄，神勇无比，希腊神话中称为"赫拉克勒斯"。

是我对她们尽责，她们也很喜欢我。弗朗兹和埃米尔是两个快活的小伙子，很合我的心意，他们身上融合了德国人和美国人的性情，永远一副生龙活虎的模样。星期六下午是他们欢闹的时间，无论待在屋内还是出游。天气晴好他们便集体出门走走，像户外教学那样，由我和教授维持秩序，可有意思了！

我们两人现在成了很好的朋友，我也开始上他的课了。我真没法不上，这件事的缘由十分好笑，我得和你讲讲。从头说起，有一天我经过巴尔先生房门口，正在里面翻找东西的柯克太太叫住我。

"亲爱的，你见过这种狗窝吗？快来帮我把这些书放好，我把所有东西翻了个底朝天，想找找前不久我送他的六块新手帕，不知他塞到哪里去了。"

我走进房间，边整理边四下打量，这还真是一个"狗窝"。书报放得到处都是；壁炉架上搁着一杆破掉的海泡石烟斗和一支旧长笛，好像已弃置了；一只没有尾巴、羽毛蓬乱的鸟在一边的窗座上啼叫，另一边窗座上则摆着一盒小白鼠；一堆手稿中间散放着一条做到一半的模型船和一些绳段；脏兮兮的小靴子正立在火炉前烘干；屋内随处可见那两个男孩的踪迹，他对他们疼爱有加，甘愿做牛做马。一阵翻箱倒柜之后，失踪的手帕找到三块——一块盖在鸟笼上，一块沾满了墨水，还有一块被用来垫东西，已经被烫得焦黄。

"这个人啊！"好脾气的柯克太太笑道，一面把脏手帕收进碎布袋里，"我猜另外几块被撕开当船帆、风筝尾巴，或是拿去包扎手指的伤口了吧。真糟糕，不过我也不能责怪他，他丢三落四的，但是温厚得很，让那两个男孩爬到他头顶上去了。我答应帮他洗衣缝补，可他常常忘记把衣物拿出来，我也忘了检查，所以有时候他就弄得邋里邋遢的。"

"缝补让我来吧。"我说,"我不介意,也不必让他知道。我很乐意做——他对我很好,替我取信,还借书给我。"

于是我把他的东西收拾整齐,织好两双袜子的后跟——他乱织一通,把袜子都补得变形了。没有人将此事告诉他,我也希望他不会发现,但是上星期有一天不小心被他看到了。听他给别人上课,我觉得很有趣、很快乐,越听越想学。蒂娜常跑进跑出,门总是开着,所以我能听见。那天我正坐在门旁,手上最后一只袜子快要补好了,我试图听懂他对一个新学生说的话,那个姑娘和我一样笨。后来姑娘离开了,我以为他也走了,隔壁静悄悄的。我反复念着一个动词,还摇来晃去的,样子十分可笑。这时一声短促的欢叫令我抬起头来,巴尔先生正望着我暗笑,还比手势要蒂娜别暴露他。

"这么说,"见我停下来,像只呆头鹅般盯着他,他开口道,"你偷看我,我偷看你,这没什么不好。不过,不说笑,我问你,你想学德语吗?"

"想。但是你太忙了,我又太笨,学不会。"我脱口而出,脸红得像甜菜根。

"没问题!我们来安排时间,一定能找到语感的。晚上我很乐意为你上上课,瞧,马奇小姐,这份人情我得还。"他指向我手中的活计,"是啊,这些好心的女士,她们交头接耳:'他是个笨家伙,我们做了什么他发现不了,他绝不会注意到袜跟不再有洞了,他会以为扣子掉了能长出新的来,也会相信带子能自己绑好。'啊!但是我有眼睛,发现了很多事。我也有心,为此觉得感激。好啦,偶尔来上上课,要不然就再也别为我做这些只有仙女才会做的善事了。"

　　这一来我自然无话可说了,这的确是个绝佳的机会,我和他说定后,我们就开始了。可是才上了四节课,我就陷入一片语法的沼泽,动弹不得。教授对我很有耐心,但这对他一定是种折磨,他时不时略显绝望地看着我,看得我不知该笑还是该哭。我笑过也哭过,有一次我感到万分羞愧与苦闷,便啜泣起来。他把语法书往地上一扔,大步走出房间。我无地自容,觉得他永远离我而去了,不过我丝毫不怪他,胡乱收起纸张,打算冲回楼上,狠狠教训自己一顿。这时他又走进屋来,精神抖擞、眉开眼笑的,仿佛我得了荣耀一般。

　　"现在我们来试一种新的方法。你和我一起读这些有趣的童话小故事,别再研究那本枯燥的书了,它净给我们添麻烦,就让它在角落里待着吧。"

他说得如此亲切，循循善诱地将《安徒生童话》在我面前摊开，我愈发惭愧，于是抱着不成功便成仁的决心埋头学习，这似乎把他逗得乐不可支。我忘记了羞怯，竭力啃起书本来（没有别的字眼可以形容），被长单词绊住，就凭当下的灵感发音，尽全力读着故事。读完第一页，我停下来喘一口气，他拍着手由衷地喊道："真好[①]！我们进展顺利！轮到我了。我用德语念，认真听。"他念了起来，低沉浑厚的嗓音发出一个个单词，悦目又悦耳，颇有趣味。所幸这篇故事是《坚定的锡兵》，你也知道，这是个很滑稽的故事，所以我可以大笑——也的确笑了——尽管他念的有一半我都听不懂，但我忍不住笑，他那么真诚，我那么兴奋，整件事好笑极了。

打那以后，我们上课情况有所改善，我现在课文读得不错。新的学习方式很适合我，看得出来，语法若嵌进了故事和诗歌里，就像果酱裹着良药。我十分喜欢这种方式，他也似乎诲人不倦——他真的很好，对吧？我打算在圣诞节送点儿东西给他，因为我不敢给他钱。请妈妈告诉我送什么好吧。

很高兴听到劳里好像过得非常快乐又忙碌，烟戒了，头发也留长了。看吧，贝丝管他比我管得好。我不嫉妒，亲爱的，你尽力而为，只是别把他变成一个圣人。如果他一丁点儿凡人的淘气劲儿都不剩，恐怕我对他也喜欢不起来了。给他读一些我的信。我没有时间多写，这样也可以了。谢天谢地，贝丝身体状况良好。

[①] 真好：原文为德文。

一月

　　祝你们大家新年快乐，最亲爱的家人，当然也包括劳伦斯老先生和那个名叫特迪的年轻人。我说不出有多喜欢你们的圣诞包裹，因为我等到晚上、已放弃希望时才收到它。你们的信早上就到了，并未提及邮包的事，打算给我惊喜。所以我当时很失望，原本"总感觉"你们不会忘了我的。用过茶点后，我坐在房间里，心中有些沮丧。当那个沾满泥污、外皮破损的大包裹送来时，我一把抱过它，雀跃不已。它如此振奋人心，充满家的味道，我坐在地板上读着、看着、吃着，以我一贯可笑的样子，又是哭又是笑的。东西都正是我想要的，更难得的是，不是买来的，而是亲手做的。贝丝新做的"墨水围兜"太棒了，汉娜的那盒硬姜饼我会当作宝贝。妈妈，我一定会穿上你寄来的法兰绒内衣，也会细读那些爸爸批注过的书。谢谢你们大家，感激不尽！

　　说到书，我想起来在这方面我更富足了。元旦那天，巴尔先生送给我一部精美的《莎士比亚》。那是他很珍视的一部书，与他的柏拉图、荷马①和弥尔顿供奉在一起，我常夸赞它。因此当他取掉封套将书拿出来，给我看里头写上了我的名字，题字"友弗里德里希·巴尔敬赠"，我的心情你们可想而知。

　　"你常常说希望拥有藏书，现在我把它送给你，因为这两个封盖（他指封面和封底）之间是许多册书的合集。好好读他的作品，会受益不少。研究这部书中的人物，能帮你读懂世间的人性，进而用自

---

① 荷马（约前9世纪—前8世纪）：古希腊盲诗人，相传史诗《伊利亚特》《奥德赛》为其所作。

己的笔描绘出来。"

我百般感谢他。现在谈到"我的藏书",就仿佛我有一百本书似的。我从来不知道莎士比亚作品里蕴藏着多少内涵,过去也从来没有一个巴尔为我讲解。哎,可别笑话他这糟糕的姓氏,不是念"贝尔"也不是念"比尔",别人常念错,它的发音与这两者有些相似,只有德国人念得标准。很高兴你们都喜欢我讲的他的事情,希望有一天你们也能认识他。妈妈会欣赏他的热心肠,爸爸会喜欢他的好头脑。这两点我都很钦佩,有这位新结识的"友弗里德里希·巴尔",我感到很充实。

我没有多少钱,也不知道他喜欢什么,就买了几样小东西,放在他房间各处,让他在无意中发现。是一些或实用或好看或有趣的东西。一个新的墨水台摆在他桌上;一个小花瓶给他插花,他说他常用玻璃杯装枝花或一点儿绿色植物来提振精神;一个风箱垫子,让他不必把埃米所谓的"手帕①"烫焦,我把它装饰得像贝丝做的那些东西——一只身体鼓鼓的大蝴蝶,有着黄黑相间的翅膀、毛线触角和彩珠眼睛。他喜欢得很,把这蝴蝶当成艺术品放在壁炉架上,所以它终究没有发挥本意。他穷归穷,却没有忘记给这栋房子里的每一个人,甚至每一个孩子准备礼物;而从洗衣房的法国女人到诺顿小姐,这里也没有一个人忘了他。为此我十分高兴。

新年前夜,他们办了一场化装舞会,其乐融融。我没有礼服,本来不打算下楼的。然而在最后一刻,柯克太太想起来她有几条旧的锦缎裙子,诺顿小姐借给我蕾丝花边和羽饰。于是我草草装扮成

---

① 手帕:原文为法文。

爱故作风雅但总词不达意的马拉普洛普太太，戴上面具，翩然走进舞池。没有人认出我来，因为我换了个腔调说话。也没有人想象得到，那个倨傲寡言的马奇小姐（他们以为我拘谨又冷漠，多数都这么想，我面对不知天高地厚的年轻人也确实如此）会跳舞、打扮，还会冷不防"巧妙地搬弄辞藻，简直就像尼罗河畔的鳄鱼①"。我玩得很开心，当我们摘下面具时，看他们瞠目结舌地盯着我，实在有趣。我听到其中一个年轻人对另一个说，他就知道我曾经当过演员，他甚至以为在某个小剧场看过我。梅格一定爱听这个笑话。巴尔先生扮成尼克·波顿②，蒂娜则扮成提泰妮娅——活脱脱一个小仙女，被他拥在怀里。用特迪式的话来说，看他们跳舞真是"好一幅风景"。

总之，我新年过得很快乐。回到房间细想之后，我觉得自己虽然有许多失败，毕竟还是进步了一点点，因为我现在一直都很乐观，做事很起劲，对别人也比以前更关心了，我对此相当满意。祝福你们大家。

永远爱你们的乔

---

① 引自理查德·布利斯利·谢里丹（1751—1816）《情敌》第三幕第三场马拉普洛普太太误用字词的台词。
② 尼克·波顿：与后文"提泰妮娅"同为威廉·莎士比亚《仲夏夜之梦》中的人物，尼克·波顿是一个织工，提泰妮娅是仙后。在第三幕第一场中，因为精灵迪克的恶作剧，提泰妮娅爱上了被变成一头驴子的波顿。

第三十四章
一位朋友

身在这样的交际环境，乔十分快乐，也为谋生而忙碌工作，努力得来的面包格外香甜。尽管如此，她仍旧腾出时间从事文学劳动。对一个抱负不凡的穷姑娘而言，如今支配着她写作的目的是很自然的，然而为达目标，她采用的方法却不尽理想。她已经了解金钱能带来权力，因此决心要拥有金钱和权力，不只是为己所用，更是为了那些她爱他们胜过自己的人。梦想能为家里人创造更舒适的环境，梦想能给贝丝一切想要的东西——从冬天里的草莓到卧室里的风琴，梦想自己能出国，能优裕度日，能享行善之乐。这是乔多年来珍藏在心的"空中楼阁"。

她走过漫长旅途，翻过崇山峻岭，那次小说获奖的经历仿佛开辟出一条道路，通向这座喜人的梦想城堡。而长篇小说出版后的灾难一度使她气馁，舆论是一个巨人，比她更勇猛的杰克们亦为之丧胆，而他们攀附的豆蔓比她的更粗壮。正如杰克这个不朽的英雄，她初次尝试时只带走了巨人最微不足道的财宝，还跌了一跤，之后歇息了一阵子，如果我没记错的话。不过乔"站起来再试一次"的意志和杰克一样强烈，于是这一次，她从背阴面往上爬，获得了更多战利品，但却险些遗失了远比钱袋更宝贵的东西。

她开始写一些煽情小说——因为在那个无知的年代，即使是那些十全十美的美国人也爱读垃圾。她虚构了一个"惊险故事"，大胆地亲自将文稿送给《火山周报》的达什伍德先生审阅。她从未读过《拼凑的裁缝》①，但女性的直觉告诉她，比起个性的价值与仪态的魅力，衣装对多数人具有更强大的影响力。所以她穿上了最好的衣服，尽量让自己相信，她既不激动也不紧张，勇敢地爬上两段阴暗肮脏的楼梯，来到一间凌乱的房间。里面氤氲着一片雪茄烟雾，坐着三位先生，个个脚跷得比帽子还高，见乔进屋，也没有一位抬手摘帽致个意。受到这般接待，乔有些畏缩，在门口踌躇不前，十分尴尬地小声说："对不起，我在找《火山周报》报社，我想见达什伍德先生。"

跷得最高的那双脚落了地，站起来的是抽烟最多的那位先生，他小心翼翼地护着手指间的雪茄，上前颔首，脸上满是睡意，别无其他表情。乔觉得总得设法过这一关，于是她拿出手稿，断断续续地吐出事先精心准备的一小段话，越讲脸越红："我的一位朋友请我代为递交——一篇小说——只是试写——希望听听您的意见——如果这篇堪用，她很乐意继续写。"

她面红耳赤，笨拙地讲着，达什伍德先生接过手稿，用两只脏兮兮的手指翻页，挑剔的目光上下浏览着一张张整洁的稿纸。

"不是第一次投稿吧，我猜？"他注意到每一页标了页码，单面书

---

① 《拼凑的裁缝》：英国作家、历史学家托马斯·卡莱尔（1795—1881）所著小说，讲述一位德国教授书稿中的衣服哲学及他的人生经历。

写，也没有用丝带绑起手稿——会这么绑手稿的绝对是新手。

"对，先生。她有一些经验，一篇故事还得了《巧言石旗帜报》的奖。"

"哦，是吗？"达什伍德先生瞥了乔一眼，这回似乎留意到了她全身的行头，从软帽上的蝴蝶结到靴子上的纽扣，"好吧，你要是愿意，可以把稿子留下来。眼下，我们手头这一类东西很多，都不知道如何处理才好了。不过我会扫一遍的，下星期给你答复。"

这会儿乔可不愿意把稿子留下了，达什伍德先生一点儿也不合她的心意。但在这种情况下，也没有别的办法了，她只能欠身告退，昂首挺胸，显出格外端庄的模样，每当她气恼或困窘时总是这样。刚才的她又气又窘，因为从先生们心照不宣互换的眼色看来，十分明显，她编出来的"我的朋友"被他们当成有趣的笑话。编辑关门时说了句听不清的评论，引起一阵

笑声，更使她狼狈至极。她几乎决定再也不来这里了，回到家，她使劲缝起围裙来，以此宣泄怒气。一两个小时后，她终于冷静下来，可以对先前那一幕一笑置之了，并且期待下星期到来。

她再次前往报社时，见只有达什伍德先生一个人在，心中很庆幸。达什伍德先生比上次清醒得多——相当平易近人——也不再只顾着抽雪茄，行为未失礼貌，所以这第二次会面比第一次轻松不少。

"我们会采用这篇（编辑从不说'我'），如果你不反对作些修改的话。稿子太长了——删掉我做了记号的段落，长度就正合适。"他以公事公办的语气说。

乔差点儿认不出自己的手稿了，纸页变得皱巴巴的，许多段落底下画了线。她感觉如同一个慈母被人要求砍断孩子的双腿，以便放进一只新摇篮。她看着做了记号的段落，惊讶地发现所有道德反思的文字——她精心穿插在大量浪漫情节中以作平衡——全部被删掉了。

"可是，先生，我认为每个故事都应该有某种道德训诫，所以我特意让里面的几个罪人忏悔。"

达什伍德先生身为编辑的严肃神情放松下来，露出一抹微笑，因为乔忘记了她的"朋友"，用作者才有的角度讲话。

"要知道，大家想要找乐子，而不是听说教。这年头道德训诫销路不好。"顺便说一句，这个说法不怎么正确。

"那，您认为作了这些修改就可以了？"

"是的，情节新颖，架构不错，语言也好，等等。"达什伍德先生答得很和蔼。

"你们怎么——我是说，报酬怎么——"乔不太知道该如何表达自己的意思。

"哦，对——这个嘛，这类稿子我们通常给二十五元到三十元。出刊时支付。"达什伍德先生回答，似乎是一时忘了这件事。据说，这种编辑的脑袋时常忽略这种琐事。

"很好，你们把稿子收着吧。"乔带着满意的神气把小说递回去。她写过每篇稿酬一美元的专栏文章，二十五元似乎算很丰厚了。

"我可不可以告诉我朋友，要是她有比这篇更好的小说，你们也会采用？"乔没有觉察刚才已说漏嘴，投稿成功使她胆子壮起来了。

"嗯……我们会看看，不保证采用。告诉她要写得简短些、刺激些，别管道德寓意。你的朋友想署什么名字？"语调显得毫不经意。

"不署名，如果你们愿意的话。她不希望自己的名字见报，也没有笔名。"乔说着，不由得红了脸。

"当然，随她的意愿。故事下周刊登；你亲自来领稿酬，还是我寄给你？"达什伍德先生自然很想知道这位新的投稿者是谁。

"我来领。再见，先生。"

她离开后，达什伍德先生又跷起双脚，和悦地评论道："贫穷又骄傲，常见，不过她能行。"

遵从达什伍德先生的指点，以诺思伯里夫人为榜样，乔一头扎进煽情文学的浅薄海洋。多亏一位朋友扔给她的救生圈，她才得以回岸，没有因潜水而越溺越深。

像大多耍笔杆子的年轻人一样，她把人物和场景放在异国，匪徒、伯爵、吉卜赛人、修女和公爵夫人都在她的舞台登场，这些角色的准确性和精神特质如何则可想而知。她的读者不会挑剔语法、标点符号、切实性等细节。达什伍德先生以最低的价格，宽容地让她写了一篇又一篇专栏文章。他觉得无须告诉她，优待她的真正原因是他的一个写手因得到更高的稿费，便恶劣地弃他于不顾。

她很快就对这份工作产生了兴趣，因为她干瘪的荷包鼓了起来。一周又一周过去，她为了明年夏天带贝丝去山区度假而存的一小笔积蓄也缓慢而稳定地增长着。她感到很满足，只是有一件事令她不安，那就是她没有告诉家里人。她总觉得爸爸妈妈不会赞同的——所以选择先照自己的意思做，之后再道歉。要保守秘密不难，她的小说都没有署名。当然，达什伍德先生没过多久便知道了她的名字，但答应不说出去，最后也信守了承诺，真是难得。

她认为这么做没有坏处，她由衷希望不要写任何会引以为耻的东西，期盼着那幸福的时刻到来，可以给家人看她的收入，笑着谈论这个谨守的秘密，以此减轻良心的责备。

除了"惊险故事"，其他故事达什伍德先生一概拒绝。要有惊险刺激的效果，非得贯穿读者的灵魂不可，为了这个目的，就必须探究历史与传奇、陆地与海洋、科学与艺术、警方档案与疯人院资料。乔很快发现自己涉世未深，对这个社会底层的悲惨世界所知甚少。所以从职业角度考量，她开始以一贯的毅力来弥补不足。她迫切想找到故事素材，即使写作技巧不够娴熟，也决心将素材化为新颖的情节，于是在报纸上搜寻各种事故、事件和罪案。她在公共图书馆借阅关于毒药的书，引起管理员的怀疑。她研究大街上的脸孔，研究周遭人物各式各样的特点。她钻进尘封的旧纸堆里发掘真实或虚构的故事，这些故事如此古老，倒和新的一样稀奇。她尽可能利用有限的机会去了解愚行、罪恶和苦难。她认为自己进展顺利，然而不知不觉中，却渐渐玷污了女性身上某些最温婉的特质。她终日与不良人物为伍，尽管只是虚构的，却对她造成了影响，因为她用危险又缥缈的食粮喂养自己的心灵和想象，虽然所有人迟早会了解生活的阴暗面，而她过早接触这一面，便迅速磨灭了天性中单纯的光华。

　　她不单单见识这一切，更开始亲身感受，大量描写他人的激情与情感，使她研究、揣摩起自己来——这是一种病态的消遣，年轻健康的心灵不会不由自主地沉湎其中。过错总会带来应有的惩罚，在乔最需要吃一吃苦头时，惩罚就来了。

　　我不知道何者帮助她读懂人性，是对莎士比亚的研究，抑或是女人天生辨识诚实、勇敢、坚强的直觉。当乔将天底下一切完美品质赋予她虚构的英雄之时，也发现了一个活生生的英雄，尽管他有不少凡人的缺点，仍旧引起了她的兴趣。巴尔先生在一次交谈中，建议她研究纯朴、真实、可爱的人物，无论在哪里发现他们，且将之当作良好的写作训练。乔听取了他的话，冷静地转而研究起他来——假如他知道她的做法，一定会惊讶不已，这位可敬的教授自认很不起眼。

　　起初令乔不解的是为什么大家都喜欢他。他既不富有也不伟大，既不年轻又不英俊，怎么看都称不上迷人、威风或杰出。可是他像一团温暖的火那样散发着魅力，人们自然地聚拢到他身边，仿佛围绕着暖融融的壁炉。他一贫如洗，却似乎总是在送人东西；他来自异乡，可大家都成了他的朋友；他不再年轻，却像孩子般无忧无虑；他相貌平平，还有点儿古怪，但是在很多人眼中，他的脸很美，他的古怪也只因是他而轻易得到谅解。乔时常观察他，试图找出他的吸引力所在，最后她确定，是他的仁爱创造了奇迹。他若是感到悲伤，就"把头埋在翅膀下坐一会儿"，再以光明的那一面示人。他的额头上有皱纹，但时间老人似乎念在他善待别人，只轻柔地碰触他。而他嘴边那几道好看的纹路，是许多友善的言辞与欢愉的笑容所留下的纪念。他的眼睛从不冷酷严厉，他的大手温暖紧握，便胜过千言万语。

他惯穿的装束似乎也感染了主人好客的天性。衣服看上去很自在，好像要让主人穿得舒服。宽大的西装马甲底下藏着宽宏的胸怀。褪了色的外套透着一种合群的感觉，松垮的口袋显然证明了一双双小手曾空着伸进去，满载而归。他常穿的靴子让人感到亲切，他的领子从来不像别人的那样僵硬。

"原来如此！"乔自语道。她终于发现，对同胞抱持真诚的善意，可以使人变得俊美而崇高，哪怕只是一个壮硕的德国教授，吃饭时狼吞虎咽，自己补袜子，还为姓氏巴尔所困扰。

乔十分看重美德，对于才智也怀着一份女性特有的钦佩，她发现的一件小事更加深了她对教授的敬意。他从不谈论自己，过去没有人知道，他在家乡的城市是一位因博学与正直而备受尊崇的人物。后来一个同乡来看他，与诺顿小姐谈话时才透露了这个令人欣喜的事实。乔是从诺顿小姐那里得知的，巴尔先生可从没提起过，因此她更觉高兴。尽管他在美国只是个寒酸的语言教师，可在柏林却是一位受人尊敬的教授，乔为此感到骄傲。这一发现带来几分浪漫色彩，大大美化了他平凡而辛勤的生活。

另一种比才智更了不起的天赋，以全然出人意料的方式展现在乔眼前。诺顿小姐是文学界聚会的座上宾，若非经她邀请，乔绝无机会一开眼界。这位孤单的女士相当关心这个抱负不凡的姑娘，好心地给乔和教授许多这样的机会。有一天晚上，她带他们去参加一场为几位名士举办的高级酒会。

乔带着准备向大人物鞠躬敬拜的心情赴宴，她一腔青春的热忱，远远地对这些人景仰已久。然而那天晚上，她对天才的崇敬之情深受打击，发现所谓的伟人也不过是凡夫俗子，这使她过了好一阵子才回过神来。想象一下她有多失望吧，当她羞怯而敬慕地偷眼望了一下那位诗人，他的诗句总令人联想到一个以"气、火、露"为生的仙人,此刻他却大口吞食着晚餐,吃得那张睿智的脸庞满面红光。从这个倒塌的偶像身上移开视线,她又发现一些别的景象,原本浪漫的幻想迅速破灭了。那位六小说家像钟摆一般规律地在两个酒瓶之间摆荡。著名神学家公然与一位当代的斯塔尔夫人①调情,这位夫人则怒视着另一个科琳娜②,科琳娜正温声细语地嘲讽她,因为自认智胜一筹,设法吸引了那位知识渊博的哲学家。而哲学家像塞缪尔·约翰逊那样一杯接一杯地喝着茶,满脸睡相——那女士喋喋不休,他说不上话。科学名流们把软体动物和冰期抛诸脑后,一边聊艺术,一边以他们独有的劲头大啖牡蛎和冰激凌。风靡全城、堪称俄耳甫斯③再世的年轻音乐家却谈论着马匹。在场典型的英国贵族恰恰成了这群人中最平庸的那一个。

晚会尚未过半,乔已感到彻彻底底地幻灭了,她在一个角落坐下想缓缓神。很快巴尔先生也坐了过来,一副浑身不自在的模样。不久后,几位哲学家说着各自的老生常谈,缓步走到凹室举行起一场智力竞赛来。这场对话远超过乔所能理解,可她听得很入神,尽管不知康德④和黑格尔⑤为何方神圣,不懂主观和客观这些术语,听完之后,唯一"由内在意识形成"的产物就是剧烈的头痛。她渐渐领悟到,世界正被拆碎再重组,按照这些谈话者的观点,重组的准则比旧的好上元数倍,智性将成为唯

---

① 斯塔尔夫人(1766—1817):法国作家、评论家,浪漫主义文学先驱。
② 科琳娜:斯塔尔夫人所著半自传体小说《科琳娜》的女主人公。
③ 俄耳甫斯:希腊神话中善弹竖琴的诗人与歌手。
④ 伊曼努尔·康德(1724—1804):德国哲学家、作家,德国古典唯心主义的创始人,代表作有《纯粹理性批判》《实践理性批判》等。
⑤ 格奥尔格·威廉·弗里德里希·黑格尔(1770—1831):德国哲学家,德国古典唯心主义代表人物之一,代表作有《精神现象学》《法哲学原理》等。

一的神。乔对任何哲学和玄学都一窍不通,但是在聆听时有一股奇妙的兴奋涌上心头,半是愉悦半是痛苦,她感觉自己在时空中飘浮起来,犹如节日里放飞的一只小气球。

她回头看教授的反应,发现他正望着她,她从未见过他脸上现出如此严峻的表情。他摇了摇头,招手示意她一起离开，可是她此时对思辨哲学的自由着了迷，坐着没动，想听听这些聪明的先生消灭所有旧准则之后打算以何为依归。

且说巴尔先生生性谦卑，不轻易发表意见，这并非因为他没有定见，而是他的意见至诚至真，无法漫不经心地讲出口。他看看乔，又看看另外几个为绚烂的哲学烟花所吸引的年轻人，他皱起眉头，很想说几句话，生怕哪个易燃的年轻灵魂被这些烟火引入歧途，等表演结束后，才发现只剩光秃秃的烟花棒或灼伤的手。

他尽量忍着不开口，但是当有人请他发表见解时，他迸发出满腔义愤，慷慨陈词地为真理辩护——他的口才使蹩脚的英语变得动听，那张平平无奇的脸也容光焕发。这是一场激烈的舌战，那几个聪明人很善辩。他不认输，以大丈夫气概坚守立场。不知怎么地，听他讲着，世界又在乔眼前恢复了正常，存在已久的旧准则似乎比新的更好。她觉得双脚又踏在坚实的土地上了，当巴尔先生停顿下来，他辩输了，但丝毫未被说服，乔想要鼓掌并感谢他。

她没有鼓掌，也没有道谢，但她将这一幕记在心里，从心底钦佩教授。她知道他在此时此地直言不讳颇费气力，而他的良心不允许他保持沉默。她开始意识到，比起金钱、地位、才智或美貌，品格是更大的财富。她也感到，如果"伟大"如一位智者所定义的，是"真实、敬畏与善意"，那么她的朋友弗里德里希·巴尔不仅高尚，而且伟大。

这一信念日益坚定。她重视他的评价，渴求他的尊敬，希望自己配得上他的友谊。正当她最诚挚盼望之时，却差点儿失去一切。事情起于一顶三角帽。一天傍晚，教授来给乔上课，头上戴着一顶报纸折的三角士兵帽，那是蒂娜放上去的，他忘了摘下来。

"显然他下楼前没照镜子。"乔微笑着想。他说了声"晚上好"，便严肃地坐下，浑然不觉上课的主题和他的头饰形成反差，引人发笑，因为他正要为她读《华伦斯坦之死》①。

一开始她什么都没有说，每当发生什么有趣的事，她总喜欢听他哈哈地开怀大笑，所以这次也留待他自己发现。不一会儿她便忘记这件事，因为听一个德国人读席勒相当引人入胜。朗读之后开始上课，气氛热烈，乔当晚心情很好，那顶三角帽令她的眼神始终欢快地闪烁着。教授不知她是怎么回事，最后停下来，神情略带讶异而令人无法招架，他问道："马奇小姐，你当着老师的面在笑什么呀？你是不是不尊重我，变得不听话了？"

"先生，你忘了把帽子摘下来了，这样我怎么尊重得起来？"乔说。

健忘的教授一脸正色地伸手摸摸脑袋，取下了那顶小三角帽，盯着看了一会儿，接着头一仰笑起来，笑声像欢乐的低音提琴。

"啊！这下给我看见了。这是调皮鬼蒂娜给我戴的帽子，让我出丑了。这没什么，可是你呢，要是这堂课学得不好，就换你戴上它。"

但是课停了好几分钟，因为巴尔先生瞥见帽子上的一幅画。他把折帽子的纸展开，极为厌恶地说："真希望这类报纸别送进这屋子来，不该给小孩子看到，也不适合给年轻人阅读。很不好，我没法容忍制造这种有害读物的人。"

乔朝那张纸瞄了一眼，看到一幅精彩的插图，图中有一个疯子、一个恶棍和一条毒蛇。她不喜欢这幅画，但使她将报纸翻面的冲动并非出于不悦，而是出于担心，因为她一时间猜想那张是《火山周报》。所幸

---

①《华伦斯坦之死》：弗里德里希·席勒所著历史剧《华伦斯坦》三部曲的第三部。该剧取材于17世纪三十年战争史，描写皇家军队统帅华伦斯坦为解决宗教纷争、结束战争、统一德国，不惜与瑞典勾结，反对皇帝，最后为部下所杀。

不是，她惊慌的情绪平静下来，因为想起即使是，即使她的一篇故事刊载于内，也没有署名，不会泄露她的身份。然而她自己露了馅儿，神情一变，脸也红了；教授虽然健忘，他观察到的事物之多却远超过大家想象。他知道乔在写作，因为不止一次在报社遇到她，不过她从未提起过此事，他便也不问，尽管非常希望看看她的作品。现在他惊觉，她正在做的事她自己都羞于承认，这令他很忧心。很多人会对自己说，"这不关我的事，我无权置喙"，而他没有。他只记起她是个贫穷的年轻姑娘，远离父母的关爱。于是他心生一股冲动，驱使他要帮助她，这股冲动来得迅速而自然，就像见一个婴儿掉入水坑，便想要出手相救。这一切在他脑中一闪而过，他的脸上没有露出一丝痕迹。报纸翻过面来，乔穿好了针，此时他已胸中有数，相当自然又十分严肃地说："对，你把它拿开是对的。我觉得不该让年轻的好姑娘看到这种东西。它们是用来取悦某些人的，但是我宁愿让我的外甥玩火药，也不要给他们这种有害的垃圾。"

"可能不全是有害的——你也知道，只是些无聊的东西。如果有需求，我看不出供应有什么坏处。很多体面人都靠着写所谓的煽情小说在正当地谋生。"乔说，针划过衣褶时太用力，留下了一排小裂口。

"有人需要威士忌，但我想，你我都不愿去卖它。如果那些体面的人知道自己造成了什么样的伤害，他们就不会认为这种谋生方式是正当的了。他们没有权利在糖果里放毒药，再给小孩吃。不，他们应该想一想，在做这种事之前应该先把街上的泥巴扫干净！"

巴尔先生激动地说着，走向炉边，双手将报纸揉成一团。乔坐着一动不动，看上去好像炉火已向她扑来，因为在那顶三角帽化为一阵无害的烟雾，沿着烟囱飘走后，她的双颊仍烫了许久。

"我很想把所有剩下的也这样烧掉。"教授咕哝道，带着宽慰的神情走了回来。

乔想着她楼上那一堆报纸将烧成怎样的熊熊大火，而她赚来的血汗钱此刻沉重地压在良心上。随后她又自我安慰地想："我写的不是那样的，只是无聊，绝非有害。所以我犯不着担心。"她捧起书，一副好学的表情，说道："先生，我们继续上课好吗？接下来我会很好、很规矩的。"

"希望如此。"他只说了这么一句，而言外之意超乎她的想象。他投来的凝重却和善的眼神，使她感到"火山周刊"几个大字仿佛印上了她的额头。

她一回到房间，就拿出报纸，把她写的每一篇小说细细重读了一遍。巴尔先生有些近视，有时候会戴眼镜，乔试着戴过一次，看到书上的小字放大，不禁莞尔。现在她也像是戴上了教授精神或道德上的眼镜，这些劣质小说的缺陷狰狞地回瞪着她，令她满心沮丧。

"这些的确是垃圾，如果我继续写下去，会写得连垃圾都不如，因为一篇更比一篇煽情。我盲目地写着，伤害了自己，也伤害了他人，只为了钱。我知道事实如此，因为我没法严肃认真地读这些东西而不深感羞耻。要是家里人看到了，或是巴尔先生发现了，我可要怎么办呀？"

光想到这里，乔又脸颊发热了，她把整整一捆报纸塞进火炉，燃起的大火差点儿把烟囱都烧着了。

"没错，这是此类易燃废物最好的归宿。我想，我宁愿把房子烧塌，也不愿别人因我的火药而炸毁。"她望着《汝拉山的魔鬼》转瞬消失，只剩一小团黑炭，眨着点点阴燃的眼睛。

她三个月来的作品化为乌有，徒留一大堆灰烬和她膝上的钱，乔神情严肃地坐在地板上，思考着该如何处置这些稿费。

"我想我至今还没有造成多大的伤害,这钱就留下来,权当付出时间的报酬吧。"冥思良久之后她说,又不耐烦地补上一句,"我甚至有点儿希望自己没有良心了,这样太为难了。如果我不在乎为善,作恶时也不会不安,那我就能开开心心地过日子了。有时候,我不禁希望爸爸妈妈对这种事不那么严苛。"

啊，乔，与其这么希望，不如为"爸爸妈妈那么严格"而感谢上苍，并且由衷地同情那些没有类似监护者的人吧。监护者用道德原则约束年轻人，有些年轻人没耐性，这些原则在他们看来就像监狱的高墙，但终究会成为塑造女性品格的坚固根基。

乔不再写煽情小说了，她认定那些钱不足以补偿自己背负的情绪。她走向了另一个极端，像她这种个性的人往往如此，她效法舍伍德①夫人、埃奇沃思小姐和汉娜·莫尔②，写出了一个故事，也许称作论文或宣讲文更为恰当，因为内容带有强烈的道德训诫意味。她从一开始就心存疑虑，这种新风格令她丰富的想象和少女的浪漫无用武之地，就像穿着上世纪呆板累赘的礼服参加化装舞会那样不自在。她把这篇道德说教的佳作寄给几个出版方，结果无人问津。她甘心同意达什伍德先生的观点了——道德训诫销路不好。

然后她试着写一篇儿童故事，要不是她唯利是图，想多赚几个臭钱，这篇故事本来是很容易卖掉的。唯一出高价，使她觉得儿童文学值得一试的，是一位可敬的先生。这位先生认为他的使命就是让世人都依于他的信仰。尽管乔喜欢为孩子们写作，但还是无法同意把笔下所有淘气的男孩都写成被熊吃掉或被疯牛抛飞，只因他们没有去上学；当然也不愿把各种各样的福报加诸所有去上学的乖宝宝身上——小至金色的姜饼，大至临终时口齿不清地念着赞美诗或布道辞，外加天使护送。所以，乔的这些试验毫无成果，她盖上墨水瓶，突然乐观且谦逊地说道："我什么都不懂，等我懂了之后再尝试吧，与此同时，如果无法写更好的东西，

---

① 玛丽·玛莎·舍伍德（1775—1851）：英国儿童文学作家，作品多富道德教育意义。
② 汉娜·莫尔（1745—1833）：英国宗教作家、剧作家、慈善家。

就'先把街上的泥巴扫干净'——这样至少是正当的。"这个决定证明了第二次从豆蔓跌落对她是有益的。

当她内心经历这些变革之时,外在的生活一如往常地忙碌而平静。就算她偶尔看起来有些严肃或忧伤,也没人注意到,除了巴尔教授。他在暗中观察她是否接受了之前的批评并从中获益,所以乔从未发现。乔经受住了考验,他很满意。尽管他们没谈论过此事,但他知道她已停止写作了——不仅是因为她右手食指不再沾有墨渍,也因为现在她晚上都在楼下度过,在报社也遇不到她了,只看到她坚持不懈地学习。这使他确信,她决意把全副心思放在有益的事物上,哪怕不那么有趣。

他在许多方面帮助她,不愧是真正的朋友,乔感到很快乐,虽然搁置笔墨,但是除了德语,还学到许多东西,为她自己人生的煽情故事奠下了基础。

这是一个漫长而美好的冬天,直到六月,她才离开柯克太太家。分别时刻来临,每个人都显得很难过,孩子们更是伤心至极。巴尔先生满头的头发几乎都直直竖着,因为每当心神不安时,他总会把头发揉得乱七八糟。

"回家,啊,你有家可回真幸福!"她告诉他时,他这样回应,然后坐在角落里默默地扯着胡子。这是在临行前夕,她所办的小小惜别会上。

她一早就要走,所以便在前一天晚上和所有人道别。轮到他时,她热情地说:"那么,先生,哪天路过我们那里,别忘了来看看我们,好吗?如果你忘了,我决不会原谅你的,我想让大家都认识我的朋友。"

"真的?我该去吗?"他低头看着她,她没有注意到他神情热切。

"真的,下个月来吧。劳里下个月毕业,你若能来参加毕业典礼,会觉得很新鲜的。"

"是你提起过的那位最好的朋友?"他的语气变了。

"是啊,我的男孩特迪。我很为他骄傲,想让你见见他。"

这时乔抬起头来,对别的事毫无察觉,只想着介绍他们彼此认识,沉浸在喜悦中。巴尔先生露出的表情突然使她想起,她或许不只把劳里当成最好的朋友。正因她特别希望表现出没事的样子,反而不由自主地脸红了,她越是想要克制住,脸就越红。要不是坐在她膝上的蒂娜,她真不知该如何收场。幸好那孩子激动得抱住她,她顺势把脸遮住一会儿,暗自指望教授没有发觉。然而他发觉了,他的脸色从暂时的焦虑恢复如常,他诚挚地说:"我恐怕抽不出时间,不过我祝那位朋友万事成功,也

祝你永远幸福。上天保佑你！"说完，他亲切地和乔握了握手，用肩膀扛起蒂娜便离开了。

等两个男孩都上了床，他在壁炉前坐了很久，满面倦色，乡愁沉重地压在心头。当他想起乔，她怀抱那个小孩坐在那里，脸上带着未曾见过的温柔，他双手支颐静思片刻，随后起身在房间里转来转去，像是在寻觅什么无法找到的东西。

"那不是我的，我不该再奢望了。"他自语道，发出一声近乎呻吟的叹息。接着，仿佛为责备自己无法抑制渴望，他走过去亲吻了枕头上那两个头发蓬乱的脑袋，拿起鲜少使用的海泡石烟斗，翻开他的柏拉图。

他尽力了，也表现得很有气度。但是依我看啊，这一对不受教的男孩，一杆烟斗，乃至神圣的柏拉图，都不足以填补他对妻儿和家庭的向往。

第二天清晨，尽管天色未明，他还是来到车站为乔送行。幸亏有他，乔孤单的旅途才能始于这愉快的回忆，一张熟悉的脸微笑着道别，一束紫罗兰为她做伴，最好的是，还有一个快乐的念头："嗯，冬天过去了，我没有写一本书，也没有发一笔财。但是我结识一个值得深交的朋友，我会努力留住他一辈子。"

第三十五章
心伤

无论动机为何,劳里那一年学有所成,以优异的成绩毕了业,毕业典礼上的拉丁语演讲颇具菲利普斯①之风范和德摩斯梯尼②之口才——以他朋友们的话来说。大家都在场,他的爷爷——噢,他自豪极了——马奇夫妇,约翰和梅格,乔和贝丝。所有人都怀着真诚的赞赏之情为他欢呼。男孩们在当时往往满不在乎,然而日后的任何成就再也无法赢得世人如此赞赏了。

"我得留下来参加该死的晚餐会,不过明天一早就回家。姑娘们,你们会跟平常一样来接我吧?"一天的欢乐结束后,劳里把姐妹们送上马车时说。他说的是"姑娘们",其实指的是乔——只有她一人还保持着这个老习惯。这个出类拔萃的男孩提什么要求,她都不忍心拒绝,于是热

---

① 温德尔·菲利普斯(1811—1884):美国演说家、改革家,废奴运动领袖。
② 德摩斯梯尼(前384—前322):古希腊政治家、雄辩家。

情地答道:"我会的,特迪,风雨无阻。我会在前开路,用单簧口琴奏起《英雄凯旋歌》。"

劳里谢过她,脸上的神情令乔一阵慌乱,她想:"噢,天啊!我知道他会说些什么的,到时我该怎么办?"

夜晚的沉思和白天的工作稍稍缓和了她的担忧。她确定,既然已充分让对方明了她将如何答复,就不应再自视甚高,认为人家还会向她求婚。就这样,她在预定的时间出发,希望特迪不要真的使她迫于无奈,而伤害他可怜的小心灵。她先去梅格家转了一圈,嗅嗅亲亲黛西和德米,精神又振作起来,和劳里密谈的信心也更坚定了。但是,当她远远望见那个高大的身影隐现时,却巴不得掉头就跑。

"乔,单簧口琴呢?"一走到能听见彼此说话的地方,劳里就喊了起来。

"我忘了。"乔又鼓起了勇气,因为这样可称不上情人间的问候。

以前在这样的场合,她总会挽起他的胳膊,而这一次她没有,他也不发怨言,这可不是个好兆头。他只是连珠炮似的谈着各种不着边际的话题,直到他们从大路步入回家的林荫小径。这时他放慢了脚步,讲话也突然不流畅了,动不动出现窘迫的停顿。对话一次又一次坠入沉默之井,为挽救僵局,乔急忙说:"这下你一定要好好地放个长假!"

"我正有此意。"

他坚决的语气有些不对劲,乔唰地抬起头,发现他正俯视着她,脸上的表情使她确信那可怕的时刻来到了,她伸出手来央求:"不,特迪,请不要说!"

"我要,你一定要听我说。这样没用的,乔,我们得把话说开,越早说对你我越好。"他答道,一下子涨红了脸,激动起来。

"那,想说什么你就说吧。我听着。"乔无奈之下耐着性子。

劳里恋爱经验尚浅，但他用情至真，就算会失去生命，他也打算"把话说开"。于是他以一贯急躁的方式开门见山，尽管勉力稳住声音，仍不时语塞："我从认识你那天起就爱上了你，乔——无法自制，你对我那么好。我试图向你表示，可是你不让。现在我想要你听我说，然后给我个答复，我再也不能这样下去了。"

"我本想让你不必如此的，我还以为你已经明白——"乔发现开口应对比预想的艰难很多。

"我知道你这么想，但是女孩子奇怪得很，她们真正的心思从来都猜不透。她们嘴上说'不'，意思是'是'，只为了取乐，把男人逼得不知所措。"劳里固守立场，抛出这个无可辩驳的事实。

"我可没有这样。我从不想要你这么喜欢我。为了让你打消念头，我总是能避开就避开。"

"我想也是，这才像你，但是这无济于事。我反而越发爱你，为取悦你，我那么努力，不再碰台球和一切你不喜欢的东西，静静等待，从不抱怨，因为我希望你能爱我，虽然我还远不够好——"说到这里，他难以控制地哽住了，于是他清了清"该死的喉咙"，手里掐断了几枝金凤花。

"不，你够好，好到我配不上。我对你那么感激，那么为你骄傲，也喜欢你，我不知道自己为什么没法像你希望的那样爱你。我试过，但是情感改变不了。如果不爱你，却说爱，那就是撒谎。"

"真的？当真，乔？"

他陡然刹住脚步，抓起她的双手，问她这句话，脸上的神情使她无法轻易释怀。

"真的，当真，亲爱的！"

此时他们已走进林子，来到栅栏边的台阶旁。听这最后几个字从乔的口中勉强吐出,劳里松开了她的手,转身似乎要继续前行,然而他生平头一次越不过那道栅栏。他只得低头伏在那根长满苔藓的木柱上,一动不动地站着,把乔吓坏了。

"噢,特迪,我很抱歉,抱歉至极,如果能有帮助,无论让我做什么都可以!希望你不要太放不下。我也没法子。要知道,逼自己去爱一个不爱的人,是不可能的。"乔顾不得仪态,自责地叫道。她轻拍着他的肩膀,回忆起很久以前他安慰她的画面。

"有时候是可能的。"柱子那传来他闷闷的声音。

"我想那种爱是不对的,我宁可不尝试。"她断然答道。

接下来是良久的沉默,河边柳树上有一只乌鸫鸟欢快地唱着歌,长草在风中沙沙作响。过了一会儿,乔在台阶上坐下,十分冷静地说:"劳旦,我有事想告诉你。"

他一激灵,仿佛挨了一枪似的,扬起头,狠狠地吼道:"别告诉我那个,乔。我现在承受不了!"

"告诉你什么?"她不懂他的暴烈因何而起。

"你爱那个老头。"

"什么老头?"乔追问,以为他说的一定是他的爷爷。

"你写信常提到的那个邪恶的教授。如果你说你爱他,我知道我会做出不顾一切的举动来的。"他双手紧攥,眼中冒出怒火,似乎真的会说到做到。

乔想笑,但忍住了。这一切令她也激动起来,她热切地说:"特迪,别骂人!他不老,也绝不是坏人,他善良又和蔼,是仅次于你的我最好的朋友。请不要大动肝火。我想和气些,但要是你谩骂我的教授,我可是会生气的。我压根儿没想过要爱他,或爱别的什么人。"

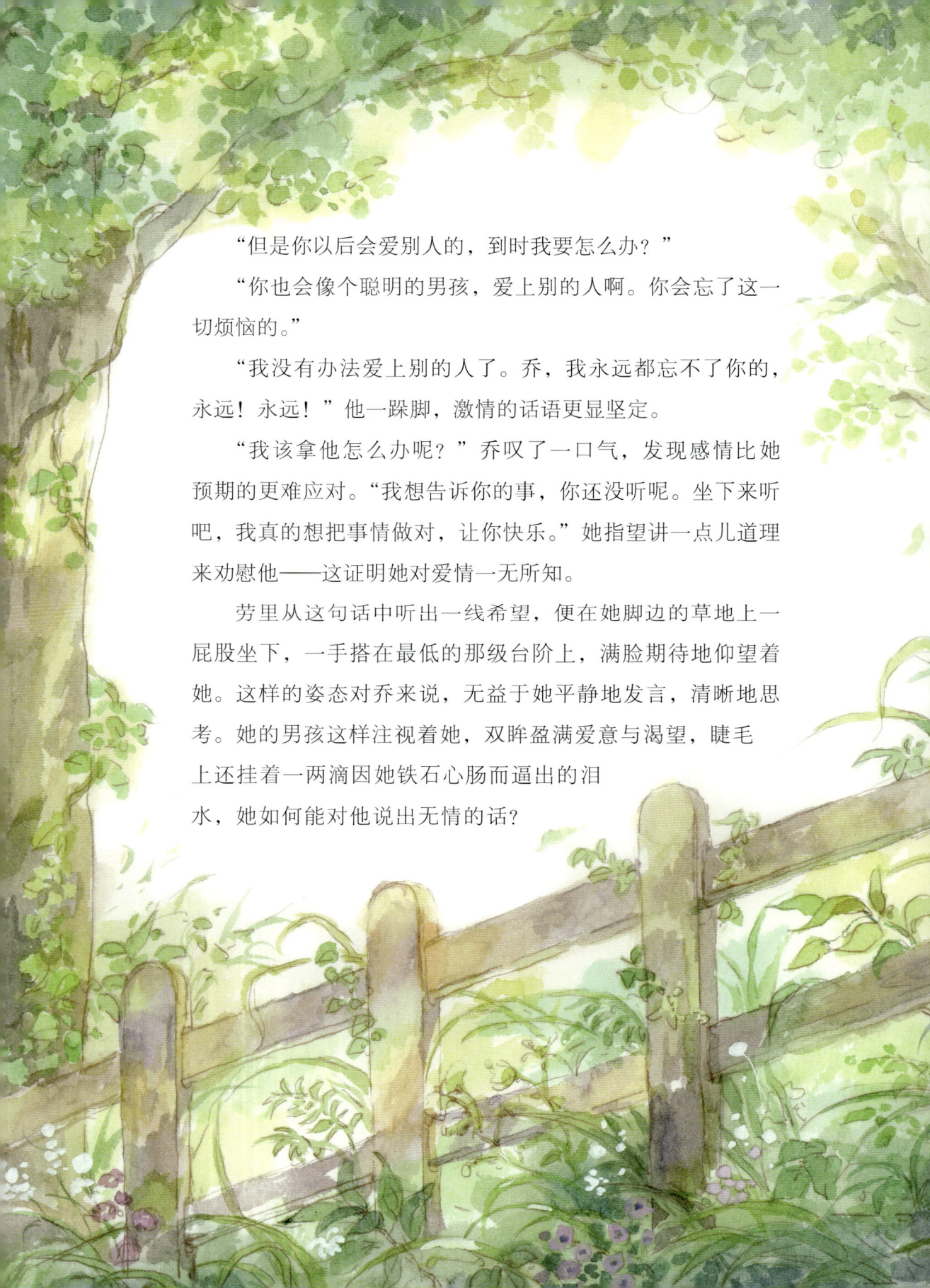

"但是你以后会爱别人的,到时我要怎么办?"

"你也会像个聪明的男孩,爱上别的人啊。你会忘了这一切烦恼的。"

"我没有办法爱上别的人了。乔,我永远都忘不了你的,永远!永远!"他一跺脚,激情的话语更显坚定。

"我该拿他怎么办呢?"乔叹了一口气,发现感情比她预期的更难应对。"我想告诉你的事,你还没听呢。坐下来听吧,我真的想把事情做对,让你快乐。"她指望讲一点儿道理来劝慰他——这证明她对爱情一无所知。

劳里从这句话中听出一线希望,便在她脚边的草地上一屁股坐下,一手搭在最低的那级台阶上,满脸期待地仰望着她。这样的姿态对乔来说,无益于她平静地发言,清晰地思考。她的男孩这样注视着她,双眸盈满爱意与渴望,睫毛上还挂着一两滴因她铁石心肠而逼出的泪水,她如何能对他说出无情的话?

她轻柔地把他的头转过去，一边说话，一边抚摩着他微卷的头发，那是为她蓄留的——着实令人感动！"我同意妈妈的看法，你我会合不来，因为我们俩的躁脾气和固执劲儿可能会令彼此十分痛苦，如果我们真的蠢到去——"说最后一个词之前乔停顿了一下。劳里欣喜若狂地把它讲了出来："结婚！不，不会那样的！乔，只要你爱我，我会当个十足的圣人——你想把我变成什么样都行！"

"不，我不能。我试过，但做不到。我不会用这种大事来试验，拿我们的幸福冒险。我们不合适，永远不合适，所以我们一辈子都是好朋友。不要去做任何鲁莽的事情。"

"不，我们会合适的，只要有机会。"劳里心有不甘地咕哝着。

"好了，明理一些吧，理智地看待这件事。"乔恳求道，几乎已束手无策。

"我才不要明理，我不会照你说的'理智地看待'。这帮不了我，只会让你更加无情。我觉得你没心没肺。"

"还真希望我没有！"

乔的声音里有一丝颤抖。劳里认为这是个好兆头，便转过身来，使出全力劝诱，他的甜言蜜语从不曾甜蜜得如此危险："亲爱的，别让我们失望！大家都盼着这件事。爷爷满心期待，你家的人也乐见其成，没有你我过不下去。说你愿意，让我们幸福吧！说吧，说吧！"

乔确定自己不会爱上她的男孩，永远不会。直到数月后，她才明白自己意志是多么坚定，才牢牢守住了自己的心。这很艰难，但是她做到了，她知道拖延下去不但无用而且残酷。

"我没法真心地说出'愿意'，所以我决不说。将来你会发现我是对的，还会为此感谢我的。"她严肃地说。

"我死都不会的！"劳里从草地上跳了起来，光想到这念头他就怒火中烧。

"不，你会的！"乔坚持道，"过一阵子你就会熬过这一切，然后找到一个才貌双全的姑娘，她爱慕你，会成为你那漂亮房子的美丽女主人。我不行。我相貌平平，不好相处，脾气怪，年纪大，你会以我为耻，我们会吵架的——你瞧，就连现在都忍不住吵起来了——我不会喜欢上流社会，而你喜欢。你会讨厌我乱写东西，而我不写就活不下去。我们会不幸福，悔不当初——一切都会变得很可怕的！"

"还有吗？"劳里问。他难以耐心地听完这预言式的一席话。

"没有了——只是我相信自己永远不会结婚。我这样很快乐，我太喜欢自由的生活了，不会为了哪个凡人而急着放弃自由。"

"恕我不敢苟同！"劳里插话说，"你现在是这么想，但是总有一天你会对某个人有好感，而后一往情深地爱他，愿为他生，愿为他死。我知道你会的——你就是这样的人。到时我只能在一旁眼睁睁看着。"这位绝望的情人把他的帽子往地上一扔，要不是他一脸悲戚，那动作会显得很滑稽。

"是的，我愿意为他生、为他死——如果真有那么一个人出现，让我情不自禁爱上他的话。你必须尽力而为了。"乔对可怜的特迪失了耐心，嚷嚷道，"我已经尽力了，但是你不肯明理，一个劲地强求我给不了的东西，这很自私。我会一直喜欢你的——作为朋友，真的非常喜欢——但我决不会嫁给你，你越早相信，对你我越好，就这样。"

这番话有如点燃了火药。劳里盯着她看了片刻，好像不知该如何自处，接着他猛地别过头去，孤注一掷似的说道："乔，有一天你会后悔的。"

"噢，你要去哪儿？"她叫起来，他的表情吓着她了。

"见魔鬼去！"真是抚慰人心的回答。

乔的心跳停了那么一瞬，他一转身下了河岸，朝河中走去。但是一个年轻人若自寻短见，必定是有什么天大的蠢事、罪孽或痛苦，而劳里不是那种软弱的人，不会被区区一次失败打倒。他完全没想过要夸张地投河，出于某种盲目的冲动，他把帽子和外套扔进他的小船，铆足了劲，顺着河划船离去，划得比许多次比赛还要快。乔长舒了一口气，松开紧握的双手，目送这个可怜的小伙子，他正力图超越心头的烦恼。

"这样对他也好，他回家后会带着柔和而歉疚的心情，到时我可不敢见他了。"她慢慢地往家走，感到自己好像扼杀了什么纯真的东西，将它埋葬在落叶下。她接着自语："现在我得去跟劳伦斯老先生打声招呼，请他和和气气地对待我可怜的男孩。我希望他能爱上贝丝，也许有朝一日真会爱上，但是我又开始觉得我误解了她。天啊！女孩们怎能想拥有情人又拒绝他们。我觉得这很糟。"

乔径直去找劳伦斯老先生，因为她确信谁去都不如她亲自跑一趟，她将难言的事情经过勇敢地讲了出来，然后忍不住为自己的麻木不仁痛哭，哭得那么哀伤，善良的老先生虽然深感失望，但没有一句责备。他难以理解怎会有女孩不爱劳里，希望她能改变心意，但是他比乔更清楚，爱情无法勉强。所以他难过地摇了摇头，决定带孙子离开伤心地，他嘴

上没说，但那毛头小子临走时留给乔的话令他忧心不已。

劳里回到家时已心力交瘁，然而相当镇静。爷爷来迎接他，佯装毫不知情，顺利地将这假象维持了一两个小时。当他们并坐在暮色中，共度两人以往最爱的时光，老先生却很难像平常那样漫谈，年轻人更难倾听那些对他去年成就的赞美，这些成就如今在他看来全是为爱而生的徒劳。他尽力耐着性子听了一会儿，随后走到钢琴边，坐下弹奏。窗户都开着，乔正在花园里和贝丝一起散步，唯独这一次，她比妹妹更能理解这支曲子，他弹的是《悲怆奏鸣曲》，且从不曾弹得如此动人。

"我看弹得非常好，不过悲伤得叫人想哭，来点儿快乐的曲子吧，小伙子。"劳伦斯老先生说。他年迈而慈祥的心中充满同情，渴望表达，又不知如何表达。

劳里立刻奏起一段欢快些的旋律，激昂地弹了几分钟，他本可以强作镇定弹完全曲，然而在短暂的停顿中听到马奇太太的呼唤声——"乔，亲爱的，过来，我需要你。"

虽然含义不同，这正是劳里很想说的话！他听着，忘了弹到哪里，琴声随中断的和弦戛然而止，弹琴人静坐在一片黑暗里。

"我受不了了。"老先生低语。他站起身，摸索着走向钢琴，慈爱的双手按住那副宽阔的肩膀，像妇人般温柔地说："我知道，孩子，我知道。"

一时没有回答，随后劳里尖锐地问道："谁告诉你的？"

"乔自己讲的。"

"那就不必再说了！"他以不耐烦的动作甩开了爷爷的手，尽管感激爷爷的宽慰，男人的自尊却使他无法接受另一个男人的怜悯。

"还没完，我想说一件事，然后就会结束的。"劳伦斯老先生异常温和地回应，"或许，你眼下不想待在家里吧？"

"我不打算逃避一个姑娘。乔阻止不了我去见她。我偏要留下来，偏要见她，爱待多久就待多久。"劳里以忤逆的语气插话道。

"如果你是我心目中的绅士，就不会这么做。我也很失望，但是那姑娘也没办法啊。你只剩一件事能做，就是离开一段时间。你想去什么地方？"

"哪儿都行。我不在乎自己的下场。"劳里起身，无所顾忌地大笑，笑声在爷爷听来很是刺耳。

"像个男子汉那样接受吧，行行好，别做出什么鲁莽的事来。为什么不照你的计划出国去，然后忘了这一切？"

"我做不到。"

"可是你一直都很想出国，我也答应等你大学毕业了让你去。"

"啊，我并不是打算一个人去！"劳里快步走向房门口，幸好爷爷没有看见他脸上的表情。

"我没要你一个人去啊，有个人愿意也乐意和你一起去，去世上的任何地方。"

"谁，先生？"

"我。"

劳里像刚才那样飞快地走了回来，伸出手，声音嘶哑地说："我真是个自私的浑蛋。可是——爷爷——你知道——"

"老天保佑，是的，我真的知道，这些事我以前都经历过，一次是在我年轻时，后来是你爸爸的事。好了，好孩子，安静地坐下来，听听我的计划吧。一切都安排好了，马上就能实行。"劳伦斯老先生抓着年轻人的手不放，仿佛担心他离家出走，像他父亲当年那样。

"那么，先生，是什么计划？"劳里坐了下来，表情和声音都没有露出一丝兴趣。

"伦敦有生意需要人过去照顾。我原打算让你去处理的，不过我自己去更好，这里的事情由布鲁克打理，会顺顺当当的。我的合伙人几乎把所有工作都包了，我只是占着位子等你接手，随时都可以离开。"

"可是你讨厌旅行，先生。您这把年纪了，我不能这样要求。"劳里感激爷爷作出的牺牲，如果真要去，他绝对是宁可一个人去。

老先生深谙此事，特别想阻止他独自起行，因为看孙子此时的心情便知，任他自行其便并不明智。想到要抛下家中舒适的环境，不免心生遗憾，老先生压抑住情绪，毅然说道："谢谢你，我还没老到不中用哩。我倒相当喜欢这个主意，这对我有好处，我的老骨头也不会受累，这年头旅行像坐椅子一样轻松了。"

劳里不安地动了一下，暗示着他那张椅子坐得并不轻松，或是他不喜欢这个计划。老先生见状，赶忙接着说："我无意搅局，也无意拖累你。我之所以去，是认为比起把我留在家，你会更高兴一些。我不打算和你一起四处闲荡，你爱去哪里都随你的意，我会自己给自己找乐子。我在伦敦和巴黎有朋友，想去拜访他们。你呢，可以去意大利、德国、瑞士，去想去的地方，尽情地看画展、听音乐、欣赏风景、到处探险。"

就在刚才，劳里还感觉自己的心已彻底粉碎，世界成了荒僻的旷野。此刻听到老先生巧妙嵌入结句里的某些字眼，破碎的心突如其来欢跃了一下，荒野上也蓦然涌现一两片绿洲。他叹了一口气，随后无精打采地说道："随你高兴吧，先生。我去哪里、做什么，都无所谓。"

"我有所谓啊——记住，孩子，我给你完全的自由，我相信你会善用的。答应我，劳里。"

"都照你的意思，先生。"

"很好！"老先生心想，"你现在不在意，但如果我没想错的话，有一天这句诺言会让你免于惹祸。"

劳伦斯老先生是个精力充沛的人，他趁热打铁，不等这失意人恢复精神反抗，他们已上路了。做行前准备的时候，劳里表现得和遇到这种事的多数年轻先生一个样。他时而忧悒，时而急躁，时而又心事重重，终日茶饭不思，不修边幅，长时间在钢琴前狂暴地弹奏。他躲着乔，又透过窗户凝望她聊作安慰。夜晚，他那张悲戚的面孔萦绕在她的梦中，白天则使她背上沉重的负疚感。不同于一些苦恋者，他对自己的单相思绝口不提，也不许任何人试着安抚或表示同情，就连马奇太太也不例外。从某些角度想，这也让他的朋友们松了一口气，只是他启程

前的那几个星期令人很不自在,"可怜的好小伙即将远行,忘掉烦恼,再高高兴兴地回家来",大家为此感到欣慰。对于他们的这种幻想,他自然以苦笑置之,抱持着可悲的优越感,因为他知道他的爱忠贞不渝。

离别时分,他做出一副兴高采烈的样子,借此掩饰某些喷薄欲出的难堪情绪。这股欢快劲儿骗不过谁,不过为了他着想,大家都尽量装糊涂。他应付得很不错,直到马奇太太亲吻他,说了一句充满慈母般关怀的耳语。这时,他意识到自己快压抑不住,便匆匆拥抱了所有人,连忧愁的汉娜也没忘记,接着,他拼了命地跑下楼去。不一会儿乔跟了出来,想着如果他回头看,就朝他挥一挥手。他真的回了头,折返而来,伸出双手抱住站在上面一级楼梯上的她,他仰望着她,脸上的表情使他简短的恳求更显哀婉动人。

"噢,乔,真的不可以吗?"

"特迪,亲爱的,我真希望我可以!"

就这样了,还有短暂的沉默。然后劳里直起身说:"好吧,别在意。"他走了,没有再说一个字。啊,可是情况并不好,乔也并非不在意。在她无情的回答之后,那个鬈发的脑袋在她手臂上倚靠了片刻,她觉得自己刺伤了最亲爱的朋友。他离她而去,没有多望一眼,此时她知道,这个男孩劳里将一去不复返。

第三十六章
贝丝的秘密

那年春天乔回到家，赫然发现了贝丝的变化。无人说起此事，似乎也无人察觉，因为变化是缓慢而逐渐形成的，那些天天见她的人不会惊觉有异。而久别重逢的人眼睛更尖，这变化就显而易见，当乔看到妹妹的脸庞，一块大石便压上她的心头。比起去年秋天时，那张脸倒没有更显苍白，只是消瘦了一些，然而带着一种陌生的通透感，仿佛必朽之物正慢慢炼净，脆弱的凡躯透出不朽之光，散发着难以言喻的凄美。乔看到也感觉到了，不过当下什么都没说。很快这最初印象带来的震荡退去大半，因为贝丝看起来很快乐，似乎大家都相信她的健康有所改善，不久后，乔操心起别的事来，便一时忘了她的担忧。

劳里离开后，一切恢复平静，这份隐隐的忧虑又袭上她的心头，挥之不去。她已忏悔并得到了宽恕，当她拿出积蓄，提议去山间旅行时，贝丝衷心地道谢，却恳求不要离家那么远。再去海滨小住一阵对贝丝来说更适合，但因为没人能说动外婆抛下双胞胎，便由乔独自带贝丝去了那个清静之地。在那里，贝丝可以常常待在户外，让清新的海风为她苍白的面颊染上些许红润。

那并不是时兴的度假胜地，但即使身处和善的当地人之间，姐妹俩也没交上什么朋友，宁愿彼此相依。贝丝太过腼腆，不爱交际，乔则把全部心力放在她身上，无暇顾及他人。因此她们眼中只有彼此，亲密无间，全然不觉自己引起了周遭人的关注——大家以同情的目光观察这对一强一弱的姐妹，她们形影不离，好像本能地感觉到一次漫长的离别已为期不远。

她们确实感觉到了，但两人都没有说起。我们和最亲近的人之间总有一种难以放下的矜持。乔觉得她和贝丝的心灵间落下一道障幕，她伸手要掀开时，静默中似乎又存在着某种神圣不可侵犯的东西，于是她决定等待贝丝先开口。父母亲好像没有发现她所看到的事，她感到疑惑，却也欣慰。在这清静的几个星期里，阴影变得愈发明显，她对家里人只字未提，心想等回家时贝丝没有好转，一切便不言自明。她更疑惑妹妹是否猜到了严酷的事实。当长时间躺在温暖的岩石上，头枕着乔的双腿，有益健康的风吹拂全身，大海在脚下演奏乐曲，贝丝脑海中会掠过什么样的念头呢。

有一天贝丝告诉了她。当时乔见她一动不动地躺着，以为她睡着了，便放下手中的书，用祈盼的双眼望着她，试图从贝丝双颊淡淡的血色中看出些许希望来。可是她找不到足以令她安心的迹象——脸颊瘦削，双手无力，似乎连她们采集的玫瑰色小贝壳都拿不住了。她比以往更苦楚地意识到，贝丝正从她身边飘然而去，她的双臂本能地抱紧了她最心爱的宝贝。一时间她泪眼蒙眬。定睛再看时，贝丝正十分温柔地抬头望着她，几乎无须再说出这句话："乔，亲爱的，很高兴你知道了。我一直想要告诉你,可是开不了口。"

没有回答,姐妹俩只是脸贴着脸,甚至没有眼泪,感动至深时乔不会落泪。此时她成了弱者,贝丝尽力安慰、支撑她,用双手搂着她,在她耳边轻声说着宽心的话语:"我知道好一阵子了,亲爱的,现在已经习惯了,想起来不苦,要承受也不难。你也试着这么看待吧,别为我费心了。这样是最好的,真的。"

"贝丝,去年秋天是因为这样你才那么不快乐吗?该不会你当时就感觉到了,这么久以来一直藏在心里吧?"乔问。她不肯把这件事看成、说成是最好的,不过也庆幸贝丝的烦恼与劳里毫无关联。

"是的。我当时放弃了希望,但我不愿承认。我尽量把这件事当作病中的臆想,不让任何人为此费心。但是看到你们个个都那么健壮,满脑子快乐的计划,我感到永远不能像你们一样了,心里不是滋味,于是就难过起来,乔。"

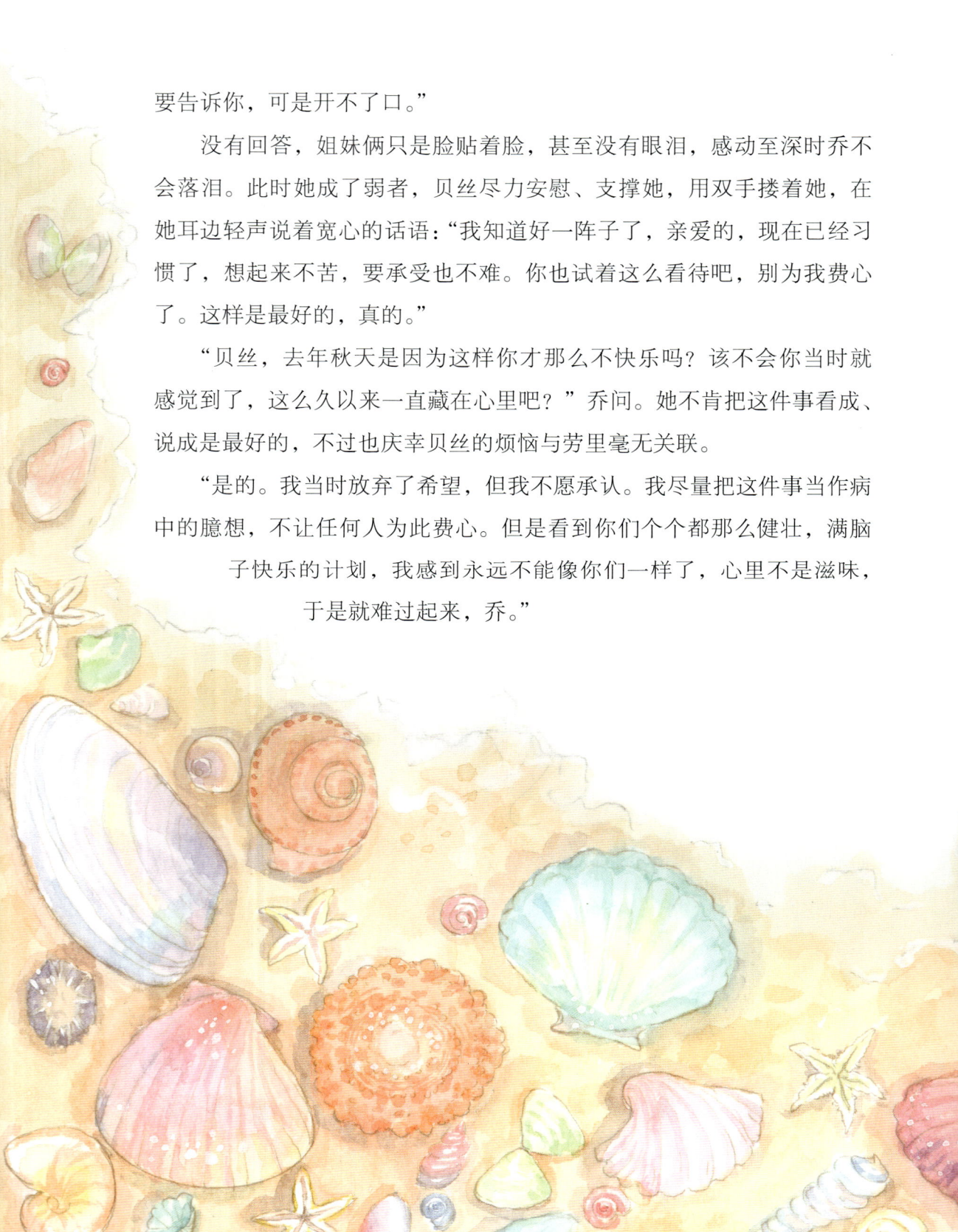

"噢，贝丝，你竟没有告诉我，没有让我安慰你，帮助你！你怎么能把我拒之门外，一个人承受这一切呢？"

乔的声音中满是温柔的责备。她心痛地想着，贝丝必定孤军奋战了一番，才学会向健康、爱和人生道别，如此喜乐地背起她的枷锁。

"也许那样不对，可我想努力做正确的事。我起先不确定，没有人说过什么，我也希望是自己想错了。如果平白吓到大家，那就太自私了，妈妈为梅格操心个不停，埃米出门在外，你和劳里在一起那么快乐——至少当时我是这么想的。"

"我还以为你爱上他了，贝丝。我离开家也是因为我没法爱他。"乔叫起来，很高兴能将真相和盘托出。

听到乔的想法，贝丝显得大为吃惊，乔尽管心痛，见状还是不禁微笑，继续柔声道："那么你没有爱上他，宝贝？我一直担心你爱上了他，忍不住想象你那可怜的小心灵充满了相思之苦。"

"哎，乔！他那么喜欢你，我怎么可能爱上他呢？"贝丝像个小孩般天真地问。"我确实很爱他，他对我那么好，哪能不爱他？但是我决不可能把他当哥哥以外的人。希望有朝一日，他真的能变成我的哥哥。"

"不会是因为我。"乔断然说道,"埃米留给他,他们会是天造地设的一对——不过我现在没心思考虑这种事。我不在乎别人会如何,除了你,贝丝。你一定要好起来。"

"我也想好起来——噢,太想了!我很努力,但身体每况愈下,越发确定失去的再也回不来了。乔,这就像潮汐,退潮退得慢,但阻挡不了。"

"一定阻挡得了,你的潮汐不可以这么快退去,十九岁太年轻了。贝丝,我不能放你走。我会争取,祷告,全力抵抗。不管怎样我都要保住你,一定有办法的,不可能来不及。上天不会这么狠心把你从我身边带走的。"可怜的乔不甘地喊着——她的心远不如贝丝那样虔诚顺服。

单纯而真挚的人很少夸谈自己何等虔诚,虔诚透过行为而非言语彰显,并且比布道或宣言影响更深远。贝丝无法论证或解释她的信念,这种信念给了她舍弃生命、欣然等待死亡的勇气和毅力。像一个轻信的孩子,她不发问,将一切交托给命运,她确信,无论如何都该坚守自己的心与灵。她没有用圣人式的言论批驳乔,反而因为乔的手足深情更爱她,更紧密地拥住这可贵的人性之爱。她无法说出"我很乐意离开",生命对她而言十分美好。她只能呜咽道:"我会尽量走得甘愿些。"她紧紧抓着乔,这巨大的悲伤掀起第一阵苦涩的浪,将姐妹两人淹没。

过了一会儿,贝丝恢复平静后说:"我们回家后,你会告诉他们吗?"

"我想,不用讲,他们也会看出来的。"乔叹道。现在她看到的贝丝每天都在变化。

"也许不会。我听说爱得最深的人往往对这种事最盲目。如果他们没看出来,你替我告诉他们。我不想有任何秘密,让他们做好准备更好些。梅格有约翰和双胞胎安慰她,你可得扶持爸爸妈妈,好吗,乔?"

"如果我能做到的话,可是,贝丝,我还没放弃。我相信这就是病中的臆想,也不希望你觉得那是事实。"乔尽量乐观地说着。

贝丝躺着思忖了片刻,然后以一贯的恬静语气说道:"我不知道怎么表达,除了你我也不会试着对别人表达,因为我没法直言不讳,除了对我亲爱的乔。我只是想说,我隐隐觉得自己命中注定活不长久。我和你们其他人不一样,我从没计划过长大后要做什么,从没有像你们几个那样想过结婚的事。我好像没法想象我会成为别的什么样子,只把自己看成笨笨的小贝丝,在家里跑来跑去,出了家门就毫无用处。我从来都不想离开,现在难受的是就要离开大家了。我不害怕,但是就算到了天堂,我应该也会思念你们的。"

乔说不出话来。好几分钟,四下一片寂静,只听得海风呼啸,潮水拍岸。一只白翼海鸥飞过,银色的胸羽反射着阳光。贝丝望着海鸥直到它消失,眼中充满哀愁。一只一身灰色的小沙鸟来到海滩上轻快地走着,啾啾地低声自语,似乎在欣赏太阳和大海。它靠近贝丝,用友好的眼神看着她,然后飞到一块温暖的石头上栖息,梳理起湿漉漉的羽毛来,相当自在。贝丝笑了,觉得得到了安慰,这个小家伙仿佛在表达它小小的友谊,提醒她一个美丽的世界仍等着她去欣赏。

"可爱的小鸟!看,乔,它多温顺啊。比起海鸥,我更喜欢小鸟,它们不那么野性,也不那么漂亮,但是这些小家伙看起来很快乐,很亲人。去年夏天,我把它们叫作我的鸟儿,妈妈说它们让她想到我——那些毛色灰暗、忙忙碌碌的小生物,从不远离海岸,永远鸣唱着它们心满意足的小曲子。乔,你是海鸥,坚强又野性,喜欢大风大雨,能去往海的远方,自得其乐地翱翔。梅格是斑鸠,而埃米就像她所认为的云雀,努力展翅高飞,却又总会回到自己的小巢。可爱的小姑娘!她壮志凌云,心地又善良温柔,不管她飞得多高,决不会忘记自己的家。希望我还可以再见到她，可是她好像离我们非常遥远。"

"她开春就会回来。我是说，你要准备妥当，开开心心地见她。我会让你到时候身体健康、面色红润的。"乔感到贝丝所有的变化中，言谈变得最多，她现在说话似乎不费劲了，想到哪儿说到哪儿，完全不像那个害羞的贝丝了。

"乔，亲爱的，别再抱希望了。这一点儿用都没有，我可以肯定。我们不难过，而是在等待中享受在一起的日子。我们会过得很快乐，我不怎么痛苦，我想，潮汐会轻松退去的，只要有你的帮助。"

乔俯身亲吻这张安详的脸，随着这默默的一吻，她将全副身心都献给了贝丝。

她说得没错——她们回家时已无须多言，爸爸妈妈曾经祈求不要看见的迹象，如今清楚地摊在他们眼前。短短的旅途让贝丝累坏了，她说着回到家多么高兴，随即便去睡了。乔下楼后，发现不再需要艰难地讲出贝丝的秘密了。父亲头靠壁炉架站着，乔进屋来他也没有转身。而母亲张开双臂，像是在求助的样子，乔走过去安慰她，未发一语。

第三十七章
新的印象

下午三点,尼斯所有的时髦人士都可能出入三盎格鲁街。这是一个迷人的地方,宽阔的步道旁种着棕榈树、花卉及热带灌木,一边临海,另一边则是旅馆和别墅林立的大道,远眺可见座座丘陵与橙果园。各国人士聚集于此,说着不同的语言,穿着各式服装。天气晴朗时,这里一派热闹绚丽的风光,好似狂欢节一般。高傲的英国人,活泼的法国人,严肃的德国人,英俊的西班牙人,暴躁的俄国人,谦和的犹太人,无拘无束的美国人,都在这里兜风、闲坐、漫步,聊新闻,评论最近来访的名流——从里斯托里①到狄更斯,从维托里奥·埃马努埃莱②到桑威奇群岛的王后③。来往的马车和人群一样五花八门、引人注目,尤其是女士们自己驾的低座四轮马车,由一对雄赳赳的小马拉着,车上装着鲜艳的网

---

① 阿德莱德·里斯托里(1822—1906):意大利悲剧女演员。
② 维托里奥·埃马努埃莱二世(1820—1878):撒丁王国国王,意大利统一后的首任国王。
③ 桑威奇群岛的王后:指艾玛·茹克(1836—1885),夏威夷国王卡美哈梅哈四世之妻。

罩,以防宽大的荷叶裙边散在小车外,后车架上站着小马夫。

圣诞节这天,就在这条步道上,一位高个儿小伙子缓步走着,双手背在身后,有些茫然若失。他长相像意大利人,衣着像英国人,却又散发出美国人的气质——集这些特点于一身的他,引来众多女士赞许的目光,而那些公子哥儿们身穿黑色丝绒西装,打着玫瑰色领带,戴着黄色牛皮手套,纽洞上别着橙色的花朵,他们见了他,却是耸耸肩,暗中嫉妒他的身材。秀色可餐的面孔不少,但是这年轻人不怎么留意,只偶尔对金发姑娘或穿蓝色衣服的女士多看一眼。不久后,他踱出了盎格鲁街,在十字路口站了一会儿,像是在犹豫要去公共花园听乐队演奏,还是沿着海滩散步去城堡山。一阵小马的急促蹄声令他抬头望去,只见一辆小马车载着一位女士,从街上疾驰而来。那是一位身着蓝衣的年轻金发女士。他盯着看了片刻,随即整张脸亮了起来,像个小孩似的挥舞着帽子,赶忙迎上前去。

"噢,劳里!真的是你吗?我还以为你永远不会来了!"埃米高喊着,放下缰绳,伸出了双手。这使得路过的一位法国妈妈大为反感,她

催女儿加紧脚步,唯恐女儿目睹这些"疯狂英国人"的奔放举动而学坏。

"我在路上耽搁了,但我答应了要和你一起过圣诞节,所以我来了。"

"你爷爷好吗?你们什么时候到的?住在哪里?"

"他很好,昨晚到的,住在肖万旅馆。我去了你们住的旅馆,可是你们都出去了。"

"我的天哪[①]!我有太多话要讲了,不知从何讲起。上车吧,我们坐着慢慢聊。我正打算去兜风,很想有个伴。弗洛要为晚上养精蓄锐。"

---

① 我的天哪:原文为法文。

"晚上有什么事,舞会?"

"我们旅馆有一场圣诞聚会。那里住了很多美国人,他们为庆祝节日办的。你一定会跟我们一起去的吧?姑妈可要高兴坏了。"

"谢谢!现在去哪儿呢?"劳里往后一靠,双手抱胸。这一举动正合埃米的心意,她宁愿自己驾车,阳伞式马鞭和白色马背上的蓝色缰绳,令她感到无比满足。

"我要先去银行员那里取信,然后上城堡山。山上的景色太美了,我很喜欢在那里喂孔雀。你去过那儿吗?"

"几年前常去,再去看看也无妨。"

"现在给我好好讲讲你的事情吧。我上一次听到你的消息,是你爷爷写信说他正等你从柏林过来。"

"是的,我在那儿待了一个月,然后去巴黎和他会合,他在巴黎过冬。他在那里有朋友,也有许多事供他消遣。所以我便来回往返,我们过得很开心。"

"这样的安排很融洽。"埃米说。她发现劳里的举止中少了些什么,又说不清到底是什么。

"哎,你瞧,他不喜欢旅行,我呢又不喜欢待着不动,所以我们各得其所,相安无事。我常常去陪他,他爱听我讲旅途经历,我也喜欢漫游回来时有人很高兴见到我。这破地方又脏又旧,是吧?"他嗤之以鼻地接上最后这句话。他们正沿着大道驶向旧城区的拿破仑广场。

"尘土飞扬,倒别有画意,所以我不在乎。河流山丘景色宜人,看一看这些狭窄错综的街道,也是我的赏心乐事。现在我们得等游行队伍先过去,他们是去圣约翰教堂的。"

劳里怏怏地望着这一行人,圣体伞下的神父们,头蒙白纱、手执燃烛的修女们，还有一群身披蓝袍、边走边唱圣歌的修士。而埃米看着他，一种前所未有的羞涩袭上心头，因为他变了，在身旁这个快快不乐的男子身上，已找不到她离家时那个春风满面的男孩。她觉得，他比以往更英俊了，成长了不少。然而与她相见时的那阵喜悦退去后，此刻的他显得很疲惫，无精打采的——没有病容，也说不上不快乐，但一两年顺遂的生活本不该使他如此老成而严肃。她无法理解，也不敢冒昧发问，于是摇了摇头，轻轻策马，此时游行队伍翻过帕廖尼石拱桥，消失在教堂里。

"你怎么想①？"她卖弄起法语来。自出国以来，哪怕法语没有说得更好，她懂的字句总是多了不少。

"我想，小姐善用时间，成果卓著。"劳里带着赞赏的神情，手按左胸，欠身答道。

她欣喜得红了脸，但不知何故，这句恭维话不像在家时他直率的夸奖那样令她高兴，以前每逢生节，他常绕着她打转，说她"有趣极了"，脸上带着由衷的微笑，嘉许地拍拍她的脑袋。她不喜欢他现在的语气，尽管算不上麻木不仁，神情也绝非如此，但听起来总觉冷淡。

"如果他要像这样长大，我情愿他永远是个孩子。"她想，心中涌起一股莫名的失望与不安，同时又极力显出轻松愉快的样子。

在银行员阿维格多那里，她收到了几封珍贵的家书。她把缰绳交给劳里，尽情地读起信来，他们在两旁有绿色树篱遮阴的路上蜿蜒前行，香水月季婷婷绽放，仿佛开在六月里。

"妈妈说，贝丝身体很不好。我常觉得我该回家了，可是他们都说'留下'，所以我就留下来了，因为我再也不会有这样的机会了。"埃米神

---

① 你怎么想：原文为法文。

色肃穆地浏览着一页信。

"没事的,我想你是对的,你在家也无能为力啊。知道你在这里健康快乐、过得开心,对他们也是很大的安慰,亲爱的。"

他挨近了一些,说话时又比较像以前的他了。那时而压在埃米心头的担忧减轻了——他的表情、举止,还有兄长般的那声"亲爱的",似乎使她确信,当任何困难来临,她也不致在异乡孤立无援。她随即笑了开来,给他看一幅小素描,画的是身穿写作服的乔,蝴蝶结傲立于帽顶,从乔的口中说出几个字:"灵感亮了!"

劳里微笑着接过画,收进马甲口袋,"免得它被风吹走",兴味盎然地听埃米念这封生动的信。

"这会是我无比快乐的一个圣诞节,早上有礼物,中午有你和这些信,晚上还有一场聚会。"埃米说。这时他们在古堡遗迹下了车,绚丽的孔雀成群结队朝他们围拢来,驯顺地等待喂食。埃米站在他上方的山埂上,笑着将面包屑撒向这些五彩斑斓的鸟儿,劳里望着她,像她刚才观察他那样,带着自然产生的好奇,想看看时间与分离带来怎样的改变。他找不出任何令人困惑或失望之处,只有许多值得欣赏和嘉许的进步,撇开言谈举止间的些许做作,她一如既往地活泼而优美,衣着与仪态中更增添了某种难以形容、可谓高雅的特质。她素来早熟,如今姿态谈吐又多了几分自若,使她看上去更像一位老于世故的女性,但她旧有的任性仍不时显现,固执的个性依然如故,那份陌生的文雅气也无损于她天生的坦率。

劳里看着她喂孔雀时并没有了解这一切,不过他看到的足以令他感到满意和有趣,他记下了一小幅美丽的画面:一个满脸明媚的女孩站在日头下,阳光映衬出她衣裙的柔和色彩、双颊的明亮肤色和头发的金色光泽,使她成为这幅宜人景色中的主角。

他们登上山丘的岩石平顶,埃米挥了挥手,像是欢迎他来到她喜爱的好地方,随后一边指着方向,一边说道:"你记得吗?大教堂、狂欢节夜游,海湾里拖网捕鱼的渔夫,通向滨海自由城的漂亮小路,山下的舒伯特塔楼,还有最棒的——远处海上那个小点儿,他们说是科西嘉岛①。"

"我记得,变化不大。"他意兴索然地答道。

"如果能看一看那个著名的小点儿,乔一定什么都愿意做。"埃米兴致勃勃,很想看到劳里也提起劲来。

"是的。"他只说了这两个字,却转过身去,极目远眺那个岛。一位比拿破仑还要强大的"篡夺者",使这座岛屿此刻在他眼中变得颇具吸引力。

"替她好好看看吧,然后来告诉我,你这段时间在做些什么。"埃米说着坐了下来,准备畅谈一番。

但是她没有如愿。尽管他来到她旁边,坦率地有问必答,她也只得悉他漫游欧洲大陆,去过希腊。就这样,闲逛一小时之后,他们打道回府。劳里向卡罗尔太太致意后便离开了他们,答应晚上再过来。

值得特为一提的是,埃米当天晚上特意精心打扮。时间与分离在两个年轻人身上都起了作用。她用全新的眼光看待这个老朋友——不再是"我们的男孩",而是一个讨人喜欢的英俊男子。她意识到非常自然的愿望,想得到他的青睐。埃米知道自己的长处,并以品味与技巧充分展现,这种品味与技巧对一个贫穷却漂亮的女性而言不失为一笔财富。

薄纱和网纱在尼斯很便宜,所以在聚会场合,她便穿戴这两种布料

---

① 科西嘉岛:法国最大岛,拿破仑诞生地。

的衣服，遵循年轻姑娘要着装简单这一明智的英国时尚，套上迷人的小礼裙，装点鲜花、几样饰物和各种小巧的装饰品，都是些物美价廉的东西。必须坦言，艺术家的性格有时支配着这位女士，使她沉溺于古雅的头饰、优美的体态和老式的服装。哎呀，可是呢，我们都有各自的小缺点，年轻人身上的缺点更易原谅，毕竟他们的美貌如此悦目，他们单纯的虚荣又如此赏心。

"我确实想让他觉得我好看，回去时再告诉家里的人。"埃米自语道，她正穿上弗洛旧的白色丝绸舞会礼服，再披上一片素雅的透明纱，衬托出她白皙的肩膀和一头金发，颇具艺术之美。她将浓密的大小波浪鬈发在脑后挽成一个赫柏式发髻，其余散发则有意不加修饰。

"这不合时尚，但挺好看的，我可经不起奇形怪状的打扮。"每当有人建议她照着最新的样式烫卷、梳蓬或编发，她总是这么说。

埃米没有配得上这种重要场合的首饰，于是用一簇簇艳粉色的杜鹃花在轻软的裙摆上缀成一圈饰边，又用嫩绿的藤蔓围绕白皙的双肩。她想起以前自己涂色的靴子，便带着少女的满足感端详脚上这双白色缎子便鞋，随后在房间里跳起快滑步来，独自欣赏着自己具有贵族气息的双脚。

"我的新扇子很搭这些花，手套也十分相配，姑妈给的手帕上的手工蕾丝花边又为这一身礼服增添了风采。要是能拥有颇具古典美的鼻子和嘴巴，我就十分快乐了。"她两手各持一根蜡烛，用挑剔的目光上下打量自己。

尽管有这些苦恼，她飘然走出房间时仍显得异常欢快而优雅。她很少奔跑——她认为，这与自己的格调不符，她个子高，比起欢闹俏皮的作风，雍容雅步更为适当。她在长长的大厅里踱来踱去，等待着劳里，一度想在吊灯下立定，因为灯光把头发映照得更柔美，接着又改了主意，走到大厅的另一头，似乎意识到自己想给人留下很顺眼的第一印象，对这种女孩子气的愿望感到羞惭。这么做碰巧恰到好处，劳里静悄悄地走了进来，她没有听到他的声音。她顾自站在远处的窗前，稍侧着脸，一手拢着裙子，这个纤细雪白的身影在红色窗帘的衬托下，宛如一尊精心摆设的雕像般夺目。

"晚上好，狄安娜①！"劳里向她投以满意的目光，她喜欢他的这种目光。

"晚上好，阿波罗②！"她回以微笑，因为他的样子也格外温雅。想到要挽着这么一位翩翩男士走进舞厅，埃米打心底里怜悯起那四位姿色平庸的戴维斯小姐来。

"这是给你的花！我自己插的，我记得你不喜欢汉娜说的那种'现成的花球'。"劳里说着，送上一束雅致的鲜花，插着花的银手镯正是她渴望已久之物，她每天经过卡迪利亚商店橱窗都会看到这只镯子。

"你真好！"她感激地喊道，"如果能早点儿知道你要来，我也会给你准备些什么的——只是恐怕也不及这个漂亮。"

"谢谢，本来没这么漂亮的，配上你才增色不少。"他看着她将银手镯扣在手腕上。

"请不要说这些！"

"我以为你喜欢听这种话呢！"

"不喜欢从你嘴里说出来，听上去很不自然，我更喜欢你以前的直率。"

---

① 狄安娜：罗马神话中的月神，即希腊神话中的阿尔忒弥斯。
② 阿波罗：希腊神话中的太阳神。

"很高兴你这么说！"他带着宽解的神情答道，随后为她扣好了手套，问她他的领带有没有歪，就像他们往日在家要共赴聚会时那样。

当晚，长形餐厅里各国宾客云集，这光景除了在欧洲大陆，别处可见不到。好客的美国人将他们在尼斯的熟人尽数请来，他们对头衔不抱偏见，但也邀了几位贵族为圣诞舞会添彩。

一位俄国大公屈尊在角落里坐了一小时，与一位身形庞大的女士交谈。那位女士打扮得像哈姆雷特的母亲，黑色丝绒衣服，下巴底下挂了一条珍珠贴颈项链。一位年仅十八岁的波兰伯爵忙着和女士们应酬，她们都夸他是个"迷人的宝贝"。一位德国某某殿下独自来用餐，茫然闲晃，寻找可以吞食的东西。罗特希尔德男爵的私人秘书是个大鼻子的犹太人，他脚蹬一双紧绷的靴子，蔼然含笑望着众人，仿佛主人的大名为他冠上了金色光环。一位认识皇帝的法国壮汉来放纵对跳舞的狂热。一位英国的琼斯夫人带来她的八个子女，令舞会锦上添花。当然，还有许多步伐轻盈、嗓音尖锐的美国女孩，一些姿容端庄、神情呆滞的英国姑娘，几个貌不惊人但古灵精怪的法国少女。也少不了常见的一群年轻旅人在此快乐嬉戏，而各国的妈妈们则坐在墙边，带着慈祥的微笑，看他们同自己的女儿跳舞。

那天晚上当埃米侬偎着劳里的手臂"登场"之时，只要是年轻姑娘都可以想象她的心情。她知道自己看起来很漂亮，她喜欢跳舞，她感到双足仿佛踩在自己家乡的舞厅里，享受着掌握权力的喜悦，那是年轻姑娘首次发现一个美好新国度时的喜悦，她们凭借天生的美貌、青春与女人味便能统治那个国度。她着实同情戴维斯家的姑娘们，她们笨手笨脚，姿色平庸，没有男伴护送——只有一个严厉的爸爸和三个更严厉的未婚姑妈陪伴。她经过她们身边时，极尽友善地欠身致意。她做得很对，如此一来能让她们看清她的礼服，也燃起她们的好奇心，想知道她这位相貌堂堂的朋友是谁。乐队奏响第一曲，埃米脸颊便染上绯红，眼睛发亮，双脚拍击地板，跃跃欲试。她舞艺高超，想让劳里知道。因此，当劳里用十分平静的语气问"想和我跳支舞吗"，可想而知，她的诧异难以言喻。

"到了舞会通常都想跳舞啊！"

她表情之惊愕、回答之迅速，令得劳里赶忙弥补错误。

"我是说第一支舞。愿意赏光吗？"

"如果我把伯爵的邀请往后推，就可以和你跳。他舞跳得很棒，不过他会原谅我的，毕竟你是老朋友。"埃米希望伯爵的名号能起作用，让劳里明白她不该被轻忽。

"不错的小男孩，可惜是个矮个子波兰人，配不上这位天神闺女的舞步，'她比凡人高挑，论容貌也人间无双'①。"

她得到这个差强人意的答复。

他们发现自己正站在一群英国人中间，埃米只得依循礼节穿过这沙龙舞的队伍，一心想着要尽兴地跳塔兰台拉舞。交换舞伴时劳里将她交给那个"不错的小男孩"，自己则尽责地去邀弗洛跳舞，没有与埃米说定再开心地跳几支，如此欠考虑实在可恶，也受到了应得的惩罚。埃米立刻将共舞的邀约排满到晚餐前，打算等劳里显出任何悔过之意便饶过他。当他脚步从容地溜达过来，请她跳下一曲，那是一支欢快的波尔卡雷多瓦舞，她带着内敛的得意给他看她的舞会名簿。他客套地致歉，却敷衍不了她。当她和伯爵跳着加洛普舞离去时，她看到劳里在她姑妈身边坐

---

① 引自阿尔弗雷德·丁尼生的诗作《梦中的美人》。

下，脸上一副真正松了口气的表情。

这不可原谅。埃米好一阵子没有再理睬他，只有偶尔在舞曲间歇，回到监护人那里要一根别针或休息片刻时，才跟他说上一两句话。然而，她这一生气倒有了不错的结果，因为她将怒气藏在一张笑脸之下，显得异常欢跃，神采奕然。劳里愉快地以目光追随着她，她既不乱跑也不漫步，而是活泼又优美地跳着舞，舞蹈本应是这样愉悦的消遣。他很自然地从崭新的角度端详起她来。晚会还没过半，他已确信"小埃米将成为一位非常迷人的女性"。

舞会场面热烈，社交季节的情绪很快便感染了所有人，圣诞节的欢乐让大家满面红光，心头喜悦，步履轻快。乐队吹拉弹打，似乎也陶醉其中。能跳舞的都去跳了，不能跳的则带着非同寻常的热情欣赏邻近的人。戴维斯小姐们周身气氛阴沉，琼斯家的孩子们像一群小长颈鹿似的嬉戏着。那位仿佛头顶金色光环的秘书流星般划过房间，身边跟着一位艳丽的法国女士，粉红色缎子裙裾曳地而去。德国殿下平静地找到了餐桌，高兴得很，一道接一道吃遍了菜单上的食物，侍应们见杯盘狼藉都错愕不已。那个皇帝的朋友荣耀加身，他什么舞都跳，也不管会不会，弄不清舞步时，就即兴单脚旋转。这壮硕的男人放任自己的孩子气，看着很可爱。虽然他"举足轻重"，跳起舞来却活像个弹性皮球。他跑跳腾跃，喜形于色，秃脑袋发着光，礼服后摆猛烈地摇晃，舞鞋翩翩翻飞。音乐停止时，他擦去额头上的汗珠，笑眯眯地看着周遭的同伴，好似没有戴眼镜的法国匹克威克。

埃米和她的波兰朋友也很出众，他们跳得同样投入，只是更为敏捷而优雅。劳里发现自己不由自主地跟着那双白色舞鞋起落的节奏打拍子，那双鞋飞扬而过，不知疲倦，仿佛长了翅膀。当小伯爵弗拉基米尔终于放开埃米,还信誓旦旦地说"这么早离开很忧伤"后,她已准备休息休息,看看她那怯懦的骑士是如何承受惩罚的。

结果如她所愿。在二十三岁的年纪,受挫的情感在友善的交际中能找到安慰。受到美貌、灯光、音乐和动作的魅惑,年轻的神经会颤动,年轻的血液会奔腾,年轻的朝气会焕发。劳里起身给她让座时,神色如梦初醒。他匆匆走开去为她拿些美食来,她满意地一笑,自言自语道:"啊,我就觉得这对他有好处!"

"你看起来像巴尔扎克的'淑女自画像①'。"他边说,边用一只手为她扇风,另一只手端着她的咖啡杯。

---

① 淑女自画像:原文为法文。此处指法国小说家奥诺雷·德·巴尔扎克(1799—1850)短篇小说《窈窕淑女》中的淑女。

"我的胭脂不会掉色。"埃米揉了揉她光彩照人的脸蛋，再把洁白的手套亮给他看，那副单纯的认真劲儿逗得他哈哈大笑。

"你们管这个料子叫什么？"她的一道裙褶飘到他膝上，他触碰了一下，问道。

"透明纱。"

"好名字。很漂亮——新的东西，是吗？"

"老古董了。你在几十个女孩身上见过，到现在才发现它漂亮——笨蛋①！"

"你瞧，我以前没在你身上见过呀，所以才犯这个错。"

"别，不准说这种话。这会儿我宁愿喝咖啡也不愿听恭维。喂，不要躺在椅子上，让我心神不宁的。"

劳里挺直了腰杆，恭顺地接过她的空盘子，听"小埃米"差遣，让他莫名感到愉快；她现在已不再羞涩，产生了一种不可抗拒的欲望，想要踩在他头上，当男人们显露任何臣服的迹象时，姑娘们就会用可爱的方式这么做。

"你从哪里学来这一套的？"他带着疑惑的神色问道。

"'这一套'是很模糊的讲法，请你解释一下好吗？"埃米回答。她完全明白他的意思，只是使坏要他形容难以形容的东西。

"嗯——整体的气质、风格、沉着，还有——那个——透明纱——你知道的。"劳里大笑出声，靠着这个新词脱离窘境。

埃米很满意，但自然不露声色，她故作正经地答道：

"异国生活在不知不觉中使人变得文雅；我在游玩的同时也不断学

---

① 笨蛋：原文为法文。

习。至于这个嘛——"她朝身上的裙子比了个手势,"哎,网纱很便宜,花束更是不用花钱,我习惯了充分利用简陋的小东西。"

埃米说出最后一句话有些后悔,生怕不得体。但劳里听了更喜欢她了,感到欣赏又尊重这种敢于善用机会的毅力,这种以鲜花覆盖贫乏的乐观精神。埃米不知道他为何如此亲切地看着她,为何在舞会名簿上写满他的名字,在晚会余下的时间里,欣欣然陪伴在她左右。他们两人无意间给予彼此种种新的印象,其中之一便促成了这可喜的变化。

第三十八章
束之高阁

在法国，年轻姑娘的生活很乏味，直到婚后，"自由万岁①"才成为她们的座右铭。而众所周知，在美国，姑娘们早早签下了独立宣言，以共和主义者的热情享受着自由，但年轻主妇通常刚生下第一个"王位继承人"便退居幕后，隐居于几乎如法国修道院一般封闭的地方，却绝不如那里清静。无论愿不愿意，在婚礼的那阵热闹过后，她们便形同束之高阁，其中多数人或许会慨叹，就像前些日子一个漂亮女人所说的："我还是和以前一样美，但已没有人注意我，因为我结婚了。"

梅格既非美人儿，亦非时髦女郎，在双胞胎周岁前，她都未曾经历这种苦恼——因为她的小天地仍保持着传统民风，她发现自己比以往更受欣赏与爱戴。

她是位贤惠的小妇人，母性本能强烈，一心一意地照料孩子，全然

---

① 自由万岁：原文为法文。

不顾其他人其他事。她把精力都放在孩子身上，不知疲倦，夜以继日地为他们奉献，为他们操心，把约翰留给帮佣摆布——现在有一位爱尔兰女士操持厨房事务。约翰是个恋家的男人，自然很想念妻子过去的百般关怀。但是他爱两个孩子，便暂时欣然割舍个人的舒适，以男性的蒙昧揣测不久后生活就会恢复平静。然而三个月过去了，日子仍不得安宁。梅格一副疲乏而紧张的样子，双胞胎占据着她的所有时间，家里其他事都疏于打理，而厨师姬蒂倒过得挺安逸，常常让约翰吃不饱。约翰早晨出门时，那无法脱身的妈妈交代他各种琐务，听得他晕头转向。晚上他高高兴兴地回来，渴望拥抱家人，被一句话拦住："嘘！他们闹了一整天，才刚睡着。"如果他提议在家里找点儿娱乐，"不行，这会吵到双胞胎的"。如果他暗示去听讲座或音乐会，回应他的会是责备的目光和斩钉截铁的一句"放下孩子出去消遣，决不"。深更时分，婴儿哭叫，一个幽灵般的身影无声地来回走动，使他寝不安席。吃饭时，哪怕上菜到一半，只要楼上小窝传来闷闷的啾唧声，主宰全家的夫人便弃他而去，一次又一次中断用餐。傍晚他读报时，德米腹痛会扰乱航运表，黛西跌倒又影响了股价——因为布鲁克夫人只对家内新闻感兴趣。

可怜的约翰很不舒坦，两个孩子把妻子从他身边夺走了。家只是一间育儿室，每次踏入娃娃国的神圣疆域，那没完没了的"嘘"声使他感到自己像个野蛮的入侵者。他很耐心地忍受了半年，情况并无一丝改善的迹象，于是他做了其他流放的父亲会做的事——去别处寻求些许安慰。斯科特已结了婚，在不远的地方成家立室，约翰便养成了习惯，晚上去他家待上一两个小时，自家的客厅则空无一人，妻子唱着似乎永无休止的摇篮曲。斯科特夫人是个漂亮活泼的姑娘，除了亲切待人，家中无事可做——她也善尽职责。他们家的客厅总是窗明几净，棋盘摆妥，钢琴调准，在这里可以快乐地谈天说地，还可享用一顿赏心悦目、简单而可口的晚餐。

要不是家中那么寂寞，约翰宁愿留在自家的壁炉边；但事实不尽如人意，他感激地退而求其次，也乐于和邻居来往。

梅格起初很赞成这种新的安排，约翰在邻居家很愉快，而不是在自家客厅里打瞌睡，或者在屋子里走来走去吵醒孩子，这让她松了一口气。然而不久后，双胞胎出牙期的烦恼结束，两个宝宝能按时睡觉了，妈妈终于有空休息，便挂念起约翰来。往日他身着旧睡袍与她相对而坐，悠哉地将便鞋架在壁炉围栏上烘热，如今少了他，只有针线篮陪伴，她顿觉无趣。梅格不愿开口请他留在家中，只觉得委屈，怎能因为自己不开口他就不知道她需要他呢——她全然忘记了约翰空等她的许多个夜晚。她照看孩子，担心孩子，已紧张而疲惫。优秀的母亲偶尔都会像这样内心缺乏理智，因家事缠身、缺少活动而郁郁寡欢，美国妇女老捧着茶壶喝茶提神，喝得体力不济、情绪不安。

"没错，"她会对着镜子说，"我年老色衰了。约翰对我不再有兴趣，所以他丢下黄脸婆，去看没有儿女牵累的漂亮邻居。唉，两个孩子爱我；他们不在乎我干瘦苍白，无暇烫卷头发；他们是我的安

慰，总有一天约翰会看到我甘愿为这个家作出的牺牲——对吗，宝贝？"

面对这种哀诉，黛西会咿呀作应，德米则会回以一声欢叫，这时出于母性的喜悦，梅格会收起悲叹，孤独之情暂得缓解。但是约翰迷上了政治，总是跑去同斯科特讨论感兴趣的问题，完全没有察觉梅格挂念他，这更加深了梅格的苦恼。然而她未发一语，直到有一天她的母亲发现她在落泪，硬要问出个所以然来——梅格的颓丧没能逃过母亲的慧眼。

"妈妈，除了你，我谁都不想告诉。可我真的很需要指点，如果约翰再这样下去，我就跟守寡没两样了。"布鲁克夫人用黛西的围嘴擦着眼泪，一脸委屈地回答。

"怎样下去，亲爱的？"母亲着急地问。

"他白天都在外面，到了晚上我想见他时，他却一个劲地往斯科特家跑。我担下最苦的活儿，没有一点儿娱乐，这不公平。男人很自私，再好的男人也一样。"

"女人也是啊。先找找自己错在哪儿，再来责怪约翰吧。"

"但他冷落我总是不对的。"

"你就没有冷落他吗？"

"哎呀，妈妈，我还以为你会站在我这边呢！"

"要说同情，我自然站在你这边。但我认为错的是你，梅格。"

"我不明白怎么是我。"

"我来告诉你吧。晚上是他仅有的空闲时间，你以前有心要陪他的时候，他有没有像你讲的那样冷落过你？"

"没有。但我现在做不到了，有两个孩子要顾。"

"我想你做得到的，亲爱的，也应该这么做。我可以说得直白些，你能记住妈妈是爱之深、责之切吗？"

"当然！把我当成小梅格来训话吧。我常常觉得自己比以往更需要教导，这两个孩子凡事都得靠我呀。"

梅格把矮椅拖到母亲的椅子旁边，两个女人膝上各抱一个小讨债鬼摇着，亲热地交谈，觉得母性的纽带将她们联结得比任何时候都更加紧密。

"你只是犯了多数年轻妻子都会犯的错误——因为爱孩子，忘记了爱丈夫。梅格，这个错误很正常，也情有可原，但是在你们渐行渐远之前，最好及时补救。孩子应该使你们俩比以前更亲密，而不是把你们分开——仿佛他们只是你一个人的，而约翰除了抚养他们之外没半点儿责任。我已经观察好几个星期了，只是没有说话，我肯定事情迟早会好起来的。"

"恐怕不会。如果我要他留在家里，他会以为我吃醋了，我不愿意用这样的想法侮辱他。他没看出来我需要他，我也不知道有什么办法不开口就让他明白。"

"把家里布置得舒舒服服的，让他不想离开。亲爱的，他渴望他的小家，但是少了你，家就不成家，你总是待在育儿室里。"

"我不该待在那里吗？"

"不能老待在那儿呀。封闭太久会让你神经紧张，然后做什么事都不适应了。再说，你对双胞胎有爱，对约翰也有啊。不要为了孩子而冷落丈夫——不要把他拒之门外。要教他如何在育儿室里帮忙。他的地位和你一样，孩子也需要他。让他感到他有责任，他就会乐意尽责，这样对你们一家人都更好。"

"妈妈，你真这么想吗？"

"我知道，梅格，我是过来人。我很少给建议，除非亲身证明可行。

你和乔还小的时候，我跟你现在一个样，觉得不全心扑在你们身上，好像就没有尽到责任。可怜的爸爸要帮忙，我一概拒绝，他只好去看他的书，让我自个儿尝试。我勉强撑着，但是乔太不好带了。我惯着她，差点儿没把她宠坏。你身体不好，我一直担心你，结果自己也病倒了。后来爸爸出手相救，默默安排一切，他帮了大忙，我这才看到了自己的错误，打那以后，少了他我就没法过日子了。这就是我们家幸福的秘诀。他不会为了工作而疏忽攸关我们家人的小事和职责，而我尽量不让家事的烦恼影响我对他的关心。我们在许多事情上各司其职，但是在家里，我们始终齐心协力。"

"你说得是，妈妈。我最大的愿望就是在丈夫和孩子眼中，成为像你一样的贤妻良母。教教我怎么做吧，你说什么我就做什么。"

"你从来都是我的乖女儿。唔，亲爱的，如果我是你，管德米的事我会多交给约翰——这男孩子需要训导，现在开始一点儿也不嫌早。然后就照我常提议的——让汉娜过来帮你；她可是优秀的保姆，你做别的家务活儿，宝贝双胞胎可以托给她照顾。你需要活动活动，汉娜乐得坐一坐，而约翰也能把妻子找回来了。多出去走走，保持忙碌也要保持开朗，因为你是家中阳光的源泉，如果你阴沉下来，天气就不会放晴了。还有，多关心约翰喜欢的事情，和他谈话，让他读书读报给你听，交流想法，用这种方式互相帮助。不要因为你是女人就把自己关进盒子里，要了解时事，训练自己融入外面的世界，因为这和你还有你所做的一切息息相关。"

"约翰那么聪明，我怕我问政治之类的问题，他会觉得我很笨。"

"我想不会的。爱能遮掩许多的过错，你问谁能比问他更无顾忌呢？试试吧，看他会不会发现比起斯科特太太的晚餐，有你做伴快乐得多。"

"我试试。可怜的约翰！恐怕我真的不幸冷落了他，还以为自己是对的，他从没说过什么。"

"他不想自私自利，但是我猜，他确实感到相当孤单。梅格，这正是年轻的夫妇容易分道扬镳的时候，也是他们最应该携手的时候。最初的柔情消失得很快，除非悉心维持；而对父母来说，再没有比培育小婴儿的头几年更美好更宝贵的日子了。别让约翰成了抚育双胞胎的局外人，在这个充满考验和诱惑的世界里，孩子比任何事物都更能使他平安快乐，而且通过孩子，你们会懂得相知相爱，你们本该如此。好了，亲爱的，再见。想想妈妈讲的道理，如果听起来不错就照着做吧，愿上天保佑你们一家！"

梅格把妈妈的话仔细想过后，觉得很好，便照做了，尽管第一次尝试并没有完全如她所料。两个孩子当然对她横行霸道，他们一发现靠着踢腿和啼哭可以予取予求，就统治了整个屋子。妈妈是低声下气的奴隶，听从他们的任性，爸爸就没有那么容易屈服了，偶尔还会以严父之姿管教吵嚷的儿子，令娇妻困扰不已。德米遗传了一点儿父亲坚定的性格——且不称之为顽固——当他打定主意要什么或做什么的时候，没人能使这执拗的小脑袋转念。妈妈认为宝贝年纪太小，还没到教他克服偏见的时候，但爸爸相信学习服从绝不嫌早。所以德米少爷早早便发现，当他与"阿爸"进行"角力"时，他总是吃败仗；然而像英国人一样，宝宝尊敬征服他的人，他爱父亲，父亲一句严肃的"不行，不行"比母亲所有的爱抚影响更深。

与母亲谈心的几天后，梅格决定花一晚上时间陪陪约翰。所以她吩咐厨师做一顿丰盛的晚餐，整理好客厅，把自己打扮得漂漂亮亮的，早早送孩子上床睡觉，以免她的尝试受干扰。不巧的是，德米最难克服的偏执就是不愿上床睡觉,那天晚上他更是一根筋地闹个没完;可怜的梅格摇着他唱歌,讲故事,想尽一切办法哄他入睡,但都是徒劳——那双大眼睛怎么也不肯合上;直到肉嘟嘟、好脾气的小黛西进入梦乡已久,顽皮的德米还躺在那里盯着灯看,脸上全无睡意,令人沮丧。

"妈妈下楼去给可怜的爸爸端茶,德米乖乖地躺着别动,好吗?"梅格问。她听到门厅的门轻轻关上,那烂熟的脚步声悄然进入餐厅。

"我要茶!"德米也打算宴饮作乐。

"不行。不过如果你能像黛西一样去睡觉觉,我会给你留一些小糕糕当早餐。好吗,宝贝儿?"

"好!"德米紧紧地闭上了眼睛,仿佛想赶紧睡着,快点儿盼来第二天。

趁着良机,梅格溜出门去,跑下楼笑脸迎接丈夫,头上戴着他特别喜欢的蓝色小蝴蝶结。他一眼就看到了蝴蝶结,惊喜地说:

"哎呀,小妈妈,今晚这么高兴。我们有客人要来?"

"只有你,亲爱的。"

"是有人过生日、纪念日还是什么日子?"

"都不是。我厌倦了邋里邋遢的,所以打扮起来换个样子。你不管有多累,总是穿戴整齐坐到餐桌前。那么,我有空的时候,为什么不这样做呢?"

"我是出于对你的尊重,亲爱的。"老派的约翰说。

"彼此彼此,布鲁克先生。"梅格笑了,隔着茶壶朝他点头,重拾年轻漂亮的模样。

"啊,真叫人开心,又回到从前了。这茶味道很好,亲爱的,敬你一杯,祝你健康!"约翰心头欢喜,气定神闲地呷着茶。不过茶喝不久,他放下杯子时,门把手神秘地嘎嘎作响,门外传来一个小小的声音,急不可耐地说着：

"开开门门，我来了！"

"那个淘气包。我叫他自己睡觉，结果他倒好，下楼来了，只穿帆布鞋就这么啪嗒啪嗒地跑，要着凉的。"梅格去应门。

"早上了。"德米进屋，用快乐的语调宣布。他长睡袍的下摆优雅地挂在手臂上，每一绺鬈发都欢跳着，他绕着桌子蹦来蹦去，热情地看了"糕糕"一眼又一眼。

"没有，现在还没到早上。你得上床去睡觉，不要打扰可怜的妈妈，这样你就可以吃上面有糖霜的小蛋糕。"

"我喜欢阿爸。"狡猾的小家伙说着,准备爬到父亲膝上,不顾禁止欢闹一番。然而约翰摇了摇头,对梅格说:

"如果你叫他待在上面自己去睡觉,就要让他做到,否则他永远学不会重视你。"

"是的,当然。来吧,德米!"梅格带儿子离开,心里特别想打他的屁股。小捣蛋鬼在她身边蹦跶,幻想着一到育儿室妈妈就会拿好东西利诱他。

他没有失望,那缺乏远见的妇人果真给了他一块方糖,随后把他塞进被窝,不准他在天亮前再出来溜达。

"好!"德米假意答应,幸福地吮着方糖,自认首战告捷。

梅格回到桌边继续吃晚餐,正吃得愉快时,那小鬼又走了过来,一开口就把母亲失职的事给泄露了,他大胆地要求道:

"还要糖糖,阿妈。"

"这行不通啊。"约翰对这个可爱的小坏蛋硬起心肠来,"这孩子不学会乖乖上床睡觉,我们就永无宁日。你当奴隶够久了,教训他一下,这事就结了。把他放到床上,别理他了,梅格。"

"他不会待在那儿的,从来都不会,除非我坐在他旁边。"

"我来对付他。德米,上楼,躺到床上去,听妈妈的话。"

"不要!"叛逆的小家伙答道,径自去拿他垂涎已久的"糕糕",接着就肆无忌惮地吃了起来。

"你绝不准这么对爸爸说话。你自己不去,我就抱你上去。"

"走开,我不喜欢阿爸。"德米躲到妈妈身后寻求保护。

但是躲在这里避难也无济于事,随着一句"对他温和点儿,约翰",他还是被交到敌人手中,小罪犯惊慌失措,一旦妈妈背弃他,审判日就近在眼前了。失了蛋糕,又丢了欢乐,可怜的德米被一只强壮的手送回那张可恶的床上,他怒不可遏,公然违抗爸爸,上楼时一路蹬着腿、尖叫着。一躺到床的一边,他就滚到另一边下了床,往门口跑去,谁知却狼狈地被拽住小长袍的尾巴。他又被放回床上,热闹的戏码如此反复,直到这小子力气耗尽,只能扯开嗓门大吼大叫。这种声音攻势通常能降伏梅格。然而约翰像根柱子似的坐着一动不动,毕竟大家都知道柱子是听不见的。没有哄劝,没有糖块,没有摇篮曲,没有故事——连灯都熄了,只剩壁炉的红色火光为"大黑暗"添了些生气,德米不怕黑,心里更多的是好奇。这种新的秩序令他厌恶,激烈的怒气消退后,他惨叫着要"阿妈",这受俘的小暴君又想念起他温柔的女奴来。怒吼之后的这阵哀号声扎进梅格的心,她跑上楼,恳求道:"我来陪他吧,他会乖的,约翰。"

"不行,亲爱的,我已经告诉过他,必须听你的话去睡觉。就算要我整晚守在这里,也得让他做到。"

"可是他会哭坏身子的。"梅格央告着,为背弃儿子而自责。

"不会的,他已经累了,很快就会睡着的,然后事情就解决了;因为他会明白他得听话。你不要插手,我来对付他。"

"他是我的孩子,我不能让他被严厉管教压垮了精神。"

"他也是我的孩子,我不会让他因娇生惯养宠坏了脾气。下楼吧,亲爱的,把儿子交给我。"

当约翰用这种指挥若定的口吻说话时,梅格一向听从,而这样的温顺从不曾令她后悔过。

"让我亲他一下可以吗,约翰?"

"当然可以。德米,跟妈妈说'晚安',让她去休息吧,她照顾你一整天很累了。"

梅格一直坚称是这一吻赢得了胜利。因为亲吻过后，德米哭得不那么厉害了，他静静地睡在床角，刚才苦恼地扭动身体时躺到了那里。

"可怜的小家伙！他大哭一场，累坏了。我帮他盖好被子，再去安抚梅格。"约翰想着，蹑足走到床边，希望能看到那小逆子睡着了。

但事与愿违，父亲一过来偷看，德米就睁开了眼睛，小小的下巴颤抖起来，他举起双臂，歉疚地抽噎了一声："我现在乖了。"

门外，梅格坐在楼梯上，纳闷儿吵闹之后这长时间的沉默是怎么回事。她想象了各种不可能发生的意外，最后为放下忧心，还是悄悄走进了房间。德米睡得很熟，不像平常那样大字形地仰卧，而是驯顺地蜷缩成一团，紧紧依偎在父亲的臂弯里，握着他的手指，仿佛感受到他的恩威并施，这个吃过苦头而学乖的孩子渐渐入睡了。约翰就这样被握着手指，以女性般的耐心等待那只小手松开。等着等着，他自己也睡着了，与年幼的儿子缠斗比一天的工作更累人。

梅格站在一边望着枕头上的两张脸，暗自微笑，随后她又悄悄离开了，语气满意地说道："我绝不需要担心约翰会对两个孩子过于严厉，他确实知道怎么管他们，他会帮大忙的，因为德米对我来说越来越不好带了。"

约翰终于下楼来时，本以为会看到妻子心事重重或满腹责备，却惊讶而欣慰地发现梅格在平静地装饰着一顶软帽，她见了他，还说如果他不太累的话，想请他读一些关于选举的消息给她听。约翰立刻看出来家中正发生某种革命，但是他很明智，什么也没问，他知道梅格是如此率真的一个小人儿，压根儿就藏不住秘密，很快就会露出蛛丝马迹的。他欣然应允，读了一篇长长的辩论，再深入浅出地解释了一番，梅格试图表现出很感兴趣的样子，问了几个聪明的问题，不让自己的思绪从国家现状飘到软帽现状上。然而，她内心深处已认定政治和数学一样讨厌，政客们的使命似乎就是彼此谩骂。这些妇人之见她没有说出来，当约翰停下来时，她摇了摇头，自觉婉转而模棱两可地说："哎，真不明白我们要何去何从。"

约翰笑了，盯着她看了一会儿，她手举一顶带花朵和网纱装饰的漂亮小帽子，正带着由衷的兴趣打量着，他方才的长篇大论未能唤起这样的兴趣。

"她是为了我尽量喜欢政治话题，那我来试试为了她喜欢女帽的话题——这样才公平。"公道伯约翰这么想着，便开口道："这很漂亮，这就是你们说的早餐帽吗？"

"亲爱的，这是出外戴的软帽——我去音乐会和戏院戴的最好的帽子！"

"对不起。这么小一顶，我自然错把它当成你有时戴的那种轻软的帽子了。你戴这顶怎么固定住呢？"

"这里的系带是绑在下巴下面的，配上玫瑰花蕾，这样——"梅格戴上帽子示范，看他的眼神平静中透着自得，令人难以招架。

"真是顶可爱的软帽，但是我更喜欢里头那张脸，看起来又是年轻快乐的模样了。"约翰吻了那张笑脸，这让下巴底下那朵玫瑰花蕾遭了殃。

"很高兴你喜欢它，我希望你哪天晚上带我去听一场新的音乐会呢。我真的需要听听音乐来调整我的节奏。可以吗？"

"当然可以，十分乐意，你想去什么地方都可以。你关在家这么久，出去走走有很多好处，而且这比什么都更让我开心。小妈妈，你怎么会

想到这件事的？"

"嗯……前几天我和妈妈聊了聊，告诉她我感到多么紧张、暴躁、心情不好，她说我需要改变，少操心一些。所以汉娜会过来帮我带孩子，我呢，就多照料家事，时不时找点儿乐子，免得提早变成一个衰弱易怒的老妇人。这只是试验，约翰，我想为了你试试，也为我自己，因为我近来冷落了你，很惭愧。如果可以的话，我要让家恢复以前的样子。你应该不反对吧？"

约翰说了什么，那顶小帽子又是如何幸免于难，这些都无关紧要；我们只需知道，这座屋子和住在里面的人都在逐渐改变，看来约翰丝毫没有反对。家中固然绝非人间天堂，但新的分工使每个人各得其所。两个孩子在父亲的规矩之下茁壮成长，因为说一不二、意志坚定的约翰为娃娃王国带来了秩序和服从。而梅格多了很多有益健康的活动和些许消遣，常常与聪明的丈夫推心置腹地交谈，因而精神恢复了，情绪也稳定了。家又变得像家了，约翰不再想往外跑了，除非带着梅格一起。现在换斯科特夫妇到布鲁克家来做客了，大家都觉得这座小屋是一方乐土，充满幸福、满足与亲情。就连活泼的萨莉·莫法特也喜欢来拜访。"这里总是那么清静宜人，让我感到身心放松，梅格。"她常这么说，一面以憧憬的眼光环顾四周，仿佛想找出魅力所在，好在自家的大宅里效法。她光鲜的家宅中饱藏孤寂，没有吵吵闹闹、笑容灿烂的孩子，内德又活在自己的世界里，那里没有她的容身之地。

家庭幸福并非一蹴而就，但是约翰和梅格找到了它的钥匙，一年年的婚姻生活教会他们如何使用这把钥匙，去打开真正的亲情和互助的宝库，这座宝库最贫穷的人也可以拥有，最富有的人花钱买不到。年轻的妻子和母亲或许甘愿如此束之高阁，远离世界的闷热烦忧，在紧抱她们的幼儿稚女身上看到不渝的爱,无惧悲伤、贫乏与衰老;同一位忠诚的朋友并肩而行,无论风雨或天晴,"丈夫"在古撒克逊语中意为"家庭纽带",正是他的真义所在。她们像梅格一样懂得,女性最幸福的国度就是家,在这个国度,最高的荣誉就是齐家有术——不是当女王,而是当聪慧的妻子和母亲。

第三十九章
懒惰的劳伦斯

　　劳里来尼斯原打算待一个星期,结果一待就是一个月。他厌倦了独自游荡,而在这异乡光景中,埃米熟悉的身影似乎增添了一种家一般的魅力。他很想念以前所受的疼爱,很高兴现在又感受到了,毕竟无论陌生人的关心多么讨人喜欢,都比不上故乡那几个姑娘把他当手足的情谊。埃米从不像姐姐们那样宠着他,但她很高兴能在这里见到他,和他很亲,觉得他代表了亲爱的家人,她嘴上没说,其实时时牵记着家人。两人彼此做伴,自然颇感安慰,他们经常在一起,骑马、散步、跳舞、闲逛——在尼斯,没有人能在这愉悦的季节里勤奋工作。他们表面上漫不经心地消磨时光,却有意无意地发现对方的新鲜事,形成新的看法。埃米在她这个朋友眼中的地位日益上升,但他在她眼中的反倒下降了,两人没有提及却都感觉到了这一点。埃米试图取悦他,也做到了,她感激他带来的许多快乐,于是做些小小的回报,温婉的女性懂得赋予这些回报难以言喻的魅力。而劳里没有为此做任何努力，只是让自己尽量自在，随兴度日，想忘记往事，觉得全天下的女人都欠他一句温暖的话，只因其中一人对他冷漠。慷慨大方对他来说毫不费力，只要埃米肯收下，他愿意把尼斯所有的饰物买下来送给她，然而，他感到自己无法扭转她对他形成的看法，他很害怕那双敏锐的蓝眼睛，看他的眼神带着半悲伤、半轻蔑的惊讶。

"其他人今天都去了摩纳哥，我宁愿待在屋里写几封信。现在已经写好了，我要去玫瑰谷庄园画素描，你去吗？"这是个大晴天，中午时分劳里像平常一样晃进屋，埃米见了他这么说道。

"哦，好啊。不过走那么长一段路不热吗？"他慢悠悠地回答，方才从骄阳下走进来，这阴凉的会客室叫人流连。

"我会坐小马车，巴普蒂斯特驾车——所以你什么也不用做，只要撑着阳伞，让手套干干净净就好。"埃米答道，眼带嘲讽地瞥了一眼劳里那双一尘不染的小山羊皮手套，那是他的弱点。

"那我很乐意去。"他伸手想接过她的速写本。但她把本子往胳膊下一夹，厉声说："你别为难自己了，我拿着不费什么力气，但你看起来似乎拿不动。"

埃米跑下楼去，劳里挑了挑眉毛，不慌不忙地跟在她身后。当他们上了马车，他却自己握起缰绳。小巴普蒂斯特落得无事可做，只好坐在后车架上，双手抱胸睡起大觉来。

他们两人从没有吵过架，埃米十分矜庄，而眼下的劳里太懒散了。不一会儿，他用探询的目光从她的帽檐底下偷瞄她，她回以微笑，随后他们便非常和睦地继续前行。

沿途很迷人，蜿蜒的道路两边风景如画，让爱美的眼睛欢欣不已。

这里有一座古老的修道院，修士们庄严的圣歌飘入他们耳中。那里有一个光着腿的牧羊人，脚蹬木鞋，头戴尖角帽，一边肩上搭着粗褂，正坐在一块石头上吹着笛子，他的山羊或在岩石间跑跳，或在他脚边躺卧。几头温驯的灰褐色驴子驮着新割的草堆从旁经过，草堆间有的坐着头戴大头巾的漂亮姑娘，有的坐着手拿纺纱杆纺着纱的老妇人。棕色皮肤、眼眸柔和的孩子们从古朴的石屋里跑出来，递上一束束花和连着枝的橙子。橄榄树盘根错节，暗淡的叶子覆盖山丘，果园中黄澄澄的果实挂在枝头，路边缀满了大朵大朵鲜红的银莲花。在绿色山坡和崎岖高地之上，白茫茫的滨海阿尔卑斯山脉巍然崛立，映衬着意大利碧蓝的天空。

玫瑰谷名副其实，气候四季如夏，玫瑰遍地盛开。它们垂挂于拱廊，从大门的栅栏之间冒出来，甜美地欢迎过路人，它们布满大道两侧，透迤穿过柠檬树和散尾葵，绵延到山上的别墅。每一处荫蔽的隅角都有座位供人歇息，座位旁同样绽放着大片花朵。每一个阴凉的岩洞里，大理石仙女像蒙着鲜花织成的面纱微笑。每一座喷泉倒映出绛红、纯白、淡粉色的玫瑰，一朵朵俯身对着自己美丽的倒影微笑。玫瑰笼盖房屋的外墙，披覆着檐口，攀上了柱子，在空阔露台的栏杆上错综盘绕，从露台可以俯瞰阳光明媚的地中海和岸边白墙环绕的城市。

"这里完全是蜜月天堂，对吧？你见过这样漫山遍野的玫瑰吗？"埃米问道。她在露台上驻足赏景，一阵沁人心脾的花香随风而来。

"没有，也没有被刺这样扎过。"劳里将拇指含在口中。刚才他伸手去够一枝自顾自开放的艳红玫瑰，却未能触及，只把手给扎了。

"往低处试试，摘那些没有刺的。"埃米说着，从身后墙上点缀着的米色小小玫瑰中利落地采下三朵。她把花当作友谊的礼物插进他的纽洞里。他站了一会儿，带着古怪的表情低头看着花，在他一半意大利人的

天性中有那么一点儿迷信，此时的他正沉浸于甜苦参半的忧郁心境，富有想象力的年轻人常在琐事中探寻意义，处处发现浪漫的养分。他去折那朵带刺的红玫瑰时想起了乔——鲜艳的花和她很相称，而且她经常戴着家中温室采来的红玫瑰；埃米给他的浅色玫瑰是意大利人放在往生者手中的那种，绝不会编进新娘的花环中。有那么一刻，他有些想知道这个预兆是关于乔还是关于自己。但下一刻，他那一半美国人的理智战胜了感伤，他大笑起来，自他来到这里，埃米从没有听他笑得这样开怀过。

"这是个好建议，你最好听我的，免得手指受伤。"她以为是自己的话把他逗乐了。

"谢谢，我会的！"他打趣地回答。而几个月后，他认真地接受了这个建议。

"劳里，你什么时候去你爷爷那里？"过了一会儿，她在一张粗木椅上坐下，问道。

"很快。"

"这三个星期，你已经这么说过十几次了。"

"我想，简短的回答可以省去麻烦。"

"他盼着你，你真的该去了。"

"好一个好客的人啊！我知道的。"

"那你为什么不去呢？"

"先天的堕落吧，我猜。"

"你是说，先天的惰性吧。这实在很糟糕！"埃米一脸严厉。

"没有你想的那么糟，我去也只会给他添乱，还不如留下来再多给你添点儿乱——你比较能忍受。其实我觉得你非常适应呢！"劳里静下来，懒洋洋地倚在露台宽大的横栏上。

埃米摇了摇头，带着无奈的神情翻开速写本，不过她已打定主意要对"这孩子"说教说教，不一会儿她又开了口。

"你现在在做什么呢？"

"看蜥蜴。"

"不，不是！我的意思是你有什么打算，想要做什么？"

"抽根烟，如果你同意的话。"

"你真招人生气！我不赞成抽烟，除非你让我把你画进素描，我才答应，我需要一个人物。"

"乐意之至。你想怎么画我？全身还是大半身？正立还是倒立？谨建议画卧姿，再把你自己也画进去，起名为'无所事事的美好①'。"

"就那样别动，如果你想睡觉就睡吧。我打算好好画画。"埃米的语气充满活力。

"多么令人愉快的劲头！"他斜靠着一个高高的石瓮，一副称心遂意的神情。

"如果乔现在看到你会怎么说？"埃米不耐烦地问道，希望提起她更有活力的姐姐的名字，能激起他的热情。

"老样子啊：'走开，特迪，我忙着呢！'"他边说边笑，但是笑声不自然，脸上掠过一丝阴霾，那个熟悉的名字触及了尚未愈合的伤口。他的语调和阴霾令埃米有些惊慌，她以前也曾听过、见过，她抬起头来，刚巧捕捉到劳里的表情变了——酸楚地板着面孔，充满了痛苦、不平与悔恨。她还没来得及细究，那表情就消失了，变回一脸无精打采。她以艺术情趣打量了他一会儿，心想他的样子真像一个意大利人。此时他正

---

① 无所事事的美好：原文为意大利文。

躺着晒太阳，头顶没有遮蔽，双眼满是法国南方的迷离；他似乎忘记了埃米，陷入遐想之中。

"你看起来就像一个年轻骑士坟墓上安眠的雕像。"她说，一面仔细描绘着在深色石头衬托下轮廓分明的侧面像。

"多希望我真的是！"

"这个愿望很愚蠢，除非你已经毁了自己的人生。我有时候觉得，你变化太大了——"埃米打住了，神情半是胆怯半是惆怅，比她没讲完的话更意味深长。

她欲言又止的那份焦虑的关爱，劳里看得出来也心知肚明。他直视着她的眼睛，就像以前对她母亲说话那样，说道：

"没事的，小姐！"

她听了很满意，近来心头冒出的种种疑虑得以平息。这句话也令她感动，她不吝表达出来，语气热诚地说："听你这么说我很高兴！我觉得你坏不到哪儿去，但我以为，你可能在那邪恶的巴登－巴登浪费了钱，或者爱上了法国某个迷人的有夫之妇，或者陷入了什么困境，年轻男士好像认为这些困境是国外旅行的必经之路。别待在太阳底下了，过来躺在这儿的草地上，'让我们友好相处吧'，以前我们窝在沙发角落里讲秘密时，乔总是这么说。"

劳里顺从地在草坪上躺下，埃米的帽子搁在那里，他把雏菊一朵一朵插在帽子的丝带上，聊以自娱。

"我准备好听秘密了。"他抬起头看了一眼,目光流露出鲜明的兴趣。

"我没有秘密可讲,你讲吧。"

"可惜我一个都没有。我以为你也许有一些家里的消息呢。"

"最近的事情你都听说了。你不是也常收到信吗?乔应该寄了一堆信给你。"

"她很忙,而我这样四处游荡,你也知道,不可能定时寄信的。你什么时候要开始创作伟大的艺术作品呀,女拉斐尔?"他停顿片刻后突然换了话题,暗忖着埃米是否已经知道他的秘密,想和他谈一谈。

"永远不会了!"她带着颓丧而坚决的神气回答,"罗马把我的虚荣心一扫而空,在那里看了许多神乎其技的大作,我感到自己如同蝼蚁,心灰意冷,放弃了所有愚蠢的希望。"

"为什么放弃？你精力充沛又才华横溢。"

"这就是原因，因为才华不是天赋，再多的精力也没法把才华变成天赋。要做就做最好的，要么就不做了。我不要当一个平庸的画匠，所以不想再尝试了。"

"恕我问一句，你现在有什么打算呢？"

"打磨其他的才华，如果有机会的话，在社交界大放异彩。"

这番话很符合她的性格，听起来很大胆。不过年轻人本来就有胆量，况且埃米的志向绝非凭空而来。劳里笑了，他喜欢她的态度，当夙愿难偿时，她总会找到新目标，而不是花时间哀叹。

"很好！我想，这就是弗雷德·沃恩的用武之地了。"

埃米谨慎地保持沉默，但她低垂的脸上挂着不自然的表情。劳里见了坐起身来，严肃地说道："现在我要用哥哥的身份问几个问题。可以吗？"

"我不保证有问必答。"

"就算你嘴上不答，你的脸也会回答的。你还没有世故到能够掩饰情绪，亲爱的。去年我听说了你和弗雷德的传闻，我个人认为，要不是他那么仓促地被叫回家，又滞留许久，一定会有什么事发生的——嗯？"

"这不是我说了算。"埃米一本正经地回答。然而她的唇边漾出笑意，眼中也泄露出光芒，这表明她了解自己的力量且得意于此。

"你应该没有订婚吧？"劳里俨然兄长，正色道。

"没有。"

"可是你会的，如果他回来，郑重地跪地求婚，你会订婚的吧？"

"很可能。"

"你喜欢弗雷德这家伙喽？"

"我试试,没准会喜欢。"

"你打算等时机成熟再尝试?我的天啊,真是谨小慎微!他是个好人,埃米,但我想不是你会喜欢的那种人。"

"他很有钱,是一位绅士,文质彬彬。"埃米竭力做出冷静端庄的样子,尽管她说得诚心诚意,多少还是有些自惭。

"我明白,社交界女王没有钱是不行的,所以你打算嫁个好人家,以此起步?一般说来理当如此。但是这话出自马奇太太的女儿口中,就显得很奇怪。"

"可是,是实话!"

短短一句答复,语气平静而决绝,与说这话的年轻人形成了奇特的对照。劳里本能地感觉到这一点,他又躺下,心头有一股无从解释的失望之情。看着他的眼神和沉默,埃米内心又涌起某种自我否定,她急躁起来,决定二话不说,这就开始说教。

"我希望你帮个忙,振作一点儿吧。"她厉声说。

"要不你来帮我吧,亲爱的姑娘!"

"我试试,没准能行。"她看起来似乎想速战速决。

"那就试试吧,我由着你。"劳里回答说。他乐得有人可以捉弄,这是他旷废已久的最爱的消遣。

"不出五分钟你就会发火的。"

"我决不会对你发火的。生火得要两块火石;你像雪一样冷冰冰、软绵绵的。"

"你可不知道我的能耐——只要使用得当,雪也能发光,也能刺痛人。你的冷淡一半是装出来的,使劲刺激一下就可以证实。"

"来吧,不会伤到我的,还可以逗你开心,大块头丈夫被娇小的妻子

打的时候就会这么说。把我当作丈夫或地毯,打到你累了为止,如果你中意这种活动的话。"

埃米显然很气恼,她渴望看到他摆脱冷漠,这种冷漠使他变了样。她削尖了画笔,也磨利了舌头,开口道:"我和弗洛给你起了个新名字,叫'懒惰的劳伦斯'。你觉得怎么样?"

她以为他听了会生气。结果他只是双臂交叠往脑后一枕,神情自若地说了一句:"还不错!谢谢两位女士。"

"想知道我对你真实的看法吗？"

"洗耳恭听。"

"嗯，我看不起你。"

哪怕她用任性或轻佻(tiāo)的口气说"我讨厌你"，他也会大笑着欣然接受；然而她的嗓音严肃到近乎悲伤，这使他睁开了眼睛，连忙问道："为什么，可以告诉我吗？"

"因为明明有大把机会成为优秀、有用、幸福之人，你却偏要犯错，懒惰，可怜巴巴的。"

"这话很重啊，小姐。"

"要是你乐意听，我就接着讲。"

"请讲，很有趣。"

"我就知道你会这么觉得，自私的人总喜欢谈论自己。"

"我？自私吗？"这个问题不由得脱口而出，语气惊讶，因为他引以为傲的一大美德就是慷慨。

"是的，非常自私。"埃米继续说道，声音镇静而淡然，此时却比疾言厉色更加倍有力，"怎么个自私法我来讲给你听，我们玩乐时我观察过你，对你一点儿也不满意。你来到国外已经快半年了，什么正事都没做，只是虚耗时间和金钱，让朋友们失望。"

"一个人四年寒窗之后，不该享享乐吗？"

"你看起来不怎么乐啊。至少就我所见，你并没有因此变好。我们刚碰面时，我说你有长进，现在我把话都收回，我觉得你还不如我离家那时的一半好。你懒得令人发指，喜欢说长道短，把时间浪费在无聊小事上；你满足于受愚人宠爱，而不是受聪明人爱戴与尊重。你有钱、有才华、有地位、有健康，还有堂堂仪表——啊，你喜欢听这些，虚荣心作祟！但这是事实，我不得不说。有这么多美妙的东西供你享用，你却无所事事，成天混日子，你不去当那个可以、也应该成为的人，只成了——"她停住了，眼神中掺杂着痛苦与怜悯。

"烤架上的圣劳伦斯①。"劳里平和地接过话来说完。但是埃米的说教开始生效了，他的眼中发出清醒过来的光亮，半是愤怒半是委屈的表情取代了先前的冷淡。

"我早料到你会有这种反应。你们男人呀，说我们是天使，可以把你们塑造成我们理想中的样子；可是当我们真诚地为你们着想的时候，你们就笑话我们，不听劝，这证明你们的奉承不值钱。"埃米怨忿地说着，转过身去背对脚边那位令人恼火的殉道者。

不一会儿，一只手伸过来盖在她的画纸上，使她停下了画笔，劳里的声音滑稽地模仿着悔过的小孩子："我会乖的！噢，我会乖乖的！"

埃米并没有笑，她是认真的。她用铅笔敲了敲那只张开的手，严肃地说："你不觉得愧对这样一只手吗？它像女人的手一样柔嫩白皙，看上去好像什么事都不做，只戴着最好的茹万手套为女士们采花。你不是花花公子，真是谢天谢地，很高兴在这只手上没有看到钻石戒指或大大的印章戒指，只有乔很久以前送你的这个旧的小戒指。亲爱的！真希望她能在这儿帮帮我。"

"我也是！"

那只手离开了，像伸过来时一样突然，刚才那句附和充满了力道，连埃米都感到满意。她脑筋里闪过一个新的念头，低头看了他一眼——

---

① 圣劳伦斯（225—258）：罗马教会执事，被处以火刑而殉道，他在烤架上受刑时，曾幽默地说"这一面烤好，翻个面吧"，因而也有人称其为懒人的主保圣人。此句呼应前文的"懒惰的劳伦斯"。

他躺在那里，帽子半掩着脸，像是为了遮阴，胡须盖住了嘴。她只能看见他的胸膛起伏，长长的呼吸好像叹息，那只戴着戒指的手安放在草丛中，仿佛要隐藏什么太珍贵或太脆弱而不愿提及的东西。一瞬间，种种线索和琐事在埃米的头脑中拼凑成形，有了意义，她明白了姐姐从未向她吐露过的事情。她回想起劳里从没有主动提起过乔。她想到刚才他脸上的阴霾，他性情的变化，还有这枚又旧又小的戒指，戴在一只漂亮的手上毫无装饰作用。女孩们能敏锐地看到这些迹象，领悟其弦外之音。埃米曾猜测过，也许他变样的根源是爱情问题，现在她确定了。她锐利的眼睛泛起泪水，当她再次开口时，有意把嗓音放得柔和而动听。

"我知道我没有资格对你说这些，劳里。如果你不是世上脾气最好的人，一定会对我非常生气。但是我们都很喜欢你，为你骄傲，我不忍去想家里人也像我一样对你失望，尽管他们可能会比我更理解你的变化。"

"我想他们会的。"从帽子底下传来阴沉的声音，却好似吁叹一样令人同情。

"他们应该告诉我的，好让我不要说错话、责骂你，我明明就该对你比以前更和气更耐心。我从来都不怎么喜欢那个兰德尔小姐，现在更讨厌她了！"埃米很机敏，希望借此证实心中所想。

"去它的兰德尔小姐！"劳里打掉了盖着的帽子，对那位小姐感觉如何在脸上表露无遗。

"对不起，我以为——"她圆滑地在此顿住。

"不，你才没有。你清楚得很，除了乔，我从没有对任何人动过情。"劳里用以往那种冲动的语气说着，把头别了开去。

"我真的这么想过，但他们从来没有说起过这事，你又离开了，我就觉得是我误会了。乔不愿好好对你吗？可是，我确信她深爱着你。"

"她确实对我很好，但不是我要的那种好法。如果我是你心目中那种一无是处的人，那她不爱我算是她走运。不过，现在这样是她的错，你可以这么转告她。"

他说这话时，又酸楚地板起面孔来。埃米见了很苦恼，不知该如何安慰。

"我错了，我之前不知道啊，很抱歉乱发脾气，但我还是希望你能更坦然地接受现实，特迪，亲爱的。"

"别！这名字是她叫的。"劳里急忙做了个手势，制止她用乔那种掺杂着和善与责备的口气说话。"等你自己也尝过滋味再说吧。"他低声补了一句，手上一把一把地拔着草。

"我会大度地接受，如果得不到爱，也要获得尊重。"埃米大声说道，带着全然不知个中滋味的人才有的决心。

且说劳里原以为自己已十分坦然地接受了——不发牢骚、不求同情、远走高飞、自遣烦恼。而埃米一番说教使他用不同的眼光来看待此事，他头一次发现，初尝败果就灰心，终日愁闷而冷淡，这样着实显得软弱自私。他犹如大梦方醒，再也无法昏睡了。不一会儿，他坐起身来，缓缓开口问道："你觉得乔会像你一样看不起我吗？"

"会的，如果她看到你现在的样子。她讨厌懒人。你为什么不做些很棒的事情，让她爱上你呢？"

"我尽力了，但没有用。"

"你是说，风光地毕业？这不过是你该做的而已，为了你爷爷。花了那么多时间和金钱，人人都知道你能够做好，再失败就很丢脸了。"

"随你怎么说吧，我确实失败了，因为乔不肯爱我。"劳里一手支着脑袋，一副消沉的模样。

"不，你没有，你终究也会说自己没有失败的——因为这对你有好处，而且证明只要努力你就做得到。你只要着手去做另外一件什么事情，很快就会变回开朗、快乐的你，会把烦恼忘记的。"

"不可能！"

"试试看吧。你不必耸耸肩，想着'她自以为对这些事情懂得很多似的'。我不是自作聪明，我总是在观察，看到的东西远比你想象的要多。我对别人的经历和前后矛盾很感兴趣，虽然解释不了，但我会记住，当成借鉴。如果你甘愿，就爱乔一辈子吧，但不要让这份爱毁了你——得不到想要的，就抛弃这么多天赋，很罪过。好了，我不再说教了，我知道你会清醒过来，放下那个狠心的姑娘，当个男子汉的。"

好几分钟，两人都没有说话。劳里坐在那里，转动着手上的小戒指，埃米刚刚边说边画，此时为速写加上最后几笔润饰。不一会儿，她把画放在他的膝上，问了一句："你觉得如何？"

他看了一眼便笑了，忍不住不笑，因为画得活灵活现——草地上懒洋洋地躺着一个长长的身影，面色无精打采，双眼半闭，一手夹着雪茄，小小的烟圈环绕在这个做梦人的头顶。

"你画得真好！"他对她的画艺感到由衷的惊喜，又似笑非笑地补上一句，"没错，这就是我。"

"那是现在的你。这个，是以前的你。"埃米把另一张素描摆在他手中的那张旁边。

这幅画逊色不少，但却蕴含一种生气与活力，弥补了许多不足，它使往日跃然眼前，年轻人看看看着，脸上突然掠过一阵变化。这只是一幅劳里驯马的草图。画中的他帽子和外套脱在一边，活跃的身段、刚毅的脸庞、威风凛凛的姿态，每一道笔触都充满活力与意义。那匹俊美的野马刚被制服,在勒紧的缰绳下弓起脖颈站着,一只蹄子不耐烦地刨着地,双耳竖立,仿佛在聆听那个已主宰它的声音。马儿凌乱的鬃毛,骑士飘扬的头发和挺拔的身姿,化动为静的一幕,传达出力量、勇气和青春的乐观,与那幅《无所事事的美好》中怠惰的气韵对比鲜明。劳里什么也没说,视线在两幅画之间来回,埃米看到他涨红了脸,抿住双唇,似乎已看懂并接受了她给他的小小训诫。她感到很满意,不等他开口,就以她活泼的口吻说道:"你记不记得那天你驯'迫克',我们都在一边看?梅格和贝丝吓坏了,但乔拍手雀跃,我坐在栅栏上,把你画了下来。前几天我在画册里找到

这张速写，稍作润色，要留着给你看。"

"多谢！你在那之后画技大进啊，恭喜。在这'蜜月天堂'，我可否冒昧地提醒，五点钟是你们旅馆的晚餐时间？"

劳里边说边站了起来，微笑着欠身归还两幅画，接着看了看手表，似乎在提醒她，就算是道德说教也该结束了。他试图恢复先前那种轻松冷淡的神情，但现在真是装出来的了——他嘴上没说，实际上大受激励。埃米从他的态度中感觉到一丝冰冷，暗自思忖道：这下我可得罪他了。算了，只要这对他有好处，我就高兴——如果他因此讨厌我，我很遗憾，但我说的是实话，一句都不能收回。

他们一路有说有笑地返回，车后的小巴普蒂斯特以为先生和小姐心情好得很。其实他们两人都感到不自在，朋友间的坦诚被打乱了，阳光蒙上一层阴影，尽管表面上快快乐乐的，各自心里都藏着些许不满。

"我们今晚会再见到你吗，我的哥哥①？"他们在姑妈房门口分开时，埃米问。

"不巧，我有约了。再见，小姐②。"劳里弯下身子，像是要亲吻她的手，比起许多男士，他更适合这种异国礼节。埃米一见他露出的表情，连忙亲切地说："不，劳里，在我面前自然些，像以前一样告别就好。我宁愿要热诚的英国式握手，也不要各种矫揉造作的法国式问候。"

"再见，亲爱的。"劳里一面用她喜欢的语调说出这句话，一面与她握手，热诚得让她的手生疼，随后便离开了。

第二天上午，他没有像往常那样来访，埃米只收到一张字条，她初

---

① 我的哥哥：原文为法文。
② 再见，小姐：原文为法文。

读时带着笑,最后却叹了一口气。

亲爱的导师门托尔[①]:

请代我向令姑母道别,你大可暗喜,因为"懒惰的劳伦斯"已十分乖巧地前往他祖父那里。祝你冬天过得愉快,愿神明赠予你喜悦的玫瑰谷蜜月。你如此善于激励,想必弗雷德也会得益的。请转告他,并代我道贺。

满怀感激的忒勒玛科斯

"好小伙!很高兴他动身了。"埃米露出赞许的微笑。但下一刻,她环顾空荡荡的房间,脸色沉了下来,不由得叹息道:"是的,是很高兴,可是我会多么想念他啊。"

---

① 门托尔:希腊神话中忒勒玛科斯的导师。

第四十章
死荫的幽谷

最初的痛苦过去之后,家人接受了这无可逭逃之事,尽量达观地承受,以日渐深厚的亲情相互扶持,在艰难的日子里,亲情将一家人温柔联结。他们收起悲伤,每个人都尽自己的一份力,让这最后一年过得快乐。

家里最舒适的房间腾了出来给贝丝住,里面摆满了她最喜欢的东西——鲜花、图画、钢琴、小工作台和那几只心爱的猫咪。爸爸最好的书搬来了这里,还有妈妈的安乐椅、乔的书桌、埃米最美的素描。梅格每天带双胞胎踏上爱之旅,为贝丝姨妈带来阳光。约翰乐于为病人效劳,私下拨出一小笔钱,供应她爱吃和想吃的水果。老汉娜不厌其烦地烹煮精致菜肴,以迎合贝丝时好时坏的胃口,她一边做菜一边掉眼泪。来自大洋彼岸的小礼物和令人愉快的信件,仿佛从长夏无冬的土地上捎来温暖芬芳的气息。

　　贝丝坐在这里,像家中供奉在神龛的圣人一样,一如既往地恬静而忙碌;什么事都改变不了她美好无私的天性,纵使行将脱离尘世,她也设法让留下来的人快乐一些。她纤弱的手指从不闲着,乐趣之一便是为每天来往过路的学童们做些小东西。她从窗口抛下一副手套给一双冻得发紫的手,一个针插垫给一位抱着许多玩偶的小妈妈,几块拭笔布给在歪七扭八的书法丛林中跋涉的年轻人,几本剪贴簿给爱图画的眼睛,还送出了各种各样可爱的玩意,直到那些不情愿攀登学习阶梯的孩子发现前路似乎满布鲜花,他们将这位温柔的馈赠者看成某种仙女,她坐在高处,奇迹般地撒下他们需要的、中意的礼物。看到那些烂漫的小脸总是仰望着她的窗户点头微笑,收到那些逗人发笑的短信,信上墨迹斑斑,写满感谢,如果说贝丝想要什么回报,她已得偿所愿。

最初几个月过得很快乐。贝丝常常环顾四周，说"这儿真美"，家人一起坐在她阳光灿烂的房间里，双胞胎在地板上踢腿欢叫，母亲和两个姐姐在近旁做活，父亲则用悦耳的嗓音朗读那些充满智慧的旧书，书中有许多抚慰人心的良言，在成书几世纪后的今天，依然令人受用。在这小小的房间里，父亲讲授着关于人生的艰难功课，试图告诉大家，希望能够抚慰情感。朴实的话语，直抵听者的灵魂；嗓音不时颤抖，慈父之心却使他所说、所读更具感染力。

有这段安宁的时光对大家是件好事,让他们得以准备好面对即将来临的哀伤时刻。不久后,贝丝说缝衣针"太重了",便永远地把针放下了;谈话令她厌倦,人们的脸使她心烦,疼痛攫住了她,疾病折磨着她孱弱的身体,原本平静的心也因此忧闷。唉!多么沉重的白天,多么漫长的夜晚,多么痛苦的心灵,多么恳切的祈祷。那些最爱她的人被迫看着一双枯瘦的手向他们央求,听着声声哀号"救救我,救救我",却爱莫能助。宁静的灵魂悲哀地渐失光彩,年轻的生命与死亡激烈地搏斗。幸而这过程为时不久,后来,本能的反抗停止了,她恢复了安宁,且这种安宁比往日更加美丽。拖着脆弱的病躯,贝丝的灵魂愈益坚强。虽然她少言寡语,但身边的人都感到她已经准备好了。

　　"有你在时,我觉得更坚强些。"自从贝丝说了这句话之后,乔再也没有离开她超过一小时。乔睡在房间的长沙发上,经常醒来给壁炉添火,喂她吃东西,扶她起身,服侍她,这位坚忍的病人极少要求什么,"尽量不给人添麻烦"。乔整天都在房间里打转,不愿让其他人照料贝丝,被贝丝选中比一生中的任何荣誉更令她自豪。这些时光对乔来说既宝贵又有益,如今她的心得到了所需要的教导。忍耐的功课以如此温柔的方式传授,她不可能学不会。她学会了博爱,学会了宽恕并真正忘却他人不仁的可贵精神,学会了恪尽职守从而化难为易,也学会了无所畏惧、信任不疑的真诚信念。

　　乔晚上醒来时,常发现贝丝在读她那本翻旧了的小书,听到她轻柔地唱着歌,以消磨难眠的长夜,有时看到她双手托着脸蛋,泪水从通透的手指间缓缓滑落。乔会躺在那里凝望她,思绪太深,顾不得掉泪,她感到贝丝正沉浸在安静的祈祷和她深爱的音乐中,试图以她简单而无私的方式获得安慰。

这样的景象对乔影响之深,胜过人间最有智慧的话语、最圣洁的诗歌以及最热切的祷告。泪水洗净了她的双眼,最慈爱的伤悲软化了她的心灵,她体会到妹妹的生命之美——平平淡淡,无欲无求,却充满了真实的美德,"吐露芬芳,在尘土中绽放";忘我精神能让地上最卑微的人在天上最早被纪念,这种真正的成就人人可得。

一天夜里,贝丝浏览着她桌上的书籍,想找些东西来读,好让自己忘记几乎和病痛一样难耐的极度厌倦感,当翻阅向来喜爱的《天路历程》时,她发现了一张小纸片,上面潦草的字是乔的笔迹。标题吸引了她的目光,晕开的文字使她确信曾有眼泪滴落其上。

"可怜的乔,她睡得很熟,我就不叫醒她请求准许了,她所有的东西都给我看,我想她不会介意我看这个的。"贝丝想着,瞥了一眼姐姐,乔正躺在地毯上,身边摆着火钳,准备在柴火燃尽时就醒来。

我的贝丝

耐心安坐于阴影,
直至神恩光降临,
身姿圣洁且宁静,
愁苦之家得洁净。
地上希望与悲欢,
消散如细浪拍岸,
河流深邃而庄严,
她甘愿驻足其间。

妹妹啊，与我别离，
摆脱了忧虑分歧，
生命的美丽德行，
谨请你赠我为礼。
赐我无尽的耐性，
使我能承受困境，
在痛苦的监牢里，
有喜乐无怨的灵。

给我吧，我很需要，
那勇气睿智美好，
让你欣欣然踏上
草木葱茏的正道。
给我无私的秉性，
带着神圣的仁心，
以爱之名恕罪行——
原谅我，温柔的心！

如此我们方能够
日渐消去离别愁，
学会这艰难功课，
莫大损失成收获。
只因经历过忧患，
我的野性更和缓，

生命燃起新志愿——
虽不可见仍顾念。

此后平安在彼岸，
我将凝望到永远，
亲爱家庭守护神
为我等候在河畔。
妹妹走在我前方，
信望诞生于悲伤，
化为天使庇佑我，
携手牵我回故乡。

　　虽然文字晕开，墨迹斑斑，诗句软弱无力，贝丝读了之后，脸上却露出难以言喻的安慰，因为她的一大遗憾就是自己碌碌无为，而这首诗似乎令她相信，人生并没有白费，她的死也不会如她所担心的那样给人带来绝望。她双手握着折好的纸片坐在那里，这时烧焦的木柴散了架。乔惊醒过来，重新点旺炉火，随后蹑足走到床边，希望看到贝丝睡着了。
　　"没有睡着，但是我很开心，亲爱的。看，我发现了这个，也读过了，我知道你不会介意的。乔，我对你真的这么重要吗？"她诚恳的语气带着渴望与谦卑。
　　"噢，贝丝，很重要，非常重要！"乔把头靠在枕头上，紧挨着妹妹。
　　"那我不觉得自己虚度人生了。我没有你写得那么好，但我尽力做对的事情。现在想要做得更好，却为时已晚。不过，知道有人这么爱我，感觉我好像帮助了她，真是令人欣慰。"

"比世上任何人都更爱你,贝丝。我以前觉得自己没法放你走,但是我渐渐懂得我不会失去你,你会比过去对我更重要,死亡不能把我们分开,尽管表面上不在一起。"

"我知道不能,我不再害怕死亡了,因为我相信我仍然会是你的贝丝,比过去更爱你,给你更多帮助。乔,我走后,你得取代我,成为爸爸妈妈的依靠。他们会指望你,不要辜负他们。如果独自承担很辛苦,要记得我没有忘记你,你做这些会比写出巨作或看遍世界更快乐。因为我们离开时,爱是唯一带得走的东西,有了爱,就一点儿也不苦。"

"我会努力的,贝丝。"此时此地,乔放弃了旧的抱负,立下更好的新志向,意识到其他欲望多么贫乏,她相信爱的不朽,从而感受到内心的安慰。

春天一日日来了又去,天更清了,地更绿了,花儿早早绽放,鸟儿及时归来向贝丝道别。贝丝像一个疲倦却满怀信任的孩子,紧握着带领她一生的父母的手,他们温柔地引她走过死荫的幽谷,将她交托给上天。

在书本之外,少有人临终时说出令人难忘的话语,看见异象,或带着受福的面容离去。那些送走过许多逝者的人都知道,多数人走向终局就像入眠一样自然而简单。正如贝丝所希望的,"潮汐轻松退去"。在黎明前的黑暗时刻,在她第一次呼吸时所依偎的怀里,她静静吐出最后一口气,没有告别,只有深情的眼神和微弱的叹息。

在泪水与祈祷中,母亲和两个姐姐用温柔的双手为她做好准备,迎接再无病痛侵扰的长眠。透过感恩的眼睛,她们看到美丽的宁静很快便取代了悲哀的忍耐,这种忍耐长久以来令她们心疼不已。带着虔诚的喜悦,她们感到对她们的宝贝而言,死亡是仁慈的天使,而非可怖至极的幽灵。

清晨来临时，连月来第一次，炉火熄灭了，乔的位置空了，房间里一片寂静。只见一只鸟儿在近处萌芽的树枝上轻快地歌唱，窗边的雪花莲初初绽放，春日的阳光如祝福般倾泻进来，照耀着枕头上那安详的面庞——毫无痛苦，充满平静。爱着这张脸的人含泪微笑，他们感谢上天，贝丝终于痊愈。

第四十一章
学着遗忘

埃米的说教令劳里很受用，当然，他直到很久之后才承认。男人很少承认这回事，因为当女人提出建议，男人得说服自己这正是他们的打算，才会接受。然后他们照建议行事，如果成功了，便将一半的功归于女人，如果失败了，也不吝把全部的过归给她们。劳里回到祖父身边，好几个星期孝顺地陪伴左右，老先生断言是尼斯的气候使劳里大有改善，他最好再去走一走。年轻先生再高兴不过——但是受了那番训斥，就是大象也没法把他拖回去了，自尊心不允许。每当渴望变得非常强烈时，他就重复那些印象最深的话来坚定决心："我看不起你。""去做些很棒的事情，让她爱上你。"

劳里脑中常翻来覆去想着这件事，不久便不得不承认自己确实自私又懒惰。但是当一个人万分悲伤的时候，应该放任自己的种种反常行为，直到渡过难关。他觉得自己受挫的情感现在已经消亡。虽然他会忠贞不渝地哀悼,也没有理由戴起黑纱招摇。乔不肯爱他,但他可以做些什么,证明一个姑娘的拒绝并未毁掉他的生活,以此赢得她的尊重与欣赏。他一直都想做些什么,埃米的建议全无必要。他只是在等待那受挫的情感被体面地埋葬。如今这件事做完了,他觉得自己已准备好"藏起伤痛的心,继续跋涉前行"。

正如歌德将悲欢写进诗歌,劳里决定用音乐封存他的情伤,谱写一首安魂曲,让它直击乔的灵魂,融化每个听者的心。于是当老先生又发现他阴郁不安、命他离开之时,他去了维也纳,那里有他音乐界的朋友,他投入创作之中,下定决心要出人头地。然而,不知是悲伤太深切,无法以音乐表现,还是音乐太空灵,无法撑起俗世之苦,他很快便发现安魂曲在眼下超出他能力所及。显然,他的头脑尚未正常运转,他的想法仍需理出头绪。常常一段哀伤的旋律写到一半,他会发现自己哼起舞曲来,尼斯的圣诞舞会跃然眼前,尤其是那个法国壮汉,这一来就暂时掐断了悲曲创作。

后来他又尝试写歌剧——凡事在开头时总看似做得到——但是又一次,无法预料的困难来袭。他希望把乔写成主人公,在脑海里挖掘爱情的温柔回忆和浪漫幻想。可是记忆背叛了他,仿佛被那姑娘乖谬的灵魂附身,只想起乔的古怪、缺点和任性,现出她最不感性的一面——绑着大头巾拍打垫子,用沙发靠枕设立屏障,像古米治太太一样对他的热情泼冷水。想着想着他就忍不住大笑,破坏了努力描绘的深沉画面。乔无论如何都不愿进入他的歌剧。他只得放弃,叹一句"祝福那个女孩,她真折磨人!"像心烦意乱的作曲家那样挠挠脑袋。

他左思右想,要另找一个不那么难对付的姑娘,写进不朽的歌曲中,此时记忆倒殷勤地为他预备了一位人选。这个幻象有许多张面孔,不过都是一头金发，笼罩在薄薄的云雾中，周身欢快地缭绕着玫瑰、孔雀、白色小马和蓝色丝带，飘然浮现在他眼前。他没有给这个柔顺的幻影起名字，只把她当成女主人公，而且愈发喜欢她，这是理所当然，因为他赋予她世上一切天分与优美，护送她毫发无伤地通过种种试炼，这些试炼足以毁灭任何凡间女子。

借着这个灵感，他顺畅地写了一阵子，但是创作逐渐失去魅力，他不再想谱曲了。他坐在桌前，握着笔沉思，或者在热闹的城市中漫游，寻觅新的想法，让头脑清醒，那年冬天他的脑袋似乎混沌不安。他做得不多，但想了很多，并且意识到自己不由自主地起了某种变化。"也许是天赋在酝酿着，且让它酝酿，看看会有什么结果。"他说，却始终暗自怀疑，这不是天赋，而是更寻常的东西。不管是什么，它已酝酿得差不多了，因为他对自己散漫的生活越来越不满，开始渴望将全副身心投入某种踏实认真的工作，最后他得出一个明智的结论：并非每个喜爱音乐的人都是作曲家。莫扎特的一部大歌剧在皇家剧院精彩上演，他看完回到住处，审视自己的作品，弹奏了其中最好的几段，坐在那里凝望门德尔松、贝多芬和巴赫的半身雕像，雕像也慈祥地与他对视。突然间，他一张接一张撕碎了他的乐谱，当最后一张从手中飘落，他冷静地自语道："她说得对！才华不是天赋，天赋强求不来。就像罗马把她的虚荣心一扫而空，今天的歌剧也除去了我的虚荣心，我再也不自欺欺人了。接下来我该做什么呢？"

这个问题似乎难以回答，劳里开始希望自己必须每天为温饱工作。如今出现了难得的机会，适合"见魔鬼去"——他曾激烈地说出这句话。因为他很有钱，又无事可做——谁都知道撒旦喜欢为富有、闲散的人找事做。可怜的小伙子从外界和内心受到相当多的诱惑，但他成功地抵抗住了。虽然珍视自由,他把善意和信任看得更重——他对祖父作过承诺,也希望能够坦然与那几个爱他的女人对视,说"一切都好",这使他安分守常。

很可能某些固执己见的人会说:"我才不信呢。男孩终归是男孩,年轻人一定会寻欢作乐,女人不能指望有奇迹。"那些人或许不会信,但劳里的事是真的。女人能创造许多奇迹,我深信她们若拒绝附和这种说法,甚至可以提升男性的行为水准。让男孩当男孩吧,当得越久越好,如果年轻人一定要寻欢作乐,就随他们去。但是母亲、姐妹和朋友可以帮助男孩收敛一些,防止稗子破坏收成,只要她们相信——并表明她们相信——他们有可能保持那些在良家妇女眼中最具男子气概的德行。如果这只是女性的幻想,就让我们暂且沉溺,因为少了这种幻想,生活便失去一半的美丽与浪漫。而我们希望那些小伙子勇敢、温厚,希望他们仍然爱母亲胜过爱自己,且不羞于承认这一点,如果我们只剩悲哀的预感,所有希望也会因此破灭。

劳里本以为,忘掉对乔的爱需要耗费他数年的力量。然而他大为吃惊地发现,这件事日渐容易起来。他起初不愿相信——他生自己的气,理解不了。但人心古怪又顽固,而时间和自然施行意志,由不得我们。劳里的心不肯再痛了,伤口执意愈合,速度之快令他诧异,他意识到自己并非在设法遗忘,而是设法记住。他没有预见事情会如此转变,全无准备。他厌恶自己,惊讶于自己的善变,遭受重击后竟复原得这么快,他心中满是失望与解脱交杂的奇妙情绪。他小心翼翼地翻搅那已逝之爱的余烬,却怎么都燃不起火焰,只有一团惬意的微光,温暖着他,令他受用,而不致陷入狂热。他这才勉为其难地承认,孩子气的热情正慢慢退去,化为一种更沉静的情感——非常温柔,仍有些悲伤和怨怼,但这些迟早会消失的，只留下一份兄长的情谊，绵延到最后。

在一次沉思中，这"兄长"二字闪过脑海，他笑了，抬头看了一眼对面的莫扎特画像："嗯，他是个伟人。他得不到两姐妹中的一个，便娶了另一个，而且过得很幸福。"

劳里没有把这些话说出口，只是心里想着。下一刻，他亲吻那枚旧旧小小的戒指，自言自语道："不，我不会的！我没有忘记，永远忘不了。我要再试试，如果这次失败了，那么——"

话没说完，他已抓起纸笔来写信给乔，告诉她，只要还有一线她回心转意的希望，他就定不下心来做任何事。她能不能、愿不愿回心转意，让他回家后过上幸福的日子？在等待回音的时候，他什么也没做——却因为急不可耐而精神奕奕。最后回信来了，在一件事情上使他的心彻底定了下来——乔显然不能也不愿。她把全部心力放在贝丝身上，不想再听到"爱情"这个字眼了。她还恳求他另觅幸福，不过要永远为亲爱的妹妹乔保留一个小角落。在附言中，她希望他不要将贝丝病况恶化的事告诉埃米。埃米春天就要回家了，没有必要让她在国外剩下的日子里感到难过。上天保佑，但愿还来得及，劳里得经常给埃米写信，以免她孤独、想家或焦虑。

"我这就写，马上写。可怜的小姑娘，恐怕这次回家会很伤心。"劳里打开书桌，仿佛给埃米写信是为几星期前没说完的那句话好好作结。

但是那一天他没有动笔，当他翻找着最好的信纸时，发现了一件改变他意志的事。在书桌一角的账单、护照和各式商业文件中，夹杂着几封乔寄来的信。另一个格子里则放着埃米的三封短笺，用她的一条蓝丝带小心地束在一起，使人温情地想起收在其中的枯萎的小玫瑰。带着半追悔半开怀的表情，劳里把乔的信都收拾起来，抚平，折好，整齐地摆

进书桌的一个小抽屉里,他站了片刻,若有所思地转动着手上的戒指,随后慢慢将它取下,和信放在一起,锁上了抽屉。他出门去圣斯特凡大教堂望大弥撒,感觉刚刚经历了一场葬礼。虽然他并没有痛苦不堪,但比起给可爱的小姐写信,这样度过一天剩余的时间似乎更为适当。

不过这封信还是很快就寄出了,而且迅速收到了回信,埃米确实想家了,她十分可人地坦承这件事。此后两人通信融洽而频繁,整个初春,飞鸿往来不曾间断。劳里卖掉了那些半身雕像,将他的歌剧付之一炬,然后回到巴黎,盼着某个人不久后也会前来。他非常想去尼斯,但是没有人开口邀请他就不会去。埃米是不会开口的,因为当时她自己正经历着一些小插曲,这让她宁愿避开"我们的男孩"探询的目光。

弗雷德·沃恩回来了,向她提出了那个问题,她曾决定回答"愿意,谢谢",而今却说了"不,谢谢",语气和婉而坚定。因为当那一刻真的来临时，她鼓不起勇气，她发现需要比金钱和地位更重要的东西来满足新的渴望，这种渴望使她的心充满温柔的期盼与忧虑。"弗雷德是个好人，但我想根本不是你会喜欢的那种人。"劳里说的这句话以及说话时的表情，执拗地一次次在她脑海浮现，同样挥之不去的还有她自己那句"我要为了钱而结婚"。哪怕她没有说出口，也写在脸上了。现在想起来，她很苦恼，真希望能把那句话收回，它听起来那么没有女人味。她不想让劳里把她看成一个无情而鄙俗的人。她现在不怎么想成为社交界女王了，更想当一个讨人喜欢的女性。她说了那些难听的话，她很庆幸他没有因此讨厌她，反而彬彬有礼地接受了，比以往更宽厚。他的信让她颇感安慰——因为家书来得不定时，写得又远不如他的信那样令她满足。回信给他不仅是乐趣，也是责任，因为乔执意狠心待他，这个可怜的家伙很孤单，需要疼爱。乔应该努把力，设法爱上他才对，这不会很难，有这么一个可爱的男孩喜欢自己，很多人都会感到自豪而高兴。但是乔永远不像其他姑娘那样行事，她什么都做不了，只能对他很友好，把他当成兄长。

倘若所有的兄长都能受到劳里在这段时间所享有的对待，他们将会是远比现在幸福的一群人。埃米不再说教了，所有事情都询问他的看法，关心他做的一切。她为他制作可爱的小礼物，每星期寄去两封信，信中满是热烈的闲谈和手足间的私语，还附上周遭美景的迷人速写。少有兄长能得这般礼遇，妹妹将他的信装在口袋里随身带着，一遍又一遍地细细品读，对着短笺哭泣，对着长信亲吻，将它们小心珍藏。这并非暗指埃米做了些深情又傻气的事，不过那年春天，她确实脸色有些苍白，变得心事重重，对社交的兴趣失去了大半，常常独自外出写生。她回来时，却拿不出多少画来给大家看，想必她是在观察大自然。她会双手交叠，在玫瑰谷的露台上坐好几个小时，或者漫不经心地勾勒几笔脑中浮现的幻想——一个雕刻在坟墓上的健壮骑士，一个用帽子盖住眼睛、在草地上熟睡的年轻男子，或是一个身着华服的鬈发女孩，挽着一位高大的绅士在舞厅里漫步，两张脸都画成一片模糊，这是时下流行的画风，固然稳妥，但不甚令人满意。

姑妈以为埃米后悔回绝弗雷德。埃米发现否认无济于事，又怎么都解释不了，只好由姑妈这么想去，她特意让劳里知道弗雷德已经去了埃及。她只写了这些，但是劳里读懂了，他如释重负，带着一种庄严的神情自言自语道："我早就知道她会改变心意的。可怜的家伙，这一切我都经历过，深有同感。"

说完，他长长地舒了一口气，仿佛完成了过往的责任，他双脚往沙发上一架，悠哉地欣赏起埃米的信来。

他们在国外经历这些变化的同时，家中已遭变故。然而埃米根本没有收到那封告知贝丝病笃的信。等下一封信寄到她手中时，姐姐的坟上已长出青草。她是在沃韦接到这个噩耗的，五月的暑热使他们离开尼斯，取道意大利的热那亚和湖区，缓缓来到瑞士。她坚强地承受住了，默默听从家人的嘱咐，没有就此终止旅程，现在和贝丝道别已经太迟了，她还是留下为好，让距离减轻悲痛。但是她的心十分沉重，渴望回家。她每天怅然望着湖对岸，等待劳里前来安慰她。

不久后他真的赶来了。给他们两人的信是同一批寄来的，但当时劳里在德国，晚了几天才收到。读完信，他便打点行囊，与游伴作别，动身去履行他的诺言，心中充满喜悦与悲伤，希望与焦虑。

他很熟悉沃韦。船一靠小码头，他就沿着湖岸匆匆走向拉图尔，卡罗尔一家寄宿在镇上。侍者很无奈，全家人都到湖边去散步了——不，金发小姐或许在城堡花园里,如果先生愿意坐下稍候片刻,就可以和她见面。但是这位先生一刻都等不及了,话说到一半,他已自己跑去找那位小姐了。

这座古色古香的花园坐落在美丽的湖畔,园中栗树枝叶在头顶沙沙作响,常春藤四处蔓延,塔楼的黑影长长地落在水光潋滟的湖面上。宽阔的矮墙一角有一张椅子,埃米常来这里阅读,作画,或者以身边的美景安慰自己。那天她正坐在此处,思乡心切,一手支着脑袋,耷拉着眼梢,想念着贝丝,也纳闷儿劳里为何还不来。她没有听见他穿过另一头的庭院,也没有看见他在从地道尽头通往花园的拱廊里驻足。他站了一会儿,用全新的眼光看着她,发现了谁也不曾见过的东西——埃米性格中温柔的一面。她全身上下无声地流露着爱与悲,膝上墨迹斑斑的信,束起头发的黑色丝带,脸上那女性独有的痛苦与坚忍;在劳里看来,就连她脖子上的乌木坠子也令人怜悯,那是他送给她的,她只戴了这一件饰物。如果说他还不确定她见了他会有何种反应,当她抬起头看到他的那一刻,他的顾虑便全然打消了。她抛下所有东西奔向他,带着无可置疑的深情与渴望大喊道:"噢,劳里,劳里!我就知道你会来找我的!"

我想,此时一切都道尽了,也有了定论。他们一起站了一会儿,默默无言,黑头发的脑袋俯下来护着金发的脑袋,埃米觉得没有人能像劳里这样安慰她、支撑她,而劳里认定埃米是世上唯一能代替乔带给他幸福的女人。他没有告诉她,她也并不失望,因为两人都感受到了这个事实,他们已心满意足,乐于将剩下的尽付沉默。

不久后,埃米回到座位上。她擦着眼泪,劳里捡起散落的纸张,从各种皱巴巴的信件和耐人寻味的画作中,他看出了未来的好兆头。他在身边坐下时,埃米又感到很害羞,想起方才冲动地迎上前去,她脸红得像朵玫瑰。

"我刚才情不自禁。我太孤独、太难过了,见到你可真是高兴。一抬头发现你,实在是惊喜,我正开始担心你不会来了呢。"她试图把话讲得自然些,却是枉费心思。

"我一收到信就赶来了。失去亲爱的小贝丝,真希望能说些什么来安慰你,但我只能同感悲痛,而且——"他说不下去了,因为他也一下子羞怯起来,不知该说什么才好。他多想揽过埃米的头,靠在自己的肩上,叫她痛快地哭一场,然而他不敢这么做,他只是握住她的手,同情地捏了一下,这已胜过千言万语。

"你什么都不必说,这样已经让我觉得安慰了。"她轻声说,"贝丝现在好了,幸福了,我不能想着要她回来——我害怕回家,虽然很想见到家人。我们不谈这个了,我会哭的,我想在你逗留期间开开心心地陪你。你不用急着回去,对吧?"

"你想要我不走,我就不走,亲爱的。"

"我想,非常想!姑妈和弗洛对我很好,但你就像是家里的人,有你在身边一小段日子,会是很大的安慰。"

埃米说话的语气和神情好似一个激动的想家的孩子,劳里突然间忘记了羞怯,给予她正想要的东西——她习惯受的疼爱,以及她需要的愉快交谈。

"可怜的小人儿!你看起来好像伤心得快要生病了。我会照顾你的,所以不要再哭了,来陪我走走吧——别坐在这儿不动,风太凉了。"他的态度半亲昵半威严,埃米很喜欢。他替她系好帽子,挽住她的胳膊,踩上洒满阳光的步道,在萌出新叶的栗树下来回踱步。他感到脚步更轻松了,埃米则很高兴有一只强壮的膀臂让她依靠,一张熟悉的面孔对她微

笑,还有一副温和的声音,可亲地同她单独谈话。

这座古雅的古园曾庇荫过许多恋人,仿佛特意为他们而造,这里阳光灿烂,曲径通幽,只有塔楼俯瞰着他们,宽广的湖水在园下潺潺流淌,带走他们絮语的回声。在一个钟头的时光里,这对新的恋人走着、聊着,时而倚墙稍歇,彼此心有灵犀,使得时空中弥漫着魅力。当一阵煞风景的晚餐铃声提醒他们离开时,埃米觉得好像把孤单和悲伤的重负都留在了身后的城堡花园里。

卡罗尔太太一见到这姑娘脸色变了,心头一个新的想法明朗起来,她暗自惊呼:"这下我全明白了——这孩子一直恋慕着小劳伦斯。天哪!我从没想过是这么一回事!"

这位好太太的谨慎值得嘉许,她什么都没有说,也没有流露任何知情的迹象来,她只是亲切地劝劳里留下来,并请埃米同意让他做伴,因为这样比长时间独处对她更有益。埃米是个百依百顺的女孩,姑妈又要忙弗洛的事,所以只留埃米去招待她的朋友,而她招待得比以往更周到。

在尼斯时,劳里吊儿郎当的,挨了埃米的骂。如今在沃韦,劳里从不闲着,散步、骑马、划船、学习,永远劲头十足;埃米对他所做的一切都很欣赏,且尽可能以他为榜样。他说这种变化归功于气候,她没有反驳,她的健康和精神都恢复了,乐于用类似的借口。

宜人的空气对他们两个都有好处,大量的活动也有益于身心。在连绵不绝的丘陵上,他们似乎把生活和责任看得更清晰了。清新的风吹散了颓丧的疑虑、虚妄的幻想和忧悒的迷雾。春日和煦的阳光唤醒种种远大的理想、温柔的希望和快乐的念头,湖水仿佛洗去了往日的烦恼,古老的大山慈祥地俯视他们,说着:"孩子啊,彼此相爱吧。"

尽管伤心事刚过,这仍是一段很快乐的时光——快乐到劳里不忍说出那句话来搅扰。初次的情伤竟愈合得如此之快,他曾坚信那也是最后与唯一的爱,过了一阵子他才从惊讶中回过神来。这样看似不忠,但他想到乔的妹妹和乔差不多,也相信除了埃米之外,自己不可能这么快、这么深地爱上别的女人,便以此安慰自己。他初恋的求爱是狂风暴雨式的,回首望去,他仿佛在追忆陈年往事,怜悯与遗憾交织。他并不引以为耻,而是将其当作人生苦乐参半的经历之一,痛苦过后便能心怀感激地放下。他决心这第二次求爱要尽可能平静而简单,没有必要大事铺张,几乎不需要告诉埃米他爱她。无需言语,她已明了,也早就给了他答复。这一切来得如此自然,没有谁会抱怨,他知道每个人都会很高兴的,连乔也会。然而当第一次的感情萌芽遭到粉碎,再作尝试时,往往会谨慎些,所以劳里由着日子流逝,享受着时光,听任命运决定何时说出那句话,为他新恋情最初、最甜蜜的部分收尾。

他想象这个结局会在月光下的城堡花园里,以最优雅端庄的方式发生,结果却恰恰相反——在正午的湖上,凭着几句直率的话,事情就定了下来。他们整个上午都在泛舟,从阴沉的圣然戈尔夫漂向晴朗的蒙特勒,一边是萨伏依的阿尔卑斯山脉,另一边是圣伫纳德山和南峭峰,美丽的沃韦掩映在山谷里,洛桑矗立在远处的丘陵上,头顶是一片无云的蓝天,脚下水色更蓝的湖中点缀着别致的小船,一叶叶宛如白翼海鸥。

船划过希永城堡时,他们谈论着博尼瓦尔[①],抬眼望向克拉朗时,他们又谈起了卢梭[②],他在那里写下了《新爱洛伊丝》。他们俩都不曾读过那

[①] 弗朗索瓦·博尼瓦尔(1493—1570):日内瓦爱国者,因受迫害被关入希永城堡地牢,为乔治·戈登·拜伦《希永的囚徒》一诗的主人公。
[②] 让-雅克·卢梭(1712—1778):法国启蒙思想家、哲学家、文学家、教育学家,代表作有《社会契约论》等。

本书，只知道是个爱情故事，两人都暗自好奇那个故事有没有他们的一半有趣。他们对话陷入短暂的停顿时，埃米把手伸进水里，等她抬起头来，只见劳里正倚在桨上，他的眼神使她急着说点儿什么，只是为了说而说："你一定累了，休息一下，让我来划吧。这对我有好处，自从你来了之后，我一直懒惰、惬意地过日子。"

"我不累，如果你想划，就拿一支桨去。位子够大，不过我得靠中间坐，否则船会不稳。"劳里答道。他似乎很喜欢这样的安排。

埃米觉得自己并没有扭转事态，就在劳里让出的三分之一的座位上坐下，甩开脸上的头发，接过一支桨。她划得很好，和她做的许多别的事情一样。尽管她用双手划，劳里只用单手，两支桨却很合拍，小船平稳地破水行进。

"我们一起划得多好啊，对吧？"此时的埃米不想保持沉默。

"划得太好了，希望我们能永远同舟共济。你愿意吗，埃米？"语气十分温柔。

"愿意，劳里！"一句轻声的回答。

于是两人都停下桨来，无意间增添了一小幅人间爱与幸福的美丽画面，倒映、消融在湖水中。

第四十二章
形单影只

当一个人的自我专注于另一个人,心与灵被一个好榜样净化时,要承诺自我牺牲是很容易的。但是当帮助的声音安静下来,每天的课程结束了,心爱的人消失了,只剩下孤独和悲伤,乔这才发现自己的诺言很难兑现。她自己思念妹妹,心痛不已,要如何"安抚父母"?贝丝离开这旧家去了新家,屋中所有的光亮、温暖和美丽似乎都随她而去,要如何"让屋子充满欢乐"?而全天下哪里能"找到有益、快乐的工作来做",来取代那本身就是回报的关乎爱的工作呢?她盲目、无望地尽着本分,内心却始终抗拒着,她终日劳碌,为数不多的快乐却变得更少了,负担愈发沉重,生活愈发艰难,这似乎有失公允。有些人好像能得到所有的阳光,而另一些人则终日笼罩在阴影中,这不公平,她比埃米更努力地为善,但从来得不到任何奖赏——得到的只有失望、烦恼和劳苦。

可怜的乔!对她来说这是一段黑暗的日子,想到自己将在这个冷清的屋子里度过余生，投身于单调的家务事，仅剩一点儿小小的乐趣，却背负起看来永远不会减轻的责任，她感到一股近乎绝望的悲切涌上心头。"我做不到。我不是生来过这种生活的，如果没有人来帮我，我知道我会逃离，做出不顾一切的事情。"最初的努力失败后，她陷入忧悒苦闷之中，对自己这样说道。当坚强的意志不得不屈服于无可避免的事，这种心情常随之而来。

然而真的有人来帮她，尽管乔没有一眼认出那些好心的天使，因为他们有她熟悉的形象，施展的是最适合可怜人类的简单魔法。她夜里常常惊醒，以为贝丝在呼唤她。转头看到那张空荡荡的小床，她便遏制不住悲伤，痛苦地哭喊："噢，贝丝！回来！回来！"她伸出渴望的双臂，并没有落空，因为就像她能很快听见妹妹微弱的低语，妈妈立刻听见了她的呜咽声，进屋来安慰她。不单用言语安慰，还耐心温柔地轻抚她，默默地落泪，这使乔意识到妈妈的伤痛比她更深，而妈妈断续的耳语比祈祷更具感染力，因为与自然的悲伤一齐流露的，是充满希望的顺服。这些神圣的时刻啊，心与心在寂静的夜晚交谈，化苦为福，缓解悲伤，坚定情感。乔感受到这些，在母亲臂弯安全的庇护中，她看到负担似乎更易承受了，责任变得甘甜了，生活也过得下去了。

疼痛的心得到些许安慰后，纷乱的头脑同样得救了。有一天她到书房去，那亲爱的灰白头发的脑袋抬起来，以平静的微笑迎接她，她俯身靠上前去，十分恭顺地说："爸爸，像你对贝丝说话那样跟我说说话吧。我比她更需要，因为我现在一团糟。"

"亲爱的，这对我是莫大的安慰。"他声音颤抖着回答，双臂搂着她，像是他也需要帮助，而且不忌惮开口求助。

于是，坐在紧挨着他的那张贝丝的小椅子上，乔倾诉了她的烦恼——失去妹妹而结起愁怨，种种空忙令她灰心，缺乏信仰使生活黯淡无光，以及所有我们称之为绝望的悲哀与迷惘。她完全地信赖爸爸，爸爸则给了她所需的帮助，两人都在此觅得宽慰。这场谈话之中，他们已不仅是父亲与女儿，也是大人与大人，他们能够互怜互爱，彼此扶持，也乐于如此。在那个老书房里，她度过了幸福的省思时光，带着全新的勇气、复得的快乐和一颗更顺服的心走出书房。她的父母曾教导一个孩子无惧死亡，如今正试图教另一个孩子不消沉、不怀疑地接受人生，并且心怀感激，尽力善用人生的种种美好机会。

乔还得到了别的帮助，那些不起眼却有益健康的职责与乐趣对她不无裨益，她慢慢学会对此理解与珍视。扫帚和抹布再也不像从前那样讨厌了，因为这两样东西以前是贝丝管的。贝丝的主妇精神似乎多少还萦绕在小拖把和旧刷子周围，未曾被丢弃。用起它们时，乔常发现自己哼着贝丝以前哼的歌曲，模仿着贝丝有条不紊(wěn)的方式，这里擦一下，那里抹一把，让一切保持干净舒适，这是使家庭幸福的第一步。她并不了解这一点，直到汉娜赞许地捏了捏她的手说："你这个体贴的孩子，你打定主意了，尽可能让我们不再牵挂那亲爱的宝贝。我们不多话，但是都看在眼里，上天会保佑你的，等着看吧。"

和梅格坐在一起做缝纫活儿时，乔发现姐姐成熟了不少，她变得能言善道，了解女性种种良善的念头、想法和感受，相夫教子给她带来莫大的幸福，他们一家人努力为彼此付出。

"婚姻毕竟是一件美好的事情。要是我也试试，不知道结果会不会有你的一半好，假设我结得了婚的话。"乔正在乱七八糟的育儿室里为德米扎着风筝。

"乔，你需要的正是展现天性中温柔、贤惠的一面。你就像一个栗

子,外壳带刺,内在却柔软如丝,还有一颗甜美的果仁,如果有人能得到的话。总有一天爱会让你表露真心的,然后硬壳就会脱落。"

"夫人,霜冻能敲开栗子壳,而且得使劲摇晃才能把它们摇落。我可不愿在小伙子们采拾时被收入囊中。"乔回答。她继续糊着风筝,不过无论什么风都扬不起这只风筝,因为黛西把自己当尾巴绑了上去。

梅格笑了,她很高兴看到乔露出一丝老脾气,又觉得有责任尽量以理相劝,坚持自己的观点。姐妹间的交谈并没有白费,更何况梅格有最具说服力的两个理由——乔深爱的两个孩子。对一些人而言,悲伤最能叩开他们的心灵,而乔的心就快要被人收入囊中了:再多一点儿阳光,果实便可成熟，到时，不需要男孩急躁地摇晃，而会由一位绅士轻轻摘取，找到那又香又甜的果仁。假如乔曾设想到，她会紧紧闭锁自己，比以往更刺人；所幸她并没有多想，所以时候到了，她这颗栗子便掉落了。

且说乔若是一本道德故事书的主人公，在人生这个阶段，她应该变得非常圣洁，遁世离俗，头戴一顶朴素的帽子，口袋里揣着传教小册子，四处行善。可是要知道，乔并非故事主人公，她只是一个力争上游的凡世女孩，像千千万万其他女孩一样，顺着心情变化，表现出本性，或悲伤，或愤怒，或无精打采，或生气勃勃。我们可以十分高洁地说要向善，但是这无法一蹴而就，需要持续、使劲、一起努力，直到我们中的一些人踏上正道。乔已经走到此处，她正在学习履行职责，如果不尽责，她便感到不舒坦；但是要高高兴兴地去做呢，啊，那就是另一回事了！她常说，无论多么困难，她都想做一番壮举。如今她遂愿了——将自己的人生奉献给父母，设法让他们在家过得幸福，正如他们为自己奉献那样，还有什么举动比这更美好呢？如果必须要经历困难才能为努力增添光彩，那么对于一个雄心勃勃、不断进取的女孩来说，放弃自己的期待、计划和渴望，欣欣然为他人而活，还有什么比这更难呢？

上天相信了她的话。任务来临——并非她所期望的，不过更好，因为这任务无关乎自我。她能完成吗？她决定试试，在初次尝试中，便发现了上文提及的帮助。她还得到另一种帮助，也接受了——不是作为回报，而是作为慰藉，就像人们在攀登名为"艰难"的山丘时，在其休息的小亭子里恢复了精神。

"你为什么不写作呢？以前写东西总会让你快乐。"当沮丧的情绪又一次笼罩着乔时，妈妈说道。

"我没有心情写，就算有，也没人爱看我的东西。"

"我们爱看啊,为我们写点儿东西吧,不要在意世上其他人。试试吧,亲爱的,我相信这一定对你有好处,也会让我们非常开心。"

"我想我写不了。"虽如此说,乔还是搬出书桌来,开始修改她尚未完成的手稿。

一小时后,妈妈朝屋内窥探,只见乔正穿着那条黑色围裙,全神贯注,写个不停。马奇太太不禁莞尔,悄悄走开了,她很高兴自己的建议奏了效。乔完全不知道这是怎么一回事,某种东西融入她的故事,直抵读者的心坎。当家人读得又哭又笑时,父亲违背她的意愿,将文稿寄给了一家流行杂志社,而令她大吃一惊的是,杂志社不仅付了稿酬,还邀她多写几篇。这篇小故事刊出后,她收到了几封来信,他们的赞美让她颇感荣耀,报纸也纷纷转载这个故事,无论是生人还是朋友,读后都很欣赏。以一篇小文章而言,这可说是巨大的成功,比起她的小说毁誉参半那次,乔现在更为惊讶。

"我不明白,这样简单的一个小故事,到底有什么好让人如此称赞的?"她相当困惑地说。

"里头有真实,乔——这就是秘密。幽默和感染力则使故事更生动,你终于找到了自己的风格。女儿,你写作不计名利,全心投入,如今苦尽甘来。尽力去写吧,我们为你的成功感到高兴,你也要一样高兴。"

"如果我写的东西确实有什么真或善,那不是出于我,都归功于你和妈妈,还有贝丝。"乔说。父亲的话令她深受感动,胜过世人任何的赞美。

就这样,乔从爱与悲伤中学习,写下了一篇篇小故事,把它们寄出去,为它们自己、也为她交朋结友。她发现对这些卑微的流浪者来说,这是一个十分仁慈的世界,因为它们受到了亲切的欢迎。它们就像交上好运的孝子那样，将悦人的纪念品寄回家给母亲。

埃米和劳里来信告知他们订婚的消息，马奇太太担心乔高兴不起来，不过这个念头很快就打消了。尽管乔最初一脸严肃，却非常平静地接受了这件事，而且对"这两个孩子"满怀希望和计划，随后她把信重读了一遍。这封信写得有如二重唱，两人都以情意绵绵的笔调褒扬对方，读来愉快，想来也满意，谁都没有异议。

"你赞成吗，妈妈？"乔说。她们放下写得密密麻麻的信纸，彼此互看着。

"赞成啊，打从埃米写信说她拒绝了弗雷德，我就一直希望如此。那时我相信，她心里一定产生某种比你所谓的'唯利是图'更好的情绪，在每一封信的字里行间有迹可循，我就猜到爱情和劳里会得胜。"

"妈妈，你真敏锐，又不露声色，从没对我提过一句。"

"有女儿要管的妈妈都需要眼睛敏锐、嘴巴谨慎。我不太敢把这个想法灌输给你，生怕在尘埃落定之前你就写信恭喜他们。"

"我不像以前那样少根筋了，你可以相信我，我现在审慎、理智，能当任何人的知己。"

"的确，亲爱的，我应该让你当我的知己的，只是我想，你知道你的特迪爱着别人可能会难过。"

"哎呀，妈妈，你真以为我会这么愚蠢、自私吗？我已经拒绝了他的爱，那份爱即使不是最成熟，也是最纯真的。"

"我知道当时你是真心的，乔，但最近我想到，假如他回来再问一次，也许，你会想要换一个回答。原谅我，亲爱的，我没法不注意到你很寂寞，有时你眼睛里有一种渴望，触动了我的心。所以我觉得，如果你的男孩现在再试试的话，可能会填补空缺。"

"不,妈妈,现在这样比较好,我很高兴埃米学会了爱他。但有一件事你说对了,我是很寂寞,如果特迪再试一次,我没准会说'愿意'的,不是因为我更爱他了,而是因为比起他离开那时候,我现在更希望被爱。"

"我很欣慰,乔,这表示你在进步。爱你的人很多,有爸爸妈妈、兄弟姐妹、朋友们和孩子们的爱,尽量因此而知足吧,直到最好的爱人来给你属于你的回报。"

"母亲就是世上最好的爱人。可是,我不妨悄悄告诉妈妈,我想尝试所有的爱。很奇怪,我越是设法满足于各种亲情,想要的似乎就越多。我以前不知道人心能容纳这么多——我的心如此有弹性,好像怎么都装不满,以前和家人在一起就心满意足了。我不懂为什么。"

"我懂。"马奇太太露出了睿智的微笑。乔正翻过信纸去读埃米写劳里的内容——

像劳里爱我这样被爱着是多么美好。他不矫揉造作,不说太多,但我在他的一言一行中看到、感受到了,这使我如此快乐和谦卑,我似乎不再是原先那个女孩了。如今我才了解,他是多么善良、慷慨又温柔,因为他敞开内心给我看,我发现他心中充满高尚的冲动、希望与目标,知道这颗心属于我,我深感自豪。他说他觉得"现在有我在船上当大副,还有许多爱当压舱物,他便可顺利航行"。我祈祷他可以,也会努力成为他理想中的我,因为我全心全意全力地爱着我英勇的船长,只要上天让我们在一起,我永远都不会背弃他。噢,妈妈,我从来不知道,当两个人相爱并为彼此而活时,这个世界会多么美妙!

"这可是我们冷静、矜持、世故的埃米啊!确实,爱真的会创造奇迹。他们一定非常、非常幸福!"乔小心地将沙沙作响的信纸叠在一起,如同合上一部美妙爱情小说的封面,故事牢牢抓住读者的心,直到结尾,读者才发现自己孑然一身回到平淡的世界。

过了一会儿，乔晃上楼去，屋外下着雨，散不了步。一股焦躁的情绪攫住了她，旧的感觉涌回心头，不似先前那样辛酸，而是悲伤又隐忍地纳闷，为什么姐妹中的一人得到她所求的一切，另一人却一无所获。这并非事实，她明白，也试图把这种感觉抛开，然而对爱又有着自然的热望。埃米的幸福唤醒了她的渴求，期盼能有个人让她"全心全意地去爱，去依恋，只要上天让他们在一起"。

到了阁楼，乔停下了不安的脚步，这里并排放着四个小木箱，刻有各自主人的名字，里面装满了孩提和少女时代的纪念物，如今那些时代都已结束。乔朝每个箱子里看了看，来到自己的箱子前，她把下巴支在边缘，漫不经心地盯着那堆乱七八糟的收藏，这时一捆旧练习簿吸引了她的目光。她抽出来翻阅，重温了在和善的柯克太太家度过的那个愉快冬季。她先是微笑，而后若有所思，接着悲伤起来，当看到一张小字条上教授的笔迹时，她的嘴唇开始颤抖，簿子从她膝上滑落。她坐在那里看着亲切的文字，它们仿佛生出了新的含义，触及她心中脆弱之处——

等着我，我的朋友，或许会迟一些，但我一定会来的。

"噢，但愿他会来！他总是对我那么和气，那么友好，那么耐心。我亲爱的老弗里茨，有他在身边时，我对他不以为意，可现在我多么想见到他，所有人似乎都离我而去，我形单影只。"

乔紧紧握着这张小字条，仿佛握着一纸尚未兑现的诺言，她把头伏在舒适的碎布袋上哭了起来，犹如对抗着拍打屋顶的淅沥雨点。

这只是自怜、寂寞、情绪低落，还是感情的苏醒？这种感情像激发它的人一样耐心地等待着时机。谁说得准呢？

第四十三章
惊喜连连

暮色中,乔独自一人躺在旧沙发上,望着炉火,陷入沉思。她最喜欢这样度过黄昏时光。没有人来打扰,她常常躺在贝丝的红色小枕头上,构思故事,做做梦,或者温柔地思念那似乎未曾远离的妹妹。她的脸看起来疲惫、严肃,又相当忧伤,明天是她的生日,她想着,岁月如流,自己年纪这么大了,却几乎一无所成。年近二十五,还是没有什么拿得出手的东西——乔错了,她有许多拿得出手的东西,不久后她便发现了,并为此感恩。

"我要变成老姑娘了。一个爱好文学的老姑娘,与笔为偶,把一群故事当孩子,或许,二十年后会小有名气。到时就像可怜的塞缪尔·约翰逊那样,老得无福消受,孤独得无人分享,自食其力,无需这名气了。嗯,我用不着做乖戾的圣人,也用不着做自私的罪人。我想,只要习惯了,老姑娘也活得很自在。但是——"乔叹了口气,好像这前景并不吸引人。

起初看这前景确实不怎么吸引人，对二十五岁的人而言，似乎觉得到了三十岁万事皆休。然而事情不像表面上那么糟，如果一个人的内心有所依靠，照样能过得很愉快。女孩一到二十五岁，便谈起做老姑娘的事，又暗下决心决不如此；年届三十，她们就绝口不提了，而是默默接受现实。聪明的姑娘会记得她们还能度过二十多个有益而快乐的年头，学习优雅地老去，以此来安慰自己。

亲爱的女孩们，不要嘲笑那些老姑娘，在她们素净的长袍下，静静跳动的心中，往往隐藏着十分温柔、悲伤的浪漫故事，默默牺牲的那许多青春、健康、雄心以及爱情本身，使她们褪色的容颜更显美丽。即使是那些悲哀、乖戾的姐姐，也要善待她们，就算不为别的理由，至少也为她们错过人生最甜蜜的阶段。以同情而非轻蔑的眼光看待她们吧，正值芳华的女孩们可别忘了，你们也可能错过盛放的时节——脸颊的红润不会永驻，秀美青丝中也会隐现白发，有朝一日，仁慈与尊重将会像现在的爱慕一般甜美。

先生们，也就是男孩们，对老姑娘要有礼貌，无论她们多贫穷、平凡或古板，因为唯一值得拥有的骑士精神便是心甘情愿尊老、护弱、为妇女效劳，不分地位、年龄、肤色。回想一下那些善良的姨妈吧，她们不是只会训诫和唠叨，她们照顾、疼爱你们，而且常常得不到感谢——帮你们摆脱困境，从微薄的积蓄中给你们零花钱，苍老的手指为你们耐心地缝补衣物，衰老的双脚为你们卖力地东奔西走。心怀感激，向那些亲爱的老太太报以些许关注吧，女性在有生之日都喜欢受人关注的。别具慧眼的女孩能敏锐地看出这些品质，并因此对你们青睐有加。死亡几乎是唯一能拆散母子的力量，假如哪天它夺走了母亲，你们一定会从某位姨妈那里找到温柔、殷勤、母性的关怀,在她寂寞年迈的心里,为"世上最好的外甥"保留着最温暖的一隅。

乔一定睡着了(我猜,我的读者也在这一小段说教中睡着了),因为突然间,劳里的幻影似乎站在她面前。一个有形的、栩栩如生的幻影俯身靠近她,带着以前那种感触良多却不愿流露的表情。就像民谣中的珍妮——她无法想象这是他。她躺在那里仰望着他,惊讶得说不出话来,直到他弯下腰来吻她。乔这才确定是他,她一跃而起,欢喜地大喊:

"噢,特迪!噢,我的特迪!"

"亲爱的乔,看来你见到我很高兴喽?"

"很高兴！我幸福的男孩啊，言语表达不了我有多高兴。埃米呢？"

"你妈妈留住了她，在梅格家。我们顺道去了那儿，然后就没法把我的妻子从她们手里拽出来了。"

"你的什么？"乔叫道。劳里无意中语带自豪和满意地说出那两个字，泄露了秘密。

"噢，糟了！正是如此。"他看起来很内疚，乔立刻冲他发脾气。

"你跑去结婚了？"

"是的，对不起，我以后再也不会了。"他屈膝跪地，双手交握作忏悔状，满脸淘气、欢乐和得意。

"真的结婚了？"

"千真万确，谢谢。"

"老天，接下来你会做出什么可怕的事呢？"乔跌坐回原位，倒抽一口气。

"这句道贺很像你会说的，只是称不上赞美。"劳里回答，依然低声下气的样子，却已满意得眉开眼笑。

"你还指望听什么好话呀？你像个小偷似的溜进来，脱口说出这消息，叫人大吃一惊。起来，你这可笑的孩子，好好给我讲讲。"

"一个字也不讲，除非你让我坐我的老地方，还要答应不设屏障。"

乔听了大笑起来，她好久没有这样笑过了，她拍了拍沙发示意，一面语气热诚地说：

"旧靠枕在阁楼上呢，我们现在用不着它了。好了，从实招来吧，特迪。"

"听你说'特迪'真顺耳，除了你，没人这样叫我。"劳里坐了下来，神情十分满足。

"埃米怎么叫你？"

"夫君。"

"确实是她的叫法——妃吧，你也很像样。"乔的眼神分明透露着，她发现她的男孩比以前更英俊了。

没了靠枕，却仍旧有着屏障，一道因时间、距离和心境转变而自然形成的屏障。他们俩都感觉到了，一时间彼此对视，仿佛无形的屏障在他们身上投下些许阴影。不过这屏障转眼便消失了，因为劳里妄图端起架子说道："我看起来像不像已婚男士、一家之主？"

"一点儿也不像，你永远不会像的。你更高大更好看了，但还是以前那个淘气鬼。"

"说真的，乔，你应该对我更加尊重了。"劳里非常喜欢这样你来我往的对话。

"我怎么尊重得起来？光是想到你结婚成家了，就觉得极其好笑，没法保持严肃。"乔回答。她满脸堆笑，极富感染力，于是两人又笑了，接着他们坐定下来，用旧时愉快的方式畅谈起来。

"你不用冒着冷风去接埃米，她们马上都要过来的。是我等不及，想头一个把大惊喜告诉你，就像我们以前为了奶油吵嘴时说的，'抢第一层奶油'。"

"你倒是做到了，不过开错了头，把你的故事毁了。好了，从头来过吧，告诉我这一切是怎么发生的，我好想知道。"

"好吧，我这么做是为了取悦埃米。"劳里眨了眨眼睛说道。乔听了叫起来："第一句谎话。是埃米为了取悦你才对。接着讲吧，如果可以，讲真话，先生。"

"她开始用妈妈的口气说话了，听她说话是不是很开心？"劳里对着炉火说，火光忽闪忽闪，好像十分同意，"都一样啦，要知道，我和她是一体的。一个多月前，我们原本打算和卡罗尔一家一起回来，可他们突然改了主意，决定在巴黎多待一个冬天。但是爷爷想回家，他去是为了让我高兴，我不能让他一个人回来，我也不能留下埃米。卡罗尔太太有些英国人的观念，像是未婚女子得有女监护人那类无聊的事，所以不让埃米跟我们一起走。我解决了这个困难，说：'我们结婚吧，这样我们就可以随心所欲了。'"

"你当然做到了，你总是能让事情合你的心意。"

"也不总是如此。"劳里的声音有些不对劲，乔急忙说："你到底怎么让姑妈同意的？"

"这可不容易。我们两人合力说服了她，因为我们这边有充分的理由。当时来不及写信回家请求允许了，但是你们乐见其成，不久后也都同意了——像我妻子说的，我们只是'分秒必蒸（争）'。"

"我们是不是以妻子二字为傲，是不是很喜欢说这两个字呀？"乔打断道，这回轮到她对着炉火说话了。她高兴地看着对面那双眼睛里似乎燃起了幸福的光芒，而她上次看到这双眼睛时，它们是那么悲苦阴郁。

"也许是有一点儿，她是那么迷人的一位小妇人，我不禁以她为傲。总之，姑父姑妈在那里当监护人；而我们如胶似漆，如果分开了就什么都做不成。结婚会使一切问题迎刃而解，所以我们作了这美妙的安排。"

"什么时候，在哪里，怎么结的？"乔带着女性强烈的兴趣和好奇问道，因为她一点儿都想象不出。

"六个星期前，在巴黎的美国领事馆——当然，是一场非常安静的婚礼，即使在幸福时刻，我们也没有忘记亲爱的小贝丝。"

乔听着，把一只手放在他的手中。劳里轻轻地抚平那只他很熟悉的红色小枕头。

"为什么事后不让我们知道？"他们默默地坐了片刻后，乔问话的语气平静了些。

"我们想给你们惊喜。起初我们以为会直接回家来，但是我们刚结婚，亲爱的老先生就发现他至少还要一个月才能做好准备动身，于是把我们送走，随我们去喜欢的地方度蜜月。埃米以前把玫瑰谷叫作真正的蜜月之乡，所以我们去了那里，享受着一生只有一次的幸福。说真的，那正是玫瑰花丛中的爱情啊！"

劳里一时间似乎忘了乔，乔感到很高兴，他如此坦率而自然地告诉她这些事情，这使她确信他已经完全原谅和忘却了过去。她试图把手抽回来，但是劳里好像猜到了是什么念头引起她这几乎无意识的冲动，他紧紧抓住她的手，带着一种她不曾在他身上见过的男士的庄重说道："乔，亲爱的，我想说一件事情，说完我们就永远放下它。我写信说埃米对我非常好，在那封信里，我也告诉你，我决不会停止爱你。但是这份爱变了，我已经明白它变成现在这样比较好。埃米和你在我心里换了位置，仅此而已。我认为这是注定的，如果我像你希望的那样去等待，这件事会自然地发生。但我总是耐不住性子，所以才伤了心。那时我还是个孩子，任性暴躁，遭了教训才看到错误。那的确是个错误，乔，正如你所说的。在自取其辱之后，我意识到了。老实说，有那么一段时间，我内心混乱不堪，不知道最爱的是谁，是你还是埃米，我设法同样地爱你们，但做不到。当我在瑞士见到她的时候，一切似乎一下子明朗了。你们各自来到适当的位置，我确定旧的爱已经完全结束了，才开始新的爱，才可以坦诚地把心分给妹妹乔和妻子埃米，同时深爱着两人。你愿意相信吗，愿意回到我们初识时的快乐时光吗？"

"我会全心全意地相信，但是，特迪，我们再也不可能变回男孩女孩了——快乐的旧时光不会回来了，我们不能这样期望。我们现在是大人，有正经事要做，玩乐的日子已经过去，不能再继续嬉闹。我想你一定也有这种感受，我看到了你的变化，你也会发现我有所变化。我会想念我的男孩，也会同样爱这个男人，而且更欣赏他，因为他打算成为我希望他成为的人。我们再也不能当小玩伴了，不过我们会当兄妹，一辈子互爱互助，对吗，劳里？"

他不发一语，只是握住她伸过来的手，将脸在她手上贴了一会儿，他觉得从埋葬孩提热情的地方，生出一种美好而牢固的友谊，庇佑着他们俩。乔不想让归乡的游子感伤，不一会儿她便高高兴兴地说："我没法相信你们两个孩子真的结了婚，要建立家庭了。啊，好像就在昨天，我还在替埃米扣上围裙，在你捉弄人时扯你的头发。天啊，时间过得真快！"

"其中一个孩子比你大呢，你不用像个老奶奶似的说话。我认为自己已经是个'长大的先生'①了，就像辟果提对大卫说的。等你看到埃米，会发现她是一个早熟的小孩。"劳里乐呵呵地看着她慈母般的神情。

"你或许年纪大一些，但是在心境上我老得多，特迪。女人都是这样。过去的这一年如此艰难，我觉得自己都有四十岁了。"

"可怜的乔！我们在外头享乐，留你独自承受这一切。你真的老了一些，这里有一道皱纹，那里也有一道。你不笑的时候，眼神透着悲伤，我刚才摸垫子，发现上面有一滴眼泪。你承受了很多，而且不得不一个人承受。我真是个自私的王八蛋！"劳里揪着自己的头发，一脸懊悔。

---

① 引自《大卫·科波菲尔》，辟果提是大卫的老奶妈。

然而乔只是把那只泄密的枕头翻了个面，试图用很开朗的语调回答："不，有爸爸妈妈帮我，有可爱的双胞胎安慰我，还有，想到你和埃米平安幸福，这里的烦恼就变得容易承受了。有时候我确实很孤独，但是我想这对我有好处，而且——"

"你再也不会孤独了。"劳里打断她的话，用一条臂膀搂住了她，仿佛要挡下人世所有灾厄，"我和埃米少了你可不行，你一定得来教这两个孩子顾家，样样东西我们都一人一半，就像以前那样，让我们宠爱你，大家幸福和乐地在一起。"

"如果我不碍事的话，当然很乐意。我开始觉得自己又年轻起来。不知怎的，你一回来，我所有的烦恼似乎都飞走了。你向来能安慰我，特迪。"乔把头靠在他肩上，就像多年前贝丝病倒时，劳里要她抓着他那样。

他低头看她，想知道她是否还记得那时候，而乔正顾自微笑，似乎是真的，她的烦恼在他到来时都烟消云散了。

"你还是那个乔，前一刻还在掉眼泪，下一刻就笑了。现在你看起来又有点儿淘气，老奶奶，在想什么呢？"

"我想知道你和埃米在一起处得怎么样。"

"像天使一样！"

"当然了，一开始是这样——你们谁做主呢？"

"不妨告诉你，现在是她，至少我让她这么认为——这样她很高兴，你知道的。以后我们会轮流做主，因为别人都说，婚姻是权利平分、责任加倍。"

"你们怎么开始，就会怎么过下去的，埃米会管你一辈子。"

"嗯，她管得不着痕迹，我想我不会太在意。她是那种懂得如何好好做主的女人。其实我很喜欢这样。她把你当一绞丝线那样,轻柔灵巧地绕在手指上,却让你觉得她一直在给你恩惠。"

"想不到我活到今天,会看见你成了一个惧内的丈夫,还乐在其中!"乔举起双手喊道。

令人高兴的是,劳里挺起胸膛,对这句嘲讽报以男子汉的轻蔑一笑,带着他"神气活现"的表情回答说:"埃米教养很好,我也不是那种会屈从的人。我和我的妻子十分自重与互重,从不专横,也不争吵。"

乔喜欢这个回答,觉得这种新的派头与他很相称,但是男孩似乎飞快地变成了男人,她的欣喜中夹杂着遗憾。

"我想你说得没错,你和埃米从来没有像我们以前那样吵过架。她是寓言里的太阳,我是北风,你也记得,太阳最懂驾驭人。"

"她能照耀人,但刮起风来也能把人吹走。"劳里笑道,"我在尼斯可是被狠狠地教训了一顿!我保证,比你任何一次斥责都严厉得多。她实在很会激励人。改天我把事情都讲给你听——她决不会告诉你的,因为说了看不起我、为我感到羞愧之后,她却迷上这个可恶的家伙,嫁给了这个窝囊废。"

"真差劲!好吧,如果她骂你,你就来找我,我会保护你的!"

"我看起来很需要保护,是吗?"劳里站起身来展现气魄,却突然变得欣喜若狂,因为他听到了埃米的声音。她呼唤着:"人在哪儿呢?我亲爱的乔呢?"

全家人结队进了屋,彼此再次拥抱、亲吻。三个归人抵不住家人几次坚持,只好坐定下来,让大家雀跃地端详他们。劳伦斯老先生依然硬朗矍铄(jué shuò),和其他人一样,异国之旅也令他改善不少——执拗劲儿似乎消失殆尽,老派的谦恭磨去了棱角,变得比以往更和蔼了。他把这对小夫妻叫作"我的孩子们"，笑眯眯地看着他们，旁人见了也觉高兴。更令人高兴的是，埃米对他孝顺敬爱，彻底赢得他老人家的心。最好的还要数看到劳里围着他们两人打转，仿佛永远看不腻他们组成的美丽画面。

梅格一望向埃米，便意识到自己的衣着毫无巴黎风情，小莫法特夫人也会在小劳伦斯夫人面前黯然失色，眼前这"大小姐"完全是一位典雅大方的女性了。乔看着这对夫妻心想：他们看上去多般配啊！我是对的，劳里找到了这个多才多艺的美丽女孩，她比粗笨的老乔更适合与他成家，会成为他的骄傲而非折磨。马奇夫妇互相微笑点头，满面喜色——他们看到小女儿很成器，不仅善于处世，更收获了许多爱、自信和幸福。

埃米脸上满溢温润光彩，显出内心的平静，她的嗓音多了一份柔和，原本冷峻拘谨的仪态变得恬雅端庄，温婉而动人。没有半点儿煞风景的做作，比起新有的魅力和旧有的风范，更为迷人的是她蔼然可亲的举止，使人一眼便看出，她显然已是自己理想中那个真正的淑女了。

"爱情让我们的小姑娘成长不少。"母亲轻轻说道。

"亲爱的，她一生都有一个好榜样在前头啊。"马奇先生低声回应，深情地看着身旁那张头发灰白的憔悴脸庞。

黛西无法将目光从"漂漂姨妈"身上挪开，她像宠物狗一样黏着这位仪态万方的美丽女主人。德米稍停片刻，思考着这种新的关系，而看到那组从伯尔尼带来的可爱木熊玩具，他就有失体面，草率地接受了利诱。不过，还是劳里的侧面进攻才使他无条件投降，因为劳里知道如何收服他："小伙子，我有幸初次见你的时候，你在我脸上揍了一拳，现在我要求决斗以维护绅士的荣誉！"说完，高个子姨丈抱起小外甥又是抛又是揉,虽然破坏了他的沉着庄重,却也令他孩子气的内心欢畅不已。

"她可是从头到脚都穿着丝绸呢!看她神采奕奕地坐在那儿,听大伙叫小埃米'劳伦斯夫人',真叫人开心得很!"老汉娜喃喃自语,她显然胡乱地摆着餐桌,忍不住不时朝餐厅外偷瞄一眼。

老天啊,他们聊得可起劲了!一个人讲完,换另一个人讲,接着大家七嘴八舌地聊开了,想要在半小时里把三年的故事讲完。所幸茶点已经准备好了,可以让他们稍歇享用,他们再聊下去,会声音嘶哑、头晕眼花的。这一队人鱼贯而入小餐厅,多么快乐!马奇先生自豪地护送着"劳伦斯夫人",马奇太太同样骄傲地倚着"儿子"的手臂。老先生牵起乔,耳语道:"往后得由你当我的

孩子了。"他瞥了一眼壁炉旁那个空荡荡的角落。乔双唇颤抖着，低声回答："我会尽力填补她的位置的，先生。"

　　双胞胎蹦蹦跳跳跟在后面，觉得大好日子就在眼前，因为大家都忙着招呼新人，由着他们俩尽情欢闹，不消说，他们自然充分利用了这个机会。可不是吗？他们偷喝了几口茶，放开肚皮大吃姜饼，一人拿了一块热松饼，最最逾矩的是，他们各自往小口袋里塞了一小块香喷喷的果馅儿饼，结果馅儿饼粘在口袋里压得粉碎，这使他们懂得了，人性和糕点都是脆弱的。背负着私藏馅儿饼的内疚，又害怕乔乔姨妈敏锐的目光会穿透薄薄的麻纱和美利奴羊毛外衣，发现藏匿的赃(zāng)物，这两个小罪犯紧贴在外公身边，因为他没有戴眼镜。埃米像点心一样被大家传来传去，回客厅时挽着劳伦斯爷爷的手臂。其他人和先前一样两两同行，如此一来，让乔落了单。当下她并不在意，因为她留在餐厅，回答着汉娜热切的询问。

"埃米小姐会坐轿子马车（双座四轮轿式马车）吗？会用收藏在那边的漂亮银餐具吃饭吗？"

"她就是每天驾着六匹白马，用金盘子吃饭，戴钻石首饰，穿针绣花边衣服，也不奇怪呀。特迪觉得给她用再好的东西都不为过。"乔无比满意地答道。

"此言甚是！你早饭想吃肉末土豆泥还是鱼丸？"汉娜巧妙地将诗意和闲话糅合在一起。

"我无所谓。"乔关上了门，她感到此刻不适宜谈论食物。她站了片刻，看着那一行人的身影消失在楼上，当德米穿着方格呢裤子的小短腿吃力地爬上最后一级楼梯时，一股突如其来的孤独感袭上她心头，这感觉如此强烈，她泪眼蒙眬地四下张望，仿佛想找一样东西依靠——如今连特迪也离她而去。如果她知道有什么样的生日礼物正一分一秒靠近她，她就不会对自己说这句话了："我上床睡觉时再哭一小会儿，现在可不是沮丧的时候。"然后她伸手去抹眼睛——她男孩子气的习惯之一就是从来不知道自己的手帕在哪里——刚勉强挤出一丝微笑，只听得门廊传来一阵敲门声。

她本着好客之道匆匆开了门，结果吓了一跳，仿佛又一个幻影来给她惊喜——门外站着一位身材魁梧、留着胡子的先生，在黑暗中含笑望着她，如午夜悬空的太阳。

"噢，巴尔先生，见到你可真高兴！"乔叫着，一把抓住他，好像担心不赶快请他进门，黑夜便会将他吞没。

"我见到马奇小姐也很高兴，哎呀，你们有客人在——"从楼上传来说话声和舞步声，教授停顿下来。

"不，没有，只是家人。我哥哥、我妹妹刚回家，我们都很开心。进来吧，和我们一起坐坐。"

虽说巴尔先生善于交际，不过我认为，他原本想识礼地离开，改日再访；但是乔在他身后关上门，还摘走他的帽子，他怎么走得了？或许也与她的神情有关，因为她忘了掩饰见到他的喜悦，就那样坦率地写在脸上，这个孤独的人见了难以招架，他做梦都想不到会受到她如此热情的欢迎。

"如果我不算累赘的话，我非常高兴看到他们大家。我的朋友，你生病了？"

他突然问出这个问题，因为当乔挂起他的外套时，灯光照着她的脸，他看出些许变化。

"不是生病，是疲倦和悲伤。上次和你分别后，我们家出了事。"

"啊，是，我知道！我听到消息时也为你心痛。"他再次握起她的手，脸上满是同情，乔觉得没有什么安慰比得上这仁慈的目光和温暖大手的紧握。

"爸爸、妈妈，这是我的朋友巴尔教授。"她说，无论脸色还是语调都带着无法抑制的自豪和愉悦，打开房门时只差没吹着喇叭、手舞足蹈。

如果这个外人对自己将受到怎样的接待心存疑虑，他顷刻间便安了心，因为热诚的欢迎扑面而来。所有人都友好地同他打招呼，一开始是看在乔的分上，但很快他们就喜欢上他这个人。这是自然，因为他拥有打开所有心扉的法宝，这些纯朴的人立刻和他热络起来，得知他很穷，反倒更觉亲切——贫穷使不那么穷的人显得富裕，必能牵动真正好客的心。巴尔先生坐着环顾四周，那神情如同旅人叩响一扇陌生的门，门打开时，却发现自己到家了。两个孩子跑来他身边，像蜜蜂飞向蜜罐，一人坐到他一边腿上，抓着他不放，掏他的口袋，扯他的胡子，研究他的手表，真是年幼妄为。女士们互相示意，透露对他的赞许。马奇先生感到与这位宾客志趣相投，便与他高山流水地聊起来，约翰在旁静静地听着，不发一语，颇觉兴味盎然。劳伦斯老先生则听得全无睡意。

乔要不是在注意别的事，一定会被劳里的举动逗乐的。这位先生隐隐有一股情绪，并非嫉妒，而是类似疑心，因此他起初站得远远的，以兄长的谨慎态度观察这新来的客人。不过这只是一时的，而后，他不由自主地产生了兴趣，没等反应过来，就被那一圈人吸引过去。因为在一团和气之中，巴尔先生出口成章，挥洒满腹经纶。他很少对劳里说话，但常常望向他。看着这个风华正茂的年轻人，巴尔先生脸上会掠过一丝阴影，仿佛惋惜自己青春已逝。随后他的视线会怅然转向乔，假如她看到的话，一定会回应这无声的探问。但是乔得顾好自己的双眼，生怕眼神泄了密，她谨慎地盯着手上正在织的小袜子，像个模范的未婚阿姨。

她时而偷瞥巴尔先生一眼，这使她恢复精神，有如在风尘仆仆的路程后啜饮清水，因为在一次次侧目中她看出几个好兆头。巴尔先生的脸上没了以前糊里糊涂的表情，看上去沉浸在当下，容光焕发——竟显得年轻英俊。她这么想着，却忘了拿他和劳里比较，她对陌生男士通常会这么做，这对他们十分不利。此时巴尔先生仍娓娓而谈，尽管谈话的内容已偏离到古代葬礼习俗，可能算不上令人振奋的话题。看特迪在一段辩论中败下阵来，乔扬扬得意。她望着父亲全神贯注的脸，心想："有像教授这样的一个人每天和他交谈，他该多高兴啊！"而且，巴尔先生身穿一套崭新的黑色西装，比以往更显绅士风采。他浓密的头发剪短了，梳得整整齐齐，但并没有保持多长时间，因为讲到激动处，他像过去那样滑稽地把头发揉乱，乔喜欢他的头发凌乱地立着，而不是服服帖帖的，因为她认为这为他漂亮的额头增添了朱庇特①般的气质。可怜的乔！她如此美化着这个平凡的男人，虽然静静地坐着织袜子，但什么也没有逃过她的眼睛——甚至注意到巴尔先生干干净净的袖口上竟还别着金色袖扣。"可爱的家伙，就算他要去求婚，也不可能打扮得更细致了。"乔自言自语道。而从这句话忽地生出一个念头，令她的脸涨得通红通红，她只得故意让线球掉到地上，再弯腰去捡，借此遮掩面孔。

然而，这一招并不如预期般成功。教授正做着点燃火葬柴堆的手势，见状便放下火把，俯身去追那团蓝色小球。当然，他们俩的脑袋重重地撞在了一起，撞得眼冒金星。两人都没有捡起线玖，而是红着脸大笑着站起身来，回到各自的座位，暗自后悔刚才离了座。

没有人知道这一晚的时间去了哪里。双胞胎打着盹儿，像两朵红扑扑的花儿，汉娜早早就熟练地哄他们去睡了，劳伦斯老先生也回家休息了。其他人围坐在火炉边聊个不停，全然不顾时间的流逝。后来，梅格那颗为人母的心确信，黛西已经从床上滚了下来，而德米在研究火柴构造时烧着了他的睡衣，于是她动身离去。

"我们得像以前一样唱唱歌，所有人又聚在一起了，终于。"乔说。她感到高歌一曲可以稳妥而愉快地宣泄内心的欢欣之情。

并非"所有人"都在，但是谁都不觉得她的话欠考虑或不真实。因为贝丝好像依然在他们中间，宁静地存在着，看不见，却比以往更亲密。死亡无法拆散家人之间由爱结起的不解之缘。那张小椅子摆在老地方。

---

① 朱庇特：罗马神话中的众神之王，对应希腊神话中的宙斯。

针线篮收拾得很整齐,还在它惯常放的架子上,里头有一点儿活计,那是缝衣针变得太重时,她没做完留下的。心爱的钢琴不曾被搬开,现在很少有人去碰了。琴的上方,贝丝安详的笑脸一如往昔,她俯视着他们,似乎在说:"要快乐啊!我在。"

"弹点儿什么吧,埃米。让他们听听你进步了多少。"劳里说道。他对这位有前途的学生抱着情有可原的骄傲。

埃米泪眼盈盈,她转过褪了色的琴凳,低声说:"今晚不行,亲爱的,今晚我不能卖弄。"

不过她展露出比才华和技巧更好的东西,她唱起贝丝的那些歌来,那温柔的歌声,即使是最好的老师也教不出来,一股美好的力量打动了听者的心,其他任何灵感都无法赋予她这般力量。唱到贝丝最爱的赞美诗的最后一句,清亮的嗓音陡然哽住,房间里一片寂静。那句歌词难以唱出口:

> 世上的忧愁，天上都能解。

埃米倚着站在她身后的丈夫，觉得少了贝丝的亲吻，迎接她的这个家就不够完美了。

"现在我们唱《迷娘之歌》作结尾，巴尔先生会唱这首。"乔说，她不想等这段停顿变得痛苦。巴尔先生满意地哼了一声，清了清喉咙，走到乔站的角落说："你和我一起唱吧，我们的歌声非常和谐。"

顺便说一句，这只是讨人欢心的假话，因为乔的音乐造诣不比蚱蜢高。但是，就算他提议唱一整出歌剧，她也会答应，用颤音欢唱起来，不顾是否合拍合调。这不怎么要紧，因为巴尔先生唱歌是真正的德国人那样，洪亮悦耳。乔很快便放低了嗓音，轻声哼唱，这样她就可以聆听那仿佛只为她一人而唱的和润歌声。

> 你可认识那柠檬花开的地方？

这原是教授最喜欢的一句歌词，因为"那地方[①]"对他来说指的是德国。而此刻他似乎带着特别的热情与韵味，沉浸于这两句词：

> 到那里，噢，到那里，我愿与你同往，
> 噢，我的爱人，走吧！

这温柔的邀请令一个听者悸动不已，她很想说，她真的认识那地方，

---

① 那地方：原文为德文。

只要他乐意，她随时欣然前往。

大家都认为这首歌唱得十分动听，歌手羞涩地载誉而归。但几分钟后，他完全忘了礼数，盯着看埃米戴上软帽——因为乔只简单地介绍她为"我妹妹"，从他进屋后，没有人叫过她的新称谓。临别时，他更忘乎所以了，因为劳里用最亲切的态度说道："先生，我和我的妻子很高兴见到你。请记得，在对面，我们家永远欢迎你大驾光临。"

这时教授由衷地谢了他，脸色因满足瞬间明朗起来，劳里觉得从未见过如此喜形于色的老兄。

"我也该走了。不过亲爱的太太，如果您允许的话，我会很高兴再来的，我在城里有点儿事情，要在这儿待个几天。"

他对马奇太太说话，眼睛却看着乔。母亲的话语和女儿的目光给予同样热忱的应许。马奇太太可不像莫法特太太说的那样，对孩子们的心意视而不见。

"我看那个人很聪明。"最后一位客人走后，马奇先生站在壁炉前的地毯上，平静而满意地评论道。

"我知道他是好人。"马奇太太接着表示明确的赞许，一面给钟上好了发条。

"我料到你们会喜欢他的。"乔只说了这一句，就溜去睡觉了。

她好奇是什么事把巴尔先生带到这儿的城里来，最后断定他在某处被授予殊荣，只是过于谦虚而没有明说。后来他回到自己的屋子，安稳地独处，看着一张相片，相片中是一位头发茂密、正颜厉色的年轻女士，她似乎正忧愁地凝望着未来。倘若乔看到他此时的神色，事情便会真相大白，尤其是他熄灭煤油灯之后，在黑暗中亲吻了这张相片。

第四十四章
夫君与夫人

"拜托,母亲大人,请把我的妻子借给我半个小时可以吗?行李已经到了,我在找一些想要的东西,把埃米的巴黎时装翻乱了。"第二天劳里来找劳伦斯夫人,只见她正坐在母亲怀中,好像又成了那个"小孩子"。

"当然可以。去吧,亲爱的,我忘了你除了这个家还有别的

家。"马奇太太捏了捏那只戴着婚戒的玉手,仿佛在为自己贪婪的母爱请求原谅。

"我要是能应付,就不会过来了。但是我少了我的小妇人就不行,简直像一只——"

"没有风的风向标。"看他顿住在想一个比喻,乔提示道。特迪回家后,乔又恢复了俏皮的本性。

"确实,大多数时间埃米让我指向正西,只偶尔一阵微风将我转往南面,打从结婚以来,我就再也没有朝东的时候了,对北方更是一无所知,总体上是很温暖健康的——对吧,我的夫人?"

"目前为止天气不错,我不知道会持续多久,不过有风暴也不怕,因为我在学习怎么驾驶我的船。回家吧,亲爱的,我会找到你的脱靴器的——我想你乱翻我的东西,一定是在找这个。妈妈,男人真是没用啊。"埃米带着主妇的神气说道,叫她的丈夫很高兴。

"你们安顿好之后有什么打算?"乔边问边扣好了埃米的斗篷,就像过去为她扣围裙的扣子一样。

"我们有计划,现在还不想说太多,因为我们是劲头十足的新手,不打算闲着。我要全心做生意,让爷爷高兴,向他证明我没有被宠坏。我需要这样的事情让自己稳定下来。我厌倦了混日子,想要像个男人一样地工作。"

"埃米呢,她要做什么?"马奇太太问。她对劳里的决定以及他说话时的活力感到非常满意。

"四处问候一下,亮一亮最好的帽子,然后我们会让我们的房子充满优雅好客的气氛,让家里高朋满座,对整个世界发挥有益的影响,到时让你们吃惊。就是这样,对吗,雷卡米耶①夫人?"劳里带着探询的目光问埃米。

"时间会证明的。走吧,无礼的家伙,别当着我家人的面奚落我,把他们吓到。"埃米回答。她决心在当社交界女王举办沙龙之前,要先有一个由贤妻主持的家。

"这两个孩子看起来多幸福啊!"马奇先生说。小夫妻离开后,他发现在很难再专心地读亚里士多德。

---

① 朱丽叶·雷卡米耶(1777—1849):法国沙龙主人,其沙龙是18世纪末至19世纪初巴黎政界和文坛重要人物的聚会场所。

"是啊，而且我觉得会一直持续下去。"马奇太太接着说，脸上带着平静的表情，就像一个将船只安全引入港口的领航员。

"我知道会的。幸福的埃米！"乔叹了口气，转而又灿烂地笑了，因为这时巴尔教授迫不及待地推开了栅门。

傍晚晚些时候，劳里已不再为脱靴器烦恼，他的妻子正跑来跑去、布置她新的艺术珍品，劳里突然对她说："劳伦斯夫人。"

"我的夫君！"

"那个男人想要娶我们的乔！"

"我希望如此。亲爱的，你呢？"

"这个嘛，宝贝，我觉得他是个大好人，从各方面来说都是个十足的好人，但我真的希望他比现在年轻一点儿、有钱得多。"

"得了，劳里，不要太挑剔太世故。只要他们彼此相爱，多老多穷都不要紧。女人决不该为了钱嫁人——"埃米话一出口就打住了。她看着丈夫，而他刻意严肃地回答说："当然不该，尽管有时候也会听到漂亮姑娘说她们想要这么做。如果我没记错的话，你曾经认为你有责任结一门富亲。也许，这就是为什么你会嫁给我这样的窝囊废。"

"噢，我最亲爱的男孩，别，别说这种话！我说'愿意'的时候，压根忘了你很有钱。即使你身无分文，我也会嫁给你的。我有时希望你很穷，这样就可以证明我有多爱你了。"埃米在人前十分端庄，私下里却是深情款款，她的作为证实自己所言不虚，令人信服。

"虽然我曾经那样想过，你不会真的以为我是那种唯利是图的人吧？就算你得在湖上划船讨生活，我也很乐意和你同舟共济，如果你不相信，我会心碎的。"

"我难道是笨蛋、是浑蛋吗？你为了我拒绝了一个更有钱的男人，现在我有权给你任何东西，结果我想给的，你连一半都不肯要，我怎么还会那样想呢？每天都有姑娘为了钱结婚，可怜的人啊，她们受教导，以为这是自己唯一的救赎。你得到更好的教育，尽管我一度为你担心。我没有失望，因为女儿遵从了母亲的教诲。我昨天就对妈妈说了这些，她看起来高兴又感激，仿佛我给了她一张一百万的支票，让她用来做善事。劳伦斯夫人，你没有在听我讲道理啊。"劳里停了下来，埃米的眼睛虽然盯着他的脸，却露出心不在焉的神色。

"不，我听着呢，同时在欣赏你的酒窝。我不想让你自负起来，可我必须承认，比起我丈夫所有的钱，他的英俊更让我觉得骄傲。不要笑，你的鼻子长得真好看。"埃米带着艺术的满足感轻轻抚摩着那个高挺的鼻子。

劳里一生中听过许多赞美，但从没有哪句话如此合他的心意，他显然十分高兴，尽管对妻子的特殊品味还是取笑了一番。她慢腾腾地开口道："亲爱的，我可以问你一个问题吗？"

"当然可以。"

"如果乔真的嫁给巴尔先生，你会在意吗？"

"哦，你在心烦这事，是吗？还以为是酒窝哪里让你不满意呢。我可不会狗占马槽，我已经是世上最幸福的人，我向你保证，我会在乔的婚礼上跳舞，心情和脚步一样轻快。你不信吗，我亲爱的？"

埃米抬头看他，心满意足。最后一丝出于嫉妒的恐惧彻底消失了，她感谢他，脸色充满爱意与信任。

"真希望我们能为那么好的老教授做点儿什么。我们能不能捏造一个有钱的亲戚，乖乖地在德国去世，给他留下一小笔财产？"劳里说。他们手挽着手，开始在长长的客厅里来回散步，他们很喜欢这样，以纪念域堡花园的时光。

"乔会发现我们的诡计，然后破坏一切的。她很为他现在的样子感到骄傲，昨天她还说她认为贫穷是一件美好的事情。"

"祝福她！等她有了一个文人丈夫，还要养活十来个小小教授的时候，她就不会这么想了。我们暂时不去干涉，候到机会再帮他们的忙，到时就由不得他们了。我的学业有一部分要归功于乔，而她也认为人要知恩图报，我会用这种方法说服她。"

"能够帮助别人是多么愉快啊，不是吗？有能力慷慨地付出，这一直是我的一个梦想。多亏有你，梦想成真了。"

"啊，我们会做很多善事的，对吧？有一种穷人我特别想帮。穷困潦倒的乞丐常受人照顾，但是有身份的穷人日子过得不好，因为他们不会求助，别人也不敢施舍。不过还是有千百种帮助他们的办法，只要帮得巧妙，不冒犯他们。我得说，我宁愿接济落魄的绅士，也不想帮花言巧语的乞丐，这样或许不对，做起来也更难一些，但我就是这么想的。"

"因为绅士才帮得了绅士。"家庭互敬协会的另一名成员补充道。

"谢谢你，恐怕我配不上你的美言。不过我要说的是，我在国外闲逛时，见到很多才华横溢的年轻人为实现梦想作出各种牺牲，忍受艰难困苦。其中一些人很出色，像英雄般努力着，一贫如洗，无依无靠，但是满怀勇气、耐性和抱负。我自惭形秽，很希望助他们一臂之力。帮助那些人会令我满足，因为如果他们有天分，可以为他们效劳，让他们无断炊之虞，不致失去或耽误了天分，这是我的荣幸。如果他们没有天分，能安慰可怜人，使他们看清现实时免于绝望，也是乐事一桩。"

"的确如此。还有一种人，他们没法求助，默默地吃苦。我对此略知一二，因为我也曾是这种人，直到你娶我为后，像老故事里的国王娶女乞丐那样。劳里，抱负不凡的姑娘不好过，她们经常眼睁睁地看着青春、健康和宝贵的机会流逝，只因为缺少一点儿适时的帮助。大家一直对我很好，每当我看到那些像我们过去一样奋斗着的姑娘，我就想向她们伸出援手，像别人帮我那样。"

"你是该这么做,你本来就像个天使!"劳里喊道,他洋溢着慈善的热情,决心建立一所机构,专门资助有艺术天赋的年轻女性。"富人没有坐享清福或积聚钱财供他人挥霍的权利。死后留下大笔遗产实为不智,远不如在世时善用这笔钱,使同胞幸福,自己也高兴。我们自己会过得很好,乐善好施更为我们的快乐锦上添花。你愿意当一个小多加①,将大篮子里的衣物分送一空,再用善行装满它吗?"

"我十分乐意,只要你愿意当一个勇敢的圣马丁②,骑马勇闯世界,把斗篷分一半给乞丐。"

"就这么说定了,我们会成功的!"

这对夫妻握了握手,又快乐地踱起步来,觉得这个宜人的家更像家了,因为他们希望为其他家庭带去光明。他们相信,如果为别人将崎岖的道路铺平,自己的双脚也会在前方的花径上走得更正直。他们感到有一种爱将两颗心联结得更紧密了,这种爱能温柔地挂念那些不如自己幸运的人。

---

① 多加:《圣经》中的人物,她广行善事,多施周济。
② 圣马丁(316—397):法国图尔的主教。相传他年轻时随罗马军队驻扎于高卢,遇上一个衣不蔽体的乞丐,马丁将自己的军袍割下一半相送,当晚耶稣在马丁梦中显现,身上穿的正是他白天送给乞丐的那半件袍子。

第四十五章

黛西和德米

身为马奇家谦卑的编史者，如果不把至少一章的篇幅献给家中最可爱、最重要的两位成员，我会感到自己没有尽责。黛西和德米已经到能明理的年龄，在这个放纵的年代，三四岁的小孩就知道主张权利，也能得到权利，胜过他们的许多长辈。如果说有哪一对双胞胎备受溺爱，濒临被宠坏的边缘，那就是这对牙牙学语的小布鲁克了。当然，他们是所有孩子中最出众的，稍作举例便能证明。他们八个月会走路，十二个月能流利地说话，两岁时在餐桌边就座，举止得体，令旁人称奇。到了三岁，黛西要"针针"，还真的缝了几针做出一个袋子。她也操持起餐具柜的事务来，熟练地摆弄一个微型炉灶，汉娜见了，不禁涌出自豪的泪水。德米则跟着外公学习字母，外公发明了一套新的字母表教学方法，用四肢摆出字母的形状，既锻炼头脑，也活动身体。这个男孩很早就展露机械方面的天赋，这让他的父亲很高兴，却让母亲心神不宁，因为他试图仿制视线所及的每一台机器，总是使育儿室乱成一团。他做过"缝纫机"——一种由绳子、椅子、衣夹和线轴组成的神秘机器，让轮子"转啊转"的。他还在一把大椅子的靠背上挂了一个篮子，妄图把妹妹装在里头升起来，妹妹过于轻信，带着女性的奉献精神，让她的小脑袋东敲西撞，直到妈妈前来援救，这位年轻的发明家愤怒地应道："哎呀，阿妈，这是我的升降架，我要把她拉上来。"

虽然性格迥异，但双胞胎感情非常好，每天吵架很少超过三次。当然了，德米虽对黛西横行霸道，但英勇地保护她不受其他侵略者欺负，黛西则自愿当苦役，崇拜着哥哥，认为他是世上最完美的人。黛西是一个脸蛋红扑扑、身体胖乎乎、性情和煦的小家伙，能打开所有人的心扉，偎依在大家心里。她是那种迷人的小孩，似乎生来就要让人亲吻和拥抱，打扮得像小女神似的令人倾慕，在各种喜庆场合备受称赞。她有许多十分可爱的小优点，要不是些许淘气保留了可人的平凡特质，她就简直像天使了。她的世界永远晴朗，每天早晨都穿着小睡袍爬到窗前向外张望，无论是晴是雨，她都会说："噢，天气好好，天气好好！"她把所有人都当成朋友，如此信任地对陌生人献上亲吻，连顽固不化的独身者都心软了，原本就喜欢孩子的人更是对她爱不释手。

"我喜欢大家。"她有一次这么说，张开双臂，一手拿着勺子，一手拿着杯子，仿佛渴望拥抱和滋养整个世界。

随着她长大，她的母亲渐渐感到"鸠舍"会因为住在里面的这个安静体贴的孩子而蒙福，就像使老房子如此温馨的那个人儿——她不禁祈祷不要再遭受那种丧失，失去后他们才懂得，他们不知不觉间拥有过一位天使。外公常把这个小家伙叫成"贝丝"，外婆不知疲倦地照看她，仿佛在努力弥补以前的过失，一种无人知晓、只有她明白的过失。

德米生性好奇，什么都想知道，又常常很烦恼，因为他不断地问"为什么"，却得不到满意的答案。

他也爱好哲学，这令外公非常高兴，经常同他进行苏格拉底式的对话，早慧的弟子在对话中偶尔提问，大家听了毫不掩饰满意之情。

"外公，是什么让我的腿能动的？"一天晚上嬉戏停歇，准备上床时，这位小哲学家带着沉思的神情，审视着自己身躯那些活跃的部位。

"是你的小脑筋，德米。"智者尊重地抚摸那颗金发的脑袋。

"什么是小脑筋？"

"是让你的身体活动的东西，就像我给你看过的手表里能让齿轮转动的弹簧。"

"把我打开，我想看它转转。"

"我没办法，就像你打不开手表一样。神明给你上发条，你就动了，直到他要你停下。"

"真的？"德米接受了这个新想法，褐色的眼睛睁得大大的，发着光，"我和手表一样上了发条吗？"

"真的，但我没法给你看是怎么上的，是在我们看不见的时候上好的。"

德米摸了摸自己的后背，好像希望发现那里像手表背面一样，然后他严肃地说：

"我猜神明是在我睡着的时候上的发条。"

接着是一番详细的解释，德米聚精会神地听着。外婆见状着急了："亲爱的，你觉得跟小孩子谈论这些事情明智吗？他脑门儿越来越大，都学会问最难答的问题了。"

"如果他到了可以提出问题的年龄，那么也到了可以得到真实答案的年龄。我不是把想法灌输给他，而是帮他解开那些已经在脑中的想法。

这些孩子比我们都聪明,我毫不怀疑这孩子能听懂我对他说的每一句话。好了,德米,告诉我你的脑筋放在哪里?"

如果这个男孩像阿尔西巴德[①]那样回答"真的,苏格拉底,我说不出来",他的外公也不会感到惊讶。然而,他像一只沉思的小鹳鸟似的单脚站立片刻后,用平静而确定的语调回答说:"在我的小肚皮里。"老先生只能跟着外婆一起大笑起来,结束这堂玄学课。

要不是德米的作为令人相信,他不仅是一个初露头角的哲学家,也是一个正常男孩子,他的母亲可得担心了。这样的一场讨论经常使汉娜不祥地点着头,预言道:"这孩子在这世上待不久。"而他转过身来就打消了她的恐惧,因为他会干一些恶作剧,可爱又可恶的调皮小坏蛋都会以此让父母既烦心又开心。

梅格定下许多规矩,设法让孩子遵守。但是,两个小大人早早就展现机灵鬼的高超技巧,他们搬出可爱的花招、聪明的托词以及自身的肆无忌惮,哪个当妈妈的抵得住呢?

"不许吃葡萄干了,德米,再吃会生病的。"妈妈说。这个年轻人总是在做葡萄干布丁的日子进厨房效力,从不缺席。

"我喜欢生病。"

"这儿不需要你,快去帮黛西做小馅儿饼吧。"

他不甘愿地离开了,一肚子委屈。晚些时候,补偿的机会来了,他通过精明的交易智胜了妈妈。

"你们今天都是乖孩子,现在你们想要什么我都会答应。"梅格边说边带着她的厨房助手上楼,此时布丁已在锅里安然蒸着了。

[①] 阿尔西巴德(约前450—前404):古希腊雅典统帅,苏格拉底的弟子。

"真的吗，阿妈？"德米满头面粉，脑袋里冒出一个绝妙的主意。

"真的，你说什么都可以。"这缺乏远见的母亲答道，心里准备着要唱五六遍《三只小猫》，或者不辞辛劳带全家人去"买一个小面包"。德米冷静的回答将了她一军："那我们去把葡萄干全吃光。"

乔乔姨妈是两个孩子的头号玩伴和知己，常和他们一起把小房子闹得天翻地覆。埃米姨妈对他们而言还只是个名字，贝丝姨妈则很快化为模糊的美好回忆。但乔乔姨妈是活生生的现实，他们非常重视她，这种礼遇令她感激不尽。但是，巴尔先生来了以后，乔乔冷落了她的玩伴，于是沮丧与孤寂笼罩在他们心上。黛西喜欢到处兜售亲吻，如今失去了最好的主顾，顿失所依。德米凭借幼儿的洞察力很快便发现，比起和他玩，乔乔更喜欢和"熊先生"一起玩。尽管伤心，他还是隐藏起这份苦恼，因为他不忍心得罪对手，这位对手的马甲口袋里有宝藏巧克力豆，还有一只可以从壳里取出来、任热情欣赏者随意晃动的表。

或许有人会将这些讨喜的纵容视作利诱，但是德米不这么看，继续忧戚却亲切地垂顾"熊先生"。黛西则在他第三次来访时赐予小小的情意，把他的肩膀当成宝座，把他的臂弯当成避风港，把他的礼物当成无价之宝。

面对仰慕的女士，某些男士或许会突然对她们的小亲戚也萌生喜爱之情。但是这种虚假的怜爱不自在地强加于孩子们身上，根本骗不了任何人。然而，巴尔先生的爱很真诚，也很有效，因为在情感中和在法律上一样，诚实乃上策。他是那种能和孩子打成一片的人，小脸蛋与他阳刚的脸庞形成鲜明对比，显得他格外好看。无论城里的事务是什么，他日复一日地停留，但是晚上却很少不现身拜访——嗯，他求见的总是马奇先生，所以我想他是为他而来。优秀的爸爸也误以为如此，和这位志趣相投的客人纵情长谈，直到更懂察言观色的外孙偶然说出一句话才点醒了他。

一天傍晚，巴尔先生来访，在书房门前停下脚步，眼前的景象令他大跌眼镜。只见马奇先生躺在地板上，可敬的双腿高举在空中，在他身边同样躺着的是德米，正试图用自己套着红色长袜的小短腿模仿外公的姿势。这地上的两人认真而入神，全然不觉有人在旁，直到巴尔先生发出他响亮的笑声，乔也一脸嫌恶地大喊道："爸爸！爸爸！教授来了！"

穿着黑裤的双腿放下了，灰白头发的脑袋抬起来，这位导师泰然自若地说："晚上好，巴尔先生。容我失陪片刻，我们正要下课了。好了，德米，摆出这个字母，念出它的名称。"

"我认识这个。"小红腿努力蹬了几次，比出了圆规的形状，这个聪明的学生得意地叫道："是'We（V）'，外公，是'We（V）'！"

"他天生就是山姆·维勒的口音。"乔笑道。她的父亲爬了起来，小外甥在试着倒立——他总是用这种方式表达对下课的满意之情。

"小男孩①，你今天干吗了呀？"巴尔先生抱起小体操家。

"我去找小玛丽了。"

"你找她做什么？"

"我亲了她。"德米单纯坦率地说。

"哟！你开始得挺早啊。小玛丽怎么说呢？"巴尔先生继续让这个小罪人招供。小罪人踩在他膝上，掏着他的马甲口袋。

"噢，她喜欢呀，然后她亲了我，我也喜欢。小男孩不是会喜欢小女孩吗？"德米嘴里塞得满满的，神情温和而满足。

"你这早熟的小鬼——是谁把这些装进你的脑袋的？"乔说。她和教授一样高兴地听着这段天真的自白。

"不是在我脑袋里，是在我嘴巴里。"德米只听懂字面意思。他吐出沾着巧克力豆的舌头，以为乔指的是糖果不是想法。

"你应该留一些给小朋友。孩子，甜蜜的人吃甜蜜的东西。"巴尔先生递给乔一些，他的表情使她怀疑巧克力是诸神饮的琼浆玉液。德米也看到了他的微笑，为之感动，纯真地问道："教授，大男孩也喜欢大女孩吗？"

---

① 小男孩：原文为德文。

和华盛顿小时候一样，巴尔先生"不会说谎"，所以他答得含含糊糊，说他相信有时候是如此。马奇先生听见他的语气，放下了手中的衣刷，又瞥了一眼乔害羞的脸，然后他陷进椅子里，看来那"早熟的小鬼"把一个甜中带酸的念头装进了外公的脑袋。

半小时后，乔乔姨妈在瓷器储藏室里撞见德米，她没有因为他跑进那里而教训他，反而温柔地拥抱他，抱得他差点儿透不过气来。在这新奇的举动之后，她又出人意料地拿一大片果酱面包给他当礼物。为什么她会这样做呢，这是德米的小脑袋百思不解的一个问题，只得让它永远成谜。

第四十六章
伞下

劳里和埃米在丝绒地毯上踱着步,他们把屋子整理得井井有条,计划着幸福的未来。与此同时,巴尔先生和乔正踏着泥泞的道路和润湿的田地,享受着另一种漫步。

"我一向是在傍晚散步的,没道理只因为经常巧遇教授外出,就放弃这个习惯吧。"在两三次不期而遇之后,乔自言自语道。通往梅格家的路有两条,但无论她走哪一条,必定会遇到他,不是在去路,就是在来路。他总是走得很快,而且似乎总要走到跟前才发现她,好像他的近视眼直到那一刻才认出这位走近的女士。接着,如果她是去梅格家,他总有一些东西要送给两个孩子,如果她是朝家走,那他就只是溜达去河边看看正要返回,希望他们没有厌烦他频繁打扰。

在这种情况下,乔除了客气地同他打招呼,邀请他进屋,还能做什么呢?假如她是真的厌烦了他的来访,那她倒是把疲倦掩饰得天衣无缝,甚至关照晚餐要有咖啡,"因为弗里德里希——我是说巴尔先生——不喜欢喝茶。"

到了第二个星期,大家都清楚地知道发生了什么,但每个人都试图对乔脸色的变化视而不见——从不问她为什么一边做活儿一边唱歌,为什么一天把头发梳三遍,为什么傍晚散步如此神采奕奕。似乎没有人猜到巴尔教授在与父亲谈论哲学的同时,也在给女儿上爱情课。

乔难以得体地交出芳心,而是决然想要熄灭她的感情,可是她做不到,日子便过得有些焦躁。她曾多次言辞激烈地宣称要自立,如今非常担心因妥协而遭受嘲笑。她特别怕劳里笑话她。幸亏有新的人管着他,他规规矩矩的,值得嘉许,从没有当众称巴尔先生为"好老兄",从没有拐弯抹角谈到乔的外表更光鲜了,看到教授的帽子几乎每晚都出现在马奇家门厅的桌子上,也没有表示半点儿惊讶。但是他心里暗喜,盼着有一天能送给乔一块牌子,上面画一头绑在木棍上的熊,很适合当她的家徽。

两星期以来,教授像情人般不间断地来往。然后他整整三天没有露面,杳无音信——这种做法让大家都一脸严肃,乔起初心事重重,后来又非常生气——唉,感情啊。

"我看,他是嫌弃了,和来时一样突然地回去了。当然,这对我来说无关紧要。但是我以为,他会来向我们道别的,像个绅士那样。"她自语道。这是一个阴沉的下午,她一边绝望地看着栅门,一边穿戴齐整,准备照惯例出去散步。

"亲爱的,你最好把小雨伞带上,看样子要下雨了。"母亲说。她注意到乔戴上了新软帽,但没有提这件事。

"好的,妈妈。要我带什么吗?我得进城去买些纸。"乔在镜子前打好下巴下的蝴蝶结，借此避而不看母亲。

"要，我想要些斜纹亚麻布、一板九号针，还有两码淡紫色窄丝带。你穿上厚靴子了吗？斗篷里头衣服穿得够暖吗？"

"应该够了。"乔心不在焉地回答。

"如果你碰巧遇到巴尔先生，记得带他回家来用些茶点，我很想见见那好人。"马奇太太接着说。

这句话乔听在耳中，却没有作答，她只是吻了吻母亲，便迅速走开了。尽管伤心，她仍满怀感激地想：她对我真好！那些没有妈妈帮忙渡过难关的姑娘可怎么办呀？

纺织品商店不在账房、银行和批发行所在的城区，这是男士们常聚集的地方。然而乔一件差事都还没做，就不知不觉地来到这一带，沿街闲逛着，仿佛在等什么人，她带着女性不常有的兴趣，在一面橱窗前研究工程仪器，在另一面橱窗前研究羊毛样品。她被木桶绊倒，差点儿被卸下的货物压扁，被忙碌的男人们毫不客气地推搡，他们的神情好像在纳闷儿"她到底怎么会跑到这儿来"。一滴雨点儿掉在她的脸颊上，将她的思绪从受挫的希望拉回到淋湿的帽带。雨滴不断落下，她是个情人，也终究是个女人，她觉得，尽管挽救自己的心为时已晚，但或许还可以挽救自己的帽子。于是她想起了那把小雨伞，刚才匆忙出门忘了带上，可后悔也无济于事，只能借一把，不然就任雨水浇透。她抬头看看阴云密布的天空，又低头看已经黑点斑斑的深红色蝴蝶结，顺着泥泞的街道向前望，最后转身长久而踌躇地回望着一间脏兮兮的批发商店，店门上写着"霍夫曼—斯沃茨公司"。她以严厉的语气自责道："我活该！我有什么理由穿上最好的行头，到这里来风花雪月，指望着见到教授？乔，我为你感到羞耻！不，你不能去那里借伞，也不能向他的朋友们打听他在哪里。你应该踩着雨去做你的事,如果你患了重感冒,毁了你的帽子,那都是自找的。走吧!"

想到这里,她冲动地往对街跑去,险些被经过的货车撞飞,她一头栽进一位庄重的老先生怀里。老先生说了句"抱歉,女士",脸色极为不悦。乔有些惶恐,她站直身子,用手帕盖住那尽忠的帽带,将诱惑置之脑后,继续赶路,她的脚踝越来越湿,行人的雨伞在她头顶擦来撞去。一把略显破旧的蓝色雨伞停在她没有遮蔽的帽子上不动了,她乍然回神,抬起头来,只见巴尔先生正低头看她。

"这位意志坚强的女士,在这么多马鼻子底下勇敢穿行,踩着这么多烂泥走得飞快,我觉得好像认识她。我的朋友,你到这里来做什么?"

"我来采买东西。"

巴尔先生笑了,他看看街这边的腌菜厂,再看看街对面的皮革批发公司,但他只是礼貌地说:"你没有带伞,我可以一起去,帮你拿东西吗?"

"可以,谢谢。"

乔的脸颊像帽带一样红了,她不知道他对她的看法。但是她也不在乎,因为不一会儿她已经和她的教授手挽着手往前走了,她感到太阳突然破云而出,异常耀眼,世界又好起来了,这个无比幸福的女人已涉水穿过这一天的雨。

"我们以为你已经走了。"乔急忙说道,她知道他在看着她。她的帽子不够大,藏不住脸,她生怕脸上泄露的喜悦会让他觉得有失女孩子家的矜持。

"你们家的人对我好得不得了,你认为我会不告而别吗?"他这样语带责备地发问,她觉得刚才的话似乎侮辱了他,便由衷地答道:"不,我没有那么想。我知道你在忙自己的事情,只是我们都很想你,尤其是爸爸妈妈。"

"那你呢？"

"见到你我总是很高兴的，先生。"

乔一心想让嗓音保持镇定，结果话说得很淡漠，最后那个简单而冷冰冰的词使教授寒了心，笑容消失了。他正色说道："谢谢你。我走之前会再去一次的。"

"这么说，你真要走了？"

"我在这里没有事情要做了，都结束了。"

"还顺利吧？"乔听出他短短的回答中透着失望的苦涩。

"应该算吧，我找到了一条路，可以谋生，还可以帮我那两个少年①很大的忙。"

"请给我讲讲吧！我想知道所有事情……两个孩子的事情。"乔急切地说。

"你真好，我很乐意告诉你。我的朋友们在一所大学里为我谋得一个职位，可以像在家乡一样教书，收入足够让弗朗兹和埃米尔过得舒适。我该为此感激，对吧？"

"确实应该！这多好啊，你可以做自己喜欢的事，我们又能经常见到你，还有两个孩子。"乔叫了起来，禁不住流露出满意之色，只好抓着孩子当借口。

"啊，恐怕我们不会经常见面，那个地方在西部。"

"那么远！"乔松开了手中提着的裙裾，现在她的衣服和她自己变得怎样似乎都不重要了。

---

① 少年：原文为德文。

巴尔先生读得懂好几种语言，但还没有学会读懂女性。他自以为相当了解乔，因此，这天她前后不一的语气、脸色和举止令他大为讶异，她接连不断地显露这样的矛盾，因为在半小时里，她的心情变化了五六次。刚遇见他时，她显得很惊喜，尽管不免叫人怀疑她是专为此而来。当他向她伸出手臂时，她挽起他时的表情使他满心欢喜。但是当他问她是否想念他，她答得那么冷淡而客套，绝望之情便笼罩在他心上。得知他交了好运，她只差没拍起手来——难道她完全是为那两个孩子高兴吗？随后，听到他要去的地方，她说"那么远！"那沮丧的语调又将他推上希望的巅峰。然而下一刻，她再次让他跌落谷底，她像一心一意在做事的人那样说道："我要买东西的地方到了。你进来吗？用不了多久的。"

乔对自己的采买能力颇为得意，她特别希望干净利落地办完事情，给身边的男伴留下深刻印象。但是，由于她心慌意乱，一切都不对劲了。她打翻了针盒，亚麻布裁好了才想起该买"斜纹"的，给错了零钱，跑到印花布柜台要买淡紫色丝带，自己也一头雾水。巴尔先生站在一旁，看她满脸通红，错误百出，看着看着，他心中的困惑似乎退去，因为他渐渐看清，有些时候，女人就像梦一样，与事实相反。

他们走出店门，他把包裹夹在胳膊下，样子更开朗了，踏着地上的一洼洼水坑，仿佛还算很愉快。

"我们要不要为双胞胎——照你的说法——'采买'一点儿东西，今晚再办个钱别会？如果我去你们温馨的家作最后一次拜访的话。"他驻足在摆满鲜花水果的橱窗前。

"我们买什么呢？"乔佯装没听见他的后半句话，走进店里时，她故作高兴地闻着花香和果香。

"他们可以吃橙子和无花果吗?"巴尔先生带着慈父般的神情问道。

"他们吃得到的时候就会吃。"

"你喜欢坚果吗?"

"像松鼠一样喜欢。"

"黑汉堡葡萄。很好,我们一定要用这些来祝福祖国的吧?"

乔不赞成买这么奢侈的东西,问他为何不买一篮枣子、一桶葡萄干和一袋杏仁就好。巴尔先生随即扣下她的钱包,掏出了自己的,买了几磅葡萄、一盆艳粉色雏菊和一瓶用漂亮的细颈大瓶装着的蜂蜜,就这样置办完毕。他的口袋被这几个鼓鼓囊囊的包裹塞得变了形,他把花交给她拿着,撑起那把旧伞,两人又继续上路了。

"马奇小姐,我有件要事想请你帮忙。"在雨中走了半个街区之后,教授说。

"好的,先生。"乔的心猛烈地跳了起来,她真怕他会听见。

"虽然在下雨,我还是要斗胆相求,因为我留在这里的时间不多了。"

"好的,先生。"乔突然双手紧握了一下,险些把小花盆捏碎。

"我想为蒂娜买一件小衣服,我太笨,一个人去买不好。请你给点儿建议,帮我挑挑好吗?"

"好的,先生。"乔瞬间冷静镇定下来,仿佛一脚踏进了冰箱。

"可能再给蒂娜的妈妈买一条披肩,她那么穷,身体也不好,丈夫又要她操心。是的,是的,一条厚实暖和的披肩对那个小妈妈是很不错的。"

"我很乐意帮忙,巴尔先生。"而后,乔对自己说:"我快按捺不住了,他每一刻都变得更可爱。"她抖擞了一下精神,便劲头十足地帮起忙来,叫人看了也高兴。

巴尔先生全权交给她，她为蒂娜选了一条漂亮的裙子，然后请店员拿披肩出来。店员是位已婚男士，对这对看起来要为家人买东西的夫妇还算赏脸。

"夫人可能会喜欢这条。这是上等品，颜色十分讨喜，披起来很素雅。"他说着，将一条舒服的灰色披肩抖开，围在乔的肩上。

"巴尔先生，这条你中意吗？"她转身背对着他问，深深庆幸能借机藏住脸。

"中意极了，我们就买这条。"教授回答，他暗自微笑着付了账。而乔继续在一个个柜台前翻找着，像个专爱淘便宜货的人。

"我们回家吗？"他问得好像这句话令他很愉快。

"好啊，时间不早了，而且我好累。"乔没有意识到自己的声音有多悲哀，此刻太阳似乎像先前出现时一样突然地隐没，世界再次变得泥泞凄凉，她这才发现自己双脚冰冷，头也作痛，而她的心比脚更冷、比头更痛。巴尔先生要走了，他只把她当朋友，全是误会一场，越早结束越好。带着这个念头，她伸手去拦一辆驶近的公共马车，手举得太过急促，花盆里的雏菊都甩了出去，摔坏了。

"这不是我们要搭的车。"教授说着，挥手让载满乘客的马车离开，驻足拾起那些可怜的小花。

"对不起，我没看清车牌。没关系，我可以走路，我烂泥地走惯了。"乔答道。她眨着眼睛强忍着，因为她宁死也不愿在人前拭泪。

尽管她别过头去，巴尔先生还是看到了她脸颊上的泪珠。这一幕似乎深深触动了他，他突然俯身，意味深长地问道："最亲爱的，你为什么要哭？"

要不是乔未曾经历过这种事，她会说她没有哭，只是感冒，或者撒一个别的女人在这情境下会撒的小谎。结果这个有失体面的人儿却抑制不住啜泣，回答说："因为你要走了。"

"我的天啊，太好了！"巴尔先生喊道。尽管还拿着雨伞和包裹，他双手握在了一起。"乔，我没什么可给你的，只有很多的爱。我来是为看看你是否在意，等着确认自己对你来说不只是朋友。是这样吗？你可以在心里为老弗里茨留一个小小的位置吗？"他一口气说完这段话。

"噢，可以！"乔说。他心满意足，因为她双手握住他的胳膊，抬头看着他，脸上的神情清楚地表明，即使没有比这把旧伞更好的庇护，她也依旧乐意与他并肩走过一生，只要是他撑着伞。

此时求婚自然困难重重，因为遍地泥泞，巴尔先生就算想下跪也没办法，满怀的东西也让他无法向乔伸出手。他更不能在大街上忘乎所以地示爱，尽管他几乎就要这么做了。所以他唯一能表达狂喜的方式就是看着她，那凝视的表情使他的脸如此动人，就连胡子上闪烁的水珠似乎都映出小小的彩虹。若不是他深爱乔，我想当时他不可能这样，因为她看起来一点儿都不漂亮，裙子脏得不成样，橡胶套鞋上的泥水一直溅到脚踝，帽子也淋透了。幸好巴尔先生认为她是世上最美的女人，她也觉得他比以往更具朱庇特的气质，尽管他的帽檐已经软塌塌的，雨水像一条条小溪流到肩上（他把伞都遮着乔），手套的每个指头都需要缝补。

过路人或许会以为他们是一对无害的疯子，因为他们完全忘了要拦车，而是悠闲地漫步，毫不在意渐浓的暮色和雾气。他们不管别人怎么想,他们享受着难得的幸福时光,一生仅此一次——这神奇的时刻,它能使人返老还童,化丑为美,转贫为富,让心灵得以先尝天堂的滋味。教授的模样像是征服了一座王国,像是人世间再也没有什么能给他更多幸福了。乔在他身边跋涉着,感到自己始终属于这个位置,无法想象会有别的选择。当然,先开口说话的还是她——我是指听得懂的话,因为她脱口而出"噢,可以"之后,激动地说了一些语无伦次的话,不值得详述。

"弗里德里希,你为什么不——"

"啊,天啊!自从明娜过世后就没有人用这名字叫我了!"教授喊道。正踩着水洼的他停下脚步,感激而喜悦地注视着她。

"我自己都是这样称呼你的——我一时忘了,我不会再这样叫你了,除非你喜欢。"

"喜欢?我说不出这有多么甜蜜。也用'卿'称呼吧,我得说你们的语言几乎和我们的一样美。"

"'卿'是不是有点儿煽情?"乔问,暗自觉得这是一个可爱的称呼。

"煽情?是啊,感谢上天,我们德国人相信情感,以此保持年轻。你们英文的'你'太冷淡了——说'卿',最亲爱的,这对我来说很有意义。"巴尔先生恳求道。他不像严肃的教授了,倒像一个浪漫的学生。

"那么,卿为何不早点儿告诉我这一切呢?"乔羞怯地问。

"现在我得向卿表达我全部心意了,我非常乐意,因为今后卿必须照看我的心了。知道吗,我的乔——啊,这有趣可爱的名字——在纽约道别的那天,我有话想说的,但我以为那位英俊的朋友与卿订婚了,所以我没有说出口。如果我当时开了口,卿会说'愿意'吗?"

"我不知道，恐怕不会，那时候我没有那个心。"

"哼！我不信。那颗心睡着了，等待幻想中的王子穿过树林，把它唤醒。唉，'初恋是最好的[①]'，我不该有所期盼。"

"是啊，初恋确实最美好，所以知足吧，我从没有恋爱过。特迪只是个孩子，他小小的迷恋很快就过去了。"乔急于消除教授的误会。

"很好！这样我就安心了，也确定卿把整颗心给了我。我等了太久，变得自私了，卿会了解的，教授夫人。"

"我喜欢被这么叫。"乔喊道，新的称谓让她很高兴，"告诉我，是什么让你终于在我最需要你的时候出现了？"

"是这个。"巴尔先生从马甲口袋里掏出一张皱巴巴的小纸片。

乔展开那张纸，面露窘色，因为这是她的一篇投稿，有一家报社付稿费征诗作，她便偶尔尝试写诗寄去。

"这个怎么会让你过来？"她不懂他的意思。

"我偶然发现了它，从其中的名字和作者姓名首字母猜出来，而且有一小节似乎在呼唤我。读一遍找找看吧，我会看着，不让你淋到雨的。"

乔听从他的话，匆匆浏览起这些诗句来，她将诗命名为"阁楼中"。

[①] 初恋是最好的：原文为德文。

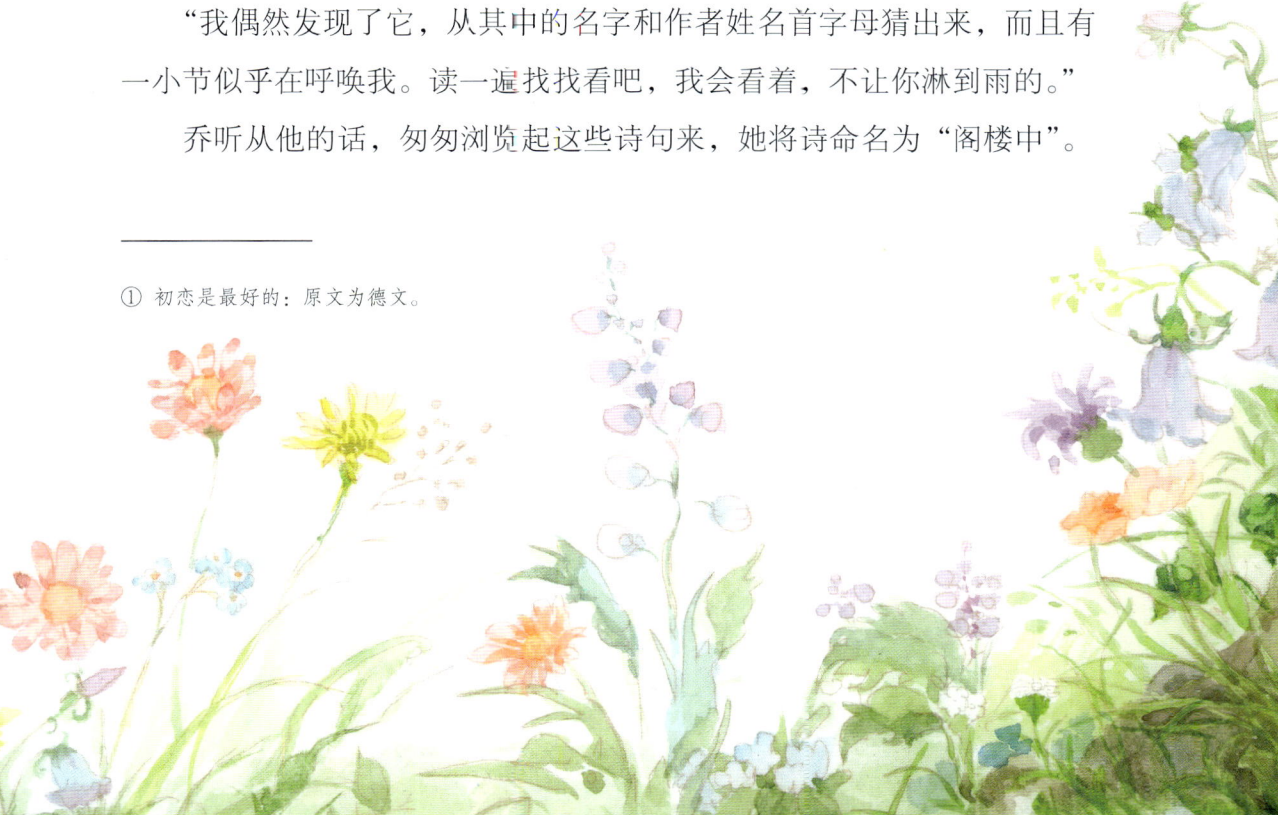

阁楼中

四只小木箱列作一排,
岁月磨洗而尘埃覆盖,
长大成人的四个小孩,
儿时将它们制作填塞。
四把小钥匙并排挂悬,
褪色丝带曾美好鲜艳,
系上时带着稚嫩自满,
那是从前的一个雨天。
四只箱盖上各有名字,
由男孩气的小手刻记,
这群幸福人儿的故事,
静静埋藏在每个箱底。
曾在此嬉戏,不时驻足
聆听一支支甜美乐曲,
在高高屋顶来了又去,
淅淅沥沥落下的夏雨。

第一只盖子刻着"梅格",
一笔一画优美而温和,
许多收藏她细心对折,

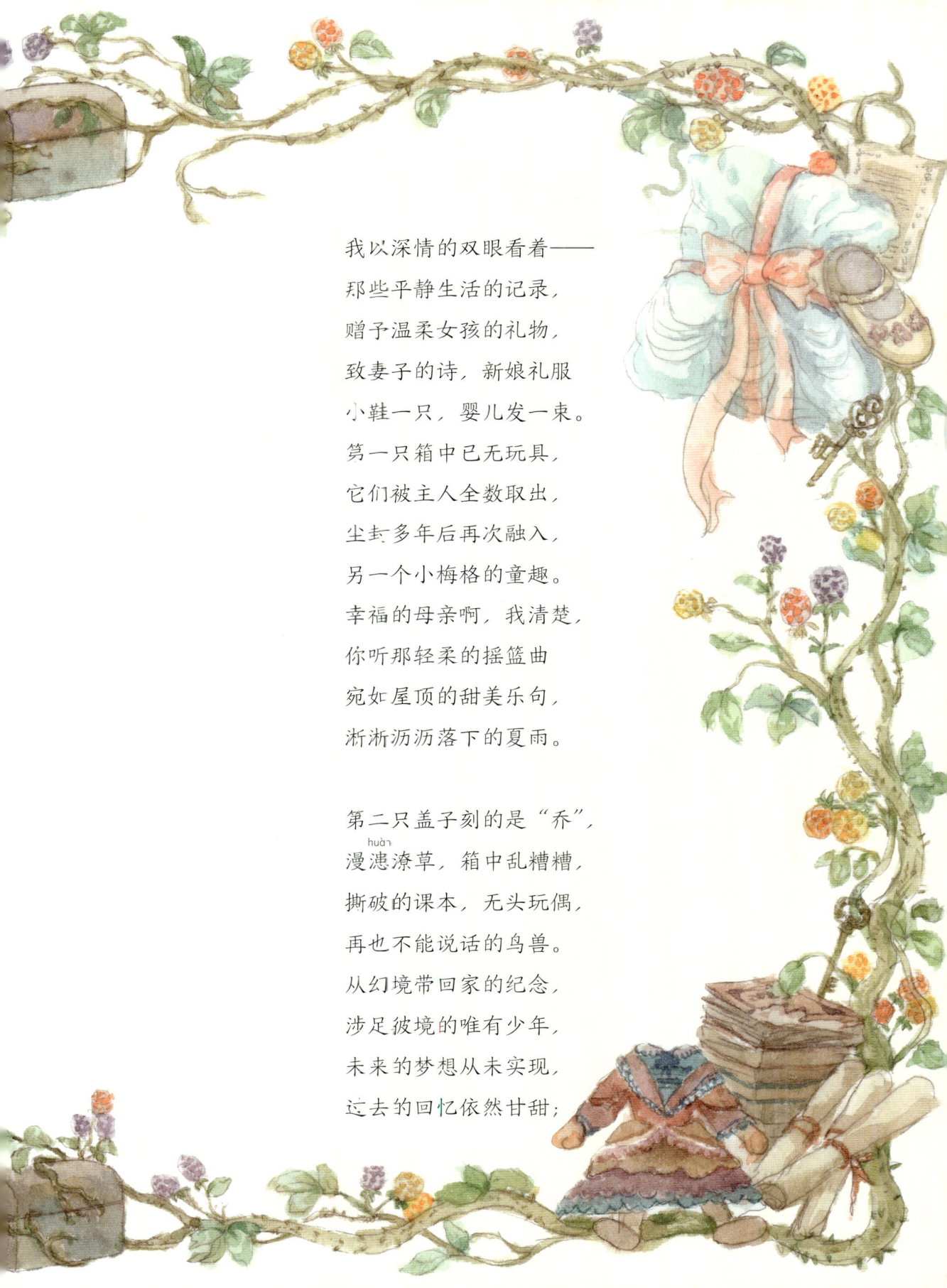

我以深情的双眼看着——
那些平静生活的记录，
赠予温柔女孩的礼物，
致妻子的诗，新娘礼服
小鞋一只，婴儿发一束。
第一只箱中已无玩具，
它们被主人全数取出，
尘封多年后再次融入，
另一个小梅格的童趣。
幸福的母亲啊，我清楚，
你听那轻柔的摇篮曲
宛如屋顶的甜美乐句，
淅淅沥沥落下的夏雨。

第二只盖子刻的是"乔"，
漫漶(huàn)潦草，箱中乱糟糟，
撕破的课本，无头玩偶，
再也不能说话的鸟兽。
从幻境带回家的纪念，
涉足彼境的唯有少年，
未来的梦想从未实现，
过去的回忆依然甘甜；

未完成的诗,荒诞故事,
四月里的信,冷暖自知,
任性孩子写篇篇日记,
字里行间长成小女子;
女子在孤单家中独居,
窗外似奏起哀伤乐曲——
"值得被爱,爱自将到来",
淅淅沥沥落下的夏雨。

"贝丝"啊,不蒙尘的名字,
这只盖子我们常擦拭,
深情的眼睛噙着泪滴,
双手仔细拂过一次次。
死亡他将你封为圣徒,
更具神性而超凡脱俗,
我们依旧柔声地哀诉,
在家中神龛保存遗物。
鲜少再度摇响的银铃,
临终戴的小帽子一顶,
天使簇拥故人凯瑟琳①,

---

① 锡耶纳的凯瑟琳(1347—1380):意大利女圣徒,一生致力于照顾病人、接济穷人、探视囚犯,三十三岁时因病逝世。

这幅美丽画像挂门庭。
纵使身陷病痛的囹圄,
她的歌没有悲怨一许,
清妙悠扬永远交织于
淅淅沥沥落下的夏雨。

最后那只锃亮的盖子,
上面的故事美丽真实——
英勇骑士盾牌刻名字,
金蓝相间的字母"埃米"。
箱中一张张旧日发网,
寿终正寝的舞鞋安躺,
枯萎的花朵小心摆放,
扇子的摇荡已成过往;
灼灼书信传炽烈情爱,
种种琐物将童年承载,
希望、担忧与怯羞之态,
记录下少女如诗情怀,
学会更美更真的咒语,
听婚礼钟声清脆似玉,
宛如那乐曲无忧无虑,
淅淅沥沥落下的夏雨。

四只小木箱列作一排,
岁月磨洗而尘埃覆盖,
四女子正值青春年代,
历经祸福,去努力去爱。
四姐妹分散只在一时,
一人先行,却无人走失,
爱的力量越千秋万世,
亲密无间永不再别离。
噢,当我们将这些宝藏
在天父眼前一一开敞,
愿能盛放在金色时光,
善行在光里更显堂皇,
生命的华章绵绵奏响,
宛如那乐曲荡气回肠,
灵魂欣欣然翱翔歌唱,
沐浴雨后无尽的阳光。

J.M.

"这首诗蹩脚透顶,但我是有感而发,写的那天我非常孤单,伏在一个碎布袋上大哭了一场。我从没想过它还能跑到别的地方去嚼舌根。"乔说着,把这教授珍藏已久的诗作撕得粉碎。

"随它去吧,它已经完成了使命,等我读完她那本记录小秘密的棕色小本子,就会有新的诗了。"巴尔先生笑了,目送着碎纸片随风而去。

"是啊，"他又真挚地说，"我读了那首诗，心里想，'她有伤心事，她很孤单，她会在真爱中找到安慰的。'我这颗心里满满都是对她的爱，难道我不该去告诉她，'如果这份心意不是太卑微，足以回报我希望得到的那份心意，那就看在上天的分上，接受它吧。'"

"所以你来了，发现它并不卑微，而是我正需要的珍宝。"乔轻声说。

"一开始我没有勇气这样想，尽管十分友好地欢迎我。不久我开始抱起希望来，于是对自己说，'我拼了命也要得到她'。我会拼命的！"巴尔先生喊道。他倔强地点了点头，仿佛包围他们的迷雾之墙是重重屏障，他要攀越而过或骁勇地将之推倒。

乔觉得这太好了，决心要配得上她的骑士，尽管他没有着盛装、骑战马奔腾而来。

"是什么事让你离开这么久？"不一会儿她问。问这些秘密，得到令人欢喜的答案，她乐此不疲，无法保持沉默。

"这并不容易，我提不起勇气把你从那么幸福的家里带走，除非我有希望再给你一个幸福的家，或许得经过很长时间、很多努力。我只念过一点儿书，没有一点儿财产，怎么能叫你为了一个穷老头放弃那么多呢？"

"我很庆幸你穷，我受不了有钱的丈夫！"乔斩钉截铁地说，接着语气变得更柔和，"不要害怕贫穷，我早就了解贫穷，摆脱恐惧了，乐于为那些我爱的人工作。还有，别说你自己老——我从没这么想过——就算你七十岁，我还是会情不自禁地爱你！"

教授深受感动，如果能够掏出手帕，他会很高兴的。可他腾不出手来，所以乔帮他擦去了眼泪，她接过一两个包裹，笑着说："我或许固执己见，但现在谁也不能说我逾越分际了，因为女人的特殊使命就该是擦干眼泪、分担重负。弗里德里希，我要承担我的那份担子，帮忙打造这个家。这一点你得认同，否则我决不跟你走。"她说得很坚决，这时他正想拿回刚才的包裹。

"我们看看吧。乔，你有耐心等很久吗？我必须离开去独自工作，必须先顾好那两个孩子，因为即使是为了你，我也不能对明娜食言。你能谅解，能快快乐乐地和我一起盼望和等待着吗？"

"好，我知道我能做到。因为我们彼此相爱，其他一切就变得容易承受了。我也有我的责任、我的工作。哪怕是为了你，如果荒废了这些，我也不会开心的，所以没必要急躁。你就在西部做你的工作，我在这里做我的，两个人都快快乐乐的，抱持最好的盼望，把未来交给上天去安排。"

"啊！卿给了我莫大的希望和勇气，我无以为报，只有一颗充满爱的心和一双空空的手。"教授难以自持地喊道。

乔永远永远都学不会端庄，当他说出这句话时，他们正站在门阶上，她径直将双手放在他的掌心，温柔地耳语道："不再空空的了。"然后她俯身，在伞下亲吻了她的弗里德里希。这很不像话，不过就算树篱上那样湿答答的不是麻雀而是人，她还是会这么做的——她很是忘情，除了自己的幸福，什么都顾不得了。尽管这一刻来得如此朴实无华，却是两人生命中最美好的时刻，他们从黑夜、风雨和孤独中转身，家庭的光明、温暖与平静正等候迎接他们，随着一声高兴的"欢迎回家"，乔领着她的爱人进屋，合上了家门。

第四十七章
收获时节

一年来，乔和她的教授边工作、边等待、盼望、相爱着。他们偶尔会面，经常写洋洋洒洒的信，劳里说纸价上涨正是出于此因。第二年开始得相当冷静，一来是因为他们的前途不明朗，再来马奇叔婆突然过世了。尽管老太太那张嘴不饶人，他们还是很爱她，但最初的悲伤过后，他们有理由高兴起来，老太太把梅园留给了乔，这使得喜事接踵而至。

"那是一个很不错的老别墅，可以带来一笔可观的收入，你一定是打算卖掉的吧？"数周后在讨论此事时，劳里说道。

"不打算卖。"乔断然回答。她抚摩着那只胖胖的贵宾犬,出于对它旧主人的敬爱,她收养了它。

"你难道想要住在那里?"

"是啊,没错。"

"可是,我的好姑娘,那栋宅子大得很,要维持得花不少钱。光是花园和果园就需要两三个人打理,巴尔对农活儿不在行吧,我猜。"

"如果我提议,他会试试的。"

"你指望靠那里的农产过活?哎,这听起来像世外桃源,但你会发现其实极为辛苦。"

"我们要种的庄稼是可以盈利的。"乔笑了。

"小姐,是什么好庄稼呀?"

"是孩子！我想为小男孩办一间学校——一间快乐温馨的好学校，由我照顾他们，弗里茨教他们。"

"真是适合你的乔式计划！这不就是她的风格吗？"劳里转头向家人喊道，他们看起来和他一样惊讶。

"我喜欢这计划。"马奇太太坚定地说。

"我也是。"她的丈夫附和。有机会对现代青年试行苏格拉底式教育，他欣然接受这想法。

"这样乔得花很多心力啊。"梅格摸着儿子的头说。单单这一个男孩已让她竭尽全力。

"乔做得到，而且会乐在其中。这是个绝妙的主意——给我们好好讲讲吧。"劳伦斯老先生叫道。他一直很想向这对恋人伸出援手，但知道他们会拒绝。

"我就知道你会支持我的，先生。埃米也是——我从她的眼神看出来了，尽管她很谨慎，等考虑成熟才会开口。好了，亲爱的家人，"乔认真地继续说道，"要明白这不是我新的想法，而是一个酝酿已久的计划。在弗里茨来之前，我曾经想过，等我发了财，而且家里不需要我的时候，就租一个大房子，收留一些没有妈妈的可怜的小弃儿，照顾他们，趁还来得及，让他们过上快乐的生活。我看到很多人因为没有得到适时的帮助而走上不归路，我非常愿意为他们做点儿什么，我似乎能感受到他们想要的东西，体会他们的困苦。噢，我真的很想做他们的妈妈！"

马奇太太向乔伸出手，乔微笑着握住，热泪盈眶，以家人许久未见的她那种热情的样子接着说下去。

"有一次我把计划告诉了弗里茨，他说这正是他想要做的，答应等我们富裕了就试试看。祝福他，他一辈子都在这样做——我是说帮助穷孩子，不是发家致富，他永远富不了——钱在他的口袋里留不久，存不起来。如今，多亏了我的好叔婆，蒙她错爱，我真的有钱了，至少我这么认为。现在我们可以有一间兴旺的学校了，我们可以住在梅园，过得非常好。那地方正适合男孩子——房子很大，家具朴素结实。屋内待得下几十个人，屋外有极佳的场地。他们可以在花园和果园里帮忙——这样的工作有益健康，对吧，先生？而且弗里茨可以按照自己的方式训练和教导他们，爸爸也会帮他。我可以供给他们膳食和照顾，疼他们，骂他们，妈妈是我的靠山。我一直渴望有很多男孩做伴，从来都不嫌多，现在我可以有满屋子的小可爱，尽情地和他们一起玩了。想想那是何等乐事，梅园属于我，还有一大堆男孩和我分享快乐！"

乔挥舞着双手，狂喜地舒了一口气，家人爆发出一阵欢笑，劳伦斯老先生笑得都快中风了。

"我看不出有什么好笑的。"等笑声落下，她严肃地说，"我的教授开办一间学校，而我宁愿住在自己的庄园里，再自然再恰当不过了。"

"她已经摆起架子来了。"劳里说。他把这个想法当成天大的笑话。"可否请教一下，你打算如何维持这所学校？如果所有的学生都是流浪儿，在世俗意义上，恐怕你的庄稼不会赢利的，巴尔夫人。"

"不要泼冷水啊，特迪。我当然也会收有钱的学生——也许一开始全收这样的。等到起步了，我就可以留下一两个流浪儿，添点儿乐趣。富家子弟常常和穷孩子一样，需要照顾和安慰。我见过一些不幸的小家伙，被丢给仆人照顾，还有一些学习吃力的被赶鸭子上架，真是残忍。有的孩子因管教不当或疏于管教而变得调皮，还有的孩子失去了母亲。况且，再好的孩子也得经过愣头青的年纪，那正是他们最需要耐心和善意的时候。别人嘲笑他们，把他们推来推去，不想看到他们，还期望他们从可爱的孩子一夕之间长成优秀青年。勇敢的小人儿，他们不常抱怨，但心有所感。我有过些类似的体会，对此完全了解。我对这些熊孩子特别感兴趣，想让他们知道，尽管他们笨手笨脚、头脑不清，我也能看到温暖、正直、善良的赤子之心。这我有经验，我不是把一个男孩培养成家人的骄傲和荣耀了吗？"

"我可以做证，你做过这种努力。"劳里面带感激之色说道。

"而且我获得了超出预期的成功。看看你，已经成了一个精明稳重的生意人，用你的钱做了很多好事，积攒的不是美金，而是穷人的祝福。你不仅仅是个生意人，你喜爱善与美的事物，自己享受，也与人分享，就像你从前一贯的样子。特迪，我真的为你感到骄傲，你一年比一年更好，大家都感觉到了，虽然你不让别人说出来。是啊，等我有了一群学生，我就指着你说，'孩子们，那是你们的榜样'。"

可怜的劳里不知往哪里看才好，尽管他已是个大男人，年少时那种腼腆还是涌上心头，因为这一连串夸奖让一张张脸都赞许地转向他。

"我说，乔，夸过头了。"他用从前孩子气的口吻说道，"你为我做的，我永远感激不尽，只能尽力不让你失望。乔，你最近把我丢在一旁，不过我还是得到了最好的帮助，所以，如果我确实有所进步，那要谢谢这两位。"他轻轻地将一只手放在祖父的白发上，另一只手放在埃米的金发上，他们三人从来不远离。

"我真的觉得家庭是世界上最美好的东西！"乔脱口说道，此时她格外亢奋。"等我有了自己的小家，希望它能像我熟悉和最爱的这三个家庭一样幸福。要是约翰和我的弗里茨也在就好了，那这里就是人间的小小天堂了。"她又小声说。这天晚上，一家人快快乐乐地讨论、期望、计划了一番，她回到自己的房间，心中满溢幸福，只能跪在始终靠近她的那张空床边，温情地想念着贝丝，才得以平静。

那一年总的来说非常不可思议，事情似乎进展异常迅速，势头喜人。乔几乎还没反应过来，就已经结婚，在梅园定居了。然后，六七个男孩子如雨后春笋般冒出来，学校出奇地兴旺。有富孩子，也有穷孩子，因为劳伦斯老先生不断找来令人同情的赤贫子弟，央请巴尔夫妇怜悯他们，他很乐意资助些许。就这样，狡猾的老先生说服了心高气傲的乔，为她带来她最喜欢的那种孩子。

当然，一开始的工作很艰苦，乔犯了一些莫名其妙的错误，但睿智的教授将她安全地引入平静的水域，连最不受教的流浪儿最终也被收服了。乔是多么喜欢她那"一大堆男孩"。假如可怜的、亲爱的马奇叔婆还健在，看到梅园整洁雅致的神圣领地被小汤姆们、小迪克们和小哈里们占据，她会如何怨叹呀！这多少算是一种因果循环，以前方圆几英里内的所有男孩都惧怕老太太，现在，这些流放的孩子恣意饱尝李子禁果，用污秽的靴子踢小石头也无人责备，他们在大操场上打板球，以前那暴躁的"折了角的母牛"①会把鲁莽的年轻人叫过来抛飞。这里成了一座男孩的乐园，劳里建议把这里叫作"巴尔园②"，既向主人致敬，又适合园中住民。

这绝不是一间时髦的学校，教授也没有攒到钱，但这正如乔所愿，"为需要教育、关怀和善意的男孩们提供一个快乐温馨的去处"。大宅子里的每个房间很快就住满了，花园里的每一小块地也很快都有了主人，因为允许养宠物，谷仓和棚屋里建起了真正的小小动物园。一日三次，

---

① 引自英国童谣《杰克盖的房子》。
② 巴尔园："巴尔（Bhaer）"与"熊（bear）"谐音，此处为双关语，劳里指主人是巴尔夫妇，而园中住着一群熊孩子。

乔坐在长桌的上座对着她的弗里茨微笑，桌子两旁排排坐着快乐的年轻面孔，他们向她投以深情的目光，吐露心里话，感恩的心充满了对"巴尔妈妈"的爱。现在孩子够多了，她从不觉厌烦，虽然他们绝非天使，其中一些还给教授及夫人带来许多烦恼忧愁。她坚信小流浪儿再调皮捣蛋、再令人着急，心中也有乖巧的一面，这使她以耐心和技巧对待他们，也总能取得成功——巴尔爸爸像太阳一样仁慈地照耀，巴尔妈妈饶恕他们七十个七次，没有哪个凡人孩子能顽抗太久。乔很珍视孩子们的友谊，他们犯错后忏悔的啜泣和私语，以及他们滑稽或感人的小秘密，他们讨人喜欢的热情、希望和计划，甚至他们的不幸也只让她更疼爱他们。这些男孩有的迟钝，有的害羞，有的软弱，有的闹腾，有的口齿不清，有的结结巴巴，有一两个不良于行，还有一个快乐的小黑人混血儿，其他地方都不收留，但"巴尔园"欢迎他，尽管有人预言他会毁了学校。

是的，乔在那里是个非常幸福的女人，尽管工作辛苦，思虑不断，周遭永远吵吵闹闹。她由衷地喜欢这一切，觉得孩子们的掌声比世上任何赞美更令人满足，现在她不写故事了，只对这群深信她、热爱她的人讲故事。岁月荏苒，她自己的两个小男孩来喜上加喜。一个叫罗布，取自外公的名字，另一个叫特迪，是个乐天的宝宝，似乎遗传了爸爸的开朗和妈妈的活泼。他们是如何在闹哄哄的男孩堆里茁壮长大的，这对外婆和两个姨妈来说是个谜。总之，他们像春天的蒲公英一样生气勃勃，那些粗野的小保姆对他们爱护有加。

梅园有许多节假日，其中特别愉快的是一年一度的摘苹果日，当天马奇家、劳伦斯家、布鲁克家和巴尔家会全体出动，摘上一整天。乔婚后第五年，又到了摘苹果节，这是十月里一个温煦的日子，空气中弥漫着沁人心脾的清香，令大家精神振奋，热血沸腾。老果园披覆节日盛装，长满青苔的墙壁上点缀着野黄菊和紫苑花，蚱蜢在枯草丛中轻快地跳跃，蟋蟀像为盛会吹笛的精灵般鸣唱。松鼠正忙着采收小果实，鸟儿在小径边的桤木上啁啾着道别，每一棵树都做好了准备，一旦有人摇晃，便洒下红红黄黄的苹果。所有人聚在一起，大家欢笑歌唱，爬上跌下；人人都说，不曾有过如此完美的一天，也不曾与这样快活的一群人同乐。每个人都尽情陶醉在此刻单纯的快乐中，仿佛世上从没有忧虑和悲伤。

马奇先生平静地四处漫步，一面向劳伦斯老先生引述塔瑟①、考利②和科路美拉③的话，一面品尝着如考利所说的——

芳醇的苹果汁液。

教授犹如健壮的条顿骑士在绿荫路上来回冲锋，他手拿杆子当长矛，率领着男孩们组成的云梯队，上天入地，蔚为奇观。劳里专心照顾幼童，让小女儿坐在果篮里，把黛西举高看鸟巢，护着爱探险的罗布，以免他摔断脖子。马奇太太和梅格宛如一对坐在苹果堆里的果树女神，整理着不断涌入的收成。埃米脸上带着慈母般的美丽神情，勾勒着不同的人群，一边照看一个面色苍白的男孩，他坐在那里欣赏她作画，身旁放着小拐杖。

乔这天大显身手，她把长裙别起，头顶的帽子早已不知去向，胳膊下夹着孩子，就这样四处奔走，随时准备应对突发的惊险。小特迪吉人天相，没有出任何事，乔从不担心他，任由他被一个男孩唰地抱到树上，

---

① 托马斯·塔瑟（1524—1580）：英国诗人、农夫，代表作有长诗《耕种的百利》等。
② 亚伯拉罕·考利（1618—1667）：英国诗人、散文家，晚年归隐田园，著有《植物志》。
③ 卢奇乌斯·尤尼乌斯·莫德拉图斯·科路美拉（4—70）：古罗马农学家，著有《农业论》。

又被另一个男孩背在背上飞奔而去，被溺爱他的爸爸喂酸苹果，爸爸有德国人的错觉，认为婴儿吃什么都能消化，无论是腌白菜、纽扣、钉子，还是他们自己的小鞋子。乔知道小特迪迟早会再次出现，红扑扑、脏兮兮、安然无恙地出现，她总是热情地迎接他回来——乔深爱着她的两个孩子。

四点时大家停歇下来，空篮子搁在一边，摘苹果的人休息了，互相比较着衣服的裂缝和身上的瘀青。随后，乔和梅格带着一队大男孩在草地上摆放好晚餐，在户外吃茶点向来是这一天最大的乐趣。每到此时，这里真的成了流着奶与蜜之地，男孩们不必坐在餐桌旁，可以随意地享用点心，自由才是孩子气的心灵最爱的作料。他们充分利用这难得的特权，有人愉快地尝试倒立喝牛奶，有人为跳背游戏增添滋味，在停顿时吃馅儿饼。饼干屑遍地播撒，苹果酥饼栖息在树上，像一种新的鸟类。小女孩们私下办起了茶话会，小特迪随心所欲地在食物中间漫游。

等大家都再也吃不下了，教授提议正式祝酒，这种时候总是要干杯的——"马奇叔婆，老天保佑她！"这好人衷心地祝颂，他从不曾忘记欠她多少恩情。男孩们也默默干杯，他们被教导要对她永不忘怀。

"接下来，为外婆六十大寿干杯！祝她长寿，九呼万岁！"

大可以相信，祝酒声很热烈，欢呼一旦开始就停不下来。每个人都得到身体健康的祝福，从公认的恩主劳伦斯老先生，到那只惊讶的豚鼠，它偷跑出来找小主人。德米作为长外孙，向寿星献上各种礼物，礼物繁多，是用独轮推车运到庆祝场地来的。其中有一些很好笑，但别人眼中的瑕是外婆眼中的瑜，因为孩子们的礼物都是亲手做的。黛西的小手指耐心地为手帕镶了边，每一针在马奇太太看来都比最好的刺绣更精美。德米的鞋盒是技工技能的奇迹，尽管盖子合不上。罗布的脚凳腿高低不平，她却说很舒服。埃米的孩子送给她一本贵重的书，其中最美的一页是写着歪歪扭扭的大写字母的那一页——"献给亲爱的外婆，你的小贝丝"。

在赠礼仪式中，那群男孩神秘地消失了。马奇太太想要向孩子们道谢，忍不住失声大哭，小特迪用他的围裙替她擦眼泪，这时教授突然唱起歌来。接着，从他上方传来此起彼落的声音接唱着歌词，这支合唱队不见身影，歌声在一棵棵树木间回荡。男孩们全心全意地唱着这首由乔写词、劳里谱曲的小歌，是教授教这些孩子练出最动听的合唱。这是一个全新的点子，结果大获成功，马奇太太惊喜不已，执意要与树上每一位没有羽毛的鸟儿握手，从高大的弗朗兹和埃米尔到那个小混血儿——就属他的歌声最悦耳。

握完手，男孩们四散开去，把握最后的时间嬉戏，马奇太太和孩子们留在欢庆的树下。

"我觉得不该再说自己是'倒霉的乔'了，因为我最大的愿望已经如此圆满地实现了。"巴尔夫人说着，把小特迪的小拳头从牛奶壶里抓出来，他正兴高采烈地搅着牛奶。

"不过你的生活和你很久以前想象的大相径庭。你还记得我们的'空中楼阁'吗？"埃米问。她面带微笑，望着劳里、约翰和男孩们一起打板球。

"可爱的小伙子们！看到他们抛开正事，拿一天玩耍，我发自内心地高兴。"乔答道。她现在说起男士们，总是慈母般的语气。"是啊，我记得，但那时我想要的生活，现在看来自私、寂寞又清冷。我并没有放弃写一本好书的希望，但我可以等，相信有了这些经历和实例，书一定会写得更好。"乔指了指远处活泼的男孩们，又指了指父亲，他正靠着教授的胳

膊，在阳光下来回散步，沉浸在两人都非常享受的谈话中，然后乔指向母亲，女儿如众星拱月坐在她身旁，女儿的孩子在她膝上和脚边，仿佛所有人都在她的脸上找到了帮助与幸福，在他们眼中，这张脸永远不会老。

"我的'空中楼阁'是几个里头最接近实现的。我固然渴求华美的事物，但我心里知道，只要有一个小家，有约翰，还有像这样可爱的孩子，我就知足了。感谢上天，我得到了这一切，成了世上最幸福的女人。"梅格把手放在高个子儿子的头上，脸上满是温柔和由衷的满足。

"我的'空中楼阁'和当初计划的截然不同，但我不想改变它，不过和乔一样，我不会放弃所有艺术上的希望，也不会画地自限，只帮助别人完成关于美的梦想。我最近正动手做一个婴儿塑像模型，劳里说这是我毕生最好的作品。我自己也这么认为，打算用大理石雕刻，这样不管未来发生什么，至少可以保留我的小天使的肖像。"

埃米说着，一颗豆大的泪珠掉下，滴落在怀里熟睡的孩子的金发上，她心爱的女儿是个弱不禁风的小家伙，对于失去她的恐惧令埃米的阳光蒙上一层阴影。这份苦恼对孩子父母意义深远，共同的爱与忧将他们紧密相连。埃米的性情变得更加和气、深沉、温柔，劳里则变得更严肃、刚强和坚定。两人都渐渐懂得，美貌、青春、好运，甚至是爱，都无法使最幸福的人免于担忧、痛苦、失去与悲伤，毕竟——

每个生命中，有些雨必将落下，
有些日子注定要阴暗惨淡。[①]

[①] 引自美国诗人亨利·沃兹沃斯·朗费罗（1807—1882）的诗作《雨天》。

"她越来越健康了,我确定,亲爱的。不要消沉,要充满希望,保持快乐。"马奇太太说。这时心肠柔软的黛西从外婆膝上弯下腰,把红润的脸颊贴在小表妹苍白的脸上。

"我决不该消沉,妈妈,有你鼓励我,还有劳里分担大半的负担。"埃米热切地回答,"他从不让我看到他的忧虑,对我那么耐心体贴,对小贝丝那么尽心,总是给我莫大的支持和安慰,怎么爱他都不为过。所以,尽管我有这个苦恼,还是可以跟着梅格说,'感谢上苍,我是幸福的女人'。"

"我就用不着说了,所有人都看得出来,我的幸福远超过我应得的。"乔看看她的好丈夫,再看向身边草地上翻滚的两个胖乎乎的孩子,接着说,"弗里茨发胖了,头发白了,我呢,瘦得快不成人样,而且已经年过三十。我们绝对成不了有钱人,梅园指不定哪天夜里给烧个精光,那个屡教不改的汤米·班斯会躲在被子底下抽甜蕨烟,他已经烧着自己三次了。尽管有这些煞风景的事情,仍旧没什么可抱怨的,我前所未有地快活。请原谅我的措辞,生活在男孩子中间,时不时会迸出他们用的词来。"

"是啊,乔,我想你会收获颇丰的。"马奇太太说着,挥手赶走一只盯得小特迪发慌的黑色大蟋蟀。

"妈妈,我的收获不及你的一半。你瞧,你耐心地播种、收获,我们永远感激不尽。"乔喊道。她无论长到几岁,都甩不掉这份深情的冲动。

"希望每年多一些麦子,少一些稗子。"埃米轻轻地说。

"会收获一大捆的,但我知道你心里还装得下,亲爱的妈妈。"梅格柔声应和。

马奇太太感动至深,只能张开双臂,像是要将儿孙全都拥入怀中。她的神情和声音洋溢着母爱、感恩与谦卑:"女儿啊,人生漫漫,希望你们永远能像现在这样幸福!"

译后记
壁炉边的小书，纸页上的梦想

"我不喜欢这种东西。从来都不喜欢女孩，也不认识多少女孩，除了我的姐妹。"一个半世纪前，编辑托马斯·奈尔斯邀请当时已小有成就的路易莎·梅·奥尔科特写一本给女孩看的书，路易莎在日记里如此写道。这即是《小妇人》一书的缘起，如同马奇姐妹故事的开头那样，平平无奇，带着些许怨言。

《小妇人》常被视作半自传体小说，背景是在美国内战时期的新英格兰，许多人物与事件都以路易莎的生活为蓝本。路易莎曾自述："童年戏剧与经历，贝丝之死，乔的文学经验，埃米的艺术经验，梅格的幸福家庭，约翰·布鲁克的一生，德米的角色。马奇先生没有上前线，从军的是乔。马奇太太原型照搬，虽不及真人的一半好。劳里并非美国男孩，尽管我认识的每个小伙子都自称是这个角色。他是1865年我在国外结识的一个波兰男孩。劳伦斯老先生是我的外祖父约瑟夫·梅上校。马奇叔婆谁也不是。"

而路易莎动笔时不曾想到，在父亲和奈尔斯的鼓励之下，她由真实琐事铺陈开去，最终写就了一部经久不衰的成长小说。

扮演"朝圣者"

不同于我们熟知的众多儿童经典，路易莎在书中打开的那道门，并非通往什么远离现实的神秘国度，而是通往每个寻常少女的家庭。她以英美家喻户晓的《天路历程》为基石，搭建与读者间的桥梁，也构筑起小小朝圣者之路。《小妇人》除了在章节标题及第一部前十二章多处引用《天路历程》中的人物与地点名字，更是让马奇姐妹循着主人公的足迹，对抗自己"心中的敌人"，走向臻于至善的目的地。

《天路历程》是马奇姐妹儿时扮装表演的戏剧故事，也是她们自幼奉为圭臬(niè)的指南书。在开篇首章，马奇太太便忆起女儿们如何扮演"朝圣者"，如何从地下室的"毁灭城"爬到屋顶的"天堂"。她像书中人物"援助"一般，指引她们走出"灰心沼"，在父亲回家以前，用更为身体力行的方式演这出戏。

路易莎随后以《天路历程》中的"美丽宫""屈辱谷""魔王""浮华市"为题，在第六、七、八、九章中一一凸显马奇姐妹需要克服的缺点——贝丝腼腆害羞，埃米自负任性，乔脾气急躁，梅格爱慕虚荣。她们应母亲之邀，背负起内心重担，踏上精神向善之旅。

在以"空中楼阁"为题的第十三章，四姐妹重又戴上旧帽子，手拄长杖，再次扮演"朝圣者"。她们和劳里一起攀上"快乐山"，述说各自的理想。

到了第二十二章，马奇先生归来，在团聚的火炉边，他称赞"小朝圣者们"在旅途中追寻美德，细数她们的蜕变。章节标题中的"草地"，同样出自《天路历程》，原是主人公和同伴在跋涉途中的栖身之所。路易莎借贝丝之口，赋予"草地"以别样的意义——和乐的家园——"他们在那里快乐地安歇，就和我们现在一样"，并以此引出第一部的圆满结局。

可爱的"草地"

路易莎并未让她的主人公如《天路历程》中的主人公一般离家，相反，《小妇人》取材于古今皆然的家常琐事，无论小说人物历经何种旅程，家都是最终归宿，天伦之爱也是书中最重要的情感。

《小妇人》两部分别出版于1868年和1869年，其时南北战争刚结束不久。在战争爆发的1861年，马奇先生的原型——阿莫斯·布朗森·奥尔科特已年逾花甲，他未曾担任随军牧师，真正参战的就是路易莎本人。1862年11月，刚满三十岁的路易莎申请加入北军的从军护士，次月即被派赴乔治城的联合酒店医院。翌年1月，她工作时感染伤寒，接受甘汞治疗。在小说第一部第十五章，马奇太太接到电报，南下探病，乔为母亲筹措旅费，卖掉了自己的一头秀发。而现实是父亲去探望险些丧命的路易莎，路易莎因治疗剃光了头发，并且留下永久的神经损伤，病后二十多年里，她时常忍着疼痛写作。除此之外，《小妇人》没有为战争阴云所笼罩，即使马奇先生不在身边，四姐妹也与母亲相亲相爱，彼此扶持，在清贫的生活中成长为坚强独立的女性。

南北战争造成数十万将士身亡，人们饱受家园破碎、流离失所之苦。温情的家庭故事此刻无疑能慰藉心灵，疏解读者的悲伤。《小妇人》便担负起了这种积极的社会责任，也试图将维多利亚时代的家庭美德延续。不只剪去秀发的乔，书中每一个主要人物都甘愿为家人奉献，作出自我牺牲，尤以梅格和贝丝为代表。

这两个角色最为符合当时社会对女性的期待。梅格是一个传统且典型的小妇人，勤于操持家务，照顾妹妹，协助母亲维系家庭稳定。她早早出嫁，过着为人妻、为人母的安稳生活。贝丝恭顺而无私，永远将家人摆在首位，唯一的期盼就是"大家平安健康，待在一起"。梅格是姐妹中最好的演员，贝丝音乐天分甚高，两人都为家庭放弃了自身的才华与心愿。梅格曾憧憬奢华生活，但最后安于简朴，相夫教子的日子已令她心满意足。贝丝则从未像劳里那样梦想成为音乐家，她只为他人而活。路易莎称贝丝为"家中的天使"。贝丝甚至献出了生命：因为两个姐姐各忙各的，她便独自去看望赫梅尔一家，不料感染猩红热，痊愈后身体一直孱弱，终未能逃过早逝的命运。贝丝临终时嘱咐乔，要她取代自己当父母的依靠，这"会比写出巨作或看遍世界更快乐"，"因为我们离开时，爱是唯一带得走的东西"。乔信守承诺，设法收敛起勃勃雄心，对父母克尽孝道。在小说最后，乔意识到，靠写作成名致富的"空中楼阁"如今看来自私而清冷，脱口说出家庭才是世界上最美好的东西。

全书处处闪耀着亲情的光芒，路易莎颂扬家庭纽带的力量——"这条纽带福荫生命且超越死亡"。在战后疮痍中，正是团结的家庭最能增强社会凝聚力，三是这股纯粹的力量最能抚平伤痛、温暖人心。

空中楼阁

在名为"形单影只"的第四十二章中，贝丝过世，乔尝试拾起妹妹在家中的角色，却始终心有挂碍。"你为什么不写作呢？以前写东西总会让你快乐。"母亲如此提醒道。

第十三章"空中楼阁"中，马奇姐妹们曾在一起畅想未来。与梅格和贝丝的"空中楼阁"相比，乔和埃米不囿于传统女性的界限，她们梦想写书和作画，期望在个人追求与家庭责任中取得平衡。对路易莎所刻画的女性人物而言，婚姻与家庭并非唯一出路，而是选择之一。马奇太太觉得拥有天造地设的婚姻是女人一辈子最甜蜜之事，然而听到乔说愿做老姑娘，她也开明地回应："宁当幸福的老姑娘，也不做不幸的妻子……女儿们无论结婚还是独身，都会是我们人生的骄傲与安慰。"

《小妇人》第一部出版后，读者反响热烈，纷纷去函询问马奇姐妹们的结婚对象，许多人希望乔与劳里终成眷属，出版社也要求在第二部中把小妇人们嫁掉。路易莎岂肯轻易将她的乔嫁作人妇？她在给教育家伊丽莎白·鲍威尔·邦德的信中坦承："乔本应继续当一个爱好文学的老姑娘，可是众多热情的小姐写信给我，嚷着要她嫁给劳里或什么人，我不敢不从，出于执拗，我给她配了个有趣的对象。估计怒火会向我袭来，不过挺期待的。"她为乔创造出巴尔教授,他并无原型,似乎与乔也不那么般配。

乔的原型却没有向现实妥协。路易莎本人终身未婚,与笔为偶,她认为"自由是比爱情更好的丈夫"。1868年撰写《小妇人》之前,路易莎在《纽约纪事报》发表了一篇名为《幸福女性》的短文,开宗明义地将女性对不婚的恐惧称作"愚蠢的偏见",她劝诫年轻姐妹全身心投入工作,不强求爱情,忠于自我,珍惜并善用才能,为他人谋福。在19世纪中叶的美国,虽然女性地位正慢慢提升,这样的见解仍颇具革命性。路易莎不至于颠覆传统家庭价值观,但小至服装样式,大至教育模式,透过《小妇人》的故事情节与人物对话,她对妇女权利的主张可略窥一二。所谓的工作既指生计,亦指女性各自的才能。同马奇家相似,奥尔科特家的女性安贫乐道,做用人、家庭教师等工作贴补家用,路易莎也持续写作。1863年,她从前线回家休养,根据自身的护士经历创作了《医院速写》,这是她的第一部成人小说,她也终于作为一名严肃文学作家获得认可。正如她给女性读者写的那篇建言,路易莎突破了父权文化的束缚,在工作中找到幸福。

她笔下的乔和埃米也是如此,渴求在文艺上有所作为,虽恪守义务,却不随波逐流,尤其是乔,更乐于当推动世界进步的改革家。在小说第二部,她们最终还是选择了婚姻,但绝非出于"愚蠢的偏见"——乔办了学校,"并没有放弃写一本好书的希望",埃米则资助具备艺术天赋的年轻女性,也"不会放弃所有艺术上的希望"。她们放弃的是年少时狭隘的私欲,转而通过工作以及对社会的关怀,重新审视和实现自我的价值。

故事结尾的梅园成了一座人间天堂,女性角色在其中平等而自主，并非男性的附庸。虽然四姐妹没有一人完全实现最初的理想，没有童话式的美好结局，但她们接受生命的缺憾，探索除婚姻之外寻得幸福的别种可能。

《小妇人》用平实的笔触勾勒出一部家庭剧，简单质朴，没有跌宕起伏的情节，每一章自成一幕小故事。小说人物性格各异，皆栩栩如生，自首版问世以来引起一代又一代读者的共鸣，每个少女或多或少都能在马奇姐妹身上发现自己的影子。

在战后变革时代的美国，《小妇人》为以女性为主人公的故事开拓出崭新的疆域。以今日的眼光看来，书中一些叙事方式和道德劝谕或许稍嫌古旧，而其蕴含的真谛仍颠扑不破。路易莎留下这份历久弥新的礼物，对文化影响之深远，在19世纪美国儿童文学中，可能除了马克·吐温的《哈克贝利·费恩历险记》以外，再无其他作品可与之媲美。这块文学瑰宝已远不只是"一本给女孩看的书"，它更是一部爱与勇气之书，一百五十多年来，感动、激励着无数大大小小的心灵。

冯倩珠

2024 年 5 月 17 日

路易莎·梅·奥尔科特年表

1832年 出生

11月29日,生于美国宾夕法尼亚州日耳曼敦。父亲阿莫斯·布朗森·奥尔科特是一位教育家、作家,母亲阿比盖尔·梅是一位社会工作者。家中长女安娜·布朗森·奥尔科特出生于1831年3月16日,路易莎为次女。

1834年 2岁

全家迁居波士顿。
9月,父亲开办坦普尔学校,尝试以学生为中心的教育方式。

1835年 3岁

6月24日,妹妹伊丽莎白·休厄尔·奥尔科特出生。

1836年 4岁

父亲与拉尔夫·沃尔多·爱默生①、亨利·戴维·梭罗②等一同成为超验主义③俱乐部的成员,路易莎也受到熏陶。

1839年 7岁

4月6日,母亲诞下一子,但不久便夭折。
坦普尔学校因有别于传统的教育方式饱受批评,被迫关闭。

1840年 8岁

4月,全家迁居康科德。
7月26日,妹妹阿比盖尔·梅·奥尔科特出生。

---

① 拉尔夫·沃尔多·爱默生(1803—1882):美国散文家、诗人,超验主义团体核心人物。
② 亨利·戴维·梭罗(1817—1862):美国作家,代表作《瓦尔登湖》。
③ 超验主义:19世纪上半期发生在美国的一场思想运动。

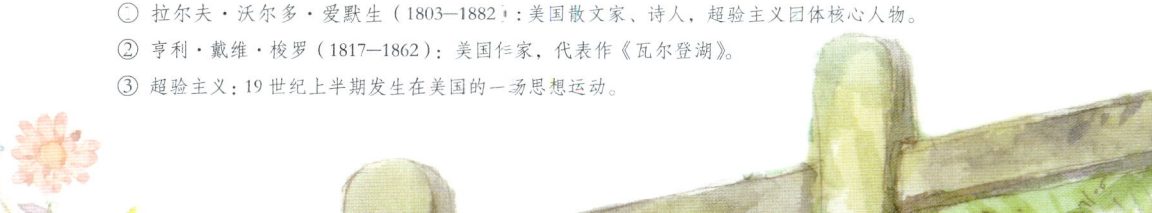

1843年 11岁

6月,父亲与其支持者在马萨诸塞州哈佛附近的农场建立乌托邦式农业公社"果园公社",但仅维持了七个月。

1845年 13岁

全家搬回康科德,在爱默生的帮助下,用外祖父的遗产买下一栋房子,取名"山边"。路易莎常与姐妹们在阁楼进行戏剧表演。

位于康科德的"山边"

1848年 16岁

受美国第一届妇女权利大会上发表的《情感宣言》启发,开始支持妇女获得选举权。

全家迁居波士顿。拮据的生活让全家人更为紧密地团结在一起,为了分担家庭重担,路易莎开始尝试家庭教师之类的工作,也开始尝试投稿以赚取稿酬。

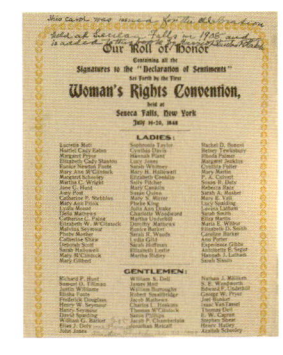

1848年《情感宣言》签署者名单

1849年 17岁

完成第一部小说《继承》,但生前未能出版。

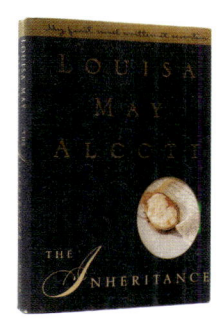

1997年初版《继承》封面

1852年 20岁

位于康科德的旧居"山边"被卖给纳撒尼尔·霍桑①。

1854年 22岁

为爱默生的女儿所写的故事集《花的寓言》出版。

妹妹伊丽莎白·休厄尔·奥尔科特

1856年 24岁

妹妹伊丽莎白感染猩红热,几乎病入膏肓,虽有路易莎的悉心照顾,但始终未能痊愈。

---

① 纳撒尼尔·霍桑(1804—1864):美国小说家,代表作《红字》。

1857年　25岁

9月，妹妹伊丽莎白的病情开始恶化。
奥尔科特家买下位于康科德的"果园屋"并开始修缮。

1858年　26岁

3月14日，妹妹伊丽莎白病逝，时年22岁。
4月，全家搬入"果园屋"。
10月，前往波士顿找工作，但并不顺利。
因家庭变故和求职不顺陷入抑郁，所幸得到了家人与朋友的陪伴与劝解。

位于康科德的"果园屋"

1860年　28岁

父亲大力支持其文学创作，将她的《爱与自爱》投稿至《大西洋月刊》。此后，路易莎持续为《大西洋月刊》撰稿，逐渐在文学界崭露头角。
5月，姐姐安娜步入婚姻。

1862年　30岁

短篇小说《波林的激情与惩罚》赢得《弗兰克·莱斯利新闻画报》颁发的一百美元奖金。

11月，申请成为北军的从军护士，次月被派赴乔治城的联合酒店医院，除了日常护理，还为伤员写信、朗读文学作品。

30岁的路易莎·梅·奥尔科特

1863年　31岁

在医院感染伤寒，病情危重，为了治疗不得不剃去所有头发，最终被及时赶来的父亲接回康科德休养，但可能已因甘汞治疗留下了永久性损害。在此之后，与父亲的关系愈发紧密。

3月，姐姐安娜的长子夫雷德里克出生。

5月至6月，描写从军护士经历的信函连载于《波士顿联邦报》，好评如潮，后于8月集结成《医院速写》出版。受此鼓舞，路易莎开始尝试创作篇幅更长的作品。

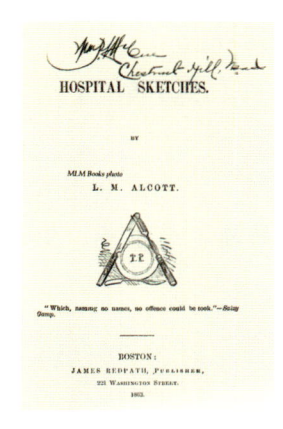

1863年初版《医院速写》扉页

1865年 33岁

6月,姐姐安娜的次子约翰出生。

7月,赴欧洲旅行,并由此积累了丰富的素材,途中结识的波兰青年拉迪斯拉斯·维斯涅夫斯基后成为《小妇人》中"劳里"的原型之一。

1866年 34岁

7月,回到康科德,为还清家中所欠账款,开始为各类杂志撰稿。

1867年 35岁

任儿童杂志《梅里博物馆》编辑,因此结识罗伯茨兄弟出版公司的托马斯·奈尔斯,受邀创作一部献给女孩的作品。

1868年初版《小妇人》插图

1868年 36岁

《小妇人》第一部由罗伯茨兄弟出版公司出版,由妹妹梅配图,这部作品获得巨大成功。

11月,开始创作《小妇人》第二部。

1869年 37岁

《小妇人》第二部出版,同样大受欢迎。

1870年 38岁

与妹妹梅及友人赴欧洲旅行。

11月,姐姐安娜的丈夫去世,为了帮助姐姐一家,开始构思新的作品。

妹妹阿比盖尔·梅·奥尔科特

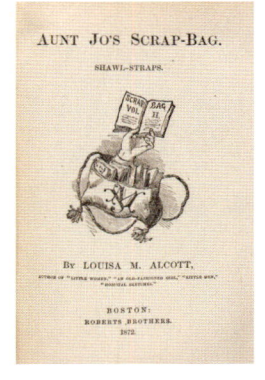

1872年初版"乔阿姨的废纸袋"系列之《披肩带》扉页

1871年 39岁

《小绅士》出版,随后返回波士顿,帮助姐姐安娜照顾孩子们。

往后几年时间里,仍笔耕不辍,创作了系列故事《乔阿姨的废纸袋》、半自传体小说《工作:经验的故事》等重要作品,并为妇女选举权奔走呼号。

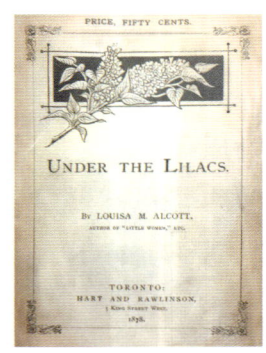

1878 年初版《丁香花下》扉页

1877 年 45 岁

参与创立波士顿妇女教育与工业联盟，旨在帮助贫困妇女解决安置与就业问题。

11 月 25 日，母亲去世。

1878 年 46 岁

3 月 22 日，妹妹梅结婚。

小说《丁香花下》出版。

1879 年 47 岁

成为康科德市第一位登记在册的女性选民。

11 月 8 日，妹妹梅在巴黎生下女儿露露，因分娩感染，于 12 月 29 日去世。次年，路易莎将露露接至身边照顾。

1882 年 50 岁

开始创作《乔的男孩们》，因常年使用不舒服的钢笔致使右手无法握笔，只得改用左手写字。

父亲中风，身体日益虚弱，路易莎的家庭负担再次加重。

1884年 52岁

位于康科德的旧居"果园屋"被卖给威廉·托里·哈里斯[①]。

1886年 54岁

9月,《乔的男孩们》出版,引发读者抢购。
收养姐姐安娜的次子约翰。
因长期受疾病困扰,搬入马萨诸塞州罗克斯伯里的一家疗养院。

父亲阿莫斯·布朗森·奥尔科特

1888年 56岁

3月4日,父亲逝世。
3月6日,路易莎·梅·奥尔科特因病逝于波士顿。

[①] 威廉·托里·哈里斯(1835—1909):美国教育家。

译者 | 冯倩珠

　　文学译者，长期从事翻译与教学工作。主要译作有《雨必将落下》《见信如晤》《我要快乐，不必正常》等，曾获韩素音青年翻译奖。

　　全新译作《小妇人》译文流畅自然，精准传神，成功入选"作家榜经典名著"。

主要译作

2024年　《小妇人》（作家榜经典名著）

2020年　《巴黎评论·作家访谈5》（合译）　人民文学出版社

2020年　《漆黑清晨》　北京联合出版公司

2018年　《一千次感谢》　上海三联书店

2018年　《人生学校：爱情的真相》　北京联合出版公司

2018年　《田纳西·威廉斯回忆录》　河南大学出版社

2018年　《我要快乐，不必正常》　北京联合出版公司

2015年　《见信如晤》　湖南美术出版社

2013年　《不纠结过去，不忧心未来》　同心出版社

2013年　《飘浮男孩巴纳比》　青岛出版社

2013年　《新娘船》　四川文艺出版社

2013年　《爱情是一盘自制卡带》　南京大学出版社

2012年　《人生中最美妙的事都是免费的》（合译）　现代出版社

2011年　《雨必将落下》　新星出版社

2010年　《看见真相的男孩》　广西师范大学出版社

插画师 | 路有了尘

本名刘晓艳

1988 年生于河北保定,现居南京

2012 年毕业于南京艺术学院油画系

2012 年成立个人工作室从事艺术创作与绘画教学

创作手记

与作家榜结缘于《绿山墙的安妮》的封面创作，后用时一年为《海蒂和爷爷》创作全书插画，接着又用一年多为《小妇人》全书绘图。

书中用了大量篇幅描述马奇一家日常生活的点滴。细细去读那些文字——四姐妹一起读书、唱歌、郊游、吵架、和解……那是一种将生活一针一线编织起来的感觉。在这漫长的创作历程中，我渐渐体会到，生活与创作是一个整体，如乔在书中结尾所述，"相信有了这些经历和实例，书一定会写得更好"，画画也是如此呀！

走完这三本书的创作之路，我对"经典名著"产生了深深的敬畏之心。因为每一张画的呈现都必须把自己带入书中的世界中去，只有亲临了她们的生命，才能将其记录下来。这让我体会到，原来这些打动人心的作品的魔力便是让我们拥有跨越时间、空间而"遇见自己"的力量。

作家榜经典名著

读经典名著，认准作家榜

作家榜是中国知名文化品牌，母公司大星文化总部位于中国上海市。自 2006 年创立至今，作家榜始终致力于"推广全球经典，促进全民阅读"，曾连续 13 年发布作家富豪榜系列榜单，源源不断将不同领域的写作者推向公众视野，引发海内外媒体对华语文学的空前关注。

旗下图书品牌"作家榜经典名著"，精选经典中的经典，由优秀诗人、作家、学者参与翻译，世界各地艺术家、插画师参与插图创作，策划发行了数百部有口皆碑、畅销全网的中外名著，成功助力无数中国家庭爱上阅读。如今，"集齐作家榜经典名著"已成为越来越多阅读爱好者的共同心愿。

作家榜除了让经典名著图书在新一代读者中流行起来，2023 年还推出了备受青睐的"作家榜文创"系列产品，通过持续创新让经典名著 IP 融入人们的日常生活中。

名著就读作家榜
抖音扫码关注我

名著就读作家榜
京东官方旗舰店

名著就读作家榜
天猫官方旗舰店

名著就读作家榜
当当官方旗舰店

策　划	作家榜
出　品	

出 品 人	吴怀尧
产品经理	杨　流　刘梦依
美术编辑	李柳燕
全书绘图	路有了尘
封面设计	李梦琳　梁昌正

版权所有	大星文化
官方电话	021-60839180

图书在版编目（CIP）数据

小妇人 /（美）路易莎·梅·奥尔科特著；冯倩珠译. -- 成都：四川少年儿童出版社，2025.1. --（作家榜经典名著）. -- ISBN 978-7-5728-1862-2

Ⅰ. I712.84

中国国家版本馆 CIP 数据核字第 2025QL0757 号

作家榜经典名著
读经典名著，认准作家榜

XIAOFUREN
小妇人

［美］路易莎·梅·奥尔科特/著　　冯倩珠/译

出 版 人：余　兰
责任编辑：于　杰
责任校对：曹莉华
责任印制：李　欣

出　　版	四川少年儿童出版社	开　　本	16开
地　　址	成都市锦江区三色路238号	印　　张	47.5
网　　址	http://www.sccph.com.cn	字　　数	584千
网　　店	http://scsnetcbs.tmall.com	版　　次	2025年4月第1版
经　　销	新华书店	印　　次	2025年4月第1次印刷
印　　刷	浙江新华数码印务有限公司	印　　量	1—13000册
成品尺寸	245mm×185mm	书　　号	ISBN 978-7-5728-1862-2
		定　　价	259.00元

版权所有　翻印必究
若发现印装质量问题，请联系021-60839180调换。

和她的老朋友促膝欢谈，他握着她的小手，仿佛这只手有一股力量，能引他沿着她所走的祥和之路前行。乔闲坐在她最爱的矮椅上，那肃穆沉静的神情最是好看。劳里倚着她的椅背，下巴贴近她的一头鬈发，穿衣镜映出他们两人，镜中的他露出最友爱的微笑，对着她点了点头。

　　梅格、乔、贝丝和埃米的故事就此落下帷幕。这幕会不会再次升起，要看《小妇人》这出家庭剧的第一部是否受各位欢迎了。